VERLAG
FRITZ
MOLDEN

Irwin Shaw

Ende in Antibes

ROMAN

VERLAG FRITZ MOLDEN
WIEN–MÜNCHEN–ZÜRICH–INNSBRUCK

Schutzumschlagbild: Hal Davis, New York

Aus dem Amerikanischen übertragen von
PETER MOTRAM

Titel der englischen Originalausgabe
BEGGARMAN, THIEF

1. Auflage
1.—15. Tausend

Schutzumschlag und Ausstattung: Hans Schaumberger, Wien
Lektor: Franz Schrapfeneder
Technischer Betreuer: Herbert Tossenberger
Satz: R. Kiesel, Salzburg
Druck und Bindearbeit: Wiener Verlag, Wien
ISBN 3-217-00950-9

Für Jim und Gloria

Erstes Buch

1

Aus Billy Abbotts Tagebuch

1968

Ich bin nichts wert, sagt Monika. Sie sagt es nur halb im Ernst. Monika ihrerseits ist was wert. Daß ich unzweifelhaft in sie verliebt bin, trübt meinen Blick. Mehr darüber später.

Einmal fragte sie mich, was ich eigentlich in dieses Notizbuch reinschreibe. Ich erklärte ihr, daß der Oberst immer sagt, wir hier in der NATO stünden an der vordersten Front der Zivilisation. Für künftige Generationen sei es wichtig, sagte ich, zu wissen, wie es wäre, wenn man in Brüssel in der zweiten Hälfte des zwanzigsten Jahrhunderts an der vordersten Front der Zivilisation stünde. Kann sein, daß eines Tages ein kleiner, ahnungsloser Forscher in den Trümmern der Stadt herumgräbt und plötzlich auf dieses Tagebuch stößt, das an den Rändern leicht verkohlt und vielleicht ganz steif von den Rostflecken meines Bluts ist, und er wird dem Wm. Abbott junior dankbar sein für seine weise Voraussicht, seine Beobachtungen darüber niederzuschreiben, wie der einfache amerikanische Soldat lebte, als er am Rande von Europa die Zivilisation verteidigte. Was damals Austern kosteten, wie groß die Brüste seiner Freundin waren und welche Form sie hatten, seine simplen Vergnügen wie ficken, Armee-Treibstoff klauen und derartiges.

Ob ich denn immer frivol sein müsse, wollte Monika wissen, und ich sagte, was kann man sonst sein?

Glaubst du denn an gar nichts? fragte sie.

Ich glaube daran, sagte ich, daß man nicht gegen den Strom schwimmen soll. Wenn eine Parade die Straße lang marschiert, marschiere ich mit, im rechten Tritt, und winke dem Publikum zu, Freund wie Feind.

Kritzele weiter, sagte sie. Und schreib, daß du kein echter Vertreter deiner Generation bist.

Kritzeln ist vielleicht das richtige Wort für meine Tätigkeit. Ich komme aus einer literarischen Familie. Mein Vater und meine Mutter schreiben – oder haben geschrieben – beide. Sozusagen. Mein Vater machte Public Relations, eine Berufstätigkeit, die in akademischen Gefilden und bei Buchverlegern kein sehr hohes Ansehen genießt. Immerhin, was ihm an Erfolgen oder Mißerfolgen angekreidet werden kann – er hat es auf der Schreibmaschine angerichtet. Er lebt jetzt in Chicago und schreibt mir oft, besonders wenn er einen sitzen hat. Ich antworte pflichtgemäß. Wir sind die besten Freunde, wenn wir sechstausend Kilometer auseinander sind.

Meine Mutter hat früher einmal Kritiken für garstige kleine Magazine geschrieben. Wir hören selten voneinander. Jetzt macht sie irgendwas beim Film. Ich bin unter den Klängen von Schreibmaschinen aufgewachsen, und es kommt mir ganz selbstverständlich vor, meine Gedanken, soweit man davon reden kann, zu Papier zu bringen. Vergnügungen gibt's hier nicht viel, wenn es auch besser ist als Vietnam, wie der Oberst immer wieder hervorhebt.

Ich spiele mit dem Oberst Tennis und lobe immer seinen mäßigen Backhand, was auch eine Methode ist, bei der Armee voranzukommen.

Wenn der uns garantierte Schlag der Russen nicht die NATO trifft, wie der Oberst droht, werde ich weiterkritzeln. Es gibt mir Beschäftigung, wenn im Wagenpark nichts los ist, wo ich der LKW-Boß bin.

Möchte wissen, was der Heini, der im Hauptquartier der Warschau-Pakt-Staaten die LKWs unter sich hat, heute abend macht, während ich dies schreibe.

Alexander Hubbell war ein Zeitungsmann. Jedenfalls arbeitete er für „Time" in Paris. Eigentlich hätte er diese Woche kein Zeitungsmann sein sollen, denn er war mit seiner Frau auf Urlaub. Seine Frau hielt im Hotel unten am Cap ihr Mittagsschläfchen, und Alexander Hubbell war unterwegs zur Polizei-*préfecture* in Antibes. Er zerbrach sich den Kopf über einen Namen, den er vor drei Tagen im „Nice-Matin" gelesen hatte: Jordache. Ein Amerikaner namens Jordache war, genau fünf

Tage nach seiner Hochzeit, im Hafen von Antibes ermordet worden. Nach dem Mörder oder den Mördern wurde gefahndet. Einstweilen hatte man noch kein Motiv für die Tat gefunden. Das Opfer, das Besitzer einer Jacht namens „Chlothilde“ gewesen war, die im Hafen von Antibes vor Anker lag, war an Deck seines eigenen Boots zu Tode geknüppelt worden.

Hubbell bildete sich auf sein Journalistengedächtnis etwas ein, und es hatte ihn geärgert, daß ein Name, den er hätte wiedererkennen und in einen Zusammenhang bringen müssen, sich nur am Rande seines Bewußtseins bewegte. Er war erlöst, als er sich dann erinnerte. Als er noch in New York arbeitete, war einmal eine Nummer des „Life“ mit den Aufnahmen von zehn vielversprechenden jungen Politikern der Vereinigten Staaten erschienen, und eines der Bilder zeigte einen gewissen Jordache – er konnte sich an den Vornamen nicht erinnern –, Bürgermeister einer kleineren Stadt etwa hundertfünfzig Kilometer von New York, die Whitby hieß. Dann fiel ihm noch mehr dazu ein. Nach der Veröffentlichung im „Life“ hatte es einen Skandal im College von Whitby gegeben. Eine erregte Studentenmenge hatte vor dem Haus des Bürgermeisters demonstriert, und die Frau des Bürgermeisters war betrunken und nackt in der Haustür erschienen. Jemand hatte eine Aufnahme davon gemacht, und das Bild war in der Redaktion herumgegangen.

Immerhin, bei einem Mann, dessen Gattin sich nacktärschig vor einem brüllenden Studentenhaufen exponiert hatte, mochte es sehr wohl möglich sein, daß er sie losgeworden war, um eine andere mit weniger demonstrativen Lebensgewohnheiten zu heiraten.

Natürlich kann es auch ein ganz anderer mit dem gleichen Namen sein, dachte Hubbell, während er auf den Lichtwechsel einer Ampel wartete. Eine Jacht in Antibes war eine ganze Strecke Weges von Whitby, New York, entfernt. Auf jeden Fall lohnte es sich, der Sache nachzugehen. War es tatsächlich derselbe vielversprechende junge Politiker, so ergab das eine nützliche kleine Story, Urlaub oder kein Urlaub. Er war nun schon fünf Tage auf Erholung, und Langeweile hatte eingesetzt.

Der einsame Polizist in dem schäbigen, leeren Vorzimmer döste hinter seinem Schreibtisch, wurde aber sofort lebendig, als Hubbell ihm in seinem fließenden Französisch erklärte, er sei von der Zeitung und wäre hier, um Recherchen über den Mordfall zu machen. Der Polizist verschwand im Nebenraum und kam im nächsten Augenblick wieder mit dem Bescheid, der Chef könne ihn sofort empfangen. Verbrechen schienen an diesem Nachmittag in Antibes nicht gerade zu grassieren.

Der Chef war ein schlafäugiger, kleiner dunkler Mann in einem blauen T-shirt und zerknitterten Baumwollhosen. Ein goldener Schneidezahn blitzte beim Sprechen auf: „Was kann ich für Sie tun, Monsieur?"

Hubbell erklärte, daß die Einzelheiten der Ermordung eines Amerikaners in Frankreich, besonders, wenn es sich um den von ihm vermuteten Jordache handele, einen Mann von einiger Wichtigkeit daheim, das amerikanische Publikum interessiere. Er und seine Redakteure würden dem Chef für jeden Hinweis, den er ihnen über die Affäre geben könne, äußerst dankbar sein.

Der Chef war französische Reporter gewohnt. Diese hatten den Mord als eine der üblichen „Abrechnungen" unter Hafenelementen behandelt. Dieser intelligent aussehende Amerikaner, der für ein Magazin von Weltruf den Tod eines Landsmanns in einem Urlaubsort, der jährlich viele Amerikaner anlockte, untersuchen kam, war eine ganz andere Sache. Dem Chef wäre wohler gewesen, wenn die Verhaftung schon gemacht und der Schuldige hinter Schloß und Riegel gesessen hätte, doch im Augenblick sah es wenig danach aus.

„Gibt es irgendwelche Hinweise", hörte er den Mann sagen, „wer es gewesen sein könnte, oder etwas über die Motive?"

„Wir arbeiten mit aller Sorgfalt an dem Fall", sagte der Chef. „Vierundzwanzig Stunden am Tag."

„Haben Sie schon Anhaltspunkte?"

Der Chef zögerte einen Moment. Im Kino fanden die Reporter immer Anhaltspunkte, die die Polizei übersehen hatte. Der Amerikaner kam ihm intelligent vor, und die Möglichkeit bestand, daß er etwas Nützliches beizutragen hatte. „Am Abend seiner Hochzeit", sagte der Chef, „war Monsieur Jordache in eine Auseinandersetzung verwickelt – eine sehr brutale Auseinandersetzung, wie mir seine Schwägerin sagte – in einer Bar in Cannes namens La Porte Rose –, mit einem Mann, der der Polizei bekannt ist. Ein Ausländer. Jugoslawe. Der Name ist Danovic. Wir haben ihn verhört. Er hat ein lückenloses Alibi, aber wir würden ihn gern noch einmal verhören. Leider scheint er verschwunden zu sein. Wir suchen zur Zeit nach ihm."

„Eine brutale Auseinandersetzung", sagte Hubbell. „Sie meinen eine Schlägerei."

Der Chef nickte. „Eine äußerst brutale, wurde mir von seiner Schwägerin berichtet."

„Wissen Sie, worum es ging?"

„Die Schwägerin behauptet, daß der Ausländer im Begriff gestanden habe, sie zu vergewaltigen, als Monsieur Jordache dazwischenkam."

„Aha", sagte Hubbell. „Hatte Jordache die Gewohnheit, sich in Bars zu prügeln?"

„Nicht daß ich wüßte", sagte der Chef. „Ich kannte Monsieur Jordache. Wir tranken sogar gelegentlich ein Gläschen miteinander. Sein Tod hat mich sehr betrübt. Ich kannte ihn als einen friedfertigen Mann. Er war sehr beliebt. Er hatte keine offenen Feinde. Immerhin – ich kann mir nicht gut vorstellen, daß er in Amerika ein Mann von Wichtigkeit gewesen sein soll, wie Sie sagten."

„Im ‚Nice-Matin' stand, daß er eine Jacht besaß", sagte Hubbell. Er lachte etwas. „Das läßt doch auf Wichtigkeit schließen."

„Er betrieb die Jacht", sagte der Chef. „Er war Charter-Kapitän. Das war sein Lebensunterhalt."

„Ich verstehe", sagte Hubbell. Er konnte sich nicht vorstellen, daß einer der zehn vielversprechendsten jungen Politiker Amerikas davon lebte, Jachtreisende im Mittelmeer herumzukutschieren, ganz gleich, wie oft seine Frau sich daheim nackt ausgestellt hatte. Die Story verlor an Interesse. „Vielleicht war es ein politischer Mord?" fragte er mit schwindender Hoffnung.

„Das glaube ich nicht. Er war ganz unpolitisch. Über politische Typen sammeln sich bei uns immer Informationen an."

„Schmuggel?"

„Ich glaube kaum. Auch auf dem Gebiet haben wir unsere Informationen. Oder zumindest Hinweise."

„Wie würden Sie ihn dann einschätzen?" drängte Hubbell aus purer Berufsgewohnheit.

Der Chef hob die Achseln. „Ein Arbeitsmensch. Ein guter Typ." *Brave type,* wie er es nannte. Abgewogenes Lob, leicht gönnerhaft aus dem Mund eines französischen Polypen. „Allem Anschein nach auch ehrlich", fuhr der Chef fort. „Wir standen uns nicht wirklich nahe. Er sprach nur wenig Französisch, nicht wie Sie, Monsieur." Hubbell quittierte das Kompliment mit einem Kopfnicken. „Und, ich muß gestehen, mein Englisch ist äußerst dürftig." Der Chef belächelte sein Manko. „Über unsere privaten Philosophien haben wir nie gesprochen."

„Was tat er, bevor er herkam? Wissen Sie das?"

„Er fuhr auf Handelsschiffen." Der Chef zögerte. Jordache hatte ihm bei einem Glas Wein anvertraut, nachdem der Chef eine Bemerkung über seine gebrochene Nase, seinen narbigen Teint gemacht hatte, daß er einmal Boxer gewesen sei. Aber er hatte den Chef gebeten, es für sich zu behalten. In Hafen-Cafés wurden Boxer immer leicht zu Zielscheiben für große Kerle, die unter Alkoholeinfluß kriegerisch wurden. „Ich bin nicht zum Fighten nach Frankreich gekommen", hatte Jordache gesagt. „Für Kämpfe ist es nicht mein Glücksland. Ich hatte einen Kampf in Paris, und dabei hat man mir gleich die Birne weich geschlagen." Er hatte gelacht, als er das sagte. Nach dem Aussehen seiner Leiche zu urteilen, war der Kampf, in den er vor seinem Tod verwickelt war, auch kein glücklicher gewesen.

Ach was, dachte der Chef, warum soll ich's dem Zeitungsmenschen nicht erzählen. Jordache konnte es nicht mehr schaden, der würde von jetzt an doch nicht mehr viel in Hafen-Cafés trinken. „Es scheint", sagte der Chef, „daß er Berufsboxer war. Er hat sogar in Paris gekämpft. Einmal. Den Hauptkampf. Ging dabei k. o."

„Ein Boxer?" Hubbells Interesse war aufs neue erwacht. Vielleicht, daß die Sportredaktion ein paar Dutzend Zeilen darüber bringen konnte. Wenn der Mann einen Hauptkampf in einem Pariser Ring bestritten hatte, mußte er sich doch irgendwie bereits einen Namen gemacht haben. Über einen amerikanischen Boxer, der in Frankreich umgekommen war, würden die Leser sicherlich gern etwas wissen. Er würde alles, was er hier über die Story herausbekommen konnte, über Telex an die Redaktion durchgeben, die genaueren Angaben und Daten konnten sie sich ja vom Leichenschauhaus holen. Seine Artikel wurden ohnehin alle in New York umgeschrieben. „Jordache?", sagte Hubbell. „Ich kann mich an keinen Boxer dieses Namens erinnern."

„Er kämpfte unter einem anderen Namen", sagte der Chef und merkte sich gleichzeitig vor, diesen Punkt in Jordaches Vorgeschichte noch einmal genauer unter die Lupe zu nehmen. Berufsboxen war ein Geschäft, bei dem Gangster oft genug die Hand mit im Spiel hatten. Vielleicht ergab sich da ein Anhaltspunkt – eine nicht eingehaltene Zusage, ein in die Binsen gegangener Kontrakt. Er hätte schon eher daran denken sollen. „Er boxte unter dem Namen Tommy Jordan."

„Ah", sagte der Zeitungsmann. „Das bringt uns weiter. Natürlich! Ich erinnere mich, über ihn gelesen zu haben. Man sagte ihm eine große Zukunft voraus."

„Davon weiß ich nichts", sagte der Chef. „Nur von dem Kampf in Paris. Ich habe es in ‚l'Equipe' nachgelesen. Er war eine schwere Enttäuschung, schrieb ‚l'Equipe'." Er beschloß, sofort einen Promotor in Marseille anzurufen, der zur Unterwelt Beziehungen hatte. Er stand auf. „Sie müssen mich jetzt entschuldigen, ich habe noch zu tun", sagte er. „Wenn Sie noch weitere Informationen brauchen, sprechen Sie vielleicht mit der Familie. Seiner Frau, seinem Bruder, seinem Sohn."

„Seinem Bruder? Ist der hier?"

„Die ganze Familie", sagte der Chef. „Sie waren zusammen auf einer Kreuzfahrt."

„Wissen Sie vielleicht, wie der Bruder mit Vornamen heißt?"

„Rudolph. Die Familie stammt ursprünglich aus Deutschland."

Rudolph, dachte Hubbell, und er erinnerte sich: Rudolph Jordache – so hieß der Mann im „Life". „Das war also nicht der", sagte er, „der hier geheiratet hat?"

„Nein", sagte der Chef ungeduldig.

„Und seine Frau ist auch hier?"

„Ja, und wie die Dinge stehen, kann sie, die Schwägerin, Ihnen vielleicht eher weiterhelfen als ich . . ."

„Die Schwägerin?" Hubbell war auch aufgestanden. „Die aus der Bar?"

„Ja. Vielleicht fragen Sie sie einmal", sagte der Chef. „Wenn Sie etwas herausfinden, das mir weiterhilft, wäre ich Ihnen für einen weiteren Besuch sehr dankbar. Jetzt muß ich aber leider wirklich . . ."

„Wo finde ich sie?"

„Im Augenblick ist sie im Hôtel du Cap." Er hatte Jean Jordache angewiesen, bis auf weiteres in Antibes zu bleiben, und ihr den Paß abgenommen. Er würde Jean Jordache noch brauchen, sobald er Danovic gefunden hatte. *Wenn* er ihn überhaupt noch fand. Er hatte die Frau einvernommen, aber sie war hysterisch und betrunken gewesen, und er hatte nur eine verworrene, unzusammenhängende Geschichte aus ihr herausbekommen. Und jetzt hatte das Kamel von einem Doktor sie unter Beruhigungsmittel gesetzt. Der Doktor hatte sie für labil erklärt, sie sei eine notorische Trinkerin und er müsse die Verantwortung für ihren Gesundheitszustand ablehnen, falls der Chef sie mit seinen Fragen nicht in Ruhe ließe. „Die übrigen", sagte der Chef, „sind, soviel ich weiß, an Bord der ‚Chlothilde' im Hafen zu finden. Ich danke für Ihr Interesse, Monsieur. Ich hoffe, ich habe Ihre Zeit nicht vergeudet." Er streckte seine Hand hin.

Hubbell sagte: *„Merci bien, monsieur."* Mehr war im Augenblick hier nicht herauszuholen. Er ging.

Der Chef setzte sich wieder hinter den Schreibtisch, nahm den Hörer und wählte Marseille.

Das kleine weiße Schiff fuhr langsam in der Nachmittagssonne durch die Mittelmeerdünung. An der fernen Küste malten die Häuser am Strand und weiter hinten auf den Hügeln ein rotweißes Muster auf den grünen Hintergrund von Pinien, Oliven und Palmen. Dwyer stand am Bug, auf seinem makellos weißen Jersey prangte der Schiffsname „Chlothilde". Er war ein untersetzter Mann mit hart gespannten Muskeln, und er hatte geweint. Seine langen, vorstehenden Vorderzähne hatten ihm, seit er denken konnte, den Namen Bunny eingebracht. Trotz seiner Muskeln und seinem Arbeitsdreß hatte er etwas unausrottbar Mädchenhaftes an sich. „Ich bin kein Fußabtreter", hatte er, als er zum erstenmal Gelegenheit hatte, ein Wort mit ihm zu wechseln, zu dem toten Mann gesagt, dessen Asche soeben über die See ausgestreut worden war. Durch tränentrübe, sanfte schwarze Augen starrte er auf die malerische Küste. Millionärswetter, hatte der Ermordete gesagt.

Das kannst du nochmal sagen, dachte Dwyer. Nicht sein Wetter, und auch nicht meines. Wir haben uns etwas vorgemacht. Wir kamen an den falschen Ort.

Im Ruderhaus stand, wie Dwyer in blauer Seemannshose und weißem Jersey, die Hand auf einer Speiche des polierten Steuerrads aus Eiche und Messing, Wesley Jordache, den Blick starr auf den Küstenpunkt gerichtet, wo die Zitadelle von Antibes stand. Er war ein für sein Alter großgewachsener, schlanker, kräftiger, starkknochiger Junge, braungebrannt, mit blondem, von Salz und Sonne weißgesträhntem Haar. Wie Dwyer dachte er an den Mann, dessen Asche er der See übergeben hatte, den Mann, der sein Vater gewesen war. „Armer, dummer, verrückter Hurensohn", sagte der Junge laut und bitter. Er mußte daran denken, wie sein Vater, den er jahrelang nicht gesehen hatte, ihn aus der Militärschule am Hudson holen kam, wo er sich mit der Hälfte der Mitschüler aller Altersgruppen und Klassen in blinder, unfaßlicher, sinnloser Wut dauernd geschlagen hatte. „Jetzt hast du deine letzte Schlägerei gehabt", hatte der Vater gesagt.

Dann Stille. Und der barsche Mann: „Hast du gehört?"

„Ja, Sir."

„Sag nicht Sir zu mir", hatte der Mann gesagt. „Ich bin dein Vater."

Sein Vater hatte dem falschen Mitglied der Familie gesagt, was er zu tun und zu lassen habe, dachte der Junge, den Blick auf die Zitadelle gerichtet, von der man ihm gesagt hatte, Napoleon sei bei seiner Rückkehr von der Insel Elba eine Nacht lang dort festgehalten worden.

Achtern an der Reling standen, in unterschiedlichem Schwarz, der Onkel des Jungen, Rudolph Jordache, und seine Tante, Gretchen Burke. Bruder und Schwester des Ermordeten. Stadtmenschen, nicht gewöhnt an die See, gewöhnt an Unglück, steife Todesgestalten vor dem besonnten Horizont. Sie standen Ellen auseinander, sprachen nicht, schauten sich nicht an. Was an diesem azurblauen Sommernachmittag ungesagt blieb, bedurfte später keiner Erklärungen, keines Bedauerns, keiner Bitten um Vergebung.

Die Frau war Anfang vierzig, groß, schlank und aufrecht. Ihr schwarzes Haar, leicht in der Landbrise wogend, umrahmte ein leuchtendblasses Gesicht, in dem die Alterszeichen erst Vorahnungen, Ankündigungen des Kommenden waren. Als junges Mädchen war sie schön gewesen und war es jetzt auf eine andere Art, ihr Gesicht streng, gezeichnet von Sorge und einer gequälten Sinnlichkeit, die nicht vorübergehend oder flüchtig war, sondern ein bleibender Zug. Ihre im grellen Licht zusammengekniffenen Augen waren von einem satten Blau, das sich in mancher Beleuchtung zu Violett vertiefte. Tränen hatten dieses Gesicht nicht angegriffen.

Es mußte so kommen, dachte sie. Natürlich. Wir hätten es wissen müssen. Er wird es wohl gewußt haben. Vielleicht nicht bewußt. Aber gewußt hat er es. All die Gewalttätigkeit konnte nicht gut ein gewaltloses Ende nehmen. Echter Sohn seines Vaters, der blonde Fremdling in der Familie, dem dunklen Bruder und dem dunklen Mädchen fremd, und doch alle aus demselben Bett.

Auch der Mann war schlank, eine aristokratische Yankee-Schlankheit, von keinem Elternteil ererbt, durch einen Willensakt erworben und jetzt noch unterstrichen durch den gut geschnittenen, fast botschafterhaften dunklen Anzug. Er war zwei Jahre jünger als seine Schwester und sah noch jünger aus, ein trügerischer Schimmer von Jugendlichkeit in Ausdruck und Haltung eines Mannes, dessen Rede und Bewegungen stets bestimmt und wohlüberlegt waren, eines Mannes, der sich einst großer Autorität erfreute, der ein Leben lang gekämpft, gewonnen und verloren, in jeder Lage die Verantwortung übernommen hatte, der, aus ärmlichsten Verhältnissen stammend, zu einem beachtlichen Vermögen gekommen war, der rücksichtslos gewesen war, wenn nötig, verschlagen, wo Verschlagenheit von Nutzen, harsch mit sich und anderen, großzügig, wenn er glaubte, es sich leisten zu können. Verzicht und Entsagung, die ihm aufgezwungen worden waren, hatten ihre Spuren hinterlassen um den schmalen, beherrschten Mund, die wachsamen Augen, Spuren, die man mit Mühe lesen, fast nur erraten konnte. Es war ein Gesicht, das einem jungen Luftwaffengeneral hätte gehören können, den man wegen einer Panne in den unteren Rängen, an der er schuld gewesen sein mochte oder nicht, kassiert hatte.

Er ging allein, dachte Rudolph Jordache; er kam in die Kabine, wo ich schlief, und schloß die Tür, leise und alleingelassen. Alleingelassen für das, was das Ende seines Lebens werden sollte. Er verschmähte meine Hilfe, verschmähte mich, verschmähte mein Mannestum oder das, was er – wenn er je nachgedacht hatte – für meinen Mangel an Mannestum hielt – in einem Augenblick, der einen Mann erforderte.

Unten packte Kate Jordache ihren Koffer. Sie brauchte nicht lange dazu. Obenauf legte sie zuerst den weißen Jersey mit dem Schiffsnamen darauf, der Thomas so zum Lachen gebracht hatte, als er sah, was ihr voller Busen aus den Buchstaben gemacht hatte, dann das helle Kleid, das er ihr für die Hochzeit vor genau sieben Tagen gekauft hatte.

Sie hatte so lange gequengelt, bis Thomas sie heiratete. Gequengelt – das war das richtige Wort. Vorher waren sie vollkommen glücklich gewesen, aber als sie dann wußte, daß sie schwanger war – so ein richtiges, beschissenes, kleines, wohlerzogenes, gehorsames, englisches Mittelstands-Arbeitsmädchen ... Treulich geführt. Hätte es keine Hochzeit gegeben, dann hätte dieses fürchterliche Zwitscherweib, diese klugscheißende, verspielte Frau von Rudolph keine Ausrede gehabt, sich vollaufen zu lassen, wäre nicht mit einem jugoslawischen Zuhälter verschwunden, hätte ihre teuren rosa Unterhöschen anbehalten, hätte keine Errettung aus der Not gebraucht, keinen Mann, der sich für sie schlug – und ein Mann, der mit Abstand besser war als der ihre, wäre heute noch am Leben.

Genug davon, dachte Kate. Genug. Genug.

Sie schnappte den Koffer zu und setzte sich auf die Kojenkante. Auf ihrem festen braunen Leib zeichnete sich die erste Schwellung des Kindes in ihr ab. Die geschickten, flinken Hände ruhig im Schoß gefaltet, schaute sie sich ein letztesmal – sie hatte es beschlossen – in der engen Kabine um, das gewohnte Geräusch der am offenen Bullauge vorbeizischenden See im Ohr.

Thomas, dachte sie, Thomas, Thomas.

„Wer ist Chlothilde?" Hatte sie einmal gefragt.

„Sie war eine Königin von Frankreich. Sie war jemand, die ich als Junge kannte. Sie roch wie du."

Nicht mit von der Partie in der kleinen Gruppe Hinterbliebener auf dem Schiff, das auf die französische Küste zulief, war Jean, Rudolph Jordaches Frau. Sie saß auf einer Bank im Hotelpark und schaute ihrer Tochter zu, wie sie mit dem jungen Mädchen spielte, das Rudolph engagiert hatte, um das Kind zu hüten, bis sie, wie Rudolph sich ausdrückte, wieder so weit war, daß sie Enid selbst übernehmen konnte. Wie lange würde es noch bis dahin sein, hatte Jean sich gefragt? Zwei Tage, zehn Jahre, ewig?

Sie trug Slacks und einen Pulli. Kleider, die sich für ein Begräbnis eigneten, hatte sie nicht mit. Rudolph war erleichtert gewesen, als sie sagte, sie würde nicht mitkommen. Sie konnte die Vorstellung nicht ertragen, wieder an Bord der „Chlothilde" zu gehen und den stummen, anklagenden Blicken des Sohnes, der Frau, des geliebten Freundes ausgesetzt zu sein.

Als sie sich morgens im Spiegel gesehen hatte, war sie entsetzt gewesen über das, was die vergangenen paar Tage aus dem kleinen, hübschen Mädchengesicht gemacht hatten.

Ihre Gesichtshaut, ihr ganzer Körper schien in unerträglicher Weise über eine unsichtbare Folterbank gespannt zu sein. Sie hatte das Gefühl, als könne jeden Augenblick ihr Körper explodieren und ihre Nerven durch die Haut platzen, knisternd zerspringen wie wildgewordene Leitungsdrähte, durch die tödliche Stromstöße gingen.

Der Arzt hatte ihr Valium gegeben, aber Valium nützte bei ihr nichts mehr. Wenn das Kind nicht wäre, dachte sie, sie würde zum Meer hinuntergehen und sich von einem Fels hineinstürzen.

Als sie da saß, im Schatten eines Baumes, im würzigen Duft von Pinien und sonnenwarmem Lavendel, sagte sie zu sich: Was ich anfasse, mache ich kaputt.

Hubbell saß bei einer Tasse Kaffee auf der Terrasse eines Cafés im Zentrum und dachte darüber nach, was der Mann auf der Polizei ihm gesagt hatte. Natürlich wußte der Mann mehr, als er sagte, aber das war bei der Polizei nicht anders zu erwarten, insbesondere, wenn sie einen peinlichen, ungelösten Mordfall in den Händen hatte. Die Schwägerin kann Ihnen vielleicht eher weiterhelfen als ich, hatte der Polizist gesagt. Die Schwägerin. Die nackte Dame, die Frau des vielversprechenden jungen Bürgermeisters. Bestimmt ein paar Dutzend Zeilen wert.

Er bezahlte seinen Kaffee, ging zum Taxistand hinüber, stieg ein und sagte: „Hôtel du Cap."

Madame Jordache sei nicht auf ihrem Zimmer, sagte der Concierge, doch habe er sie mit dem Kind und dem Kindermädchen in den Park hinausgehen sehen. Hubbell fragte, ob das Hotel einen Fernschreiber habe, und der Concierge bejahte. Er fragte, ob er ihn am Abend benutzen dürfe, und nach sekundenlangem Zögern sagte der Concierge, er glaube, daß das einzurichten sei. Das kurze Zögern interpretierte Hubbell richtig in dem Sinne, daß ein Trinkgeld damit verbunden sein würde. Das machte nichts. „Time" konnte sich das leisten. Er bedankte sich beim Concierge und ging auf die Terrasse hinaus und zu der Treppe, die auf die lange Allee führte, durch den vornehmen Park, zum Bade-Pavillon und Restaurant hinunter und ans Meer. Einen Moment lang befiel ihn Neid, als er an das winzige Zimmer in dem lärmigen kleinen Hotel an der Autobahn dachte, wo seine Frau ihre Siesta hielt. „Time" zahlte gut, aber nicht gut genug für das Hôtel du Cap.

Er stieg die Stufen in den duftenden Park hinab. Nach einer Minute sah er ein kleines Mädchen im Badeanzug, das sich mit einem jungen Mädchen einen Strandball zuwarf. Auf einer Bank in der Nähe saß eine Frau in Slacks und einem Sweater. Die Szenerie war nicht gerade so beschaffen, daß man sie ohne weiteres mit Mord in Verbindung gebracht hätte.

Er näherte sich langsam der Gruppe, blieb einen Augenblick stehen, als ob er eine Blumenrabatte bewundere, lächelte beim Näherkommen dem Kind zu. „*Bonjour*", sagte er. „*Good afternoon.*"

Das Mädchen sagte „*Bonjour*", aber die Frau auf der Bank sagte nichts. Hubbell bemerkte, daß sie sehr hübsch war, mit einer guten, sportlichen Figur, daß ihr Gesicht blutleer und bleich war, mit dunklen Ringen unter den Augen. „Mrs. Jordache?" sagte er.

„Ja?" Ihre Stimme war flach und klanglos. Sie sah stumpf zu ihm auf.

„Ich komme vom ‚Time'-Magazin." Er war ein seriöser Mann. Er mochte nicht vorgeben, ein Freund ihres Mannes oder des Ermordeten zu sein oder ein amerikanischer Tourist, der von ihrem Unglück gehört habe und ihr in seiner geraden amerikanischen Art sein Beileid aussprechen wolle. Diese faulen Tricks überließ er den jungen Kollegen, die hinter Material her waren. „Mein Blatt schickt mich, um eine Story über Ihren Schwager zu schreiben." Eine „weiße Lüge", aber im Rahmen seiner Berufsauffassung erlaubt. Wenn die Leute glaubten, man sei beauftragt, eine Arbeit auszuführen, fühlten sie sich oft ein bißchen verpflichtet, zu helfen.

Aber die Frau sagte nichts, starrte ihn nur mit diesen leblosen Augen an.

„Der Polizeichef meinte, Sie würden eventuell in der Lage sein, mir ein paar Informationen über die Sache zu geben. Hintergrundinformationen." „Hintergrund" hatte einen so harmlosen Klang. Die Annahme lag dabei nahe, daß das, was gesagt wurde, nicht veröffentlicht werden würde, sondern nur als Richtlinie für einen verantwortlichen Journalisten dienen sollte, der beim Schreiben seiner Story Fehler vermeiden wollte.

„Haben Sie mit meinem Mann gesprochen?" fragte Jean.

„Ich habe ihn noch nicht kennengelernt."

„Sie haben ihn noch nicht kennengelernt", wiederholte Jean. „Ich wünschte, ich auch nicht. Und ich wette, *er* wünschte es auch."

Hubbell war überrascht, sowohl von der Heftigkeit, mit der die Frau sprach, als auch von dem, was sie sagte.

„Hat der Polizeimensch Ihnen gesagt, aus welchem Grunde ich Ihnen Informationen geben könnte?" fragte die Frau, deren Stimme jetzt schrill und schneidend geworden war.

„Nein“, log Hubbell.

Jean stand plötzlich auf. „Fragen Sie meinen Mann“, sagte sie. „Fragen Sie die ganze gottverdammte Familie. Aber lassen Sie mich in Ruhe.“

„Nur eine Frage, Mrs. Jordache, wenn Sie erlauben“, sagte Hubbell mit zugeschnürter Kehle. „Wären Sie bereit, gegen den Mann, der Sie angriff, Strafanzeige zu erstatten?“

„Was würde das ändern?“ sagte sie dumpf. Sie ließ sich schwer auf die Bank fallen, starrte auf ihr Kind, das im Sonnenschein hinter dem Strandball herrannte. „Gehen Sie. Gehen Sie. Bitte.“

Hubbell stieg aus dem Taxi und ging den Hafen entlang. Kein sehr geeigneter Ort zum Sterben, dachte er auf dem Weg zur Bude des Hafenkapitäns, von dem er den Ankerplatz der „Chlothilde“ herausbekommen wollte. Der Hafenkapitän war ein wettergebräunter alter Mann, der, Pfeife rauchend, mit zurückgekipptem Stuhl vor seiner Bude saß und sich die Nachmittagssonne ins Gesicht scheinen ließ.

Er zeigte mit dem Pfeifenstiel in die Richtung der Hafeneinfahrt, wo gerade ein kleines weißes Schiff hereinkam. „Da ist sie. Sie werden noch eine Weile hierbleiben“, sagte der Alte. „Ihre Steuerbordschraube und die Welle sind hin. Amerikaner?“

„Bin ich.“

„Eine Schande, was passiert ist, wie?“

„Furchtbar“, sagte Hubbell.

„Sie haben gerade seine Asche ins Meer gestreut“, gab der Alte bekannt. „Kein schlechter Liegeplatz für einen Seemann. Hätte selber nichts dagegen, wenn's soweit ist.“ Selbst mitten in der Saison hatte der Hafenkapitän massenhaft Zeit für Unterhaltung.

Hubbell bedankte sich und ging um den Hafen herum und setzte sich auf ein umgekipptes kleines Fischerboot nahe der Stelle, auf die die „Chlothilde“ zumanövrierte. Er sah die beiden Gestalten in Schwarz am Heck mit der amerikanischen Flagge, die sich hinter ihnen in der Brise kräuselte. Er sah einen untersetzten, muskulösen Mann vorschiffs an der Kette arbeiten und einen hochaufgeschossenen blonden Jungen, der im Ruderhaus das Rad kreiseln ließ, während das Schiff, mit dem Heck voran, langsam hereinkam. Die Maschine stand jetzt, und der blonde Junge rannte achtern, um einem Seemann am Quai eine

Leine zuzuwerfen, während der Untersetzte zum Heck lief und gewandt auf den Quai hinübersprang, um eine zweite Leine aufzufangen, die der Junge ihm zuwarf. Als beide Leinen festgemacht waren, sprang der Mann auf Deck zurück, und er und der Junge brachten die Laufplanke in Position. Alles ging reibungslos und wie am Schnürchen, ohne daß ein Wort verloren wurde. Die beiden Leute in Schwarz hatten das Heck geräumt. Sie standen abseits, wurden nicht gebraucht.

Hubbell erhob sich von dem Fischerboot, auf dem er saß. Nach der Schaustellung seemännischer Behendigkeit kam er sich geradezu ungeschickt und schwerfällig vor. Er ging den Laufsteg hinauf.

„Ich hätte gern mit Mr. Jordache gesprochen", sagte Hubbell.

„Mein Name ist Jordache", sagte der Junge. Er hatte eine tiefe, gar nicht jugendliche Stimme.

„Ich glaube, ich meine den Herrn dort drüben", sagte Hubbell und wies auf Rudolph.

„Ja?" Rudolph kam ans Ende der Laufplanke.

„Mr. Rudolph Jordache?"

„Ja." Der Ton war kurzangebunden.

„Ich komme vom ‚Time'-Magazin." Hubbell sah, wie das Gesicht des Mannes steif wurde. „Ich bedaure sehr, was vorgefallen ist . . ."

„Ja?" Ungeduldig, bohrend.

„Ich behellige Sie nicht gern in einem Augenblick wie diesem . . ." Hubbel kam sich blöd vor, wie er da aus der Entfernung redete, abgetrennt durch die unsichtbare Mauer der Feindschaft des Jungen, und nun des Mannes. „Aber könnte ich Ihnen ein paar Fragen über . . ."

„Reden Sie mit dem Polizeichef. Es ist jetzt seine Angelegenheit."

„Ich habe schon mit ihm gesprochen."

„Dann wissen Sie ebensoviel wie ich, Sir", sagte Rudolph und wandte sich ab. Auf dem Gesicht des Jungen war ein kaltes Lächeln.

Hubbell stand noch einen Augenblick da und dachte, daß er vielleicht den falschen Beruf gewählt habe. Dann sagte er: „Es tut mir leid", zu niemandem im besonderen, denn etwas anderes, was er hätte sagen oder tun können, fiel ihm nicht ein, und drehte sich um und ging in Richtung des Hafeneingangs davon.

Als er ins Hotel zurückkam, saß seine Frau im Bikini auf dem kleinen Balkon ihres Zimmers und ließ sich bräunen. Er liebte sie heiß, aber er konnte nicht umhin, festzustellen, daß sie in einem Bikini unmöglich aussah. „Wo warst du den ganzen Nachmittag?“ fragte sie.

„Hinter einer Story her“, sagte er.

„Ich dachte, dies sollte ein Erholungsurlaub werden“, sagte sie.

„Ich auch“, sagte er.

Er holte seine Reiseschreibmaschine hervor, zog die Jacke aus und fing an zu arbeiten.

2

Aus Billy Abbotts Tagebuch

1968

Das Telegramm von meiner Mutter kam an meine Feldpostnummer. Dein Onkel Tom ist ermordet worden, lautete der Text. Bin dafür, du versuchst zur Beerdigung nach Antibes zu kommen. Dein Onkel Rudolph und ich sind im Hôtel du Cap, Antibes. Gruß Mutter.

Ich habe meinen Onkel Tom einmal gesehen, damals, als ich als kleiner Junge zur Beerdigung meiner Großmutter von Kalifornien nach Whitby flog. Beerdigungen sind großartige Gelegenheiten für Familien, sich gegenseitig wieder kennenzulernen. Es tut mir leid, daß mein Onkel Tom tot ist. Damals in der Nacht, die wir gemeinsam in Onkel Rudolphs Gästezimmer verbrachten, hat er mir gut gefallen. Die Tatsache, daß er eine Pistole bei sich trug, beeindruckte mich. Er dachte, ich schliefe schon, als er die Pistole aus seiner Tasche nahm und sie in einer Lade verstaute. Das war etwas, womit ich mich auf der Beerdigung am nächsten Tag beschäftigen konnte.

Wenn schon ein Onkel ermordet werden mußte, wäre es mir lieber gewesen, es hätte Rudolph erwischt. Wir waren nie Freunde, und als ich älter wurde, zeigte er mir, sehr höflich, daß er mit mir und meinen gesellschaftlichen Ansichten nicht einverstanden war. Meine Ansichten haben sich nicht entscheidend geändert. Alter Hut, würde mein Onkel wahrscheinlich sagen, wenn er sich die Mühe nähme, sie zu untersuchen. Aber er ist reich, und vielleicht bin ich in seinem Testament erwähnt, wenn nicht aus übertriebener Hinneigung zu mir, dann aus brüderlicher Liebe zu meiner Mutter. Nach allem, was ich aus Gesprächen zwischen Rudolph und meiner Mutter und zwischen meiner Mutter und ihren beiden Ehemännern mitbekommen habe, war Thomas Jordache nicht der Typ, der ein Vermögen hinterlassen würde.

Ich zeigte das Telegramm dem Oberst, und er gab mir zehn Tage Sonderurlaub aus familiären Gründen, damit ich nach Antibes fahren könne. Ich fuhr nicht nach Antibes, sondern schickte ein Beileidstelegramm an die Hoteladresse und fügte hinzu, daß die Armee mich wegen einer Beerdigung nicht wegließe.

Monika bekam auch Urlaub von ihrer Dienststelle, und wir fuhren nach Paris. Wir verlebten eine herrliche Zeit. Monika ist genau die Sorte Mädchen, mit der man in Paris sein möchte.

„Ich fürchte, es ist an der Zeit", sagte Rudolph, „einige Dinge zu besprechen, die wir bis jetzt gemieden haben. Wir müssen über unsere nächsten Schritte reden. Die Hinterlassenschaft. So schmerzvoll es ist, wir müssen über Geld reden."

Sie waren alle im Salon der „Chlothilde" versammelt, Kate in einem schwarzen Kleid, das sichtlich alt und ihr jetzt zu eng geworden war, mit ihrem abgewetzten Kunstlederkoffer auf dem Boden neben ihrem Stuhl. Der Salon war weiß gestrichen, blau abgesetzt, mit blauen Vorhängen vor den Bullaugen und alten Drucken von Segelschiffen am Schott, die Thomas in Venedig aufgegabelt hatte.

Alle blickten unentwegt auf Kates Handkoffer, aber noch keiner hatte bisher eine Bemerkung diesbezüglich gemacht.

„Kate, Bunny", fuhr Rudolph fort, „wißt ihr, ob Tom ein Testament gemacht hat?"

„Mir hat er nie etwas von einem Testament gesagt", sagte Kate.

„Mir auch nicht", sagte Dwyer.

„Wesley?"

Wesley schüttelte den Kopf.

Rudolph seufzte. Immer derselbe alte Tom, dachte er, konsequent bis zum Ende. Verheiratet, mit einem Sohn und einer schwangeren Frau, und nie hat er sich einen Nachmittag Zeit genommen, um ein Testament aufzusetzen. Er selbst hatte sein erstes Testament mit einundzwanzig in einem Anwaltsbüro gemacht und seitdem fünf oder sechs weitere, das letzte, als seine Tochter Enid geboren wurde. Und jetzt, wo Jean mehr und mehr Zeit in Entziehungskliniken zubrachte, arbeitete er an einem neuen. „Wie steht's mit einem Bankschließfach?" fragte er.

„Nicht, daß ich wüßte“, sagte Kate.
„Ziemlich sicher nicht“, sagte Dwyer.
„Hatte er irgendwelche Sicherheiten?“
Kate und Dwyer sahen sich ratlos an. „Sicherheiten?“ fragte Dwyer. „Was ist das?“
„Aktien, Obligationen.“ Wo haben diese Menschen ihre Leben zugebracht? dachte Rudolph.
„Ach das“, sagte Dwyer. „Er sagte immer, das wäre auch wieder so eine Methode, die man sich ausgedacht hätte, um den arbeitenden Menschen zu bescheißen.“ Er hatte auch noch gesagt: Überlaß solches Zeug meinem gottverdammten Bruder, aber das war vor der endgültigen Aussöhnung zwischen den beiden Männern gewesen, und Dwyer hielt den Zeitpunkt nicht für sonderlich geeignet für das Zitat.
„Okay, keine Sicherheiten“, sagte Rudolph. „Was hat er aber dann mit seinem Geld gemacht?“ Er gab sich Mühe, nicht irritiert zu klingen.
„Er hatte zwei Konten“, sagte Kate. „Ein Scheckkonto in Francs bei der Crédit Lyonnaise hier in Antibes und ein Dollar-Sparkonto bei der Crédit Suisse in Genf. Er ließ sich lieber in Dollars auszahlen. Dieses Konto ist illegal, weil wir uns in Frankreich niedergelassen haben, aber ich würde mir da keine Sorge machen. Niemand hat je danach gefragt.“
Rudolph nickte. So war sein Bruder wenigstens nicht *völlig* ohne Gefühl für Finanzen gewesen ...
„Das Bankbuch und die letzten Kontoauszüge von der Crédit Lyonnaise und das Scheckheft sind in der Schublade unter der Koje in der Kajüte“, sagte Kate. „Wesley, würdest du mal ...“
Wesley ging nach vorn zur Kapitänskajüte.
„Darf ich fragen, Bunny“, sagte Rudolph, „wie hat Thomas Sie entlohnt?“
„Hat er nicht“, sagte Dwyer. „Wir waren Partner. Am Jahresende teilten wir, was übrig war.“
„Hattet ihr irgend etwas Schriftliches – einen Vertrag, irgendeine Art von formeller Vereinbarung?“
„Guter Gott, nein“, sagte Dwyer. „Was sollten wir mit einem Vertrag?“
„Läuft das Boot unter seinem Namen oder unter eurer beider Namen, Bunny? Oder vielleicht unter seinem und Kates Namen?“
„Wir waren doch nur fünf Tage lang verheiratet, Rudy“,

sagte Kate. „Wir haben ja gar keine Zeit für so etwas gehabt. Die ‚Chlothilde' ist auf seinen Namen registriert. Die Papiere sind da, wo die Bankbücher sind. Und die Versicherungspolice für das Schiff und die anderen Papiere auch."

Rudolph seufzte wieder. „Ich war bei einem Anwalt . . ."

Natürlich, dachte Gretchen. Sie hatte an der Tür gestanden, den Blick zurückgewandt. Sie hatte sich Gedanken über Billys Telegramm gemacht. Es war die karge Mitteilung eines höflichen Fremden gewesen, ohne ein Gefühl des Schmerzes oder den Versuch zu trösten. Sie wußte nicht allzuviel vom Militär, aber sie wußte, daß Soldaten, wenn sie wollten, Urlaub bekamen, um an Beisetzungen teilzunehmen. Sie hatte Billy auch geschrieben, er möge doch zur Hochzeit kommen, aber er hatte zurückgeschrieben, er sei zu sehr damit beschäftigt, Halbtonner und V.I.P.-Wagen durch die Chausseen und Schnellstraßen zu schicken, um auf der Hochzeit eines halbvergessenen Verwandten zu tanzen. Auch sie, dachte sie mit Bitterkeit, wurde zu den halbvergessenen Verwandten gezählt. Laß ihn in Brüssel schwelgen. Würdiger Sohn seines Vaters. Sie konzentrierte ihre Aufmerksamkeit auf ihren Bruder, der sich geduldig bemühte, verflochtene Leben zu entflechten. Natürlich war Rudy sofort zu einem Anwalt gegangen. Tod war schließlich eine juristische Angelegenheit.

„Einem französischen Anwalt", fuhr Rudolph fort, „der glücklicherweise gut Englisch spricht; der Hoteldirektor gab mir seinen Namen. Er scheint mir verläßlich. Er meinte, daß, obwohl ihr alle in Frankreich euren Wohnsitz habt, ihr ja praktisch auf dem Schiff lebt und auf dem Festland keine feste Bleibe habt. Nach französischem Recht aber ist das Schiff technisch amerikanisches Territorium. Es wäre demnach das beste, die Franzosen zu ignorieren und euch unter die Jurisdiktion des amerikanischen Konsuls in Nizza zu stellen. Hat jemand von euch etwas dagegen?"

„Ganz wie du meinst, Rudolph", sagte Kate. „Was du für das beste hältst."

„Wenn Sie damit durchkommen, einverstanden", sagte Dwyer. Er klang gelangweilt wie ein kleiner Schuljunge in der Rechenstunde, der viel lieber draußen wäre und Baseball spielte.

„Ich sehe zu, daß ich am Nachmittag mit dem amerikanischen Konsul sprechen kann", sagte Rudolph. „Werden sehen, was er rät."

Wesley kam mit dem Sparbuch der Crédit Suisse, dem Scheckbuch der Crédit Lyonnaise und den letzten drei Monatsauszügen zurück.

„Darf ich sie mir mal ansehen?“ fragte Rudolph die Schwägerin.

„Er war dein Bruder.“

Wie immer, dachte Gretchen an der Tür, den Rücken zum Salon: Alles bleibt auf Rudy hängen.

Rudolph nahm Wesley die Bücher und Papiere ab. Er warf einen Blick auf den letzten Kontoauszug der Crédit Lyonnaise. Er wies einen Saldo von etwas über zehntausend Francs auf. Rund zweitausend Dollar, rechnete er, während er die Zahl laut vorlas. Dann schlug er das Kontobuch auf. „Elftausendsechshundertzweiundzwanzig Dollar“, sagte er. Er war überrascht, daß Thomas soviel zurückgelegt hatte.

„Wenn du mich fragst“, sagte Kate, „das ist alles. Alles. Mit Stumpf und Stiel.“

„Natürlich ist das Schiff noch da“, sagte Rudolph. „Was soll damit geschehen?“

Einen Augenblick war Schweigen im Raum.

„Ich weiß, was *ich* mit dem Schiff mache“, sagte Kate sanft und unpathetisch. Sie stand auf. „Ich verlasse es. Jetzt sofort.“ Das überalterte, zu eng gewordene Kleid zog sich über ihre rundlichen, braunen Grübchenknie hinauf.

„Kate“, protestierte Rudolph, „wir müssen uns irgendwie entscheiden.“

„Entscheide du, ich bin einverstanden“, sagte Kate. „Ich bleibe nicht *eine* Nacht mehr an Bord.“

Liebes, gerades, aufrechtes Geschöpf, dachte Gretchen: Wartet grade noch, daß sie ihrem Mann Lebewohl sagen kann, und geht. Denkt nicht an Gewinn oder Vorteil aus dem einzigen, das ihr geblieben ist, das ihre Heimstatt, ihr Lebensunterhalt, die Quelle ihres Glücks war.

„Wohin gehst du?“ fragte Rudolph.

„Einstweilen in ein Hotel in der Stadt“, sagte Kate. „Dann werde ich weitersehen. Wesley, würdest du mir den Koffer zum Taxi tragen?“

Stumm nahm Wesley mit seiner großen Pranke den Koffer auf.

„Ich rufe dich in deinem Hotel an, Rudy, sobald ich die Sprache wiedergefunden habe“, sagte Kate. „Ich danke dir für alles. Du bist ein guter Mensch.“ Sie küßte ihn auf die Wange – der Kuß eine Segnung, ein stummer Freispruch – und ging, vorbei an Gretchen, hinter Wesley durch die Salontür aufs Deck hinaus.

Rudolph ließ sich in den Stuhl sinken, auf dem sie gesessen hatte, und rieb sich müde die Augen. Gretchen ging zu ihm hinüber und berührte liebevoll seine Schulter. Zuneigung – das hatte sie erfahren – konnte mit Kritik, ja mit Spott vermengt sein. „Nimm es nicht zu sehr zu Herzen, Bruder“, sagte sie. „Du kannst nicht jedermanns Leben an *einem* Nachmittag in Ordnung bringen.“

„Ich habe mit Wesley gesprochen“, sagte Dwyer. „Er wußte, daß Kate gehen würde. Er möchte mit mir auf der ‚Chlothilde‘ bleiben. Wenigstens eine Weile. Wenigstens bis die Schraube und die Welle repariert sind. Macht euch keine Sorgen seinetwegen. Ich passe auf ihn auf.“

„Ja“, sagte Rudolph. Er stand auf, etwas gebeugt, eine Last auf den Schultern. „Es ist spät geworden. Ich muß zusehen, daß ich noch nach Nizza komme, ehe das Konsulat schließt. Gretchen, soll ich dich ins Hotel fahren?“

„Danke, nein“, sagte Gretchen. „Ich denke, ich bleibe ein wenig und trinke einen mit Bunny. Ein paar Drinks.“ Es war kein Nachmittag, an dem man Dwyer mit sich allein lassen sollte.

„Wie du meinst“, sagte Rudolph. Er legte die Bankbücher und Aufstellungen, die er noch in der Hand hielt, auf den Tisch. „Wenn du Jean siehst, sag ihr, ich werde nicht zum Dinner zurück sein.“

„Mache ich“, sagte Gretchen.

Es war auch kein Nachmittag, dachte sie, an dem einer gezwungen werden sollte, sich mit Jean Jordache zu unterhalten.

„Ich glaube, es ist vielleicht netter an Deck“, sagte Gretchen zu Dwyer, als Rudolph gegangen war. Der Salon, der bis dahin stets ein gastlicher, gemütlicher Raum gewesen war, hatte sich für sie zu einem unheilvollen Kontor verdüstert, wo Leben in Hauptbücher eingetragen wurden, zu Schriftzeichen wurden, Debet und Kredit, nicht Fleisch und Blut.

Sie hatte das alles schon einmal erlebt. Als ihr Mann bei dem Autounglück ums Leben gekommen war, war auch kein Testament dagewesen. Vielleicht hatte Colin Burke, der nie in seinem Leben jemanden geschlagen hatte, der umgeben von Büchern,

Manuskripten, Bühnenstücken gelebt hatte, der mit den Schriftstellern und Schauspielern, die er geführt und oft genug gehaßt hatte, ruhig und diplomatisch umgegangen war – vielleicht hatte er mit ihrem halbgebildeten, rauhbeinigen Bruder mehr gemein gehabt, als an der Oberfläche zu sehen gewesen war.

Ohne Testament hatte es bei der Verteilung von Colins Hinterlassenschaft großen Wirrwarr gegeben. Es gab eine geschiedene Frau, die von Alimenten lebte, ein mit Hypotheken belastetes Haus, Lizenzgebühren. Die Anwälte waren auf dem Plan erschienen, das Vermögen hatte über ein Jahr lang festgelegen. Rudy hatte damals alles in die Hand genommen, so wie er es jetzt wieder tat, so wie er es immer tat.

„Ich bringe die Drinks", sagte Dwyer. „Es ist nett von Ihnen, mich zu besuchen. Das schwerste ist, allein zu sein. Nach allem, was wir zusammen durchgemacht haben, Tom und ich. Und jetzt ist Kate auch noch gegangen. Die meisten Frauen würden Unfrieden an Bord gestiftet haben. Zwischen zwei Männern, die so lange Freunde und Partner waren. Kate nicht." Dwyers Mund zitterte, fast unmerklich. „Sie ist in Ordnung, die alte Kate, meinen Sie nicht?"

„Mehr als in Ordnung", sagte Gretchen. „Machen Sie ihn nicht zu schwach, Bunny."

„Whisky, nicht?"

„Viel Eis, bitte." Sie ging nach vorn, wo die Salonkajüte und das Ruderhaus sie vor Vorüberkommenden am Quai verbergen würden. Sie hatte genug von Toms und Dwyers und Kates Freunden von den anderen Booten im Hafen, die mit Leichenbittermienen an Bord kamen, um ihr Beileid zu murmeln. Ihr Schmerz war offenkundig. Über ihren eigenen war sie sich nicht so sicher.

Vom Bug mit seinen sauber aufgerollten Leinen, dem polierten Messing und dem gebleichten, makellosen Teak-Deck schaute sie auf die schon wohlvertraute Szenerie des wimmelnden Hafens, die sie gleich am ersten Tag entzückt hatte: Die nickenden Masten, die Männer, die langsam und bedächtig jene Millionen von kleinen Handgriffen ausführten, welche die tägliche Routine derer ausmachte, die ihren Lebensunterhalt vom Meer empfingen. Selbst jetzt noch, nach allem, was geschehen war, konnte sie sich dem Zauber dieser lautlosen Schönheit nicht entziehen.

Dwyer kam von hinten heran, barfuß, die Gläser, in denen das Eis klirrte, in den Händen. Er gab ihr ihr Glas. Sie hob es mit einem trauigen Lächeln. Den ganzen Tag über hatte sie nichts gegessen oder getrunken, und der erste Schluck kribbelte auf der Zunge. „Ich trinke eigentlich keine harten Sachen", sagte Dwyer, „aber vielleicht sollte ich es lernen." Er trank in kleinen Schlucken, besinnlich den Geschmack und die Wirkung auskostend. „Ich sage Ihnen", sagte er, „Ihr Bruder Rudy ist ein toller Mann. Ein richtiger Besitzergreifer."

„Ja", sagte Gretchen. So konnte man es auch nennen.

„Ohne ihn wären wir in einer saumäßigen Klemme ..."

Oder in gar keiner Klemme, dachte Gretchen. Wenn er seine Frau daheim gelassen hätte und auf dem anderen Kontinent geblieben wäre.

„Ohne ihn wären wir bis aufs Hemd ausgezogen worden", sagte Dwyer.

„Von wem?"

„Rechtsanwälte", sagte Dwyer aufs Geratewohl. „Schiffsmakler, Behörden. Der ganze Haufen."

Hier war ein Mann, dachte Gretchen, der auf See von Orkanen erwischt worden war, der bis zur Grenze körperlicher Widerstandskraft seine Arbeit verrichtet hatte, in Stunden, wo Versagen ihn und die ihm Anvertrauten auf den Meeresgrund geschickt hätte, der mit gewalttätigen, brutalen Typen gelebt – und überlebt hatte, den aber ein Stück Papier, die Erwähnung der ersten besten landgebundenen Behörde zum hilflosen Kind machte. Eine andere Rasse, dachte Gretchen, die, seit sie erwachsen war, nur Männer gekannt hatte, die mit Papier umgingen, in Büros und Sitzungszimmern verkehrten, so sicher und so seelenruhig wie der Indianer in seinem Wald. Ihr toter Bruder hatte, vielleicht schon von Geburt an, zu einer anderen Rasse gehört.

„Einer", sagte Dwyer, „macht mir Sorge. Wesley."

Nicht um sich selbst, dachte sie, war dieser Mann besorgt, der Verträge für überflüssig hielt, der einfach teilte, was am Jahresende übrig war, der keinen Rechtstitel besaß, in diesem Augenblick nicht einmal berechtigt war, auf dem geschrubbten Deck dieses schmucken Schiffs zu stehen, auf dem er jahrelang seinen Unterhalt verdient hatte.

„Für Wesley wird gesorgt", sagte sie. „Rudy wird sich um ihn kümmern."

„Das wird er nicht wollen", sagte Dwyer und goß seinen Drink hinunter. „Wesley. Er wollte wie sein Vater werden. Es war oft direkt komisch, zu sehen, wie er versuchte, sich wie sein Vater zu bewegen, wie sein Vater zu reden, es seinem Vater nachzutun." Er nahm wieder einen Schluck, verzog das Gesicht ein wenig, schaute kummervoll das Glas in seiner Hand an, als könne er sich nicht entscheiden, ob ein Freund oder ein Feind darin sei. Er seufzte ungewiß und sprach weiter. „Oft standen sie nächtelang im Ruderhaus; auf See oder im Hafen, unten konnte man sie reden hören, Wesley fragte etwas, Tom nahm sich mit der Antwort Zeit, immer eine lange Antwort. Einmal fragte ich Tom, was zum Teufel sie so viel zu reden hätten. Tom lachte. ‚Der Junge fragt mich über mein Leben aus, und ich erzähle es ihm. Ich nehme an, er möchte nachholen, was er versäumt hat. Ich nehme an, er wird wissen wollen, wie sein alter Herr beschaffen ist. Ich tat es mit meinem Vater genauso, nur hat er mir keine Antworten gegeben, er gab mir einen Tritt in den Arsch.' Nach dem zu urteilen, was Tom hier und da von sich gab", sagte Dwyer, vorsichtig, untertreibend, „möchte man meinen, daß nicht immer eitel Liebe zwischen den beiden geherrscht hat."

„Nein", sagte Gretchen. „Er war kein Mann zum Lieben, unser Vater. Er hatte nicht viel Liebe in sich. Wenn überhaupt, dann war sie für Rudolph reserviert."

Dwyer atmete tief aus. „Familien", sagte er.

„Familien", wiederholte Gretchen.

„Ich fragte Tom, was Wesley alles von ihm wissen wollte", fuhr Dwyer fort. „‚Das Übliche', meinte Tom. ‚Wie ich als Schuljunge gewesen bin, wie mein Bruder und meine Schwester' – das sind Sie und Rudy – ‚waren. Wie es gekommen ist, daß ich Profiboxer wurde und dann zur Handelsmarine ging. Wann ich mein erstes Mädchen gehabt habe. Wie die anderen Weiber, die ich gehabt habe, gewesen sind, seine gottverdammte Mutter ...' Ich fragte Tom, ob er dem Jungen die Wahrheit gesagt habe. ‚Nichts als die Wahrheit', sagte Tom. ‚Ich bin ein moderner Vater. Sag den Kindern, woher die Babies kommen, und alles.' Das war so Toms Humor."

„Das müssen für beide schöne Unterhaltungen gewesen sein", sagte Gretchen.

„‚Wer mit der Wahrheit geizt, verwöhnt sein Kind', sagte er mal zu mir. Hin und wieder kam es einem vor, als ob er da und dort einen Brocken Bildung aufgeschnappt hätte. Obgleich es mit seiner Bildung nie weit her war. Tom hatte ein tiefes Mißtrauen gegen Bildung. Vielleicht sollte es ich Ihnen gar nicht erzählen", sagte Dwyer aufrichtig und schwenkte das Eis in seinem Glas herum, „aber er benutzte Ihren Bruder Rudy als Beispiel. Er sagte: ‚Sieh dir Rudy an. Er hat soviel Bildung geschluckt, wie ein Menschenhirn nur aushalten kann, und wohin ist er damit gekommen? Trocken wie eine alte Korinthe, das Hohngelächter seiner Heimatstadt, nach dem, was seine versoffene Frau sich dort geleistet hat, splitternackt und ohne Zukunft – so sitzt er da und weiß nicht, was er mit dem Rest seines Lebens anfangen soll.'"

„Ich glaube, ich könnte noch einen Drink gebrauchen, Bunny", sagte Gretchen.

„Ich auch", sagte Dwyer. „Langsam schmeckt es mir." Er nahm ihr Glas und ging achtern in den Salon.

Gretchen dachte darüber nach, was Dwyer gesagt hatte. Es verriet mehr über Dwyer als über Tom oder Wesley. Ihr wurde klar, daß Tom der Mittelpunkt von Dwyers Leben gewesen war; wahrscheinlich konnte er jedes Wort, das Tom je zu ihm gesprochen hatte, wiederholen. Wäre Dwyer eine Frau gewesen, so hätte man gesagt, er habe Tom geliebt. Selbst als Mann ... Dieser mädchenhafte Mund, diese kleine Eigenart, wie er die Hände bewegte. Armer Dwyer, dachte sie, womöglich würde gerade er derjenige sein, der am meisten litt. Aus Wesley war sie noch nicht ganz klug geworden. Anfangs, als sie an Bord gekommen waren, war er ihr als ein wohlerzogener, gesunder junger Mann erschienen. Nach seines Vaters Tod war er verstummt. Sein Gesicht verriet nichts, er mied jeden. Rudy würde sich um ihn kümmern, hatte sie Dwyer gesagt. Sie war nicht so sicher, ob Rudy oder irgend jemand dazu imstande sein würde.

Dwyer kam mit dem Whisky zurück. Der erste Drink begann zu wirken. Sie fühlte sich wie im Traum, entrückt, alle Probleme nebelhaft und fern. Besser so, als wie sie sich in letzter Zeit gefühlt hatte. Vielleicht wußte Jean mit ihren Schnapsflaschen, die sie überall versteckte, um ein wissenswertes Geheimnis. Mit Behagen nahm sie einen Schluck aus dem neuen Glas.

Dwyer kam ihr verändert vor, irgendwie bedrückt, wie er da in seinem sauberen weißen Jersey und den Schifferhosen an der Reling lehnte und mit seinen komisch vorstehenden Zähnen, die ihm einen Spitznamen eingetragen hatten, auf der Lippe kaute. Es war, als hätte er einen Entschluß gefaßt, einen schwierigen Entschluß, während er allein im Salon war und Drinks eingoß.

„Vielleicht sollte ich es nicht sagen, Mrs. Burke . . .“
„Gretchen.“
„Danke, Ma'am. Aber mit Ihnen kann man reden. Rudy ist ein wunderbarer Mann, ich bewundere ihn, man könnte sich keinen besseren auf seiner Seite denken in einer Lage, wie wir jetzt sind – aber er ist nicht von der Sorte, zu der einer wie ich reden kann, ich meine, *wirklich* reden – Sie verstehen, was ich meine?“
„Ja“, sagte sie. „Ich verstehe.“
„Er ist ein wunderbarer Mann, wie ich schon sagte“, fuhr Dwyer fort. Ihm war unbehaglich zumute, sein Mund zuckte nervös. „Aber er ist nicht wie Tom.“
„Nein, das ist er nicht“, sagte Gretchen.
„Wesley hat mit mir gesprochen. Er will nichts mit Rudy zu tun haben, nichts. Mit ihm oder seiner Frau. Das ist doch nur menschlich, würden Sie nicht auch sagen, wenn man bedenkt, was vorgefallen ist?“
„Würde ich sagen“, sagte Gretchen, „nach dem, was vorgefallen ist.“
„Wenn Rudy sich an den Jungen heranmacht, mit den besten Absichten der Welt, und die hat Rudy sicher, gibt es Unglück, böses Unglück. Gott allein weiß, was der Junge tun wird.“
„Das glaube ich auch“, sagte Gretchen. Sie hatte noch nicht darüber nachgedacht, aber im Augenblick, wo Dwyer es aussprach, erkannte sie, daß es so war. „Aber was soll geschehen? Kate ist nicht seine Mutter, und sie hat jetzt mit sich selbst zu tun. Und Sie?“
Dwyer lachte traurig. „Ich? Ich weiß nicht einmal, wo ich in vierundzwanzig Stunden sein werde. Alles, wovon ich etwas verstehe, sind Schiffe. Nächste Woche gondele ich vielleicht nach Singapur. Den Monat darauf nach Valparaiso. Jedenfalls bin ich nicht der Typ, irgend jemandes Vater zu sein.“
„Was dann?“
„Ich habe Sie sehr gründlich beobachtet“, sagte Dwyer. „Auch wenn Sie mich nicht mehr beachtet haben als ein Möbelstück . . .“
„Also wirklich, Bunny!“ sagte Gretchen mit aufkommendem Schuldgefühl. Fast genau das gleiche war ihr vor wenigen Minuten durch den Sinn gegangen.
„Ich bin deswegen nicht beleidigt, und ich erlaube mir kein Urteil, Ma'am . . .“
„Gretchen“, sagte sie automatisch.

„Gretchen“, wiederholte er pflichtschuldigst. „Aber seit es passiert ist – und jetzt wieder, wo Sie hiergeblieben sind mit mir –, sehe ich Sie immer als ein richtiges Menschenwesen. Ich sage ja nicht, Rudy ist kein Menschenwesen“, beeilte er sich hinzuzufügen, „nur, er ist nicht Wesleys Art von Menschenwesen. Und seine Frau ...“

„Lassen wir seine Frau aus dem Spiel.“

„Wenn *Sie* zu Wesley hingingen und schlicht und einfach und offen und ehrlich zu ihm sagten: ‚Du kommst mit mir ...‘, er würde es anerkennen. Er würde erkennen, daß Sie die Art von Frau sind, die er zur Mutter nehmen würde.“

Eine neue Variante im menschlichen Fortpflanzungsprozeß, dachte Gretchen; Söhne, die sich ihre Mütter wählen. Würde die Evolution nie aufhören? „Ich bin nicht gerade das, was man eine Mustermutter nennen könnte“, meinte sie trocken. Der Gedanke, für diesen schlaksigen, finster dreinblickenden Knaben mit Toms wilden Genen in seinem Blut in irgendeiner Weise verantwortlich zu sein, flößte ihr Furcht ein. „Nein, Bunny, ich glaube, das würde nicht gutgehen.“

„Ich wollte es nur einmal versucht haben“, warf Dwyer hin. „Ich möchte einfach nicht, daß Wesley allein bleibt. Er ist noch nicht alt genug, um allein fertigzuwerden, ganz gleich, was er davon hält. Es kommt ein ganzer Haufen Ungemach auf Wesley Jordache zu.“

Sie mußte über den „Haufen Ungemach“ lächeln.

„Pinky Kimball, das ist der Ingenieur auf der ‚Vega‘“, fuhr Bunny fort, „er ist der, der Mrs. Jordache im Nightclub mit dem Jugoslawen gesehen hat, er erzählte mir, daß Wesley ihn verrückt macht. Er möchte, daß Pinky ihm den Burschen finden hilft, ihn ausfindig macht und ihm zeigt ... Vielleicht irre ich mich, aber ich glaube, Pinky hat auch das Gefühl, so wie ich, daß Wesley seinen Vater rächen will.“

„Guter Gott“, sagte Gretchen.

„Sehen Sie sich hier einmal um“ – Dwyer machte eine Armbewegung über den stillen Hafen hin, die grünen Hügel, das nutzlose Fort und die malerischen, ausgedienten Festungsmauern – „und Sie denken, was ist das doch für ein lieblicher, friedlicher Ort. In Wirklichkeit aber finden Sie zwischen Nizza und Marseille so viele Raubmörder wie sonst wo auf der Welt. Mit all den Huren, Rauschgifthändlern, Schmugglern und Spielhöhlen hier gibt's immer eine Menge Leute in der Gegend, die mit Kanonen und Messern 'rumlaufen, und genug, die ihre eigene Mutter für zehntausend Francs umlegen würden oder auch für gar nichts, wenn's drauf ankommt. Und nach dem, was Pinky Kimball mir erzählt hat, ist der Bursche, mit dem Tom die Schlägerei hatte, in dem Milieu zuhause. Falls Wesley nach dem Burschen sucht und ihn findet, möchte ich nicht wissen, was ihm passiert. In der Militärschule, wo Wesley gewesen ist, mußten sie ihn mit Gewalt von den anderen Schülern 'runterzerren, mit denen er sich schlug. Das waren keine Turnhallen-Scheinkämpfe, er hätte sie glatt umgebracht, wenn keiner dagewesen wäre, es zu verhindern. Wenn er möchte, daß Pinky Kimball ihm jemanden zeigt, dann ist es höchstwahrscheinlich, weil er diesen Jemand umbringen will."

„Du lieber Gott", sagte Gretchen, „worauf wollen Sie hinaus, Bunny?"

„Worauf ich hinauswill, ist, daß ihr den Jungen hier herauskriegen müßt, ganz aus dem Land, egal, wie. Und Rudolph Jordache ist nicht der Mann dazu. Jetzt im Augenblick", sagte er, „bin ich betrunken. Ich hätte sonst nicht so geredet. Aber ich meine es so, wie ich es gesagt habe. Betrunken oder nicht, ich meine jedes Wort, das ich gesagt habe."

„Bunny", sagte Gretchen, „ich bin Ihnen dankbar, daß Sie mir das alles sagen." Aber es tat ihr leid, daß sie sich entschlossen hatte, dazubleiben, als die anderen gegangen waren. Dies war nicht ihr Problem, dachte sie verstimmt, und es zu lösen überstieg ihre Fähigkeiten. „Ich werde mit meinem Bruder sprechen", sagte sie, „vielleicht fällt uns etwas ein. Was halten Sie davon, wenn ich noch hierbleibe, bis Wesley zurückkommt, und wir gehen dann alle drei zusammen etwas essen?"

„Wollen Sie eine offene Antwort?"

„Selbstverständlich."

„Ich glaube, Wesley mag Sie. Das heißt, ich weiß es, er hat es mir gesagt", sagte Dwyer. „Aber heute abend will er, glaube ich, mit keinem Jordache am Tisch sitzen. Ich gehe selber mit ihm aus. Wir haben etwas zu besprechen, privat, er und ich."

„Danke für die Drinks", sagte Gretchen.

„Bezahlt die Firma."

„Schicken Sie mir eine Postkarte. Aus Singapur oder Valparaiso oder sonstwoher."

„Gemacht." Dwyer lachte. Ein trockenes, kleines Lachen.

Sie trank in kleinen Schlucken. Sie hatte das Gefühl, Dwyer

würde, wenn sie jetzt ging, einen Zusammenbruch erleiden, an Deck sitzen und heulen. Sie wollte nicht, daß Wesley ihn bei der Rückkehr so vorfand. „Ich trinke nur noch aus", sagte sie.

„Wollen Sie noch einen? Ich hole Ihnen noch einen."

„Danke, ich habe genug gehabt."

„Ich bin Whisky-Trinker geworden", sagte Dwyer. „Was sagen Sie nun?" Er schüttelte den Kopf. „Glauben Sie an Träume?" fragte er plötzlich.

„Mitunter", sagte sie.

„Ich hatte letzte Nacht einen Traum", sagte er. „Ich träumte, Tom läge auf dem Boden, irgendwo, ich weiß nicht, wo es war, er lag nur da und sah tot aus. Ich hob ihn auf, und ich wußte, daß ich ihn irgendwohin tragen mußte. Ich war im Traum nicht groß genug, um ihn auf den Armen zu tragen, da legte ich ihn mir über den Rücken. Er ist viel größer als ich, so daß seine Füße auf dem Boden schleiften, und ich legte seine Arme um meinen Nacken, um ihn besser halten zu können, und ging los, ich weiß nicht, wohin, an irgendeinen Ort, wo ich wußte, daß ich ihn hintragen mußte. Sie wissen, wie das im Traum ist, ich begann zu schwitzen, er war schwer, er hing mir wie ein Bleigewicht um den Hals, auf meinem Rücken. Dann plötzlich fühlte ich, wie er hart an meinem Hintern wurde. Ich ging weiter und immer weiter. Ich wollte etwas zu ihm sagen, aber ich wußte nicht, was ich zu einem Toten sagen sollte, der einen Steifen hatte. Der Steife wurde immer größer und größer. Und mir wurde ganz warm dabei. Und selbst in meinem Traum schämte ich mich. Wissen Sie, warum ich mich geschämt habe? Weil ich es *wollte*." Er schüttelte den Kopf. Er hatte träumerisch, wie unter Zwang gesprochen. Er schüttelte ärgerlich den Kopf. „Ich mußte es jemandem erzählen", sagte er rauh. „Entschuldigen Sie."

„Das macht nichts, Bunny", sagte sie leise. „Wir sind für unsere Träume nicht verantwortlich."

„Das sagen Sie so, Mrs. Burke."

Diesmal verbesserte sie ihn nicht, er solle sie Gretchen nennen. Sie konnte Dwyer nicht ansehen, sie fürchtete, nicht unterdrücken zu können, was ihr Gesicht ihm preisgeben würde. Das Beste, was sie hätte aufbringen können, wäre Mitleid gewesen, und sie wußte, was ihr Mitleid bei ihm anrichten konnte, und hatte Angst davor.

Sie streckte die Hand aus und berührte seine Hand. Er ergriff sie hart mit seinen rauhen Seemannsfingern, dann hob er sie in einem instinktiven Impuls an seine Lippen und küßte sie. Er ließ die Hand los und wandte sich ab. „Entschuldigen Sie", stammelte er. „Es war nur ... ich weiß auch nicht ... ich ..."

„Sie brauchen nichts zu sagen", sagte sie und schwieg. Jetzt würde Stille Wunden heilen, Blut zum Stehen bringen. Sie war verwirrt, hilflos. Wie, wenn sie jetzt sagte: Nimm mich in deine Kajüte hinunter und schlaf mit mir? Echt Frau – der Akt im Mittelpunkt. Was würde ihr Körper ihm sein: Trost oder Zurückweisung? Was würde es ihr bedeuten? Eine mildtätige Gabe, Bestätigung, daß das Leben weiterging, oder letzter, würdeloser Verzweiflungsschrei? Sie schaute auf den zierlichen, muskulösen Rücken des kleinen Mannes, der ihr die Hand geküßt und sich dann abgewandt hatte. Fast wäre sie einen Schritt auf ihn zugegangen, dann riß sie sich zurück, ein seelischer Rückzug mehr als ein physischer.

Die Hand, in der sie immer noch das Whiskyglas hielt, war kalt vom schmelzenden Eis. Sie stellte das Glas nieder. „Ich muß jetzt weiter", sagte sie. „Es gibt so viel zu entscheiden. Sagen Sie Wesley, er möge mich anrufen, wenn er etwas braucht."

„Ich werd's ihm sagen", sagte Dwyer. Er schaute sie nicht an, starrte mit zitterndem Mund auf die Hafeneinfahrt. „Soll ich zum Café 'rüberlaufen, ein Taxi rufen?"

„Nein, danke. Ich glaube, ich gehe lieber. Ein kleiner Spaziergang wird mir guttun."

Sie ließ ihn allein am Bug der „Chlothilde" zurück, barfüßig, in seinem sauberen weißen Jersey, mit den beiden leeren Gläsern.

Langsam ließ sie die Schiffe hinter sich, ging die enge Straße entlang, stadteinwärts, der finster verhangenen Nacht entgegen. Vor dem Schaufenster eines Antiquitätenladens blieb sie stehen. Eine Messing-Schiffslampe zog ihren Blick an. Sie hätte sie gern gekauft und mit nach Hause genommen; sie würde gut in eine Zimmerecke passen. Dann dachte sie daran, daß sie kein Zuhause hatte, kein richtiges. Sie kam aus einer Wohnung in New York, die auf ein halbes Jahr gemietet war. Nirgends hatte sie ein eigenes Zimmer, in dessen Ecke eine Lampe hätte stehen können.

Sie ging weiter in die Stadt hinein. Es wimmelte von Menschen, die kauften und verkauften, an Cafétischen Zeitung lasen, Kinder schalten, ihnen Eiswaffeln kauften – keiner kümmerte sich um den Tod. Sie sah ein Kinoplakat, sah, daß ein amerikanischer Film, französisch synchronisiert, gespielt wurde, beschloß, allein in der Stadt zu essen und sich dann den Film anzusehen.

Sie kam zur Kathedrale, stand einen Augenblick davor und wäre fast eingetreten. Hätte sie es getan, so hätte sie Wesley gesehen, der auf einer leeren Bank ganz hinten im Kirchenschiff saß und die Lippen in einem Gebet bewegte, das er nie gelernt hatte.

3

Aus Billy Abbotts Tagebuch

1968

Mein Vater war einmal in Paris, als er kurz nach dem Krieg aus dem Lazarett entlassen wurde. Damals kannte er meine Mutter noch nicht. Die drei Tage, die er da war, sagte er, war er zu betrunken, um sich an irgend etwas zu erinnern. Er sagte, er würde Paris nicht von Dayton, Ohio, unterscheiden können. Er sprach nie viel vom Krieg, was seine Gesellschaft angenehm von der anderer Kriegsveteranen unterschied, der ich schon ausgesetzt gewesen bin. Aber an manchen Wochenenden, die ich den Scheidungsvereinbarungen gemäß mit ihm verbrachte, machte er sich, wenn er genug Alkohol in sich hatte – was meistens ziemlich frühzeitig der Fall war –, darüber lustig, was er als Soldat getrieben hatte. Hauptsächlich war ich mit Mädchen vom Roten Kreuz und mit meiner persönlichen Sicherheit beschäftigt, erzählte er. Ich war bei der Luftwaffe und flog einen schmalen Schreibtisch, auf dem ich für die Lokalblätter daheim Stories über die tapferen Jungens tippte, die die Einsätze flogen.

Immerhin, er *war* Soldat und er *wurde* auf dem Rückflug von einem Einsatz verwundet oder irgendwie verletzt. Ich weiß nicht, ob ich das alles an seiner Stelle getan hätte. Die Armee, wie ich die Sache von hier aus ansehe, und nach allem, was ich in den Zeitungen über Vietnam lese, ist ein makabrer Scherz auf Kosten der Beteiligten. Natürlich war das, wie mir jeder sagt, ein ganz anderer Krieg. Beim Oberst gebe ich mich immer streng militärisch, aber wenn in Europa Krieg ausbräche, würde ich bestimmt beim ersten Schuß desertieren.

Die NATO ist voll von Deutschen, alle sehr auf „Gut Freund“ und „Waffenkamerad“, und sie sind auch nicht viel anders als die anderen Tiere. Mit Monika, die Deutsche ist, ist das eine andere Sache.

Es war schon fast dunkel, als Rudolph aus dem Konsulat kam. Der Konsul war ein netter Mann, er hatte nachdenklich zugehört, sich Notizen gemacht, einen Assistenten zugezogen und versprochen, alles zu tun, was in seinen Kräften stünde, aber es würde Zeit in Anspruch nehmen, er würde mit Paris sprechen und juristischen Rat einholen müssen, er sei nicht ganz so überzeugt, daß der Rat des Anwalts in Antibes, die französischen Behörden zu ignorieren, hieb- und stichfest sei, höhere Instanzen müßten erst einmal eine Entscheidung darüber treffen, was für Schriftstücke benötigt würden, um den Besitztitel der „Chlothilde" zu transferieren und die Bankkonten freizubekommen. Der Tod eines Amerikaners in einem fremden Land werfe stets dornige Probleme auf. Der Konsul hatte das in einem Ton gesagt, als grenzte es geradezu an Verrat, einen Akt von solcher Bedeutung auf ausländischem Boden zu begehen. Am gleichen Tage, mußte Rudolph denken, waren Hunderte von Amerikanern in Vietnam gefallen, das schließlich auch für sie ein fremdes Land war, doch hatte ihr Tod keinen Konsul irgendwo mit dornigen Problemen konfrontiert.

Das Ableben Thomas Jordaches, hatte der Konsul warnend gemeint, würde noch größere Komplikationen mit sich bringen als ein normaler Sterbefall; sie könnten nicht über Nacht gelöst werden. Rudolph war mit einem Gefühl der Hoffnungslosigkeit in die einsetzende Dämmerung hinausgetreten. Das dunkle Netz der Rechtsparagraphen war über ihn geworfen und würde ihn bei jeder Bewegung, mit der er sich befreien wollte, immer enger umschlingen. Wieder einmal eingefangen, dachte er mit Selbstmitleid, eingefangen für anderer Leute Bedürfnisse.

Was geschah, so fragte er sich, als er das Konsulat verließ, in früheren Zeiten in der Wildnis Amerikas, wenn ein Stammeshäuptling im Kampf getötet wurde? Wer bekam den Muschelschmuck, wer die Frauen, die Obhut über die Kinder, das Zelt, den Kopfputz, die Adlerfedern, die Speere und Pfeilspitzen? Welcher gerissene Nicht-Krieger, welcher Schamane oder Medizinmann übernahm die Rolle des Verwalters und Berechtigers?

Er hatte seinen Wagen in Strandnähe vor dem Hôtel Negresco an der Promenade des Anglais gelassen, weil er nicht riskieren wollte, im Straßengewirr der unbekannten Stadt den Weg zu verlieren, und hatte sich ein Taxi zum Konsulat genommen. Jetzt lief er zu Fuß, ohne genau zu wissen, wo er war, und ohne sich auch viel darum zu scheren, in der ungefähren

Richtung auf das „Negresco", ohne auf die Menschen um sich herum zu achten, nur von dem Wunsch beseelt, bald zum Abendessen daheim zu sein. Plötzlich blieb er stehen. Seine Wangen waren naß. Er griff sich an die Augen. Er weinte. Die ganze Zeit weinte er schon, ohne es zu wissen, während er blindlings auf das Meer zulief. Mein Gott, dachte er, mußte ich wirklich vom Hudson River bis nach Nizza kommen, um zum erstenmal, seit ich ein kleiner Junge war, zu weinen! Keiner der Passanten schien seine Tränen zu sehen; niemand starrte neugierig. Vielleicht waren die Franzosen es gewohnt, erwachsene Männer weinend durch ihre Straßen laufen zu sehen; vielleicht war es hier Nationalsitte. Vielleicht gab es, dachte er, nach allem, was ihr Land seit Ludwig XVI. durchgemacht hatte, Grund genug zum Weinen.

Als er bei seinem Wagen anlangte, war es schon dunkel. Er war durch Hintergassen gelaufen, hatte ziellos die Richtung gewechselt. *Bella Nizza,* kam es ihm in den Sinn. Die Italiener hatten es im Zweiten Weltkrieg zurückerobert. Für kurze Zeit. Im italienischen Gegenstück zum Pentagon gab es höchstwahrscheinlich einen fertig ausgearbeiteten Plan, um es bei einer künftigen kriegerischen Gelegenheit wieder zu erobern. Gute Nachbarn. Zur Zeit züchteten sie auf allen Schlachtfeldern Jasmin und Rosen und warteten auf den nächsten Krieg. Arme, hoffnungsvolle, von vornherein betrogene italienische Generäle. Es war nicht den Aufwand wert, nicht die Knochen eines einzigen kalabresischen Bauern. Es war nicht mehr *Bella Nizza.* Es war eine moderne, verkitschte, kommerziell orientierte Großstadt, ein zerblätternder Ramschhaufen von Mietskasernen, mit Rockmusik aus kreischenden Straßenlautsprechern, mit scheinheiligen Touristenprospekten, die mit längst entschwundener Schönheit Reklame machten. Alles wurde unaufhaltsam schlimmer.

Die Lampen der Promenade des Anglais brannten, spiegelten sich auf den Dächern des endlosen Stroms von Automobilen, blinkten auf der verschmutzten See, die raunend gegen den mageren Streifen Kieselstrandes anlief. Als er sich mit dem Konsul unterhielt, hatte der Mann gesagt, daß Nizza ein guter Posten im Auswärtigen Dienst sei. Der Mann mußte etwas über Nizza wissen, das man mit nacktem Auge nicht erkennen konnte. Oder er war vielleicht vorher im Kongo oder in Washington stationiert gewesen, und selbst Nizza hatte danach seine Reize. Rudolph überlegte, ob er womöglich auf dem Weg zwischen Konsulat und Küste dem Mörder seines Bruders begegnet war. Durchaus möglich. In Nizza wurden fortgesetzt Mörder von der Polizei verhaftet. Er stellte Gedanken darüber an, was er wohl tun würde, wenn ein Mann sich in einem Café neben ihn setzte, ihn erkennen und in aller Ruhe zu ihm sagen würde: Bonjour, Monsieur, vielleicht interessiert es Sie, zu wissen, daß ich derjenige bin, der es getan hat.

Er öffnete die Tür seines Wagens, stand davor und stieg nicht ein. Er dachte an die Nacht, die ihm bevorstand. Zurück in das Hotel in Antibes, wo er Jean auseinandersetzen mußte, daß sie sich auf einen längeren Aufenthalt an diesem Ort gefaßt zu machen hätten, der ein einziger Schrecken für sie geworden war. Und Kate und Wesley und Dwyer mußte er berichten, daß nichts erledigt worden war, daß alles noch in der Schwebe war, daß sie noch endlos lange mit dem Tod zu tun haben würden und niemand sagen konnte, wann sie sich wieder mit dem Geschäft des Lebens befassen konnten.

Er schlug die Wagentür wieder zu. Er konnte den Gedanken an das Bevorstehende nicht ertragen. So wenig anziehend Nizza war, an diesem Abend war es besser als Antibes. Wenigstens hatte er zu weinen aufgehört.

Vorsichtig durch den Verkehr lavierend, die Auspuffdünste in der Nase, von denen die Wissenschaftler seines Landes ihm versicherten, sie seien tödlich für die Menschenrasse, gelangte er auf die andere Seite der Promenade des Anglais, die im Licht der Geschäftsreklamen und beleuchteten Cafés funkelte. Er betrat ein Café, setzte sich an ein Tischchen auf der Terrasse und bestellte einen Whisky und Soda. Zeitgeheiligter Zaubertrank, Wunderkur, Linderungsmittel, flüchtiger Überwinder dorniger Probleme. Als der Whisky kam, trank er langsam, Schluck für Schluck, froh, daß Jean nicht dabei war, denn in ihrer Anwesenheit konnte er nicht trinken. Manchmal glaubte er in ihrer Anwesenheit nicht atmen zu können – ein Zustand, mit dem er sich ein andermal würde befassen müssen. Er nahm noch einen Schluck.

Plötzlich verspürte er einen Wolfshunger. Er hatte seit dem Frühstück nichts zu sich genommen, und da auch nur einen Croissant und Kaffee. Der Körper hatte seine eigenen Rhythmen, erhob seine eigenen unkomplizierten, befehlerischen Ansprüche. Sein Hunger vertrieb alle anderen Gedanken. Er setzte sich im Stuhl zurück, schlürfte seinen Whisky und entwarf wollüstig ein Menü für das Abendessen. Melone mit einem Tropfen Portwein als Einleitung, dann Fischsuppe, die hiesige Spezialität, mit knoblauchduftenden gerösteten Brotstücken und ein wenig geriebenem Käse darüber, dann Steak und Salat, eine Scheibe Brie und Erdbeeren als Nachtisch. Eine halbe Flasche *Blanc de Blanc* zur Suppe und eine halbe von dem schweren Provence-Wein zum Steak und dem Käse. Der Abend breitete sich in schlemmerischer Pracht vor ihm aus. Er hatte nie mit Gewichtsschwierigkeiten zu kämpfen, wäre er jedoch nicht allein gewesen, er hätte sich sicherlich geniert, in einem Augenblick wie diesem ein so genüßliches Mahl zu bestellen. Aber er kannte niemanden in Nizza. Die Trauergäste waren in einer anderen Stadt. Er bezahlte seinen Whisky und ging die Promenade hinunter zum „Negresco" und ließ sich vom Concierge den Namen des besten Restaurants in Nizza geben. Mit langen Schritten, die Augen trocken, begab er sich zu der angegebenen Adresse.

Das beste Restaurant von Nizza hatte Kerzenbeleuchtung, war mit leuchtendrosa Rosen dekoriert, und aus der Küche kam gerade das richtige schwache Aroma von gutem Essen. Es war nicht voll, aber die wenigen Esser sahen begütert und gut ernährt aus. Stille und eine angemessen ernste Atmosphäre herrschten im Raum; der Oberkellner, ein lächelnder italienischer Gentleman mit gleißenden Zähnen, sprach englisch. Vielleicht, dachte Rudolph, ist er ein Spion der italienischen Armee, und wenn er nachts heimkommt, zeichnet er Hafenpläne, die dann von einem Komplizen auf Mikrofilm aufgenommen werden. *Bella Nizza.*

An seinem Tisch mit dem schimmernden weißen Tischtuch und den knusprigen Brötchen darauf, von denen er eines aufbrach und mit Butter bestrich, fand Rudolph, daß er sich vielleicht doch in der Annahme geirrt haben könnte, die Stadt sei nicht die Knochen eines einzigen kalabresischen Bauern wert. Er kannte keinen in Kalabrien.

Um seinen Appetit noch mehr zu reizen, bestellte er sich einen Martini. Der Martini kam auf den Tisch, blaß und eiskalt. Er fischte die Olive heraus und knabberte daran. Sie schmeckte nach Wacholder und Mittelmeersonne. Der Ober kam mit der Speisekarte, Rudolph winkte ab. „Ich weiß schon, was ich haben will", sagte er.

Das Essen, das dann kam, wurde der Einschätzung des Hotelconcierges hinsichtlich der Küche des Restaurants voll und ganz gerecht.

Rudolph aß und trank langsam, fühlte mit jedem Bissen, jedem Schluck Wein, wie er ein neuer Mensch wurde. Manchmal, dachte er, kann der schönste Urlaub innerhalb zweier Stunden deines Lebens abrollen.

Als er mit den Erdbeeren fertig war, bat er um die Rechnung. Er wollte einen Spaziergang machen, satt bis oben, unerkannt und unbelastet, und dann in einem Café noch einen Kaffee und Cognac zu sich nehmen. Er ließ ein großes Trinkgeld für den Maître d'Hotel und die Kellner zurück und schlenderte in die linde Nachtluft hinaus. Er ging die paar Schritte zum Strand hinunter. Ältestes Meer. Odysseus hatte es überlebt. Festgebunden am Mast, die Seemannsohren gegen die lockenden Gesänge mit Wachs verstopft. Unzählige mutige Männer schliefen in seiner Tiefe. Tom jetzt unter ihnen. Rudolph stand am steinigen Strand, wenige Schritte von der Stelle entfernt, wo die sanften Wellen in einer schmalen Schaumborte nach Frankreich hineinglitten. Es war eine mondlose Nacht, aber die Sterne strahlten prächtig, und entlang der dunklen Küstenkrümmung behängten Tausende von winzigen Lichtern die Hügel mit Juwelenkettchen.

Er atmete tief die Salzluft ein. Trotz des Verkehrsgemurmels hinter ihm fühlte er sich herrlich allein, der Strand verlassen bis auf ihn, und vor ihm nichts als die dunkle Wasserfläche. Morgen, wußte er, würde ein Tag der Schuld und Unruhe werden, aber das war morgen. Er bückte sich und hob einen glatten runden Kiesel auf und warf ihn, daß er über die Wasseroberfläche hüpfte. Er hüpfte dreimal. Er lachte in sich hinein. Wäre er ein jüngerer Mann, ein Junge gewesen, dann wäre er wie ein Mittelstürmer den Strand hinuntergejagt, am Wasserrand entlang, die schwappenden Wellen umlaufend. Aber in seinem Alter, in seinem schwarzen Anzug schien es ihm selbst in seinem heiteren, beschwingten Zustand nicht empfehlenswert, die Aufmerksamkeit der abendlichen Spaziergänger oben auf dem Strandweg auf sich zu lenken.

Er ging zur Promenade zurück, betrat ein hellerleuchtetes Café und setzte sich so, daß er das dichtbevölkerte Trottoir übersehen konnte, die gemächlich schlendernden Passanten, die nach vollbrachtem Tagewerk oder nach absolviertem Touristenpensum nichts mehr wollen, als das Klima genießen, einen schnellen Blickwechsel hier und da, die Gelegenheit zu einem

Bummel in der weichen Nacht, Arm in Arm mit dem geliebten Menschen.

Das Café war nicht überfüllt. Am übernächsten Tisch saß eine Frau und las in einem Magazin, ihr Kopf gebeugt, so daß er ihr Gesicht nicht sehen konnte. Als er hereinkam, hatte sie aufgeschaut und sich schnell wieder in das Magazin vertieft. Vor ihr auf dem Tisch stand ein halb gefülltes Glas Weißwein. Sie hatte dunkles Haar und hübsche Beine, wie er feststellte, und trug ein hellblaues Kleid.

Er fühlte einen anderen, unbestimmten Hunger in sich aufsteigen.

Verdirb den Abend nicht, warnte er sich.

Er bestellte auf englisch Cognac und Kaffee beim Kellner. Die Frau, bemerkte er, schaute, während er sprach, wieder auf. Er entdeckte – jedenfalls vermeinte er es – den Schimmer eines Lächelns auf ihrem Gesicht. Sie war nicht mehr jung, Ende Dreißig, schätzte er, etwa wie er selbst, sorgsam hergerichtet, mit Lidschatten. Für eine Prostituierte ein bißchen alt, aber doch attraktiv.

Der Kellner stellte ihm Kaffee und Cognac hin, legte den kleinen Kassenbon daneben hin und ging zu seiner Bar zurück. Rudolph schlürfte ein Schlückchen Kaffee, der stark und schwarz war. Dann hob er das kleine Cognacglas und roch das Aroma. Als er das Glas gerade an den Mund führen wollte, hob die Frau das ihre in seine Richtung. Diesmal war kein Zweifel möglich: sie lächelte. Sie hatte einen vollen, roten Mund, dunkle, graue Augen, schwarzes Haar. Höflich hob Rudolph sein Glas, grüßend, etwas höher und trank ein wenig.

„Sind Sie Amerikaner?“ sagte sie. Sie hatte nur wenig Akzent.

„Ja.“

„Ich wußte es, sobald Sie hereinkamen“, sagte sie. „Der Anzug. Sind Sie zum Vergnügen hier?“

„Sozusagen“, sagte er. Er war sich nicht im klaren, ob er die Unterhaltung fortsetzen sollte oder nicht. Er war mit Fremden etwas gehemmt, besonders mit Frauen, die er nicht kannte. Sie sah nicht wie die Prostituierten aus, die man auf den Straßen von New York auf- und abwandeln sah, aber er war in einem fremden Land und war nicht sicher, wie französische Prostituierte sich kleideten und sprachen. Er war es nicht gewohnt, von Frauen angesprochen zu werden. Er habe etwas Unnahbares an sich, hatte ihm sein Freund und Anwalt Johnny Heath gesagt, etwas Strenges, Nüchternes. Johnny Heath wurde angesprochen, wo er ging und stand, auf der Straße, in Bars, auf Parties. An Johnny Heath gab es nichts Nüchternes und Strenges.

Schon in frühen Jahren hatte Rudolph sich eine distanzierte, kühle Art zugelegt, in der Meinung, das gäbe ihm den Anstrich einer anderen Klasse als der der Buben und Erwachsenen, unter denen er groß geworden war, mit ihrer schnellen Plumpvertraulichkeit, ihrer lauten, plebejischen Geselligkeit. Vielleicht, dachte er, während er die Frau am anderen Tisch ansah, habe ich etwas zu dick aufgetragen.

„Gefällt es Ihnen hier?" fragte die Frau. Ihre Stimme war dunkel, heiser, fast rauh, aber nicht unangenehm.

„Ganz gut", sagte er.

„Wohnen Sie hier in Nizza im Hotel?"

„Nein", sagte er. Er nahm an, es gab eine ganz bestimmte, festgelegte Routine, der Damen ihres Schlages zu folgen pflegten. Diese hier war wohl eine von den besserbezahlten Angehörigen ihres Berufsstandes, die nicht gleich mit der Tür ins Haus fiel, sondern dem Mann erst schmeichelte, indem sie vorgab, sich für ihn zu interessieren, und so die eigentliche Verrichtung des Geschäfts auf eine etwas höhere Ebene als die rein physische und kommerzielle hob. „Ich bin auf der Durchreise", sagte er. Er fing bereits an zu denken: Warum nicht? Warum nicht einmal im Leben sehen, wie so etwas ist? Zudem war er lange enthaltsam gewesen. Zu lange eigentlich. Seit Jean die Fehlgeburt gehabt hatte, hatte er nicht mehr mit ihr in einem Zimmer geschlafen. Schon über ein Jahr. Manchmal mußte man auch daran denken, dachte er, daß man ein Mann war. Ein Tier mit Geweih. Ja, auch er. Er lächelte die Frau an. Es tat wohl, so zu lächeln. „Darf ich Ihnen einen Drink anbieten?"

Nie hatte er bisher einem Unbekannten einen Drink angeboten, weder Mann noch Frau. Zeit, daß man damit anfing. Wofür habe ich mich aufgehoben? Was habe ich damit bewiesen? In dieser einen Stadt Nizza wälzten sich in diesem Augenblick wahrscheinlich Tausende von Männern mit ihren Partnerinnen in Betten der Lust, bereuten nichts, griffen nach der Freude, für die ihre Körper geschaffen waren, und vergaßen des Tages Mühen und Ängste. Was stellte ihn über die normale Menschheit? „Ich bin allein", sagte er wagemutig. „Mein Französisch reicht nicht weit. Ich hätte gern etwas Gesellschaft. Jemanden, der englisch spricht.“ Immer wieder diese heuchlerischen Schutzklauseln, dachte er.

Die Frau warf einen Blick auf ihre Uhr, tat so, als entschiede sie sich gerade. „Oh“, sagte sie, „das wäre sehr nett.“ Sie lächelte ihm zu. Sie war hübsch, wenn sie lächelte, fand er. Weiße Zähne sogar und entzückende kleine Falten um die dunkelgrauen Augen. Sie faltete das Magazin zusammen und nahm ihre Handtasche und stand auf und ging die drei Schritte zu seinem Tisch. Er stand auf und hielt ihr den Stuhl, und sie sagte „Danke“ und setzte sich. „Ich unterhalte mich gern mit Amerikanern, wenn sich die Gelegenheit ergibt. Ich war drei Jahre in Washington und habe die Amerikaner dort liebgewonnen.“

Der Eröffnungszug, dachte Rudolph, ließ sich aber nichts anmerken. Wenn ich Schwede oder Grieche wäre, würde sie sagen, sie mag die Schweden und die Griechen. Er überlegte, wie sie wohl die drei Jahre in Washington verbracht haben mochte. Leute von der Lobby „unterhalten“? Gegen Bezahlung Kongreßmänner in Motelschlafzimmern vom rechten Weg abgebracht?

„Einige Amerikaner mag *ich* sogar“, sagte er.

Sie lachte leise, ein kleines, damenhaftes Lachen. Gewiß war sie keine Schwester jener aufgetakelten Wilden, die in New Yorks Straßen auf den Kriegspfad gingen, selbst wenn sie von der gleichen Innung war. Er hatte wohl gehört, daß es auch in Amerika wohlerzogene Huren gab, die hundert Dollars und darüber für einen Stundenbesuch nahmen und die man nur per Telefon bestellen konnte, arbeitslose Schauspielerinnen und Mannequins, elegante Hausfrauen, die sich einen Nerz zusammensparen wollten. Aber er war noch keiner begegnet. Tatsächlich hatte er noch nie mehr als zwei Worte zu einer Prostituierten gesagt: Danke, nein.

„Und die Franzosen“, sagte sie. „Mögen Sie die?“

„Einigermaßen“, sagte er. „Und Sie?“

„Einige von ihnen.“ Wieder das kleine Lachen.

Der Ober kam, mit gleichgültiger Miene. Er war Umgruppierungen von Tisch zu Tisch gewohnt. „*La même chose? Un vin blanc?*“ fragte Rudolph die Frau.

„Ah“, sagte sie. „Sie sprechen Französisch.“

„*Un petit peu*“, sagte Rudolph. Er hatte ein verspieltes, leicht beschwipstes Gefühl. Dies war eine Nacht für Spiele, Larven, hübsche französische Spielsachen. Was auch heute nacht passierte, die Dame würde schon sehen, daß sie es nicht mit dem ersten besten amerikanischen Wald- und Wiesentouristen zu tun hatte. „*Il l'ai étudié à l'école.* High school. Wie sagt man auf französisch?"

„*Collège? Lycée?*"

„*Lycée*", sagte er triumphierend.

Der Ober scharrte mit den Füßen, ein kleiner Wink, daß er nicht die ganze Nacht herumstehen und einem Amerikaner zuhören könne, der versuchte, sich an sein Schulfranzösisch zu erinnern, um einer Dame zu imponieren, die ihn gerade aufgegabelt hatte. „*Monsieur?*" sagte der Ober. „*Encore un cognac?*"

„*S'il vous plaît*", sagte Rudolph mit Würde.

Danach sprachen sie in einer Mischung aus beiden Sprachen und lachten beide über das Französisch, das Rudolph mit Mühe und Not seinem Gedächtnis abrang. Er erzählte ihr von der vollbusigen Lehrerin, die er daheim als Schuljunge gehabt hatte, wie er sich eingebildet hatte, in sie verliebt zu sein, ihr heiße Briefe auf französisch geschrieben und einmal ein splitternacktes Bild von ihr gemalt hatte, das sie konfiszierte. Der Frau schien es Spaß zu machen, ihm zuzuhören, ihn zu korrigieren, wenn er Fehler in ihrer Sprache machte, ihn zu loben, wenn er mehr als drei Worte hintereinander herausbrachte. Wenn französische Huren so waren, dachte Rudolph, nach einer Flasche Champagner leicht benebelt, konnte er verstehen, warum Prostitution eine so angesehene Einrichtung der französischen Zivilisation war.

Dann hatte die Frau – ihr Name war Jeanne, wie er auf Anfrage erfuhr – auf ihre Uhr geschaut und war ernst geworden. „Es wird langsam spät", sagte sie auf englisch und nahm Magazin und Handtasche auf, „ich muß mich auf den Weg machen."

„Es tut mir leid, wenn ich Ihre Zeit unnütz in Anspruch genommen habe", sagte er. Seine Stimme war dickflüssig, und er bekam die Worte nur mit Mühe heraus.

Sie stand auf. „Es hat mir großes Vergnügen gemacht, Jimmy", sagte sie. Er hatte ihr gesagt, daß er so hieße. Eine weitere Maske. Sie würde ihn nicht wiederfinden. „Aber ich erwarte einen wichtigen Anruf . . ."

Er erhob sich, um sich zu verabschieden, halb erleichtert, halb betrübt, daß er nicht mit ihr schlafen würde. Sein Stuhl fiel nach hinten, und er schwankte etwas beim Hochkommen. „Es war rei-reizend“, sagte er.

Sie schaute ihn stirnrunzelnd an. „Wo ist Ihr Hotel?“ fragte sie.

Wo war doch sein Hotel? Einen Augenblick lang war die Karte von Frankreich aus seinem Bewußtsein ausgelöscht. „Wo ist mein – mein Hotel“, sagte er verschwommen. „O ja. Antibes.“

„Sind Sie mit dem Wagen da?“

„Ja.“

Sie dachte kurz nach. „In der Verfassung können Sie nicht fahren, wissen Sie?“

Er ließ verlegen den Kopf hängen. Amerikaner, dachte sie jetzt wohl verächtlich, kommen nach Frankreich und sind nicht in der Verfassung zu fahren. Sie sind zu nichts in der Verfassung. „Ich trinke sonst nicht viel“, sagte er, und es klang wie eine Entschuldigung. „Ich hatte heute keinen guten Tag.“

„Die Straßen sind gefährlich“, sagte sie. „Besonders bei Nacht.“

„Besonders bei Nacht“, pflichtete er bei.

„Möchten Sie zu mir kommen?“ fragte sie.

Endlich, dachte er. Jetzt würde es keine Sünde mehr sein, nur noch eine Vorsichtsmaßregel. Als Geschäftsmann hätte er sie eigentlich fragen müssen, wieviel es kosten würde, aber nach den Drinks und der netten Unterhaltung, die sie miteinander hatten, würde das jetzt ein wenig plump klingen. Dazu war immer noch Zeit. Was es auch kosten mochte, er würde sich ja wohl eine Nacht in Europa mit einer Kurtisane leisten können. Er war stolz auf sich, daß ihm das Wort eingefallen war – Kurtisane. Plötzlich wurde ihm wieder klar im Kopf. „*Volontiers.*“ Er sagte es in ihrer Sprache, um zu zeigen, daß es mit ihm nicht so schlimm stand, wie sie dachte. Er rief laut nach dem Ober, „*Garçon!*“, und holte die Brieftasche heraus. Er hielt die Hände über die Brieftasche, damit sie nicht sah, wie viele Banknoten er darin hatte. In solchen Lagen – daß wußte er, obgleich er nicht daran gewöhnt war – mußte man sich vorsehen.

Der Kellner kam und sagte auf französisch, wie hoch die Rechnung sei. Er verstand ihn nicht und wandte sich hilflos, geniert, an die Frau. „Was sagt er?“

„Zweihundertundfünfzehn Francs“, sagte sie.

Er zog drei Hunderter aus der Brieftasche und winkte dem

Ober ab, der umständlich Anstalten machte, das Wechselgeld hervorzuholen.

„Sie hätten ihm kein so hohes Trinkgeld geben dürfen", flüsterte sie, während sie ihn unterfaßte und aus der Bar führte.

„Amerikaner", sagte er. „Ein nobles und großzügiges Menschengeschlecht."

Sie lachte und hielt seinen Arm fester.

Sie fanden ein Taxi, und er bewunderte die graziöse Armbewegung, mit der sie dem Fahrer winkte, ihre schöngeformten Beine, die warme Kurve ihrer Brust.

Sie hielt im Taxi seine Hand, das war alles. Es war nur eine kurze Fahrt. Ihr Parfüm verbreitete sich, Moschus, mit einer Andeutung von Blumen. Das Taxi hielt vor einem kleinen Wohnblock in einer dunklen Straße. Sie bezahlte den Fahrer, nahm wieder seinen Arm und führte ihn ins Haus. Er ging hinter ihr her zum ersten Stock hinauf, bewunderte sie nun von unten. Sie schloß die Wohnungstür auf, führte ihn durch einen dunklen Flur und einen Türeingang und knipste eine Lampe an. Er war überrascht, wie groß der Raum war und wie geschmackvoll eingerichtet, obgleich er im abgedämpften Licht der einen Lampe nicht allzu viele Einzelheiten erkennen konnte. Sie muß eine großzügige Kundschaft haben, dachte er, Araber, italienische Industrielle, deutsche Stahlbarone.

„Nun . . .", wollte sie gerade anfangen, als das Schrillen des Telephons sie unterbrach.

Also hat sie nicht gelogen, dachte er, sie erwartete wirklich einen Anruf. Sie zögerte, als ob sie den Hörer nicht abnehmen wolle. „Macht es Ihnen etwas aus . . .?" sagte sie. Sie wies auf eine andere Tür. „Ich glaube, ich wäre hierfür besser allein."

„Selbstverständlich." Er ging ins nächste Zimmer und schaltete das Licht ein. Es war ein kleines Schlafzimmer mit einem schon aufgeschlagenen Doppelbett. Durch die geschlossene Tür hörte er ihre Stimme. Er hatte den Eindruck, daß sie wütend zu jemandem sprach, obgleich er ihre Worte nicht verstehen konnte. Nachdenklich blickte er auf das breite Bett. Die letzte Chance, zu verschwinden. Ach was, zum Teufel, dachte er und zog sich aus. Er warf die Kleider achtlos auf einen Stuhl, zog seine Brieftasche heraus und schob sie in eine andere Tasche. Er legte sich ins Bett und zog die Bettdecke über sich.

Er mußte eingeschlafen sein. Das nächste, was er wußte, war, daß ein warmer, parfümierter Körper neben ihm im Bett war, das Zimmer war dunkel, ein seidiges, festes Bein lag über seinem Leib, eine weiche, suchende Hand auf seinem Bauch, ein Mund an seinem Ohr, der Worte murmelte, die er nicht verstand.

Er wußte nicht, wie spät es war, als er mit entspannten Nerven und wohlig ruhendem Körper schließlich dalag, mit den Fingerspitzen den nun vertrauten Körper sacht berührend, der ihm soviel Freude geschenkt hatte. Duftende Zufallsmenschlichkeit, die da neben ihm im Bett lag. Lob und Dank dem Tier, das sich im schwarzen Anzug verbarg. Mißachtet, glorreich in den Staub geworfen, der darbende Puritaner. Er hob den Kopf, lehnte sich auf einem Ellbogen über die Frau und küßte sie sanft auf die Wange. „Es muß schon spät sein", flüsterte er. „Ich werde jetzt gehen."

„Fahr vorsichtig, *chéri*", sagte die Frau, verträumt, gesättigt. Von ihm.

„Ich fühle mich wieder gut", sagte er. „Ich bin nicht mehr betrunken."

Die Frau drehte sich zur Seite, streckte den Arm aus und zündete die Nachttischlampe an. Er stand auf, stolz auf seinen nackten Körper. Pubertäre Angabe, gestand er sich verächtlich ein und kleidete sich an. Die Frau stand auch auf, kräftiger, biegsamer Körper, volle Brüste, muskulöse Hüften, warf einen Morgenrock über, setzte sich in einen Sessel und sah ihm mit einem kleinen Lächeln beim Anziehen zu. Er wünschte, sie hätte nicht das Licht angemacht, wäre nicht aufgewacht. Dann hätte er hundert Francs, vielleicht auch tausend, auf den Kaminsims gelegt, und Dunkelheit und Schlaf hätten seine provinzielle amerikanische Unwissenheit in solchen Dingen vor ihr verborgen; er hätte aus der Wohnung, aus dem Haus schlüpfen können, und alle Verbindungen wären abgerissen. Aber das Licht war an, die Frau beobachtete ihn lächelnd. Wartend?

Er kam nicht darum herum. Er holte seine Brieftasche heraus. „Sind tausend Francs genug?" Er stolperte ein wenig über das Wort „genug".

Sie sah ihn mit einem sonderbaren Blick an. Das Lächeln verschwand. Dann fing sie an zu lachen. Leise erst, dann schallend. Sie beugte sich vornüber, hielt ihren Kopf in den Händen, ihr dichtes, glänzendes Haar fiel in dunklen Kaskaden vor ihr Gesicht, während sie nicht aufhörte zu lachen. Er sah sie an, mit zuckenden Nerven, bedauerte, daß er in ihrem Bett gewesen war, daß er ihr einen Drink angeboten hatte, daß er in Nizza war, daß er je den Fuß auf französischen Boden gesetzt hatte.

„Es tut mir leid", sagte er unbeholfen, „es ist nur eben, daß ich nicht gewohnt bin . . ."

Sie hob den Kopf, ihr Gesicht war noch vom Lachen verzerrt. Sie stand auf und ging zu ihm hin und küßte ihn auf die Wange. „Mein armer Liebling", sagte sie, das Lachen noch in der Kehle, „ich wußte gar nicht, daß ich so viel wert bin."

„Wenn du mehr willst . . .", sagte er steif.

„Viel mehr", sagte sie. „Ich will gar nichts. Der höchste aller Preise. Lieber Mensch, die ganze Zeit hast du gedacht, ich sei eine Gewerbsmäßige. Und warst auch noch so lieb und höflich dabei. Wenn alle Kunden wären wie du, dann würden wir, glaube ich, alle Huren werden. Ich habe die Amerikaner schon immer gemocht, jetzt mag ich sie noch viel mehr."

„Herrgott, Jeanne", sagte er. Es war das erstemal, daß er sie beim Vornamen nannte. „Ich wäre nie darauf gekommen, daß jemand auf mich verfallen würde, mich mit zu sich nach Hause nehmen und . . . Ich weiß nicht, was ich sagen soll."

„Sag nichts. Du bist zu bescheiden, mein reizender Amerikaner, viel zu bescheiden."

„Nun ja", sagte er. „Es ist mir eben noch nie passiert." Er fürchtete, sie würde wieder in Gelächter ausbrechen.

Sie schüttelte verwundert den Kopf. „Was ist nur mit den amerikanischen Frauen los?" sagte sie. Sie wechselte zum Bett hinüber und setzte sich auf die Kante und klopfte mit der Handfläche aufs Bett. „Komm, setz dich, bitte", sagte sie.

Er setzte sich neben sie. Sie nahm seine Hand wie eine Schwester. „Wenn es dich etwas aufrichtet, *chéri*", sagte sie. „Mir ist es auch noch nicht passiert. Aber ich war so allein – ausgehungert – hast du's nicht gemerkt?"

„Nein", gestand er. „Ich bin eben kein Frauenmensch."

„Eben kein Frauenmensch", wierholte sie neckend. „Eben kein Trinkmensch. Genau der Mensch, den ich heute abend brauchte. Ich sollte dir ein bißchen von mir erzählen. Ich bin verheiratet. Mit einem Major der Armee. Er war Adjutant beim Militärattaché in Washington . . ."

Daher das Englisch, dachte er. Kein Lobbymann also, kein Kongreßmann, keine Motels.

„Er ist zur Zeit in Paris stationiert. An der Ecole Militaire", sagte sie. „Zeitweilig." Sie lachte kurz und trocken. „Er ist jetzt schon drei Monate dort. Ich habe zwei Kinder, die zur Schule gehen, hier in Nizza. Sie sind heute abend bei der Großmutter."

„Du hattest keinen Ehering", sagte er. „Ich habe hingeschaut."

„Heute abend nicht", sagte sie. Ihr Gesicht wurde hart. „Ich wollte heute abend nicht verheiratet sein. Als ich am Nachmittag das Telegramm von meinem Mann bekam, er würde anrufen, wußte ich, was er sagen würde. Er würde sagen, daß er wieder zu viel zu tun hätte, um nach Nizza zu kommen. Drei Monate lang hat er jetzt schon zu viel zu tun gehabt. Sie müssen an der Ecole Militaire einen furchtbaren Krieg vorbereiten, wenn ein kleiner Major in drei Monaten nicht einen Tag Urlaub bekommen kann, um nach Nizza zu fliegen und seine Frau zu sehen. Ich kann mir sehr gut vorstellen, was für eine Art von Krieg mein Major in Paris vorbereitet. Du hast mich am Telephon gehört ...?"

„Ja", sagte Rudolph. „Ich konnte nicht verstehen, was du sagtest ... Du klangst böse."

„Es war keine freundliche Unterhaltung", sagte Jeanne. „Nein, gar nicht freundlich. Fängst du nun zu begreifen an, warum ich ohne Ehering an einem Cafétisch saß?"

„Mehr oder weniger", sagte Rudolph.

„Ich wollte gerade aufgeben und heimgehen, als du ins Café kamst und dich hinsetztest", sagte sie leise. „Vorher hatten mich zwei Männer angesprochen. Eingebildete, blasierte Kerle, Experten für – wie sagt man doch in Amerika dafür – one-night ...?"

„One-night stands", sagte Rudolph.

„Ja, richtig."

„Wenigstens haben sie dich nicht für eine Hure gehalten", sagte Rudolph zerknirscht. „Vergib mir."

Sie tätschelte seine Hand. „Da gibt's nichts zu vergeben", sagte sie. „Es hat dem Abend gerade die richtige Dosis Komödie beigemischt. Als du hereinkamst und dich hinsetztest, mit deinem anständigen, respektierlichen Amerikanergesicht, beschloß ich, nicht heimzugehen." Sie lächelte. „Nicht gleich. Wie sich herausgestellt hat, war das kein Fehler. Du darfst nie wieder bescheiden sein." Noch ein schwesterlicher Klaps auf seine Hand. „Also dann, es ist spät. Du mußt gehen, sagst du ... Willst du meine Telephonnummer haben? Sehe ich dich wieder?"

„Ich glaube, ich sollte dir über mich auch einiges sagen", sagte Rudolph. „Vor allem – ich heiße nicht Jimmy. Ich weiß selbst nicht ..." Er hob die Achseln. „Ich nehme an, ich schämte mich über das, was ich tat." Er lächelte. „Was ich *dachte*, daß ich tat. Vielleicht machte ich mir vor, wenn es nicht mein eigener Name wäre, dann wäre ich es auch nicht, der es tat. Eher aber dachte ich, wenn wir uns je wieder begegneten und ich wäre mit jemand anderem und du sagtest ‚Hallo Jimmy', dann könnte ich sagen: Tut mir leid Madame, Sie müssen mich mit jemandem verwechseln."

„Ich wünschte, ich könnte es mir leisten, Tagebuch zu führen", sagte Jeanne. „Ich würde alles, was heute nacht passiert ist, in allen Einzelheiten niederschreiben. Da hätten meine Kinder etwas zum Lachen, wenn sie es nach meinem Tode fänden. Sieh an, sieh an, die gute alte vernünftige Mama . . ."

„Ich heiße Rudolph", sagte er. „Ich habe meinen Namen nie gemocht. Als Junge fand ich ihn unamerikanisch, obgleich schwer zu sagen ist, was heute noch amerikanisch klingt und was nicht. Und wem das noch etwas ausmacht. Wenn man aber ein Teenager ist und den Kopf voll hat mit Büchern, deren Helden Huckleberry Finn heißen und Daniel Boone und Studs Lonigan . . . Also, mir schien, der Name Rudolph klänge wie . . . wie schwere deutsche Küche. Besonders im Krieg." Er hatte nie jemandem anvertraut, was er von seinem Vornamen hielt, hatte es sich selbst nie ganz bewußt gemacht, und fand nun, daß er mit Erleichterung und diebischem Vergnügen zu dieser schönen Unbekannten oder So-gut-wie-Unbekannten ganz offen darüber sprechen konnte. Noch etwas anderes dachte er im gedämpften Lampenlicht auf diesem Bett, das ihm zu so kostbarer Freude verholfen hatte: Er dachte, daß er sich noch einmal der Frau darbringen wollte, Gründe finden, das Abschiednehmen hinauszuschieben, zusammen mit ihr sich in der Vorstellung wiegen, der Morgen sei noch nicht nahe, das Scheiden nicht unvermeidlich.

„Rudolph", sagte Jeanne. „Nicht gut, nicht schlecht. Mach Rodolfo daraus. Das klingt besser, meinst du nicht?"

„Bedeutend besser."

„Gut", sagte sie neckend. „Von jetzt an nenne ich dich Rodolfo."

„Rodolfo Jordache", sagte er. Es gab ihm ein neues, schmissigeres Bild von sich. „Jordache ist mein Nachname. Ich wohne im Hôtel du Cap." So, nun war die letzte Deckung herunter. Namen und Adressen. Jeder dem anderen ausgeliefert. „Noch eines: Ich bin verheiratet."

„Das habe ich mir gedacht", sagte Jeanne. „Deine Angelegenheit. So wie meine Ehe meine Angelegenheit ist."

„Meine Frau ist mit mir in Antibes." Er brauchte ihr nicht unbedingt zu sagen, daß sie auch nicht gerade gut miteinander standen. „Gib mir deine Telephonnummer."

Sie stand auf und ging zu einem kleinen Schreibtisch hinüber, wo Papier und Schreiber waren, und schrieb ihm ihre Nummer auf. Sie reichte ihm das Stück Papier, und er faltete es sorgfältig zusammen und steckte es in die Tasche.

„In künftigen Fällen", sagte sie, „wirst du ein Hotelzimmer nehmen müssen. Die Kinder werden hier sein."

In künftigen Fällen . . .

„So", sagte sie. „Ich bestelle dir ein Taxi." Sie gingen in den Salon, und sie wählte eine Nummer, sprach ein paar schnelle Worte, wartete einen Augenblick, sagte „*Très bien*" und legte auf. „Die Taxe ist in fünf Minuten da", sagte sie. Sie lächelte, ein Lächeln, das er lange im Gedächtnis behalten würde.

Das Taxi stand schon da, als er herunterkam. Der Dieselmotor klang, als wäre es eine Barkasse, die gerade auslaufen wollte.

„*L'hôtel Negresco*", sagte Rudolph beim Einsteigen. Als das Taxi anfuhr, sah er sich noch einmal nach dem Haus um. Er mußte ganz sicher sein, es wiederzufinden, er mußte es im Traum erkennen können. Als sie beim „Negresco" angekommen waren, gab er gut acht, beim Überqueren der Straße zum Standplatz seines Autos nicht überfahren zu werden. Er setzte sich ans Steuer des Mietwagens und fuhr langsam und vorsichtig die Straße am Meer entlang nach Antibes.

Als er beim Hafen ankam, verlangsamte er die Fahrt noch mehr, dann schwenkte er mit einem Ruck in seinen Parkplatz ein, stieg aus und ging zum Quai hinüber, wo die „Chlothilde" in der stillen Reede vertäut war. Kein Licht war auf der Jacht zu sehen. Er wollte Wesley oder Bunny nicht aufwecken. Er zog die Schuhe aus und kletterte vom Deck in das Beiboot hinunter, das längsseits lag, machte die Leine los, setzte sich mittschiffs und legte geräuschlos die Riemen ein. Fast lautlos pullte er vom Schiff weg der Hafenmitte zu, steuerte dann, stärker pullend, die Hafeneinfahrt an, den Teergeruch des Wassers in der Nase, der sich mit dem Blütenduft von der Küste vermischte.

Er hatte das alles fast automatisch getan, ohne nach dem

Warum zu fragen. Der Zug der Ruder an Schultern und Armen verschaffte ihm ungetrübten Genuß, und das Gluckern der kleinen Bugwellen an den Bootswänden schien ihm die passende Musik, die Nacht zu beschließen.

Antibes – finstere Schatten, nur hier und da ein Licht – verschwand langsam, während er auf das grüne und das rote Feuer zuhielt, die die Rinne zum Meer hinaus markierten. Der Rhythmus seines rudernden Körpers gab ihm Befriedigung. Wie oft hatten diese selben Riemen in den Händen seines Bruders gelegen. Seine eigenen Hände lagen weich an dem glatten Holz, das die starken Hände des Bruders blankpoliert hatten. Der Gedanke, daß seine Handflächen am Morgen vielleicht voller Blasen sein würden, behagte ihm.

Allein auf der dunklen Wasseroberfläche zu sein war wie ein Segen, und die blinkenden Lichter der Hafeneinfahrt mit ihrem Versprechen eines sicheren Ankerplatzes spendeten Trost. Hier war Leid möglich, aber auch Hoffnung. „Thomas, Thomas", sagte er leise und fühlte, wie die sanfte Dünung das Boot hob. Er erinnerte sich all der Zeiten, wo sie einander enttäuscht, im Stich gelassen hatten, und an das Ende, als sie die Versäumnisse vergessen oder wenigstens vergeben hatten.

Er fühlte sich frisch und heiter, allein in der dunklen Nacht, doch dann vernahm er das Husten eines kleinen Fischerboots, das hinter ihm, mit einer winzigen Karbidlampe am Bug, in See ging. Das Fischerboot kam nahe an ihm vorüber, und er konnte zwei Männer darin ausmachen, die verwundert zu ihm herüberstarrten. Er war sich bewußt, wie seltsam ihnen der Anblick vorkommen mußte – ein Mann im dunklen Straßenanzug, der um diese Stunde mutterseelenallein ins Meer hinaussteuerte. Er pullte weiter, bis sie außer Sicht waren, dann ließ er die Riemen hängen und blickte zum sternbesäten Himmel empor.

Er dachte an seinen Vater, diesen wütigen, bedauernswerten alten Mann, der auch im Dunklen gerudert war, der eine Sturmnacht für seine letzte Fahrt gewählt hatte. Selbstmord war dem Vater möglich gewesen, der im Tode jenen Frieden gefunden hatte, den er im Leben nie hatte erringen können. Ihm war er nicht möglich; er war ein anderer Mensch, von dem anderes erwartet wurde. Er holte tief und lange Atem, dann wendete er das Boot und ruderte zur „Chlothilde" zurück. Die Hände brannten ihm.

Leise machte er an der „Chlothilde" fest, kletterte die Leiter hoch und ging an Land. Er zog sich die Schuhe wieder an, stieg in sein Auto und startete den Motor.

Es war schon nach drei Uhr morgens, als er beim Hotel ankam. Das Foyer lag verlassen, der Nachtconcierge gähnte hinter dem Empfang. Er ließ sich seinen Schlüssel geben und war schon auf dem Weg zum Fahrstuhl, als der Concierge ihm nachrief: „Oh, Mr. Jordache, Mrs. Burke hat eine Nachricht für Sie hinterlassen. Sie möchten zu ihr kommen, auch wenn es noch so spät ist. Sie sagte, es sei dringend."

„Danke", sagte Rudolph verdrießlich. Ganz gleich, was es war, Gretchen würde sich bis zum Morgen gedulden müssen.

„Mrs. Burke hat mich beauftragt, sie anzurufen, sobald Sie kämen. Ganz gleich, um welche Zeit." Sie hatte also geahnt, daß er versuchen würde, ihr auszuweichen, und hatte Maßnahmen ergriffen, das zu verhindern.

„Ah so", sagte Rudolph. Er seufzte. „Rufen Sie bitte hinauf und sagen Sie, ich käme auf ihr Zimmer, sobald ich nach meiner Frau geschaut habe." Er hätte die Nacht über in Nizza bleiben sollen. Oder bis zum Morgengrauen herumrudern. Den Dingen bei Tageslicht ins Auge sehen.

„Noch etwas", sagte der Concierge. „Ein Herr war da und fragte nach Ihnen. Ein Mr. Hubbell. Er sagte, er sei von ‚Time'. Er hat den Fernschreiber benutzt."

„Wenn er wieder kommt und nach mir fragt, sagen Sie, ich bin nicht da."

„Ich verstehe. *Bonne nuit, monsieur.*"

Rudolph drückte auf den Fahrstuhlknopf. Er hatte vorgehabt, Jeanne anzurufen, ihr gute Nacht zu sagen, zu versuchen, ihr zu sagen, was sie für ihn getan hatte, auf ihre heisere Stimme mit dem rauhen, sinnlichen Klang zu lauschen und mit der Erinnerung an die Nacht, die seinen Träumen die Schwere nehmen würde, in Schlaf zu sinken. Damit war es nun vorbei. Er schlurrte in den Fahrstuhl und fühlte sich alt, stieg auf seinem Stockwerk aus, öffnete die Tür zur Suite so leise er konnte. Das Licht war an, sowohl im Salon als auch in dem Schlafzimmer, in dem Jean schlief. Seit dem Mord wollte sie nicht mehr im Dunklen schlafen. Als er sich ihrer Tür näherte, rief sie: „Rudolph?"

„Ja, Liebes." Er seufzte. Er hatte gehofft, sie würde schlafen. Er ging zu ihr hinein. Sie saß aufrecht im Bett und starrte ihn an. Unwillkürlich suchte er nach einem Glas oder einer Flasche.

Weder Glas noch Flasche waren zu sehen, und er sah ihrem Gesicht an, daß sie nicht getrunken hatte. Sie sieht alt aus, dachte er, alt. Das verlebte Gesicht, die stumpfen Augen über dem Spitzennachthemd gaben ihr das Aussehen einer bösartigen Karikatur der Frau, die sie in vierzig Jahren sein würde.

„Wie spät ist es?“ fragte sie schroff.

„Drei durch. Du solltest jetzt schlafen.“

„Drei durch. Das Konsulat in Nizza hat merkwürdige Sprechzeiten, findest du nicht?“

„Ich habe mir die Nacht frei genommen“, sagte er.

„Frei von was?“

„Von allem“, sagte er.

„Von mir“, sagte sie bitter. „Das ist schon zur Gewohnheit geworden, nicht wahr? Eine Art Lebensgewohnheit von dir, findest du nicht?“

„Laß uns am Morgen darüber reden, ja?“ sagte er.

Sie schnüffelte. „Du stinkst nach Parfüm“, sagte sie. „Wollen wir auch das am Morgen besprechen?“

„Wenn du willst“, sagte er. „Gute Nacht.“

Als er im Hinausgehen war, rief sie ihm nach: „Laß die Tür auf. Ich muß mir alle Fluchtwege offen halten.“

Er ließ die Tür offen. Er hätte sie gern bemitleidet.

Er ging durch den Salon in sein Schlafzimmer, dessen Tür er hinter sich schloß. Dann schloß er die Tür, die in den Flur hinausführte, auf und trat hinaus. Er wollte Jean nicht erst erklären müssen, daß er wegen irgend etwas, das seine Schwester für dringlich hielt, zu Gretchen mußte.

Gretchens Zimmer lag weiter den Flur entlang. Er ging an den Schuhpaaren vorbei, die die Gäste zum Putzen hinausgestellt hatten. Europa, dachte er, stand am Rande des Kommunismus, aber immer noch wurden jeden Morgen Schuhe blankgewichst – von künftigen Kommissaren und heranwachsenden Trotzkis.

Er klopfte an Gretchens Tür. Sie öffnete sofort, als hätte sie, vom Concierge geweckt, schon dort gestanden und nicht die paar Sekunden warten können, die es gebraucht hätte, durch das Zimmer zur Tür zu gehen. Sie war in einem hellblauen Samtbademantel, fast das gleiche Blau wie das des Kleides, das Jeanne im Café angehabt hatte. Er fand, daß sie mit ihrem schmalen, blassen Gesicht, dem schwarzen Haar und dem graziösen Körper Jeanne verblüffend ähnelte. Echos gab es überall, das war ihm noch nie aufgefallen.

„Komm herein", sagte sie. „Ich habe mich geängstigt. Guter Gott, wo warst du?"

„Das ist eine lange Geschichte", sagte er. „Hat das nicht Zeit bis zum Morgen?"

„Es hat keine Zeit bis zum Morgen", sagte sie und schloß die Tür. Sie zog die Luft ein. „Du riechst himmlisch, Bruder", sagte sie sarkastisch. „Und du siehst aus, als ob du direkt aus einem Bett kämest."

„Ich bin ein Gentleman", sagte Rudolph und versuchte einen leichten Ton anzuschlagen. „Und Gentlemen sprechen nicht über solche Dinge."

„Ladies tun es", sagte sie. Gretchen hatte auch ihre vulgäre Seite.

„Lassen wir das", sagte er. „Ich muß jetzt schlafen. Was ist denn so verdammt eilig?"

Gretchen fiel in einen Sessel zurück und streckte alle Glieder von sich, als könne sie es vor Müdigkeit nicht mehr aushalten.

„Bunny Dwyer hat vor einer Stunde angerufen", sagte sie tonlos. „Wesley ist im Gefängnis."

„Was?"

„Wesley ist im Gefängnis in Cannes. Er war in eine Schlägerei in einer Bar verwickelt und hat einen Mann mit einer Bierflasche fast umgebracht. Er hat einen Polizisten tätlich angegriffen, und die Polizei mußte ihn überwältigen. Ist dir das eilig genug, Bruder?"

4

Aus Billy Abbotts Tagebuch

1968

Heute waren in Brüssel Unruhen, und Bomben explodierten. Es geht darum, ob die Kinder von flämisch sprechenden Familien in ihrer eigenen Sprache oder auf französisch unterrichtet werden sollen und daß die Straßenschilder in beiden Sprachen beschriftet werden sollen. Und die Schwarzen in den Einheiten hier reden von Meuterei, falls ihnen nicht erlaubt wird, Afro-Frisuren zu tragen. Heute könnten sich die Leute über alles und jedes in Stücke reißen. Was, leider Gottes, der Grund ist, warum ich in einer Uniform stecke, obgleich ich nicht den leisesten Wunsch hege, irgend jemandem auch nur das geringste anzutun, und, was mich anbetrifft, kann jeder, der will, flämisch oder baskisch oder serbokroatisch oder sanskrit sprechen, und alles, was ich sagen würde, wäre, ich finde, es klingt großartig.

Krankt es irgendwo an meinem Charakter?

Ich glaube, ja. Wenn man stark ist, will man alles und jeden um einen herum beherrschen. Es ist schwer, Leute zu beherrschen, wenn sie nicht deine Sprache sprechen, und wer stark ist, der wird wütend, so wie amerikanische Touristen in europäischen Restaurants, die anfangen zu brüllen, wenn ein Kellner nicht versteht, was sie bestellen.

In die Sprache der Politik übersetzt, heißt das Aufruhr, Polizei und Tränengas.

Monika spricht Deutsch, Englisch, Französisch, Flämisch und Spanisch und kann Gälisch lesen, sagt sie. Soviel ich feststellen kann, ist sie genauso friedfertig wie ich, aber aufgrund ihrer Beschäftigung als Übersetzerin bei der NATO hat sie die fürchterlichsten Drohungen, die von kriegswütigen alten Männern verfaßt werden, auf andere kriegswütige alte Männer im entgegengesetzten Flügel des großen Irrenhauses loszulassen, in dem wir alle leben.

Ich habe den Tag mit ihr im Bett verbracht.

Wir tun das hin und wieder.

Dwyer wartete vor der *Préfecture* in Cannes, als Rudolphs Taxi vorfuhr. Rudolph hatte sich für ein Taxi entschieden. Es war klüger, als den eigenen Wagen zu nehmen. Er wollte nicht in eine französische Polizeistation gestürzt kommen, um seinen Neffen herauszupauken, nur um sich zu einem Alkoholtest gezwungen zu sehen. Selbst in seinem dunkelblauen Seemannssweater zitterte Dwyer, der an der Mauer lehnte, vor Kälte, und sein Gesicht schimmerte grünlichbleich in dem wäßrigen Licht der *Préfecture*-Beleuchtung. Rudolph schaute auf die Uhr, als er aus dem Taxi stieg. Es war nach 4 Uhr morgens. Die Straßen von Cannes waren leblos, alle Erledigungen, außer der seinen, besorgt oder auf den Morgen verschoben.

„Herrgott", sagte Dwyer, „bin ich froh, daß Sie da sind. Was für eine Nacht! Scheiße, was für eine Nacht."

„Wo ist er?" fragte Rudolph und versuchte ruhig zu sprechen, um die Hysterie zu dämpfen, die sich in Dwyers Gesicht zeigte und in der Art, wie er unablässig mit den Knöcheln der einen Hand in die Innenfläche der anderen schlug.

„Irgendwo da drinnen. In einer Zelle sicher. Sie haben mich nicht zu ihm gelassen. Ich kann nicht rein. Sie haben gesagt, sie sperren mich auch noch ein, wenn ich mich nochmal da drinnen blicken lasse. Französische Bullen", sagte er bitter. „Man könnte genausogut mit Hitler sprechen."

„Wie geht es ihm?" fragte Rudolph. Der Anblick Dwyers, der sich in der kalten Nachtluft krümmte, jagte ihm selbst kleine Schauer über den Rücken. Er war für die Tageswärme gekleidet, hatte vergessen, sich im Hotel einen Mantel zu greifen.

„Ich weiß nicht, wie es ihm *jetzt* geht", sagte Dwyer. „Als sie ihn reinzerrten, ging es ihm noch ganz gut. Aber er hat einen Polypen geschlagen; Gott weiß, was sie mit ihm gemacht haben, seit sie ihn dort drin haben."

Rudolph wünschte, ein Café wäre auf gewesen, irgendein beleuchteter Raum mit einer Spur von Wärme darin. Aber die Straße streckte sich eng und dunkel nach beiden Seiten hin, mit nichts als ein paar trüben Leuchten. „Gut, Bunny", sagte er beruhigend. „Jetzt bin ich da. Ich werde sehen, was ich tun kann. Aber erst müssen Sie mir berichten. Was ist passiert?"

„Ich hatte ihn zum Essen in Antibes eingeladen", sagte Bunny. Er sagte es in einem defensiven Ton, als klage Rudolph ihn an, als gelte es, erst seine Unschuld zu beweisen, ehe etwas anderes in Angriff genommen werden könnte. „Ich konnte doch den Jungen an einem solchen Abend nicht allein lassen, oder?"

„Natürlich nicht."

„Wir tranken Wein. Wesley hat immer Wein mit uns getrunken, vor seinem Vater, sein Vater goß ihm aus der Flasche ein, als wäre er ein Erwachsener, man vergißt, daß er noch ein halbes Kind ist . . . In Frankreich, wissen Sie . . ." Seine Stimme versagte, als sei die Flasche, die er in dem Restaurant in Antibes mit dem Jungen getrunken hatte, eine weitere ungerechtfertigte Anschuldigung gegen ihn.

„Ich weiß", sagte Rudolph und versuchte, nicht ungeduldig zu klingen. „Was war dann?"

„Dann wollte der Junge einen Brandy. Zwei Brandies. Ich dachte, warum nicht? Schließlich, am Tage, wo man seinen Vater begräbt . . . Selbst wenn er sich betrank, wir waren ja ganz nahe am Hafen, konnte ich ihn ohne weiteres aufs Schiff zurückbringen. Nur – er wollte nicht aufs Schiff zurück. Plötzlich stand er vom Tisch auf und sagte: ‚Ich fahre nach Cannes.' – ‚Wozu zum Teufel willst du mitten in der Nacht nach Cannes?' sagte ich. ‚Ich werde einen Nachtklub besuchen', sagte er. Genau so. Besuchen! ‚Ich werde die Port Rose besuchen.' Weiß der Himmel, was der Brandy, der Tag und alles andere im Kopf von diesem Jungen angerichtet hatten. Ich versuchte es ihm auszureden. Ich schwör's zu Gott, ich habe es versucht. ‚Leck mich am Arsch, Bunny', sagte er. Er hat sonst nie solche Ausdrücke gegen mich gebraucht. Er hatte einen merkwürdigen, toten Ausdruck im Gesicht. Man wäre nicht mit einem Räumpflug gegen ihn angekommen. ‚Niemand verlangt von dir, daß du mitkommst', sagte er. ‚Geh und hol dir deinen Schönheitsschlaf.' Er war schon halb aus dem Restaurant, ehe ich ihn einholen und wenigstens am Arm fassen konnte. Ich konnte ihn doch nicht zu dem verdammten Ort allein hinfahren lassen, oder?"

„Nein", sagte Rudolph müde. „Sie haben ganz richtig gehandelt." Er überlegte, ob er an Dwyers Stelle besser oder schlechter bestanden hätte. Schlechter, entschied er.

„Wir also in ein Taxi und zur Porte Rose", redete Dwyer weiter. Kummer oder Angst oder Unfähigkeit machten ihn geschwätzig. „Er hüllte sich in Schweigen im Taxi. Nicht ein Wort von seinen Lippen. Saß nur da und guckte aus dem Fenster wie ein Tourist. Wer zum Teufel sollte wissen, was in seinem Schädel vorging. Ich bin kein Psychologe, hatte niemals Kinder, wer weiß, an was für verrücktes Zeug die denken." Der Klang der Unschuld, die nicht glaubte, daß man ihr die Unschuld abnahm oder billigte, war wieder in seiner Stimme. „Also", fuhr Dwyer fort, „dachte ich, gut, er ist gestört. Wer ist es heute nicht, an einem solchen Tag, er hat vielleicht so eine komische Idee, daß er es seinem Alten schuldet, sich den Ort anzusehen, wo alles angefangen hat. Er hat das Ende gesehen mit der Asche, die ins Meer hinausschwamm, vielleicht muß er nun auch den Anfang sehen."

Der Anfang, dachte Rudolph, dachte an den wilden Bruder, mit dem er im selben Bett über der Bäckerei geschlafen hatte. Der Anfang war nicht ein Nachtklub in Cannes. Da mußte man weiter zurückgehen. Viel weiter.

„Vielleicht gar keine schlechte Idee, dachte ich", sagte Dwyer. „Soviel war immerhin sicher: Der Jugoslawe, mit dem Tom die Schlägerei hatte, würde nicht dort sein – hinter dem war die Polizei her, seit sie ihn am Tage nach dem Mord verhört hatten, und gefunden haben sie von ihm keine Spur. Und gesehen habe ich ihn sowieso nie und Wesley auch nicht, wir könnten ihn nicht von Adam unterscheiden, selbst wenn er direkt neben uns in vollem Rampenlicht an der Bar stünde. Besonders angenehm würde es für mich nicht sein, aber was war schon dabei, ein paar Drinks und dann ab nach Hause ins Bett und am Morgen einen Kater, mehr war's doch nicht, nicht wahr?"

„Ich verstehe, Bunny", sagte Rudolph mit einem Schauer. „Etwas anderes konnten Sie nicht tun, unter den Umständen."

Dwyer nickte eifrig. „Unter den Umständen", sagte er.

„Wie kam es zu der Schlägerei?" fragte Rudolph. Dwyers Rechtfertigungsversuche konnten noch einen Tag warten. Es war vier Uhr morgens, und ihm war kalt, und Wesley war im Polizeirevier, und vielleicht nahmen die Polizisten ihn sich gerade vor. „War Wesley schuld?"

„Schuld? Wer kann sagen, wer schuld ist, wenn so was passiert?" Dwyers Mund bebte. „Wir standen an der Bar, sprachen nicht miteinander, vielleicht nach dem zweiten, vielleicht auch nach dem dritten Whisky, wir tranken jetzt Scotch, Wesley wollte Scotch, besoffen schien er nicht, der Bursche muß einen Schädel aus Eisen haben – und da war ein großer Engländer neben ihm, und der trank Bier und redete laut, er war von einem Schiff im Hafen, man konnte sehen, daß er Seemann war, sagte etwas auf englisch zu dem Mädchen über die Amerikaner, es war wohl nicht sehr schmeichelhaft, denn mit einemmal drehte sich Wesley zu ihm hin und sagte ganz friedlich: ‚Halt deine große Schnauze über Amerikaner, Tommy.'"

O Gott, dachte Rudolph, welch passender Moment und Ort für Patriotismus!

„Es war irgendwas darüber gewesen, wie die Amerikaner die Engländer ihren Krieg allein ausbaden ließen – Wesley war damals noch gar nicht auf der Welt, was zum Teufel ging es *ihn* an? Mein Gott, selbst sein Vater hätte nie eine Schlägerei in einer Bar gehabt, und wenn *zehn* Engländer gesagt hätten, die Amerikaner wären alle feige Zuhälter und Hurenböcke. Aber Wesley juckte es in den Fäusten. Ich habe ihn nie vorher kämpfen sehen – aber Tom hatte mir von ihm erzählt, und ich sah es kommen und packte ihn am Arm und sagte: ‚Komm, Junge, wir müssen gehen.' Aber der Engländer, Mann, der muß an die hundert Kilo gewogen haben, dreißig, zweiunddreißig Jahre, mit all dem Bier, das er verdrückte, sagte: ‚Würdest du das bitte wiederholen, Söhnchen?' Darauf Wesley, scheißfreundlich: ‚Halt deine große Schnauze über Amerikaner, Tommy!'

Selbst da wäre es noch zu vermeiden gewesen, denn das Mädchen zupfte den Engländer pausenlos am Ärmel und sagte: ‚Komm doch, gehen wir, Arnold.' Aber er schüttelte sie ab und sagte zu Wesley: ‚Von welchem Kahn bist du, Kumpel?', und ich konnte ihn langsam nach der Bierflasche auf dem Bartisch angeln sehen. ‚Die »Chlothilde«', sagte Wesley, und ich fühlte förmlich, wie sich alle seine Armmuskeln anspannten. Der Engländer lachte. ‚Da such dir lieber eine andere Heuer, Jungchen', sagte er. ‚Ich glaube nicht, daß die »Chlothilde« von jetzt ab ein sehr populärer Pot sein wird.' Es war sein Lachen, glaube ich, das Wesley auf die Palme brachte. Er streckte plötzlich den Arm aus und erwischte die Bierflasche zuerst und knallte sie dem Mann quer über das Gesicht. Der Engländer ging zu Boden, blutüberströmt, und alles rings herum schrie, und Wesley fing an, auf ihm herumzutrampeln mit einem Ausdruck – ich hab' so was noch nie gesehen. Wo er das her hat, so zu kämpfen, weiß der Teufel. Mit Füßen treten, heilige Barmherzigkeit! Und lacht dabei wie irre, und ich auf seinem Buckel, um ihn wegzuzerren, aber das machte nicht mehr Eindruck auf ihn, als wenn eine Mücke ihm um den Hals gesummt wäre.

Es dauerte nicht lange. Zwei Polizisten in Zivil von einem Nebentisch stürzten sich auf ihn, aber er langte hin und erwischte einen von den Polizisten mit einem Volltreffer, und der Polizist ging auf die Knie. Aber der andere Polizist holte einen Schlagstock raus und brannte ihm eins über den Nacken, und damit war das Match zu Ende. Sie schleppten Wesley weg in einen Polizeiwagen, der draußen stand, und sie ließen mich nicht mitfahren; da rannte ich eben zum Polizeirevier, und eine Ambulanz sauste in voller Fahrt an mir vorbei mit Rotlicht und heulender Sirene, und ich möchte nicht wissen, in was für einer Verfassung der Engländer jetzt ist." Dwyer stieß einen tiefen Seufzer aus. „So, das war's", sagte er, außer Atem. „So war's. Nun wissen Sie, was los war, warum ich bei Ihnen im Hotel angerufen habe."

Rudolph seufzte gleichfalls. „Ich bin froh, daß Sie angerufen haben", sagte er. „Warten Sie hier. Ich werde sehen, was ich machen kann."

„Ich würde ja gern mit reinkommen", sagte Dwyer. „Aber die können mein Gesicht nicht sehen."

Rudolph setzte sich in Positur und trat in das Revier. Der plötzliche Lichtschein blendete ihn, aber die Wärme war ihm, trotz seiner schwierigen Mission, willkommen. Er fühlte sich unrasiert, sein Anzug war zerdrückt. Er hätte mehr Sicherheit gehabt, hätte er nicht, um mit Gretchen zu sprechen, ausgesehen, als ob er eben aus einem Bett gestiegen wäre. Auch der Parfümduft, der noch an ihm hing, war ihm bewußt. Du bist für die Gelegenheit nicht richtig angezogen und geruch-befreit, sagte er zu sich, als er auf die hohe Barriere zuging, hinter der ein dicker Polizist mit blauen Kinnbacken saß und ihm finster entgegenblickte.

Reisen, dachte er, während er den Polizisten anlächelte oder ihn anzulächeln glaubte, Reisen erweitert den Horizont; man besichtigt Kathedralen, die Betten von Frauen europäischer Militärs, man gleitet über die Wracks in vielen Kriegen versenkter Schiffe hinweg, man lernt fremde Sitten kennen, ausländische Waren, Polizeireviere, Krematorien . . .

„Mein Name ist", sagte er zu dem Polizisten hinter der Barriere in langsamem Französisch, „Jordache. Ich bin Amerikaner ..." Ob der Polizist etwas von Lafayette wußte, vom Marshall-Plan, von der Invasion in der Normandie? Verlaß dich auf Dankbarkeit. Dann bist du verlassen. „Ich glaube, Sie haben meinen Neffen Wesley Jordache hier."

Der Polizist sagte etwas in schnellem Französisch, das Rudolph nicht verstand.

„Sprechen Sie bitte langsam", sagte er. „Mein Französisch ist nicht sehr gut."

„Kommen Sie am Morgen um acht Uhr wieder", sagte der Polizist so langsam, daß Rudolph ihn verstehen konnte.

„Ich würde ihn gern jetzt sehen", sagte Rudolph.

„Sie haben gehört, was ich sagte." Der Polizist sprach jetzt mit übertriebener Langsamkeit und hielt seine beiden Hände mit acht ausgestreckten Fingern in die Höhe.

Rudolph sah ein, daß der Polizist noch nichts von Lafayette oder der Invasion gehört hatte. „Vielleicht braucht er ärztliche Betreuung", sagte er.

Abermals mit höhnischer Langsamkeit bedeutete ihm der Polizist: „Er bekommt ausgezeichnete ärztliche Betreuung. Acht Uhr morgens. Französische Zeit." Er lachte.

„Spricht hier jemand Englisch?"

„Dies ist ein Polizeirevier, Monsieur", sagte der Polizist. „Sie sind hier nicht an der Sorbonne."

Rudolph hätte ihn gern wegen einer Kaution gefragt, aber er wußte nicht das Wort für Kaution. Fünfzigtausend amerikanische und englische Touristen mußten jährlich in Cannes sein, und man sollte meinen, daß irgendeiner dieser Kacker sich die Mühe nehmen sollte, Englisch zu lernen. „Ich möchte mit Ihrem Vorgesetzten sprechen", sagte er hartnäckig.

„Er ist zu dieser Zeit nicht hier."

„Dann mit irgend jemandem."

„Ich bin irgend jemand." Wieder lachte der Polizist. Dann blickte er wieder finster. Das Finsterblicken lag ihm besser als das Lachen. „Sie werden aufgefordert, zu gehen, Monsieur", sagte er barsch. „Dieser Raum muß freigehalten werden."

Einen Augenblick lang dachte Rudolph daran, ihm Geld anzubieten. Aber er hatte diese Nacht schon einmal den Fehler begangen, fälschlich jemandem Geld anzubieten.

„Hinaus, hinaus, Monsieur." Ungeduldig wedelte der Polizist mit seiner dicken Hand. „Ich habe zu tun."

Geschlagen verließ Rudolph das Zimmer. Dwyer war noch draußen und schlug sich die Knöchel einer Hand gegen die Innenseite der anderen. „Nun?“ fragte Dwyer.

„Nichts zu machen“, sagte Rudolph dumpf. „Nicht vor acht Uhr morgens. Am besten gehen wir in irgendein Hotel hier. Es hat keinen Sinn, für die paar Stunden nach Antibes zurückzufahren.“

„Ich lasse die ‚Chlothilde‘ nicht gern allein“, sagte Dwyer. „So wie die Dinge liegen, kann man nicht wissen ...“ Er dachte den Gedanken nicht zu Ende. „Ich bin am Morgen wieder hier.“

„Wie Sie meinen“, sagte Rudolph. Ihm war, als sei er stundenlang im Trab gelaufen. Am Morgen würde er ganz früh den Anwalt in Antibes anrufen. Er mußte an den alten Teddy Boylan denken, dessen Familie die Ziegelei in Port Philip gehörte, wo Rudolph zur Welt gekommen war, und der sich mit ihm angefreundet hatte, wenn man es so nennen konnte, und ihn sozusagen erzogen hatte. Teddy Boylan hatte ihm geraten, Jura zu studieren. „Rechtsanwälte regieren die Welt“, hatte Boylan gesagt. Vielleicht ein guter Rat für Leute, die die Welt regieren wollten. Einstmals gehörte er zu ihnen. Jetzt nicht mehr. Gesetzt den Fall, er hätte den Rat befolgt und wäre Anwalt geworden, würde dann der Polizist mit den blauen Kinnladen ihn ausgelacht und an die Luft gesetzt haben? Wäre Wesley jetzt hinter Gittern, einem Polizisten ausgeliefert, den er in einer Rauferei niedergeschlagen hatte? Wäre Tom noch am Leben oder wenigstens einen saubereren Tod gestorben? Vier-Uhr-früh-Gedanken ...

Schleppend ging er durch die leeren Straßen, keine Huren, keine Spieler, keine Ambulanzen, zum Carlton Hotel, wo er ein Zimmer für ein paar Stunden Schlaf finden konnte, und Dwyer ein Taxi, das ihn zur „Chlothilde“ brachte.

So muß meinem Vater hundertmal in seinem Leben zumute gewesen sein, verdroschen, daß er sich vor Schmerzen nicht rühren konnte, dachte Wesley. Er lag auf dem blanken Brett, das an der Wand der Zelle befestigt war, in die man ihn geworfen hatte. Der Gedanke war irgendwie tröstlich, brachte ihn dem Vater näher als das ergebnislose Gebet am Nachmittag zuvor. Er fühlte sich jetzt ruhig, entspannt, nichts scherte ihn mehr, einstweilen jedenfalls. Er war froh, daß sie ihn von dem

Engländer weggezerrt hatten, hoffentlich hatte er den Hurensohn nicht umgebracht.

Wenn der Hurensohn nicht tot war, würde Onkel Rudy ihn hier herauskriegen. Der gute, kleine Alles-in-Ordnung-Bringer Rudy Jordache. Er mußte lächeln, als er das dachte, wenn es auch weh tat, zu lächeln.

Das Lächeln hielt nicht lange an. Er hatte den Vater nicht lange genug gekannt. Er wußte nicht, wie lange „genug" war, aber er wußte, daß die Zeit, die er gehabt hatte, nicht ausgereicht hatte. Jetzt war's vorbei mit den langen Gesprächen im abgedunkelten Ruderhaus. Wiedergutmachungszeit hatte der Vater es genannt, wo die Lücken gefüllt, die Jahre ersetzt wurden, während derer die Mutter mit ihm weggelaufen war, ihn von einer elenden Schule auf die andere abgeschoben hatte, ihm vorgemacht hatte, sein Vater hätte ihn verlassen, sei mit einer billigen Nutte davongerannt, sei höchstwahrscheinlich schon gestorben bei dem Leben, das er führte, immer im Sumpf, betrunken, mit Weibern, Karten, Würfeln, immer Raufereien, das Geld zum Fenster hinaus und jedermanns Feind. Ja, seine Mutter hatte einiges auf dem Gewissen.

Was das anbetraf, so hatte er selbst so manches zu verantworten. Hätte er ein bißchen besser aufgepaßt, so hätte er den untergetauchten Baumstamm, auf den sie aufgelaufen waren, rechtzeitig gesehen oder gespürt, und sie wären nicht zur Umkehr nach Antibes für die Reparatur gezwungen gewesen, würden jetzt alle die italienische Küste entlanggondeln, Portofino, Elba, Sizilien, der Vater hätte ihm, wenn alle anderen unter Deck schliefen, mit seiner leisen, rauhen Stimme von Chlothilde Deveraux erzählt, der Frau, nach der die Jacht hieß, die Hausangestellte bei Toms dickem Onkel Harold gewesen war, ihn nackend in der Badewanne abgeschrubbt, ihm Riesenmahlzeiten aufgetischt, mit ihm ins Bett gegangen war. Seine erste richtige Liebe, hatte der Vater traurig gesagt, eine Weile da und wieder weg.

Oder wenn er nicht wie ein kleines Kind geschlafen hätte, hätte er die Schritte oben an Deck gehört, so wie sein Vater sie immer hörte, wenn er noch so müde oder noch so tief im Schlaf war, und wäre hinaufgegangen, hätte den Vater gesehen, wie er gerade loslief, um Jean Jordache zu retten, allein, er hätte ihn begleiten können, vielleicht soviel Grips gehabt, ihn dazu zu bringen, daß er die Polizei anrief, hätte wenigstens dabei sein können, so daß der Jugoslawe gemerkt hätte, daß ein Kampf sinnlos war.

Mach dir nichts vor, dachte Wesley. Eines Nachts wäre es doch passiert, in Portofino, Elba oder Sizilien. Jean war dazu gemacht, in Schwierigkeiten zu geraten und alle anderen mit hineinzuziehen, und keiner konnte dagegen an. Er hatte sie von Anfang an nicht ausstehen können und hatte es dem Vater gesagt. Der Vater sagte: „Ich gebe zu, sie hat ihre Probleme, *ich* hätte sie nicht geheiratet, aber Rudy ist eben anders. Sie ist reich, sie war hübsch und elegant..." Tom hatte die Achseln gezuckt. „Vielleicht muß man für reich, hübsch und elegant bezahlen." Nur daß es dann sein Vater war, der gezahlt hatte. Mutiger, als für ihn gut war, zu selbstsicher. „Ich habe meinen eigenen Kummer mit Weibern gehabt." Er hatte in der Dunkelheit ein wenig trist gelächelt, als er das sagte und seinem Sohn von den Zwillingen erzählte, mit denen er es in Elysium, Ohio, getrieben haben sollte, worauf man ihn wegen Notzucht verknackte. „Wenn ich's mir heute überlege", hatte Tom philosophisch gesagt, „hat es sich schon gelohnt, obgleich ich damals anders dachte. Wahrscheinlich könnte ich dir raten, vorsichtig zu sein, aber nützen würde es wohl nichts, wie, Wesley?"

„Ich bin schon ziemlich vorsichtig", hatte Wesley gesagt. Er hatte auf zwei verschiedenen Fahrten mit zwei verheirateten Frauen geschlafen, obgleich ihre Ehemänner an Bord waren, und er wußte, daß sein Vater es wußte.

„Ich habe schon bemerkt, daß du an der Sache Spaß hast", sagte Tom trocken.

„So mittel, würde ich sagen", sagte Wesley. „Was weiß ich?"

„So war ich auch", sagte Tom. „Da war eine wilde Engländerin, hieß... warte mal, wie hieß sie doch... Betty, Betty Irgendsowas – Betty Jones –, die hat mich beinahe das Leben gekostet in Paris, weil ich mit ihr zwei Wochen lang in Cannes war, mit Geld um mich geschmissen und mich mit Wein und Luxusmenüs vollgepumpt habe vor einem Kampf. Als der Kampf vorbei war, wo der Franzose alles bei mir gelandet hat außer den Wassereimer, war ich klein und häßlich und bereit, in ein Kloster zu gehen." Er kicherte. Es gab noch andere Namen, die er zugunsten seines Sohnes aus der Vergangenheit fischte, Namen, bei denen er nicht kicherte. Der Bursche, mit dem er das Kreuz auf Boylans Grundstück angezündet hatte, der ihn dann prompt der Polizei ablieferte. Schultzy, sein Geschäftsführer, der Mann, den er im Revere Club um fünftausend Dollar erpreßt hatte; Falconetti, den er vor siebenundzwanzig anderen Besatzungsmitgliedern so blamiert hatte, daß er Selbstmord beging. Es war, als glaubte er, daß der Junge, der so lange nach einem Vater gehungert hatte, jetzt, wo er endlich einen gefunden hatte, einen falschen, allzu edlen Eindruck von ihm bekommen könnte, einen Eindruck, den Tom niemals würde honorieren können, den er korrigieren mußte, um dem Sohn unvermeidbare, bittere Enttäuschung zu ersparen.

Was er an Ratschlägen gab, war praktisch. „Du magst die See. Folge ihr. Es ist ein gutes Leben, jedenfalls wenn du Glück hast wie ich. Es ist eine angenehme Mischung von Faulheit und Arbeit und Abwechslung, und du bist draußen an der frischen Luft. Schließlich wirst du die ‚Chlothilde' haben, oder vielleicht ein besseres Schiff. Mach dich mit allem vertraut. Behandle sie mit Liebe, wie Dwyer und ich. Und ich würde dir anraten, die weiblichen Bordgäste nicht durchzuziehen." Er grinste. Vater oder nicht, er konnte das überbordende Sex-Interesse eines jungen Mannes nicht wie ein Heiliger behandeln. „Sei dein eigener Boß, denn für jemand anderen zu arbeiten ist die große Falle des Lebens. Lerne alles. Auf Deck und unter Deck. Du bist gut dran, daß du mir und Bunny und Kate zuschauen kannst. Knausere nicht mit der Ausrüstung. Kannst du einen, den du angeheuert hast, aus irgendeinem Grund nicht leiden, setz ihn im nächsten Hafen ab. Erwischst du einen Gast mit Rauschgift, schmeiß das Rauschgift über Bord und verlier weiter kein Wort darüber. Trink nicht mit ihnen, wenn du's vermeiden kannst. Wirst dir immer deinen eigenen Whisky kaufen können. Sei nicht habgierig. Es spricht sich herum. Schnell. Kannst du das Meer nicht mehr sehen, steure den nächsten Hafen an, ganz gleich, was irgend so ein fetter Hahn dir sagt, daß er nach Rom oder Cannes oder Athen muß zu einer wichtigen Konferenz oder ein Mädchen abholen. Geh nicht freiwillig in irgendeinen Krieg. Gib nie klein bei, aber such keine Händel . . ."

Das hätte er auf Band aufnehmen sollen, mußte Wesley denken, und sich jeden Abend vor dem Schlafengehen vorspielen.

„Hab immer ein Schießeisen an Bord. Nur für den Fall. Unter Verschluß. Es kann dir gelegen kommen." Seines Vaters Vermächtnis! Knausere nicht mit der Ausrüstung und hab ein Schießeisen zur Hand.

Wesley wußte nicht, wo der Revolver auf der „Chlothilde"

weggeschlossen war. Wahrscheinlich wußte Bunny es, aber Bunny würde es mit Sicherheit nicht sagen. Er war nicht griffbereit gewesen, als er gebraucht wurde.

Der Vater sprach noch immer zu ihm in der vergitterten Dunkelheit, mit ruhiger, leicht belustigter Stimme, aber die Worte waren nicht mehr zu verstehen.

In seinem Hinterkopf pochte der Schmerz, die Erinnerung an des Vaters Stimme verblaßte wie der Klang einer Boje, die achtern im Nebel entschwindet, und er schlief.

5

Aus Billy Abbotts Tagebuch

1968

Ich habe eine Schwäche für meinen Vater, der ein schwacher Mann ist. Ich habe ihm vergeben. Ich habe keine Schwäche für meine Mutter, die eine starke Frau ist und der ich nicht vergebe. Soll der Forscher, der im nächsten Jahrhundert in den Trümmern von Brüssel stöbert, sich einen Reim daraus machen. Irgendwie werden wir alle von den Geistern unserer Eltern heimgesucht. Ich werde von zwei Vätern heimgesucht. William Abbott, der mich zeugte, war, und ist wahrscheinlich noch, klein, bezaubernd, entzückend und nutzlos.

Colin Burke, der zweite Mann meiner Mutter, war ein funkelnder, egoistischer, begabter Mann, der Schauspieler wie Engel spielen und die Leinwand wie ein Freudenfeuer aufflammen lassen konnte. Ich liebte ihn und bewunderte ihn und wünschte mir immer, so wie er zu werden. Aber so wurde ich nicht. Ich wurde leider so wie Willie Abbott, wenn auch ohne einige seiner wesentlichen attraktiven Eigenschaften. Ich liebte auch ihn.

An die fünfzigmal habe ich ihn betrunken zu Bett gebracht.

Ich habe heute fünf Sätze Tennis gespielt, um mich beliebt zu machen, und alle fünf gewonnen.

Er war wieder auf dem Konsulat in Nizza gewesen, zweimal innerhalb einer Woche im Gefängnis in Grasse, wo Wesley hinverlegt worden war, und dreimal beim Anwalt. Der Konsul redete vage und war voller Entschuldigungen darüber, daß er vage redete, der Anwalt war bis zu einem gewissen Grade hilfreich, Wesley überhaupt nicht hilfreich, nur stumm, reuelos, körperlich nicht mitgenommen und weniger an seinem eigenen Schicksal interessiert als an dem seiner Mitgefangenen, unter denen sich ein Juwelendieb, ein Hehler für gestohlene Schecks und ein Kunstfälscher befanden. Er hatte sich seit seiner Verhaftung nicht rasiert, und der dicke blonde Borstenwuchs verlieh ihm einen ungepflegten, wölfischen Ausdruck, der zum Verbrechermilieu paßte. Als er in den kleinen Raum eintrat, wo Rudolph mit ihm sprechen durfte, verbreitete sich ein wilder, ranziger Geruch wie von einer Jagdbestie, die man in einen unhygienischen Zoo gesperrt hat. Der Geruch versetzte Rudolph zu seinem Unbehagen in das Zimmer über der Familienbäckerei zurück, das Bett, das er mit seinem Bruder Tom teilte, als sie heranwuchsen, die Zeit, wo Tom spätnachts von irgendeiner Schlägerei in der Stadt heimzukommen pflegte. Er nahm sein Taschentuch heraus und tat so, als ob er seine Nase schnaube, während Wesley, ein wenig grinsend, auf der anderen Seite des rohen, zerkratzten, garantiert Provence-antiken Tischchens Platz nahm, den die Blütenstadt Grasse der Polizei zur Verfügung gestellt hatte.

Rudolph machte ein feierliches Gesicht, um anzudeuten, daß das Ganze nicht zum Lachen war. Die Polizei hatte Rudolph über den Anwalt wissen lassen, daß der Fall schwerwiegend sei – eine Bierflasche konnte als eine gefährliche Waffe hingestellt werden –, und daß Wesley nicht vor Ablauf einiger Wochen aus dem Gefängnis entlassen würde, wenn nicht noch später.

Rudolph hatte auch mehrmals mit seinem Anwalt Johnny Heath in New York gesprochen, der ihm gesagt hatte, daß, wenn es ihm gelänge, sich von den Franzosen freizumachen, die Nachlaßsache höchstwahrscheinlich in New York, als dem letzten bekannten Wohnort des Ermordeten in den Vereinigten Staaten, abgewickelt werden müsse und daß das Zeit in Anspruch nehmen würde.

Wir werden alle in Papier ertrinken, dachte Rudolph. Er sah schon die „Chlothilde“ mit allen an Bord in einem Meer von Urkunden, Gerichtsverfügungen und Kanzleipapier untergehen, als er Johnny Heath erklären hörte, der Richter würde, seiner Meinung nach, fast mit Gewißheit Kate Jordache, die Ehefrau, zur Testamentsvollstreckerin bestellen, obgleich sie britische Staatsangehörige sei. Der Nachlaß würde wahrscheinlich zu einem Drittel an sie und zu zwei Drittel an den Sohn gehen, obgleich das Kind, mit dem sie schwanger ging, ein Faktor sei, der die Sache noch erschwere. Für den Sohn als Minderjährigen müsse ein Vormund bestellt werden, und er sähe keinen Grund, warum nicht Rudolph, als der älteste und nächste männliche Verwandte, diese Rolle übernehmen sollte. Der Nachlaß müsse aller Wahrscheinlichkeit nach liquidiert werden, was darauf hinausliefe, daß man die „Chlothilde" binnen Jahresfrist verkaufen müsse. Aber, hatte Heath gleich vorgebeugt, er könne das jetzt nicht mit Bestimmtheit sagen – er müsse erst noch andere Meinungen einholen.

Zu Wesley sagte er nichts von den Problemen, die Heath angeschnitten hatte. Er fragte ihn nur, ob er gut behandelt würde, ob er irgend etwas brauche. Gleichgültig sagte der Junge, er würde behandelt wie jeder andere, brauche nichts. Unbegreiflicher junger Mann, mit dem nichts anzufangen war, dachte Rudolph verstimmt, und unversöhnlich feindselig. Er beendete den Besuch, so schnell er konnte.

Als er verdrossen ins Hotel zurückkehrte, war es dort auch nicht besser. Eher schlimmer. Die Szenen mit Jean wurden immer wüster. Sie wollte nach Hause, heraus aus ihrem Gefängnis, wie sie es nannte – wahrscheinlich das einzige Mal in der Geschichte des Hôtel du Cap, daß es so genannt worden war. Irgendwie hatte sie die Wahnvorstellung, es sei Rudolphs Schuld, daß sie nicht fort konnte, und seine Erklärungen, daß es der Polizist war, der ihren Paß einbehielt, und nicht er, konnten die Flut ihrer hysterischen Ausbrüche nicht dämmen. „Verdammt nochmal", sagte sie bei ihrer letzten Auseinandersetzung, „dein idiotischer Bruder hätte sich um seine eigenen Angelegenheiten scheren sollen. Dann wäre ich eben gefickt worden. Was ist da schon groß dabei? Es wäre nicht das erstemal, daß eine Dame aus Amerika in Frankreich gefickt wird, und ich wäre jetzt schon längst auf der Heimfahrt."

Während die schrille Stimme gegen seine Ohren schlug, hatte er eine blitzartige Vision von Jean, wie sie gewesen war, als er sie gerade geheiratet hatte, ein flinkes, liebliches Geschöpf, leidenschaftlich beim Liebesspiel am Nachmittag in dem Zimmer, das aufs Meer hinausging (war es dasselbe Hotelzimmer, das sie jetzt auch hatte? – er konnte sich nicht erinnern), als sie ihm anbot, ihm eine Jacht zu kaufen. Es war der überraschende Nachmittag, an dem sie ihm eingestand, daß sie, die er vor der Heirat für eine unbemittelte kleine Angestellte gehalten hatte, viel reicher war als er. Es war besser, nicht an jene Tage zu denken ...

Die Tatsache, daß Wesley um ein Haar einen Mann umgebracht hatte, war für Jean der Beweis, daß es die gewalttätige Veranlagung der Jordaches war und nicht ihre eigene Trunksucht oder Labilität, die der Tragödie zugrunde lag. „So oder so", hatte sie ihren Mann angeschrien, „mit oder ohne mich waren diese beiden Männer, dieser Mann und dieser Junge, mit ihren Charakteren von vornherein zum Untergang verdammt. Es steckt im Blut." Gretchen, erinnerte er sich, hatte ungefähr das gleiche gesagt, und er verfluchte sie dafür. Er hatte Wesley im Gefängnis gesehen. Nicht nur Jordache-Blut rann in Wesleys Adern. Er erinnerte sich der Mutter mit den aufgeworfenen Lippen, den harten Augen, der üppigen Figur – Teresa. Weiß der Himmel, was sizilianische Banditen zu diesem ranzigen Geruch, diesem wölfischen Grinsen beigesteuert hatten. Schuld, wenn es Schuld *war,* sollte fair zugemessen werden.

„Ich weiß von deinem verrückten Vater", keifte Jean, ihn anklagend, ihn samt seinen mit Blut besudelten deutschen Vorfahren. „Ich weiß auch nicht, warum du und deine heilige Schwester so lange davongekommen seid. Und sieh dir deine Schwester an. Wie ist ihr Mann gestorben? Umgebracht, umgebracht, umgebracht . . ."

„Bei einem Autounglück", versuchte Rudolph durch die schrille Tirade hindurchzudringen. „Fünfzigtausend Menschen jährlich . . ."

„Umgebracht", wiederholte sie stur. „Mich schaudert's, wenn ich daran denke, was für ein Leben unserem Kind bevorsteht, mit dir als Vater."

Rudolph fühlte sich hilflos gegen ihre Attacken. Er war seiner selbst gewiß, konnte vernunftgemäße Probleme lösen, aber Unvernunft ängstigte, verwirrte ihn, nahm ihm die Waffen. Als er das Zimmer verließ, hatte sich Jean mit dem Gesicht nach unten auf eine Couch geworfen, trommelte mit den Händen auf das Kissen wie ein Kind und schluchzte: „Ich will nach Haus, ich will nach Haus . . ."

Auch Gretchen wurde langsam nervös, wenn sie auch nichts sagte. Arbeit wartete auf sie, ein Mann rief sie dauernd aus New York an, die Attraktionen der Côte d'Azur hatten längst ihre Reize für sie verloren, und Rudolph merkte, daß sie nur aus Loyalität zu ihm noch hier blieb. Eine Verpflichtung mehr für ihn.

Einmal in jener Woche, als sie allein beisammen saßen, fragte sie ruhig: „Sag, Rudy, ist es dir schon einmal in den Sinn gekommen, einfach wegzufahren?“

„Was meinst du?“

„Ich meine, zu verschwinden. Schließlich ist es nicht *dein* Scherbenhaufen. Geh doch einfach. Irgendwie werden sie schon alles überleben.“

„Nein“, sagte er kurz. „Das ist mir noch nicht in den Sinn gekommen.“

„Ich bewundere dich, Bruder“, sagte sie, wenn auch in der Art, wie sie es sagte, keine Bewunderung lag. „Ich bewundere dich und weiß nicht, was ich von dir halten soll.“

„*Du* brauchst nicht zu bleiben, weißt du?“

„Ich weiß“, sagte sie. „Und ich habe auch nicht vor, ewig zu bleiben. Ich glaube, du würdest es, wenn nötig.“

„Wenn nötig.“ Er hatte keine Arbeit, die auf ihn wartete, niemand rief ihn aus New York an.

„Du darfst dem, was ich sagte, noch eine Prise Mitleid hinzufügen“, sagte Gretchen. „Ich gehe jetzt zum Strand hinunter und lasse mich in der Sonne braten.“

Kate hatte noch nicht aus ihrem Hotel angerufen, und er war ihr dafür dankbar. Aber ihm graute vor dem Augenblick, wo er sie würde aufsuchen und ihr sagen müssen, was getan werden mußte und was für Folgen es für sie haben würde.

Armer Bunny Dwyer, dachte er, als er wieder einmal langsam durch die engen Gassen der Altstadt zum Büro des Anwalts ging – alter Kamerad und Partner, ungeschützt von Gesetz und Brauch. Freundschaft, Arbeit langer Jahre – sie wogen nicht soviel wie eine Feder, wenn es zu einem gerichtlichen Vergleich kam.

Das einzige, was ihn noch bei Sinnen gehalten hatte, waren die zwei Nachmittage mit Jeanne in einem Hotel in Nizza. Keine Komplikationen, keine eisernen Kabel der Liebe oder Pflicht, an die man zu denken hatte, nur die von allem Denken freie Befriedigung des Fleisches, mit der man ein, zwei Stunden lang in einem abgedunkelten, in einer fremden Stadt gemieteten Zimmer Vergessen möglich machen konnte.

War das wirklich der Grund, warum er zu bleiben bereit war – um dieser köstlichen Nachmittage in Nizza willen? Um des egoistischen Sports des doppelten Ehebruchs willen? Wurde er einer Lüge wegen bedauert und bewundert?

Seine Schritte waren schwer, als er sich dem Anwaltsbüro

näherte, er schwitzte unbehaglich unter dem grellen Sonnenlicht. Der Anwalt hatte sein Büro in seinem eigenen Haus am Stadtwall in zwei der alten, bescheidenen Steinbauten, aus denen man jetzt ein einziges komfortables Wohnhaus gemacht hatte. Diese Katen, in denen einst die Fischer wohnten, die von Antibes ausfuhren, gehörten jetzt nach ihrer Konvertierung und Modernisierung Leuten, die nie ein Netz ausgeworfen, nie einen Riemen durchs Wasser gezogen oder eine Bö überstanden hatten. Im Gegensatz zum feststehenden Wirtschaftsprinzip, dachte Rudolph, folgen die Reichen den Armen, nicht umgekehrt. Zumindest an jene günstigen Plätze, die die Armen einst zufällig entdeckten und wo sie in vergangenen Zeiten exponiertest lebten, ausgesetzt den Attacken der Piraten, den Kanonen der Feinde und den Erosionen der Stürme.

Das Büro des Anwalts war beeindruckend, die Wände mit kalbsleder-gebundenen juristischen Fachbüchern bedeckt, die Ausstattung elegant, dunkle, polierte Möbel aus dem achtzehnten Jahrhundert, das große Fenster mit Blick auf die See, die gegen die alten Schutzwälle spülte. Der Anwalt war ein alter Mann, aber kerzengerade und so beeindruckend wie seine Umgebung, tadellos angezogen, mit großen, gepflegten Händen, die mit Leberflecken gesprenkelt waren. Er hatte einen glänzenden Kahlkopf über einem scharfgeschnittenen, großnasigen Gesicht und traurigen Augen. Warum sollte er auch nicht traurig sein, dachte Rudolph, als er ihm die Hand schüttelte, wenn man bedenkt, was er alles hinter sich gebracht haben mußte, um es bis zu diesem Raum zu bringen.

„Ich habe bedeutsame Neuigkeiten für Sie“, sagte der Anwalt, als Rudolph ihm gegenüber an dem großen spiegelglatten Schreibtisch Platz genommen hatte. Er sprach ein langsames, aber sorgfältiges Englisch. Er hatte Rudolph gleich zu Anfang wissen lassen, daß er die Kriegsjahre in England verbracht hatte. Seine Stimme war feucht. „Zunächst betreffs Ihrer Gattin. Ich habe ihren Paß hier.“ Er zog eine Schublade auf, beugte sich ein wenig, holte den Paß heraus und schob ihn Rudolph über den Schreibtisch zu. „Die Polizei hat Danovic, den Mann, den sie weiter befragen wollte, gefunden. Man versichert mir, daß die Einvernahme – äh – energisch war. Wenngleich er der Polizei durch eine Reihe früherer Verhaftungen im Zusammenhang mit verschiedenen Straftaten bekannt ist, mußte er doch leider ohne Anklage freigelassen werden. Zudem hat sein Alibi den Nachforschungen standgehalten. Er war den ganzen Tag lang in Lyon zu einer Zahnbehandlung. Die Eintragungen des Zahnarztes sind unwiderlegbar."

„Das bedeutet?"

Der Anwalt hob die Schultern. „Das bedeutet, daß die Polizei ihn nicht verhaften kann, es sei denn, sie kann nachweisen, daß der Zahnarzt gelogen hat oder daß Danovic Komplizen hatte, die er veranlaßte oder beauftragte, oder mit denen er konspirierte, den Mord auszuführen. Einstweilen gibt es keinerlei Beweise dafür, daß er etwas davon wußte. Die Polizei würde ihn natürlich gern weiter verhören, aber im Augenblick gibt es keine Handhabe, ihn festzuhalten. Es sei denn ..." Er machte eine Pause.

„Es sei denn was?"

„Es sei denn, daß Ihre Frau Anzeige wegen versuchter Vergewaltigung gegen ihn erstattet."

Rudolph stöhnte. Er wußte, es war unmöglich, Jean zu etwas Derartigem zu bewegen. „Das einzige, was meine Frau will, ist zurückfliegen."

Der Anwalt nickte. „Das kann ich gut verstehen. Und natürlich gibt es keine Zeugen."

„Der einzige Zeuge war mein Bruder", sagte Rudolph. „Und der ist tot."

„In diesem Fall ist, glaube ich, das beste, was Ihre Frau tun kann, so bald wie möglich heimzureisen. Ich kann mir vorstellen, welche Qual ..."

Nein, das kannst du nicht, alter Mann, dachte Rudolph, nicht eine Minute lang. Er dachte dabei mehr an sich als an seine Frau.

„Auf jeden Fall sind Notzuchtsachen sehr schwer durchzubringen", sagte der alte Mann. „Speziell in Frankreich."

„In Amerika ist es auch nicht so einfach", sagte Rudolph.

„Es ist ein Verbrechen, bei dem das Gesetz sich in einer unbequemen Lage befindet", sagte der Anwalt. Er lächelte, alt und Unrecht gewohnt.

„Sie fliegt morgen", sagte Rudolph.

„Nun denn –." Der Anwalt strich mit einer liebevollen Geste über die blanke Oberfläche seines Schreibtisches, seine weiße Hand spiegelte sich blaß im Holz, ein Problem war säuberlich erledigt. „Was Ihren Neffen anbetrifft." Er warf einen schrägen Blick aus blassen Augen in vergilbten Säcken zerknitterter Haut auf Rudolph. „Er ist kein sehr mitteilsamer junger Mann. Jedenfalls mir gegenüber, oder was das betrifft, der Polizei gegenüber. Beim Verhör weigert er sich, sein Motiv für den Angriff auf den Mann in der Bar bekanntzugeben. Vielleicht hat er Ihnen etwas gesagt?" Wieder der schräge, alte, schlaue Blick.

„Mir nicht", sagte Rudolph. „Ich habe so eine Ahnung, aber ..." Er hob die Schultern. „Vor Gericht würde das natürlich keinerlei Bedeutung haben."

„Also – keine Verteidigung. Keine mildernden Umstände. Unter französischem Recht wird vorsätzliche Körperverletzung sehr ernst genommen." Der Anwalt atmete schwer. Ein bißchen Asthma, dachte Rudolph, oder ein Zeichen des Einverständnisses, ein unausgesprochener Stolz auf den Zivilisationsstand Frankreichs, wo es als ein äußerst schweres Delikt angesehen wurde, wenn man einen Menschen mit einer Bierflasche schlug, verglichen mit der Wildwest-Einstellung Amerikas, wo jeder seinen Nächsten straffrei und nach Herzenslust verprügelte. „Glücklicherweise", fuhr der Anwalt mit wiedergefundenem Atem fort, „ist der Engländer außer jeder Gefahr. Er wird in einigen Tagen aus dem Krankenhaus entlassen. Er hat schon selbst ein paarmal mit der örtlichen Polizei zu tun gehabt und beabsichtigt keine Anzeige. Des weiteren hat der *juge d'instruction* das Alter des Jungen sowie den Verlust, den er in jüngster Zeit erlitten hat, in Rechnung gezogen, und aus einem Gefühl des Mitleids heraus lediglich bestimmt, daß der Junge innerhalb von acht Tagen zur nächsten Grenze oder zum Flughafen verbracht wird. Ich bitte um Vergebung – das ist soviel wie eine Woche auf französisch." Er lächelte wieder, in seine Muttersprache vernarrt. „Fragen Sie mich nicht, warum." Wieder glättete er mit einem kleinen papierenen Geräusch die Schreibtischplatte. „Wenn der Junge nach Frankreich zurück will, um seine Erziehung fortzusetzen, dann – vielleicht ..." Mit einem feinen Schneuzen in ein Taschentuch deutete der alte Mann mit ausgesuchter Höflichkeit an, daß Erziehung in Amerika Mangelware sei. „Ich bin sicher, daß ich in einem Jahr oder so, wenn über alles Gras gewachsen ist, eine Rückkehrerlaubnis für ihn erwirken könnte."

„Das höre ich gern", sagte Rudolph. „Nach allem, was ich von seinem Vater und Mr. Dwyer weiß, ist er gern hier und war in der Schule recht gut."

„Er sollte mindestens so lange auf dem *Lycée* bleiben, bis er sein *baccalauréat* bekommt. Wenn er je etwas in der Welt erreichen will, ist das, würde ich sagen, heutzutage die Mindestvoraussetzung."

„Ich werde es mir überlegen. Und natürlich mit dem Jungen darüber reden."

„Gut", sagte der alte Mann. „Ich glaube annehmen zu dürfen, mein lieber Freund, daß Sie den Eindruck gewonnen haben, gut und gewissenhaft von mir bedient worden zu sein, und daß ich, wenn ich so sagen darf, das Wenige an Einfluß, über das ich in diesem ... diesem ..." Zum erstenmal konnte er das englische Wort nicht gleich finden. „... in diesem *pays* – diesem Küstenabschnitt verfüge, zu bestem Vorteil gebrauchen konnte."

„Ich danke Ihnen vielmals, *mâitre*", sagte Rudolph. Wenigstens hatte er die richtige Anrede für einen Rechtsanwalt in Frankreich gelernt. „Und wie soll das alles vonstatten gehen? Ich meine – zur nächsten Grenze verbracht?" Er krauste die Stirn. „Ich meine, niemand aus meinem ganzen Bekanntenkreis ist je zuvor an die nächste Grenze verbracht worden."

„Ach das", sagte der alte Mann obenhin. Für ihn war das eine alte Leier. „Wenn Sie heute in einer Woche mit einem Flugschein für den Jungen auf dem Flugplatz von Nizza sein wollen, wird er in Begleitung eines Kriminalbeamten dort eintreffen, der sich vergewissern wird, daß er ein Flugzeug in ein anderes Land besteigt. Die Vereinigten Staaten, wenn Sie wünschen. Da der Mann nicht uniformiert sein wird, wird es weiter kein Aufsehen erregen – er wird aussehen wie ein Onkel oder Familienfreund, der dem Jungen *bon voyage* wünschen will."

„Weiß es der Junge schon?"

„Ich selbst habe ihn davon unterrichtet", sagte der Anwalt.

„Was hat er gesagt?"

„Wie gewöhnlich, nichts."

„War er glücklich? Traurig?" beharrte Rudolph.

„Er schien weder glücklich noch traurig."

„Aha."

„Ich habe mir erlaubt, mir die Flugpläne der amerikanischen Gesellschaften anzusehen, die Nizza anfliegen. Am vorteilhaftesten wäre wohl die Maschine, die um elf Uhr dreißig morgens abfliegt."

„Ich werde da sein", sagte Rudolph. Er nahm Jeans Paß und steckte ihn ein.

„Ich muß Ihnen mein Kompliment machen, Monsieur Jordache", sagte der alte Mann, „über den ruhigen, gentlemanartigen Gleichmut, mit dem Sie diese schmerzliche Episode ertragen haben."

„Danke." Sobald ich dieses wunderbare Büro verlassen habe, dachte Rudolph, werde ich nicht mehr ruhig sein oder irgendwelches Gleichgewicht an den Tag legen, sei es gentleman- oder andersartig. Als er aufstehen wollte, fühlte er sich schwindlig, fast als ob er in Ohnmacht fallen würde, und mußte sich mit der Hand auf den Schreibtisch stützen. Der alte Mann sah ihn schelmisch an. „Ein wenig zuviel Lunch?"

„Gar kein Lunch." Er hatte seit sieben Tagen das Mittagessen übergangen.

„Man muß auf die Gesundheit achtgeben, das ist wichtig", sagte der Alte. „Gerade wenn man sich in einem fremden Land aufhält."

„Kann ich Ihnen meine Adresse in den Vereinigten Staaten geben", fragte Rudolph, „damit Sie mir Ihre Rechnung schicken können?"

„Das wird nicht nötig sein, Monsieur", sagte der alte Mann verbindlich. „Mein Buchhalter hält sie für Sie im Nebenbüro bereit. Sie brauchen sich nicht mit Francs abzugeben, ein Dollarscheck genügt, wenn Sie die Freundlichkeit haben wollten, ihn an die Bank in Genf zu schicken, deren Adresse Sie auf der Rechnung finden."

Eindrucksvoll, umgeben von spiegelblanken Möbeln aus dem achtzehnten Jahrhundert, mit Aussicht auf das blaue Meer und einem steuerfreien Konto in der Schweiz, erhob sich der alte Mann, langsam, auf die fortgeschrittenen Jahre achtend, und schüttelte Rudolph die Hand, begleitete ihn dann zur Tür und sagte: „*Enfin,* ich muß Ihnen und Ihrer Familie mein Beileid aussprechen, und ich hoffe, daß das Geschehene Sie nicht davon abhalten wird, dieses schöne Stück Erde auch in Zukunft wieder zu besuchen."

Das Wichtigste zuerst, dachte er auf dem Rückweg entlang den Stadtwällen zum Hafen und vorbei am Museé Grimaldi mit allen Picassos darin. Erst einmal die schlechten Nachrichten. Das bedeutete Dwyer und Kate. Er würde ihnen von seinem gestrigen Gespräch mit Heath berichten müssen. Am besten beiden zusammen, damit es keine Mißverständnisse, keinen Verdacht geheimer Abmachungen gab. Dann die gute Nachricht für Jean und Gretchen, daß ihrer Heimreise nichts mehr im Wege stand. Er sah keinem der beiden Gespräche mit großer Wonne entgegen. Dann wieder ein Gefängnisbesuch, es mußte entschieden werden, wo und wie und mit wem Wesley in Amerika leben sollte. Das würde vielleicht die schlimmste Unterhaltung von allen werden. Hoffentlich hatte der Junge sich inzwischen rasiert. Und war unter die Brause gegangen.

Er blieb stehen und blickte aufs Meer hinaus, über die Baie des Anges nach Nizza hinüber. Bucht der Engel, Engelsbucht. Den Franzosen war es gleichgültig, wie sie die Dinge benannten. Antibes zum Beispiel. Antipolis hatten es die griechischen Siedler genannt – Gegenüber der Stadt. Welcher Stadt? Athen vielleicht, das tausend Rudermeilen entfernt war? Heimwehkranke Griechen? Er hatte nach nirgends Heimweh. Glückliche Griechen. Wie waren damals die Gesetze, welche Strafe hätten diese Musterpolitiker für einen Knaben für angemessen gehalten, der jemanden in der Taverne mit einer Bierflasche schlug? Welcher Bürgersinn, welche Ruhmes- oder Gewinnsucht hatte die Gesetzemacher im Land der Bildsäulen und der gemessenen Rhetorik dazu gebracht, ihre Akademien und Festlichkeiten zu verlassen und sich zur Wahl zu stellen, die Last auf sich zu nehmen, dieses aufgeweckte und kriegerische Volk zu regieren? Er selbst hatte auf der Rednertribüne gestanden, hatte geschmeichelt, verführt, Versprechungen gemacht, die Beifallsrufe der Menge gehört, ein Amt errungen und angenommen. Warum? Er wußte es nicht mehr.

Rings um ihn herum brauste der Verkehr, selbst auf der schmalen Pflasterstraße oben auf den Wällen fuhren sie. Einst war Antibes ein kleines, halbvergessenes Städtchen gewesen, doch jetzt war es dicht bevölkert mit Nutznießern oder Opfern des zwanzigsten Jahrhunderts, die den Winter hinter sich ließen und nach dem Süden strömten, um dort zu arbeiten und zu leben, nicht nur zum Vergnügen. Blumen und Leichtindustrie. Er selbst war ein Mann des Nordens, aber ein paar Jahre im hiesigen Klima hätten ihm nichts schaden können. Wenn nicht geschehen wäre, was geschehen war, hätte er es sich hier gemütlich machen können, anonym, niemandem bekannt, im angenehmen Ruhestand vor Vierzig, so wie es manche machten. Er sprach das nötige Französisch – siehe Jeanne –, er hätte es vervollkommnen können, Victor Hugo, Gide, Cocteau gelesen und was an Neueren lesenswert war, und wäre nach Paris ins Theater gegangen. Träume. Vorbei.

Er sog tief die würzige Salzluft ein. Fast jeder Platz der Welt stand für ihn offen, nur nicht dieser wunderschöne, unglücksträchtige Ort.

Er ging weiter, von den Wällen herunter auf den Hafen zu. Er würde Dwyer bitten, Kate zu suchen, und ihr Gespräch konnte in einem Café stattfinden, denn Kate hatte gesagt, sie wolle die „Chlothilde“ nie wiedersehen. Vielleicht hatte sie es sich anders überlegt, der erste Schock war ja vorbei, und sie war nicht sentimental, aber es hätte ihm nicht gelegen, irgendeinen Druck auf sie auszuüben.

Direkt am Hafenzugang war ein kleines Seemannscafé. An einem Tischchen davor saß Dwyer mit einer Frau, die Rudolph den Rücken zukehrte. Als er Dwyer anrief, wandte die Frau sich um, und er sah, daß es Kate war. Sie hatte abgenommen, oder war es das schwarze Kleid, das sie dünner machte? Das Nußbraun ihrer Haut war verblaßt, und das Haar hing ihr unordentlich ins Gesicht. Er fühlte Ärger oder etwas Ähnliches in sich aufsteigen. Obgleich sie wußte, was er alles für sie zu tun versuchte, hatte sie es nicht einmal für nötig befunden, ihn anzurufen, um ihm zu sagen, wo sie wohnte, und saß gemütlich hier mit Dwyer. Die beiden sahen aus wie ein altes Ehepaar, das im Sonnenschein Geheimnisse austauschte. Sie stand auf, ihn zu begrüßen, ihm war das Ganze peinlich.

„Darf ich mich einen Augenblick zu euch setzen?“ fragte er. Er schien nicht gerade im passendsten Moment gekommen zu sein.

Wortlos zog Dwyer einen Stuhl vom nächsten Tisch heran. Er trug das gleiche wie immer, sah gebräunt und muskulös aus, seine Bantamgewichtsarme ragten in dicken Strängen aus den kurzen Ärmeln des weißen Jerseys mit dem Aufdruck heraus. Was er an Trauer in sich trug, ließ er nicht sehen. „Was möchten Sie trinken?“ fragte Dwyer.

„Was trinkt ihr beiden?“

„Pastis.“

„Nicht für mich, danke.“ Er konnte den süßen Lakritzengeschmack nicht ausstehen. Er erinnerte ihn immer an die langen, schwarzen, schlangenartigen Schnüre, die sein Vater ihm gekauft hatte, als er klein war. Er war nicht in der Laune, an seinen Vater erinnert zu werden. „Könnte ich einen Brandy haben?“

Dwyer ging ins Café, den Brandy holen. Rudolph blickte

über den Tisch auf Kate. Sie saß gleichmütig da, ihr Gesicht zeigte keine Gemütsbewegung. Sie könnte eine mexikanische Bäuerin sein, dachte Rudolph, die nach beendetem Tagewerk vor ihrer Lehmziegelmauer sitzt und wartet, daß ihr Mann vom Feld heimkommt. Sie schlug die Augen nieder, wollte ihn nicht ansehen; wie ein Lehmwall um ihre primitiven Gedanken dünkte es ihn. Er witterte Feindseligkeit. War der Abschiedskuß auf der „Chlothilde“ ein hämischer Gruß gewesen? Oder hatte sie ihn ernst gemeint und es später bereut?

„Wie geht es Wesley?“ fragte sie, immer noch ohne ihn anzusehen. „Bunny hat mir alles erzählt.“

„Es geht ihm ordentlich. Sie lassen ihn in einer Woche aus Frankreich heraus. Höchstwahrscheinlich nach den Staaten.“

Sie nickte. „Ich dachte es mir“, sagte sie. Ihre Stimme war leise und matt. „Es ist besser so. Er sollte nicht länger in dieser Gegend herumsitzen.“

„Es war sehr dumm, was er getan hat“, sagte Rudolph. „Sich in eine solche Schlägerei einzulassen. Ich weiß nicht, was über ihn gekommen sein kann.“

„Vielleicht“, sagte Kate, „hat er seinem Vater Lebewohl gesagt.“

Rudolph verstummte einen Augenblick, beschämt über das, was er gesagt hatte. Er fühlte sich, so wie er sich an jenem Tag gefühlt hatte, als er das erstemal vom Konsulat kam und weinend durch die Straßen lief. Ob seine Wangen wieder tränennaß waren? „Du kennst ihn besser als ich“, sagte er. Er mußte das Thema wechseln. „Und wie geht es dir, Kate?“ fragte er und versuchte mitfühlend zu klingen.

Sie gab einen eigenartigen, geringschätzigen Blaston von sich. „Wie es einem so gehen kann“, sagte sie. „Bunny hat mir Gesellschaft geleistet.“

Vielleicht sollten die beiden heiraten, dachte Rudolph. Zwei aus dem gleichen Stall. Mit der gleichen Abgangsstufe, der gleichen harten Schule. Sich Gesellschaft leisten, wie sie es nannte. „Ich hatte gehofft, du würdest anrufen“, log er.

Sie hob den Blick, sah ihn an. „Ich wußte, wo ich dich hätte finden können“, sagte sie gleichmütig, „wenn ich dir auch nur einen Scheißdreck zu sagen gehabt hätte.“

Bunny kam mit dem Brandy und zwei neuen Gläsern Pastis. Rudolph schaute zu, wie sie Wasser in die Gläser gossen und der Pastis milchig-gelb wurde. Rudolph hob mechanisch sein

Glas. „Auf . . .“ Er hielt inne, lachte unsicher. „Auf gar nichts, nehme ich an.“

Dwyer hob sein Glas, aber Kate drehte ihr Glas nur langsam auf dem Tisch.

Der Brandy war unverdünnt, und Rudolph schnappte etwas nach Luft, als er in die Kehle drang. „Es haben gewisse Entwicklungen stattgefunden, von denen ihr, wie ich meine, Kenntnis haben solltet.“ Ich muß aufhören, zu klingen, als spräche ich vor einer Generalversammlung, dachte er. „Ich bin froh, daß ich euch beide zusammen getroffen habe . . .“ Dann setzte er ihnen, so klar er konnte, auseinander, was Heaths Eröffnungen über den Nachlaß bedeuteten. Sie hörten höflich, aber ohne Interesse zu. Ist es euch denn egal, was mit euren Leben geschieht? hätte er sie am liebsten angeschrien.

„Ich will nicht Dingsda sein, wie heißt das . . .?“ sagte Kate langsam.

„Vollstreckerin.“ Heath hatte ihm gesagt, daß der Richter das wahrscheinlich verfügen werde.

„Vollstreckerin. Ich weiß einen Dreck über Vollstreckerin“, sagte Kate. „Ich gehe sowieso nach England zurück. Bath. Da ist meine Mama, und wegen dem Baby, das macht die Krankenkasse, und meine Mama kann dann auf das Baby aufpassen, wenn ich auf Arbeit gehe.“

„Was für eine Arbeit?“ fragte Rudolph.

„Ich war Kellnerin in einem Restaurant“, sagte Kate, „ehe ich dem Ruf der See folgte.“ Sie lachte spöttisch. „Eine Kellnerin kann immer Arbeit finden.“

„Es wird noch Geld übrig sein“, sagte Rudolph, „wenn die Nachlaßsache geregelt ist. Du wirst nicht nötig haben zu arbeiten.“

„Und was soll ich den ganzen Tag lang machen, herumsitzen und auf die Mattscheibe starren?“ sagte Kate. „Ich bin keine Tagediebin, weißt du?“ Ihr Ton war herausfordernd, der tiefere Sinn klar: Daß er und seine Frauen allesamt Tagediebe waren. „Was an Geld da ist, und ich glaube nicht, daß es viel sein wird, wenn erst die Anwälte und weiß ich wer befriedigt worden sind, das lege ich zurück für die Erziehung des Kindes. Mit Bildung – wenn's ein Mädchen ist – wird sie vielleicht nicht als Kellnerin servieren oder Damenkleider in der Wäscherei von einem Dampfschiff bügeln müssen, wie ihre Mama.“

Da gab es nichts zu rütteln. „Wenn du je etwas benötigst –

Geld, irgend etwas", sagte er ohne Hoffnung, „laß es mich bitte wissen."

„Ich werde nichts brauchen", sagte sie, senkte die Augen wieder und drehte immer noch ihr Glas auf dem Tisch.

„Nur für den Fall", sagte Rudolph. „Vielleicht möchtest du zum Beispiel eines Tages einmal Amerika sehen."

„Amerika hat keinen Reiz für mich", sagte sie. „Die lachen mich nur aus in Amerika."

„Würdest du nicht Wesley wiedersehen wollen?"

„Nichts dagegen", sagte sie. „Wenn er mich sehen will, gibt's jeden Tag Flüge von Amerika nach London."

„In der Zwischenzeit", fuhr Rudolph fort, bemüht, den beschwörenden Ton aus seiner Stimme zu verbannen, „solange der Nachlaß nicht freigegeben wird, wirst du aber Geld brauchen."

„Ich nicht", sagte sie. „Ich habe meine Ersparnisse. Und Tom mußte mir mein Gehalt weiterzahlen wie zuvor, auch als wir schon im selben Bett zusammen schliefen und heiraten wollten. ‚Liebe', hab' ich ihm gesagt, ‚ist *eine* Sache'", erklärte sie, stolz ihre Grenzen setzend, „‚und Arbeit ist eine andere.'" Sie nahm endlich ihr Glas hoch und nippte an ihrem Pastis.

„Ich gebe auf." Rudolph konnte seine Verärgerung nicht mehr verbergen. „Du klingst, als wäre ich dein Feind."

Sie starrte ihn mit erstaunten Pueblo-Augen an. „Ich kann mich beim besten Willen nicht entsinnen, irgend etwas gesagt zu haben, das als ‚Feind' ausgelegt werden könnte. Was sagst du, Bunny?"

„Ich habe nicht so genau hingehört", sagte Bunny verlegen. „Ich kann das wirklich nicht beurteilen."

„Wie steht's mit Ihnen?" Rudolph wandte sich Dwyer zu. „Brauchen *Sie* kein Geld?"

„Ich bin immer ein guter Sparer gewesen", sagte Dwyer. „Tom hat mich immer damit aufgezogen. Ich wäre schäbig und geizig, hat er gesagt. Ich bin gut bei Kasse, danke schön."

Sich geschlagen gebend, trank Rudolph seinen Brandy aus. „Laßt mir wenigstens eure Adressen hier", sagte er. „Beide. Damit wir in Verbindung bleiben können."

„Hinterlaß Wesleys Adresse hier bei der Werft", sagte Kate. „Ich werde von Zeit zu Zeit hinschreiben, und die können es weiterleiten. Ich möchte ihn wissen lassen, ob er einen Bruder oder eine Schwester bekommen hat, wenn es soweit ist."

„Ich bin nicht sicher, wo Wesley sein wird", sagte Rudolph.

Er fing an, heiser zu werden. Seine Kehle war von dem Brandy aufgerauht, und das Reden mit diesen beiden sturen, nicht zu packenden Menschenkindern tat ein übriges. „Wenn du über meine Adresse an ihn schreibst, sorge ich dafür, daß er den Brief bekommt."

Kate blickte ihn eine kurze Weile an, hob dann das Glas wieder an die Lippen. Sie trank. „Ich hätte es nicht gern, wenn deine Frau meine Post liest", sagte sie und stellte das Glas hin.

„Meine Frau macht meine Post nicht auf", sagte Rudolph. Er konnte nichts gegen den Ärger in seiner Stimme tun.

„Ich bin froh zu hören, daß sie eine Frau von solchem Charakter ist", sagte Kate. In ihren Augen blitzte es bösartig auf, oder bildete er sich das nur ein?

„Ich versuche nur zu helfen", sagte Rudolph verdrießlich. „Schließlich habe ich eine gewisse Verpflichtung ..." Er hielt inne, aber es war zu spät.

„Ich danke für deine Absichten", sagte Kate. „Aber mir gegenüber hast du keinerlei Verpflichtungen."

„Ich finde, wir täten klüger daran, gar nicht erst darüber zu reden, Mr. ... Rudy", sagte Dwyer.

„Gut, reden wir nicht darüber. Ich werde mindestens noch eine Woche in Antibes sein. Wann gedenkst du nach England zu fahren, Kate?"

Kate strich sich mit beiden Händen die Falten im Schoß ihres Kleides glatt. „Sobald ich meine Siebensachen zusammen habe."

Rudolph dachte an den abgeschabten Kunstlederkoffer, den Wesley für sie von der „Chlothilde" heruntergetragen hatte. Es konnte sie kaum mehr als eine Viertelstunde kosten, ihre Siebensachen zusammenzukramen. „Wie lange, meinst du, wird das dauern?" fragte Rudolph geduldig.

„Schwer zu sagen", sagte Kate. „Eine Woche. Vierzehn Tage. Ich muß ein paar Abschiedsbesuche machen."

„Ich muß wenigstens deine hiesige Adresse haben", sagte Rudolph. „Irgend etwas kann sein, eine notariell beglaubigte Unterschrift ..."

„Bunny weiß, wo ich bin", sagte sie.

„Kate", sagte Rudolph leise. „Ich möchte doch dein Freund sein."

Sie nickte bedächtig. „Eile mit Weile, Kumpel", sagte sie trokken. Den Abschiedskuß im Salon der „Chlothilde" hatte sie gegeben, als sie noch starr und betäubt gewesen war. Eine Woche des Nachdenkens hatte sie verbittert. Rudolph konnte es ihr nicht verdenken. Er wandte sich Dwyer zu. „Und Sie“, sagte er, „wie lange werden Sie noch beiben?“

„Das werden Sie besser wissen als ich, Rudy“, sagte Dwyer. „Ich gedenke so lange zu bleiben, bis man mich von Bord jagt. Sie können jetzt jeden Tag mit der neuen Welle und der neuen Schraube kommen, und das bedeutet, mindestens drei Tage Dock, daß heißt, wenn die Versicherung kommt . . . Sie könnten mir tatsächlich einen Gefallen tun – machen Sie der Versicherung Beine. Die sind scheißlangsam, wenn man nicht hinter ihnen her ist. Und Sie können besser mit ihnen reden als ich. Also wenn . . .“

„Zum Henker mit der Versicherung“, sagte Rudolph unbeherrscht. „Erledigen Sie Ihre Versicherung allein.“

„Keine Ursache, den guten alten Bunny anzuschreien“, sagte Kate gelassen. „Er will doch nur das Schiff in Ordnung halten, damit du, wenn du's verkaufst, kein Wrack in Händen hast.“

„Tut mir leid“, sagte Rudolph. „Ich habe viel durchgemacht . . .“

„Das kann man wohl sagen“, sagte Kate. Wenn es Ironie war, so war sie nicht zu hören.

Rudolph stand auf. „Ich muß jetzt zum Hotel zurück. Was bin ich hier schuldig?“

„Geht auf meine Rechnung“, sagte Dwyer. „War mir ein Vergnügen.“

„Ich halte euch über alles Weitere auf dem laufenden“, sagte Rudolph.

„Das ist sehr freundlich“, sagte Dwyer. „Ich würde Wesley gern vor seiner Abreise nach Amerika sehen.“

„Sie können ihn nur noch auf dem Flugplatz sehen“, sagte Rudolph. „Er kommt direkt aus dem Gefängnis dorthin. Mit einem Polizisten.“

„Französische Polypen“, sagte Dwyer. „Macht sich nicht bezahlt, sich mit ihnen anzulegen, wie? Sagen Sie Wesley, ich werde auf dem Flugplatz sein.“

„Paßt gut auf euch auf“, sagte Rudolph. „Beide.“

Sie gaben keine Antwort, sondern saßen schweigend da, die Gläser vor sich. Sie saßen jetzt im Schatten, denn die Sonne war im Untergehen, und das Haus gegenüber verdeckte sie. Rudolph machte eine kleine Geste und ging in Richtung Reisebüro, um die drei Karten für den morgigen Flug zu besorgen.

Ehemann und Ehefrau, dachte er bitter, während er an den Antiquitätenläden und Käseläden und den Läden, die Zeitungen verkauften, vorbeiging. Sie würden ein treffliches Paar abgeben. Was ist los mit mir? Was macht mich so verdammt sicher, ich könnte für irgend jemanden sorgen? Für alle und jeden? Ich bin genau wie diese Idiotenhunde bei den Windhundrennen. Man braucht mir nur eine Verantwortung vor die Nase zu halten, nicht meine, irgendeine – und schon bin ich los und hinterher, so wie die Hunde hinter dem mechanischen Kaninchen, auch wenn sie es niemals fangen, ja *wissen,* daß sie es nie fangen können. Welche Krankheit hat mich in meiner Jugend infiziert? Eitelkeit? Angst, daß man mich nicht mag? Ein Ersatz für versäumte Religion? Ein Glück, daß ich nie in den Krieg mußte – ich wäre am ersten Tage tot, von meinen eigenen Leuten erschossen, weil ich einen Rückzug aufhalten will, oder weil ich mich freiwillig dazu melde, für ein verlorenes, umzingeltes Geschütz noch Munition zu holen. Mein Projekt für das nächste Jahr, sagte er zu sich, ist: Lernen, wie man „Leck mich!" zu allen sagt.

6

Aus Billy Abbotts Tagebuch

1968

Monika hat mich heute abend erschreckt. Sie war mit den Druckfahnen einer Rede beschäftigt, die sie aus dem Französischen ins Englische übersetzt hatte. Plötzlich sah sie auf und sagte, ich habe gerade etwas festgestellt. In beiden Sprachen – und in den meisten anderen auch – sind die Verben haben, sein, gehen und sterben unregelmäßig. Zum Beispiel ‚haben' im Englischen: I have, he has, I had – nicht allzu stark variiert, aber doch. Im Französischen ist es auffallender: I'ai, tu as, il a, nous avons. Und ebenso bei ‚sein' und ‚gehen'. ‚Sterben' ist ein bißchen gleichmäßiger, aber es gibt zu denken: I die, I am dead. Auf französisch: mourir im Infinitiv, aber: je meurs, nous mourions, nous sommes morts. Was bedeutet das alles? Daß die Menschheit sich bei ihren fundamentalsten Handlungen unbehaglich fühlt – existieren, besitzen, sich von einem Ort zum anderen bewegen, sterben? Daß wir versuchen, unsere grundlegendsten Betätigungen abzuleugnen, sie zu kaschieren oder vor ihnen wegzulaufen? Dagegen ist das Verbum töten so schlicht und einfach wie nur möglich: Ich töte, du tötest, ich tötete, er tötete. Da gibt's nichts zu verbergen, nichts, womit man mühselig fertigwerden muß. Dasselbe mit ‚ficken'. Liegt da ein Urteil drin?

Ich bin froh, daß ich kein Übersetzer bin, sagte ich zu ihr. Aber es gab mir zu denken, und ich lag die halbe Nacht wach und machte mir Gedanken über mich und wie ich mit der Sprache zusammenhänge.

Gretchen war in der Bar, als Rudolph ins Hotel zurückkam. Sie trank einen Champagner-Cocktail und sprach mit einem jungen Mann im Tennisdreß. Sie hatte in den letzten Tagen eine ganze Menge getrunken, was sonst gar nicht ihre Art war, und hatte mit jedem Mann gesprochen, der gerade in der Nähe war, was, wie er hämisch dachte, ganz ihre Art war. Hatte er letzte Nacht leise Schritte an seiner Tür vorbeischleichen hören, vorbei an den herausgestellten Schuhen in Richtung auf ihr Zimmer? Mit Nizza in seiner jüngsten Vergangenheit, war er der letzte, der Anlaß hatte, sich darüber aufzuhalten. Im übrigen war angesichts der Lage, in der sie steckte, jede Ablenkung, die sie finden konnte, um sich zu amüsieren, zumindest entschuldbar.

„Kann ich Sie mit meinem Bruder, Rudolph Jordache, bekannt machen?“ sagte sie, als Rudolph an ihren Tisch kam. „Mein lieber Basil – ich habe Ihren Nachnamen vergessen.“

Sie mußte mindestens schon drei Champagner-Cocktails intus haben, dachte Rudolph, daß sie „lieber“ zu einem Mann sagt, dessen Namen sie nicht mehr weiß.

Der junge Mann stand auf. Er war groß und schlank, schauspielerhaft, gefärbtes Haar, unverschämt gut aussehend, urteilte Rudolph.

„Berling“, sagte der junge Mann mit einer kleinen Verbeugung. „Ihre Schwester hat mir von Ihnen erzählt.“

Berling, Basil Berling, dachte Rudolph und beantwortete die Verbeugung mit einem Kopfnicken. Wer heißt schon Basil Berling. Britisch, dem Akzent nach.

„Wollen Sie sich nicht mit an unseren Tisch setzen?“ sagte Basil Berling.

„Nur auf einen Sprung“, sagte Rudolph ohne Begeisterung. „Ich habe einiges mit meiner Schwester zu besprechen.“

„Mein Bruder ist ein großer Besprecher“, sagte Gretchen. „Man hüte sich vor seinen Besprechungen.“

Vier Cocktails, nicht drei, dachte Rudolph.

„Was darf es sein, Sir?“ fragte Basil Berling, höfliches Mitglied der britischen Schauspieler-Gewerkschaft, sichtlich auf seine Sprache bedacht, da er von einer mittelmäßigen Schule kam.

„Das gleiche“, sagte Rudolph.

„Drei von demselben“, sagte Basil Berling zu dem wartenden Kellner.

„Er hat mich mit Drinks traktiert.“

„Das merkt man.“

Gretchen schnitt ein Gesicht. „Er ist der Nüchterne in der Familie“, erklärte sie Basil Berling.

„Einer muß es schließlich sein.“

„O je, ich habe Angst, was jetzt kommt“, sagte Gretchen. „Basil, wie war der Name noch, Lieber ...“

Sie tut betrunkener, als sie ist, dachte Rudolph. Um mich zu ärgern. Heute bin ich jedermanns Zielscheibe.

„Berling“, sagte der Mann mit unverminderter Liebenswürdigkeit.

„Mr. Berling ist Schauspieler“, sagte Gretchen. „Ist es nicht ein seltsames Zusammentreffen?“ fragte sie in einem gleichzeitig jungmädchenhaften und betrunkenen Tonfall. „Hier sind wir, am letzten Ende der Welt, und treffen uns durch schieren köstlichen Zufall in einer finsteren Bar, und beide sind wir beim Film?“ Sie machte sich jetzt mit einem manirierten englischen Akzent über ihn lustig, aber der junge Mann schien gegen jegliche Kränkung gefeit.

„Sind Sie das wirklich?“ Der Engländer klang überrascht. „Beim Film? O Gott – ich hätte das längst bemerken sollen.“

„Ist das nicht galant?“ Gretchen berührte neckisch Rudolphs Arm, Bruder oder nicht. „Ich muß die furchtbare Wahrheit eingestehen. Ich bin bei der Abteilung ohne Glamour.“ Sie schlürfte ihren neuen Drink und lächelte Basil Berling über den Rand des Glases an.

„Das kann ich nicht glauben“, sagte Berling plump.

Muß den Kerl umgehend loswerden, dachte Rudolph, ehe ich den Geschäftsführer bitte, ihn rauszuschmeißen.

„O doch“, sagte Gretchen. „Im Hinterzimmer. Ich bin eine von den Damen mit den schwarzen Fingernägeln. Bis zum Hintern in Acetat. Da haben wir's, schon ist das Geheimnis raus: eine einfache, bescheidene Cutterin.“

„Sie machen Ihrem Beruf Ehre“, sagte Basil Berling.

Gott bewahre mich vor den Paarungsbräuchen anderer, dachte Rudolph, als Gretchen sagte: „Süß“, und Berlings Handrücken tätschelte. Einen Augenblick lang empfand er Neugier, wie wohl Gretchen *wirklich* im Bett war, wie viele Männer sie gehabt hatte und gerade hatte. Sie würde es ihm erzählen, wenn er sie danach fragte.

„Gretchen“, sagte Rudolph, als Gretchen ihren Kopf mit allzuviel Charme dem Schauspieler zuneigte, „ich muß hinauf und Jean sagen, daß sie packen soll. Ich habe ihren Paß, und sie wird morgen fliegen wollen. Erst möchte ich aber ein Wort mit dir, bitte.“

Gretchen zog ein Mäulchen. Am liebsten hätte Rudolph ihr eine heruntergehauen. Die Ereignisse des Tages hatten ihn mürbe gemacht. „Trinken Sie aus, mein Lieber", sagte Gretchen zu Berling. „Mein Bruder ist ein vielbeschäftigter Mann, die gewissenhafte Biene, die von Blume zu Blume eilt."

„Aber gewiß." Der Schauspieler stand auf. „Muß sowieso aus meinen Sachen heraus. Habe drei Sätze Singles gespielt und werde mir einen Bombenschnupfen holen, wenn ich noch länger naß herumsitze."

„Danke für den Drink", sagte Gretchen.

„War mir ein Vergnügen."

Dwyer hatte auch „War mir ein Vergnügen" gesagt, erinnerte sich Rudolph. Alle vergnügten sie sich an diesem Nachmittag, dachte er sauertöpfisch. Nur er nicht.

„Sehe ich Sie später, Gretchen? Zum Dinner?" sagte Berling. Groß war er, aber mit dünnen, staksigen Beinen, stellte Rudolph fest. Ich sähe besser aus in Tennis-Shorts, dachte er böse.

„Ich glaube schon", sagte Gretchen.

„Ein Vergnügen, Sie kennengelernt zu haben, Sir", sagte Berling zu Rudolph.

Rudolph grunzte. Wenn der Mann durchaus „Sir" zu ihm sagen wollte, als stände er schon am Rande des Grabes, dann konnte er auch krustig sein, wie es sich für sein Alter gehörte.

Bruder und Schwester sahen den Schauspieler davonschreiten, elastisch, männlich, ein perfekter Abgang.

„Teufel auch, Gretchen", sagte Rudolph, als der Schauspieler gegangen war, „du verstehst es, sie dir auszusuchen, oder?"

„Die Auswahl ist nicht groß um diese Jahreszeit", sagte Gretchen. „Wir Mädchen müssen nehmen, was kommt. Und nun, was sind die Unannehmlichkeiten, die du nicht erwarten kannst, mir mitzuteilen?" Sie war überhaupt nicht beschwipst, stellte er fest.

„Es ist wegen Enid", sagte er. „Ich möchte gern, daß du morgen mit Jean und Enid mitfliegst und auf sie achtgibst. Auf beide."

„Großer Gott", sagte Gretchen.

„Ich möchte meine Tochter nicht Jean allein anvertrauen", bestand Rudolph hartnäckig.

„Und du? Kommst du nicht mit?"

„Ich kann nicht. Es gibt hier noch zu viel zu erledigen. Und wenn ihr in New York seid, möchte ich, daß du mit ihnen in meiner Wohnung bleibst. Mrs. Johnson ist noch eine Woche auf Urlaub in St. Louis."

„Jetzt mach einmal einen Punkt", sagte Gretchen. „Ich bin zu alt, um noch als Babysitter zu gehen."

„Verdammt nochmal", sagte Rudolph, „nach allem, was ich für dich getan habe . . ."

Gretchen legte den Kopf zurück und schloß die Augen, als hielte sie mittels dieses physischen Akts eine scharfe Antwort zurück. Noch in der gleichen Haltung und mit geschlossenen Augen sagte sie: „Es ist nicht nötig, mich jeden Tag daran zu erinnern, was du für mich getan hast."

„Jeden Tag?" Rudolph spie die Worte aus. „Wann zum letztenmal?"

„Nicht immer mit Worten, mein lieber Bruder." Sie öffnete die Augen und lehnte sich wieder vor. „Streiten wir nicht darüber." Sie stand auf. „Also gut, ich mache den Babysitter. Auf jeden Fall wird es guttun, wieder einmal an einem Ort zu sein, wo die Morde in der Zeitung passieren und nicht am Busen der eigenen Familie. Um wieviel Uhr fliegt die Maschine?"

„Elf Uhr dreißig. Ich habe deine Flugkarte."

„Du denkst auch an alles, wie?"

„Ja. Alles."

„Ich wüßte nicht, was ich ohne dich anfangen sollte, Bruderherz", sagte Gretchen. „Ich fange lieber gleich an zu packen." Sie lächelte ihn an, aber er spürte die Bemühung. „Waffenstillstand?"

„Waffenstillstand", sagte er.

Auf dem Weg zum Fahrstuhl blieb er am Empfang stehen, um seinen Schlüssel zu holen. „Als Sie fort waren, Mr. Jordache", sagte der Concierge, „war eine Dame da und hat einen Brief für Sie hinterlassen." Er nahm einen Umschlag aus dem Fach und gab ihn Rudolph mitsamt dem Schlüssel. Auf dem Briefumschlag stand nur sein Name in einer Handschrift, die er irgendwo schon einmal gesehen zu haben glaubte. Im Fahrstuhl riß er den Umschlag auf und holte das Blatt Papier heraus.

Es war von Jeanne.

„Lieber Amerikaner,
Ich möchte Dich nur kurz bitten, nicht bei mir anzurufen. Du kannst Dir den Grund denken. Ich rufe Dich an, wenn ich kann. Möglicherweise nicht vor ein, zwei Wochen. Es kann sein, daß

sie den Krieg in Paris ein für allemal abgeblasen haben. Ich hoffe, es gefällt Dir in Antibes und Du verlängerst Deinen Aufenthalt. Die Nachmittage sind öde ohne Dich. Wenn Du mir schreiben willst, tue es unter Poste Restante, Hauptpost, Nice. Ich hoffe, ich habe alles richtig buchstabiert.

Fahre vorsichtig. Jeanne"

Er zerknüllte den Brief und steckte ihn in die Tasche, stieg aus dem Fahrstuhl aus, ging zur Tür der Suite, setzte ein ruhiges Gesicht auf, steckte den Schlüssel ins Schloß und ging hinein.

Jean stand am Fenster und blickte aufs Meer hinaus. Sie wandte sich nicht um, als er hereinkam. Gegen das verblassende Licht, das durch das Fenster kam, wirkte ihre Silhouette in dem leichten Leinenkleid jung. Sie erinnerte ihn an die Mädchen, mit denen er auf dem College war, Mädchen, die die „Brüderschafts"-Nadeln ihrer Freunde am Busen trugen, die in dicken Pelzen und farbigen Wollstrümpfen zu den Samstagnachmittags-Fußballspielen kamen und zu den Promenandenkonzerten, wo er Trompete spielte, um zu seinem Schulgeld beizusteuern. Als er von der Tür aus die Illusion verwundbarer Jugendlichkeit erblickte, die seine Frau hervorrief, fühlte er eine Welle des Mitleids in sich aufsteigen – Mitleid für sie, das er jetzt nicht gebrauchen konnte.

„Guten Abend, Jean", sagte er und ging auf sie zu. Jean, Jeanne, dachte er, was besagt schon ein Name?

Sie wandte sich langsam um. Er sah, daß sie ihr weiches, schulterlanges Haar heute frisiert und Make-up angelegt hatte. Die alte Frau, die sie einst sein würde, war aus ihrem Gesicht verschwunden.

„Guten Abend", sagte sie ernst. Auch ihre Stimme war wieder normal, wenn „normal" bei ihr bedeutete: nicht von Alkohol, Wut oder Selbstzerfleischung krächzend.

„Hier ist dein Paß", sagte er und gab ihn ihr. „Der Anwalt hat ihn heute zurückbekommen."

„Danke", sagte sie.

„Ich habe eine Flugkarte für dich, für morgen. Du kannst jetzt heimfliegen."

„Danke", sagte sie abermals. „Und du?"

„Ich muß mindestens noch eine Woche bleiben."

Sie nickte, öffnete ihren Paß, schaute ihr Photo an, schüttelte traurig den Kopf, warf den Paß auf den Tisch.

Ich finde mein Paßphoto auch nicht schmeichelhaft, hätte Rudolph gern gesagt.

„Mindestens eine Woche ...“, sagte Jean. „Du mußt völlig fertig sein.“

„Ich bin in Ordnung.“ Er sank in einen Sessel. Ehe sie gesagt hatte, er müsse völlig fertig sein, hatte er nicht gemerkt, wie müde er tatsächlich war. Er hatte schlecht geschlafen, war mitten in der Nacht von Alpträumen aufgewacht. Letzte Nacht hatte er den seltsamsten, beunruhigendsten Traum gehabt. Er war mit einem Ruck hochgefahren. Das Bett schien zu rütteln, und sein erster Gedanke war, daß es ein Erdbeben sei. Er erinnerte sich, daß er in seinem Traum von unsichtbaren, boshaften Fingern überall an den Beinen gezwickt worden war. Poltergeister, hatte er im Traum gedacht. Im Wachzustand hatte er sofort gedacht: Wo kommt denn *der* Ausdruck her? Natürlich hatte er ihn irgendwo gelesen, aber er hatte ihn nie ausgesprochen oder geschrieben.

„Wie geht es Enid?“ fragte er.

„Gut“, sagte Jean. „Ich war heute nachmittag in Juan-les Pins mit ihr und habe ihr ein kleines, gestreiftes Matrosenjersey gekauft. Sie sieht entzückend darin aus und steht die ganze Zeit vor dem Spiegel. Sie ißt jetzt Abendbrot mit dem Mädchen.“

„Ich schaue noch zu ihr hinein und sage gute Nacht“, sagte er. „Nachher.“ Er lockerte Kragen und Krawatte. Für heute hatte er ausgespannt, zum Abendessen würde er ein offenes Sporthemd tragen. „Gretchen fliegt mit dir und Enid mit“, sagte er.

„Sie braucht sich nicht zu bemühen“, sagte Jean, doch ohne eine Spur von Übelnehmerei. „Vielleicht bleibt sie lieber noch. Das Wetter ist jetzt herrlich, und ich sah sie mit einem gutaussehenden jungen Mann vom Strand heraufkommen.“

„Sie möchte nach New York zurück“, sagte er. „Ich habe sie gebeten, noch bei dir und Enid zu bleiben, bis Mrs. Johnson aus St. Louis zurück ist.“

„Das wäre aber langweilig für sie“, sagte Jean. „Ich kann ganz gut allein mit Enid fertigwerden. Ich habe ja nichts anderes zu tun.“ Wieder sagte sie es ruhig, ohne Ärger oder Streitsucht in der Stimme.

„Ich glaube, es wäre besser, Gretchen wäre da, um auszuhelfen“, sagte er behutsam.

„Wie du meinst. Obgleich ich eine Woche lang nüchtern bleiben kann, weißt du?“

„Ich weiß“, sagte er. „Nur zur Sicherheit.“

„Ich habe über uns nachgedacht“, sagte sie gelassen, ohne Feindseligkeit. Sie hielt die Hände gefaltet vor sich, als stände sie auf einer Tribüne, um eine vorbereitete Rede zu halten. „Darüber, was wir durchgemacht haben.“

„Warum vergißt du nicht, was wir durchgemacht haben?“ sagte Rudolph. Ihm war nicht nach vorbereiteten Reden zumute.

„Ich habe über uns nachgedacht“, sagte sie gelassen, ohne Feindseligkeit. „Um deinetwillen und um Enids willen sollten wir uns, glaube ich, scheiden lassen.“

Endlich, dachte er. Wenigstens war nicht ich es, der es gesagt hat. „Warum warten wir nicht ein wenig, ehe wir über solche Dinge reden?“ sagte er ruhig.

„Wenn du willst. Aber ich tauge nichts für dich. Oder für sie. Du willst mich nicht mehr ...“ Jean hob die Hand, obgleich er gar nichts sagte. „Du bist schon über ein Jahr lang nicht in meine Nähe gekommen. Und du hast hier jemanden gefunden. Ich bin sicher. Bitte leugne es nicht ab.“

„Ich leugne es nicht“, sagte er.

„Ich nehme es dir nicht übel, Lieber“, sagte sie. „Ich bin schon eine ganze Weile Gift für dich. Ein anderer Mann hätte mich längst verlassen. Und die Menge hätte hurra geschrien.“ Sie lachte ein schiefes Lächeln.

„Ich wünschte, du würdest warten, bis wir beide wieder in Amerika sind ...“ hob er an, obgleich er fühlte, wie eine Riesenlast von seinen Schultern genommen wurde.

„Ich würde gern heute abend darüber sprechen“, sagte sie ohne Drängen. „Ich habe den ganzen Tag über uns nachgedacht, und ich habe seit über einer Woche nicht getrunken, und ich bin so klar im Kopf und so vernünftig, wie ich je in meinem restlichen Leben sein werde. Möchtest du nicht hören, was ich mir gedacht habe?“

„Ich möchte nicht, daß du etwas sagst, was du später bereust.“

„Bereust.“ Sie machte eine abwehrende Bewegung, als zucke sie vor einer Wespe zurück. „Ich bereue alles, was ich sage. Und so ungefähr alles, was ich getan habe. Hör gut zu, mein Lieber. Ich bin eine Trinkerin. Ich bin unzufrieden mit mir, und ich bin eine Trinkerin. Ich werde mein Leben lang mit mir unzufrieden sein und eine Trinkerin bleiben. Und ich werde nicht damit fertigwerden.“

„Wir haben es eben bisher noch nicht energisch genug versucht", sagte er. „Die Institute, wo du gewesen bist, haben nicht gründlich genug durchgegriffen. Es gibt noch andere Kliniken, die ..."

„Du kannst mich in sämtliche Kliniken Amerikas schicken", sagte sie. „Sämtliche Psychiater Amerikas können in meinen Träumen stochern. Sie können mir Abgewöhnungsmittel geben, und ich werde mir die Eingeweide aus dem Leib kotzen. Und ich werde immer noch eine Trinkerin sein. Und ich werde dich anschreien wie eine Vettel und dir Schande machen ..., du weißt, ich habe es schon getan, und nicht nur einmal ... Und ich kann dich um Verzeihung bitten, und ich kann es wieder tun, und ich kann das Leben meines Kindes aufs Spiel setzen und betrunken mit ihr im Wagen herumfahren, und ich kann alles um mich herum vergessen, wenn ich nur die Flasche finde, und wieder und immer wieder bis zum Tage, wo ich sterbe, und ich wünschte, es wäre bald, nur habe ich leider nicht den nötigen Mut, mich umzubringen, und auch das ist wieder eine Enttäuschung ..."

„Bitte sprich nicht so, Jean", sagte er. Er stand auf und ging zu ihr hin, aber sie wich zurück, als fürchte sie seine Berührung.

„Ich bin jetzt nüchtern", sagte sie, „und ich bin über eine Woche lang trocken, also laß uns diesen wundervollen, unerwarteten Augenblick nutzen und den Dingen ins Auge sehen und nüchterne, welterschütternde Beschlüsse fassen. Ich werde mich auf mich selbst zurückziehen, irgendwohin, außer Sicht – ist Mexiko weit genug weg? Spanien? Ich spreche Spanisch, wußtest du das? Die Schweiz? Es soll dort hervorragende Kliniken geben, und alle zwei, drei Monate kann man großartige Resultate erwarten."

„O. k.", sagte er. „Dann laß uns immer zwei- oder dreimonateweise leben, Scheidung oder keine Scheidung."

„Es hat keinen Zweck, sich vorzumachen, daß ich noch eine Stellung annehmen und behalten kann." Nichts konnte mehr die singende, besessene Stimme aufhalten. „Aber dank meinem lieben toten Vater kann ich mehr als sorglos leben – zügellos. Du mußt mir behilflich sein, für Enid einen Treuhandfonds einzurichten, denn wenn ich betrunken bin, besteht die Möglichkeit, daß ich auf einen ränkespinnenden, hinreißenden jungen Italiener fliege, der es auf mein Vermögen abgesehen hat, und das möchte ich nicht. Ich habe mir sogar ausgedacht, wie ich vermeiden kann, daß du dich schuldig fühlst, nicht auf mich aufzupassen und mich schutzlos in dieser finsteren, gefahrdrohenden Welt umherwandern zu lassen. Ich engagiere mir eine nette, kräftige, junge Frau, wahrscheinlich eine Lesbierin, die mir Gesellschaft leistet und aufpaßt, daß mir kein Leid geschieht, wenn ich besäuselt bin ... und mich nötigenfalls auch noch mit harmlosem und folgenlosem Sex versieht ..."

„Hör auf", schrie er. „Genug, genug."

„Tu nur nicht so schockiert, mein lieber Puritaner Rudolph", sagte sie. „Ich habe es schon früher getan, und es hat mir nicht mißfallen, und ich kann es mit Sicherheit wieder tun, speziell nach ein, zwei Flaschen, und es wird mir wieder nicht mißfallen. Die ganze Wahrheit ist, Liebling, ich kann nicht mehr kämpfen. Selbst die Südstaaten-Armee hat eines Tages aufgegeben. Ich habe genug Tote gehabt. Ich habe keinen Manövrierraum mehr. Ich bin an meinem Appomattox angelangt. Du siehst, meine Erziehung ist nicht an mir vergeudet worden. Sie können mir meinen Degen wiedergeben, General Grant. Nein, das klingt wie Spott. Ich will nicht spotten. Ich bin verzweifelt. Ich kann nicht mehr kämpfen. Ich kann nicht mehr gegen dich ankämpfen oder gegen das Trinken oder die Schuld oder die Ehe, was immer dieses schöne Wort dir und mir in diesem Augenblick bedeuten mag. Gelegentlich, wenn ich gerade keinen Schub habe, werde ich mit meiner lesbischen Begleiterin auftauchen, ich werde darauf achten, daß sie nicht zu auffällig aussieht, sie wird sich mädchenhaft anziehen und ich auch, und werde Enid besuchen. Du brauchst nicht da zu sein. Sag heute abend bitte nichts, aber denke morgen früh an mein Angebot, wenn du mich ans Flugzeug bringst, und bewundere mich um meines Verzichts willen. Nimm ihn an, ehe ich anderen Sinnes werde und dir mein restliches Leben lang wie eine Leiche am Halse hänge."

„Paß auf", sagte er, „sobald du von hier fort bist, von dieser ganzen morbiden Atmosphäre, wirst du ..."

„Zusammen haben wir auch Scheiße aus unserem Leben gemacht", intonierte sie aufs neue. „Und du wirst auch nicht jünger, du kannst nicht die nächsten fünfzig Jahre lang in der Ecke sitzen und auf das Kaminfeuer starren, irgend etwas mußt du anfangen. Sei dankbar für heute. Greif zu. Wer weiß, wie lange die Ware noch auf dem Markt ist. Und jetzt – ich weiß, du hast einen langen, schweren Tag hinter dir und möchtest dich rasieren und eine schöne heiße Dusche nehmen und ein frisches Hemd anziehen und einen Martini trinken und essen gehen. Während du unter der Brause bist, lasse ich dir den Drink kommen. Keine Angst, von jetzt bis New York rühre ich keinen Tropfen an – ich habe Anfälle von übermenschlicher Willenskraft. Und dann, wenn du so gut sein willst, lade mich zum Dinner ein, nur du und ich allein – und wir reden von anderen Dingen – wie zum Beispiel, was du mit deinem Leben anfangen willst, welche Schulen Enid besuchen soll und was für eine Frau du eines Tages heiraten möchtest und wen du an der Côte d'Azur durchgezogen hast, und dann, wenn's spät ist und wir beide müde sind, kommen wir in unsere herrliche, sündhaft teure Hotelsuite zurück, und du läßt mich in deinem Bett mit dir schlafen, weil ich morgen ein Flugzeug nach Amerika nehme und du, solange noch Sommerwetter ist, hier bleibst, um alles, was ich angerichtet habe, auszulöffeln."

Er stand auf und ging zu ihr hin und legte seine Arme um sie. Sie zitterte heftig. Ihr Gesicht war gerötet und fühlte sich fieberhaft an, als er es berührte.

„Es tut mir leid", flüsterte sie, in seinen Armen zitternd, den Kopf an seiner Brust, die Arme um ihn geschlungen. „Ich hätte diese Rede schon längst halten sollen – vielleicht schon vor unserer Hochzeit, nur war ich, glaube ich, nicht so wie jetzt, bevor ich heiratete."

„Ssst, ssst", sagte er hilflos. „Wenn du heimkommst, sieht alles anders aus."

„Wenn ich heimkomme", sagte sie, „bin ich einen Tag älter. Das ist das einzige, was anders aussehen wird." Sie löste sich mit einem schwachen Lächeln von ihm. „Man kann das schwerlich als eine große Verbesserung auffassen. Jetzt nimm deine Dusche. Wenn du herauskommst, werde ich weniger gesprächig sein, und dein Martini wird da sein, um dich daran zu erinnern, daß noch nicht alles verloren ist. Ich werde auch zur Cocktailstunde da sein – mit einer weiteren Coca-Cola."

Unter der Dusche nahm er sich die Freiheit, zu weinen. Irgendwann in diesen langen Jahren mußte ein Moment gewesen sein, wo sie hätte gerettet werden können. Er war zu beschäftigt, zu sehr in Anspruch genommen gewesen, um den Moment zu erkennen, den notwendigen Schritt zu tun, ehe ihr alle Fluchtwege endgültig versperrt waren.

Es schien ihm nicht möglich, die Wassertemperatur zu regulieren. Entweder kam es zu heiß heraus und brannte ihm wie tausend Nadeln auf der Haut, oder, wenn er an dem Knopf drehte, kam es eiskalt, ließ ihn erstarren und zittern, als stünde er nackt in einem Graupelschauer.

Er kam heraus, trocknete sich mit einem großen, rauhen Tuch, betrachtete sich im Spiegel, sah mit Beschämung den wohlgemeißelten ehebrecherischen Körper, stark, mit sauberen Muskelsträngen, nutzlos in dem Leben, das er lebte, in dem sein Sexus seiner Güte im Wege stand.

Er zog sich langsam an. Gut anliegende Wäsche, angenehm auf der Haut. Die kleinen belebenden Freuden des Körpers. Er zog ein leichtes Wollhemd über, weiche Kaschmirsocken, gut gebügelte Flanellhosen, bequeme, hochglanzpolierte Mokassins (die Kommunisten auf dem nächtlichen Flur), ein appetitliches blau und weiß gestreiftes Leinenjackett. An diesem Abend würde Gretchen nicht sagen können, er sähe aus, als käme er direkt aus einem Bett.

Der Martini stand schon auf dem Tisch an der Couch, als er in den Salon zurückkam, und Jean stand am Fenster und blickte in die duftende Finsternis, in der die farbig gestochenen Lichtpunkte der Küstenbeleuchtung sich bis in die Fernen der Antibes-Halbinsel verloren. Jean hatte nur eine Lampe angezündet und hielt ein Glas mit Coca-Cola in der Hand. Sie wandte sich um, als sie ihn hereinkommen hörte. „Gretchen war da, als du unter der Dusche warst", sagte sie. „Ich habe ihr gesagt, wir würden allein zu Abend essen. War das richtig?"

„Natürlich."

„Sie ißt ohnehin mit einem Freund in Golf Juan", sagte sie.

„Ich habe ihn kennengelernt", sagte Rudolph.

„Ich möchte wissen, wie sie mit Männern ist. Sie vertraut es mir nie an."

„Mir vertraut sie viel zuviel an", sagte Rudolph.

„So wie alle Welt", sagte Jean leichthin. „Armer Rudolph." Sie lief ziellos im Zimmer herum, berührte abwesend eine Stuhllehne, zog eine Schublade im Schreibtisch auf. „Sag, Rudy – ich weiß nicht mehr genau", sagte sie. „Hatten wir dieses Zimmer, als wir kurz nach der Hochzeit hier waren?"

„Ich entsinne mich auch nicht mehr", sagte er und griff nach dem Martini.

„Also", sagte sie und hob ihr Glas. „Auf ... auf was?" Sie lächelte. Sie sah schön und jung in dem halberhellten Raum aus. „Sagen wir, auf die Scheidung?" Sie nippte an ihrer Coca-Cola.

Rudolph stellte sein Glas nieder. „Ich nehme meinen Drink nachher", sagte er. „Erst will ich Enid gute Nacht sagen."

„Nur zu", sagte Jean. „Ich glaube, du solltest dem französischen Mädchen einen kleinen Extrabonus geben. Sie war sehr lieb zu Enid. Sehr lieb und geduldig. Sie ist fast selbst noch ein Kind, aber irgendwie hat sie es immer fertiggebracht, Spiele zu erfinden, die Enid Spaß machten. Ein Talent, das mir abgeht."

„Ich habe es auch nicht", sagte Rudolph. „Willst du nicht mitkommen?"

„Nicht heute abend", sagte Jean. „Und ich muß auch noch in meinem Gesicht einiges in Ordnung bringen."

„Ich bin bald wieder da."

„Keine Eile", sagte sie. „Wir haben noch die ganze Nacht vor uns."

Enid in ihrem gestreiften Matrosenjersey beendete gerade ihr Abendbrot. Sie lachte, als Rudolph hereinkam. Obgleich das Kindermädchen nicht Englisch sprach, schienen sich die beiden irgendwie vorzüglich zu verstehen. Erziehung, kam es Rudolph schmerzhaft in den Sinn, wird diese gemeinsame Gabe auslöschen. Er küßte Enid auf den Kopf, sagte *„Bonsoir"* zu dem Mädchen. Das Mädchen sagte: „Es tut mir leid wegen des Hemdes. Sie hat schon gebadet, aber sie wollte keinen Pyjama anziehen; sie besteht darauf, heute nacht in dem Hemd zu schlafen. Ich hoffe, Sie haben nichts dagegen. Ich wollte sie nicht mit Gewalt . . ."

„Natürlich nicht." Vernünftige, flexible Französin. „Um so besser wird sie schlafen." Er sagte ihr dann, sie solle bitte die Sachen des Kindes bis zum Morgen packen, da sie nach New York abflögen. Wenn ich erst einmal alles hier erledigt haben werde, dachte er, werde ich gut genug Französisch sprechen, um mich mit einem korsikanischen Polizisten unterhalten zu können. Immerhin ein Plus.

Das Kindermädchen sagte: *„Bien, monsieur."*

Rudolph sah sich seine Tochter genauer an. Sie sah gesund und glücklich aus, mit einem Hauch von Sonne auf den Wangen. Immerhin, dachte er, noch ein Plus: *Einem* bekommt wenigstens die Reise gut. Er schaute ihr zu, wie sie zufrieden mit ihrem Essen herumspielte und plötzlich den Arm ausstreckte, um die Hand des Mädchens zu ergreifen, und dachte, wenn ich wieder in New York bin, werde ich Mrs. Johnson entlassen. Mrs. Johnson war über Fünfzig, tüchtig und ruhig, aber vom Spielen verstand sie nichts.

Er küßte Enid wieder auf den Kopf und bückte sich dann weiter hinunter, als sie „Gute Nacht, Daddy“ sagte und einen feuchten Hafermehlkuß etwas ungenau auf seine Backe pflanzte. Sie roch nach Seife und Talkumpuder, und wäre das Mädchen nicht dagewesen, hätte er sie vom Stuhl gehoben, auf dem sie kissengestützt thronte, und sie fest an sich gepreßt.

Aber statt dessen sagte er nur: „Gute Nacht, kleiner Matrose“, und ging.

Das Abendessen war vorzüglich, der Mond schien über dem Wasser, das Restaurant war nicht zu voll, und die Kellner flitzten ergeben um ihren Tisch. Jean bestand darauf, daß er eine Flasche Wein für sich allein bestellte, und er ließ sich überreden. Sie fanden, daß sie sich eine Menge zu sagen hatten, nichts davon wichtig oder beunruhigend, und es kamen keine unangenehmen Entgleisungen vor. Wir sind alle aus Gummi, dachte Rudolph und bewunderte Jeans weiches Haar, als sie sich etwas über den Teller beugte. Wir können uns bis zur Unförmigkeit zerdehnen und dann – so erscheint es jedenfalls – wieder in unsere ursprüngliche, oder doch fast ursprüngliche Form zurückschnellen.

Sie verweilten eine lange Zeit beim Kaffee, sahen – er war überzeugt davon – zufrieden mit sich und mit einander aus, wie sie da vor dem großen Fenster saßen mit dem Blick auf das dunkle Meer mit seinem Silberpfad aus Mondlicht, der bis zu den fernen Inseln schimmerte.

Sie schlenderten langsam zum Hotel, und in der Suite angelangt, sagte Jean: „Geh schon zu Bett, Liebling. Ich komme gleich.“

Nackt lag er in dem dunklen Zimmer im Bett und wartete. Die Tür ging leise auf; ein Rascheln war zu hören, als Jean ihr Negligé auszog, dann war sie im Bett bei ihm. Er legte seinen Arm um sie, ihr Körper zitterte nicht, war warm, doch ohne Fieberhitze. Sie rührten sich nicht, und nach kurzer Zeit waren sie beide eingeschlafen.

In dieser Nacht träumte er weder, daß das Hotel von einem Erdbeben erschüttert würde, noch daß Poltergeister ihn heimsuchten.

Weiter den Flur hinunter schlief Gretchen unruhig, allein. Das Abendessen war auserwählt gewesen, der Wein reichlich geflossen, der junge Mann war fast der bestaussehende Mann im ganzen Restaurant, war aufmerksam, dann dringlich gewesen: fast hätte sie ja gesagt. Aber schließlich schlief sie doch allein. Ehe sie einschlief, dachte sie: Wenn nur mein gottverdammter Bruder nicht gesagt hätte: „Du verstehst es, sie dir auszusuchen, oder?“ Sie hätte in dieser Nacht nicht allein geschlafen.

7

Aus Billy Abbotts Tagebuch

1968

Habe zufällig die internationale Ausgabe von „Time" von dieser Woche in die Hand bekommen. Und siehe da, unter VERBRECHEN stand die Story der Jordaches, mit Nacktphoto und der ganzen unerfreulichen Familiengeschichte. Krach, Mord und Schande in einigen hundert wohlgesetzten Worten.

Ich schneide die Geschichte aus und tue sie zu meinen übrigen Notizen. Sie wird meinen Nachkommen, so es welche gibt, eine nützliche Übersicht über ihre Ahnengalerie gewähren:

Wohl der letzte Ort, an dem man erwarten würde, die drei Kinder eines aus Deutschland immigrierten Selbstmörder-Bäckers aus einer Hudson-River-Stadt zu finden, wäre eine Jacht an der Riviera. Aber nach dem jüngsten Antibes-Hafenmord an Thomas Jordache, vor Jahren besser bekannt als Mittelgewichtler Tommy Jordan, sprudelten eine Anzahl Namen an die Oberfläche eines französischen Morddossiers. Unter ihnen: R u d o l p h J o r d a c h e , 40, Toms Bruder, Millionär, Ex-Bürgermeister von Whitby, N. Y.; Jordans halbwüchsiger Sohn W e s l e y ; J e a n P r e s c o t t J o r d a c h e , Rudolphs Frau und Erbin des Mittel-West-Apothekerwarenimperiums; und G r e t c h e n B u r k e , Schwester beider Jordaches und Witwe des Theater- und Filmregisseurs C o l i n B u r k e.

Wie in Antibes verlautet, wurde Jordan wenige Tage nach seiner Hochzeit zu Tode geknüppelt, nachdem er seine angetrunkene Schwägerin in einer Hafenbar in Cannes aus den Klauen eines Rowdies befreit hatte.

Jean Jordache, die während der polizeilichen Untersuchungen im Hôtel du Cap abgestiegen ist, sagt, sie wäre bei einem einsamen Schlummertrunk am Hafen angesprochen worden. Jordan, der dazukam, schlug den Mann brutal zusammen. Später wurde Jordan ermordet auf seiner Jacht aufgefunden.

Die französische Polizei bestätigt einzig, daß sie eine Liste von Verdächtigen hat.

Gott sei Dank bin ich nicht erwähnt. Es müßte auch ein komischer Zufall sein, wenn irgend jemand mich mit Mrs. Burke, einst verheiratet mit einem bedeutenden Regisseur, der jetzt tot ist, vorher mit einem obskuren Blindgänger namens Abbott, in Verbindung bringen würde. Monika würde das natürlich tun, weil ich ihr eine Menge über meine Mutter erzählt habe, aber glücklicherweise liest Monika nicht „Time". Information zur Unterhaltung nennt sie es, nicht Information um der Wahrheit willen.

Manchmal überlege ich, ob ich nicht versuchen sollte, Pressemann zu werden. Ich bin neugierig und boshaft, zwei wichtige Voraussetzungen für den Beruf.

Monika nicht daheim. Zettel auf dem Tisch. Bin ein paar Tage weg. Sie ist dafür, mit zweierlei Maß zu messen. Aber mit umgekehrten Vorzeichen.

Die Limousine, die der Concierge für sie bestellt hatte, war voll beladen. Gretchen, Jean und Enid saßen schon auf den Rücksitzen, Enid etwas weinerlich, weil das französische Mädchen nicht mitkam. Rudolph hatte gerade zum dritten Mal kontrolliert, daß er auch alle ihre Flugkarten hatte, und der Fahrer hielt ihm die vordere Wagentür auf, als ein Auto auf dem Hotelvorplatz vorfuhr und hielt. Eine kleine, dralle, einfach gekleidete Frau mit graumeliertem Haar stieg aus dem Wagen, und ein kleiner rundlicher Mann im Straßenanzug kam hinter dem Steuerrad hervor.

„Rudolph Jordache, ist es die Möglichkeit", rief die Frau und ging auf ihn zu.

„Ja?" Die Frau kam ihm irgendwie bekannt vor.

„Es scheint, Sie erinnern sich nicht an mich", sagte sie. Sie wandte sich zu dem kleinen Dicken um. „Ich hab' dir ja gesagt, er wird sich nicht an mich erinnern."

„Ja, das hast du gesagt“, sagte der Mann.

„Ich erinnere mich aber an Sie“, sagte die Frau zu Rudolph. „Sehr gut sogar. Ich bin Toms Frau. Wesleys Mutter. Ich komme, meinen Sohn zu holen.“ Sie wühlte in ihrer Handtasche und zog ein Exemplar von „Time“ heraus und schwenkte es vor Rudolphs Augen.

„O Gott“, sagte Rudolph. Er hatte den Mann von der Presse und den Fernschreiber ganz vergessen. Aber offenbar hatte der Mann von der Presse ihn nicht vergessen. Armer Wesley, dachte er, eine Woche lang würde sein Name in Millionen Heimen herumgereicht werden, jahrelang würde er mit den Blicken Neugieriger fertigwerden müssen, mit Unbekannten, die auf ihn zukommen würden und sagen: „Ach, entschuldigen Sie, sind Sie nicht der . . .?“

„Kann ich die Story einmal sehen?“ Rudolph streckte die Hand nach dem Magazin aus. Der Journalist war vor Wesleys Verhaftung auf der Jacht gewesen, aber womöglich hatte er die Sache weiter verfolgt. Es durchfuhr ihn heiß, als er sich vorstellte, was „Time“ aus Wesleys Schlägerei im Nachtklub gemacht haben konnte, und dem Engländer, der mit einer Gehirnerschütterung ins Hospital eingeliefert worden war.

Teresa tat einen Schritt zurück und hielt das Magazin auf dem Rücken. „Gehen Sie doch und kaufen Sie sich selbst eine Nummer“, sagte sie. „Nach allem, was da steht, können Sie es sich mit Handkuß leisten. Sie und Ihr überspanntes nacktes Weib.“

Hilf, Himmel, dachte Rudolph, die haben das alte Photo wieder ausgegraben. Was für ein Segen für die Menschheit, wenn die Archive sämtlicher Zeitungsverlage der Welt an einem einzigen Tag in Rauch und Flammen aufgingen.

„Es steht alles hier drin“, sagte Teresa bösartig. „Diesmal hat Ihr Geld meinem Herrn Ex-Gemahl nicht aus der Patsche geholfen! Endlich hat er gekriegt, was er gesucht hat, wie?“

„Es tut mir leid, Teresa“, sagte Rudolph. Tom mußte sternhagelvoll oder unter Drogeneinfluß gewesen sein, als er sie heiratete. Das letzte Mal, als Rudolph sie gesehen hatte, vor drei Jahren in Heaths Büro, als er sie ausbezahlte, um sie zu einer Scheidung in Reno zu bewegen, war ihr Haar platinblond gefärbt gewesen, und sie mußte zwanzig Pfund leichter gewesen sein. Ohne daß sie deswegen besser oder schlechter aussah als jetzt.

„Entschuldigen Sie, daß ich Sie nicht erkannt habe. Sie haben sich etwas verändert."

„Ich habe damals keinen großen Eindruck auf Sie gemacht, wie?" Jetzt war die Boshaftigkeit schon deutlicher. „Dies ist mein Mann, Mr. Kraler.

„Sehr erfreut, Mr. Kraler."

Der Mann grunzte.

„Wo ist mein Sohn?" fragte Teresa barsch.

„Rudy", rief Gretchen aus dem Wagen. „Wir wollen das Flugzeug nicht versäumen." Sie hatte nichts von dem Wortwechsel vernommen.

Rudolph brach der Schweiß aus, obgleich der Morgen kühl war. „Sie müssen mich jetzt entschuldigen, Mrs. Kraler", sagte er, „aber wir müssen zum Flughafen . . ."

„So leicht kommen Sie mir nicht davon, Mr. Jordache", sagte Teresa und wedelte mit dem zusammengerollten Magazin. „Ich komme nicht extra von Amerika herüber, um Sie so einfach wegfliegen zu lassen."

„Ich fliege nirgendwohin", sagte Rudolph und hob die Stimme, um sie dem Ton der Frau anzupassen. „Ich bringe meine Familie zum Flugzeug, und dann komme ich wieder her. Ich sehe Sie in zwei Stunden!"

„Ich will wissen, wo mein Sohn ist", sagte Teresa. Sie griff nach seinem Ärmel und hielt ihn fest, als er in den Wagen steigen wollte.

„Er ist im Gefängnis, wenn Sie's durchaus wissen wollen."

„Im Gefängnis!" Teresa kreischte. Sie griff sich mit einer tragischen Geste an die Kehle. Ihre Reaktion beruhigte Rudolph. *Der* Teil der Geschichte stand wenigstens nicht im Magazin.

„Führen Sie sich nicht so auf", sagte Rudolph scharf. Ihr Kreischen war das lauteste Geräusch, das er seit seiner Ankunft im Hotel gehört hatte. „Es ist nicht so schlimm."

„Hast du das gehört, Eddie?" schrie sie. „Mein Sohn ist hinter Gittern, und er sagt, es ist nicht schlimm."

„Das hat er gesagt, ja", sagte Mr. Kraler.

„So eine Familie ist das. Gib ihnen ein Kind in die Hände", dieselbe Lautstärke wie zuvor, „und ehe man sich's versieht, hat die Polizei schon eine Akte über ihn angelegt. Ein Segen, daß sein Vater umgebracht wurde, sonst hätte ich noch nicht mal gewußt, wo er ist, und weiß der Himmel, was diese Leute noch aus ihm gemacht hätten. Wissen Sie, wer ins Gefängnis gehört –?" Sie ließ Rudolphs Ärmel los und trat einen Schritt zurück, um mit theatralisch ausgestrecktem Arm ihren Finger anklagend auf ihn zu richten. „Sie! Mit Ihren Tricks und Bestechungen und Ihrem verbrecherischen Geld."

„Wenn Sie sich beruhigt haben", sagte Rudolph und bückte sich, um in die Limousine einzusteigen, „werde ich Ihnen alles erklären." Dann zum Fahrer: *„Allons-y."*

Sie griff nach ihm und erwischte ihn wieder am Arm. „O nein", sagte sie. „So leicht kommen Sie mir nicht weg, Mister."

„Lassen Sie mich los, Sie dummes Frauenzimmer", sagte Rudolph. „Ich habe jetzt keine Zeit, mit Ihnen zu sprechen. Das Flugzeug wartet nicht, und wenn Sie noch so laut schreien."

„Eddie", kreischte Teresa zu ihrem Mann gewendet, „willst du ihn so laufen lassen?"

„Hören Sie zu, Mr. Jordache . . ." begann der Mann.

„Ich kenne Sie nicht, Herr", sagte Rudolph. „Halten Sie sich hier heraus. Wenn Sie mit mir sprechen wollen, seien Sie hier, wenn ich zurückkomme." Unsanft schüttelte er die Hand der Frau von seinem Ärmel, und der Concierge, der herausgekommen war, um sich zu verabschieden, ging drohend auf sie zu.

Rudolph stieg schnell in den Wagen, knallte die Tür hinter sich zu und verriegelte sie. Der Fahrer lief um den Wagen herum, setzte sich hinters Lenkrad und startete den Motor. Als sie durch das Tor fuhren, stand Teresa da und fuchtelte wütend mit dem Magazin dem Wagen nach.

„Was war denn eigentlich los", fragte Gretchen. „Ich konnte nicht verstehen, was sie sagte."

„Nichts von Wichtigkeit", sagte er kurz. „Sie ist Wesleys Mutter."

„Sie hat sich, weiß Gott, verändert", sagte Gretchen. „Und nicht zu ihrem Vorteil. Was will sie denn?"

„So wie ich sie kenne", sagte er, „will sie Geld." Er würde Gretchen beiseite nehmen müssen und sie bitten, darauf zu achten, daß Jean nicht irgendwo ein „Time"-Magazin in die Hände bekam.

Von der Terrasse des Flughafengebäudes schaute Rudolph zu, wie die Maschine von der Startpiste abhob. Es war ein stiller Abschied gewesen. Er hatte versprochen, so bald wie möglich in

New York zurück zu sein. Er hatte sich dagegen gewehrt, Vergleiche anzustellen zwischen dem bedrückten Abschied heute und der Urlaubsfröhlichkeit, mit der sie auf diesem selben Flughafen angekommen waren. Tom hatte sie hier mit seiner zukünftigen Frau erwartet, und die „Chlothilde" lag fertig zur Ausfahrt im Hafen, um sie alle zu einem ersten Bad und Wiedersehensmahl in den Kanal zwischen den Cannes vorgelagerten Inseln zu bringen.

Als die Maschine außer Sicht war, stieß Rudolph einen Seufzer aus und ging durch das Gebäude, wobei er der Versuchung widerstand, sich am Kiosk die „Time"-Nummer zu kaufen. Ganz gleich, was in der Story stand, erfreuen würde es ihn ganz bestimmt nicht. Er konnte kaum verstehen, wie Leute, über die fortgesetzt geschrieben wurde, Politiker, Kabinettsminister, Schauspieler und ähnliche Leute, sich dazu aufraffen konnten, eine Morgenzeitung aufzuschlagen.

Er dachte an die dickliche, ergrauende Frau und ihren runden kleinen Mann, die im Hotel auf ihn warteten, und seufzte erneut. Wie hatte diese fürchterliche Person es nur fertiggebracht, einen Mann zu finden? Und dazu noch einen zweiten Mann. Vielleicht, dachte er, wenn der Mann von „Time" noch in Antibes war, sollte er ihn bitten, das Zeitungsphoto von Teresa auszugraben, Teresa mit ihrem früheren angenommenen Namen, wie sie gerade nach der Razzia auf das Bordell von der Polizei abgeführt wurde. Ein Photo verdiente das andere. Armer Wesley.

Um es hinauszuschieben, ließ er den Chauffeur nach Nizza hineinfahren, dirigierte ihn zu der Straße, in der Jeanne wohnte. Er hatte keine Ahnung, was er tun würde, wenn er sie zufällig mit ihren Kindern oder ihrem kriegerischen Mann aus dem Hause kommen sähe. Höchstwahrscheinlich nichts. Aber sie erschien nicht. Die Straße war wie jede andere Straße.

„Zum Hotel zurück, bitte", sagte er. „Fahren Sie die lange Route am Meer entlang."

Als sie nach Antibes kamen, umfuhren sie den Hafen. Er sah die „Chlothilde" von weitem mit Dwyer als winziger Figur, die sich an Deck bewegte. Er ließ den Fahrer nicht halten.

„Ich kenne meine Rechte", ließ Teresa sich vernehmen. Die drei saßen auf Stühlen in einer kleinen Lichtung des Hotelparks, wo keiner ihr Gespräch mit anhören konnte. Das Paar hatte sich steif in zwei Stühlen in der Hotelhalle gegenübergesessen, als Rudolph hereinkam. Beider Ausdruck war grimmig und ablehnend, ihre Gegenwart ein stummer Vorwurf gegen die müßigen, vergnügungssüchtigen Gäste im Sportdreß, die auf dem Weg zum Tennis oder Schwimmbad an ihnen vorbeikamen. Sie hatten finster zugehört, als Rudolph sie in den Park führte und ihnen dabei rasch und in ruhigem, unvoreingeommenem Ton auseinandersetzte, wie Wesley der Polizei in die Hände geraten war, und daß er nach Amerika zurückfliegen würde.

„Wir sind bei einem Rechtsanwalt in Indianapolis gewesen, wo wir leben, Mr. Kraler und ich, und ich kenne meine Rechte als Mutter.“ Teresas Stimme schabte an seinen Ohren wie Kreide auf der Tafel. „Wesley ist minderjährig, und da sein Vater tot ist, sagt der Rechtsanwalt, daß ich sein gesetzlicher Vormund bin. Hat das der Rechtsanwalt nicht gesagt, Eddie?“

„Das hat der Rechtsanwalt gesagt“, sagte Mr. Kraler. „Genau das.“

„Sobald ich ihn aus dem Gefängnis habe“, fuhr Teresa fort, „nehme ich ihn mit in ein ordentliches Haus, wo ihm eine anständige christliche Erziehung zuteil werden kann.“

„Wollen wir nicht lieber die Religion aus dem Spiel lassen?“ sagte Rudolph. „Schließlich war das Leben, das Sie geführt haben . . .“

„Sie brauchen gar keine Andeutungen über das Leben, das ich geführt habe, zu machen. Mr. Kraler weiß alles darüber. Nicht wahr, Eddie?“

„Alles darüber“, nickte Eddie, wobei die kleinen, feisten Fleischsäckchen unter seinen Augen rhythmisch hüpften.

„Ich war eine Hure, da gibt's nichts dran zu rütteln“, sagte Teresa fast mit Stolz. „Aber ich habe das Licht gesehen. Das verirrte Lamm ist geliebter in den Augen des Herrn . . .“ Sie stockte. „Das übrige kennen Sie sicher, selbst wenn Sie und Ihre ganze Familie verlorene Heiden sind.“

„Eigentlich“, sagte Rudolph in falscher Bescheidenheit, „kenne ich das übrige nicht.“

„Das macht nichts“, sagte sie rasch. „Mr. Kraler ist Mormone, und durch seine Bemühungen wurde ich bekehrt und in die Gemeinde aufgenommen. Damit Sie's wissen, ich färbe mein Haar nicht mehr, wie Sie bemerkt haben werden, falls Sie sich je herablassen, etwas an mir zu bemerken, und ich nehme keinen Alkohol, nicht einmal Kaffee oder Tee zu mir.“

„Das mag äußert bewundernswert sein, Teresa", sagte Rudolph. Irgendwo hatte er gelesen, daß die Mormonen die christliche Religionsgemeinschaft mit der größten Wachstumsrate in der modernen Welt seien, aber mit Teresa in der Gemeinde, mußten die Gläubigen eigentlich das Gefühl haben, ihr Netz zu weit ausgeworfen zu haben. Er konnte sich den Schauder im Tabernakel von Salt Lake City vorstellen, als das Kollegium der Ältesten der Kirche Jesu Christi der Heiligen vom Jüngsten Tage Teresa Jordache in ihre selige Gemeinschaft aufnehmen mußte. „Aber ich sehe nicht, was das mit Wesley zu tun hat."

„Ich werde Ihnen sagen, was es mit ihm zu tun hat: Er wird kein Gewohnheitsverbrecher mehr sein. Ich kenne eure Familie, ich kenne die Jordaches, machen Sie sich nichts vor. Hurer und Spötter, das ganze Pack."

Teresas Wortschatz, stellte Rudolph fest, hatte sich durch ihre Bekehrung beträchtlich erweitert. Ob das als Fortschritt zu bewerten war, dessen war er nicht so sicher. „Ich glaube wirklich nicht, daß Wesleys vorübergehender Gefängnisaufenthalt wegen einer Schlägerei in einem Lokal dadurch verursacht wurde, daß ich zufällig Atheist bin", sagte er. „Und, zu Ihrer Unterrichtung", konnte er sich nicht enthalten hinzuzufügen, „Huren und Spotten sind nicht meine Hauptbeschäftigungen."

„Ich klage niemanden an", sagte Teresa, obgleich in jeder Silbe, die sie sprach, in jeder Geste, die sie machte, eine Anklage lag. „Aber es ist nicht zu bestreiten, daß er in Ihrer Obhut war, da Sie ja sein Onkel und das Familienoberhaupt sind, als er fast einen Mann umbrachte . . ."

„Schon gut, schon gut", sagte Rudolph unverdrießlich. Er wollte, daß sie ginge, verschwände, mitsamt ihrem rundlichen, spitzmäuligen, rechtschaffenen Ehegatten, aber der Gedanke, daß Wesley schutzlos diesem Paar in Indianapolis ausgeliefert sein sollte, war ihm unerträglich. Er wußte nicht, wie er es verhindern könnte, aber er mußte tun, was in seinen Kräften stand.

„Was wollen Sie eigentlich?" Er hatte ihr gesagt, daß Wesley in sechs Tagen in ein Flugzeug gesetzt werden würde, aber von seiner eigenen noch kaum geborenen Absicht, Wesley auf ein gutes Alumnat in Amerika zu geben und ihn dann zur Fortsetzung seiner Studien nach Frankreich zurückzuschicken, oder seinem Plan (egoistisch? großzügig onkelhaft?), mit nach Frankreich zurückzukommen, um auf den Jungen aufzupassen, hatte er nichts erwähnt.

„Was ich will?“ wiederholte Teresa. „Ich will einen anständigen Bürger aus ihm machen, nicht ein wildes Tier im Urwald, wie sein Vater.“

„Es ist Ihnen natürlich klar“, sagte Rudolph, „daß er in gut zwei Jahren militärdienstreif ist, wenn er in den Vereinigten Staaten lebt, und zum Krepieren nach Vietnam geschickt werden kann?“

„Wenn das Gottes Wille ist, dann ist es Gottes Wille“, sagte Teresa. „Bist du nicht auch der Ansicht, Eddie?“

„Gottes Wille“, sagte Mr. Kraler. „Mein Sohn ist in der Armee, und ich bin stolz darauf. Der Junge hat zu nehmen, was kommt, genau wie jeder andere.“

„Ich will für keinen meiner Söhne Vorzugsbehandlung“, sagte Teresa.

„Meinen Sie nicht, Sie sollten Wesley fragen, was er tun will?“

„Er ist mein Sohn“, sagte Teresa. „Ich brauche ihn nichts zu fragen. Und ich bin hergekommen, um danach zu sehen, daß er nicht um seinen wohlverdienten Anteil an dem großen, fetten Erbe seines Vaters beschubst wird.“ Ah, dachte Rudolph, nun kommen wir zum Kern der Sache. „Wenn die Luxusjacht, von der sie in dem Magazin geschrieben haben, verkauft ist“, sagte Teresa schrill, „können Sie sich darauf verlassen, daß ich aufpassen werde wie ein Luchs, daß mein Sohn nicht ausgebootet wird. Und unser Rechtsanwalt wird mit dem Staubkamm durch jeden Fetzen Papier gehen, machen Sie sich keine Illusionen darüber, Herr Jordache.“

Rudolph stand auf. „In diesem Fall“, sagte er, „sehe ich keinen Anlaß, unsere Unterhaltung noch weiter fortzusetzen. Wesleys Stiefmutter, die aller Voraussicht nach zur Nachlaßvollstreckerin bestellt wird, wird sich einen Anwalt nehmen, und die beiden Anwälte können dann alles miteinander ausmachen. Ich habe anderes zu tun. Leben Sie wohl.“

„Einen Augenblick“, sagte Teresa. „Sie können doch nicht immerfort so wegrennen.“

„Ich muß mich etwas hinlegen“, sagte Rudolph. „Ich bin seit frühmorgens auf den Beinen.“

„Wollen Sie denn nicht wissen, wo wir abgestiegen sind?“ schrie sie. Der Sieg schien ihr plötzlich zu entgleiten; sie hatte den Disput so leicht für sich entschieden, daß sie glaubte, es sei nur eine Kriegslist des Gegners. „Oder unsere Adresse in Amerika? Mr. Kraler ist ein hochangesehener Kaufmann in Indianapolis. Er ist Getränkehändler. Er hat dreihundert Angestellte. Brauselimonaden. Gib ihm die Karte, Eddie."

„Lassen Sie nur, Mr. Kraler, ich brauche Ihre Adresse weder hier noch in Indianapolis. Brausen Sie nur weiter", fügte er verrückt hinzu.

„Ich will zum Gefängnis, ich will meinen Jungen sehen", schrie Teresa. „Ich will sehen, was sie meinem armen Jungen angetan haben."

„Natürlich", sagte Rudolph. „Tun Sie das." Ihre mütterlichen Instinkte waren weniger zutage getreten, als er sie in Heaths Büro ausbezahlt hatte und sie beim bloßen Anblick eines auf sie ausgestellten Schecks auf die Obhut ihres Sohnes verzichtete.

„Ich habe vor, ihn gesetzlich zu adoptieren", sagte Mr. Kraler. „Mrs. Kraler möchte, daß er vergißt, jemals Jordache geheißen zu haben."

„Das wird zwischen ihm und seiner Mutter geregelt werden müssen", sagte Rudolph. „Aber ich werde den Gedanken erwähnen, wenn ich ihn im Gefängnis besuche."

„Wann gehen Sie ins Gefängnis?" fragte Teresa. „Ich will nicht, daß Sie allein mit ihm sprechen und sein Ohr mit Gift füllen ... ich komme mit."

„O nein, Sie kommen nirgends mit mir mit", sagte Rudolph. „Ich lege stets Wert darauf, Gefängnisse ohne Begleitung zu besuchen."

„Aber ich kann doch nicht Französisch", jammerte sie. „Ich weiß ja nicht mal, wo das Gefängnis ist. Und wie kann ich die Polizisten überzeugen, daß ich seine Mutter bin?"

„Ich fürchte, darauf werden Sie selbst die Antwort finden müssen, Mrs. Kraler", sagte Rudolph. „Und nun möchte ich keinen von Ihnen beiden je wiedersehen. Sagen Sie Ihrem Anwalt, daß die Anwaltsfirma, mit der er sich in Verbindung zu setzen hat, Heath, Burrows und Gordon ist. Die Adresse ist Wall Street. Ich glaube, Sie waren schon einmal dort, Mrs. Kraler."

„Sie Arschloch", sagte Teresa ganz unmormonisch.

Rudolph lächelte. „Ich wünsche Ihnen einen angenehmen Nachmittag", sagte er. Er nickte und ließ die beiden dicken, kleinen aufgeregten Leute stumm auf der Bank im Pinienschatten zurück. Er zitterte vor Wut und Ohnmacht und Verzweiflung für den armen Jungen im Gefängnis in Grasse, aber im

Augenblick konnte er nichts tun. Eine Rettungsaktion größten Ausmaßes würde vonnöten sein, um Wesley aus den Klauen seiner Mutter zu befreien, und heute war er nicht einmal imstande, sich auch nur den ersten Schritt zu überlegen, der zu ergreifen war. Christlich oder nicht, wenn auch nur ein Hauch von Geld in der Luft lag, erinnerte sich Mrs. Teresa Kraler schnell der Sitten und Gebräuche ihres ehemaligen Gewerbes. Ihm graute davor, Kate mitteilen zu müssen, was ihr bevorstand.

Er packte rasch. Der Concierge hatte im Colombe d'Or in Saint-Paul-de-Vence ein Zimmer für ihn reserviert. Ein Hotel in Grasse hätte näher beim Gefängnis gelegen, das er fast täglich besuchte. Saint-Paul-de-Vence lag näher zu Jeanne. Er hatte sich für Saint-Paul-de-Vence entschieden. Er hatte keinen Grund mehr, noch weiter im Hôtel du Cap zu wohnen, und eine Menge Gründe, die dagegen sprachen. Er hatte den Concierge beauftragt, ihm die Post nachzuschicken, aber auf keinen Fall irgend jemandem zu sagen, wo er sich aufhielt. Er schrieb seine neue Adresse an Jeanne und versiegelte den Umschlag, den er „Nizza, Poste Restante" adressierte.

Als er zur Réception herunterkam, um seine Rechnung zu bezahlen, während sein Gepäck in den Wagen gebracht wurde, stellte er mit Erleichterung fest, daß die Kralers gegangen waren. Er war entsetzt über die Höhe der Rechnung. Man zahlt viel Geld für Schmerz an der Côte d'Azur, dachte er. Es war eines der besten Hotels der Welt, aber er wußte, daß er nie wieder hier wohnen würde. Und das nicht wegen der Kosten.

Zuerst fuhr er zum Hafen. Dwyer und Kate mußten wissen, wo er zu finden war. Dwyer polierte eines der kleinen Messingteile im Vorschiff, als er an Bord kam. Er stand auf, als er Rudolph sah, und sie schüttelten sich die Hände.

„Wie steht's?" fragte Rudolph.

Dwyer hob die Schulter. „Schön ist anders", sagte er. „Sie haben die Welle und die Schiffsschraube noch nicht geliefert. Sie kommen aus Italien, und die Italiener schicken sie nicht über die Grenze, ehe sie Geld sehen. Ich habe jeden Tag mit der Versicherung telephoniert, aber die haben's nicht eilig. Haben die nie. Schicken mir dauernd neue Formulare zum Ausfüllen", sagte er gekränkt. „Und immer wollen sie Toms Unterschrift. Vielleicht denken die Italiener, in Frankreich stirbt nie jemand. Und ich muß mir immer alles übersetzen lassen. In der Stadt ist eine Kellnerin, Freundin von mir, sie kann die Sprache, aber von Schiffen weiß sie einen Dreck und muß sich dauernd nach den Worten für Ausdrücke wie Ausrüstung, Positionslampen, Faden, Treibgut und solchen Sachen erkundigen. Es ist zum Wändehochgehen."

„O. k., Bunny", sagte Rudolph und unterdrückte einen Seufzer. „Schicken Sie mir die ganzen Papiere. Ich werde sie erledigen lassen."

„Das wäre eine große Erleichterung", sagte Dwyer. „Danke."

„Ich ziehe in das ‚Colombe d'Or' in Saint-Paul-de-Vence um", sagte Rudolph. „Sie können mich dort erreichen."

„Kann man verstehen, daß Sie aus dem Hotel ausziehen. Muß Sie einen Haufen Geld gekostet haben."

„Billig war es nicht."

„Wenn man sich so umsieht", sagte Dwyer, „all die großen Kähne, all diese teuren Hotels, da wundert man sich, wo all das viele Geld herkommt. Ich jedenfalls."

„Bunny", sagte Rudolph, der sich absurderweise in der Defensive fühlte, „als ich jung war, war ich ärmer als irgendeiner, den Sie kennen."

„Ja, Tom hat es mir erzählt. Sie haben sich abgerackert wie ein Hund. Ich habe gegen Leute, die so hochgekommen sind wie Sie, nichts einzuwenden. Ich bewundere so was. Ich würde sagen, Sie haben ein Recht auf alles, was Sie kriegen können."

„Ich kann viele Dinge kriegen", sagte Rudolph, „die ich mit Freuden weggeben würde."

„Ich weiß, was Sie meinen", sagte Dwyer.

Ein kurzes, verlegenes Schweigen entstand.

„Ich hatte gehofft, Kate würde auch hier sein", sagte Rudolph. „Etwas ist geschehen, wovon sie wissen muß. Wie geht es ihr?"

Dwyer sah ihn sinnend an, als überlege er, ob er ihm etwas über Kate erzählen sollte oder nicht. „Sie ist fort", sagte er. „Heute morgen ist sie nach England gefahren."

„Sie haben ihre Adresse?"

„Habe ich, ja", sagte Dwyer bedächtig.

„Ich brauche sie", sagte Rudolph. So knapp wie möglich unterrichtete er Dwyer über das Auftauchen der Kralers, über die juristischen Probleme, mit denen Kate sich zu befassen haben würde oder die zumindest in Kates Namen zu behandeln sein würden.

Dwyer nickte langsam. „Tom erzählte mir über diese Frau, die er hatte. Ein richtiger Eierschleifer, nicht wahr?"

„Das ist noch die geringste ihrer Tugenden", sagte Rudolph. Es war ihm klar, daß Dwyer zögerte, ihm Kates Adresse zu geben. „Bunny", sagte er, „ich möchte Sie einmal etwas fragen. Glauben Sie nicht, daß ich versuche, das Beste für Kate zu erreichen? Und für Wesley? Und, was das anbetrifft, auch für Sie?"

„Um mich braucht sich keiner zu sorgen", sagte Dwyer. „Mit Kate –" Er machte seine komische, fast feminine Handbewegung, als ginge eine Erklärung mit Worten über sein Vermögen. „Ich weiß, sie klang neulich etwas ... nun, sagen wir ... schnippisch. Es ist nicht, daß sie etwas gegen Sie hat oder so. Ich würde eher sagen ..." Wieder die kleine Handbewegung. „Es ist so, daß sie –" Er suchte nach dem Wort. „Sie hat eben Wunden davongetragen. Sie ist eine vernünftige Frau. Sie wird darüber hinwegkommen. Gerade jetzt, wo sie wieder bei sich in England ist. Haben Sie Bleistift und Papier bei sich?"

Rudolph nahm Notizbuch und Füller aus der Tasche. Bunny gab ihm die Adresse, und Rudolph schrieb sie auf. „Telephon hat sie nicht. Ich glaube, ihre Leute schwimmen nicht in Geld."

„Ich werde ihr schreiben", sagte Rudolph, „sobald sich etwas ereignet." Er schaute sich auf dem gescheuerten Deck um, sah die blitzblanke Reling, die Messingbeschläge. „Das Schiff sieht tipp-topp aus", sagte er.

„Es gibt immer was zu tun", sagte Dwyer. „Ich habe für heute in zwei Wochen einen Termin mit der Werft ausgemacht, um sie auf Dock zu legen. Bis dahin sollte das verdammte Zeug aus Italien hier sein."

„Bunny", fragte Rudolph, „was glauben Sie, was die ‚Chlothilde' wert ist? Wieviel würde sie bringen?"

„Was sie wert ist und für wieviel sie gehen würde, sind zwei verschiedene Dinge", sagte Dwyer. „Wenn Sie rechnen, was sie seinerzeit gekostet hat, und dazu die ganze Arbeit, die Tom und ich reingesteckt haben, die Verbesserungen, die wir angebracht haben, und die neue Radaranlage, die Sie ihm zur Hochzeit geschenkt haben – die muß auch noch eingebaut werden –, dann würde ich sagen, wir kämen auf nahezu hunderttausend Dollar. Das ist also, was sie *wert* ist. Wenn Sie sie aber schnell verkaufen müssen, wie Sie ja sagten, als Sie uns von der Nachlaßregelung erzählten – und in diesem Monat, wo schon mehr als die halbe Saison um ist, keiner zahlt gern für die Instandhaltung eines Schiffes den ganzen Winter über, wenn Leute kaufen, dann tun sie's am ehesten Ende im Frühjahr –, wenn Sie sie also in den schlechten Monaten verkaufen müssen, und schnell, und die Leute wissen, Sie *müssen* verkaufen, na ja, dann werden sie natürlich versuchen, Ihnen die Kehle durchzuschneiden, und vielleicht können Sie noch von Glück sagen, wenn Sie fünfzigtausend Dollar dafür bekommen. Auf jeden Fall bin ich nicht der Richtige, um da etwas zu sagen. Da müßten Sie herumhorchen, mit ein paar Jacht-Maklern sprechen, hier und in Cannes, in Saint-Tropez, Sie wissen, was ich meine, vielleicht haben die jemand in den Büchern, der interessiert wäre, für einen anständigen Preis ..."

„Hat sich bisher irgend jemand an Sie gewandt?" fragte Rudolph.

Dwyer schüttelte den Kopf. „Ich glaube nicht, daß jemand, der Antibes kennt, etwas bieten würde. Nach dem Mord und allem. Ich glaube, Sie täten gut daran, den Namen zu ändern und sie in einen anderen Hafen zu bringen. Vielleicht in ein anderes Land. Italien, Spanien, irgendwo dort. Vielleicht sogar in den Piräus ... Die Leute sind abergläubisch mit Schiffen."

„Bunny", sagte Rudolph, „ich möchte nicht, daß Sie sich über das, was ich jetzt sagen will, ärgern, aber ich muß mit Ihnen darüber reden. Jemand muß auf dem Schiff bleiben, bis es verkauft ist ..."

„Sollte man meinen."

„Und er müßte bezahlt werden, nicht?"

„Hm ja", sagte Dwyer unbehaglich.

„Was wäre das übliche Gehalt?"

„Es kommt darauf an", sagte Dwyer ausweichend, „wieviel Arbeit Sie von ihm erwarten, ob er Ingenieur wäre oder nicht, und solche Dinge."

„Sie zum Beispiel. Wenn Sie auf einem anderen Schiff wären?"

„Na, wenn ich eher angeheuert worden wäre – ich meine, man hat um diese Zeit seine Besatzungen beisammen –, ich nehme an, so etwa fünfhundert Dollar im Monat."

„Gut", sagte Rudolph. „Sie bekommen fünfhundert Dollar im Monat."

„Ich habe nicht darum gebeten", sagte Dwyer rauh.

„Ich weiß. Aber Sie bekommen sie."

„Vergessen Sie aber ja nicht, daß ich nicht darum gebeten habe.“ Dwyer streckte seine Hand aus, und Rudolph schüttelte sie. „Ich wünschte nur, Tom könnte irgendwie erfahren, was Sie alles für mich, für Kate und den Jungen und für die ‚Chlothilde‘ tun.“

Rudolph lächelte. „Ich habe nicht darum gebeten“, sagte er. „Aber ich hab’ es auf dem Hals.“

Dwyer lachte vor sich hin. „Ich glaube, wir haben noch etwas Whisky an Bord.“

„Wäre mir recht“, sagte Rudolph.

Als sie nach achtern gingen, sagte Dwyer: „Ihre Schwester, Mrs. Burke – Gretchen – hat einen Whisky-Trinker aus mir gemacht. Hat sie’s Ihnen erzählt?“

„Nein. Sie hat eure Romanze geheimgehalten.“

Er sah, daß Dwyer nicht lächelte, und sagte nichts mehr über Gretchen.

Sie tranken den Whisky im Ruderhaus – warm. Dwyer entschuldigte sich, daß kein Eis da war. Er wollte nicht Treibstoff für den Generator vergeuden, der das Schiff mit Elektrizität versorgte.

„Es ist schon komisch“, sagte Dwyer, entspannt und lässig mit dem Glas in der Hand, „Sie und Gretchen und Tom – alle dieselbe Familie.“ Er nahm einen großen Schluck. „Feuer und Eis“, sagte er dunkel.

Rudolph fragte nicht, was er damit meinte.

Als er ging, sagte Rudolph: „Wenn ich Sie nicht vorher sehe, sehe ich Sie auf dem Flughafen, wenn Wesley abfliegt. Sie wissen noch, wann?“

„Ich hab’s mir aufgeschrieben“, sagte Dwyer. „Ich werde seine Sachen packen und mitbringen.“ Er zögerte, hüstelte ein wenig. „Er hat oben auf der Brücke noch eine ganze Mappe voll Photos. Wissen Sie – Aufnahmen vom Schiff, Häfen, wo wir angelegt haben, er mit seinem Vater, ich und Kate ... solche Dinge. Soll ich sie mit einpacken?“

Er nahm sein Glas und schloß beim Trinken die Augen, als sei die Sache nicht so wichtig.

„Packen Sie sie ein“, sagte Rudolph. Erinnerung tat weh, aber es war notwendiges Gepäck.

„Ich habe einen ganzen Stoß Bilder von der Hochzeit. Mit uns allen, wissen Sie – beim Anstoßen, Tanzen und so weiter, wir alle ...“

„Ich glaube, die lassen Sie am besten fort", sagte Rudolph. Was zuviel war, war zuviel.

Dwyer nickte. „Kate wollte sie auch nicht. Und ich glaube, ich werde nicht genug Platz dafür haben. Ich gehe ja dann wieder auf Fahrt, wissen Sie . . ."

„Schicken Sie sie mir", sagte Rudolph. „Ich werde sie verwahren. Vielleicht will Wesley sie später einmal sehen." Er erinnerte sich an die Bilder, die Jean an jenem Tage aufgenommen hatte. Er würde die anderen dazutun.

Dwyer nickte wieder. „Noch einen Drink?"

„Nein, danke", sagte Rudolph. „Ich habe noch nicht zu Mittag gegessen. Wollen Sie mitkommen?"

Dwyer schüttelte den Kopf. „Nett von Ihnen, Rudy", sagte er, „aber ich habe schon gegessen." Er hat also eine Quote, dachte Rudolph. *Eine* angenommene Gefälligkeit pro Tag. Nicht mehr.

Sie stellten ihre Gläser nieder. Dwyer wischte sorgsam mit einem Lappen die feuchten Stellen fort, die die Gläser hinterlassen hatten.

Er ging vorschiffs, um die Messingteile fertig zu polieren, als Rudolph die „Chlothilde" verließ.

Nachdem er in das neue Hotel eingezogen war, aß er auf der Terrasse mit Blick auf das Tal, das aussah, als wäre es nach einem Gemälde von Renoir entworfen. Nach dem Essen rief er den alten Anwalt in Antibes an. Er teilte ihm mit, daß die „Chlothilde" zum Verkauf stünde und er ihn bäte, bei dieser Transaktion als Nachlaßagent zu fungieren. „Wenn das höchste Angebot, das Sie bekommen können, nicht mindestens hunderttausend Francs ist, lassen Sie es mich bitte wissen. Dann kaufe ich es."

„Das ist höchst gentlemanhaft von Ihnen", sagte der Anwalt. Über die schadhafte Leitung klang seine Stimme fadendünn.

„Eine simple Geschäftsangelegenheit."

„Ich verstehe", sagte der Anwalt. Beide wußten, daß er log. Was tat es schon.

Danach rief er Heath in New York an und sprach lange mit ihm. „Schweinerei", sagte Heath. „Ich tue, was ich kann. Ich erwarte den Brief von Mr. und Mrs. Kralers Anwalt mit Ungeduld."

Rudolph zog die Badehose an und drehte vierzig Runden im

Swimming-pool. Im Plätschern des Wassers dachte er an nichts. Bei Beendigung des Pensums fühlte er gesunde körperliche Müdigkeit.

Dann trocknete er sich am Rand des Beckens und schlürfte ein kaltes Bier. Er empfand ein Schuldgefühl, weil er sich so wohl fühlte. Er fragte sich – und haßte sich für den Gedanken –, was er wohl täte, wenn das Telephon jetzt läuten würde, der Anruf für ihn wäre und eine Stimme melden würde, daß das Flugzeug mit seiner Familie an Bord ins Meer gestürzt sei.

Feuer und Eis, hatte Dwyer gesagt.

8

Aus Billy Abbotts Tagebuch:

1968

Familien. Das ist so ein Thema. Liebe und vernichte! Nicht notwendigerweise. Aber oft genug, um aufzufallen. Für Freud die Szenerie für griechische Tragödie – Inzest, Vatermord und andere Intimvergnügen. Entsetzliche Vorstellung, wie wohl des Doktors Familienleben in Wien beschaffen war.

War Jung gemäßigter? Muß Monika fragen, Quelle der Weisheit. Wenn ich es mir richtig überlege, spricht sie nie von *ihrer* Familie. Skelette in jedem Schrank.

Habe Wesley J. nie kennengelernt. Armer kleiner Wurm. Im Gedränge verlorengegangen. Ob der Mord an seinem Vater sich als ein erweiterndes Erlebnis für seine Seele auswirken wird? Mein Großvater starb, als Rudolph und meine Mutter noch verhältnismäßig jung waren, und ihre Seelen scheinen nicht merklich erweitert.

Ich mochte meine Großmutter, weil sie in mich vernarrt war. In meine Mutter war sie nicht vernarrt, und selbst am Tage ihrer Beerdigung hatte meine Mutter nichts für sie übrig. Wird meine Mutter am Tage *meiner* Beerdigung etwas für mich übrig haben? Ich habe eine Vorahnung, daß ich jung sterben werde. Meine Mutter ist aus Stahl gemacht, wird ewig halten, einen Mann nach dem anderen überdauern.

Ist mir ihre Sinnlichkeit zuwider? Ja.

Ist mir meine Sinnlichkeit, die von Monika zuwider? Nein. Ungerechtigkeit ist die Münze, mit der zwischen den Generationen bezahlt wird. Meine Mutter ist eine Frau, die es mit vielen treibt. Mein Vater war, als er noch jünger und dazu in der Lage war, nach seinen eigenen Berichten ein Mann, der es mit vielen Frauen trieb. Ich bin es nicht. Wie das Kind des Trinkers meide ich das Laster, das ich beim Erzeuger sehe.

Söhne revoltieren. Töchter rennen weg. Ich habe keins von beiden getan. Ich habe mich versteckt. Die Armee hat es mir erleichtert. Es wäre interessant, dem bisher unbekannten Vetter Wesley zu begegnen, unsere Ansichten zu vergleichen, dasselbe Blut rinnt in unseren Adern.

Die Blumenkinder haben die Familienidee umgebaut. Ich könnte nicht in einer Kommune leben. Unhygienische Verstrickungen. Verzweifelte Experimente, zum Mißlingen verurteilt. Wir sind schon zu weit über das Stammessystem hinaus. Ich möchte nicht von eines anderen Kind gestört werden, wenn ich lese oder mich rasiere oder meine Frau ins Bett nehme.

Werde ich in zehn Jahren in einer Vorstadt leben und Bridge spielen und mir das ganze Wochenende über am Fernseher Fußballspiele ansehen? Zwischen Arbeitsplatz und Wohnung pendeln? Frauen austauschen? Für den Nixon jenes Jahres stimmen?

Es ist spät. Ich vermisse Monika.

Wesley wartete, gut rasiert, in einem sauberen Anzug, den ihm Rudolph von der „Chlothilde" gebracht hatte, auf den Beamten, der ihn zum Flughafen bringen sollte. Den Anzug hatte ihm sein Vater vor über einem Jahr gekauft; er war jetzt an den Armen viel zu kurz und sperrte über der Brust. Wie erwartet, hatte Onkel Rudolph die Angelegenheit in Ordnung gebracht. Obgleich es kein so großartiges Ergebnis war, daß er aus Frankreich weg mußte. In Amerika war er nie glücklich gewesen – und in Frankreich war er glücklich gewesen, jedenfalls bis zu dem Tag, an dem sein Vater starb.

Im Gefängnis in Grasse war es gar nicht so schlimm gewesen. Der Polizist, dem er in der Bar eine gewischt hatte, war in Cannes stationiert und nicht da gewesen, um sich an ihm gütlich zu tun, und beim Aufsichtspersonal und dem Untersuchungsrichter hatte er ein gewisses Ansehen genossen, wegen des Schicksals seines Vaters und weil er Französisch sprach und einen Engländer niedergeschlagen hatte, der bei der Ortspolizei als Spelunkenschläger ziemlich berüchtigt war. Auch war er höflich gewesen und hatte nichts angestellt. Die Scheine, die sein Onkel hier und da den Wächtern zukommen ließ, sowie ein Anruf vom amerikanischen Konsulat, für den der Onkel gesorgt hatte, waren der Sache auch nicht abträglich gewesen.

Eines war gut an Onkel Rudy – er machte niemals eine Andeutung, daß Wesley sich für das, was er für ihn getan hatte, dankbar erweisen müsse. Wesley hätte sich gern dankbar erwiesen, aber er wußte nicht, wie. Eines Tages, dachte er, würde er sich etwas ausdenken müssen. Jetzt fiel ihm nicht viel ein, was er zum Onkel sagen konnte, dem es so peinlich war, ihn hinter Gittern zu sehen, als sei er selber schuld daran.

Einer der Gefängniswärter hatte sogar ein Photo aus den Polizeiakten eingeschmuggelt, das den Mann namens Danovic zeigte, mit dem sein Vater in der Porte Rose die Schlägerei gehabt hatte. Wesley würde sich an das Gesicht erinnern, wenn es nötig sein würde, es wiederzuerkennen.

Er sprach mit keinem darüber. Er war nie ein offener Junge gewesen – selbst bei seinem Vater war es ihm immer schwergefallen, über sich selbst zu reden, obgleich der Vater ihm so gut wie alles erzählt hatte, was er über dessen Leben wissen wollte. Jetzt behielt er alle seine Gefühle für sich. Er fühlte etwas, das ihn bedrohte, wenn er auch nicht ausmachen konnte, was es war. Auf jeden Fall war Stillschweigen die vorderste Verteidigungslinie. Er hatte das schon vor langer Zeit gelernt, als seine Mutter ihn in die verdammte Militärschule gesteckt hatte.

Seine Mutter – das war auch so eine Sache. Sie hatte geschrien und geheult und geschimpft und ihn von oben bis unten beschlabbert und ihm versprochen, er würde ein anderes Leben führen, wenn sie ihn erst zurück hätte mit ihrem neuen Mann in Indianapolis. Er wollte gar kein anderes Leben führen. Er hatte seinen Onkel gefragt, ob er nach Indianapolis gehen müsse, und Rudolph hatte ein trauriges Gesicht gemacht und gesagt: „Zumindest solange du noch minderjährig bist.“ Es hatte etwas mit Geld zu tun, er verstand nur nicht, was. Das machte nichts. Er konnte sich die Sache einmal besehen und abhauen, wenn es ihm dort nicht zusagte.

Von Flucht verstand er etwas.

Was er bedauerte, war, daß er nicht zur Schule gehen konnte, wenn das Semester anfing. Im September fing die Basketball-Saison an. Er war im vorigen Jahr der Star der Mannschaft gewesen, und er wußte, daß sie in diesem fest mit ihm rechneten. Er hoffte, sie würden eine lausige Saison haben, so daß ihnen klarwürde, wie sehr sie ihn brauchten. Das Ganze schien zu lächerlich und läppisch, um sich Gedanken darüber zu machen, wo einem der Vater gerade totgeschlagen worden war, aber die Schule war ein wichtiger Bestandteil seines Lebens, und er konnte die Gedanken nicht einfach abstellen, nur weil sie Erwachsenen zu diesem Zeitpunkt unwichtig erschienen. Sein Vater hätte ihn sicher verstanden, wenn auch niemand anders.

Einige der Buben hatten sich über ihn lustig gemacht, weil er Amerikaner war und komisch sprach. Er hatte sich nie mit ihnen geschlagen, wie er es gern getan hätte, weil sein Vater ihn windelweich gehauen hätte, hätte er herausgefunden, daß er wieder mit Schlägereien anfing. Jetzt würde sich das ändern, dachte er grimmig. Gleichzeitig mit der Trauer war ein neues Gefühl der Freiheit über ihn gekommen. Jetzt mache ich meine eigenen Fehler, dachte er, und wem's nicht paßt, der soll es bleibenlassen. Mit dem Fehler, den sein Vater begangen hatte, würde er nicht so schnell fertigwerden. Er hatte für den Vater gebetet, aber er wollte verdammt sein, wenn er ihm vergab. Eine Nacht, ein einziger hirnverbrannter Gala-Akt, und sein Vater hatte ihn für immer in der Scheiße gelassen. Scheiße, dachte er in seinem sauberen Anzug, Scheiße.

Der *agent,* der ihn zum Flughafen bringen sollte, schloß die Tür auf und kam herein. Er trug Slacks und ein Sportjackett, aber er hätte sich wie eine Balletteuse kleiden können, jeder hätte auf den ersten Blick gewußt, daß er ein Bulle war.

Die Luft draußen roch wunderbar. Wesley hatte vergessen, wie gut Luft riechen konnte.

Sie bestiegen einen Wagen ohne Polizeikennzeichen. Wesley saß vorn neben dem *agent.* Der *agent* hatte einen dicken Bauch und gab einen kleinen Schnaufer durch die gebrochene Nase von sich, als er sich hinter das Steuerrad quetschte. Wesley hätte ihn gern gefragt, ob er je mit einer Bierflasche geschlagen worden sei oder einen Menschen erschossen habe, hielt es aber dann doch für besser, die Unterhaltung auf andere Dinge zu beschränken.

Der *agent* fuhr langsam die gewundene Bergstraße hinunter, alle Fenster waren offen. „Das Wetter ist herrlich", sagte er, „genießen wir es." Es war leichter Vormittagsdienst für ihn, und er nutzte es voll aus. Er roch bereits nach Wein. „Also", sagte er, „kein Frankreich mehr für dich. Schade. Das nächstemal wirst du lernen müssen, Leute zu schlagen, wo keine Zeugen sind." Er lachte über seinen Juristenscherz. „Was wirst du in Amerika machen?"

„Mich außer Reichweite der Polizei halten", sagte Wesley.

Wieder lachte der *agent.* „Da haben wir einen klugen jungen Mann. Meine Frau verfolgt mich. Wir sollten uns Amerika ansehen, sagt sie." Er wiegte den Kopf. „Mit einem Polizistensalär – du kannst dir vorstellen." Er schaute Wesley von der Seite an. „Dein Onkel ist ein Mann mit bedeutendem Vermögen, nicht?" fragte er.

„Einer der Reichsten."

„Das merkt man." Der Polizist seufzte, blickte an seinem zerdrückten Jackett hinunter. „Ich bewundere seine Kleidung. Ein Mann von großer Autorität. Das ist klar. Kein Wunder, daß du nach Hause kannst."

Nach Hause war nicht der Ausdruck, mit dem sein Ziel beschrieben werden konnte, dachte Wesley.

„Eines Tages wirst du wiederkommen – als Tourist – und einen Haufen Geld ausgeben, nehme ich an", sagte der *agent.*

„Wenn ihr nicht vorher Kommunisten geworden seid", sagte Wesley. Im Gefängnis waren zwei gewesen, die sagten, daß sie Kommunisten seien und daß der Tag nahe wäre.

„Sag nicht so etwas", sagte der *agent* düster. „Besonders nicht in Amerika. Sie werden uns den Rücken kehren." Einmal bei dem Thema der schlechten Meinung angelangt, die die Amerikaner von den Franzosen hatten, sagte er: „Du wirst doch nicht den Zeitungen bei euch erzählen, du seist von der Poizei gefoltert worden, um ein Geständnis aus dir herauszubringen?"

„Ich hatte nichts zu gestehen", sagte Wesley „Alle haben gesehen, wie ich den *salaud* schlug. Vielleicht sage ich aber etwas darüber, wie einer Ihrer Freunde mich im Wagen auf dem Weg zur *préfecture* verprügelt hat", fügte er boshaft hinzu. Er genoß die Fahrt durch die reife, blumige Landschaft nach den Wochen der Eingeschlossenheit. Und dieses müßige Gerede mit dem Mann, der ja recht freundlich war, verzögerte den Augenblick, wo er daran denken mußte, was ihm auf dem Flughafen und in Indianapolis blühte.

„Ah, was erwartest du?" sagte der *agent* gekränkt. „Von einem Kind in aller Öffentlichkeit mit einem einzigen Hieb zu Boden gestreckt zu werden – und dann soll man sich noch nicht mal in einem dunklen Wagen ein bißchen revanchieren? Schließlich sind wir alle nur Menschen, weißt du?"

„Na ja", sagte Wesley großherzig. „Dann werde ich mal nichts sagen."

„Du bist ein guter Junge", sagte der *agent*. „Hast dir in Grasse einen guten Ruf gemacht. Ich habe den Mann gesehen, mit dem dein Vater den Zusammenstoß hatte. Er sah aus wie von einer Lokomotive überfahren." Er nickte, Experte in diesen Dingen, der er war. „Dein Vater hat hervorragende Arbeit geleistet. Hervorragend." Er schaute Wesley wieder von der Seite an, sein Ausdruck war jetzt ernst. „Der Bursche ist der Polizei bekannt. Schlechtestens", sagte er. „Bisher hat er der Strafe entgehen können, die er verdient. Er verkehrt mit gefährlichen Leuten. Es ist genau so sehr zu deinem Wohl wie zum Wohle Frankreichs, daß du weggeschickt wirst."

„Ich finde es nur sonderbar", sagte Wesley, „daß ein Mann, von dem jeder weiß, daß er für einen Mord verantwortlich ist, frei herumlaufen kann."

„Vergiß du nur, was Leute wissen, mein Freund", sagte der *agent* schullehrerhaft. „Am besten vergißt du alles und gehst heim und bist ein netter junge Amerikaner."

„Ja, Sir", sagte Wesley und hatte alle Einzelheiten auf dem Photo genau vor Augen, die Schlitzaugen, die hohen, spitzen Backenknochen, den schmalen Mund und das dunkle Kraushaar. Vergessen *Sie* nur, wer meinen Vater getötet hat, wollte er sagen, sagte es aber nicht. Versuchen Sie nur, es zu vergessen. „Könnten Sie mir wohl einen Gefallen tun?"

„Was denn?" Die Stimme des *agent* war berufsmäßig mißtrauisch.

„Könnten Sie am Hafen entlangfahren? Ich möchte das Boot noch einmal sehen."

Der *agent* warf einen Blick auf seine Uhr. „Es ist noch früh", sagte er. „Wir haben Zeit. Warum nicht?"

„Das ist sehr freundlich von Ihnen, mein Herr", sagte Wesley. „*C'est très gentil de votre part, monsieur*", auf französisch. Es war eines der ersten Dinge, die sein Vater ihn gelehrt hatte, als er ihn nach Antibes brachte. Obgleich sein Vater fast kein Französisch konnte, hatte er gesagt: „Es gibt zwei Ausdrücke, auf die die Eingeborenen hier großen Wert legen. Erstens – *S'il vous plaît,* das heißt: bitte. Und: *C'est très gentil de votre part.* Hast du's? Wiederhole!"

Wesley hatte die Lehre nicht vergessen.

„Ich habe einen Sohn, etwa in deinem Alter", sagte der *agent*. „Er ist auch verrückt nach Schiffen. Er treibt sich immer an den Häfen herum, soviel er kann. Ich habe ihm gesagt, ich würde ihn enterben, wenn er zur See ginge. Ohne die Schiffe hier alle wäre die Polizei arbeitslos. Was für Leute es anzieht", sagte er düster. „Algerier, Jugoslawen, Griechen, Korsen, Sizilianer, Nudisten. Englische Halbstarke, die daheim etwas ausgefressen haben, Mädchen, die von zu Hause ausgerissen sind, reiche Playboys mit Riesen-Rauschgiftproblemen ..." Er schüttelte den Kopf, als er die Liste von Übeltätern zur See durchging. „Und jetzt baut sich jedes Drecksnest mit Blick aufs Mittelmeer einen neuen Hafen. Die gesamte Polizei von Frankreich wird gebraucht, um das alles zu kontrollieren. Siehe dein Fall." Er drohte Wesley ärgerlich mit dem Finger, da sein Ausbruch ihn daran erinnerte, daß er ja einen Kriminellen ins Exil verbrachte. „Glaubst du, dir wäre passiert, was dir passiert ist, wenn du zum Beispiel in Clermont-Ferrand wohnhaft wärst?"

„Meine Sache war ein Unfall", sagte Wesley, der schon bedauerte, daß er darum gebeten hatte, den Hafen zu sehen.

„Das sagen sie alle. Und wer muß den Dreck auflesen? Die Polizei."

„Was möchten Sie Ihren Sohn werden lassen?" Wesley fand es an der Zeit, das Thema zu wechseln.

„Rechtsanwalt. *Da* liegt das Geld, mein Sohn. Folge meinem Rat, geh nach Amerika zurück und werde Rechtsanwalt. Wie viele Rechtsanwälte kennst du, die schon im Gefängnis waren?"

„Ich habe schon daran gedacht", sagte Wesley in der Hoffnung, er könne den Polypen wieder etwas mitteilsamer machen.

„Denke ernsthaft daran."

„Das habe ich vor", sagte Wesley weise und verständnisvoll und wünschte, der Polyp würde damit aufhören.

„Und trage niemals eine Waffe. Hörst du mich?"

„Jawohl, Sir."

„Höre auf den Rat eines Älteren, der sich für die kommende Generation interessiert und die Welt gesehen hat."

Wesley gingen die Augen darüber auf, warum sie gerade auf diesen Polypen als Begleiter für ihn verfallen waren. Alles war ihnen recht, wenn sie ihn nur aus der *préfecture* hinausbekommen konnten und nicht seine Belehrungen anhören mußten.

Der Polyp brummelte wortlos vor sich hin und zündete sich eine Zigarette an; der Wagen machte einen gefährlichen Schwenker, als er einen Moment dabei die Hände vom Steuer nahm. Der Rauch kam Wesley ins Gesicht, und er hustete. Weder hatte sein Vater geraucht, noch rauchte er.

„Und rauche nie", sagte der Polyp, „ich verachte mich dafür." Er verfiel in Schweigen.

Als sie beim Hafen anlangten, sah Wesley die „Chlothilde" mit verlassenen Decks. Sinnloserweise hatte er mit der Illusion gespielt, sein Vater könne aus dem Ruderhaus treten und eine Leine anziehen. Sein Vater war immer ängstlich gewesen, eine plötzliche Bö könnte kommen und die Leinen würden nicht halten. Hör auf damit, dachte Wesley, er kommt nie wieder an Deck. Er überlegte einen Augenblick, was geschehen würde, wenn er plötzlich die Wagentür öffnen, hinausspringen und loslaufen würde. Er konnte dem dicken Polypen in einer Minute fortlaufen, sich verstecken, sich nachts auf die „Chlothilde" schleichen, sie aus dem Hafen manövrieren ins offene Meer hinaus und Kurs auf Italien nehmen. Das war die nächste Grenze. Ob der Polyp von seiner Schußwaffe Gebrauch machen würde? Sie hob sich deutlich in der Schultertasche unter seinem Sportjackett ab. Zu riskant. Verrückt. Heute mußte er wenigstens die Vernunft bewahren. Er würde ein andermal nach Antibes zurückkommen.

„Schiffe", sagte der Polyp verächtlich und trat aufs Gaspedal.

Wesley schloß die Augen. Er wollte die „Chlothilde" nicht mehr sehen.

Rudolph und Dwyer warteten beim Abflugschalter des Flughafens auf ihn. Dwyer hatte Wesleys Reisetasche aus Leinen und Kunstleder mit und hielt ein großes Papierkuvert in der Hand.

„Deine Mutter und ihr Mann", sagte Rudolph, „sind schon durch die Paßkontrolle. Sie werden drinnen nach dir suchen. Sie sind im selben Flugzeug wie du."

Wesley nickte. Er traute sich nicht zu, zu sprechen.

„Alles ist in Ordnung, Monsieur Jordache", sagte der *agent* respektvoll. „Ich gehe mit ihm durch und geleite ihn ins Flugzeug."

„*Merci*", sagte Rudolph.

„Hier sind deine Sachen", sagte Dwyer und wies auf die Reisetasche. „Du mußt sie auf die Waage geben." Dwyer hatte für die Gelegenheit einen Anzug angezogen. Wesley erinnerte sich nicht, Dwyer je in einem kompletten Anzug gesehen zu haben, nicht einmal bei der Hochzeit. Er kam ihm kleiner vor, als er ihn kannte, und erheblich älter, mit winzigen, feinen Fältchen auf der Stirn und um den Mund. „Und hier", sagte Dwyer und gab ihm das Kuvert, „sind ein paar von den Photos, die du oben in der Kajüte hattest. Ich dachte mir, du würdest sie dir vielleicht mal ansehen wollen." Seine Stimme klang unstet und verschwommen.

„Danke, Bunny", sagte Wesley und nahm den Umschlag.

Rudolph gab ihm einen Zettel. „Da stehen zwei Adressen darauf, Wesley", sagte er. „Meine Adresse drüben und das Büro meines Freundes Johnny Heath, falls ich gerade nicht da bin. Wenn du je etwas brauchst ..." Auch er klang seiner selbst nicht sicher.

Er ist den Anblick von Familienmitgliedern nicht gewohnt, die durch einen Polizisten von einem Land in ein anderes abgeschoben werden, dachte Wesley, während er den Zettel entgegennahm und in die Tasche steckte.

„Paß auf dich auf", sagte Dwyer, als Rudolph Wesleys Flugschein dem Mädchen hinter der Barriere reichte und zuschaute, wie die Tasche gewogen wurde.

„Mach dir um mich keine Sorgen, alter Kumpel", sagte Wesley und versuchte, munter zu klingen.

„Niemals." Dwyer lächelte, aber es sah nicht sehr nach einem Lächeln aus. „Seh' dich irgendwo, eh?"

„Klar." Er versuchte nicht einmal zu lächeln.

„Also", sagte der Polyp auf französisch. „Zeit zu gehen."

Wesley schüttelte seinem Onkel die Hand, der aussah, als würde er ihn nie wiedersehen.

Wesley schaute sich nicht um, als er mit dem *agent* durch die Paßkontrolle ging, der an der Sperre seinen Ausweis zeigte und dem Beamten zuwinkte.

Seine Mutter und deren Mann, den er noch nie in seinem Leben gesehen hatte, standen gerade in der Abflughalle, als er durch die Kontrolle ging, als wollten sie aufpassen, daß er ihnen nicht entwische. „Du siehst blaß aus", sagte seine Mutter. Die Haare hingen ihr ins Gesicht. Sie sah aus, als wäre sie in einen Sturm mit Windstärke zehn geraten.

„Ich fühle mich sehr gut", sagte er. „Dies ist mein Freund", er tippte auf den Arm des *agent*. „Er ist von der Polizei. Er spricht kein Englisch."

Der *agent* verbeugte sich leicht. Die Sache war ohne Zwischenfall abgegangen, und er konnte sich eine kleine Höflichkeit leisten. „Erkläre ihnen, daß ich dich sicher an Bord bringen muß", sagte er auf französisch.

Wesley erklärte es ihnen. Seine Mutter wich zurück, als hätte der Polizist eine ansteckende Krankheit. „Dies ist dein neuer Vater", sagte seine Mutter.

„Willkommen", sagte Mr. Kraler wie ein Fernsehmoderator, der einen berühmten Gast begrüßt. Er streckte ihm die Hand entgegen.

„Fassen Sie mich nicht an", sagte Wesley ruhig.

„Mach dir keine Sorgen wegen ihm, Eddie", sagte seine Mutter. „Er ist jetzt etwas verstört. Das ist ganz natürlich. Er wird's schon lernen. Willst du etwas zu trinken, Baby? Eine Coca-Cola? Einen Orangensaft?"

„Einen Whisky", sagte Wesley.

„Hör zu, junger Freund . . ." begann Mr. Kraler.

„Er macht nur Spaß", sagte seine Mutter hastig. „Du machst doch Spaß, Wesley?"

„Nein."

Eine weibliche Stimme sagte den Abflug der Maschine über den Lautsprecher an. Der *agent* nahm ihn am Arm. „Ich bringe dich an Bord", sagte er. „So lautet mein Auftrag."

Vielleicht, dachte Wesley, als sie auf den Ausgang zugingen, hätte ich doch unten am Hafen mein Glück versuchen sollen. Seine Mutter und ihr Mann gingen dicht hinter ihnen.

Rudolph fuhr Dwyer nach Antibes. Keiner sprach auf der ganzen Fahrt ein Wort. Als sie beim Hafeneingang ankamen, sagte Dwyer: „Ich steige hier aus. Ich muß noch jemanden sehen." Beide wußten, daß er in das kleine Café gehen und sich betrinken wollte, und daß er allein sein wollte. „Sind Sie noch eine Weile hier?"

„Etwa eine Woche", sagte Rudolph. „Bis ich alles erledigt habe."

„Ich sehe Sie noch", sagte Dwyer. Noch während er ins Café ging, knöpfte er sich den Hemdkragen auf, riß die Krawatte herunter und stopfte sie sich achtlos in die Tasche.

Rudolph ließ den Wagen wieder an. Er hatte einen Brief von Jeanne in der Tasche. Sie würde ihn im Colombe d'Or zum Mittag treffen und hatte jeden Nachmittag der Woche für ihn Zeit. Der Krieg in Paris sei wieder ausgebrochen, hatte sie geschrieben.

Als das Anschnallzeichen in der Flugzeugkabine verlosch und die Maschine nach Westen in den Himmel über Monte Carlo kurvte, schaute sich Wesley die Photos aus dem Kuvert an, das ihm Dwyer mitgebracht hatte. Er bemerkte nicht, wie seine Mutter von ihrem Platz herüberkam und sich über ihn beugte. Sie schaute auf die Photos in seiner Hand hinunter. Plötzlich langte sie danach und erwischte sie alle. „Die wirst du nicht mehr brauchen“, sagte sie. „Du armes Baby, du wirst viel vergessen müssen.“

Er wollte keine Szene machen, jedenfalls nicht jetzt gleich, und sagte nichts. Er sah ihr zu, wie sie im Mittelgang stand und die Bilder Stück für Stück zerriß und die Stücke zu Boden fallen ließ. Sie hatte nichts dagegen, Szenen zu machen, dachte er. Junge, dachte er, es würde großartig werden, in Indianapolis.

Er schaute aus dem Fenster und sah die Halbinsel von Antibes, grün und geliebt, im blauen Meer unter sich fortgleiten.

Zweites Buch

1

Aus Billy Abbotts Tagebuch

1969

In der NATO ist viel die Rede von verschleppten Bevölkerungen, die Deutschen, die aus Polen rausgeschmissen wurden, die Ostdeutschen, die nach Westdeutschland geflohen sind, die Palästinenser, die Armenier, die von den Juden aus den arabischen Ländern rausgeschmissen wurden, die Italiener aus Tunesien und Libyen, die französischen *colons* aus Algerien. Und zweifellos kommen noch mehr. Natürlicher Unterhaltungsstoff für Militärs, die nach Kriegsanlässen suchen.

Mir kam der Gedanke, daß ich eine verschleppte Bevölkerung ganz für mich allein bin, fern von daheim, mit sentimentalen und zweifellos verzerrten Erinnerungen an ein glücklicheres Leben und an bessere Zeiten in einem anderen Land, ohne ein Zugehörigkeitsgefühl gegenüber der Gesellschaft, in der ich mein Exil verbringe (die US-Armee), obgleich sie mich reichlicher ernährt, kleidet und bezahlt, als ich mit meiner mageren Begabung und meiner totalen Ehrgeizlosigkeit je hoffen könnte, mich in meinem Geburtsland selbst ernähren, kleiden und bezahlen zu können.

Ich bin nirgends zugehörig, was nichts anderes bedeutet, als daß ich eines Tages zu einem Verzweifelten werden könnte. Meine Zugehörigkeit – soweit man davon reden kann – zu Monika ist bestenfalls einstweilig. Ein zufälliger Postenwechsel, der Oberst wird nach Griechenland oder Guam versetzt und weiß nicht, ob er dort einen brauchbaren Tennispartner findet, ein Wechsel im Kommando, von irgend jemandem in Washington befohlen, der nicht weiß und sich auch nicht darum kümmert, daß ich lebe, ein besseres Stellungsangebot für Monika in einem anderen Land – und aus wäre es damit.

Es brauchte nicht einmal etwas so Zufälliges zu sein.

In letzter Zeit ist Monika merkwürdig geworden. Immer häufiger fällt mir auf, daß sie mich mit einem nachdenklichen Blick ansieht, der nichts Gutes verheißt. Es wäre die Höhe blinder Selbstgefälligkeit, wenn ich mir einbildete, ein Teil der Nachdenklichkeit sei Schmerz bei dem Gedanken, mich zu verlieren.

Wenn Monika mich verläßt, werde ich die Frau des Obersten vernaschen.

Nach einem erstklassigen Mahl in dem Restaurant mit dem Blick auf La Grand Place der Stadt Brüssel trat Billy Abbott, mit der Welt in Frieden und gestützt auf Monikas Arm, in die kühle Nachtluft hinaus. Das Mahl war teuer gewesen, da das Restaurant in allen Reiseführern überbewertet wurde, aber es hatte sich gelohnt. Zudem hatte er am Nachmittag beim Tennis, mit dem Oberst als Partner, sechzig Dollar gewonnen. Der Oberst war ein Tennisnarr, spielte, wenn er konnte, jeden Tag mindestens eine Stunde, und wie es sich für einen Absolventen von West Point gehörte, gewann er gern.

Der Oberst hatte Billy spielen sehen, als Billy noch Gefreiter war, und Billys Stil, der kühl und trickreich war, so daß er Spieler schlug, die doppelt so hart schlugen als er, hatte ihm gefallen. Außerdem war Billy sehr schnell und beherrschte im Doppel drei Viertel des Feldes. Da der Oberst siebenundvierzig Jahre alt war, brauchte er einen Partner, der drei Viertel des Feldes beherrschen konnte. So war denn Billy jetzt nicht mehr Gefreiter, sondern Hauptfeldwebel, mit dem Wagenpark unter sich, ein Posten, der, neben dem Feldwebelsold, auch noch erhebliche Sondereinnahmen mit sich brachte. Da gab es gelegentlich anerkennende Trinkgelder von Offizieren, die motorisierte Geschäfte abzuwickeln hatten, die nicht ausgesprochen offizielle Armee-Geschäfte waren, und da gab es die, weniger gelegentliche, Möglichkeit, unter der Hand Armee-Treibstoff zu Preisen zu verkaufen, die raffinierterweise knapp unter den Preisen in der Stadt lagen. Der Oberst lud Billy auch zum Dinner ein. Er wollte, wie er oft betonte, wissen, was der gemeine Mann dachte, und die Frau des Obersten fand, daß Billy ein charmanter junger Mann sei und sich wie ein Offizier benähme, besonders in Zivil. Die Frau des Obersten spielte gleichfalls gern Tennis und hoffte ständig auf den Tag, an dem der Oberst einmal dienstlich auf ein, zwei Monate abkommandiert und Billy dableiben würde.

Es war nicht mehr die „Alte Armee“, wie der Oberst manchmal sagte, man mußte eben mit den Zeiten gehen. Solange der Oberst sein Kommandeur blieb, bestand keine Gefahr, daß Billy nach Vietnam geschickt werden würde.

Wie Billy wußte, verdankte er es den speziellen Bemühungen seines Onkels, daß ihm der unangenehme Klang feindlichen Feuers erspart blieb, und eines Tages würde er seine Dankbarkeit beweisen. Im Augenblick trug er einen Brief in der Tasche, der einen Scheck über tausend Dollar enthielt. Billys Mutter war in ihrer Eigenschaft als Geldquelle versiegt, und Monika, der gegenüber er seinen reichen Onkel erwähnt hatte, hatte ihn gedrängt, ihm wegen Geld zu schreiben. Über den Grund, warum sie Geld brauchte, hatte sie sich in Schweigen gehüllt, aber Billy hatte sich schon längst damit abgefunden, daß sie eben ein geheimnisvolles Mädchen war. Sie sprach nie über ihre Familie in München oder warum sie es sich mit achtzehn Jahren in den Kopf gesetzt hatte, im Trinity College in Dublin zu promovieren. Sie verschwand fortgesetzt auf Geheimmissionen, aber abgesehen davon, lebte es sich im großen und ganzen gut mit ihr. Das war die Bedingung gewesen, unter der sie in seine gemütliche kleine Wohnung ganz in der Nähe des Place eingezogen war: Er durfte keine Fragen stellen, wenn sie ihm sagte, sie würde einen Abend oder manchmal eine ganze Woche lang fortbleiben. Es gab gewisse delikate Treffen zwischen NATO-Delegierten, über die nicht gesprochen werden konnte. Und er war nicht besonders neugierig veranlagt, wenn es sich um Dinge drehte, die ihn nicht betrafen.

Monika war nicht wirklich hübsch mit ihrem wirren schwarzen Haar und ihren absatzlosen Schuhen, aber sie hatte große blaue Augen, die beim Lächeln ihr Gesicht erhellten, und eine entzückende kleine Figur. Das „klein“ war wichtig. Billy maß nur einen Meter fünfundsechzig und war zierlich gebaut, und er mochte das Unterlegenheitsgefühl nicht, das größere Frauen ihm gaben.

Hätte ihn jemand an diesem Abend gefragt, welchen Beruf er einmal wählen würde, so hätte er höchstwahrscheinlich gesagt, er würde bei der Armee bleiben. Ab und zu pflegte Monika sich über ihn zu ärgern und ihm Vorwürfe über seinen Mangel an Ehrgeiz zu machen. Mit seinem einnehmenden, jugendlichen

Sportsmannslächeln pflegte er ihr beizupflichten, daß er keinerlei Ambitionen habe. Das melancholische Dunkel seiner Augen mit den schweren, schwarzen Wimpern gab seinem Lächeln noch etwas Besonderes, so als habe er sich besonders angestrengt, für seinen Partner fröhlich auszusehen. Billy kannte sich gut genug, dieses Lächeln nicht zu oft in Anwendung zu bringen.

Heute abend war es wieder einmal so weit, daß Monika eine ihrer geheimnisvollen Verabredungen hatte. „Bleib nicht meinetwegen auf", sagte sie, während sie auf die von Scheinwerfern vergoldete Pracht der Mauern und Fenster des Place hinausstarrten. „Es wird wohl spät werden. Vielleicht die ganze Nacht."

„Du ruinierst mein Geschlechtsleben", sagte er.

„Da kannst du wetten", sagte sie. Trinity College plus NATO-Truppen hatten dafür gesorgt, daß sie das englische wie das amerikanische Idiom spielend beherrschte.

Er küßte sie flüchtig und beobachtete, wie sie in ein Taxi stieg. Sie sprang hinein, als mache sie einen Weitsprung mit Anlauf auf dem Sportplatz. Er bewunderte ihre Energie. Er konnte die Adresse, die sie dem Fahrer gab, nicht hören. Es kam ihm zum Bewußtsein, daß er niemals, wenn er sie zu einem Taxi brachte, hören konnte, wohin sie fuhr. Er hob die Achseln und schlenderte zu einem Café. Es war noch zu früh zum Heimgehen, und es gab sonst niemanden, den er an diesem Abend unbedingt zu sehen wünschte.

Im Café bestellte er sich ein Bier und holte den Umschlag mit dem Scheck und dem Brief seines Onkels heraus. Er hatte mit dem Onkel einen recht herzlichen Briefwechsel angefangen, seit er in „Time" die Meldung über Tom Jordaches Tod gelesen und das scheußliche Photo von Rudolphs unbekleideter Frau gesehen hatte, das sie irgendwo ausgegraben hatten. Er hatte das Photo in seinem Brief an Rudolph nicht erwähnt, und sein Beileid war ehrlich gewesen, jedenfalls so ehrlich, wie er sein konnte. Onkel Rudolph war in seinem Brief gesprächig gewesen und hatte einen Haufen Familienneuigkeiten abgeladen. Er klang wie ein einsamer Mann, der nicht recht wußte, was er mit sich anfangen sollte, und hatte auch traurig, wenn auch mit Zurückhaltung, von seiner Scheidung berichtet und darüber, wie die Dame aus Indianapolis ihren Anspruch auf Vetter Wesley durchgesetzt hatte. Daß Wesleys Mutter bei der Polizei als notorische Prostituierte geführt wurde, hatte er nicht erwähnt, aber Billys eigene Mutter hatte mit Einzelheiten darüber nie gespart.

Die Briefe seiner Mutter waren mehr oder weniger streng und mahnend. Sie hatte ihm nie vergeben, daß er es strikt abgelehnt hatte, den Armeedienst zu verweigern, sie hätte mit Freuden die vielgeehrte Märtyrerin gespielt, empfand er grollend, wenn er statt dessen ins Gefängnis gewandert wäre. Jeder nach seinen Grundsätzen. Was ihn anbetraf, so zog er es vor, mit einem siebenundvierzigjährigen Obersten Tennis zu spielen und in relativem Luxus mit einem aufgeweckten, wohlgestalteten, mehrsprachigen und – gib's nur zu – geliebten *Fräulein* in der zivilisierten Stadt Brüssel zu leben. Sein Brief an den Onkel, in dem er um die Anleihe gebeten hatte, war lieb und reuevoll gewesen, und nicht zudringlich. Er hatte andeutungsweise von ein paar glücklosen Pokerpartien und einem teuren Autoschaden geschrieben, der es nötig mache, einen neuen Wagen zu kaufen ... Rudolphs Brief, der an diesem Morgen eingetroffen war, war verständnisvoll, wenn er auch keinen Zweifel darüber ließ, daß er Rückerstattung der Schuld erwarte.

Monika brauchte das Bargeld am folgenden Morgen, und er würde auf die Bank gehen müssen. Wofür sie es wohl brauchte? Ach was, zum Teufel, dachte er und verscheuchte den Gedanken, es ist ja doch nur Geld und nicht mal meines. Er bestellte noch ein Bier.

Am Morgen wurde es ihm offenbar, wozu sie das Geld haben wollte. Sie weckte ihn, als sie bei Tagesanbruch hereinkam, machte ihm eine Tasse Kaffee, setzte ihn an den Tisch und teilte ihm mit, die tausend Dollar würden gebraucht, um einen Feldwebel in der Heereswaffenkammer zu bestechen, so daß die Leute, mit denen sie zusammenarbeitete und die sie nicht mit Namen nennen oder beschreiben würde, mit einem Heeres-LKW, den er, Billy, aus dem Wagenpark beschaffen sollte, hineinfahren und eine nicht näher bezeichnete Menge Schußwaffen, Handgranaten und Munition herausholen könnten. Er selbst sollte in die Sache nicht verwickelt werden. Nur insoweit, als er eines Nachts den LKW, mit offiziellen Abfertigungspapieren versehen, aus dem Wagenpark holen und ihn etwa achthundert Meter weiter die Straße hinunter bei einem Mann abliefern sollte, der die Uniform eines Leutnants der US-Heeresmilitärpolizei tragen würde. Der LKW würde vor Sonnenaufgang wieder zur Stelle sein. Sie sagte dies alles gelassen, während er ruhig dasaß, seinen Morgenkaffee schlürfte und sich fragte, ob sie die ganze Nacht über unter Drogen gestanden hätte. Im

Verlauf ihrer Erklärungen, die sie in dem gleichen ebenmäßigen Tonfall abgab, wie sie ihn in Trinity bei einem Seminar oder bei der Zitierung eines obskuren irischen Dichters verwandt haben mochte, ließ sie ihn auch wissen, daß er wegen seines Postens beim Wagenpark von ihr als ihr Liebhaber ausgesucht worden sei, obgleich sie zugab, daß sie ihn seitdem sehr liebgewonnen habe.

Er bemühte sich, seine Stimme zu beherrschen, als er schließlich sprach. „Wofür, zum Teufel, soll das ganze Zeug verwendet werden?"

„Das kann ich dir nicht sagen, Liebling", sagte sie und streichelte ihm über den Küchentisch hinweg die Hand. „Und für dich ist es besser, du weißt es nicht."

„Du bist eine Terroristin", sagte er.

„Das ist ein Wort wie jedes andere", sagte sie achselzuckend. „Ich würde vielleicht das Wort Idealistin bevorzugen, oder eine Redewendung wie ‚Sucherin nach der Gerechtigkeit' oder Feindin der Folter, oder einfach Liebhaberin des gewöhnlichen, traumatisierten, hirngewaschenen Mannes auf der Straße. Such dir davon etwas aus."

„Und wenn ich nun einfach zur NATO gehe und ihnen von euch erzähle? Von diesem hirnverbrannten Plan?" Er kam sich saudumm vor, wie er da in der kleinen, kalten Spießerküche saß, nur einen alten, halb offenstehenden Bademantel an, aus dem sein Sack baumelte, und sich darüber unterhielt, daß Menschen in die Luft gejagt werden sollten.

„Das würde ich nicht versuchen, Liebling", sagte sie. „Erstens einmal würden sie dir nie glauben. Ich würde sagen, ich hätte dir den Abschied gegeben, und dies wäre nur deine verschrobene Art, Revanche zu nehmen. Außerdem weiß ich, daß einige der Jungen sehr unangenehm werden können, sehr . . ."

„Du drohst mir", sagte er.

„So kann man es auch nennen."

An ihrem Blick erkannte er, daß es ihr tödlich Ernst war. Ernst war das richtige Wort. Und tödlich. Ihm war kalt, und Angst stieg in ihm auf. Er hatte nie den Helden gespielt. Ja, in seinem ganzen Leben hatte er sich noch nie mit Fäusten geschlagen. „Wenn ich die Sache dieses eine Mal tue", sagte er und bemühte sich, das Zittern in seiner Stimme zu unterdrücken, „will ich dich nie wiedersehen."

„Darüber mußt *du* entscheiden", sagte sie gleichmütig.

„Ich gebe dir mittags Bescheid", sagte er, während sein Verstand wie rasend nach einem Fluchtweg aus alledem suchte, nach Amerika fliegen, sich in Paris, in London verstecken, dem ganzen, wahnsinnigen, surrealistischen Ablauf binnen sechs Stunden entrinnen.

„Das wird reichen", sagte Monika. „Die Banken sind am Nachmittag auf. Aber ich muß dir in deinem eigenen Interesse sagen – man wird dich überwachen."

„Was für eine Frau bist du, zum Teufel?" schrie er außer sich.

„Wenn du nicht so oberflächlich und frivol und selbstgefällig wärest", sagte sie, ohne die Stimme zu erheben, „wüßtest du das inzwischen; du hast ja lange genug mit mir zusammengelebt."

„Ich weiß nicht, was so frivol und selbstgefällig daran ist, daß man keine Menschen umbringen will", sagte er, außer sich über ihre Beschreibung seiner Person. „Tu nicht so verdammt erhaben."

„Tag für Tag", sagte sie, „ziehst du eine Uniform an. In der gleichen Uniform ziehen Tag für Tag Tausende von jungen Männern deines Alters aus, um Hunderttausende von Leuten umzubringen, die ihnen nichts angetan haben. *Das* empfinde ich als frivol." Während sie das sagte, wurden endlich ihre Augen zornesdunkel.

„Und *du* willst das beenden?" rief er. „Du und fünf, sechs andere Mörder und Verbrecher?"

„Wir können es versuchen. Unter anderen Dingen, die wir versuchen werden. Zumindest werden wir die Genugtuung haben, zu wissen, daß wir es versucht haben. Und welche Genugtuung wirst du haben?" Sie höhnte, ihr Mund verzog sich zur Grimasse. „Daß du Tennis gespielt hast, während alles geschah? Daß es keinen Menschen auf Erden gibt, der Achtung vor dir hat? Daß du müßig dagesessen hast, während die Männer, denen du morgens, mittags und abends die Stiefel leckst, Komplotte schmieden, um die Welt in die Luft zu jagen? Wenn alles in der letzten Explosion hochgeht, wirst du dann beim Sterben stolz auf dich sein, weil du gut gegessen, gut getrunken und gut gevögelt hast, als alles vorbereitet wurde? Wach auf! Wach auf! Es gibt kein Gesetz, das sagt, du mußt ein Wurm sein."

„Redensarten", sagte er. „Was wollt ihr also tun – ein Israeli-Flugzeug entführen, ein paar Fenster in einer Botschaft einwerfen, einen Polizisten beim Verkehrregeln totschießen? Ist das eure Vorstellung, wie man die Welt rettet?"

„Zunächst einmal hat das nichts mit Israelis zu tun. Wir – meine Gruppe und ich – sind unterschiedlicher Meinung über dieses Thema, mach dir also keine Sorgen um deine jüdischen Freunde – meine jüdischen Freunde, was das anbetrifft."

„Vielen Dank", sagte er höhnisch, „für deine deutsche Großmut gegenüber den Juden."

„Du Mistkerl!" Sie wollte ihm über den Tisch eine Ohrfeige hauen, aber er war schneller als sie und fing ihre Hand ab.

„Langsam", sagte er. „Vielleicht bist du großartig mit einem Maschinengewehr, aber ein Boxer bist du nicht, mein Dämchen. Ich lasse mich von niemand schlagen. Du hast mich angeschrien und angeschrien und mir gedroht und mich aufgefordert, etwas zu tun, das mich das Leben kosten oder mich lebenslänglich ins Gefängnis bringen kann, und erklärt hast du mir bisher gar nichts." Jetzt war er in Fahrt und redete drauflos. „Wenn ich dir helfen soll, dann nicht, weil du mir Angst machst oder mich bestichst oder so etwas. Wir machen einen Handel: Du hast recht – kein Gesetz bestimmt, daß ich ein Wurm sein muß. Du hast mich überzeugt, und ich bin mit dir. Du aber setzt dich hin und behältst deine gottverdammten Hände und deine gottverdammten Drohungen bei dir und erklärst es mir in Ruhe. Sonst – zero. Ist das klar?"

„Laß los", sagte sie trotzig.

Er ließ ihre Hand los. Sie starrte ihn wütend an. Dann fing sie an zu lachen. „He, Billy, Junge, da ist ja *doch* etwas. Wer hätte das gedacht? Ich glaube, wir brauchen frischen Kaffee. Und dir ist kalt. Geh rein und zieh dich an, und zieh dir einen Sweater über, und dann führen wir ein hübsches kleines Frühstückstischgespräch über das Wunder, im zwanzigsten Jahrhundert am Leben zu sein."

Beim Anziehen im Schlafzimmer begann er wieder vor Kälte zu zittern. Aber selbst während er zitterte, hatte er ein ganz verrücktes Heiterkeitsgefühl. Endlich einmal hatte er nicht nachgegeben, war nicht entschlüpft oder ausgewichen. Und es konnte eine Sache auf Leben und Tod werden, dessen war er sicher. Es hatte keinen Zweck, Monikas Härte oder Passioniertheit zu unterschätzen. Die Zeitungen waren voll von Berichten über Entführungen, Explosionen, politischen Morden, bühnenmäßigen Massakern, und sie wurden geplant und durchgeführt von Leuten, die am Schreibtisch nebenan saßen, mit denen man dicht an dicht im Bus stand, ins Bett ging, zu Abend aß. Es war sein

Schicksal, daß Monika eine von ihnen war. Wie sie mit Recht gesagt hatte: er hätte etwas merken müssen. Ihre Anwürfe hatten ihn verletzt. Zu wissen, daß man nichts wert war, war *eine* Sache; eine andere Sache war es, von einer Frau, die man bewunderte, ja viel mehr als das: die man liebte und die sich so benahm, als liebe sie einen auch – von dieser Frau gesagt zu bekommen, daß man keinen Wert habe.

Das Lachen in der kalten, vom Morgengrauen erhellten Küche war ein Geschenk der Achtung gewesen, und er nahm es dankbar an. Jetzt war er in Monikas Augen ein würdiger Gegner und mußte entsprechend behandelt werden. Bisher hatte er die Welt ihren eigenen Gang gehen lassen und war mit einem kosigen Eckchen zufrieden gewesen, das der Staat ihm zur Verfügung stellte. Nun hatte die Welt ihn aufgestöbert, und er mußte sich ihr stellen. Er saß mit drin, ob er wollte oder nicht. Von einem Augenblick zum anderen hatte er, fast instinktiv, seine Existenz neu eingestuft.

Der Teufel soll sie holen, dachte er, als er seinen Sweater überzog. Verlust ist das Risiko des Lebens. Der Teufel hole sie alle!

Monika hatte Wasser für den Kaffee aufgesetzt, als er wieder in die Küche kam. Sie hatte ihre Schuhe ausgezogen, patschte in bestrumpften Füßen herum und sah mit ihrem ungemachten dunklen Haarwust aus wie irgendeine Hausfrau, die gerade vom Ehebett aufgestanden war, um ihrem Mann, bevor er ins Büro ging, das Frühstück zu machen. Terror in der Küche, Blutvergießen über einem heißen Herd, Mordopfer, bei Topf- und Pfannengeklapper auserkoren. Er setzte sich an den zerfurchten Holztisch, der aus irgendeinem belgischen Bauernhaus stammen mochte, und Monika goß ihm den Kaffee ein. Tüchtige deutsche Hausfrau, sie machte guten Kaffee. Er kostete ihn genüßlich. Sie goß sich selbst ein, lächelte ihn sanft an. Verschwunden war die Frau, die ihm gesagt hatte, er sei als Liebhaber für sie ausgesucht worden, weil er zufällig einen Wagenpark unter sich hatte, aus dem LKWs für tödliche Missionen zu holen waren. Verschwunden für den Augenblick. Auf zehn Minuten an einem kalten Morgen, dachte er, während er den brühheißen Kaffee schlürfte.

„Nun“, sagte er, „wo fangen wir an?“ Er schaute auf seine Uhr. „Lange haben wir nicht. Ich muß zur Arbeit.“

„Wir fangen mit dem Anfang an“, sagte sie. „Dem Zustand

der Welt. Die Welt ist durcheinander. Überall sind die Faschisten . . ."

„In Amerika . . .?" sagte er. „Mach's halblang, Monika."

„In Amerika ist es noch im verborgenen", sagte sie ungeduldig. „Sie können sich noch leisten, es verborgen zu halten. Aber wer gibt ihnen Waffen, Geld, wer nebelt sie ein und gibt ihnen schließlich offene Unterstützung? Die dicken Kater in Washington, New York, Texas. Wenn du durchaus naiv sein willst, lohnt es sich gar nicht erst, mit dir zu reden."

„Das klingt, als käme es alles aus einem Buch."

„Warum auch nicht?" sagte sie. „Was ist falsch daran, aus einem Buch zu lernen? Dir könnte es selbst nichts schaden, einmal ein paar Bücher zu lesen. Wenn du dich um dein geliebtes Vaterland so sorgst, wird es dir Erleichterung verschaffen, zu vernehmen, daß wir nicht in Amerika arbeiten, jedenfalls nicht meine Leute, womit ich nicht sagen will, daß es nicht auch welche gibt, die es tun. Auch in Amerika gehen Bomben hoch, und es werden mehr werden. Verlaß dich darauf. Amerika ist an der Basis der Pyramide, und zum Schluß wird es zum Hauptziel. Und du wirst dich wundern, wie leicht es dann zusammenfällt. Denn die Pyramide ist wacklig, aufgebaut auf Lügen, unmoralischen Privilegien, zusammengestohlenem Reichtum, unterworfenen Bevölkerungen; sie steht auf Sand, der unter der Oberfläche hohl ist."

„Du klingst immer mehr wie ein Buch", sagte er. „Warum holst du es nicht aus der Bibliothek, dann kann ich es selbst lesen."

Monika überhörte seine Stichelei. „Unsere Aufgabe ist, zu zeigen, daß sie ebenso verwundbar ist wie schlecht."

„Wie willst du das mit ein paar verrückten Gangstern tun?"

„Benutze den Ausdruck nicht", sagte sie warnend.

„Nenne sie, wie du willst. Revolverhelden, Mörder. Irgendwas."

„Castro hat es in Kuba mit achtzehn Mann geschafft."

„Amerika ist nicht Kuba", sagte er. „Europa auch nicht."

„Sie sind einander ähnlich genug. Beide. Die Angriffe werden sich verdoppeln und verdreifachen. Die Leute am Ruder werden nervös werden und unsicher, und schließlich werden sie Angst bekommen. Sie werden aus Furcht handeln, einen Fehler nach dem anderen machen, einer immer schlimmer als der andere. Sie werden Druck anwenden. Sie werden fatale Zugeständnisse machen, aus denen die Leute nur merken, daß sie auf der Verliererstraße sind, und damit nur mehr Zwischenfälle anregen, mehr Risse in den Wänden."

„Ach", sagte er, „stell doch die Platte ab, ja?"

„Ein Bankdirektor wird ermordet werden", intonierte sie, von ihrer Vision hingerissen, „ein Botschafter entführt, ein Streik wird ein Land lahmlegen, Geld seinen Wert verlieren. Sie werden nicht wissen, woher der nächste Schlag kommt, nur *daß* er kommt, werden sie wissen. Der Druck wird immer stärker, unerträglicher, bis die ganze Schose in die Luft fliegt. Dazu braucht's keine Armeen ... nur ein paar engagierte Menschen ..."

„Wie dich?" sagte er.

„Wie mich", sagte sie herausfordernd.

„Und wenn ihr gewinnt, was dann?" sagte er. „Rußland sackt den ganzen Plunder ein. Ist es das, was ihr wollt?"

„Rußlands Zeit kommt auch noch", sagte sie. „Halt mich nicht für blöd, daß ich *das* wollte."

„Was willst du dann?"

„Ich will, daß die Welt nicht mehr vergiftet wird, nicht mehr in ihr Verderben rennt, sich selbst ausrottet, so oder anders. Ich will, daß Schluß ist mit den Kriegern, die wir heute haben, den Spionen, den Atombombern, den bestochenen Politikern, dem Töten um Profit ... Die Menschen leiden, und ich will, daß sie wissen sollen, wer sie leiden macht und was für sie dabei herauskommt."

„Gut", sagte er, „das ist alles sehr bewundernswert. Aber reden wir einmal praktisch. Nehmen wir an, ich verschaffe euch den LKW, nehmen wir an, ihr bringt ein paar Handgranaten, Sprengsätze, Schußwaffen in eure Gewalt. Was würdet ihr in diesem Fall genaugenommen damit anfangen?"

„Genaugenommen", sagte sie, „wollen wir ein paar Fensterscheiben einer Bank hier in Brüssel eindrücken, eine Sprengladung in der spanischen Botschaft deponieren, einen Richter in Deutschland abservieren, der das größte Schwein auf dem Kontinent ist. Mehr kann ich dir nicht sagen. Schon um deinetwillen."

„Du wärest imstande, um meinetwillen eine ganze Menge Dinge zu tun, stimmt's?" sagte er. Er verbeugte sich höhnisch. „Ich danke dir. Meine Mutter dankt dir. Mein Oberst dankt dir."

„Spiel nicht den großen Überlegenen bei mir", sagte sie kalt. „Das kannst du bei mir lassen, hörst du?"

„Du klingst, als könntest du mich auf der Stelle niederknallen, du kleine Räuberbraut", sagte er. Er machte sich über sie lustig, um sich selber Mut zu machen, obgleich er wieder vor Kälte zitterte, trotz Sweater und allem.

„Ich habe noch niemals einen erschossen", sagte sie. „Und ich habe es auch nicht vor. Das ist nicht mein Job. Und wenn du so feinfühlige Skrupel hast, wird es dich freuen, zu hören, daß wir hier in Belgien so vorzugehen gedenken, daß es keine Toten gibt. Was wir tun, ist nur verunsichern, warnen, Zeichen setzen."

„Das ist Belgien", sagte er. „Wie steht es mit woanders?"

„Das betrifft dich nicht", sagte sie. „Darüber brauchst du nichts zu wissen. Später einmal, wenn du überzeugt bist und dich aktiver einsetzen willst, wirst du geschult, bist bei den Diskussionen dabei. Im Augenblick brauchst du nichts weiter zu tun, als auf die Bank zu gehen, den Scheck deines Onkels einzulösen und eines Nachts einen LKW ein paar Stunden lang verfügbar zu machen. Du lieber Himmel", sagte sie aufgebracht, „das ist doch nichts Neues für dich mit deinen Bestechungen – glaube nur nicht, ich wüßte nicht, wie du mit deinem Feldwebelsold so hochherrschaftlich lebst – mit deinem Schwarzmarkttreibstoff ..."

„Mein Gott, Monika", sagte er, „du willst mir doch nicht sagen, du könntest zwischen einem kleinen, schäbigen Diebstahl und dem, was du von mir verlangst, nicht unterscheiden?"

„Doch", sagte sie. „Das eine ist billig und widerlich und das andere ist nobel. Du hast dein Leben in einer Trance gelebt. Du *magst* gar nicht, was du bist, du verachtest jeden in deiner Umgebung. Ich habe dich über deine Familie reden hören, deine Mutter, deinen Vater, deinen Onkel, die Viecher, mit denen du arbeitest ... Leugne nicht ..." Sie hielt ihm die Hand vor, als er zu sprechen versuchte. „Du hast alles ganz eng in dir drin behalten. Nie hat dich jemand herausgefordert, dir selbst ins Gesicht zu sehen, dich zu öffnen, zu erkennen, was alles bedeutet. Nun, ich fordere dich jetzt heraus."

„Und machst mich gleichzeitig diskret darauf aufmerksam, daß mir häßliche Dinge passieren, wenn ich nicht tue, was du willst."

„So ist es, mein Junge", sagte sie. „Laß dir heute morgen bei der Arbeit meine Worte durch den Kopf gehen."

„Genau das werde ich tun.“ Er stand auf. „Ich muß jetzt auf die Dienststelle.“

„Ich warte mittags auf dich.“

„Kann ich mir denken“, sagte er beim Hinausgehen.

Den Vormittag in der Dienststelle verlebte er wie hinter Schleiern. Während er Befehle, Anforderungen, Frachtbriefe, Arbeitsberichte abzeichnete, traf er Dutzende von Entscheidungen, wälzte jede hin und her, verwarf sie, griff nach der nächsten, verwarf sie gleichfalls. Dreimal griff er zum Telephon, um den Oberst anzurufen, alles auszupacken, ihn um Rat und Hilfe zu bitten, und legte den Hörer wieder auf. Er schaute nach, wann Maschinen von Brüssel nach New York abflogen, beschloß, zur Bank zu gehen, den Scheck des Onkels einzulösen und noch am Vormittag abzufliegen. Er konnte zur CIA in Washington gehen, erklären, in welcher Klemme er saß, Monika hinter Gitter bringen lassen, den geheimen Helden in diesen geheimen Korridoren spielen. Würde er das fertigbringen? Würden diese Herren, die mit Morden, komplizierten Untergrundmanövern, Umstürzen schnell bei der Hand waren, ihm gratulieren und – wie das ihre Art war – ihn insgeheim für seine Feigheit verachten? Oder, schlimmer noch, einen Doppelagenten aus ihm machen, ihn mit dem Auftrag zurückschicken, sich der Bande anzuschließen, zu der Monika zu gehören schien, und einen wöchentlichen Bericht über ihre Tätigkeit von ihm anfordern? Wollte er, daß Monika hinter Gitter kam? Selbst an diesem Morgen konnte er nicht ehrlich vor sich abstreiten, daß er sie liebte. Liebe? Auch so ein Wort. Die meisten Frauen langweilten ihn. Meist hatte er nach dem Paarungsakt eine Ausrede bereit, aus dem Bett zu springen und heimzugehen. Mit Monika konnten die nächtlichen Umschlingungen niemals Paarungsakte genannt werden. Es war absolute Wonne. Um es grob auszudrücken, sagte er sich, ich kann fünfmal in einer Nacht bei ihr kommen und mich schon darauf freuen, sie zu Mittag wieder nackt und rosig im Bett liegen zu sehen.

Er wollte nicht getötet werden. Das wußte er genauso, wie er wußte, daß er Monika nicht aufgeben wollte. Aber der Gedanke hatte etwas Kitzelndes, zutiefst Erregendes, daß er so mutig war, um sechs Uhr morgens eine Frau zu lieben, sie in Lust und Schmerzen seufzen zu lassen, und zu wissen, daß sie bereit war, ihn am Mittag hinrichten zu lassen. Wie wäre es, zu ihr zu sagen: „Ich bin dabei?“ In Schatten herumzuschleichen? Eine Explosion ganz in der Nähe zu hören, während er im makellosen Tennisklub ein Match mit dem Obersten spielte, und zu wissen, daß er sie selbst für diese Zeit geplant hatte? An einer Bank vorbeizustreichen, in deren Aufsichtsrat sein Onkel Rudolph saß, und heimlich eine Bombe hinzulegen, die hochgehen würde, bevor die Bank am Morgen aufmachte? Fanatiker kennenzulernen, die von einem Land zum anderen flitzen, die in einem Jahrhundert vielleicht Helden in den Geschichtsbüchern sein würden, die mit Gift und mit den nackten Händen töteten, die ihn in ihre Geheimnisse einweihen, ihn vergessen lassen konnten, daß er nur einen Meter fünfundsechzig groß war.

Schließlich rief er den Obersten nicht an, löste den Scheck nicht ein, arrangierte nichts im Wagenpark, fuhr nicht zum Flughafen hinaus.

Alles, was er tat, war, sich halb benommen durch den Vormittag treiben zu lassen, und als der Oberst anrief und sagte, um fünf Uhr dreißig würde gespielt, sagte er: „Jawohl, Sir, ich werde zur Stelle sein“, obgleich nicht ganz auszuschließen war, daß er um diese Zeit schon tot sein würde.

Sie wartete schon auf ihn, als er aus der Dienststelle kam. Er war froh, daß sie sich das Haar gemacht hatte, denn die anderen, die an ihnen vorbeiströmten, um zum Lunch zu gehen, schauten sie alle neugierig an und unterdrückten – meist wegen seines Ranges – ein Grinsen, und die Vorstellung wäre ihm nicht angenehm gewesen, sie könnten denken, er ginge mit einer Schlampe.

„Nun?“ sagte sie.

„Gehen wir etwas essen“, sagte er.

Er führte sie in ein gutes Restaurant, von dem er wußte, die anderen, die eine Abwechslung von dem Kantinenfraß suchten, würden nicht hingehen. Er brauchte die Bestätigung frischer, weißer Tischtücher, Blumen auf den Tischen, zuvorkommende Kellner, er brauchte einen Ort, wo nichts von einer aus den Fugen geratenden Welt, von tollkühnen Verschwörungen, zerbröckelnden Pyramiden zeugte. Er bestellte für sie beide. Sie tat, als sei es ihr ganz gleich, was sie äße, kümmerte sich nicht um die Speisekarte. Er wußte wenigstens so viel von ihr, daß er verstand, warum sie die Karte beiseite schob. Sie hätte eine Brille mit dicken Gläsern zum Lesen aufsetzen müssen und war eitel genug, sich nicht gern in der Öffentlichkeit damit zu zeigen. Aber als das Essen kam, langte sie zu, vertilgte mehr als er. Er fragte sich, wie sie nur ihre Linie behielt.

Sie aßen in Ruhe, sprachen höflich vom Wetter, einer Konferenz, die morgen anfing, bei der sie dolmetschen sollte, über seine Tennisverabredung mit dem Obersten um fünf Uhr dreißig, über ein Theaterstück, das nach Brüssel kommen sollte und das sie sehen wollte. Keine Anspielung auf das, was heute morgen zwischen ihnen vorgefallen war, bis der Kaffee kam. Da sagte sie: „Nun, was hast du beschlossen?"

„Nichts", sagte er. Selbst in dem überheizten, gemütlichen Restaurant fror er wieder. „Ich habe heute morgen den Scheck an meinen Onkel zurückgesandt."

Sie lächelte kühl. „Das ist ein Entschluß, meinst du nicht?"

„Zum Teil", sagte er. Er log. Der Scheck war noch in seiner Brieftasche. Er hatte nicht gewußt, daß er das sagen würde. Es war ganz mechanisch herausgekommen, als ob etwas in seinem Gehirn auf einen Hebel gedrückt hätte. Aber während er es sagte, wußte er, er *würde* den Scheck zurückschicken, mit Dank und der Erklärung, daß seine finanzielle Lage sich wieder gebessert habe und er im Augenblick keine Hilfe brauche. Das würde sich später auszahlen, wenn er wirklich etwas von Onkel Rudolph brauchte.

„Gut", sagte sie ruhig. „Wenn du befürchtet hast, daß die Herkunft des Geldes festgestellt werden könnte, kann ich das verstehen." Sie zuckte mit den Achseln. „Das ist nicht so wichtig. Wir werden uns das Geld anderweitig beschaffen. Aber wie steht es mit dem Lastwagen?"

„Ich habe nichts unternommen."

„Du hast den ganzen Nachmittag Zeit."

„Nein, ich habe mich noch nicht entschlossen."

„Wir können auch das erledigen, nehme ich an", sagte sie. „Du brauchst nur in die andere Richtung zu schauen."

„Auch das werde ich nicht tun", sagte er. „Ich muß es mir erst sehr genau überlegen, ehe ich mich so oder so entscheide. Wenn deine Freunde mich umlegen wollen", sagte er scharf, aber mit gedämpfter Stimme, weil er den Kellner mit mehr Kaffee kommen sah, „sage ihnen, daß ich bewaffnet sein werde." Er war einen Vormittag lang an der .45 geschult worden, konnte sie auseinandernehmen und wieder zusammensetzen, hatte aber eine sehr bescheidene Trefferzahl beim Scheibenschießen gehabt.

Schußwechsel in der Brüsseler Pferdekoppel, dachte er. Wer war das doch – John Wayne? Was hätte John Wayne heute getan? Er lachte.

„Worüber lachst du?“ fragte sie spitz.

„Ich dachte gerade an einen Film, den ich einmal gesehen habe“, sagte er.

„Ja, bitte“, sagte sie auf französisch zu dem Kellner, der mit der silbernen Kaffeekanne neben ihr stand. Der Kellner füllte ihre Tassen auf.

Als der Kellner gegangen war, lächelte sie ihn seltsam an. „Du brauchst dein Schießeisen nicht einzustecken. Niemand wird auf dich schießen. Du bist keine Patrone wert.“

„Das höre ich gern“, sagte er.

„Macht *irgend etwas* jemals Eindruck auf dich, berührt dich?“

„Ich werde eine Liste anfertigen“, sagte er, „und dir geben, wenn wir uns wieder treffen. *Wenn* wir uns wieder treffen.“

„Wir werden uns schon treffen“, sagte sie.

„Wann ziehst du aus der Wohnung aus?“ fragte er.

Sie schaute ihn überrascht an. Er konnte nicht entscheiden, ob die Überraschung echt oder gespielt war. „Ich hatte nicht die Absicht, auszuziehen. Willst du, daß ich ausziehe?“

„Ich weiß nicht“, sagte er. „Aber nach heute . . .“

„Einstweilen“, sagte sie, „wollen wir heute vergessen. Ich lebe gern mit dir zusammen. Ich habe herausgefunden, daß Politik mit Sex nichts zu tun hat. Bei anderen vielleicht, nicht bei mir. Ich gehe rasend gern mit dir ins Bett. Mit anderen Männern habe ich nie viel Glück im Bett gehabt. Die Orgasmen bei der Neuen Linken sind spärlich gesät – jedenfalls für mich, und heutzutage wird den Damen ja gelehrt, daß Orgasmen ein gottgegebenes Recht der Damen sind. Du bist ein Geschenk des Himmels, was das anbetrifft, Liebling, wenn ich mal ein bißchen ordinär sein darf. Zumindest für dieses kleine Mädchen hier. Und ich esse gerne gut, wofür du liebenswürdigerweise sorgst. Also . . .“ Sie zündete sich eine Zigarette an. Sie rauchte unaufhörlich, und die Aschenbecher in der Wohnung waren ständig randvoll mit Zigarettenstummeln. Es störte ihn, da er nicht rauchte und die Warnungen in den Zeitschriftenartikeln über die Sterblichkeit bei Rauchern ernst nahm. Aber wahrscheinlich konnte man nicht erwarten, daß ein Terrorist, der ständig nach der Polizei oder dem Hinrichtungskommando Ausschau hielt, sich viel um Sterben an Lungenkrebs mit sechzig kümmerte.

„Also“, sagte sie und stieß Rauch durch die Nasenlöcher aus, „werde ich mein Leben, solange es währt, in getrennte Abteilungen einteilen: Du für Geschlechtsverkehr und Hummer und pâté de foie gras, und andere für weniger wichtige Beschäftigungen, wie auf deutsche Richter schießen. Freust du dich nicht, daß ich ein so vernünftiges Mädel bin?“

Sie schneidet mich in Stücke, dachte er, kleine, zackige Stücke. „Ich freue mich über gar nichts“, sagte er.

„Schau nicht so düster drein, Junge“, sagte sie. „Jeder, wie er – oder sie – kann. Und nun – ich habe fast den ganzen Nachmittag frei. Kannst du dich für ein, zwei Stunden wegstehlen?“

„Ja.“ Er hatte sich längst ein System zurechtgemacht, wie er, ohne gesehen zu werden, in und aus der Dienststelle gelangen konnte.

„Prima.“ Sie klapste ihm auf die Hand. „Dann laß uns heimgehen und ins Bett und einen absolut berückenden Nachmittagsfick machen.“

Wütend über sich, weil er es nicht fertigbrachte, aufzustehen, einen Geldschein für die Rechnung auf den Tisch zu schmeißen und aus dem Restaurant zu staksen, sagte er: „Ich muß noch zehn Minuten auf die Dienststelle. Ich sehe dich daheim.“

„Ich kann es nicht erwarten.“ Sie lächelte ihn an. Die großen blauen Augen erleuchteten ihr bajuwarisches Gesicht.

2

Aus Billy Abbotts Tagebuch

1969

Dies wird für einige Zeit die letzte Eintragung in diesem Tagebuch sein.

Über Monika schreibe ich lieber nichts mehr.

Überall sind Schnüffler und autorisierte Einbrecher. Brüssel ist voll von ihnen.

Monika kratzbürstiger denn je.

Ich liebe sie. Sie will es mir nicht glauben.

Sidney Altscheler stand am Fenster seines Büros hoch oben im „Time and Life"-Building und starrte mürrisch auf die Lichter der Gebäude rings um den Turm, in dem er arbeitete. Er war mürrisch, weil er an die viele Arbeit dachte, die übers Wochenende vor ihm lag.

Es wurde diskret an die Tür geklopft, und seine Sekretärin kam herein. „Jemand namens Jordache ist da und möchte Sie sprechen."

Altscheler runzelte die Stirn. „Jordache?" sagte er. „Ich kenne niemand mit Namen Jordache. Sagen Sie, ich wäre beschäftigt. Er möchte mir schreiben."

Die Sekretärin hatte sich schon zum Gehen gewandt, als er sich erinnerte. „Warten Sie", sagte er. „Wir hatten vor fünf, sechs Monaten eine Story. Über einen Mord. Der Name des Mannes war Jordache. Sagen Sie, er soll 'raufkommen. Ich habe fünfzehn Minuten Zeit, bis Thatcher mit dem umgeschriebenen Manuskript kommt. Vielleicht gibt es ein Nachspiel zu der Jordache-Geschichte, das wir bringen können." Er trat wieder ans Fenster und war weiter mürrisch wegen des Wochenendes, als er auf die Lichter der umliegenden Büros starrte, die morgen alle dunkel sein würden, weil Samstag war und der Vizepräsident, die Kontoristen, Buchhalter, die Laufburschen und alle ihre Freizeit genießen würden.

Er stand noch am Fenster, als es wieder an der Tür klopfte und die Sekretärin mit einem Jungen in einem Anzug, der ihm zu klein war, hereinkam. „Treten Sie ein, treten Sie ein", sagte er und setzte sich hinter seinen Schreibtisch. Neben dem Schreibtisch stand ein Stuhl. Er wies ihn dem Jungen an.

„Brauchen Sie mich noch?" fragte die Sekretärin.

„Ich rufe Sie, wenn ich Sie brauche." Er schaute sich den Jungen an. Sechzehn, siebzehn, schätzte er, groß für sein Alter. Schmales, hübsches Gesicht mit beunruhigend eindringlichen Augen. Durchtrainiert wie ein Berufssportler.

„Nun, Mr. Jordache", sagte er forsch, „was kann ich für Sie tun?"

Der Junge holte eine aus „Time" herausgerissene Seite hervor. „Sie haben diese Geschichte über meinen Vater veröffentlicht." Er hatte eine tiefe, klangvolle Stimme.

„Ja, ich erinnere mich." Altscheler zögerte. „Wer war Ihr Vater? Der Bürgermeister?"

„Nein", sagte der Junge. „Der, der ermordet wurde."

„Ich verstehe", sagte Altscheler. Sein Ton wurde freundlicher. „Wie ist Ihr Vorname, junger Mann?"

„Wesley."

„Hat man den Mörder schon gefunden?"

„Nein." Wesley zögerte. Dann sagte er: „Das heißt – technisch nein."

„Das habe ich auch nicht angenommen. Ich habe nirgends etwas darüber gelesen."

„Ich wollte eigentlich den sprechen, der den Artikel geschrieben hat", sagte Wesley. „Ich habe das auch unten beim Empfang gesagt, aber die haben herumtelephoniert und herausbekommen, daß er von einem Mann namens Hubbell stammte, und sie sagten, der wäre noch in Frankreich. Da habe ich ein ‚Time'-Exemplar gekauft, und ich sah vorn Ihren Namen darauf."

„Ich verstehe", sagte Altscheler. „Warum wollten Sie Mr. Hubbell sprechen? Fanden Sie den Artikel unfair oder irrig?"

„Nein. Nichts dergleichen."

„Gibt es irgendeinen Fortgang, von dem Sie meinen, wir sollten davon wissen?"

„Nein. Ich wollte mit Mr. Hubbell über meinen Vater und über die Familie meines Vaters sprechen. In dem Artikel stand viel darüber."

„Ja. Aber da könnte Mr. Hubbell Ihnen nicht helfen. Das wurde hier gemacht; das Material kam von einem unserer Rechercheure."

„Ich kannte meinen Vater nicht gut", sagte Wesley. „Ich hatte ihn von meiner Kindheit an bis vor ein paar Jahren nicht gesehen. Ich wüßte gern mehr über ihn."

„Das kann ich gut verstehen, Wesley", sagte Altscheler gütig.

„In dem Artikel schienen sie viel mehr zu wissen, als ich je gewußt habe. Ich habe eine Liste mit Leuten, mit denen mein Vater zu verschiedenen Zeiten seines Lebens zu tun hatte, und ich habe auch ‚Time' in der Liste, das ist alles."

„Ich verstehe." Altscheler klingelte nach seiner Sekretärin. Sie kam sofort. „Miß Prentice", sagte er, „würden Sie bitte herausfinden, wer den Jordache-Artikel recherchiert hat? Wenn ich mich recht erinnere, war es Miß Larkin; bringen Sie den jungen Mann zu ihr. Sagen Sie ihr, sie möchte für Mr. Jordache tun, was sie kann." Er stand auf. „Ich muß leider wieder an meine Arbeit", sagte er. „Danke für den Besuch, Wesley. Und viel Glück."

„Danke, Sir." Wesley stand gleichfalls auf und folgte der Sekretärin aus dem Büro.

Altscheler ging zum Fenster zurück und starrte wieder hinaus. Höflicher, trauriger Junge. Was er wohl selbst getan hätte, wenn sein Vater ermordet worden wäre und er mit Sicherheit gewußt hätte, wer es gewesen war? Solche Fragen wurden in Yale, wo er promoviert hatte, nicht gestellt.

Miß Larkin hatte ein kleines, fensterloses Büro, das mit Neonröhren erleuchtet war. Sie war eine kleine, junge, bebrillte Frau, ohne Sorgfalt gekleidet, aber hübsch. Sie nickte fortgesetzt und schaute Wesley ängstlich an, als Miß Prentice erklärte, wozu er gekommen war. „Warten Sie bitte einen Augenblick hier drinnen, Mr. Jordache", sagte sie, „ich gehe ins Archiv. Sie können alles lesen, was ich ausgegraben habe." Sie errötete ein wenig, als sie sich diese Redensart benutzen hörte. ‚Ausgegraben' war eigentlich kein Wort, das man benutzen sollte, wenn man mit einem Jungen sprach, dessen Vater ermordet worden war. Sie überlegte, ob sie das Archivmaterial nicht lieber erst zensieren sollte, bevor es der Junge sah. Sie erinnerte sich noch sehr gut, wie sie an der Story gearbeitet hatte – vor allem, weil sie so anders war als alles, was sie in ihrem eigenen Leben erfahren hatte. Sie war nie an der Riviera gewesen, sie war noch nicht einmal aus Amerika herausgekommen, aber sie hatte in den Literaturkursen, die sie im College genommen hatte, gierig gelesen, und Südfrankreich war als eine Gegend der Romanzen und Tragödien fest in ihrer Vorstellung verankert – Scott Fitzgerald, wie er auf der Grand Corniche zu einer Party fuhr oder zurückkam, Dick Diver, verwegen und ausgelassen in den leuchtenden Buchten, mit all dem Unglück des Zusammenbruchs, das noch vor ihnen allen lag. Sie hatte sich Notizen gemacht, was sie sonst nicht tat, aus dem vagen Gefühl heraus, mit einer literarischen Geographie verknüpft zu sein, die sie eines Tages erforschen würde. Sie warf einen Blick auf den Jungen – der dort gewesen war, dort gelitten hatte, und jetzt in seinem schlecht sitzenden Anzug dastand – und hätte ihn gern ausgefragt, erfahren, ob er irgend etwas von alldem kannte. „Möchten Sie eine Tasse Kaffee, während Sie warten?" fragte sie.

„Nein, danke, Ma'am", sagte er.

„Hätten Sie gern die Nummer von dieser Woche zum Ansehen?"

„Ich habe unten schon ein Exemplar gekauft, danke."

„Ich bin gleich wieder da", sagte sie aufmunternd. Armer Kleiner, dachte sie beim Hinausgehen. Und auch noch so gut aussehend. In dem lächerlichen Anzug sogar. Sie war ein romantisches Mädchen, das eine Menge Lyrik gelesen hatte. Sie konnte ihn sich vorstellen, in wehendem Schwarz, ein Zwillingsbruder des jungen Yeats auf den frühen Photographien.

Als sie mit dem Ordner wiederkam, saß der Junge vornübergebeugt auf dem geraden Stuhl, die Arme auf den Schenkeln, die Hände zwischen den Knien hängend, wie ein Fußballspieler auf der Bank.

„Hier ist alles", sagte sie vergnügt. Sie war sich uneins gewesen, ob sie das Photo mit der nackten Jean Jordache herausnehmen sollte oder nicht, hatte sich aber dagegen entschieden. Schließlich war das Bild im Magazin gewesen, und er mußte es schon gesehen haben.

„Nehmen Sie sich nur Zeit", sagte sie. „Ich habe zu tun." Sie zeigte auf den Stoß Zeitungsausschnitte auf ihrem Schreibtisch. „Aber Sie stören mich gar nicht." Sie freute sich, ihn im Büro zu haben. Es war einmal etwas anderes.

Wesley blickte lange auf den Ordner hinunter, ohne ihn aufzumachen, während Miß Larkin an ihrem Schreibtisch zu arbeiten begann, mit der Schere ausschnitt, Notizen dazu machte und gelegentlich zu dem Jungen hinsah, bis er sie dabei ertappte, was sie verwirrte. Immerhin, dachte sie, sich vor sich selbst entschuldigend, er soll sich daran gewöhnen, daß Mädchen ihn anschauen. Sie werden es in Schwärmen tun.

Das erste, was sie ihn herausnehmen sah, war ein Photo seines Vaters in Boxerdreß, mit vorgestreckten Fäusten. Er sah wild und jung aus. Wesley erschien er kaum älter, als er selbst war. Jeder Muskel an Armen und Rumpf war zu sehen. Er mußte den Burschen, mit denen er einen Kampf hatte, eine Höllenangst eingejagt haben.

Miß Larkin hatte sich das Bild auch angesehen, als sie den Ordner holte. Sie fand, der Boxer sah wie ein gutaussehender Rowdy aus, einer, dem man lieber nicht zu nahe kam. Sie zog Männer vor, die wie Intellektuelle aussahen. Sie schaute sich den Jungen jetzt unverhohlen an, weil er sich nur für das Photo in seiner Hand zu interessieren schien. Er hatte eine überraschende Ähnlichkeit mit seinem Vater, aber er hatte gar nichts Rowdyhaftes an sich. Er muß mindestens neunzehn sein, dachte sie; vielleicht wäre es nett, wenn sie ihn zu einem Drink unten einlud. Heutzutage, dachte sie, kann neunzehn schon sehr reif bei einem Jungen sein. Sie selbst war erst vierundzwanzig; man konnte das keinen Riesenunterschied nennen.

Das Photo war aus dem Magazin „Ring“ ausgeschnitten, und ein kleiner Artikel über Tom Jordan war unten an das Photo angeklebt. „Tom Jordan, vielversprechendes Mittelgewicht, unbesiegt in vierzehn Kämpfen, 8 K.o.-Siege, auf dem Wege nach London zu seiner Begegnung mit Sammy Wales, Anwärter auf britische Mittelgewichtsmeisterschaft, in der Albert Hall. Arthur Schultz, Jordans Manager, sagt voraus, daß Tommy, mit vier oder fünf weiteren Kämpfen unter dem Gürtel, jeden Kampf in seiner Gewichtsklasse annehmen kann.“

An das Photo war ein zweiter Bogen mit Maschinenschrift angeheftet. Wesley begann wieder zu lesen: „Gewann Kampf in London durch Knockout. Kämpfte drei Wochen später gegen René Badaud in Paris. Durch Knockout in der siebenten Runde verloren. Von da an unterschiedliche Resultate. Um Klassen abgesunken. Als Sparringpartner Freddy Quayles, Las Vegas, Nevada, engagiert (Datum). Quayles führender Herausforderer Mittelgewichtstitel. Zwischenfall zwischen Quayles und Jordan.

Informant berichtet Gerücht, Schlägerei im Hotelzimmer wegen Quayles Frau, Schauspielerin, später kleine Rollen Hollywood. Zeuge behauptet, Quayles schwer zerschlagen im Hospital gesehen zu haben. Quayles bekam nie wieder alte Form. Gab Boxen auf, arbeitet jetzt als Verkäufer Sportgeschäft Denver, Col. T. Jordan verschwand aus Las Vegas, gesucht wegen Autodiebstahls. Seitdem nicht wieder aufgetaucht."

Und das war's. Ein ganzes Leben in ein paar Zeilen, alles zusammengefaßt in den vier Worten: „Seitdem nicht wieder aufgetaucht." Nun, er war schon wieder aufgetaucht – in Antibes, dachte Wesley bitter. Er holte seinen Schreiber und ein Stück Papier heraus und schrieb: Arthur Schultz, Freddy Quayles. Dann schaute er noch einmal das Bild des Vaters an, die Linke vorgestreckt, die Rechte ans Kinn gehoben, die Schultern hochgezogen, das wilde, zuversichtliche Gesicht – bereit, nach fachmännischer Ansicht, nach vier oder fünf weiteren Kämpfen jeden in seiner Gewichtsklasse als Gegner anzunehmen. Seitdem nie wieder aufgetaucht.

Wesley schaute zu Miß Larkin auf. „Ich glaube, ich würde ihn nicht erkennen, wenn er so, wie er hier aussieht, durch die Tür hereinkäme." Er lachte ein wenig. „Ich bin froh, daß er vom Kinderprügeln nichts hielt, mit diesen Schultern."

Miß Larkin sah, daß Wesley stolz war auf den harten Körper, die Kampflust seines Vaters, damals, als er nur wenig älter war als der Junge jetzt.

„Wenn Sie das Bild haben wollen", sagte sie, „stecke ich es in einen großen Umschlag, damit es nicht knickt."

„Wirklich?" sagte Wesley. „Ich darf es behalten?"

„Natürlich."

„Das ist wirklich wunderbar", sagte Wesley, „ich meine, daß ich es haben kann. Ich habe kein einziges Bild von ihm. Ich hatte welche, aber die waren alle später aufgenommen. Er sah nicht aus wie hier. Er sah o. k. aus", sagte er hastig, als befürchte er, bei Miß Larkin den Eindruck zu erwecken, er mache seinen Vater schlecht, oder der Vater habe sich in einen dicken alten Glatzkopf verwandelt oder derartiges. „Er sah einfach anders aus. Wahrscheinlich der Ausdruck in seinem Gesicht. Man kann nicht gut durchs Leben gehen und dabei immer aussehen wie zwanzig oder so."

„Nein, das kann man nicht", sagte Miß Larkin. Sie suchte jeden Morgen nach Runzeln um ihre Augen.

Wesley blätterte in dem Ordner und zog eine biographische Zusammenstellung heraus, die Miß Larkin von den Familienangehörigen angefertigt hatte. Wesley sah sie rasch durch. Es war wenig darin, was er nicht schon wußte, die ersten Erfolge seines Onkels und der Skandal im College, die zwei Ehen seiner Tante und die ungefähre Laufbahn seines Vaters. Eine Zeile las er zweimal: „Als Rudolph Jordache sich Mitte der Dreißig zur Ruhe setzte, wurde er als mehrfacher Millionär angesehen." Mehrfacher. Wie oft hätte sein Vater im Ring stehen müssen, wie viele Saisons auf dem Mittelmeer hätte er abdienen müssen, um auch nur ein einfacher Millionär zu werden.

Er schaute neugierig auf das hübsche Mädchen mit Brille, das an dem Schreibtisch arbeitete. Aus purem Zufall war sie dazu erkoren worden, so vieles über seine Familie zu erfahren. Was sie wohl antworten würde, wenn er sie fragte, was sie wirklich von den Jordaches dachte? In ihren Notizen hatte sie geschrieben, daß Rudolphs Laufbahn das Musterbeispiel einer amerikanischen Erfolgsstory sei: Armer Junge kommt hoch in großer Manier. Ob sie von seinem Vater sagen würde: Armer Junge kommt 'runter nach amerikanischer Manier?

Er gab ein komisches kleines Geräusch von sich, fast wie ein Lachen. Miß Larkin sah zu ihm hinüber. „Das ist alles, was wir haben", sagte sie. „Es ist leider nicht sehr viel."

„Es ist o. k.", sagte Wesley. „Es ist großartig." Er wollte nicht, daß die nette junge Dame ihn für undankbar hielt. Er gab ihr die Akte wieder und stand auf. „Vielen Dank. Ich muß jetzt gehen."

Miß Larkin stand auch auf. Sie sah ihn seltsam an, als wollte sie sich über etwas schlüssig werden. „Ich bin gerade fertig für heute", sagte sie. „Hätten Sie Lust, mit mir hinunterzugehen auf einen Drink?" Es klang, als ob sie irgend etwas von ihm wolle, aber er konnte sich nicht erklären, was. „Ich habe nachher eine Verabredung ..." Selbst er erkannte, daß sie log. „Und ich muß eine Stunde totschlagen ..."

„Ich bekomme keinen Drink in einer Bar serviert", sagte er. „Ich bin noch nicht achtzehn."

„Ach so." Sie wurde rot. „Na, vielen Dank für den Besuch. Wenn Sie wieder einmal vorbeikommen, Sie wissen ja jetzt, wo mein Büro ist. Wenn ich Ihnen irgendwie behilflich sein kann ..."

„Jawohl, Ma'am", sagte er.

Sie sah ihn aus dem Büro gehen, seine breiten Schultern platzten fast aus dem engen Jackett. Noch nicht achtzehn, dachte sie. Gott, bin ich dumm.

Minutenlang saß sie an ihrem Schreibtisch und starrte auf die Papiere. Sie hatte das eigentümliche Gefühl, daß etwas Seltsames mit ihr geschah oder geschehen würde. Sie las noch einmal das Material von vorn bis hinten durch. Mord, ein reicher Bruder, eine intellektuelle Schwester, ein Raufbold und Berufsboxer, der umgebracht worden war, das ungelöste Rätsel. Ein schöner Sohn, fast noch ein Kind, mit wunderlichen, tragischen Augen. Was suchten sie – Rache?

Der Roman, den sie zu schreiben versuchte, handelte von einem Mädchen, das ihr selbst sehr ähnelte, in einer zerbrochenen Familie aufwuchs, einsam, phantasievoll. Ihre Schwärmerei für einige Lehrer, ihre erste Liebe, ihre erste Enttäuschung mit Männern, ihre Ankunft in New York, aus einer Kleinstadt kommend. Sie dachte jetzt nur noch mit Verachtung daran. Tausendmal war das geschrieben worden.

Warum war die Geschichte dieses Jungen kein Roman? Schließlich hatte Dreiser mit der „Amerikanischen Tragödie" auf einen Artikel hin begonnen, den er gerade in der Zeitung gelesen hatte. Niemand war in Dreisers Familie ermordet worden, er hatte niemanden *gekannt*, der ermordet worden war, und doch hatte er einen großen Roman geschrieben. Vor wenigen Minuten hatte ein hübscher, sensibler Junge mit ihr in einem Zimmer gesessen, der die Bürde des Grams und der Gewissensnot fast sichtbar auf den Schultern trug, sich stark machte – sie dachte es mit köstlichem Erschauern – für die unabwendbare Tat. Hamlet als amerikanisches Kind. Warum nicht? Rache gehörte zu den ältesten literarischen Überlieferungen. Reiche die andere Wange, sagte die Bibel, aber auch: Auge um Auge. *Ihr* Vater, der ein fanatischer Ire war, fluchte, wenn er las, was die Engländer noch immer in Irland taten, und im Wohnzimmer hatte ein Bild von Parnell gehangen, als sie noch ein Kind war.

Rache war so sehr ein Teil von uns allen, dachte sie, wie unsere Knochen, unser Blut. Wir taten gern so, als wären wir im zwanzigsten Jahrhundert zu zivilisiert dafür, und doch wurde jener Mann in Wien, der sein Leben damit verbrachte, Nazis aufzuspüren, die Juden getötet hatten, in der ganzen Welt geehrt. Ihr Vater nannte ihn den letzten Helden des Zweiten Weltkrieges.

Hätte sie doch soviel Verstand gehabt, den Jungen zu fragen, wo er zu erreichen sei. Sie würde ihn finden, durch und durch erforschen, auf Papier zum Leben bringen müssen, mit all seinem Zorn, seinen Zweifeln, seiner Jugend. Das war gefühllos, sagte sie sich, aber entweder war man Schriftsteller, oder man war es nicht. Wenn er je wieder ins Büro kommen sollte, würde sie nicht ruhen, bis sie alles aus ihm herausbekommen hatte.

Mit einem Hochgefühl, als sei sie auf einen Schatz gestoßen, empfand sie förmlich, wie die schöpferischen Säfte zu fließen begannen, packte die Papiere in den Ordner, trug ihn ins Archiv zurück und stellte ihn an seinen Platz.

Sie konnte kaum erwarten, in ihre Wohnung zu kommen und die sechzig schon geschriebenen Seiten ihres Romans ins Feuer zu werfen.

3

Rudolph saß an dem kleinen Klavier und probierte an der Melodie von „On a Clear Day“ herum, als er die Hausglocke läuten und Mrs. Burton aus der Küche kommen hörte. Er sah, wie sie durch die Diele zur Vordertür ging. Sie hatte Hut und Mantel an. Sie kam nur den Tag über, da sie abends heimgehen und für ihre eigene Familie in Haarlem sorgen mußte. Aus der Küche hörte er Enids Lachen; sie aß dort ihr Abendbrot mit der Kinderfrau. Rudolph erwartete niemanden und probierte weiter die Melodie. Die Anschaffung des Klaviers hatte sich als eine gute Idee erwiesen. Vorerst hatte er es gekauft, weil die neue Kinderfrau, die er genommen hatte, eine süße Stimme hatte und er gehört hatte, wie sie Enid leise etwas vorsang. Sie sagte, sie könne auch etwas Klavier spielen, und er fand, es würde Enid nützen, zu hören, wie jemand in ihrem eigenen Heim Musik machte. Wenn Enid selbst Begabung zeigte, so war das sicher besser für sie, als Musik einfach nur aus einem Kasten zu hören, als wären Bach und Beethoven etwas so Alltägliches wie elektrisches Licht, das man an- und ausmachen konnte, indem man einen Schalter betätigte. Als dann aber das Klavier ein paar Tage im Haus war, hatte er sich selbst darangesetzt und mit Akkorden, dann mit Melodien herumgespielt. Er hatte ein gutes Gehör und konnte Stunden damit verbringen, sich an den Tasten zu vergnügen und an nichts anderes zu denken als an die Musik an seinen Fingerspitzen. Alles, was ihn auch nur ein paar Minuten lang ablenkte, war ein Gewinn. Fast hatte er sich entschlossen, richtige Klavierstunden zu nehmen.

Er hörte Mrs. Burton hereinkommen. „Ein junger Mann ist an der Tür, Mr. Jordache“, sagte Mrs. Burton, „der sagt, er sei Ihr Neffe. Soll ich ihn hereinlassen?“

Seit Rudolph in die beiden obersten Stockwerke eines Mietshauses ohne Portier gezogen war, war Mrs. Burton ängstlich wegen Einbrechern und legte stets die Kette vor. Die Nachbarn, beklagte sie sich, wären unachtsam mit der Haustür und schlössen sie nie ab, so daß jeder erste beste sich auf der Treppe herumtreiben könne.

Rudolph stand auf. „Ich werde sehen, wer es ist", sagte er. In seinem Brief aus Brüssel letzte Woche hatte Billy kein Wort davon erwähnt, daß er nach Amerika kommen würde. Nach Billys Briefen zu urteilen, hatte er sich zu einem netten, intelligenten jungen Mann entwickelt, und einem Impuls folgend, hatte Rudolph die tausend Dollar geschickt, um die Billy gebeten hatte. Jetzt fragte er sich, ob Billy vielleicht in Schwierigkeiten geraten und desertiert war. Das wäre eine Erklärung für die Bitte um Geld. Was Wesley anbetraf, so hatte er seit Nizza kein Wort von ihm gehört, und das waren jetzt fast neun Monate.

Mrs. Burton folgte ihm durch den Korridor. Draußen vor der halbgeöffneten Tür stand Wesley im trüben Licht der Deckenbirne.

„Es ist in Ordnung, Mrs. Burton", sagte Rudolph. Er entfernte die Kette und öffnete die Tür. „Komm nur herein, Wesley." Er streckte ihm die Hand hin. Nach einem kaum wahrnehmbaren Zögern ergriff Wesley sie.

„Brauchen Sie mich heute abend noch?" fragte Mrs. Burton.

„Nein, danke."

„Dann gehe ich jetzt. Ein schönes Wochenende, Mr. Jordache."

„Danke, Mrs. Burton." Er schloß die Tür hinter ihr, als sie gegangen war. Wesley stand da, sein Gesicht war schmal, blaß und ausdruckslos, der Geist seines Vaters als Junge, feindselig und auf dem Sprung. Er trug denselben Anzug, den er angehabt hatte, als er in Grasse aus dem Gefängnis kam, und er war ihm jetzt noch enger. Er schien erheblich größer und breiter geworden zu sein, seit sie sich zuletzt gesehen hatten. Sein Haar war zu Rudolphs Befriedigung nicht zu lang und im Nacken abgeschnitten.

„Ich freue mich, dich zu sehen", sagte Rudolph, als sie in das Wohnzimmer gingen. „Kann ich dir etwas zu trinken anbieten?"

„Ein Bier wäre schön", sagte Wesley.

„Mach es dir bequem." Rudolph ging in die Küche, wo Enid mit der Kinderfrau aß. Die Kinderfrau war eine stämmige Vierzigerin mit einer wunderbar sanften Art, Enid Benehmen beizubringen.

„Dein Vetter Wesley ist da, Enid", sagte Rudolph, während

er eine Flasche Bier aus dem Kühlschrank holte. Er wollte ihr schon sagen, sie solle nach dem Essen ins Wohnzimmer kommen und Wesley guten Tag sagen, überlegte es sich aber noch. Er wußte nicht, weshalb Wesley gekommen war. Wenn es eine Sache mit Gefühlsausbrüchen war oder ein Halbstarkendrama, würde Enids Anwesenheit alles noch komplizierter machen. Er küßte sie auf den Kopf und ging mit dem Bier und einem Glas ins Wohnzimmer. Wesley stand linkisch im Zimmer, genau da, wo Rudolph ihn verlassen hatte. Rudolph goß ihm ein.

„Danke", sagte Wesley. „Trinkst du nichts?"

„Ich trinke nachher zum Dinner Wein. Setz dich, setz dich."

Wesley wartete, bis Rudolph saß und setzte sich dann ihm gegenüber. Er trank in durstigen Zügen.

„Nun", sagte Rudolph, „wie geht es so? Was bringt dich nach New York?"

„Ich war erst an der falschen Adresse", sagte Wesley. Rudolph bemerkte, daß der Junge seine Frage nicht beantwortete. „Der Portier wollte mir nicht sagen, wo du hingezogen bist. Er glaubte mir nicht, daß ich dein Neffe bin. Ich mußte ihm erst meinen Bibliotheksausweis zeigen." Es klang beleidigt, als wäre Rudolph vier Blöcke weiter nach Norden gezogen, nur um ihm zu entgehen.

„Hast du denn meinen Brief nicht bekommen?" sagte Rudolph. „Ich habe dir am Tage, wo ich diese Wohnung mietete, meine neue Adresse geschrieben."

„Ich habe überhaupt keine Briefe bekommen." Wesley schüttelte den Kopf. „Nicht einen, Sir."

„Auch nicht den über die voraussichtliche Aufteilung der Erbmasse und wie groß dein Anteil sein wird?"

„Nichts." Wesley nahm wieder einen Schluck.

„Was geschieht mit deiner Post?" Rudolph unterdrückte mit Mühe seinen Ärger.

„Vielleicht ist meine Mutter nicht dafür, daß ich Post bekomme. Ich nehme es jedenfalls an."

„Hast du schon zu Abend gegessen?"

„Nein."

„Ich sage dir beim Essen, was in dem Brief stand, den ich dir geschrieben habe."

„Ich bin nicht per Anhalter von Indianapolis hierhergekommen, um über Geld zu reden, Onkel Rudy", sagte Wesley ruhig. „Es ist mehr eine Art – wie soll ich sagen – Privatbesuch."

„Weiß deine Mutter, daß du hier bist?“

Wesley schüttelte den Kopf. „Wir stehen nicht auf besonders gutem Fuß, meine Mutter und ich.“

„Du bist nicht von zu Hause fortgelaufen, wie?“

„Nein. Es sind Osterferien. Ich habe einen Zettel hinterlassen, daß ich zum Schulbeginn rechtzeitig wieder da sein werde.“

„Beruhigend“, sagte Rudolph trocken. „Wie geht's mit der Schule?“

„O. k. In Französisch bin ich ganz groß.“ Er grinste bübisch. „Ich bringe meinen Freunden die ganzen unanständigen Wörter bei.“

„Die kann man gut gebrauchen“, sagte Rudolph lächelnd. „Mitunter.“ Dann, ernster werdend: „Warum mußtest du per Anhalter kommen?“

„Geld“, sagte Wesley.

„Deine Mutter bekommt einstweilen jeden Monat eine hübsche Summe für deinen Unterhalt“, sagte Rudolph. „Es reicht sicherlich für eine Busfahrt nach New York einmal im Jahr.“

„Ich bekomme nicht einen roten Heller“, sagte Wesley. „Ich beschwere mich nicht. Ich arbeite nach der Schule. Für mich reicht's.“

„Tut es das?“ sagte Rudolph skeptisch. „Ist das dein einziger Anzug?“

„Als kompletter Anzug, ja. Ich habe noch Sweater und Jeans und so was für die Schule und für die Arbeit. Und dann ist da noch ein alter Mackintosh, den ich im Winter getragen habe, er gehört Mr. Kralers Sohn, er ist Soldat in Vietnam. Frieren muß ich also nicht.“

„Ich glaube, ich werde deiner Mutter einen Brief schreiben müssen“, sagte Rudolph. „Sie darf dein Geld nicht für sich selbst verwenden.“

„Mach bitte keine Wellen, Onkel Rudy“, sagte Wesley besorgt und stellte das Glas neben sich auf den Fußboden. „Es gibt schon ohne das genug Unfug in dem Haus. Sie sagt, sie will mir das Geld, das mir zusteht, bis auf den letzten Heller geben, wenn ich mit ihr und Mr. Kraler in die Kirche gehe wie ein anständiger Christenmensch.“

„Oh“, sagte Rudolph, „ich fange an, zu begreifen.“

„Zustand, wie?“ Er grinste wieder wie ein Schulbub. „Die spanische Inquisition in Indianapolis.“

„Ich glaube, ich trinke doch etwas“, sagte Rudolph. Er ging

zur Anrichte und mixte sich einen Martini. „Möchtest du noch ein Bier, Wesley?"

„Das wäre nett." Wesley nahm das Glas vom Boden auf, stand auf und reichte es Rudolph.

„Enid ist in der Küche. Würdest du ihr gern guten Tag sagen?" Er sah, wie Wesley zögerte. „Ihre Mutter ist nicht da. Ich hatte dir geschrieben, daß wir geschieden sind." Er schüttelte ärgerlich den Kopf. „Den Brief hast du wohl auch nicht bekommen?"

„Nein."

„Verdammt nochmal. Von jetzt ab schreibe ich dir postlagernd. Hast du dich nie gewundert, daß dir niemand schreibt?"

„Ich habe mir wohl nie viel Gedanken darüber gemacht."

„Hast du nie an Bunny oder Kate geschrieben?"

„Ein- oder zweimal", sagte Wesley. „Sie haben nicht geantwortet. Da habe ich es gelassen. Hörst du manchmal von ihnen?"

„Natürlich", sagte Rudolph.

Dwyer schickte ihm monatlich einen Bericht mit den Rechnungen für die „Chlothilde". Dwyer hatte darüber informiert werden müssen, daß Rudolph das Schiff gekauft hatte. Die vom Gericht angeordnete amtliche Schätzung des Wertes der Jacht war auf hunderttausend gekommen – Dwyer hatte recht gehabt –, aber niemand anders hatte annähernd soviel geboten, und Dwyer hatte das Schiff nach Saint-Tropez gebracht, wo es jetzt vor Anker lag. „Es geht ihnen gut. Kate hat ein Baby bekommen. Ein Junge. Du hast einen Bruder. Einen Halbbruder jedenfalls."

„Armer kleiner Bastard", sagte Wesley, aber die Nachricht schien ihn zu freuen. Das Blut überlebt, dachte Rudolph. „Wenn du Kate schreibst", sagte Wesley, „sag ihr, ich besuche sie einmal in England. Kinder. Das macht meinen Alten zum einzigen in der Familie mit mehr als einem Kind. Einmal nachts hat er mir gesagt, er wolle gern fünf haben. Er war großartig mit Kindern. Zuweilen kam ein Ehepaar an Bord mit dem fürchterlichsten, verwöhntesten Gör, das es je gegeben hat, und binnen einer Woche hatte mein Alter es so weit, daß es zu jedem ‚Sir' sagte, aufstand, wenn Erwachsene an Bord kamen, im Hafen die Decks abspritzte, anständig sprach und alles." Er fummelte verlegen an seinem Bierglas herum. „Ich will mich nicht brüsten, Onkel Rudy, aber schau dir an, was er für mich getan hat. Mit mir ist nicht viel los, auch jetzt nicht, aber du solltest mich gesehen haben, als er mich aus der Schule rausgeholt hat – ich litt an Krämpfen."

„Jetzt hast du eben keine Krämpfe mehr."

„Jedenfalls", sagte Wesley, „fühle ich mich nicht mehr so. Und das ist schon etwas."

„Das ist es sicher."

„Da wir gerade von Kindern sprechen – meinst du, es wäre in Ordnung, wenn ich mal reinginge und Hallo zu Enid sage?"

„Natürlich", sagte Rudolph erfreut.

„Redet sie noch immer das Blaue vom Himmel herunter?"

„Ja", sagte Rudolph und ging voran. „Mehr denn je."

Ausnahmsweise war Enid scheu, als sie in die Küche kamen und Wesley sagte: „Hallo, Enid, ich bin dein Vetter Wesley, kannst du dich noch an mich erinnern?"

Enid sah ernsthaft zu ihm auf, dann wandte sie den Kopf fort. „Es ist spät", sagte die Kinderfrau entschuldigend. „Um diese Zeit ist sie immer etwas launisch."

„Dann komme ich einmal morgens", sagte Wesley. In der kleinen Küche klang seine tiefe Erwachsenenstimme blechern und rauh, und Enid hielt sich die Ohren zu.

„Manieren, mein Fräulein", sagte die Kinderfrau.

„Ich rede wohl zu laut", sagte Wesley begütigend und verließ hinter Rudolph die Küche. „Man gewöhnt sich das auf dem Schiff an, mit dem Wind und dem Wellenlärm und allem."

Im Wohnzimmer goß Rudolph den Martini aus dem Mixbecher in ein Glas und zwirbelte ein Stück Zitronenschale über dem Drink. Er hob sein Glas Wesley entgegen, plötzlich froh darüber, daß der Junge gekommen war und daß er Enid hatte sehen wollen. Vielleicht, dachte er, werden wir in irgendeiner nebelhaften, fernen Zukunft wieder so etwas wie eine Familie werden. Ihm war wenig geblieben, dachte er, sich bemitleidend; eine Familie war etwas, woran man Halt finden konnte. Sogar der Brief von Billy mit der etwas schüchternen, freimütigen Bitte um Geld war in herzlichem Ton gehalten. Ohne eigene Söhne würde er, wenn die Jungen nichts dagegen hatten, ihnen bestimmt ein Freund sein, und mehr als das. Einsam, wie er war, nicht mehr verheiratet – Jeanne eine längst vergessene Episode der Vergangenheit –, das eigene Kind in den Händen eines äußerst fähigen weiblichen Wesens und selbst noch in einem Alter, wo es für ihn nicht viel mehr bedeutete als ein reizendes Spielzeug, sah er voraus, daß er, sobald er einmal engere Beziehungen zu seinen Neffen haben würde, er sie bald mehr brauchen würde als sie ihn. Er hoffte, daß der Tag kommen würde – und das bald.

„Aus welchem Grund du auch nach New York gekommen bist", sagte er bewegt, als er sein Glas hob, „ich bin sehr froh, daß du hier bist."

Auch Wesley hob, leicht befangen, sein Glas. „Danke."

„Keine Schlägereien in Bars mehr, hoffe ich", sagte Rudolph.

„Keine Angst", sagte Wesley ruhig. „Meine Kampftage sind vorüber. Wenn es auch manchmal nicht so einfach ist, sich zurückzuhalten. In der Schule sind viele Schwarze, und die Weißen fangen Streit mit ihnen an und sie mit den weißen Jungen. Von mir denken sie wohl, daß ich Schiß habe. Aber, verdammt nochmal, damit muß man fertigwerden. Ich habe meine Lektion bekommen. Und, vor allem, habe ich meinem Vater mein Wort gegeben, an dem Tage, als er mich aus der Militärschule holte. Ich habe es nur einmal vergessen. Und ich glaube, man kann sagen, es war nicht gerade eine sehr normale Situation." Er stierte in sein Glas, grimmig, älter als seine Jahre. „Nur das eine Mal. Nun ja, man sagt ja, jeder Hund darf einmal beißen. Aber sonst – ich glaube, ich schulde es meinem Vater, mein Versprechen zu halten. Es ist das mindeste, was ich ..." Er schwieg. Sein Mund zog sich zusammen. Rudolph fürchtete, der Junge würde weinen.

„Ja, so ist es wohl", sagte er rasch. „Wo wohnst du hier in New York?"

„In der YMCA. Gar nicht schlecht."

„Hör zu", sagte Rudolph. „Ich bringe Enid morgen früh auf eine Woche nach Montauk zu ihrer Mutter, fahre aber selbst am Sonntag wieder zurück. Komm doch mit, etwas Seeluft schnappen ..." Er verstummte, als er den mißtrauischen Ausdruck in Wesleys Gesicht sah.

„Danke schön", sagte Wesley. „Das wäre nett. Aber vielleicht ein andermal. Ich muß nach Indianapolis zurück."

„Du brauchst doch nicht per Anhalter zu reisen. Ich gebe dir das Geld zum Rückflug." Wann werde ich endlich aufhören, Menschen Geld anzubieten, dachte er verzweifelt, anstatt das, wozu sie hergekommen sind?

„Ach, lieber nicht", sagte Wesley. „Ich reise wirklich gern per Anhalter. Man kommt dabei mit so vielen verschiedenartigen Menschen zusammen."

„Wie du willst", sagte Rudolph und steckte die Zurückweisung ein. Er konnte es dem Jungen wirklich nicht verargen, daß er das Risiko vermeiden wollte, Jean wiederzusehen und wieder an alles erinnert zu werden. „Aber", sagte er, „wenn du lieber über Nacht hierbleiben willst, kannst du auch gut auf dem Sofa schlafen ... ein Gästezimmer habe ich nicht, aber du würdest es hier ganz bequem haben. Gastfreundschaft, Familiensinn, keine Dollarnoten."

„Das ist sehr nett von dir", sagte Wesley höflich, „aber ich bin in der YMCA fest verabredet."

„Das nächste Mal, wenn du nach New York kommst, gib mir vorher Bescheid. Hier in der Nähe sind ein paar sehr nette Hotels, das wäre doch bequem. Wir könnten uns ein paar Stücke ansehen und dergleichen ..." Er hielt inne. Der Junge sollte nicht das Gefühl bekommen, als ob er ihn bestechen wollte.

„Wunderbar", sagte Wesley wenig überzeugend. „Das nächste Mal. Diesmal, Onkel Rudy, möchte ich mit dir über meinen Vater sprechen." Er schaute Rudolph ernsthaft an. „Ich hatte keine Gelegenheit, meinen Vater richtig kennenzulernen. Ich war ja nur ein Kind. Vielleicht bin ich noch ein Kind, aber ich möchte wissen wie er war, was er *wert* war ... Verstehst du, was ich meine?"

„Ich glaube schon."

„Ich stelle Listen auf von Leuten, die meinen Vater zu verschiedenen Zeiten kannten – und du und Tante Gretchen, ihr steht zuoberst. Das ist doch ganz natürlich, nicht?"

„Das würde ich sagen. Ja. Das ist natürlich." Er fürchtete die Fragen, die ihm gestellt werden würden, die Antworten, die er diesem großen, ernsten, ausgewachsenen Jungen würde geben müssen.

„Als ich ihn kennenlernte ..." fuhr Wesley fort, „die kurze Zeit, die wir miteinander hatten – war er für mich eine Art Held, fast ein Heiliger, so wie er zu mir und Kate und Dwyer war, wie er jeden dazu brachte, zu tun, was er wollte, ohne daß er je die Stimme hob, wie er mit allem fertigwurde, ganz gleich, was es gerade war. Aber ich weiß, er war nicht immer so, ich weiß, daß meine Ansichten über ihn Kinderansichten sind. Ich muß von meinem Vater den genauen Standort haben. Um meinetwillen. Denn das wird mir helfen, meine eigene Position zu bestimmen: wie ich einmal werden will, was ich mit meinem Leben anfangen will ... Klingt ein bißchen irre, nicht ...?" Er hob die ausladenden Schultern, als sei er an sich selber irre geworden.

„So irre ist es gar nicht, Wesley“, sagte Rudolph sacht. „Ich werde dir alles sagen, was du wissen willst, alles, woran ich mich erinnern kann. Aber ich glaube, erst sollten wir etwas essen gehen.“ Verschiebe die Vergangenheit auf später – die erste Regel der Zivilisation.

„Ich könnte eine gute Mahlzeit gebrauchen“, sagte Wesley und stand auf. „Unterwegs habe ich nichts Ordentliches gegessen. Und was ich so zu Hause bekomme ...“ Er zog ein Gesicht. „Meine Mutter kauft nur Reformhausfraß. Gut für Eichhörnchen. Onkel Rudy“, er lächelte, „alle sagen sie immer, wie reich du wärst. Kannst du dir ein Steak leisten?“

„Ich glaube, dazu wird es noch reichen“, sagte Rudolph. „Jedenfalls ein-, zweimal im Jahr. Warte hier auf mich, ich gehe schnell hinauf, dem Kind gute Nacht sagen und mir ein Jackett holen.“

Er holte gerade das Jackett aus dem Schrank, als das Telephon läutete. Er nahm den Hörer auf. „Hallo?“

„Rudy ...“ Es war Gretchen. „Was machst du heute abend, ißt du irgendwo?“ Sie war immer kurz und direkt, wenn sie leicht verlegen war. Er hatte seit Wochen nicht mit ihr gesprochen, und Freitagabend um Viertel acht war für sie eine merkwürdige Zeit zum Anrufen.

„Hm ...“ Er zögerte. „Ich habe einen unerwarteten Besucher. Wesley. Er ist per Anhalter von Indianapolis gekommen. Ich gehe mit ihm essen. Kommst du mit?“

„Will er mit dir über etwas Bestimmtes reden?“ Sie klang enttäuscht.

„Nicht daß ich wüßte. Nichts, was er vor dir nicht sagen würde, soviel ich weiß.“

„Ich möchte nicht stören ...“

„Sei nicht albern, Gretchen. Willst *du* über etwas Bestimmtes mit mir reden?“ Als sie das letztemal miteinander gegessen hatten, schien sie nicht ganz bei der Sache gewesen zu sein und hatte einige Andeutungen gemacht, die ihn vermuten ließen, daß sie sich mit dem Hollywood-Regisseur, mit dem sie arbeitete und ein Mal-ja-mal-nein-Verhältnis hatte, ernsthaft in den Haaren lag. Wie hieß er doch? Kinsella. Evans Kinsella. Ein arroganter Hollywood-Affe. Einmal in ihrem Leben hatte Gretchen Glück mit einem Mann gehabt, und der Mann war mit seinem Wagen gegen einen Baum gefahren. Rudolph nahm an, daß Kinsella etwas mit ihrem Anruf zu tun hatte, aber sie konnten ja darüber sprechen, nachdem er Wesley in die YMCA zurückgefahren hatte.

„Ich hatte eigentlich nur angerufen", sagte Gretchen, „weil ich heute abend nichts Richtiges vorhabe. Mein Freund hat mich versetzt. Zur Abwechslung." Sie lachte ohne Freude. „Da habe ich an die Familie gedacht. Wochenenden sind eine gute Zeit für Beschäftigungslosigkeit und Familie ..." Aber sie sagte immer noch nicht, ob sie zum Essen mitkommen würde oder nicht. Stattdessen sagte sie: „Wie geht es Wesley?"

„Er macht sich", sagte Rudolph. „Groß wie noch nie. Ernst wie immer. Noch ernster."

„In Schwierigkeiten?" fragte sie.

„Nicht mehr als du und ich", sagte er leichthin.

„Meinst du, er hätte etwas dagegen, mich zu sehen?"

„Überhaupt nicht. Im Gegenteil, er sagte, wir ständen ganz oben auf der Liste von Leuten, mit denen er sprechen möchte."

„Wie meinte er das?" Es klang erschrocken.

„Ich erzähle dir das nach dem Essen. Er will ein Steak." Er nannte ihr den Namen des Restaurants.

Er legte auf und zog sein Jackett an und ging nach unten. Wesley stand in der Mitte des Wohnzimmers und schaute sich um. „Weißt du, was?" sagte Wesley und grinste dabei. „So stelle ich mir ein richtiges christliches Heim vor."

Als sie die Third Avenue hinunter zum Restaurant gingen, fiel Rudolph auf, wie sehr Wesleys Gang dem seines Bruders Tom glich – der gleiche, beinahe latschige Schritt mit einem drohenden Schwung der Schultern. Als er und Tom noch jung waren, hatte Rudolph es für eine bewußte Pose gehalten, eine Ankündigung, daß hier ein räuberisches und gefährliches Mannstier frei herumlief, vor dem man auf der Hut sein mußte. Später als Erwachsener sah Rudolph seines Bruders Art zu gehen als Mittel, Schmerz und Leid zu vermeiden, an. Ein Signal, daß er von der Welt in Ruhe gelassen werden wollte.

Rudolphs eigener, gleitender, langsamer Gang mit steif gehaltenen Schultern war eine einstudierte Pose, die er als junger Mensch entwickelt hatte, weil er meinte, sie zeige den Gentleman an, den Mann der „Ivy League". Jetzt machte er sich nichts mehr daraus, wie ein Gentleman zu wirken, und beruflich war er mit so vielen Angehörigen der „Ivy League" zusammengekommen, daß er nicht mehr unbedingt für einen von ihnen gehalten werden wollte. Aber seine Gehweise war inzwischen Teil von ihm geworden. Sie jetzt zu ändern wäre affektiert gewesen.

Als er Wesley gesagt hatte, daß Gretchen mit ihnen essen würde, hatte dessen Gesicht aufgeleuchtet, und er hatte gesagt: „Das ist ganz groß. Sie ist Klasse, eine richtige Lady. Was für ein Unterschied zwischen ihr und einigen der feinen Bienen, mit denen wir es auf dem Schiff zu tun hatten." Er wackelte komisch mit dem Kopf. „Das Geld kommt ihnen zu den Ohren heraus. Ihre Titten sind Tag und Nacht zu sehen, und sie behandeln jeden wie Dreck." Die beiden Biere hatten seinen Wortschatz aufgelockert. „Weißt du, manchmal weiß ich wirklich nicht, wie es kommt, daß manche Frauen, die in ihrem Leben noch nie einen Finger gerührt haben, sich aufführen können, als ob ihnen die ganze verdammte Welt gehört."

„Sie üben es vor dem Spiegel", sagte Rudolph.

„Üben vor dem Spiegel?" Wesley lachte. „Das muß ich behalten. Tante Gretchen arbeitet doch, nicht wahr?"

„Sehr viel", sagte Rudolph.

„Das ist es eben. Wenn du nicht arbeitest, bist du einfach Scheiße. Es macht doch nichts aus, wie ich rede, oder?" fragte er besorgt.

„Gar nicht."

„Mein Vater sprach immer ziemlich frei", sagte Wesley. „Er sagte, er könne keine Leute ausstehen, die sprächen, als ob sie einen Anker im Hintern stecken hätten. Er sagte, es gäbe einen Unterschied zwischen rüder Sprache und häßlicher Sprache."

„Da hatte dein Vater sicher recht." Rudolph, der seine Kindheitsaversion gegen ordinäre Ausdrücke nie ganz überwunden hatte und jederzeit seine Sprache sorgfältig überprüfte, überlegte plötzlich, ob sein Bruder ihn wohl zu den Leuten gezählt hatte, die einen Anker in ihrem Hintern stecken hatten.

„Weißt du", fuhr Wesley fort, „Bunny fand auch, daß deine Schwester etwas ganz Besonderes ist. Er sagte, *du* hättest jemanden wie sie heiraten sollen."

„Das wäre etwas mißlich gewesen", sagte Rudolph, „wo wir doch Bruder und Schwester waren und ich nicht der Pharao von Ägypten war."

„Wie war das?" sagte Wesley.

„Es tut mir leid", sagte Rudolph. „Es war im alten Ägypten bei den Pharaonenfamilien so Sitte."

„Ich kapiere", sagte Wesley. „Ich weiß, ich bin nicht fürchterlich gebildet."

„Du bist noch jung."

„Hm, ja", sagte Wesley und dachte über seine Jugend nach.

Der Junge hat sicherlich gute Anlagen, dachte Rudolph, und es war ein Verbrechen, daß die Kralers das gesetzliche Recht hatten, sie zu zerstören oder zu verbiegen. Morgen früh, wenn Johnny Heath mit seiner Frau kam, um ihn und Enid nach Montauk zu fahren, würde er Johnny noch einmal fragen, ob es wirklich keinen legalen Weg gab, den Jungen aus den Klauen seiner Mutter zu retten.

„Wie steht es mit der Schulbildung?" fragte Rudolph. „Wirst du später aufs College gehen?"

Der Junge zuckte die Achseln. „Meine Mutter sagt, das wäre 'rausgeschmissenes Geld bei mir. Ich lese eine Menge, aber nicht, was sie mir in der Schule empfehlen. Ich habe einiges über die Mormonen gelesen. Ich wollte herausfinden, ob Mr. Kraler und meine Mutter so sind, wie sie sind, weil sie Mormonen sind, oder weil sie meine Mutter und Mr. Kraler sind." Er feixte. „Soviel ich feststellen konnte, waren sie schon von Anfang an fürchterliche Leute, und ihre Religion hat dann noch die schlimmsten Seiten an ihnen bloßgelegt. Aber", sagte er ernst, „es ist eine sonderbare Religion. Sie waren sicher mutig, die Mormonen, sich gegen die ganzen Vereinigten Staaten zur Wehr zu setzen und in Planwagen durch halb Amerika zu trecken und sich in der Wüste niederzulassen und sie zum Blühen zu bringen, wie sie sagen. Aber all die Eheweiber! Ich schaue meine Mutter an, und man fragt sich allen Ernstes, warum irgendeiner jemals den Wunsch verspüren sollte zu heiraten. Man höre meiner Mutter zehn Minuten zu, und man kommt zu dem Ergebnis: Eine Frau ist eine Frau zuviel. Überhaupt, Heiraten ..." Er verzog das Gesicht. „Unsere Familie zum Beispiel. Du bist geschieden, Tante Gretchen ist geschieden, mein Vater war geschieden ... Was ist los damit, frage ich mich?"

„Du bist nicht der erste, der sich das fragt", sagte Rudolph. „Vielleicht ist es die Zeit, in der wir leben. Einer versucht, sich den neuen Verhaltensweisen des anderen anzupassen, wie die Soziologen es ausdrücken würden, und dafür sind wir vielleicht noch nicht reif."

„In der Schule ist ein Mädchen“, sagte Wesley und verzog wieder das Gesicht, „hübsch wie ein reifer, roter Apfel und älter als ich. Ich ... also ... na ja, ich habe mit ihr ’rumgemacht, hinten im Wagen in ihrem eignen Haus, als ihre Eltern aus waren – ein paarmal –, und sie fing an vom Heiraten zu reden. Ich konnte sie nicht von dem Thema abbringen. Ich habe einfach mit ihr Schluß gemacht. Wirst du wieder heiraten?“ Er schaute Rudolph bohrend an, als höre er schon die Hochzeitsglocken läuten.

„Schwer zu sagen“, sagte Rudolph. „Im Moment habe ich keinerlei Pläne.“

„Religion ist eine komische Sache“, sagte Wesley abrupt, als ob ihm das Gespräch über Heiraten peinlich geworden wäre und er so schnell wie möglich davon loskommen wollte. „Ich möchte an Gott glauben“, sagte Wesley ernsthaft. „Schließlich *muß* es ja etwas gegeben haben, das den ganzen Rummel in Bewegung gesetzt hat, meinst du nicht auch? Ich meine, wie wir hierher gekommen sind, was wir hier tun, wie alles funktioniert, also warum wir Luft zum Atmen, Wasser zum Trinken, Nahrung zum Essen haben. Die letzten Monate habe ich die ganze Bibel gelesen. Ich sage dir, da ist keine Antwort drin zu finden. Ich finde jedenfalls keine.“

O du lieber Neffe, hätte Rudolph gern gesagt, als dein Onkel sechzehn war, war er auch schon da, wo du jetzt bist. Und hat keine Antworten gefunden.

„Was soll man glauben?“ fragte Wesley. „Glaubst du an diese Kupferplatten, von denen die Mormonen behaupten, Joseph Smith hätte sie im Norden des Staats New York gefunden und nie jemandem gezeigt? Wie können sie erwarten, daß ihnen einer solches Zeug abnimmt?“

„Nun, Moses kam mit den Zehn Geboten von Gott in Stein gehauen vom Berge Sinai herunter“, sagte Rudolph, erleichtert, daß Wesley ihn nicht nach seinem eigenen, bedauerlichen Mangel an Religiosität fragte. „Daran haben eine Menge Menschen Tausende von Jahren lang geglaubt.“

„Und du? Ich meine, glaubst du daran?“

„Nein.“

„In der Schule erzählen sie dir auch einen Haufen Dinge, über die du am liebsten laut auflachen möchtest. Stundenlang versuchen sie dir vorzumachen, daß Schwarz und Weiß dasselbe ist, und dabei brauchst du nur zur Tür hinauszugehen bis zur nächsten Straßenecke, und du siehst, daß es einfach nicht wahr ist. In Frankreich kam ich gut voran, trotz der Sprache – aber in Indianapolis ..." Er zog die Schultern hoch. „Die meisten Lehrer sind nach meinem Dafürhalten mit Scheiße angefüllt. Die meiste Zeit verbringen sie mit Versuchen, zu verhindern, daß die Schüler im Klassenzimmer lärmen und sich mit Rotz beschießen, wenn sie nicht gerade mit Messern aufeinander losgehen. Wenn es im College annähernd so ist, dann sage ich: Leck mich." Er blickte Rudolph fragend an. „Was ist deine Meinung übers College? Ich meine, für mich?"

„Es kommt ganz darauf an, was du mit deinem Leben anfangen willst", sagte Rudolph behutsam. Er war gerührt von der naiven Schwatzhaftigkeit des Jungen, seinem Vertrauen, daß sein Onkel ihn nicht an die Erwachsenenwelt verraten würde.

„Wer weiß das schon?" sagte Wesley. „Ich hab' schon ein paar Vorstellungen. Aber ich bin noch nicht so weit, daß ich darüber spreche." Sein Ton war plötzlich kühl.

„Zum Beispiel", sagte Rudolph, die Veränderung in Wesleys Wesen ignorierend, „verstehst du etwas von der See. Du liebst sie doch, nicht wahr?"

„Das war einmal", sagte Wesley bitter.

„Vielleicht möchtest du zur Handelsmarine."

„Ein Hundeleben", sagte Bunny.

„Das muß es nicht sein. Für Bunny war es auf der ‚Chlothilde' auch kein Hundeleben, oder?"

„Nein."

„Es ist kein Hundeleben, wenn du Offizier auf einem anständigen Schiff bist, wenn du Kapitän wirst ..."

„Dann vielleicht nicht."

„Hier in New York gibt es eine Handelsmarineschule. Wenn du damit fertig bist, bis du sofort Offizier."

„Hm", sagte Wesley nachdenklich. „Das müßte ich mir mal durch den Kopf gehen lassen."

„Ich werde 'rumhören", sagte Rudolph, „und dir schreiben, was ich herausbekommen habe. Vergiß nur nicht, nach postlagernden Briefen zu fragen."

Während sie mit dem Bestellten auf Gretchen warteten, trank Rudolph einen Martini. Der Augenblick war günstig, um das Thema Nachlaß hinter sich zu bringen. „Alles in allem", sagte Rudolph, „nach Abzug der Steuern und Anwaltskosten, sollten es etwas über hunderttausend Dollar sein, die aufzuteilen wären." Er beabsichtigte nicht, Wesley oder Kate je zu verraten, daß dies der Betrag war, den er für die „Chlothilde" bezahlt hatte, damit der Nachlaß aufgelöst werden konnte. „Ein Drittel an Kate", fuhr er fort, „ein Drittel zu treuen Händen für ihr Kind, mit Kate als Vermögensverwalterin –" Er sagte dem Jungen nichts von dem endlosen Rechtsgerangel, das nötig geworden war, um zu diesem Kompromiß zu gelangen. Die Kralers hatten verbissen gekämpft, um durchzusetzen, daß Teresa, als Wesleys Mutter, damit betreut würde, den gesamten Nachlaß zu verwalten. Sie hatten ein gutes Rechtsargument für ihren Anspruch, da Kate nicht amerikanische Staatsbürgerin und in England wohnhaft war. Heath hatte damit drohen müssen, Teresas zwei Verurteilungen wegen Prostitution anzuführen und vor Gericht zu gehen, um sie aus moralischen Gründen als untauglich für die Vormundschaft Wesleys erklären zu lassen, obgleich sie die leibliche Mutter Wesleys war. Natürlich hätte Rudolph um Wesleys willen niemals zugelassen, daß Johnny diesen Weg tatsächlich beschritten hätte, aber die Drohung hatte gewirkt, und die Kralers hatten schließlich nachgegeben und zugelassen, daß Rudolph zum Nachlaßverwalter bestellt wurde, was für ihn bedeutete, daß er jede Woche eine lange Liste prickliger Fragen über die Verwendung jeden Pennys, der durch seine Hände ging, beantworten mußte. Dazu kam noch, daß sie ihm ständig drohten, ihn wegen rechtswidrigen oder kriminellen Verhaltens bei der Wahrnehmung von Wesleys Rechten zu verklagen. Welcher böse Engel, so dachte Rudolph wieder und wieder, hatte wohl die Schulter seines Bruders Tom an jenem Tage gestreift, an dem er diese Frau um ihre Hand gebeten hatte?

„Bleibt ungefähr ein Drittel für ..." Er stockte. „Hörst du zu, Wesley?"

„Natürlich, ja", sagte der Junge. Ein Kellner mit einem riesigen Porterhouse Steak, das auf der Platte bruzzelte, war vorübergegangen, und Wesley war seinem Gang durch den Raum mit hungrigen Augen gefolgt. Was man auch gegen ihn sagen konnte, dachte Rudolph, man konnte ihm schwerlich vorwerfen, daß er zu sehr am Gelde hing.

„Wie gesagt", sagte Rudolph, „es werden rund dreiunddreißigtausend Dollar in einen Treuhandfonds für dich eingezahlt. Das sollte etwa tausendneunhundert Dollar im Jahr abwerfen, welchen Betrag deine Mutter für deinen Unterhalt zu verwenden hat. Mit achtzehn geht das Ganze an dich über, und du kannst es nach eigenem Ermessen verwenden. Mein Rat ist: Laß es in dem Fonds. Du hast kein großes Einkommen daraus, aber es kann dir helfen, deine College-Gelder zu bezahlen, wenn du das willst. Hörst du mir zu, Wesley?"

Wieder war der Junge nicht bei der Sache. Wesley starrte mit unverhüllter Bewunderung auf eine auffallende Blondine im Nerzmantel, die mit zwei beleibten grauhaarigen Herren im Frack ins Lokal gekommen war. Rudolph war bekannt, daß das Restaurant mit Vorliebe von erfolgreichen Mafia-Mitgliedern frequentiert wurde, und die Mädchen, die an ihren Armen hereinkamen, konnten ohne weiteres mit dem guten Essen konkurrieren.

„Wesley", sagte Rudolph verzweifelt, „ich spreche über Geld."

„Ich weiß", sagte Wesley reumütig. „Aber, Mann Gottes, die ist eine Wucht, was?"

„Das da kommt mit dem Geld", sagte Rudolph. Er fand, daß er als Onkel dem Jungen die richtigen Wertvorstellungen beibringen müsse. „Neunzehnhundert Dollar im Jahr mag dir nicht viel vorkommen", sagte er, „aber als ich so alt war wie du ..." Jetzt würde er bombastisch klingen, wenn er den Satz zu Ende brachte, das wußte er. „Ach, zum Teufel – ich schreibe dir das alles in dem Brief."

In diesem Augenblick sah er Gretchen hereinkommen und winkte ihr. Die beiden Männer standen auf, als sie an den Tisch kam. Sie küßte Rudolph auf die Wange, schlang dann ihre Arme um Wesley und küßte ihn herzhaft. „Ach, ich bin so froh, dich zu sehen", sagte sie. Zu Rudolphs Überraschung zitterte ihre Stimme. Er fühlte Mitleid für sie, als er die beiden sah, sah, wie Gretchen dem Jungen starr ins Gesicht blickte, einen Gefühlsausbruch niederkämpfend, dessen Ursprung er nicht ganz ausmachen konnte. Vielleicht dachte sie an ihren eigenen Sohn, den sie verloren hatte, der sie abwies, der jedesmal, wenn sie ihm schrieb, sie wolle ihn besuchen, neue Gründe fand, warum sie nicht nach Brüssel kommen sollte. „Du siehst großartig aus", sagte sie und ließ den Jungen nicht los, „könntest allerdings einen neuen Anzug gebrauchen."

Sie lachten beide.

„Wenn du bis Montag bleibst", sagte Gretchen und ließ Wesley endlich los und setzte sich, „gehe ich mit dir zu Saks, und wir sehen 'mal, ob die irgend etwas Passendes da haben."

„Es tut mir leid", sagte Wesley, als er und Rudolph sich hinsetzten, „aber ich muß morgen wieder fort."

„Bist du denn nur auf einen Tag hergekommen?" fragte Gretchen ungläubig.

„Er ist ein vielbeschäftigter Mensch", sagte Rudolph. Er hatte keine Lust, sich Gretchens vorauszusehenden Wutausbruch mit anzuhören, wenn sie von Herrn und Frau Kralers christlichen Vorstellungen von Geld für junge Menschen hörte. „Und jetzt wollen wir bestellen. Ich verhungere."

Beim Essen begann Wesley mit den Fragen über seinen Vater.

„Ich habe Onkel Rudy schon bei ihm zu Hause gesagt", sagte Wesley, während er sein Steak verschlang, „warum ich wissen will – warum ich wissen *muß*, wie mein Vater war. Ich meine, wie er wirklich war. Er hat mir viel erzählt, bevor er starb, und Bunny hat mir noch mehr erzählt – aber bisher ergibt es noch kein Gesamtbild. Ich meine, für mich besteht mein Vater nur aus Bruchstücken. Da gibt's die ganzen Geschichten, was für ein Schrecken er als Junge und als junger Mensch gewesen ist, die Schwierigkeiten, in die er fortwährend geriet ... wie ihn die Leute haßten. Wie er die Leute haßte. Dich und Onkel Rudy auch ..." Er schaute ernst erst Gretchen und dann Rudolph an. „Aber als ich ihn dann mit euch zusammen sah, da haßte er euch nicht. Er – also – ich muß es einfach sagen – er liebte euch. Die meiste Zeit seines Lebens, sagte er mir, war er unglücklich – und dann – er hat es selbst gesagt – hat er gelernt, Feinde zu verlieren – glücklich zu sein. Nun ja, ich möchte selber lernen, glücklich zu sein." Jetzt waren dem Jungen richtig die Tränen gekommen, während er gleichzeitig große Happen des halbrohen Steaks hinunterschlang, als hätte er seit Wochen nichts gegessen.

„Das ganze Unglück bei der Sache", sagte Gretchen langsam und legte Messer und Gabel nieder, „war Rudy. Das darf ich doch sagen, Rudy, nicht?"

„Du kannst sagen, was du willst. Wenn ich glaube, daß du unrecht hast, werde ich dich korrigieren." Irgendwann würde er dem Jungen einmal erzählen, wie und wann sein Vater gelernt hatte, glücklich zu sein. Das war am Tage, als er herausfand, daß Rudolph, ohne sein Wissen, die fünftausend Dollar angelegt hatte, in deren Besitz Tom durch eine Erpressung an einem diebischen Anwalt in Boston gelangt war. „Rückerstattung des Blutgeldes", hatte Tom es genannt, derselbe Betrag, den ihr Vater hatte zahlen müssen, um Tom aus dem Gefängnis auszulösen, wo er einer Anklage wegen Vergewaltigung entgegensah. Tom hatte die Hundertdollarscheine auf das Hotelbett geschmissen und gesagt: „Ich will unsere Scheißfamilie ausbezahlen, und hiermit tue ich es. Piß darauf, bring es mit Nutten durch, gib es deiner Lieblingswohlfahrtseinrichtung. Ich werde das Zimmer nicht damit verlassen.“ Fünftausend Dollar, die durch behutsame Investitionen im Lauf der Jahre, während derer Rudolph nicht wußte, wo Tom war, ob er lebte oder tot war, auf sechzigtausend großgehätschelt worden waren und die Tom schließlich in die Lage versetzt hatten, ein Schiff zu kaufen und es in „Chlothilde“ umzutaufen. Dein Vater, würde Rudolph ihm eines Tages sagen, wurde glücklich durch Verbrechen, Glück und Geld und hatte Grips genug, alle drei Dinge für den einen Zweck einzusetzen, der ihn noch retten konnte. Er glaubte nicht, daß es Wesley viel nutzen würde. Wesley schien nicht verbrecherisch veranlagt, er hatte bisher nur Pech gehabt, und Geld interessierte ihn überhaupt nicht.

„Rudy“, begann Gretchen, „war das Lieblingsknäblein der Familie. Wenn meine Eltern für irgend jemand ein Fünkchen Liebe übrig hatten, dann war es für ihn. Ich will damit nicht sagen, daß er sie nicht verdiente – er war derjenige, der im Laden half, er war der mit den besten Schulzeugnissen, er war der Star der Leichtathletikmannschaft, er war derjenige, der aufs College gehen würde. Er war derjenige, der Geschenke bekam, er war der einzige, der ein frisch gebügeltes Hemd zum Ausgehen hatte, eine kostspielige Trompete, damit er in der Band spielen konnte. Alle Hoffnung der Familie wurde in ihn investiert. Was mich und Tom betraf ...“ Sie zuckte die Achseln. „Wir waren Ausgestoßene. Kein College für mich. Sobald ich mit der High School fertig war, wurde ich auf Arbeit geschickt, und fast mein ganzer Lohn wanderte in die Familienkasse. Wenn Rudolph mit einem Mädel ausging, sorgte meine Mutter für Taschengeld, damit er sie einladen konnte. Wenn ich mit einem Jungen etwas hatte, nannte sie mich eine Hure. Und Tom – ich habe meine Eltern hundertmal prophezeien hören, er würde im Gefängnis enden. Wenn sie mit ihm sprachen – und das geschah so selten wie nur möglich –, schnauzten sie ihn an. Ich nehme an, er sagte sich: Gut, wenn ihr denkt, ich bin so, dann werde ich so sein. Ehrlich, ich hatte eine Heidenangst vor ihm. Er hatte eine gewalttätige Ader, die zum Fürchten war.

Ich wich ihm aus. Wenn ich mit Freunden auf der Straße ging, tat ich, als sähe ich ihn nicht, um ihn nicht vorstellen zu müssen. Wenn er aus der Stadt verschwand und außer Sicht war, war ich froh. Jahrelang habe ich nicht einmal an ihn gedacht. Jetzt weiß ich, wie falsch das war. Wenigstens wir beide hätten uns zusammentun, eine gemeinsame Front gegen die übrige Familie bilden sollen. Ich war damals zu jung, um es mir klarzumachen, aber ich hatte Angst, er würde mich auf sein Niveau hinunterziehen. Ich war ein Snob, wenn auch nie ein solcher Snob wie Rudy, und für mich war Tom ein rüder Bauer, und ein gefährlicher dazu. Als ich nach New York ging und eine Zeitlang Schauspielerin war und dann begann, für Magazine zu schreiben, kam ich um vor Angst, er könnte mich besuchen und alle meine Freunde würden mir davonlaufen. Als ich ihn dann schließlich doch sah – Rudy nahm mich zu einem seiner Kämpfe mit –, war ich entsetzt über ihn und über deine Mutter. Sie schienen aus einer anderen Welt zu sein. Einer gräßlichen Welt. Ich stieß ihn vor den Kopf und lief davon. Ich schämte mich, etwas mit ihnen zu tun zu haben. Das mag alles für dich entsetzlich schmerzhaft sein, Wesley ..."

Wesley nickte. „Schmerzhaft schon", sagte er, „aber ich habe dich ja darum gebeten. Märchen will ich keine."

Gretchen wandte sich an Rudolph. „Ich hoffe, ich bin nicht zu hart mit dir umgesprungen, Rudy, mit meiner kleinen Geschichte von der frohen Jugendzeit, die wir zusammen verlebten."

„Nein", sagte Rudolph. „‚Schönheit ist Wahrheit und Wahrheit Schönheit' – der Rest ist dir bekannt. Ich war ein Schnösel, Wesley, ein eingebildeter Pedant", sagte er und riß an alten Narben, „und ich nehme an, du hast es dir gedacht. Ich würde es dir nicht einmal verübeln, wenn du mich jetzt noch dafür hieltest. Ich glaube nicht, daß dein Vater mich so genannt hätte. Was er gesagt hätte, vorausgesetzt, er hätte es sich richtig ausgedacht, das wäre: Alles, was ich tat, war vorgetäuscht – nicht für mich selbst, sondern wegen der Wirkung auf andere, meist ältere Leute in höheren Stellungen. So wie ich es heute rückblickend sehe, nenne ich es eingebildeter Schnösel. Aber damals war meine ganze Art eine Notluke, um der Welt zu entrinnen, in der meine Mutter und mein Vater gefangen waren." Er lachte gedrückt. „Die Ungerechtigkeit liegt darin, daß es gelang. Ich *bin* entronnen."

„Du bist zu hart mit dir selbst, Onkel Rudy“, sagte Wesley ruhig. „Warum gibst du dir nicht einmal eine Chance? Mein Vater sagte, du hättest ihm das Leben gerettet.“

„So?“ sagte Rudolph überrascht. „Das hat er mir nie gesagt.“

„Es war nicht seine Art, Menschen ins Gesicht zu loben“, sagte Wesley. „Er hat mich auch nicht viel gelobt, das kann ich dir sagen ...“ Er lächelte. Er hatte ebenmäßige weiße Zähne und ein reizendes Lächeln, das den Ausdruck seines scharfen, grüblerischen Gesichts von Grund auf änderte, ihm eine jungenhafte, offene Note verlieh. Rudolph wünschte, er würde mehr lächeln. „Und er hat sich auch kein Bein ausgerissen, Bunny oder Kate zu loben, außer für ihr Kochen, aber das war eher im Scherz gemeint, weil sie doch Engländerin war. Sogar, als ich ihn kennenlernte, wenn er mit sich allein war und dachte, niemand beobachtete ihn, hatte er etwas Trauriges an sich, als ob ihm eine Menge schlimme Dinge zugestoßen wären, die er nicht vergessen konnte. Aber er hat gesagt, du hättest ihm das Leben gerettet.“

„Ich habe ihm nur Geld gegeben, das ihm zukam“, sagte Rudolph. „Es ist dir wohl nun klargeworden, daß Gretchen dir nur zeigen wollte, wie und warum dein Vater als junger Mensch so geworden ist, wie er war ... daß die Familie ihn so gemacht hat.“

„Ja“, sagte Wesley. „Das ist mir klar.“

„Es ist wahr“, sagte Rudolph, „und es ist auch wieder nicht wahr. Es gibt Entschuldigungen wie immer. Ich bin nicht daran schuld, daß ich der älteste Sohn war, daß mein Vater ein ungebildeter und gewalttätiger Mann mit einer furchtbaren Vergangenheit war, für die er auch nichts konnte. Ich bin nicht daran schuld, daß meine Mutter eine frigide, hysterische Frau mit einem idiotischen vornehmen Getue war. Es war nicht meine Schuld, daß Gretchen eine sentimentale, eigensüchtige kleine dumme Gans war ... Verzeih mir“, sagte er zu Gretchen. „Ich erwähne das nicht alles deinet- oder meinetwegen. Es ist für Wesley.“

„Das verstehe ich doch“, sagte Gretchen, über ihren Teller gebeugt, so daß ihr Gesicht nur halb zu sehen war.

„Schließlich und endlich“, sagt Rudolph, „hatten wir alle drei die gleichen Gene, standen unter denselben Einflüssen. Vielleicht sagt Gretchen deshalb, daß dein Vater zum Fürchten war. Wovor sie sich fürchtete, war, daß sie das, was sie in ihm sah, auch in sich sah und davor zurückschreckte. Was ich in ihm sah, war ein Spiegelbild unseres Vaters, einem wilden Mann, der an einen unmöglichen Beruf gekettet war und eine krankhafte Angst davor hatte, im Armenhaus zu sterben – das war so schlimm bei ihm, daß er schließlich lieber Selbstmord beging, als sich einer solchen Zukunft zu stellen. Ich schreckte auf meine Art davor zurück – in Richtung Geld, Ansehen . . ."

Wesley nickte ernst. „Vielleicht ist es ein Glück, daß Kralers Sohn in Vietnam ist. Wer weiß, was aus mir würde, wenn ich jeden Abend mit ihm bei Tisch sitzen müßte?"

„Es hat schon vor deinem Vater zweitälteste Söhne gegeben", sagte Rudolph, „in schlimmeren Familien, und sie sind auch nicht immer herumgelaufen und wollten alles, was sie anfaßten, kaputtmachen. Ich sage das nicht gern, Wesley, aber bis zu dem Tage, an dem unsere Mutter zu Grabe getragen wurde, glaubte ich, daß dein Vater mit einem Hang zum Zerstören geboren wurde, einem Hang, der ihn beglückte. Jede Art der Zerstörung. Einschließlich Selbstzerstörung."

„So ist es jedenfalls gekommen", sagte Wesley bitter. „Oder?"

„Was er in jener Nacht in Cannes getan hat, war bewundernswert. Nach seinen Maßstäben. Und, um dir die Wahrheit zu sagen, auch nach meinen. Vergiß das nie."

„Ich werde versuchen, es nicht zu vergessen", sagte Wesley. „Leicht ist es nicht. Vergeudung war es in Wirklichkeit. Nichts als wahnsinnige Vergeudung."

Rudolph stieß einen Seufzer aus. „Ich glaube, für den Augenblick haben wir dir alles gesagt, was wir konnten, und so aufrichtig wir konnten. Die Anekdoten sparen wir uns für ein andermal auf. Du mußt müde sein. Ich schicke dir eine Liste mit den Namen von Leuten, mit denen du, wenn du willst, noch sprechen kannst. Vielleicht können sie dir besser weiterhelfen als wir. Iß auf, und dann fahre ich dich zur YMCA."

„Nicht nötig", sagte Wesley kurz. „Ich gehe durch den Park."

„Niemand geht in New York nachts allein durch den Park", sagte Gretchen.

Wesley maß sie mit einem kühlen Blick. „*Ich* schon", sagte er.

Herr Jesus, dachte Rudolph, als er den Jungen den letzten Bissen Steak vertilgen sah, er wirkt und klingt genau wie sein Vater. Gott helfe ihm.

4

Rudolph stand im morgendlichen Sonnenschein mit Enid und ihrer Kinderfrau auf dem Trottoir und wartete auf Johnny Heath und seine Frau, die Enid und ihn in ihrem Lincoln Continental nach Montauk bringen wollten. Die Kinderfrau hatte einen Koffer bei sich. Sie wollte auf eine Woche zu ihrer Familie nach New Jersey. Irgendwie, ging es Rudolph durch den Sinn, schienen Kindermädchen niemals Familien zu haben, die dort lebten, wo sie in Stellung waren. Enid hatte Schulbücher und ihre Hausaufgaben mit, die sie während der Ferien machen wollte. Die Kinderfrau hatte ihren Koffer gepackt. Er hatte eine kleine Weekend-Reisetasche mit seinem Rasierzeug, Pyjamas und einem frischen Hemd.

Als sie sich am Abend zuvor von Wesley verabschiedet hatten, hatte Rudolph Gretchen zu ihrem Apartment heimgebracht. Er hatte sie eingeladen, mit ihm und den Heaths nach Montauk mitzukommen. Sie hatte ihn merkwürdig angeschaut, und er erinnerte sich, daß sie mit Heath einmal etwas gehabt hatte. „Du brauchst wohl viele Zeugen, wenn du deine Ex-Gemahlin besuchst", hatte sie gesagt.

Er hatte sich gar keine Gedanken darüber gemacht, aber als sie es sagte, kam ihm zum Bewußtsein, wie recht sie hatte. Ein einziges Mal hatte Jean ihn mit der stämmigen Masseuse besucht, die sie in Reno als Gesellschafterin engagiert hatte, und der Besuch war höchst ungemütlich gewesen, obgleich Jean nüchtern, vernünftig, in sich gekehrt war, selbst als sie mit Enid spielte. Sie führte ein stilles Leben, wie sie sagte, in einem kleinen Haus, das sie sich in Montauk gekauft hatte. Mexiko war kein Erfolg gewesen. Es war ein Trinkerklima, hatte sie gefunden, zu rauh für ihre Nerven. Sie sei vollkommen entwöhnt, hatte sie mit einem winzigen Lächeln gesagt, und habe sogar wieder angefangen zu photographieren. Sie hatte nicht versucht, die Bilder irgendwo unterzubringen. Sie tat es nur für sich selbst, stolz darauf, daß ihre Hände wieder ruhig waren. Wieder war sie – wenn man von der robusten Anwesenheit der Masseuse absah – so sehr die Frau, die er einmal geheiratet und so lange Zeit geliebt hatte: das schimmernde Haar, ihr zarter rosa-getönter Teint, gesund und jung, daß er wieder einmal von Zweifeln geplagt wurde, ob er das Richtige getan hatte, als er der Scheidung zustimmte. In seine Gefühle mischte sich Mitleid, aber auch Mitleid mit sich selbst. Als sie vor ein paar Tagen angerufen und gefragt hatte, ob sie Enid auf eine Woche haben könne, konnte er nicht nein sagen.

Für Enid befürchtete er nichts, aber er fürchtete für sich, wenn er mit Jean in einem Haus allein sein würde, das sie als klein und heimelig und mit dem Klang eines unheimlich großen Ozeans angefüllt beschrieben hatte. Sie hatte ihn eingeladen, im Gästezimmer zu schlafen, aber er hatte in einem Hotel in der Nähe ein Zimmer reserviert. Nachträglich hatte er auch noch die Heaths dazu eingeladen. Er wollte sich nicht von einem Abend vor einem prasselnden Kamin und eingelullt vom Meeresrauschen dazu verleiten lassen, sich wieder allzu heimisch zu fühlen. Sollte das Vergangene vergangen bleiben. Daher die Heaths. Daher Gretchens pointierte Frage.

„Ich brauche keine Zeugen", sagte er. „Ich habe mit Johnny viel zu besprechen und möchte nicht erst zu ihm ins Büro fahren."

„Ich verstehe", hatte Gretchen wenig überzeugend gesagt und war auf etwas anderes zu sprechen gekommen. „Wie findest du den Jungen. Wesley?"

„Er ist ein nachdenklicher junger Mann", sagte Rudolph. „Vielleicht zu – zu verinnerlicht. Wie er einmal werden wird, hängt davon ab, ob er seine Mutter und ihren Mann verkraften kann, bis er achtzehn ist."

„Er ist ein bildschöner Bursche", sagte Gretchen. „Findest du nicht?"

„Darüber habe ich noch nicht nachgedacht."

„Ein fabelhaftes Gesicht für den Film", sagte Gretchen. „Die starken Knochen, das süße Lächeln, die moralische Substanz, wenn ich einmal so sagen darf, die Zärtlichkeit in den Augen."

„Vielleicht bist du dafür aufnahmefähiger als ich." Das war alles, was Rudolph geantwortet hatte.

„Oder verwundbarer." Sie lächelte.

„Du klangst am Telephon, als ob du etwas auf dem Herzen

hättest, worüber du mit mir sprechen wolltest", sagte er. „Bist du in Schwierigkeiten?"

„Nicht mehr als üblich." Sie lächelte wieder. „Ich erzähle es dir, wenn du wieder in der Stadt bist."

Er hatte ihr vor dem Apartment-House einen Gutenachtkuß gegeben und gewartet, bis sie in die erleuchtete, von einem Portier behütete Vorhalle eingetreten war. Sie sah hübsch, tüchtig, begehrenswert aus, fähig, auf sich achtzugeben. Zuweilen, dachte er. Nur zuweilen.

Der Lincoln Continental kam, mit Johnny Heath am Steuer, seiner Frau Elaine neben ihm. Die Kinderfrau küßte Enid zum Abschied. „Du wirst ein braves kleines Mädchen sein, nicht wahr, mein Fräulein?" sagte die Kinderfrau.

„Nein", sagte Enid, „ich werde ein scheußliches kleines Mädchen sein." Sie kicherte vergnügt.

Rudolph lachte, und die Kinderfrau sah ihn mißbilligend an. „Es tut mir leid, Anna", sagte er und machte ein ernstes Gesicht.

Elaine stieg vorn aus dem Wagen aus und half Enid, es sich, zusammen mit ihr, auf den Rücksitzen bequem zu machen. Sie war eine hochgewachsene, sehr gepflegte Frau, mit harten, klugen Augen, die passende Frau für einen Mann, der Teilhaber einer der erfolgreichsten Wall-Street-Firmen war. Die Heaths hatten keine Kinder.

Er stieg neben Johnny ein. Enid winkte der Kinderfrau, die mit ihrem Koffer auf dem Trottoir stand, und sie fuhren los. „Heiho", sagte Johnny am Steuer, „auf zu den Orgien von Montauk, zu den Hummern und den nackten Muschelpastetchen an den weißen Stränden." Er hatte ein weiches, rundes Gesicht, trügerisch milde Augen. Seine Hände am Steuerrad waren blaß, mit einer Andeutung von Fett, sein Bauch nur eine vage Andeutung von dem, was unter seinem karierten Sportjackett im Entstehen war. Er fuhr aggressiv und gut. Andere Fahrer hatten Johnny Heaths Vorfahrtsrecht zu respektieren, so wie andere Anwälte seine Zähigkeit und Zielstrebigkeit in einem Sitzungszimmer oder vor Gericht respektieren mußten. Rudolph sah Johnny nicht häufig: nach der Hochzeit der Heaths waren sie etwas auseinandergekommen, und jedesmal, wenn Rudolph den alten Freund nach monatelanger Pause sah, dachte er ohne Bedauern: So könnte ich jetzt auch aussehen.

Hinter sich hörte er das Kind fröhlich plappern. Er hörte, wie Elaine ihr etwas ins Ohr flüsterte, über das Enid lachen mußte. So, wie sie aussah, hätte man glauben sollen, daß Elaine sich scheuen würde, ein Kind zu umarmen, aus Furcht, daß ihr schönes Tweedkleid zerdrückt oder beschmutzt würde. Als Rudolph sich aber umdrehte, sah er, daß Enid Elaines makellos frisiertes Haar völlig durcheinanderbrachte und daß Elaine vergnügt dazu lachte. Man kannte sich doch nie bei anderen aus, mußte Rudolph denken, und wandte seine Aufmerksamkeit wieder der Straße zu. Sie fuhren über die Triborough-Brücke, und New York dehnte sich entlang dem Ufer – Türme, Glas, Rauch, die alte, unmögliche Riesendampfmaschine, die in der Frühjahrsmorgensonne glitzerte. Nur in bestimmten Augenblicken, Augenblicken wie diesem, wo er die Stadt als mächtiges, herausforderndes Wesen empfand, dessen wilde, gebieterische Schönheit sich in ein zusammenhängendes Muster fügte, konnte er etwas von dem Entzücken und der Befriedigung der Zugehörigkeit verspüren, die ihn in jungen Jahren Tag für Tag ergriffen hatten.

Unten auf dem Fluß puckerte eine kleine Jacht tapfer gegen die starke Strömung an. Vielleicht, dachte er, werde ich diesen Sommer an Bord der „Chlothilde“ gehen und nach Italien fahren. Warum soll ich nichts von ihr haben? Damals hatten sie Kurs auf Portofino gehabt, waren aber nie hingekommen. Alte Gespenster vertreiben. Jeanne irgendwie herumkriegen, Mann und Kindern vierzehn Tage lang zu entrinnen und sich in einem sanften Klima bei zwölf Knoten lieben, kühle Weine in Cafés an der ligurischen Küste aus Karaffen trinken. Ich darf kein verbrauchter alter Mann werden. *Fantasia Italiana.*

Er riß sich aus der Träumerei. „Johnny“, sagte er, „du sagtest am Telephon, daß du mit mir sprechen wolltest. Worüber?“

„Ich habe einen Klienten“, sagte Johnny, „einen toten Klienten eigentlich, dessen Nachlaß zu regeln ist.“ Johnny, dachte Rudolph bösartig, macht mehr Geld aus Toten als eine ganze Stadt von Leichenbestattern. Rechtsanwälte! „Die Erben streiten sich“, sagte Johnny, „wie das so üblich ist. Du weißt ja Bescheid.“

„Darin bin ich Spezialist geworden“, sagte Rudolph.

„Um einen Prozeß zu vermeiden“, fuhr Johnny fort, „soll ein Teil der Hinterlassenschaft verkauft werden, zu einem sehr vernünftigen, niedrigen Preis. Es ist eine große Ranch in Nevada. Die üblichen Steuervorteile. Darüber brauche ich dir nichts zu erzählen.“

„Nein", sagte Rudolph.

„In New York tust du überhaupt nichts", sagte Johnny. „Du siehst nicht gut aus, und glücklich scheinst du auch nicht zu sein, ich möchte wissen, was du Tag für Tag mit dir anstellst."

„Ich spiele Klavier", sagte Rudolph.

„Ich habe in letzter Zeit deinen Namen auf den Plakaten vor der Carnegie Hall vergeblich gesucht."

„Such nur weiter", sagte Rudolph.

„Du verfaulst hier langsam", sagte Johnny. „Du bist nicht mehr in Betrieb. Nicht einmal mehr auf einer Party sieht man dich."

„Wie sind die Parties in Nevada?"

„Pfadfindertreffen", wehrte Johnny ab. „Es ist einer der rasantest wachsenden Staaten der Union. Die Leute werden zu Dutzenden Millionäre. Nur damit du siehst, daß ich dir nichts vormache – wenn du ja sagst, steige ich mit fünfzig Prozent mit ein, beschaffe die Hypotheken, helfe dir Leute suchen, die die Ranch betreiben. Ich tue es nicht aus purem Altruismus, alter Knabe, ich könnte selbst einen Ort gebrauchen, wo ich mich von Zeit zu Zeit verstecken kann. Und gegen einen kleinen Steuerunterschlupf im goldenen Westen hätte ich auch nichts einzuwenden. Ich habe den Besitz noch nicht gesehen, aber ich habe mir die Bücher angesehen. Die Ranch erhält sich selbst. Mit ein paar richtigen zusätzlichen Investitionen mehr als das. Ein großes, prächtiges Haus gehört dazu, das, mit leichten Renovierungen, ein Traum wäre. Und es gibt keinen besseren Ort zum Aufwachsen für Kinder, keine Verschmutzungen, kein Rauschgift, hundertsechzig Kilometer von der nächsten Stadt entfernt. Und politisch geht alles seinen ruhigen Gang. Die Transaktion ist spielend einfach – du könntest da hineinschlüpfen wie ein Fisch ins Wasser. Und von Whitby, New York, hat man dort noch nie gehört. Da ist sowieso Gras darüber gewachsen, selbst in Whitby, sogar nach diesem gottverdammten Artikel in ‚Time'. In zehn Jahren könntest du Senator sein. Hörst du mir eigentlich zu, Rudy?"

„Natürlich." In Wahrheit hatte er die letzten Sekunden nicht mehr richtig hingehört. Was Johnny da gesagt hatte – daß es der richtige Ort sei, wo man Kinder aufwachsen lassen sollte, hatte sein Interesse erregt. Natürlich, er mußte an Enid denken. Aber da waren auch Wesley und Billy. Fleisch und Blut. Er machte sich Sorgen um sie. Billy ließ sich treiben – schon als

Schüler war er zynisch gewesen, ohne jeden Ehrgeiz, ein Hämischer, aus der Gesellschaft Ausgeflippter. Wesley hatte, soweit Rudolph wußte, keine besonderen Begabungen, und was er noch an Erziehung mitbekam, würde seine Aussichten auf ein anständiges Leben kaum verbessern. Auf einer modernen Ranch mit ihren ewigen Dürre-, Hochwasser- und Bodenverbesserungsproblemen und den neueren Anforderungen an Geschick in der Behandlung von Maschinen, Angestellten, Marktfragen würde es für die beiden reichlich genug zu tun geben, damit sie nicht auf dumme Gedanken kamen. Und schließlich würden sie ihre eigenen Familien haben. Und es war auch immer möglich, daß er selbst noch einmal heiratete – warum auch nicht? – und noch Kinder bekäme. „Der Traum des Patriarchen", sagte er laut.

„Was war das?" fragte Johnny verständnislos.

„Nichts. Ich sprach nur mit mir selbst. Ich sah mich gerade umgeben von meinen Herden und meiner Nachkommenschaft."

„Aber du sitzt doch dort nicht mitten in der Wildnis", sagte Johnny, der den Sinn von Rudolphs Worten mißverstand und sie für Ironie hielt. „Auf dem Besitz ist eine Landepiste. Du könntest dein eigenes Flugzeug haben."

„Der amerikanische Traum", sagte Rudolph. „Die Landepiste auf dem eigenen Grundstück."

„Na und", fragte Johnny. „Warum nicht der amerikanische Traum? Beweglichkeit ist keine Erbsünde. In einer Stunde könntest du in Reno oder San Francisco sein, wenn du willst. Was meinst du? Es ist kein ‚Sich-zur-Ruhe-Setzen', obgleich es fast die gleichen Vorteile mit sich bringt. Es ist ein ‚Wieder-in-Aktion-Treten', eine neue Art Aktion."

„Ich werde es mir überlegen", sagte Rudolph.

„Nimm dir doch vor – oder nehmen wir es uns beide vor, nächste Woche hinzufliegen und einen Blick darauf zu werfen", sagte Johnny. „Schaden kann's doch nichts. Und ich hätte eine gute Ausrede, einmal aus dem verdammten Büro herauszukommen. Herrgott, selbst wenn es sich als wertlos herausstellen sollte, wäre es doch ein Urlaub. Dein Klavier kannst du mitbringen."

Grobe Ironie, dachte Rudolph. Er wußte, daß Johnny seinen Schritt in den Ruhestand als eine Art von wunderlicher Fehlleistung, ein stark verfrühtes Anzeichen männlicher Wechseljahre betrachtete. Wenn Johnny sich zur Ruhe setzte, würde es auf dem Friedhof sein. Sie hatten es zusammen zu etwas gebracht, hatten zusammen viel Geld gemacht, hatten einander nie betrogen, verstanden einander, und Rudolph wußte wohl, daß Johnny es als einen Freundschaftsakt betrachtete, ihn wieder auf Trab zu bringen.

„Nun ja", sagte Rudolph, „ich habe immer schon davon geträumt, auf einem Pferd durch die Wüste zu reiten."

„Es ist keine Wüste", sagte Johnny gereizt. „Es ist Farmland. Und es liegt am Fuß der Berge. Es gibt sogar einen Forellenbach."

„Ich kann mir diese Woche ein paar Tage frei machen", sagte Rudolph, „solange Enid bei Jean ist. Kannst du weg?"

„Ich kaufe die Flugbilletts", sagte Johnny.

Während sie rasch an den nicht enden wollenden Friedhöfen von Long Island vorbeifuhren, wo Generationen von New Yorkern ihre Toten verborgen hatten, schloß Rudolph die Augen und träumte von den Tafelländern und Bergen des Silberstaats Nevada.

Gewöhnlich arbeitete Gretchen gern an Samstagen, nur sie und ihre Assistentin, Ida Cohen, allein im Schneideraum in dem verlassenen, stillen Gebäude. Aber heute konnte Ida sehen, daß es Gretchen überhaupt keinen Spaß machte, was man schon an der Art erkennen konnte, wie sie am Schneidetisch den Film vor- und rückwärts fahren, ihn gereizt durch ihre weiß behandschuhten Hände laufen ließ, den Schneidehebel mit scharfen kleinen Schnappgeräuschen niederdrückte und dabei traurig vor sich hinpfiff, wenn sie nicht gerade Seufzer der Verzweiflung ausstieß. Ida wußte, warum Gretchen an diesem Morgen in schlechter Stimmung war. Evans Kinsella, der Regisseur, war wieder einmal unmöglich, drehte faule, zusammenhanglose Einstellungen, kämpfte gegen einen Katzenjammer an, ließ den Schauspielern alles durchgehen und verließ sich darauf, daß Gretchen schon irgendwie aus den vergeudeten Filmkilometern, die er ihr hinschmiß, etwas machen würde. Und Ida war auch am Vortage im Zimmer gewesen, als Kinsella anrief und Gretchen sagte, er könne sie nicht, wie versprochen, zum Dinner ausführen.

Ida, deren Loyalität gegenüber der Frau, mit der sie arbeitete, grenzenlos war, haßte mittlerweile Kinsella mit einer Gefühlsintensität, die sie sonst nur für die Sache der „Women's Liberation“ aufbrachte, einer Bewegung, deren Versammlungen sie gewissenhaft besuchte und auf denen sie leidenschaftliche und ein wenig irre Reden hielt. Dick und klein, wie sie war, war sie sogar so weit gegangen, auf das Tragen eines Büstenhalters zu verzichten, bis Gretchen finster blickend zu ihr gesagt hatte: „Um Himmels willen, Ida, mit solchen Eutern wirfst du die Bewegung um ein Jahrhundert zurück.“

Ida, fünfundvierzig und unansehnlich, ohne einen Mann in ihrem Privatleben, der sie hätte schurigeln können, war der Ansicht, daß das schöne und begabte Gretchen sich von den Männern ausnutzen ließ. Sie hatte Gretchen überredet, zu zwei solchen Versammlungen mitzukommen, aber Gretchen hatte es langweilig gefunden, die schrillen Stimmen einiger der Redner waren ihr auf die Nerven gegangen, und sie war früher weggegangen mit den Worten: „Wenn ihr auf die Barrikaden geht, könnt ihr mit mir rechnen. Vorher nicht.“

„Aber gerade Frauen wie dich brauchen wir“, hatte Ida sie beschworen.

„Mag sein“, hatte Gretchen gesagt, „aber ich brauche *sie* nicht.“

Ida hatte hoffnungslos über ihre Einstellung geseufzt, die nach ihren Worten als „sündhafte politische Entsagung“ anzusehen war.

Gretchen ärgerte sich an diesem Morgen am Schneidetisch über mehr als bloß die Qualität des Streifens, an dem sie arbeitete. Diese Woche hatte Kinsella ihr ein Filmmanuskript in die Hand gedrückt, sie solle es lesen und ihm sagen, was sie davon hielte. Es war von einem jungen Autor, den sie beide nicht kannten, dessen Agent aber darauf gedrängt hatte, Kinsella solle es sich ansehen.

Gretchen hatte es gelesen und fand es glänzend, und als Kinsella am Nachmittag angerufen hatte, um das Dinner abzusagen, hatte sie ihm das gesagt. „Glänzend?“ hatte er am Telephon gesagt. „Ich finde es einen Haufen Scheiße. Gib es meiner Sekretärin und sage ihr, sie soll es zurückschicken.“ Er hatte aufgehängt, bevor sie Einwendungen machen konnte. Statt dessen war sie bis zwei Uhr morgens aufgeblieben und hatte es noch einmal gelesen. Obgleich es von einem jungen Mann geschrieben war, war eine willensstarke junge Frau aus der Arbeiterklasse Trägerin der Hauptrolle, ein Mädchen, das, eingesponnen in die Eintönigkeit und Hoffnungslosigkeit der Menschen um sie herum, als einzige ihrer Generation in ihrer trostlosen Kleinstadt den Grips und Mut hatte, auszubrechen und das Traumbild zu verwirklichen, das sie von sich selbst gehabt hatte.

Eine erfrischende Gegentendenz, fand Gretchen, gegen die jüngste Flut von Filmen, die als übertriebene Reaktion auf die Happy-end-Märchen, die Hollywood so lange der Welt beschert hatte, nun plötzlich alle ihre Charaktere ziellos treiben ließen. Sie reagierten auf ihr Schicksal nur noch mit einem kleinen Aufflackern von Widerstand, sanken dann hoffnungslos in ihre Apathie zurück und ließen den Beschauer mit einem schlammigen Geschmack im Mund zurück. Wenn die alten Hollywoodfilme mit ihrem fabrizierten Bonbon-Optimismus verlogen waren, meinte Gretchen, dann waren diese flauen Grabgesänge genauso verlogen. Helden gab es jeden Tag. Wenn es auch stimmte, daß sie mit ihrer Schicht nicht hochkamen, so war es gewiß nicht so, daß sie samt und sonders mit ihrer Schicht zugrunde gingen.

Als sie zu Ende gelesen hatte, war sie überzeugter denn je, daß ihr erster Eindruck richtig gewesen war. Gelang es, Kinsella wieder auf das Niveau seiner ersten Leistungen zu bringen, würde ein blendender Film für ihn herausspringen. Sie hatte sogar nachts um halb drei bei ihm im Hotel angerufen, aber es hatte niemand abgenommen. Das alles ging ihr durch den Kopf wie ein an den Enden zusammengeklebtes Stückchen Film, das immer wieder den gleichen Abschnitt einer Szene wiederholt, während sie sich mit den schlampigen Resultaten der letztwöchigen Dreharbeiten Kinsellas abmühte.

Plötzlich stellte sie das Gerät ab. „Ida", sagte sie, „ich möchte, daß du etwas für mich tust."

„Ja?" Ida schaute vom Ablegen und Registrieren ihrer Filmausschnitte auf.

Gretchen hatte das Manuskript in der großen Schultertasche mit, die sie immer zur Arbeit umhängte. Sie ging zum Kleiderständer, wo die Tasche hing, und nahm das Manuskript heraus. „Ich gehe etwa eine Stunde ins Museum", sagte sie. „In der Zwischenzeit möchte ich, daß du den Mist, mit dem du da herumfummelst, liegenläßt und das hier liest." Sie gab Ida das Manuskript. „Wenn ich zurück bin, gehen wir einen Jungmädchen-Lunch essen, nur du und ich, und dann sprechen wir darüber."

Ida schaute sie unsicher an, als sie das Manuskript nahm. Es war gar nicht Gretchens Art, die Arbeit mitten drin auf länger als eine Thermosflasche Kaffee zu unterbrechen. „Selbstverständlich", sagte sie. Sie rückte ihre Brille zurecht und schaute auf das Manuskript in ihren Händen, als fürchte sie, es könne einen Sprengsatz enthalten.

Gretchen zog ihren Mantel an und ging hinunter in das Treiben der Seventh Avenue, in der das Gebäude stand. Sie durchquerte die Stadt und ging in das Museum für Moderne Kunst, um, wie sie sich vormachte, ihre Nerven mit ehrlichen Kunstwerken zu besänftigen. Als sie wieder herauskam, war sie keineswegs besänftigter als beim Hineingehen. Sie konnte den Gedanken nicht ertragen, nach über einer Stunde Picasso, Renoir und Henry Moore wieder an ihren Schneidetisch zu gehen. Sie rief den Schneideraum an und bat Ida, sich mit ihr in einem Restaurant in der Nähe zu treffen. „Und leg etwas Make-up auf und zieh dir die Strümpfe hoch", sagte sie grausam. „Es ist ein französisches Restaurant, mit einem Stich ins Warme. Ich lade dich ein – weil ich in Schwierigkeiten bin."

Während sie auf Ida wartete, nahm sie einen Scotch an der Bar. Sie trank tagsüber nie, aber, sagte sie sich trotzig, ein Gesetz dagegen gibt es auch nicht. Heute ist Samstag.

Als Ida hereinkam und Gretchen an der Bar sitzen sah, fragte sie mißtrauisch: „Was trinkst du da?"

„Scotch."

„Du *bist* in Schwierigkeiten!" Philosophisch, in der Vorhut modernen Denkens, wie sie sich vorkam, war Ida im Alltagsleben streng puritanisch.

„Zwei Scotch bitte", sagte Gretchen zu dem Barmann.

„Ich kann nicht arbeiten, wenn ich etwas zu trinken gehabt habe", jammerte Ida. „Das weißt du doch."

„Du wirst heute nachmittag nicht arbeiten", sagte Gretchen. „Niemand wird heute nachmittag arbeiten. Bist du nicht *gegen* weibliches Schuften? Besonders an Samstagen. Sagst du nicht dauernd, daß das Land eine Zwanzigstundenwoche braucht?"

„Das ist nur die Theorie", sagte Ida in ihrer Not und beäugte das Glas, das der Barmann vor ihr hingestellt hatte, mit Abscheu. „Persönlich *beliebe* ich zu arbeiten."

„Heute nicht", sagte Gretchen mit Bestimmtheit. Sie winkte dem Maître d'Hôtel. „Einen Tisch für zwei Personen, bitte. Und lassen Sie die Drinks hinüberbringen." Sie ließ großzügig zwei Dollar als Trinkgeld für den Barmann zurück.

„Das ist aber ein mächtig großes Trinkgeld für nur drei Drinks", flüsterte Ida, als sie hinter dem Maître d'Hôtel in den rückwärtigen Teil des Restaurants gingen.

„Eines der Dinge, die uns Frauen mit den Männern gleichstellen werden", sagte Gretchen, „ist die Höhe unserer Trinkgelder."

Der Maître d'Hôtel zog an einem der Tische direkt neben der Küche zwei Stühle zurück.

„Siehst du –" Ida schaute sich um. „Das Restaurant ist so gut wie leer, und er setzt uns neben die Küche. Nur weil wir nicht in Herrenbegleitung sind."

„Trink deinen Whisky", sagte Gretchen. „Wir bekommen unsere Rache im Himmel."

Ida nippte an ihrem Drink und zog ein Gesicht. „Wenn du schon etwas bestellst, dann hättest du wenigstens etwas Süßes nehmen können."

„Auf die Barrikaden, wo es keine süßen Drinks gibt!" sagte Gretchen. „Und nun sage mir, wie du das Manuskript findest."

Idas Gesicht leuchtete auf. Eine gelungene Szene in einem Film, eine Stelle in einem Buch, die ihr gefiel, konnten sie in Euphorie versetzen. „Es ist wundervoll", sagte sie. „Mein Gott, was das für einen Film gibt!"

„Nur sieht es leider so aus, als ob niemand es machen wird", sagte Gretchen. „Ich glaube, es hat schon die Runden gemacht, und unser geliebter Evans Kinsella war die letzte Hoffnung des Agenten."

„Hat er es schon gelesen – Evans?"

„Ja", sagte Gretchen. „Er findet es einen Haufen Scheiße. Dies seine Worte. Er sagte, ich solle das Manuskript seiner Sekretärin zum Zurückschicken geben."

„Prolet!" sagte Ida wütend. „Und dabei ist er die große Kanone. Wieviel soll der Film kosten, an dem wir jetzt sind?"

„Dreieinhalb Millionen."

„Irgend etwas stimmt nicht an dem Geschäft, an dieser Welt, wenn du willst", sagte Ida, „wenn sie einen Narren wie ihn mit dreieinhalb Millionen herumspielen lassen."

„Er hatte immerhin zwei große Hits in den letzten drei Jahren", sagte Gretchen.

„Glück", sagte Ida, „einfach Glück."

„Ich bin nicht so sicher, ob es nur das ist", sagte Gretchen. „Er hat schon auch große Momente."

„Nichts, was dreieinhalb Millionen wert ist“, sagte Ida starrsinnig. „Und ich weiß nicht, warum du für ihn Partei nimmst. Wie er dich behandelt. Und ich meine jetzt nicht nur im Büro.“

„Ach, weißt du“, sagte Gretchen mit einer Nonchalance, nach der ihr nicht zumute war, „ein wenig Masochismus hat einer Frau noch nie geschadet.“

„Manchmal“, sagte Ida empört, „bringst du mich zum Wahnsinn, Gretchen, wirklich!“

Der Kellner war gekommen und stand mit gezücktem Block und Bleistift da.

„Zeit, daß wir bestellen“, sagte Gretchen. Sie schaute sich die Karte an. „Sie haben gebratene Ente mit Oliven. Es ist für zwei. Wollen wir es zusammen nehmen?“

„Gut“, sagte Ida. „Ich mag keine Oliven. Du kannst sie alle haben.“

Gretchen bestellte die Ente und eine Flasche Pouilly Fumé.

„Doch nicht eine ganze Flasche“, sagte Ida. „Bitte. Ich trinke höchstens ein halbes Glas.“

„Eine ganze Flasche“, sagte Gretchen zum Kellner.

„Du wirst dich betrinken“, warnte Ida.

„Gut“, sagte Gretchen. „Ich habe große Entscheidungen zu treffen, und stinknüchtern kann ich das wahrscheinlich nicht.“

„Du hast heute einen komischen Blick in den Augen“, sagte Ida.

„Da kannst du deinen befreiten BH drauf wetten, daß ich den habe!“ sagte Gretchen. Sie goß ihren zweiten Whisky in einem Zug hinunter.

„Was hast du denn vor?“ sagte Ida. „Aber sei nicht leichtsinnig. Du hast einen Zorn, und du hast all den Alkohol in dir . . .“

„Ich habe einen Zorn“, sagte Gretchen, „und ich habe ein winziges bißchen Alkohol in mir, und ein Teil von dem, was ich vorhabe, ist, die Flasche Wein so gut wie allein auszutrinken, wenn du mir nicht dabei hilfst. Und dann . . .“ Sie verstummte.

„Und dann was?“

„Dann –“ sagte Gretchen. „Ich weiß noch nicht recht.“ Sie lachte. Das Lachen klang so merkwürdig, daß Ida ernsthaft glaubte, es seien schon die ersten Trunksuchtssymptome. „Dann werde ich ein kleines Gespräch mit Evans Kinsella führen. Wenn ich ihn finde, was ich bezweifle.“

„Was willst du ihm sagen?“ fragte Ida ängstlich.

„Ein paar unangenehme Wahrheiten", sagte Gretchen. „Als Anfang."

„Sei vernünftig", sagte Ida besorgt. „Schließlich ist er, ganz gleich, was er dir sonst bedeuten mag, immer noch dein Chef."

„Ida", sagte Gretchen. „Hat dir noch niemals jemand gesagt, daß du einen krankhaften Autoritätsrespekt hast?"

„Also krankhaft würde ich nicht sagen." Ida war verletzt.

„Was denn? Maßlos, sklavisch, anbetend?"

„Ich würde normal sagen, wenn du es wissen mußt. Aber lassen wir mich einmal aus dem Spiel. Was wirst du ihm wirklich sagen?"

„Ich werde ihm sagen, daß der Film, an dem wir arbeiten, stinkt. Das wird die Ouvertüre."

„Gretchen, ich bitte dich!" Ida hob die Hände, als wolle sie sie mit Brachialgewalt hindern.

„Irgend jemand sollte dir ein paar Ringe kaufen", sagte Gretchen. „Du hast so schöne Hände, und Ringe würden sie erst richtig zur Geltung bringen. Vielleicht gehen wir heute nachmittag Ringe für dich aussuchen, wenn wir den Hund Kinsella nicht finden können."

Ida sah sich entsetzt um. Das Restaurant war inzwischen voll geworden, zwei Herren saßen ganz in ihrer Nähe. „Die Leute können dich hören!"

„Laß sie doch hören", sagte Gretchen. „Ich will die frohe Botschaft verbreiten."

Der Ober stand am Tisch und tranchierte ihre Ente sachverständig. Der Wein stand im Kühler. „Keine Oliven für mich, bitte", sagte Ida. „Geben Sie sie alle der Dame."

Gretchen beobachtete mit Bewunderung, wie flink der Ober die Ente zerteilte. „Ich wette, *er* trinkt nicht während der Arbeitsstunden", sagte sie. Es war bekannt, daß Kinsella auch das zuweilen tat.

„Schscht", sagte Ida. Sie lächelte, für ihre überspannte Freundin Verzeihung heischend, den Ober an.

„Tun Sie's?" fragte Gretchen den Ober.

„Nein, Ma'am", sagte er. Er lachte. „Ich würde aber, wenn's mir angeboten wird."

„Morgen früh schicke ich Ihnen eine Flasche", sagte Gretchen.

„Gretchen", sagte Ida. „So habe ich dich noch nie erlebt. Was hast du nur?"

„Eine Wut im Bauch", sagte Gretchen. „Eine gesunde Stinkwut, weiter nichts.“ Sie kostete die Ente. „Mmm“, sagte sie und nahm einen herzhaften Schluck Wein.

„Ich an deiner Stelle“, sagte Ida und nibbelte an ihrem Essen, „würde bis nach dem Wochenende warten, bevor ich etwas täte.“

„Verschiebe nie deine Wut! Das ist ein alter Familienwahlspruch bei uns zu Haus“, sagte Gretchen. „Schon gar nicht übers Wochenende. Es ist schwer, am Montagmorgen wütend zu sein. Man braucht die ganze Woche, um in die richtige Verfassung für eine Stinkwut zu geraten.“

„Kinsella wird es dir nie vergeben, wenn du so mit ihm abfährst“, sagte Ida.

„Nach der Ouvertüre“, sagte Gretchen, ohne Idas Einwand zu beachten, „kommt die eigentliche Vorstellung. Darüber, daß ich nur eingewilligt habe, an dem Schund mitzuarbeiten, den er fabriziert, weil ich weiterhin in den Genuß der Gunstbeweise seines reinen, weißen Körpers zu kommen wünschte.“

„Gretchen“, sagte Ida vorwurfsvoll, „du hast mir einmal gesagt, du liebtest ihn.“ Romantik nahm in ihrem Jungfernherz eine bevorzugte Stelle ein.

„Einmal“, sagte Gretchen.

„Du wirst ihn rasend machen.“

„Genau das habe ich vor“, sagte Gretchen. „Des weiteren werde ich ihm sagen, daß ich das Manuskript gelesen hätte, das ich seinem Wunsch gemäß an den Agenten zurückschicken soll, und es originell, geistreich und für seinesgleichen viel zu schade fände. Da er aber der einzige Regisseur ist, mit dem ich im Augenblick die Hälfte meiner Zeit verbringe, und da er ganz bestimmt der einzige Regisseur ist, mit dem ich schlafe, der auf Grund seines Namens Geld für einen Film auftreiben kann, werde ich ihm sagen, daß, wenn er den Verstand hat, mit dem er geboren wurde, er ihn morgen kaufen wird, und wenn er es auch nur tut, weil ich ihn darum bitte.“

„Du weißt, daß er nein sagen wird“, sagte Ida.

„Wahrscheinlich.“

„Und was machst du dann? In Tränen ausbrechen und um Verzeihung bitten?“

Gretchen sah sie überrascht an. Ida neigte nicht zum Sarkasmus. Gretchen wurde klar, daß das ganze Gespräch sie tief beunruhigte. „Ida, Liebling“, sagte sie weich, „du mußt dir doch deswegen keine Sorgen machen. Schließlich bin doch ich diejenige, die die Sache austragen wird.“

„Ich möchte nicht, daß du in Schwierigkeiten kommst“, sagte Ida.

„Es gibt Zeiten, wo man das nicht vermeiden kann, und dies ist so eine Zeit. Du hast mich gefragt, was ich tue, wenn er nein sagt.“

„*Falls* er nein sagt“, sagte Ida.

„Dann werde ich ihm sagen, daß ich ab sofort aus dem Film ausscheide . . .“

„Du hast aber einen Vertrag!“ schrie Ida.

„Soll er klagen. Er kann auch vor Gericht gehen, um mich wieder in sein Bett zu kriegen.“

„Du weißt, daß ich auch gehe, wenn du gehst“, sagte Ida. Ihre Stimme bebte angesichts des Ungeheuerlichen, das sie aussprach.

„Im Krieg“, sagte Gretchen ungerührt, „muß man mitunter seine Truppen opfern.“

„Dies ist aber kein Krieg“, protestierte Ida. „Es ist ein Film wie tausend andere Filme.“

„Das ist es ja eben“, sagte Gretchen. „Ich möchte nicht mein Leben lang an Filmen arbeiten, die ganz genau wie tausend andere sind.“ Sie bemerkte, daß Ida den Tränen nahe war, ihre weichen dunklen Augen wurden dunkle Pfützen. „Du sollst doch nicht für meine speziellen Neigungen büßen. Es gibt für dich keinen Grund, auch zu gehen, wenn ich es tue.“

„Ich möchte nicht darüber sprechen“, sagte Ida.

„O. k.“, sagte Gretchen. „Der Fall ist abgeschlossen. Jetzt iß deine Ente auf. Du hast ja kaum einen Happen gegessen. Schmeckt sie dir nicht?“

„Ich – ich finde sie köstlich“, schluchzte Ida.

Sie aßen etwa eine Minute lang in Schweigen. Gretchen goß sich mehr Wein ein. Sie konnte sehen, wie Ida sich bemühte, ihr weiches, zartes Gesicht, das eigentlich das eines pausbäckigen Kindes war, wieder zur Ruhe zu bringen, und einen Augenblick bedauerte sie, Ida das Manuskript überhaupt zu lesen gegeben und sie mit ihren eigenen Problemen belastet zu haben. Aber sie kannte eben Idas felsenfeste Lauterkeit und Unbestechlichkeit in Dingen des Geschmacks, und sie hatte Bestätigung über den Wert des Manuskripts gebraucht. Ohne sie wäre sie ihrer Sache nicht sicher genug gewesen, um Kinsella gegenüberzutreten.

Evans Kinsella, dachte sie grimmig bei sich, steht ein böser

Nachmittag bevor, falls er daheim ist. Ida Cohen oder keine Ida Cohen. Falls er daheim ist.

Endlich sprach Ida wieder. „Ich habe nachgedacht", sagte sie. Es klang fast ängstlich. „Man könnte auch anders vorgehen. Du mußt ja nicht immer gleich mit dem Kopf durch die Wand, nicht wahr?"

„Wohl nicht. Aber Dinge scheibchenweise tun ist nicht gerade meine Stärke."

Ida gluckste. „Nein, das ganz gewiß nicht. Dennoch – vielleicht wirst du dieses eine Mal auf mich hören. Du weißt und ich weiß, daß er nie und nimmer ja sagen wird. Schon gar nicht, wenn du ihn überzeugen willst."

„Woher kennst du ihn denn so gut?" fragte Gretchen mit gespieltem Mißtrauen. „Hattest du hinter meinem Rücken ein Techtelmechtel mit ihm?"

Ida lachte laut. Ihr Gleichgewicht war wiederhergestellt. „Wie könnte ich?" fragte sie. „Er ist ja nicht einmal Jude."

Sie lachten beide. Dann wurde Ida wieder ernst. „Meine Idee ist folgende: Schneide den Film zu Ende ..."

„O Gott", sagte Gretchen.

„Ruhig! Hör doch nur einen Augenblick zu. Ich habe dir ja auch zugehört, oder nicht?"

„Doch, das hast du", gab Gretchen zu.

„Sprich überhaupt nicht mehr mit ihm über das Manuskript. Tu, als hättest du es ganz vergessen."

„Aber ich habe es nicht vergessen. Es verfolgt mich bereits. Ich sehe eine Einstellung nach der anderen, sogar in diesem Augenblick ..."

„Ich sagte, *tu so*", sagte Ida ärgerlich. „Such dir jemand, der dir Geld für eine Option gibt, und kaufe es selber."

„Selbst wenn ich das Geld bekommen könnte", sagte Gretchen und dachte sofort an Rudolph, „was dann?"

„Dann", sagte Ida triumphierend, „machst du die Regie selbst."

Gretchen lehnte sich im Stuhl zurück. Von allen Dingen, die in Idas Kopf gespukt haben mochten, hätte sie das am wenigsten erwartet.

„Herr im Himmel", sagte sie, „was für eine Idee!"

„Warum nicht", sagte Ida eifrig und vergaß aufs neue zu essen. „Früher, in den guten alten Zeiten, kamen die meisten Regisseure aus den Schneideräumen."

„Die guten alten Zeiten", sagte Gretchen. „Und alle waren Männer."

„Du weißt, ich will so etwas nicht hören", sagte Ida mißbilligend.

„Verzeih. Ich hatte es im Moment vergessen. Aber nur so zum Spaß, Ida, sage mir die Namen von fünfundzwanzig Regisseurinnen."

„In alten Zeiten waren auch keine fünfundzwanzig Frauen in der Armee." Die Versammlungen, zu denen sie ging, gaben Idas Argumenten einen soliden Untergrund, und sie machte den besten Gebrauch davon. „Du gehst nicht zu Versammlungen, du liest nicht einmal die Broschüren, die wir herausgeben – aber du könntest uns einen viel größeren Dienst erweisen, wenn du mit einem Prachtfilm herauskämst, als wenn du zu hunderttausend Versammlungen hinliefst. Und wenn dich irgendwelche Zweifel plagen, ob du es könntest oder nicht, dann laß dir von mir sagen, daß du mehr vom Filmen verstehst, als Evans Kinsella je verstanden hat oder verstehen wird."

„Es wäre ein Gedanke", sagte Gretchen besinnlich, „jetzt, wo der erste Schock vorbei ist – wäre es schon ein Gedanke."

„Die Herstellung wäre nicht teuer", setzte Ida schnell nach. „Eine Kleinstadt, das meiste Außenaufnahmen und einfache Atelierszenen, kleine Besetzung, meist junge Menschen; du könntest niemanden mit Namen für die Rolle bekommen, selbst wenn du das Geld dazu hättest. Ich kenne ein paar Leute, die Geld in Filme stecken. Ich könnte mit ihnen reden. Du könntest zu deinem Bruder gehen ..."

Armer Rudolph, dachte Gretchen wieder.

„Was hat Kinsellas erster Film gekostet?" fragte Ida.

„Hundertfünfundzwanzigtausend", sagte Gretchen sofort. Kinsella brüstete sich immer damit, daß sein erster Film, der ein enormer Kassenerfolg gewesen war, einen Pappenstiel gekostet hatte, und er nannte stets die genaue Summe.

„Hundertfünfundzwanzigtausend", sagte Ida. „Und jetzt geben sie ihm dreieinhalb Millionen."

„So ist es im Showgeschäft", sagte Gretchen.

„Heute sind andere Zeiten", sagte Ida, „und hundertfünfundzwanzig wäre ausgeschlossen. Aber ich wette, wir könnten diesen für nicht mehr als siebenhundertfünfzigtausend machen. Die meisten Schauspieler würden für kleine Gagen arbeiten, und bei diesen Rollen würden die Hauptdarsteller ihre Honorare schießen lassen und auf Gewinnbeteiligung spielen. Das ganze Geld ginge in den Film und nirgendwoanders hin."

„Geliebte Ida", sagte Gretchen, „du fängst schon an, wie ein Filmmogul zu reden."

„Versprich mir nur eines", sagte Ida.

„Und das wäre?" fragte Gretchen mißtrauisch.

„Ruf heute oder morgen Kinsella noch nicht an. Überlege dir alles wenigstens bis Montag."

Gretchen zögerte. „O. k.", sagte sie. „Aber du bringst mich um einen herrlichen Krach."

„Stell dir doch vor, was Kinsella für ein Gesicht machen wird, wenn der Film herauskommt und du dir beim besten Willen die Genugtuung nicht versagen kannst, ihm zu sagen, was für ein Idiot er ist."

„Gut, ich verspreche es", sagte Gretchen. „Und jetzt bestellen wir uns ein klebrig-süßes, französisches Monsterdessert, und den restlichen Nachmittag lassen wir uns restlos gehen. Sag – wie oft hast du Bergmans ‚Wilde Erdbeeren' schon gesehen?"

„Fünfmal."

„Ich habe es auch fünfmal gesehen. Heute nachmittag schwänzen wir und machen ein halbes Dutzend daraus."

Rudolph fuhr auf dem Rücksitz des Continental mit Johnny Heath am Steuer und Elaine vorn neben ihm durch den Sonntagnachmittagsverkehr heim und dachte über das vergangene Wochenende nach. Es war gutgegangen, fand er. Jeans Haus war gemütlich, wie sie gesagt hatte, und der Blick aufs Meer herrlich. Die Masseuse schien ihm keine Lesbierin zu sein, erwies sich dagegen als ausgezeichnete Köchin. Es hatte Johnnys Voraussagen zum Trotz keine Orgien, keine nackten „Muschelpastetchen" am Strand gegeben, dafür aber lange Spaziergänge auf dem harten Sand bei Ebbe, an denen alle teilgenommen hatten, Enid an der Hand der Mutter. Die beiden hatten sich großartig verstanden, und – ohne daß er schon davon gesprochen hätte – war Rudolph der Gedanke gekommen, ob es nicht gut für Enid sein würde, bei der Mutter zu bleiben und auf eine kleine Landschule zu gehen, statt ständig den Gefahren der New Yorker Straßen ausgesetzt zu sein. Er konnte das Kind immer über die Wochenenden und während der Ferien sehen. Wenn er allerdings Johnnys wildes Nevada-Projekt ernst nahm, würden sich Schwierigkeiten ergeben. Nun, es würde nicht schon morgen oder nächste Woche passieren, wahrscheinlich noch nicht einmal nächstes Jahr.

Jean hatte gesund und fit ausgesehen. Sie machte mit der Masseuse jeden Morgen spartanische Gymnastik und wanderte täglich meilenweit am Strand, auf der Suche nach photographischen Sujets. Sie schien in einer traumverlorenen, verschwiegenen Art glücklich, wie ein Kind, das gerade aus einem schönen Traum erwacht. Sie hatte sich über den Besuch der Heaths gefreut und hatte nichts dagegen, das Wochenende in Gesellschaft zu verbringen. Weder sie noch die Masseuse, deren Name Lorraine war, hatten versucht, ihn zu einem privaten Gespräch auf die Seite zu ziehen. Falls Jean Freunde in der Umgebung hatte, so waren sie jedenfalls weder am Samstag noch am Sonntag aufgetaucht. Als Rudolph sie bat, ihm ihre Photographien zu zeigen, hatte sie gesagt: „Ich bin noch nicht soweit. Vielleicht in einem Monat oder so.“

Während er in dem bequemen Wagen im Eiltempo in die Stadt zurückfuhr, mußte er sich, nicht ohne einen Anflug von Bedauern, eingestehen, daß Jean ihm an diesem Wochenende glücklicher erschienen war als zu irgendeiner Zeit seit ihrer Hochzeit.

Wein war auf dem Tisch gewesen, aber kein Whisky oder dergleichen. Jean hatte nicht nach der Flasche gegriffen, und Rudolph keinen warnenden Blick zu ihr von seiten Lorraines wahrgenommen.

Sie hat mit sich Frieden geschlossen, dachte Rudolph. Von sich konnte er das nicht sagen.

Von der Brücke nach New York hinein sah er die Hochhäuser wie Riesenzinnen vor dem Melodram der untergehenden Sonne stehen. Lichter gingen in Fenstern an, kleine, blinzelnde – Nadelspitzen, die aussahen wie Kerzen in den Schießscharten der Bogenschützen auf einer Burg bei Zwielicht. Es war ein Anblick und eine Stunde, die er liebte – die leeren Sonntagsstraßen, durch die sie fuhren, sahen sauber und einladend aus. Wenn doch in New York immer Sonntag wäre, dachte er, niemand würde es je verlassen.

Als der Wagen vor seinem Wohnblock hielt, fragte er die Heaths, ob sie nicht auf einen Drink mit hineinkommen wollten, aber Johnny sagte, sie müßten auf eine Cocktailparty, sie kämen schon sehr spät. Rudy bedankte sich für die Fahrt, lehnte sich vor und küßte Elaine auf die Wange. Nach dem Wochenende mochte er sie mehr als zuvor.

„Bist du heute abend ganz allein?“ fragte Elaine.

„Ja.“

„Dann steige doch wieder ein und verbringe den Abend mit uns“, sagte sie. „Nach der Party gehen wir zu ‚Gino‘ essen.“

Es lockte ihn, aber er mußte über vieles nachdenken und fand, es wäre besser, allein zu sein. Er sagte ihr nicht, daß er sich neuerdings unter einer größeren Anzahl Menschen nicht wohl fühle. Das würde gewiß wieder vorübergehen, aber man mußte es in Rechnung stellen. „Danke“, sagte er, „aber ich habe einen Haufen Briefe, die beantwortet werden müssen. Holen wir es diese Woche nach. Nur wir drei.“

„Ich rufe dich morgen an“, sagte Johnny, „sobald ich die Pilgerfahrt nach Nevada organisiert habe.“

„Ich bin den ganzen Tag daheim“, sagte Rudolph. Als er den Wagen fortfahren sah, tat es ihm leid, daß er das gesagt hatte. Sicher würde jetzt einer der beiden Heaths im Wagen sagen: „Er ist den ganzen Tag daheim, weil er nicht weiß, was er mit sich anfangen soll.“

Mit der Reisetasche in der Hand ging er die Stufen hinauf. Den Schlüssel zur Haustür hatte er nicht gebraucht. Sicher wieder die Leute von unten, die nicht abgeschlossen hatten. Er mußte einmal mit ihnen reden. Als er in das unerleuchtete Vestibül trat, sagte eine Männerstimme: „Stehenbleiben und kein Laut, oder es knallt.“

Er hörte, wie die Haustür hinter ihm zuschlug.

„In welchem Stock ist Ihre Wohnung, Mister?“

Er zögerte. Wenn Enid oben gewesen wäre, hätte er nicht geantwortet. Er dankte seinem Schöpfer, daß sie und ihre Mutter hundert Meilen weit entfernt waren. Und die Kinderfrau war in New Jersey. Niemand war oben. Er fühlte so etwas wie einen Pistolenlauf, der ihm in die Rippen gedrückt wurde. „Wir haben Sie etwas gefragt, Mister“, sagte die Stimme. Da war noch ein zweiter Mann, der neben ihm zu stehen schien.

„Zweiter Stock“, sagte er.

„Los, ’rauf“, befahl die Stimme. Er stieg die Treppe hoch.

Kein Licht drang durch die untere Türritze der Wohnung im Erdgeschoß. Niemand daheim. Sonntag abend, dachte er, und ging mechanisch die Treppe weiter hinauf, hinter ihm die schweren Tritte von zwei Menschen.

Seine Hände zitterten, als er seinen Schlüssel wieder aus der Tasche holte und die Wohnungstür aufschloß und eintrat. „Licht anmachen", sagte dieselbe Stimme.

Er tastete nach dem Schalter, fand ihn und drückte darauf. In der Diele ging das Licht an, und er drehte sich um und sah die beiden Männer, die ihm unten im Vestibül aufgelauert hatten. Sie waren jung, Schwarze, der eine lang, der andere mittelgroß, beide gut angezogen. Ihre Gesichter waren schmal und straff und voller Haß. Knallköpfe, dachte er. Der Lange hielt eine Pistole auf ihn gerichtet, bläulichschwarz und matt im Lampenlicht schimmernd.

„Ins Wohnzimmer", sagte er.

Sie folgten ihm ins Wohnzimmer, und der andere Mann fand den Lichtschalter. Alle Lampen gingen an. Das Zimmer sah behaglich und sauber aus, die Vorhänge waren zugezogen. Die Kinderfrau hatte aufgeräumt, ehe sie fortfuhren. Die Uhr auf dem Kaminsims tickte laut. Er sah, daß es fünf Uhr dreißig war.

„Deine Brieftasche", sagte der Lange, „und keine Dummheiten."

Rudolph griff in sein Jackett und holte die Brieftasche heraus. Der Mann mit der Pistole langte grob danach und warf sie dem anderen zu. „Schau nach, was drin ist", sagte er.

Der andere Mann filzte die Brieftasche. „Dreißig Dollar", sagte er und hielt die Scheine hoch.

„Scheiße", sagte der Mann mit der Pistole. „Was hast du in der Hose?"

Rudolph holte seinen Geldscheinklip und zwei kleine Münzen hervor. Der andere Mann streckte den Arm danach aus und riß ihm die Scheine und das Wechselgeld aus der Hand. „Da kannst du wieder Scheiße sagen, Bruder", sagte er. „Ganze acht Dollar sind das." Er ließ die Münzen auf den Teppich fallen.

„Du hast die Frechheit, hier in einem Lincoln Continental vorzufahren, und hast nur lumpige achtunddreißig Dollar bei dir?" sagte der Mann mit der Pistole. „Clever, was? Hast wohl Angst, im Dunkeln eins über'n Schädel zu kriegen, Mister Rockefeller, was?"

„Tut mir leid", sagte Rudolph. „Mehr habe ich nicht. Und die Kreditkarten da." Er wies auf die Kreditkarten, die jetzt über den Boden verstreut waren.

„Die Stiftung nimmt leider keine Kreditkarten an, wie, Elroy?" sagte der Mann.

„Bestimmt nicht", sagte Elroy. Beide lachten heiser.

Rudolph hatte das Empfinden, weit entfernt zu sein, als ob dies nicht ihm zustieße, sondern einer winzigen, empfindungslosen Gestalt in der Distanz.

„Wo bewahrst du dein Geld im Hause auf?" wollte der Mann mit der Pistole wissen. „Wo ist der Safe?"

„Ich habe kein Geld im Hause", sagte Rudolph. „Und einen Safe gibt es hier nicht."

„Immer cleverer, eh?" sagte der Mann. Er schlug ihm mit der freien Hand hart über die Augen. Rudolph konnte im Augenblick vor Tränen nichts mehr sehen und taumelte zurück. „Das war nur eine kleine Wahrheitspille, Mister", sagte der Mann mit der Pistole.

„Seht doch selber nach", sagte Rudolph, halb blind.

„Du hast noch eine letzte Chance, uns zu zeigen, wo es ist, Mister", sagte der Mann.

„Tut mir leid, da kann ich auch nichts machen."

Der Mann mit der Pistole atmete heftig, unregelmäßig, seine Augen wanderten unstet umher, reflektierten ruckweise die Lichter der Lampen. „Was meinst du, Elroy?" fragte er.

„Gib dem Pimmellutscher einen Denkzettel", sagte Elroy.

Der Mann mit der Pistole drehte die Waffe mit einer plötzlichen Bewegung um und ließ sie gegen Rudolphs Schläfe sausen. Als er zu Boden sackte, hatte Rudolph das Gefühl eines langsamen, nicht unangenehmen Fallens im Raum, und der Fußboden schien ihm, als er aufprallte, wie ein herrlich weiches Bett. Nach einer Weile sagte eine Stimme aus weiter Ferne: „Das genügt, Elroy, du willst den Mistkerl doch nicht umbringen."

Er träumte. Während er träumte, wußte er, daß es ein Traum war. Er suchte am Strand nach Enid. Das Tosen von Brechern war zu hören. Irgendwie standen geparkte Busse in einem unregelmäßigen Muster auf dem Strand, und Leute rannten in sie hinein und kamen wieder heraus, Leute, die er nicht kannte oder erkannte, die ihn nicht beachteten, ihm manchmal den Weg versperrten, sich dann wieder in Schatten auflösten, während er sich einen Weg durch sie hindurch bahnte und „Enid! Enid!" schrie. Er wußte, es war ein Traum, aber er marterte ihn dennoch, denn er wußte, er würde sie nie wiederfinden. Das Gefühl, sie verloren zu haben, war unerträglich.

Dann wachte er auf. Die Lampen waren noch an. Jetzt waren sie ein Glast, der seine Augen durchbohrte. Er lag am Boden, und alles schmerzte, sein Kopf, seine Leisten. Es war Tortur, sich zu bewegen. Sein Gesicht war naß. Als er hinfaßte, war seine Hand voll Blut.

Das Zimmer war ringsumher verwüstet. Alle gepolsterten Stühle und das Sofa waren mit Messern aufgeschlitzt, und die Füllung lag wie Schneehaufen auf dem Boden. Die Uhr lag zertrümmert auf dem Kaminvorplatz. Jede einzelne Schublade war aus dem Schreibtisch, den Kommoden, der Anrichte herausgezogen, ihr Inhalt lag im Zimmer verstreut. Der Spiegel über dem Kamin war in zackige Stücke zerschlagen. Die Holzstühle und der Kaffeetisch und die kleine Anrichte waren mit dem Kaminschüreisen entzweigeschlagen und das Schüreisen selbst in einen verrückten Winkel verbogen. Sämtliche Flaschen auf der Anrichte waren gegen die Wand geschmettert worden, und überall war Glas und durchdringender Whiskygeruch. Die Stirnwand des Klaviers war ans Sofa gelehnt und die freigelegten und herausgerissenen Saiten hingen zerknickt und durcheinander über die Tastatur wie die Eingeweide eines Tieres. Er versuchte auf seine Uhr zu schauen, um festzustellen, wie lange er bewußtlos dagelegen hatte, aber die Uhr war von seinem Handgelenk weggeschnitten worden, und an der Stelle war eine scheußliche, sikkernde Wunde.

Mit einer ungeheuren Anstrengung kroch er stöhnend zum Telephon. Er nahm den Hörer von der Gabel und lauschte. Es war noch in Betrieb. Gott sei Dank. Es kam ihm vor, als dauere es minutenlang, bis ihm Gretchens Nummer einfiel. Er wählte mit Schmerzen. Es läutete und läutete. Er lag am Boden, den Hörer an die Backe gelehnt. Endlich hörte er, wie am anderen Ende abgenommen wurde.

„Hallo." Es war Gretchens Stimme.

„Gretchen", sagte er.

„Wo warst du denn?" Sie klang ärgerlich. „Ich habe dich um fünf angerufen; du sagtest doch, du würdest um fünf ..."

„Gretchen", sagte er heiser, „komm hierher. Sofort. Wenn die Tür verschlossen ist, hole einen Polizisten, er soll sie aufbrechen, ich ..." Dann fühlte er sich wieder fallen. Er konnte nicht mehr sprechen. Er lag auf dem Boden, und Gretchens Stimme schrie an seinem Ohr: „Rudy! Rudy! Rudy, hörst du mich ...?" Er ließ sich fallen, ganz und gar, und verlor das Bewußtsein wieder.

Er war zwei Wochen im Spital, und aus Nevada mit Johnny Heath wurde nichts.

Drittes Buch

1

Er hatte Mrs. Wertham für siebzehn Dollar Lebensmittel vom Supermarkt ins Haus geliefert, und Mrs. Wertham hatte ihn zu einer Tasse Kaffee eingeladen. Mr. Wertham arbeitete in Mr. Kralers Flaschenabfüll-Fabrik, und das, dachte Wesley, überbrückte in Mrs. Werthams Überlegungen den sozialen und sexuellen Unterschied zwischen einer wohlsituierten Hausfrau und einem sechzehnjährigen Lieferburschen. Er hatte den Kaffee akzeptiert. Es war sein letzter Liefergang an diesem Tage, und bei den Kralers bekam er niemals Kaffee vorgesetzt.

Nach dem Kaffee ließ ihn Mrs. Wertham mit neckischem Gekicher wissen, daß er ein sehr gut aussehender junger Mann sei, und lud ihn in ihr Bett ein. Kaffee war nicht das einzige, was er bei den Kralers nicht vorgesetzt bekam, und Mrs. Wertham war eine füllige Dame mit gefärbtem Blondhaar. Er nahm auch diese Einladung an.

Der Kaffee war gut gewesen, aber der Geschlechtsverkehr noch besser. Er hatte sich dabei beeilen müssen, denn das Geschäftsrad mit dem Lieferkasten zwischen den beiden Vorderrädern war vor dem Haus geparkt, und es wimmelte von Halbstarken in der Gegend, denen zuzumuten war, daß sie stehlen würden, was sie erwischen konnten, sogar ein Lieferrad, auf dessen Kasten mit großen Lettern „UM Supermarkt“ aufgepinselt war.

Das war vor genau einem Monat gewesen. Er hatte seitdem zehnmal Lieferungen bei Mrs. Wertham gemacht. Die Lebensmittelbestellungen im Haushalt der Werthams richteten sich ganz nach den Schwankungen in Mrs. Werthams Lustbegehren.

Diesmal zog sich Mrs. Wertham, als er sich gerade wieder anzog, einen Morgenrock über, setzte sich zu ihm und lächelte ihn an, als hätte sie gerade eine große Süßspeise mit viel Sahne verspeist. „Du bist wirklich ein stark gebauter junger Mann“, sagte sie bewundernd. „Du könntest meinen Mann mit einer Hand hochheben."

„Danke, Ma'am", sagte Wesley und zog seinen Sweater über. Er hatte kein Begehren, Mr. Wertham mit einer Hand hochzuheben.

„Ich mache eigentlich so etwas nicht", sagte Mrs. Wertham und vergaß vielleicht dabei, daß Wesley zählen konnte, „aber ..." Sie seufzte. „Es macht so eine angenehme Unterbrechung, nicht?"

„Ja, Ma'am", sagte Wesley.

„Es wäre eine reizende Geste von dir", sagte Mrs. Wertham, „wenn du das nächstemal, wenn du liefern kommst, ein nettes kleines Angebinde mit in den Lieferbeutel legen würdest. Einen halben Schinken oder so etwas. Zwischen drei und fünf bin ich immer daheim."

„Ja, Ma'am", sagte Wesley vieldeutig. Dies war das letztemal, daß Mrs. Wertham ihn in ihr Bett kriegen würde. „Ich muß jetzt gehen. Mein Rad steht draußen."

„Ich begreife", sagte Mrs. Wertham. „Du denkst an den Schinken, ja?"

„Ja, Ma'am", sagte Wesley.

Das Rad stand noch unten. Er schwang sich darauf und trampelte, angeekelt von sich selbst, zur Post. Ein halber Schinken. Sie bildete sich ein, daß er zu herabgesetzten Preisen lieferbar war. Erniedrigend war das. Er fühlte sich an einem Wendepunkt seines Lebens angelangt. Von jetzt an würde er nichts mehr nur deshalb annehmen, weil es ihm geboten wurde. Amerika war voller wunderschöner Mädchen. Die Nette, Scheue im „Time"-Büro in New York zum Beispiel, so alt sie war. Er gedachte nicht, sich weiterhin mit Ausschuß abzugeben. Außerhalb von Indianapolis mußte es doch irgendwo eine geben, mit der er reden, lachen, die er bewundern, der er von seinem Vater und sich erzählen konnte, ein Mädchen, das er lieben, auf das er stolz sein konnte, eine, bei der er sich nicht wie ein Schwein fühlte, wenn er aus ihrem Bett stieg. In der Zwischenzeit, beschloß er, konnte er warten.

Auf der Post waren zwei Briefe für ihn am Postlagerschalter, einer von Bunny, der andere von Onkel Rudolph. Seit er von Onkel Rudolphs Idee Gebrauch machte und sich postlagernd schreiben ließ, hatte er regelmäßig Briefe von Bunny und Kate bekommen. Sie machten das Leben in Indianapolis nahezu erträglich. Er stopfte die Briefe in die Tasche, ungelesen, weil

Mr. Citron, der Geschäftsführer von „UM“, ihn immer mit einem scharfen Blick maß, wenn er auch nur fünf Minuten länger brauchte, als Mr. Citron für unbedingt nötig hielt, und Mrs. Wertham hatte ihn schon etwas aus dem Stundenplan gebracht. Mr. Citron, dachte Wesley, als er den Geschäftsführer bei der Rückkehr unschuldig anlächelte, mußte eine Kontrolluhr im Kopf haben. Versuche stets, dein eigener Herr zu sein, hatte sein Vater gesagt, nur so kannst du mit den Schweinehunden fertigwerden.

Im Lagerraum hinter dem Supermarkt holte er die Briefe aus der Tasche. Bunnys Brief öffnete er zuerst. Seine starke klare Handschrift sah aus, als stamme sie von einem über hundert Kilo schweren Mann.

„Lieber Wesley,
Das Neueste ist, daß die ‚Chlothilde‘ für hundertzehntausend Dollar weggegangen ist. Mehr Zaster für Dich und Kate und Kates Kind. Gratuliere. Jetzt kann ich Dir endlich verraten, daß der wahre Eigentümer nicht Johnny Heath ist, wie in den Schiffspapieren steht, sondern Dein Onkel Rudolph. Er wird schon seine Gründe gehabt haben, es zu verheimlichen. Ich hatte schon geglaubt, wir würden sie nie loswerden. Ich versuchte ihn zu übereden, den Namen zu ändern, aber er wollte nichts davon hören. Er hat Grundsätze. Vielleicht zu viele Grundsätze. Die neuen Benützer sind Deutsche, sehr nette Leute; sie wußten, was passiert war, aber es schien sie nicht zu stören. Wahrscheinlich sind die Deutschen nicht abergläubisch. Sie hätten sich in die ‚Chlothilde‘ auf den ersten Blick verliebt, sagte mir die Dame. Sie wollten, daß ich auf dem Schiff bleibe, als Kapitän, aber ich entschied mich dagegen. Aus einer Menge Gründen; ich glaube, ich brauche sie nicht zu nennen.
Ich lernte ein amerikanisches Ehepaar mit zwei Buben von etwa 11 und 9 kennen, die in der Gegend von St. Tropez leben und eine 13-m-Chris-Craft haben, und ich soll sie fahren. Die Besatzung besteht nur aus mir, aber die Buben können putzen helfen, und die Frau hat nichts dagegen, selbst zu kochen. Der Vater sagt, er könnte Karten lesen und das Ruder bedienen. Na, wir werden ja sehen. Bin also immer noch auf dem guten alten Mittelmeer. Es wird schon in Ordnung gehen. Gut, die beiden Buben an Bord zu haben.
Habe von Kate gehört. Sie hat eine Stellung als Kellnerin

in einem Pub nicht weit von ihr, so daß sie viel bei ihrem Kleinen sein kann. Du wirst ja wissen, daß sie ihn Thomas Jordache genannt hat.
Tut mir leid, daß Du in Indianapolis in einen Haufen Scheiße gefallen bist. Laut Deinem Onkel kannst Du ja mit achtzehn abhauen. Das ist nicht mehr so lange hin, und die Zeit vergeht schnell. Also steh es durch und mach keine dummen Sachen.
Der Name von meinem neuen Schiff ist ‚Dolores' – das ist der Vorname der Dame, und der Heimathafen ist St. Tropez. Du kannst mir also per Adresse des Hafenkapitäns hierher schreiben.
Tja, das sind die Neuigkeiten, Freund. Wenn Du hier mal langkommst, vergiß nicht, mich zu besuchen.

Au revoir, Bunny"

Wesley faltete den Brief sorgsam zusammen und steckte ihn wieder in die Tasche. Er hatte Wesley zweimal geschrieben und ihn gefragt, ob er etwas von Danovic gehört hätte, aber Bunny erwähnte ihn nie. Die Zeit vergeht schnell, hatte Bunny geschrieben. Vielleicht am Mittelmeer. In Indianapolis nicht. Es gab nur wenige Dinge in Indianapolis, die er mochte. Eines davon war die große alte Markthalle mit ihrer riesigen Kuppel und den gehäuften Obst- und Gemüseständen und dem Geruch von gebackenem Brot, der über allem lag. Er ging sooft er konnte dorthin, weil es ihn an den Markt in der Nähe des Hafens von Antibes erinnerte.

Als er den Brief seines Onkels öffnete, fielen zwei Zwanzig-Dollar-Scheine heraus. Er hob sie auf und steckte sie in die Tasche. Er hatte nicht um Geld gebeten – nie! –, aber er war dankbar, wenn welches kam. Sein Onkel hatte eine Art, allen möglichen Leuten in unregelmäßigen Abständen etwas zukommen zu lassen. Das war schön, wenn man es sich leisten konnte. Und Onkel Rudolph konnte es sich natürlich leisten. Kein Grund, sich darüber aufzuregen. Der Brief lautete:

„Lieber Wesley,
Beachte bitte die Adresse auf dem Briefbogen. Ich bin nun doch aus New York fortgezogen. Seit dem Überfall hat die Stadt viel von ihrem Reiz für mich verloren, und ich fing an, mir – sicherlich übertriebene – Sorgen um Enids Sicherheit zu machen. Ich habe dieses Haus hier in Bridgehampton auf Long

Island auf eine Probezeit von einem Jahr gemietet. Es ist eine ruhige, reizende Wohngemeinschaft, außer in den Sommermonaten, wenn die Künstler und Literaten kommen und mehr Leben hineinbringen, und mein Haus ist nahe am Strand und nur etwa fünfzehn Minuten mit dem Auto zum Hause meiner früheren Frau. Enid wohnt während der Schulwoche bei ihr und besucht mich über die Wochenenden, und dadurch braucht sie keine Kinderfrau mehr. Sie ist glücklich hier auf dem Land, und wenn es nur um ihretwillen gewesen wäre, hätte sich der Umzug schon gelohnt.
Ich bin nach den beiden Gesichtsoperationen völlig wiederhergestellt und fühle mich vorzüglich, wenn ich auch wie ein altes Kriegsroß schnaufe, wenn ich am Strand entlangrenne, was auf gewisse Veränderungen der Nasenatmungswege als Folgen meiner Verletzung zurückzuführen ist. Die Ärzte wollten aus kosmetischen Gründen eine weitere Nasenoperation vornehmen, aber ich sagte, was genug ist, ist genug. Gretchen sagt, ich ähnelte jetzt mehr Deinem Vater mit meiner plattgeschlagenen Nase.
Übrigens hat Gretchen mit einer neuen Karriere begonnen. In der kommenden Woche ist sie mit dem Schneiden von Mr. Kinsellas neuem Film fertig und fängt mit einer eigenen Regie an, nachdem sie einen Filmstoff erworben hat, der ihr gefällt, den ich gelesen habe und der mir auch sehr gut gefällt. Da ich nicht weiß, was ich mit meinem Geld anfangen soll, habe ich selbst etwas hineingesteckt und berate Gretchen so taktvoll, wie ich kann, bei der geschäftlichen Seite der Angelegenheit. Sieh dich ja vor, wenn Du sie das nächstemal siehst. Sie meint, Du würdest in einer der Rollen des Films einen riesigen Erfolg haben. Wir haben schon so gut wie alles in der Familie gehabt, aber noch nie einen Filmstar, und ich weiß nicht, wie das dem Namen unserer Familie bekommen würde.
Leider habe ich in dem ganzen Wirrwarr nach dem Überfall auf mich mein Versprechen ganz vergessen, Dir die Namen von Leuten zu schicken, die Du wissen wolltest, von denen anzunehmen ist, daß sie Dir näheres über Deinen Vater sagen können. Einer ist natürlich Johnny Heath, der mit seiner Frau die ‚Chlothilde' charterte. Ich weiß nicht mehr, ob Du damals schon mit an Bord warst oder nicht. Ferner Mr. und Mrs. Goodhart, die auch die ‚Chlothilde' in verschiedenen Saisons gechartert hatten. Ich schreibe die Adressen auf den beiliegenden

Bogen. Wenn Du so weit zurückgehen willst wie auf die Zeit, wo Dein Vater etwa in Deinem Alter war, da war ein Junge – jetzt natürlich ein Mann – in Port Philip, der Claude Tinker hieß und der einige seiner Jugendstreiche mit ihm zusammen begangen hat. Ich habe gehört, daß die Familie Tinker noch in Port Philip lebt. Dann ist da noch ein Mann namens Theodore Boylan, er muß jetzt schon recht alt sein, aber er war mit unserer Familie eng verbunden.
Ich habe Deinen Vater nur einmal als Profi boxen sehen – gegen einen Farbigen namens Virgil Walters, vielleicht, daß der sich noch an etwas erinnert. Dein Vater hatte einen Manager mit Namen Schultz, und ich habe ihn einmal durch das Magazin ‚Der Ring' ausfindig gemacht, als ich nach Deinem Vater suchte.
Wenn mir noch mehr Namen einfallen, schicke ich sie Dir. Schade, daß Du mich diesen Sommer nicht besuchen konntest, hoffentlich ein andermal.
Zum Beginn des neuen Schuljahres lege ich ein kleines Geschenk bei. Solltest Du aus irgendeinem Grund mehr brauchen, laß es mich wissen.

In Liebe, Rudolph"

Wesley faltete den Brief zusammen und steckte ihn wieder in den Umschlag, so wie er es mit Bunnys Brief getan hatte. Er *schreibt* mit einem Anker im Hintern, dachte Wesley. Er *ist* gar nicht so, nur ist eine Wand zwischen dem, was er ist, und dem, wie er klingt. Wesley hätte gern Onkel Rudolph mehr gemocht, als er ihn mochte.

Die beiden Briefe gab er Jimmy, als Jimmy kam und auffegen half. Jimmy war der andere Lieferbursche. Er war schwarz, im gleichen Alter mit Wesley. Jimmy bewahrte das Photo von Wesleys Vater in Boxshorts für ihn auf, das die Dame von „Time" ihm gegeben hatte, desgleichen alle Briefe, die Wesley erhielt, denn Wesleys Mutter durchsuchte mindestens zweimal die Woche alles in seinem Zimmer auf der Suche nach Anzeichen von Sünde und was sie sonst noch finden konnte. Briefe von seinem Onkel und Kate und Bunny hätten als belastendes Zeugnis einer riesigen Verschwörung aller gegolten, mit dem Ziel, sie der Liebe ihres Sohnes zu berauben, einer Gemütsbewegung, von der sie häufig sprach. Ihre gelegentlichen Ausbrüche von Zuneigung waren schwer zu ertragen. Sie war nicht davon abzubringen, ihn zu küssen, an sich zu drücken und ihren süßen

„Baby-boy“ zu nennen und ihm zu sagen, daß, wenn er sich nur die Haare schneiden ließe, er ein schmucker junger Mann sein könnte, und wenn er sich zu den Wonnen der Religion bekennen würde, er seine Mutter glückselig machen würde und es nichts gäbe, was sie und Mr. Kraler nicht für ihn tun würden. Es war kein bloßer Akt, und Wesley wußte, daß seine Mutter ihn wirklich liebte und glücklich machen wollte – nur eben auf ihre Weise, nicht auf seine. Ihre demonstrative Art war ihm lästig und peinlich. Er dachte sehnsuchtsvoll an Kate.

Er sprach nie über seine Mutter oder Mr. Kraler zu Jimmy, wenngleich Jimmy sein einziger Freund am Ort war. Er hatte alle anderen Annäherungen vermieden, bis auf die von Mrs. Wertham, und die zählte ja nicht wirklich. Er wollte, wenn er einst von Indianapolis fortging, nichts zurücklassen müssen, das ihm weh tat.

Er hatte keine Lust, zum Abendessen heimzugehen, erstens, weil er wußte, daß das Essen ein Fraß sein würde, und zweitens, weil das Haus, das schon immer schlimm genug gewesen war, jetzt düster wie ein Grab war, seit Mr. Kraler das Telegramm bekommen hatte, daß sein Sohn in Vietnam gefallen sei. Der Leichnam konnte jeden Tag zur Beerdigung eintreffen, und die Wartezeit war wie eine einzige lange Beerdigung gewesen.

Er lud Jimmy zum Abendessen ein. „Ich gebe heute einen aus“, sagte er zu Jimmy. „Mein reicher Onkel ist mal wieder 'rübergekommen.“

Sie speisten in einem kleinen Restaurant in der Nähe des Supermarkts, wo man ein Dinner mit Steak für eins fünfzig bekommen konnte und wo der Besitzer keinen Altersnachweis verlangte, wenn man ein Bier bestellte.

Jimmy wollte Rock-Musiker werden, und manchmal nahm er Wesley mit heim und spielte ihm etwas auf der Klarinette vor. Eine seiner Schwestern begleitete ihn auf dem Klavier, die andere brachte das Bier herein. Jimmys Schwestern behandelten Jimmy wie ein Kleinod und überschlugen sich förmlich für ihn. Hier wurde nicht gefragt, ob jemand ihnen Jimmys Liebe wegnahm oder Jimmy die ihre. Jimmys enges, warmes Heim, das die beiden hübschen, lachenden Mädchen mit Leben erfüllten, war ein weiterer Ort in Indianapolis, den Wesley liebte. Dieses Indianapolis mit seinen Fabriken und blassen Arbeiterfluten des Morgens und des Abends, seinen endlosen Flächen von gleichförmigen Häusern und seinen verdreckten Straßen ließ einem

Antibes wie den Vorort zu einer Stadt im Himmel erscheinen. Wesley hatte seiner Mutter nichts von Jimmy erzählt. Sie war höflich Schwarzen gegenüber, aber sie erwartete von ihnen, daß sie, wie sie es nannte, Distanz hielten. Es hatte irgend etwas mit Mormone-Sein zu tun.

Nach dem Abendessen vergaß er nicht, Jimmy zu sagen, daß er ihm dankbar wäre, wenn er die Hauslieferungen zu Mrs. Wertham übernehmen würde. Er sagte ihm nicht, warum, und Jimmy fragte auch nicht danach. Das war auch so ein guter Punkt bei Jimmy – er stellte niemals dumme Fragen.

Er ging langsam heim. Es gab ein unausgesprochenes Gesetz, daß, wenn er bis neun daheim war, es kein hysterisches Geschimpfe darüber gab, daß er zur Schande der Familie in der Stadt herumstrolche, genau wie sein Vater. Die gewöhnliche Tagesroutine war schlimm genug, aber diese Schimpftiraden, besonders spät am Abend, rissen an seinen Nerven, und er konnte danach fast nie einschlafen. Immer wieder hatte er daran gedacht, einfach zu verschwinden, aber er wollte seiner Mutter jede mögliche Chance geben. Irgend etwas mußte doch an ihr sein. Einstmals hatte sein Vater sie geliebt.

Als er heimkam, schluchzte Mr. Kraler im Wohnzimmer, die gerahmte Photographie seines Sohnes in der Hand. Das Bild zeigte Max Kraler in Soldatenuniform. Er war ein schmalgesichtiger Bursche mit traurigen Augen, der aussah, als wüßte er, daß er tot sein würde, ehe er einundzwanzig war. Die Mutter zog Wesley in den Flur und flüsterte, daß Mr. Kraler benachrichtigt worden sei, daß Max' Leichnam in zwei Tagen eintreffen werde, und den Nachmittag mit Vorbereitungen für die Beerdigung verbracht habe. „Bitte sei lieb zu ihm", sagte sie. „Er hat seinen Jungen geliebt. Er möchte, daß du dir morgen die Haare schneiden läßt und mit mir einen neuen dunklen Anzug für die Beerdigung kaufen gehst."

„Mein Haar ist o. k., Ma", sagte Wesley. „Ich schneide es nicht ab."

„In einem solchen Augenblick", sagte seine Mutter, „könntest du es doch wirklich ein einziges Mal – um dem Toten Respekt zu erweisen."

„Ich kann mit meinem Haar, so wie es ist, dem Toten genausoviel Respekt erweisen."

„Du tust nicht einmal eine solche Kleinigkeit, um deiner Mutter Freude zu machen?" Jetzt fing sie auch noch zu weinen an.

„Mir gefällt mein Haar, so wie es ist", sagte Wesley. „Niemand außer dir und dem da" – er wies zum Wohnzimmer hin – „macht mich damit verrückt."

„Du bist ein starrköpfiger, böser Junge", sagte sie und ließ die Tränen über die Backen laufen. „Du kannst nicht einen Zentimeter nachgeben, wie?"

„Nur wenn es einen Sinn hat", sagte er.

„Mit dem Haar läßt Mr. Kraler mich keinen neuen Anzug kaufen."

„Dann gehe ich eben mit dem alten zur Beerdigung", sagte Wesley. „Das wird Max auch nichts ausmachen."

„Das ist ein ganz abscheulicher Scherz", schluchzte sie.

„Ich meinte es nicht als Scherz."

„Der alte Anzug und das zottelige Indianerhaar – wir werden uns alle in der Kirche zu Tode schämen."

„O. k. Ich gehe nicht zur Kirche. Und ich gehe nicht auf den Friedhof. Ich habe Max ja nicht einmal gekannt. Was macht das schon für einen Unterschied?"

„Mutter", rief Mr. Kraler aus dem Wohnzimmer, „kannst du einen Augenblick kommen?"

„Komme schon", rief Teresa. Sie starrte Wesley wütend an, dann gab sie ihm eine saftige Ohrfeige.

Wesley rührte sich nicht, stand nur da. Seine Mutter ging ins Wohnzimmer, und er ging in sein Zimmer hinauf.

Dabei blieb es. Als Max Kraler bestattet wurde, trug Wesley Lebensmittel aus.

Corporal Healey, der auch in Vietnam gedient, aber Mr. Kralers Sohn nicht gekannt hatte, begleitete den Leichnam des Jungen nach Indianapolis. Mr. Kraler, Veteran aus dem Koreakrieg, lud den Corporal als Waffenkameraden ein, bei ihm zu wohnen, statt ein Hotelzimmer zu nehmen. In der Nacht nach der Beerdigung mußte Wesley sein Bett mit Healey teilen, weil Mr. Kralers verheiratete Tochter, Doris, die in Chicago lebte, das Gästezimmer über dem Flur benutzte. Doris war eine kleine, junge, mausartige Frau, die, so fand Wesley, wie Mr. Kraler aussah.

Healey war ein kleiner, angenehmer Mann, etwa dreiundzwanzig, der ein Verwundetenabzeichen für zwei Verwundungen an seiner Uniformbluse trug. Mr. Kraler, der während des Koreakrieges in der Schreibstube der Feldzeugmeisterei in Tokio gesessen hatte, hatte Healey den ganzen Tag lang die Ohren über *seine* Kriegserlebnisse vollgeredet, und Healey war zwar höflich gewesen, hatte aber Wesley signalisiert, daß er sich gern verdrücken würde. In einer Pause in Mr. Kralers Vortrag war Healey aufgestanden und hatte gesagt, er würde sich gern ein wenig die Beine vertreten, und gefragt, ob sie etwas dagegen hätten, wenn Wesley ihn begleitete, damit er sich nicht verliefe. Mr. Kraler hatte von Soldat zu Soldat geantwortet: „Selbstverständlich, Corporal", und Teresa hatte genickt. Seit der Szene im Flur hatte sie kein Wort zu Wesley gesprochen, und Wesley war Healey dankbar, daß er ihm aus dem Haus verhalf.

„Puh!" sagte Healey, als sie die Straße hinuntergingen, „schwerer Dienst da drin. Wie ist denn diese Schwester, diese Doris?"

„Ich weiß es nicht", sagte Wesley. „Ich habe sie gestern zum erstenmal gesehen."

„Sie blinkert mir immer mit den Augen zu", sagte Healey. „Meinst du, daß sie will?"

„Ich kann's nicht sagen."

„Manchmal sind diese unscheinbaren kleinen Puppen wahre Dynamos im Bett", meinte Healey. „Du hättest doch nichts dagegen, wenn ich's mal bei ihr versuche?"

„Warum sollte ich?" fragte Wesley. „Aber seien Sie vorsichtig. Meine Mutter patrouilliert im Haus wie ein Wachhund."

„Wir werden sehen, wie die Lage sich entwickelt", sagte Healey. Er kam aus Virginia und hatte einen weichen, singenden Tonfall. „Dieser Mr. Kraler, das ist schon einer. Wenn man ihn so reden hört, war er in Tokio jeden Tag im Nahkampf. Und die blutrünstigen Einzelheiten über meine Verwundungen hat er geradezu verschlungen. Eines ist sicher, ich trete nicht in die Amerikanische Legion ein. Ich habe meinen Krieg gehabt, und ich will über diesen Krieg oder den Krieg von irgend jemand anders kein Wort mehr hören. Wo können wir ein Glas Bier kriegen?"

„Es ist nicht weit von hier", sagte Wesley. „Es kam mir schon so vor, als ob Sie einen Schluck gebrauchen könnten."

„Man sollte meinen, wenn einer mit dem Leichnam kommt", beklagte sich Healey, „daß da mit einem kleinen Schluck von irgendwas aufgewartet wird, um die allgemeine Stimmung ein bißchen zu heben. Nicht mal eine Tasse Kaffee, der Teufel hol's."

„Sie sind Mormonen."

„Das muß ja eine traurige Religion sein“, sagte Healey. „Ich gehe jeden Sonntag, wo ich kann, zur Messe, aber ich spucke der Schöpfung nicht ins Gesicht. Schließlich hat Gott Whisky, Bier und Wein geschaffen – Himmel ja, er hat sogar Kaffee und Tee gemacht. Was glauben die, wofür *Er* das gemacht hat?“

„Fragen Sie Mr. Kraler.“

„Jaja“, sagte Healey düster.

Sie saßen in einer Nische des Restaurants, in dem Wesley mit Jimmy zu Abend gegessen hatte, und tranken Bier. Wesley hatte Healey erklärt, daß dies der einzige Ort war, wo nicht nachgeprüft wurde, ob er schon achtzehn sei.

„Du bist ein großer Bursche“, sagte Healey. „Es muß ein schönes Gefühl sein, groß zu sein, man wird nicht so viel angerempelt. Ich kann dir sagen, bei meiner Statur kriegt man sein Teil.“

„Man kann auf eine Menge Arten angerempelt werden“, sagte Wesley, „die nichts mit Größe zu tun haben.“

„Jaja“, sagte Healey, „ich habe schon bemerkt, daß Mr. Kraler und deine Mutter nicht gerade vor Liebe und Güte zu dir überfließen.“

Wesley zuckte die Achseln. „Ich lächle und denk’ mir mein Teil.“

„Wie alt bist du?“

„Sechzehn.“

„Man könnte dich für einundzwanzig halten.“

„Schon möglich“, sagte Wesley.

„Was wirst du wegen der Musterung machen, wenn du achtzehn bist?“

„Ich weiß noch nicht“, sagte Wesley.

„Willst du einen Rat von einem, der dort war und beinahe nicht zurückgekehrt ist?“ sagte Healey. „Du kannst alles machen, aber gib ihnen nicht deinen Namen und laß dir eine Nummer dafür geben. Es ist nicht komisch, Wesley, es ist gar nicht komisch.“

„Was kann man da machen?“

„Irgendwas. Aber laß dich nicht in die Armee ’reinkriegen. Du hast dein Leben lang noch keinen solchen Haufen hoffnungsloser, angekotzter Menschen gesehen, angeschossen, von Minen hochgejagt, von jeder Art von Krankheit und Urwaldfäule angefressen, die man sich nur ausdenken kann, und kein Aas weiß, was er da eigentlich soll ... Du wirst es mir nicht glauben, Wesley, ich habe mich gemeldet. *Freiwillig* gemeldet, du lieber Gott!"

„Mein Vater hat mir einmal gesagt", sagte Wesley, „melde dich nie freiwillig für einen Krieg."

„Dein Vater wußte Bescheid", sagte Healey. „Die Armee versteht sich ganz gut darauf, einem den Patriotismus auszutreiben, und bei mir hat's nicht der Feind getan, mein Junge. Die Kirsche auf dem Schlagrahm war, als ein Kumpel von mir und ich in San Francisco aus dem Flugzeug stiegen, angepuppt in unserem besten Wichs mit unseren Ordensbändern und allem. Vor uns auf dem Flughafen gingen zwei schmucke Bienen, und wir machten etwas schneller und holten sie ein, und ich sagte: ‚Was habt ihr Mädel heute vor?' Sie blieben stehen und schauten mich an, als ob ich eine Schlange wäre. Sie sagten keinen Ton, aber das Mädel, das mir am nächsten stand, spuckte mir genau ins Gesicht, ganz ruhig und gelassen. Stell dir vor – spuckte! Dann drehten sie sich um und gingen weiter." Healey schüttelte den Kopf. „Wir waren gerade zehn Minuten von der Front zurück, mit unseren Verwundetenabzeichen, und das war unser Willkommen. Heil dem tapferen Helden!" Er lachte säuerlich. „Für solche Leute hält man nun den Arsch ins Freie – nein, Wesley. Bleib auf der Walze, treib dich herum, damit sie dich nicht fassen können. Am besten soll man sich ja in Europa verkrümeln können, heißt es. Paris ist der bevorzugte Ort. Selbst wenn man sich bei der Botschaft registrieren lassen muß, machen sie sich nicht die Umstände, einen auszuräuchern."

Lagerfeuertratsch, dachte Wesley. Die alten Schlachten und das liebe Heimweh. „Ich war schon in Europa", sagte er. „Ich spreche ganz gut Französisch."

„An deiner Stelle würde ich nicht allzu lange warten, Wesley. Sieh zu, daß du an deinem achtzehnten Geburtstag im Sündenbabel Paris weilst, alter Junge", sagte Healey und bestellte noch zwei Bier. Der Sarg, den er nach Indianapolis begleitet hatte, war in der Kirche und am Grabe mit der amerikanischen Flagge bedeckt gewesen. Mr. Kraler hatte die Flagge behalten, und beim Mittagessen hatte er gesagt, er würde sie in Max' Zimmer aufhängen, das jetzt Wesleys Zimmer war.

Das Haus war schon dunkel, als sie heimkamen, das war wenigstens etwas, wofür man seinem Schöpfer danken konnte. Wäre seine Mutter noch auf gewesen und hätte das Bier gerochen, hätte es Tränen und eine Szene gegeben.

Sie gingen leise die Treppe hinauf und fingen gerade an, sich auszuziehen, als es leise an der Tür klopfte und die Tür sich öffnete und Doris hereinkam. Sie war barfuß und trug ein durchsichtiges Nachthemd. Sie lächelte sie an und legte, während sie behutsam die Tür hinter sich schloß, den Finger an den Mund. „Ich hörte euch Burschen hereinkommen und dachte, wir könnten noch einen kleinen Schwatz machen. Damit man sich ein bißchen näher kennenlernt, wie man so sagt", sagte sie. „Hat jemand von euch vielleicht eine Zigarette?" Sie sprach gewollt geziert, als hätte sie bis zur Schulentlassung nur Babysprache gesprochen. Sie hatte Hängebrüste, wie Wesley bemerkte, obgleich er nicht andauernd hinzuschauen versuchte, und einen dicken, tiefhängenden Hintern. Wenn ich so aussähe, dachte er, würde ich nicht in diesem Aufzug herumlaufen, außer wenn es stockdunkel ist. Aber Healey lächelte mit aufgerissenen Augen, und ein ganz neuer Glanz war darin. Er hatte sein Hemd schon ausgezogen und war vom Gürtel aufwärts nackt. Er war auch nicht besonders gebaut, stellte Wesley fest.

„Aber bitte, meine Dame", sagte Healey, ganz der galante Gentleman aus Virginia. „Hier in der Tasche habe ich ein ganzes Päckchen." Er ging zu dem Stuhl hinüber, über dessen Lehne sein Hemd hing. Er holte die Zigaretten und Streichhölzer heraus und wollte das Hemd vom Stuhl herunternehmen.

„Für Doris brauchen Sie sich nicht extra anzuziehen", sagte Doris. Sie wackelte mit den schmalen Schultern und lächelte Healey kleinmädchenhaft an. „Ich bin eine verheiratete Frau. Ich weiß, wie Männer aussehen."

Sie *wollte* also, dachte Wesley, als sie nun auch noch Healey zublinkerte.

Healey zündete Doris chevaleresk die Zigarette an. Er bot Wesley eine an. Wesley machte sich nichts aus Zigaretten, aber er nahm eine, weil er in Mr. Kralers Haus war.

„Gott", sagte Doris und zog an ihrer Zigarette und blies Rauchringe, „jetzt bin ich wieder im Lande der Lebenden. Armer Max. Es war nicht viel mit ihm los, als er noch lebte, und jetzt ist er zu seiner einzigen Ruhmesstunde tot hergekommen. Junge, der Bischof hat's nicht leicht gehabt, in seiner Rede aus dem armen Max etwas zu machen." Sie schüttelte teilnahmsvoll den Kopf, dann fixierte sie Wesley hart. „Bist du so schlimm, wie man dich macht?"

„Böse", sagte Wesley.

„Ich wette", sagte Doris. „Mit deinem Aussehen. Man sagt, du seiest der Schrecken der verheirateten Frauen."

„Was?" fragte Wesley erstaunt.

„Nur damit du's weißt", sagte Doris, „und weil ich dich für einen netten Jungen halte, sag einer gewissen Mrs. W., sie soll zusehen, daß sie morgens *vor* ihrem Mann am Briefkasten ist."

„Wovon reden Sie eigentlich?" fragte Wesley, obgleich er es sich denken konnte. Irgendein Klatschmaul in der Nachbarschaft mußte das UM-Lieferrad gesehen haben, das mehr als einmal vor Mrs. Werthams Haus geparkt hatte, und war damit zu seiner Mutter gerannt.

„Während du draußen warst, wurde über dich geredet", sagte Doris. „Vor allem, daß du so ganz anders wärst als Max, und zwar nicht besser anders, das kann ich dir versichern."

„Kann ich mir denken", sagte Wesley.

„Deine Mutter hatte auch von deinem Vater nicht viel Gutes zu berichten", sagte Doris. „Das muß ja einer gewesen sein, wenn auch nur die Hälfte von dem wahr ist, was sie sagte. Und du trittst in seine Fußstapfen, sagte sie, in Frankreich verhaftet und alles, weil du bei einer Schlägerei im Suff fast einen Mann umgebracht hast."

„He", sagte Healey, „alle Achtung, Kumpel."

„Und", berichtete Doris weiter, „sexualbesessen fast schon wie der Alte. So wie mit dieser abscheulichen Mrs. W., die alt genug ist, deine Mutter zu sein, und weiß der Kuckuck in wie viele andere Häuser du gehst und etliches mehr als Lebensmittel ablieferst." Sie kicherte, wobei ihre Hängebrüste unter dem durchsichtigen Nachthemd bebten.

„Wißt ihr, was?" sagte Wesley. Er fühlte sich wie erstickt in dem kleinen Zimmer mit dem Zigarettenrauch und dem neckischen, halbnackten boshaften Weib und dem lüstern zu ihr hinschielenden Soldaten. „Ihr beiden habt euch sicher eine Menge zu erzählen . . ."

„Das kannst du nochmal sagen, Wesley", sagte Healey.

„Ich bin noch nicht schläfrig", sagte Wesley, „und könnte noch etwas frische Luft gebrauchen. Ich werde wohl so ungefähr in einer Stunde wieder da sein", sagte er vorsorglich. Er hatte keine Lust, in das Zimmer zurückzukommen und die beiden in seinem Bett vorzufinden.

„Ich bleibe vielleicht noch auf eine Zigarette", sagte Doris. „Ich bin auch noch nicht schläfrig."

„Das macht schon drei, die noch nicht schläfrig sind“, sagte Healey.

Wesley war dabei, seine Zigarette auszudrücken, als die Tür aufflog. Seine Mutter stand da, ihre Augen waren steinern. Einen Augenblick lang sagte keiner etwas, als Teresa erst ihn, dann Healey und dann – es schien minutenlang – Doris anstarrte. Doris kicherte.

„Wesley“, sagte seine Mutter, „ich bin nicht für das Benehmen von Mr. Healey oder Mr. Kralers Tochter verantwortlich, die eine verheiratete Frau ist. Aber ich bin verantwortlich für *dein* Benehmen.“ Sie sprach in einem rauhen Flüsterton. „Ich möchte nicht Mr. Kraler wecken, und wäre deshalb dankbar, wenn das, was hier gesagt oder getan wird, leise geschieht. Und, Wesley, würdest du so gut sein und mit mir hinunterkommen?“

Wenn sie formell war wie jetzt, war sie schlimmer, als wenn sie hysterisch wurde. Er ging hinter ihr her die Treppe hinunter durch das dunkle Haus ins Wohnzimmer. Die Flagge vom Sarg lag zusammengefaltet auf dem Tisch.

Sie ging, nur mühsam beherrscht, auf ihn los. „Ich will dir etwas sagen, Wesley“, sagte sie in diesem heiseren Flüsterton, „ich habe soeben das Schlimmste gesehen, was ich je in meinem ganzen Leben gesehen habe. Diese kleine Hure. Wer hat sie dort ’reingeholt – du? Wer sollte sie als erster legen, du oder der Soldat?“ In ihrer Rage verlor ihr Wortschatz seine fromme Nuance. „So etwas zu tun, ausgerechnet in der Nacht, wo ein Sohn der Familie gerade zur letzten Ruhe gebettet wurde, nachdem er sein Leben für sein Vaterland geopfert hat . . . wenn ich Mr. Kraler sagen würde, was in seinem Hause vorgegangen ist, er würde dich mit der Baseballkelle verprügeln.“

„Ich werde nichts erklären, Ma“, sagte Wesley. „Aber du kannst Mr. Kraler sagen, daß, wenn er auch nur einen Finger gegen mich zu heben versucht, ich ihn umbringe.“

Sie prallte zurück, als hätte er sie geschlagen. „Ich habe gehört, was du gesagt hast. Du sagtest umbringen, nicht wahr?“

„Allerdings“, sagte Wesley.

„Du hast die Seele eines Mörders. Ich hätte dich in dem französischen Gefängnis verfaulen lassen sollen.“

„Bleib bei den Tatsachen, Ma“, sagte er heftig. „Du hattest nichts damit zu tun, daß ich herauskam. Das hat mein Onkel gemacht.“

„Dann soll dein Onkel auch die Folgen tragen.“ Mit verzerrtem Gesicht beugte sie sich vor. „Ich habe mein Bestes getan, und es hat nichts genützt." Plötzlich bückte sie sich und packte durch seine Hose hindurch seinen Penis und zerrte wie wild daran. „Abschneiden möchte ich ihn dir", sagte sie.

Er griff ihr Handgelenk und riß derb ihren Arm fort. „Du bist verrückt, Ma", sagte er. „Weißt du das?"

„Du gehst mir augenblicklich aus diesem Haus", sagte sie. „Für immer."

„Das ist eine gute Idee", sagte er. „Und Zeit wird es auch."

„Und laß es dir gesagt sein", sagte sie, „mein Anwalt wird alle Hebel in Bewegung setzen, um zu erwirken, daß du auch nicht einen Penny von dem Drecksgeld deines Vaters kriegst. Mit deinem Vorleben wird es kaum Schwierigkeiten machen, einen Richter zu überzeugen, daß es wenig Sinn hätte, einem notorischen Mörder ein Vermögen in die Hände zu geben."

„Das Geld kannst du dir hinten 'reinstecken", sagte Wesley.

„Ist das dein letztes Wort an deine Mutter?" sagte sie melodramatisch.

„Jawohl. Mein letztes Wort." Er ließ sie mitten im Raum stehen, mit rasselndem Atem, als sei sie am Rande einer Herzattacke. Ohne anzuklopfen ging er in sein Zimmer. Doris war fort, aber Healey lag aufgestützt und rauchend auf dem Bett, immer noch nackt vom Gürtel aufwärts, aber die Hosen an.

„Heiliger Schitt", sagte Healey, „die Dame hätte sich auch keinen ungeeigneteren Augenblick für ihren Auftritt aussuchen können."

„Nein." Wesley begann, Sachen in einen kleinen Koffer zu schmeißen.

Healey beobachtete ihn neugierig. „Wohin, Kumpel?"

„Weg. Irgendwohin", sagte Wesley. Er schaute in seiner Brieftasche nach, ob er auch die Namenliste hatte, die sich ständig vergrößert hatte, seit er aus dem Gefängnis heraus war. Er hatte die Brieftasche nie irgendwo liegenlassen, wo sie seine Mutter hätte finden können.

„Mitten in der Nacht?" sagte Healey.

„Jetzt sofort."

„Das kann ich dir nachfühlen", sagte Healey. „Das Frühstück wird hier wohl ein Festessen sein." Er lachte. „Wenn die Armee mich wieder einmal mit einem Sarg losschickt, werde ich erst eine genaue Beschreibung der gesamten Familie anfordern. Solltest du je nach Alexandria kommen, besuch mich mal."

„Ja", sagte Wesley. Er sah sich um, ob er etwas Wichtiges vergessen hatte. Nichts. „Also bis dann, Healey", sagte er.

„Bis dann, Kumpel", sagte Healey und tippte Asche auf den Boden. „Und vergiß nicht wegen Paris."

„Ich denke daran." Er zog den Reißverschluß seiner Windjacke bis oben, gegen die Nachtkälte, und ging auf leisen Sohlen aus dem Zimmer, die dunkle Treppe hinunter und aus dem Haus.

Auf seinem Gang durch die windigen, dunklen Straßen, mit seinem Köfferchen in der Hand, dachte er auch daran, wie sein Vater ihm einmal gesagt hatte, es sei einer der besten Tage seines Lebens gewesen, als ihm bewußt wurde, daß er seine Mutter nicht mehr haßte. Es habe lange gedauert, hatte sein Vater gesagt.

Bei seinem Sohn würde es auch lange dauern, dachte Wesley.

Einen Tag später war er in Chicago. Er war in eine der Tag und Nacht offenen Autoraststätten am Stadtrand von Indianapolis gegangen und hatte gehört, wie ein gerade hereingekommener Lastwagenfahrer dem Mädchen hinter der Theke sagte, er sei nach Chicago unterwegs. Chicago, dachte Wesley, war so gut wie jeder andere Ort, um anzufangen, was er auch immer anfangen wollte, und er hatte den Fahrer gefragt, ob er mitkommen könnte. Der Fahrer sagte, er wäre froh, Gesellschaft zu haben, und die Fahrt war bequem und freundschaftlich verlaufen, und abgesehen davon, daß er mit anhören mußte, was für Ärger der Fahrer mit seiner siebzehnjährigen Tochter daheim in New Jersey hatte, genoß er es.

Der Fahrer hatte ihn in der Nähe von Wrigley Field abgesetzt, und er hatte auf seine Adressenliste geschaut und William Abbotts Adresse gefunden. Irgendwo muß ich ja anfangen, hatte er gedacht, und war dort hingegangen. Es war gegen Mittag, aber Abbott war noch in Pyjamas und einem zerknitterten Bademantel, in einem heruntergekommenen Ein-Zimmer-Atelier, das mit Flaschen, Zeitungen, Kaffeekannen und zerknüllten Papierbogen in der Nähe der Schreibmaschine übersät war.

William Abbott hatte keinen günstigen Eindruck auf ihn gemacht: Er tat so, als wisse er viel mehr über Thomas Jordache, als er wirklich wußte, und Wesley ging wieder, sobald er konnte.

Die folgenden zwei Tage versuchte er, bei zwei, drei Supermärkten Beschäftigung zu finden, aber in dieser Woche wurde in Chicago niemand bei Supermärkten verlangt, und man fragte ihn überall nach seinem Gewerkschaftsausweis. Das Geld begann ihm auszugehen, und er stellte fest, daß Chicago nichts für ihn war. Er meldete ein R-Gespräch mit seinem Onkel Rudolph nach Bridgehampton an, um sich dort anzusagen, weil er nicht wußte, wo er sonst hin sollte.

Rudolph klang merkwürdig am Telephon, ängstlich, als ob er fürchtete, ein Unbefugter könnte mithören.

„Was ist los?“ sagte Wesley. „Wenn du mich nicht dort haben willst, brauche ich nicht zu kommen.“

„Das ist es nicht“, kam Rudolphs beunruhigte Stimme durch die Leitung. „Nur, daß vorgestern deine Mutter angerufen hat und wissen wollte, ob du bei mir bist. Sie hat einen Haftbefehl gegen dich erwirkt.“

„*Was?*“

„Einen Haftbefehl“, wiederholte Rudolph. „Sie denkt, ich halte dich irgendwo versteckt.“

„Haftbefehl? Für was denn?“

„Sie sagt, du hättest hundertfünfzig Dollar von ihrem Haushaltsgeld gestohlen. Sie hätte das Geld in der Nacht, in der du weggelaufen bist, in einem Krug über dem Herd aufbewahrt. Sie sagt, sie würde es dir schon zeigen. *Hast* du das Geld genommen?“

„Ich wünschte es“, sagte Wesley bitter. Der verdammte Healey, dachte er. Die Armee hatte ihm das „Organisieren“ beigebracht. Oder vielleicht eher noch dieses Käsegesicht Doris.

„Ich bringe das in Ordnung“, sagte Rudolph beruhigend, „irgendwie. Aber im Augenblick halte ich es nicht opportun für dich, herzukommen. Brauchst du Geld? Laß mich wissen, wo du bist, und ich weise dir etwas an.“

„Ich bin o. k.“, sagte Wesley. „Wenn ich in New York bin, rufe ich dich an.“ Er hängte auf, ehe Rudolph noch etwas sagen konnte.

Das hat mir noch gefehlt, dachte er, der Krug in Indianapolis.

Dann entschloß er sich, nach New York zu fahren. Rudolph war nicht der einzige Mensch, den er in New York kannte. Er dachte daran, wie das nette Mädchen von „Time“ gesagt hatte, wenn er Hilfe brauche, solle er zu ihr kommen. Kein Mensch würde auf die Idee kommen, ihn bei „Time“ zu suchen.

Am nächsten Morgen war er auf der Walze.

2

Nach dem Anruf aus Chicago sprach er fast zwei Monate lang nicht mehr mit seinem Onkel.

In New York angelangt, begab er sich geradewegs zu Alice Larkins Büro. Anscheinend sah er nach den Tagen auf den Autostraßen ziemlich verwahrlost aus, denn sie zog den Atem ein, als ob jemand sie mit einem Eimer kalten Wassers übergossen hätte, als er in ihr kleines Büro trat. Er hatte tagelang so gut wie nichts gegessen, in den Führerkabinen von Lastern geschlafen; er war unrasiert, sein Hemdkragen war ausgefranst, seine Hose voll mit Wagenschmiere, weil er kurz vor Pittsburgh einem Fahrer beim Radwechsel an seinem großen Halbanhänger geholfen hatte; und er hatte noch fünfundvierzig Cent in der Tasche.

Aber nach dem ersten Schreck schien Miß Larkin sich zu freuen, ihn wiederzusehen, und bestand darauf, ihm unten ein Mittagessen zu spendieren, bevor er ihr noch sagen konnte, wozu er hier sei.

Nachdem er gegessen hatte und sich wieder wie ein menschliches Wesen fühlte, hatte er ihr so gut wie alles erzählt. Er war dabei bestrebt, es unwichtig erscheinen zu lassen und Scherze darüber zu machen, weil er vermeiden wollte, daß dieses nette Mädchen ihn für ein ausgewachsenes Schreibaby hielt. Es ließ sich gut mit ihr reden. Die meiste Zeit schaute sie ihn aufmerksam durch ihre Brille über den Tisch hinweg an. Ihr kleines Gesicht mit den rosa Bäckchen war hellwach, als er erzählte, warum er von Indianapolis fortgegangen war und von dem Haftbefehl und der Erbschaftsangelegenheit und allem.

Sie unterbrach ihn nicht bei seinem Erguß, seufzte nur hier und da oder schüttelte leise den Kopf vor Mitleid und Entrüstung.

„Und jetzt“, sagte sie, als er geendet hatte, „was wirst du tun?“

„Na ja, ich sagte Ihnen doch, als ich das vorige Mal hier war", sagte er, „ich habe einfach den Wunsch, die Leute aufzusuchen, die meinen Vater kannten, ich möchte mir ein Bild verschaffen, was sie von ihm hielten – wissen Sie –, verschiedene Leute, zu verschiedenen Lebensabschnitten. Ich habe ihn nicht einmal drei Jahre lang gekannt." Er sprach jetzt ernst, versuchte nicht, ironisch oder erwachsen zu klingen. „Es kommt mir immer vor, als sei ein großes Loch in meinem Kopf drin – da wo mein Vater sein sollte –, und ich möchte es so weit auffüllen, wie ich kann. Das kommt Ihnen sicher alles etwas dumm vor ..."

„Nein", sagte sie, „das tut es nicht. Überhaupt nicht."

„Ich sagte Ihnen schon, ich hätte eine Aufstellung von Leuten ..." Er holte seine Brieftasche heraus und legte das abgewetzte, zerknitterte Stück Papier mit den Namen darauf auf den Tisch. „Das Magazin scheint ja so ziemlich jeden finden zu können", sagte er, „und ich dachte, wenn es Ihnen nicht allzu große Mühe macht, daß Sie vielleicht in Ihrer Freizeit ..."

„Natürlich", sagte Miß Larkin, „sind wir nicht so omnipotent ..." Sie hielt inne, als sie den ratlosen Ausdruck in seinem Gesicht sah. „Ich meine, so allmächtig und allwissend, wie du vielleicht glaubst, aber wir sind ganz gut im Aufspüren von Leuten." Sie ging die Liste durch. „Das wird sicher Zeit in Anspruch nehmen, und ich kann nicht garantieren, daß ich sie *alle* auftreiben kann, aber ..." Sie sah ihn merkwürdig an. „Bleibst du in New York?"

„Ich nehme an."

„Wo?"

Er rückte unbehaglich auf seinem Stuhl hin und her. „Ich habe mich noch nicht entschieden, wo. Ich bin direkt hierher zu Ihnen gekommen ..."

„Wesley", sagte Miß Larkin, „sag mir die Wahrheit – wieviel Geld hast du?"

„Was tut das schon", sagte er ausweichend.

„Du siehst aus wie eine Vogelscheuche", sagte sie. „Du hast gegessen, als ob es deine erste Mahlzeit seit einer Woche gewesen wäre. Wieviel Geld hast du bei dir?"

Er lächelte schwach. „Fünfundvierzig Cent", sagte er. „Der Erbe des Jordache-Vermögens! Natürlich", fügte er rasch hinzu, „könnte ich jederzeit meinen Onkel anrufen, und er würde für mich geradestehen, aber das möchte ich im Augenblick nicht gern."

„Kann ich die Liste mitnehmen?“ sagte Miß Larkin. „Du mußt mir natürlich sagen, wer sie sind und wo du meinst, daß man sie finden könnte.“

„Selbstverständlich.“

„Es kann Wochen dauern.“

„Ich habe es nicht eilig.“

„Und du willst wochenlang von fünfundvierzig Cent leben?“ Es klang vorwurfsvoll, als hätte sie sich über ihn geärgert.

„Irgend etwas wird sich schon finden“, sagte er leichthin. „Es findet sich immer etwas.“

„Wärst du beleidigt, wenn ich dir sagte, daß sich schon etwas gefunden hat?“ Unerklärlicherweise wurde sie rot.

„Was denn.“

„Ich“, sagte sie lauter, als sie wollte. „*Ich* habe mich gefunden. Hör mir jetzt einmal zu. Ich habe zwei Zimmer und eine Kochnische. Es ist ein sehr bequemes Sofa da, auf dem du schlafen kannst. Ich bin keine große Köchin, aber verhungern wirst du nicht . . .“

„Das kann ich nicht machen“, protestierte Wesley.

„Warum denn nicht?“

Er lächelte verlegen. „Ich weiß nicht, warum nicht.“

„Hast du noch etwas anderes anzuziehen?“

„Ich habe ein sauberes Hemd und ein Paar Socken und Unterzeug. Sie sind unten beim Empfang hier im Hause.“

Sie nickte trocken. „Ein sauberes Hemd“, sagte sie. „Soweit ich sehe, sind die Leute auf der Liste über das ganze Land verstreut . . .“

„Ich glaube schon. Mein Vater ist ziemlich weit herumgekommen.“

„Und du meinst, du könntest überall in den Vereinigten Staaten herumreisen und Leute besuchen und ihnen die intimsten Fragen stellen – alles mit dem einen sauberen Hemd, das du dein eigen nennst?“

„Darüber habe ich mir noch nicht den Kopf zerbrochen“, sagte er.

„Du könntest froh sein, wenn du an den Hunden vorbeikommst, so wie du ausschaust“, sagte sie. „Ein Wunder, daß sie dich überhaupt heraufgelassen haben.“

„Ich habe wohl die letzten Tage nicht in den Spiegel geschaut“, sagte er.

„Ich werde dir sagen, was ich mit dir mache“, sagte sie und

klang selbstsicherer dabei, als sie sich fühlte. „Ich werde dich bei mir unterbringen und werde dir das Geld leihen, um dir ein paar Sachen zu kaufen und . . ."

„Das kann ich nicht zulassen."

„Natürlich kannst du das", sagte sie scharf. „Du hast gehört, daß ich von ‚leihen' sprach, nicht wahr?"

„Der Himmel weiß, wann ich mein Geld bekomme."

„Ich kann warten", sagte sie.

Er seufzte tief auf. Sie konnte sehen, wie erlöst er war. „Ich weiß nicht, warum Sie so gut zu mir sein wollen. Sie kennen mich ja kaum . . ."

„Ich weiß genug von dir, um gut zu dir sein zu wollen", sagte sie. Dann war das Seufzen an ihr. „Ich muß ehrlich mit dir sein und dir etwas sagen. Ich tue es nicht aus purer Mildtätigkeit. Es steckt noch ein ganz egozentrisches Motiv dahinter. Weißt du, was egozentrisch heißt?"

„Ich habe auch schon mal ein Buch gelesen, Miß Larkin", sagte er leicht beleidigt.

„Alice."

„Ich bin nicht ganz so dumm, wie ich aussehe, wollte ich damit sagen."

„Ich halte dich überhaupt nicht für dumm. Auf jeden Fall", sagte sie und holte tief Luft, „habe ich meine eigenen privaten selbstsüchtigen Gründe für das, was ich tue, und mir ist lieber, du erfährst sie jetzt, als später. Ich hoffe nur, du wirst dich nicht verletzt fühlen."

„Wie kann ich mich verletzt fühlen, wenn jemand mir ein Dach über dem Kopf geben und mich wie ein zivilisiertes Wesen ankleiden will?"

„Das will ich dir sagen", sagte sie. „Als du das letztemal aus meinem Büro fortgingst . . . Nein, laß mich weiter vorn anfangen. So wie ziemlich alle hier beim Magazin möchte ich schreiben. Ich halte mich für eine Romanautorin. Ich hatte sechzig Seiten Roman geschrieben, als ich dich kennenlernte. Als du gegangen warst, ging ich heim und verbrannte sie."

„Warum haben Sie das getan?" fragte er. „Was hat das mit mir zu tun?"

„Es hat alles mit dir zu tun. Nachdem ich die Recherchen gemacht hatte und dann deine Geschichte hörte, kam ich zu dem Schluß, daß das, was ich geschrieben hatte, Schund war – platter, abgestandener, hundertmal schon dagewesener Schund. Ich beschloß, die Geschichte eines jungen Burschen zu schreiben, dessen Vater ermordet worden ist ..."

„Aha", sagte Wesley leise. Er sah sie jetzt wachsam an.

„Der junge Bursche", fuhr sie fort, wobei sie seinen Blick vermied und auf die Tischplatte hinunterschaute, „möchte verschiedene Dinge herausbekommen – wer es getan hat, warum er es getan hat, und wie das Leben seines Vaters verlaufen ist. Er kannte seinen Vater nicht, seine Eltern hatten sich scheiden lassen, als er noch ein kleiner Bub war, und sein Vater war auf und davon gegangen. Falls es dir unangenehm ist, kann ich dich beruhigen – der Mord geschieht nicht in Europa, ich weiß nichts von Europa, ich bin nie dort gewesen. Aber im großen und ganzen unterscheidet sich die Fabel nicht so sehr von dem, was du tust ..."

„Ich verstehe."

„Jetzt siehst du also, was mein eigentlicher Zweck ist."

„Ja."

„Ich habe dich ganz dicht vor Augen. Ich kann Studien an dir machen. Ich helfe dir, alle möglichen Leute aufzuspüren. Eigentlich könnte man es als ein ehrliches Tauschgeschäft betrachten. Wäre dir das unangenehm?"

Wesley hob die Schultern. „Nicht unbedingt", sagte er. „Ich kann mich nur nicht recht als eine Figur in einem Buch sehen."

„So ist es auch nicht", sagte Miß Larkin. „Du bist eine Figur in meinem Kopf, und ich nehme davon, was ich brauche und gebrauchen kann und hoffe, daß daraus etwas wird."

„Und wenn Sie nun herausbekommen, daß es sich bei mir nicht lohnt?"

„Das ist mein Risiko."

„Wie geht das Buch aus?" fragte Wesley wißbegierig. „Findet er den Mörder?"

„Ja, am Ende."

„Und was tut er dann?"

„Er nimmt Rache."

Wesley lächelte sauer. „Ziemlich einfach in einem Buch, nicht?"

„Ich gedenke nicht, es einfach zu machen", sagte sie.

„Und was geschieht mit dem Burschen?"

Wieder holte sie tief Atem. „Er kommt um", sagte sie.

Wesley trommelte abwesend auf die Tischplatte, ohne Miß Larkin anzuschauen. „Das klingt logisch", sagte er.

„Es ist natürlich Erfindung“, sagte sie.

„Ganz schöne Erfindung“, sagte er.

„Wenn du mit Schriftstellern zu tun hast“, sagte sie ernsthaft, „oder selbst mit jemandem wie mir, der *glaubt*, ein Schriftsteller zu sein, dann mußt du mit so etwas rechnen. Die stehlen dir ohne weiteres einen Teil deiner Seele.“

„Ich wußte gar nicht, daß ich eine habe“, sagte Wesley.

„Überlaß es mir, das zu beurteilen“, sagte Alice. „Schau her, wenn dir die ganze Sache scheußlich vorkommt – oder abgeschmackt –, du brauchst nicht mitzumachen.“

„Werden Sie das Buch sowieso schreiben?“

„Ja, ich werd's versuchen.“

„Herrgott nochmal.“ Er grinste. „Wenn ich schon eine Seele habe, dann sollte ich auch genug davon erübrigen können, um ein paar Seiten von einem Buch zu füllen.“

„Gut“, sagte sie forsch, obgleich ihre Hände zitterten. Sie kramte in ihrer Handtasche. „Ich muß wieder an die Arbeit. Aber hier ist meine Kreditkarte von Bloomingdale. Das ist neunundfünfzigste Straße, Ecke Lexington Avenue.“ Während sie sprach, kritzelte sie ein paar Worte auf einen Bogen „Time“-Briefpapier. „Nimm das und meine Karte, damit sie wissen, daß du von mir zum Einkauf ermächtigt bist. Du gehst am Nachmittag hin und kaufst dir ein paar Hemden und eine Flanellhose. Laß sie zu mir nach Hause schicken, dann wissen sie, daß die Bestellung von mir kommt. In diesem Aufzug kannst du unmöglich herumlaufen. Komm dann gegen sechs wieder hierher, und ich nehme dich mit heim. Oh, dann wirst du ja auch noch Geld für den Bus und so etwas brauchen.“ Sie kramte wieder in ihrer Handtasche und gab ihm fünf Dollar in Dollarscheinen und Wechselgeld.

„Danke“, sagte er. „Und vergessen Sie nicht – was Sie mir geben, ist nur auf Pump. Auf mich warten dreißigtausend Dollar, wenn ich achtzehn bin.“

„Ich vergesse es nicht“, sagte sie ungeduldig.

„Schreiben Sie es auf“, beharrte er. „Fünf Dollar und das Datum.“

Sie zog ein Gesicht. „Wenn du willst.“ Sie holte einen Schreiber und ihr Notizbuch heraus und schrieb. Sie schob es ihm über den Schreibtisch hin. „Zufrieden?“

Er schaute ernst und feierlich auf die Notizbuchseite. „O. k.“, sagte er.

Sie steckte das Notizbuch wieder in die Handtasche.

„Jetzt, wo ich eine Figur in einem Buch bin", sagte er, „muß ich mich da irgendwie in einer bestimmten Art und Weise aufführen? Muß ich Kraftausdrücke vermeiden oder Mädchen in Bedrängnis retten oder irgend so was Ausgefallenes?"

„Du kannst dich aufführen, wie es dir Spaß macht", sagte sie. Dann sah sie, daß er grinste und daß er sie nur auf den Arm genommen hatte. Sie lachte. „Versuch nur ja nicht klüger zu sein als die Henne, du Küken", sagte sie.

Er war unterwegs nach Port Philip. Warum soll ich nicht dort anfangen, wo alles begonnen hat, hatte er gesagt, als Alice herund auch noch dort lebte. Wesleys Vater hatte ihm von Boylans Beziehungen zur Familie erzählt, und es waren nur ein paar Stunden mit dem Zug von New York.

Er war jetzt gut in Schale. Flanellhose, Sportjackett und feine braune Schuhe von Bloomingdale, und Alice hatte darauf bestanden, sein Haar etwas zu trimmen, nicht zu kurz, aber adrett. Sie schien über seine Gegenwart in der kleinen Wohnung auf der West Side nicht weit vom Park froh zu sein. Sie sagte, sie hätte schon angefangen, vom Alleinsein in der Wohnung melancholisch zu werden, und jetzt freue sie sich immer schon darauf, ihn vorzufinden, wenn sie von der Arbeit heimkäme. Wenn junge Männer kamen, um mit ihr auszugehen, stellte sie ihn als ihren Vetter aus dem Mittelwesten vor, der auf ein paar Wochen bei ihr wohnte.

In der Wartezeit, bis Alice ihm die gewünschten Auskünfte geben konnte, wanderte er gern kreuz und quer durch die Stadt. Er ging viel ins Kino und besichtigte Dinge wie die Radio City Music Hall, das UNO-Gebäude und den grellen Broadway-Karneval. Zuweilen lud ihn Alice abends ins Theater ein, das eine ganz neue Welt für ihn eröffnete, da er noch nie eine Bühnenvorstellung gesehen hatte.

Wenn sie beide allein in der Wohnung waren, störte er sie so wenig wie möglich beim Tippen in ihrem Zimmer. Sie fragte ihn nie, ob er etwas von dem Geschriebenen lesen wolle, und er stellte auch keine Fragen danach. Manchmal kam es ihm seltsam vor, mit einem Magazin im Wohnzimmer zu sitzen und die Schreibmaschine nebenan zu hören und dabei zu wissen, daß da jemand saß und über ihn schrieb oder jemanden erfand, der er sein könnte. Gelegentlich kam sie heraus, schaute ihn lange Zeit schweigend an, als ob sie ihn erforschen wolle, in sein Gehirn eindringen wolle, dann ging sie zurück in ihr Zimmer und fing wieder zu tippen an.

Jedesmal wenn sie ihn ins Theater einlud oder mit ihm essen ging, bestand er darauf, daß sie die Eintrittskarten oder den Rechnungsbetrag in ihr Notizbuch eintrug.

Der Zug ratterte am Hudson entlang nach Norden. Es war ein klarer, sonniger Tag, und der Fluß sah hell und sauber aus, und er dachte, wie schön es doch wäre, ein kleines Boot zu haben und den breiten Wasserlauf entlang zu segeln, vorbei an den grünen Abhängen, den kleinen, schläfrigen Städtchen, und nachts festzumachen und zu schauen, wie das Leben darin beschaffen war.

Er sah den riesigen, finsteren Bau von Sing-Sing bei Ossining und fühlte irgendwie Verwandtschaft mit den dort oben Eingesperrten, die, den gewaltigen, freien Strom dicht unter ihren Gitterfenstern, die Jahre abzählten. Niemals, dachte er, niemals bei mir. Geschehe, was wolle.

In Port Philip angekommen, stieg er in ein Taxi am Bahnhof und sagte: „Zum Boylan-Haus." Der Fahrer schaute ihn neugierig durch den Rückspiegel an, als er den Wagen startete. „Glaube nicht, daß ich seit zehn Jahren oder mehr eine Fuhre dorthin hatte", sagte der Fahrer. „Wollen Sie dort arbeiten?"

„Nein", sagte Wesley. „Nur eine Visite."

Der Fahrer machte ein Geräusch. Es war schwer zu sagen, ob es ein Husten oder Lachen war.

Wesley schaute auf der Fahrt durch die Stadt aus dem Fenster. Sie war schäbig, die Straßen ungepflegt, als hätten die Menschen, die dort lebten, in der Gewißheit, den Kampf doch zu verlieren, schon lange jeglichen Versuch städtischer Verschönerung aufgegeben. In einer kuriosen Art erinnerten sie Wesley an Landstreicher auf einer Parkbank, die, wenn man sie aufweckte, in makellosem College-Akzent sprachen.

Die Torflügel an der Einfahrt zum Boylan-Grundstück waren zerbrochen und aus den Angeln, der Kiesweg, der bergan zum Herrenhaus führte, voller Schlaglöcher, die Rasenflächen überwuchert, die Wildhecken ungeschnitten. Das Gebäude selbst sah wie eine kleine Ausgabe von Sing-Sing aus.

„Warten Sie einen Moment", sagte er zum Fahrer, als er ausstieg und zahlte. „Ich will erst sehen, ob ich hineinkomme."

Er drückte auf die Klingel an der Vordertür. Innen rührte sich nichts. Er wartete und klingelte noch einmal. Während er wartete, schaute er sich um. Das Unkraut auf dem Rasen war fast hüfthoch, und über die Gartenmauern kroch wilder Wein.

Einige Minuten vergingen, und als er gerade umkehren und zum Taxi gehen wollte, um in die Stadt zurückzufahren, öffnete sich die Tür. Ein gebeugter alter Mann in einer gestreiften Butler-Weste stand da und beäugte ihn. „Ja?" sagte der Mann.

„Ich würde gern Mr. Boylan sprechen", sagte Wesley.

„Wen darf ich melden?"

„Mr. Jordache", sagte Wesley.

Der alte Mann stierte ihn an und beugte sich vor, um ihn besser zu erkennen. „Ich werde sehen, ob Mr. Boylan zugegen ist", sagte er und schloß die Tür wieder.

Der Taxifahrer hupte ungeduldig.

„Warten Sie noch einen Augenblick, ja?" rief Wesley.

Dreißig Sekunden später öffnete sich abermals die Tür. „Mr. Boylan wird Sie jetzt empfangen", sagte der alte Mann.

Wesley gab dem Fahrer ein Zeichen, daß er abfahren könne, und das Taxi kurvte um die zerlöcherte Schleife vor dem Haus und fuhr beschleunigt den Hügel hinunter.

Der alte Mann führte Wesley durch einen langen, dunklen Korridor und öffnete eine Tür. „Wenn ich bitten darf, mein Herr", sagte der alte Mann und hielt ihm die Tür auf.

Wesley betrat einen großen Raum, der gleichfalls dunkel war, weil die schweren Vorhänge zugezogen waren, obgleich draußen die Sonne schien. Ein Mann saß in einem ledernen Ohrensessel und las in einem Buch. An einem Tisch bei einem der hohen Fenster, die auf die Terrasse hinausgingen, wo etwas Licht einfiel, saßen zwei junge Frauen einander gegenüber und spielten Karten. Sie besahen ihn sich neugierig, als er hereinkam. Obgleich es mitten am Nachmittag war, trugen sie Nachthemden mit rüschenbesetzten Negligés darüber.

Der Mann im Ledersessel erhob sich langsam und legte das Buch sorgsam auf die Sessellehne. „Ah", sagte er. „Mr. Jordache?" Seine Stimme war dünn und trocken.

„Ja, Sir", sagte Wesley.

„Jordache", sagte der Mann. „Ich kenne den Namen." Er lachte dünn. „Ich bin Theodore Boylan. Setz dich." Er wies auf einen Ohrenstuhl, der dem seinen gegenüberstand. Er bot ihm nicht die Hand zum Gruß. Er hatte hellblondes Haar, das gefärbt sein mußte, bedachte man das zerfurchte Zittergesicht darunter. Die Nase war scharf, die Augen milchig.

„Wessen Junges bist du?“ fragte Boylan und ließ sich wieder in den Sessel fallen. „Das vom Handelsfürsten oder das vom Strauchdieb?“

Wesley saß mit einem steifen, unbehaglichen Gefühl da und wünschte, die beiden Frauen wären nicht da, deren starrende Blicke er auf sich fühlte.

„Thomas“, sagte Wesley. „Thomas Jordache war mein Vater.“

„Nunmehr tot.“ Boylan nickte, als ob er damit einverstanden sei. „Nicht lange auf dieser Welt. Mußte so kommen. Umgebracht.“ Er wandte sich an die Frauen am Fenster. „An einem schönen Fleckchen Erde.“ Er schielte bösartig zu Wesley hinüber. „Was willst du?“

„Nun ja“, sagte Wesley. „Ich weiß, daß Sie meine Familie gekannt haben.“

„Intim“, sagte Boylan. „Nur zu intim.“ Wieder wandte er sich zu den Frauen am Fenster. „Die Tante dieses jungen Mannes war eine Jungfrau, als ich sie kennenlernte. Sie war keine Jungfrau mehr, als sie wieder von mir ging. Ob ihr es glaubt oder nicht, es gab einen Augenblick, wo ich sie um ihre Hand bat. Sie hat es abgelehnt.“ Er wandte sich Wesley wieder zu. „Hat sie dir das erzählt?“

„Nein“, sagte Wesley.

„Sicher haben sie dir vieles nicht erzählt. Deine Tante und dein Onkel kamen sehr gern in dieses Haus. Damals war es in einem besseren Zustand. So wie ich.“ Er lachte wieder in sich hinein, ein krächzendes kleines Geräusch. „Ich habe ihnen viele Dinge beigebracht, als sie noch jung und hungrig waren. Sie haben so manche nützliche Lektion in diesem Haus gelernt. Sie haben den alten Mann nicht wieder besucht, ach so viele Jahre lang. Und doch, wie du siehst, junger Mann, habe ich Gesellschaft ...“ Er winkte lässig in Richtung der beiden Frauen, die ihr Kartenspiel wieder aufgenommen hatten. „Junge Schönheiten“, sagte er ironisch. „Die Vorteile des Reichtums. Man kann Jugend kaufen. Sie kommen und gehen. Jeweils auf zwei, drei Monate, ausgesucht für mich von einer diskreten Madame, die eine alte und geschätzte Bekannte von mir in der großen Stadt New York ist und die immer wieder aufs neue staunt, was sie von den roten Lippen über den unersättlichen Appetit des alten Mannes zu hören bekommt.“

„Hör schon auf, Teddy“, sagte eine der beiden Frauen, die gerade die Karten mischte.

„Meine Lieben“, sagte Boylan, „ich würde es begrüßen, wenn ihr die Männer eine Weile bei ihren Gesprächen allein lassen würdet.“

Die Frau, die gesprochen hatte, stand auf. „Komm, Elly“, sagte sie, „er hat wieder mal eine seiner verdammten Launen.“

Die andere Frau stand auch auf, und beide gingen hüftenschwingend, mit ihren hochhackigen Pantoffeln auf dem gebohnerten Parkett klappernd, hinaus.

„Der große Vorteil bezahlter Arbeit“, sagte Boylan, als die Frauen den Raum verlassen und die große Tür hinter sich geschlossen hatten, „ist, daß Angestellte gehorchen. Wenn man alt wird, schätzt man Gehorsam mehr als alle anderen Tugenden. Also, junger Mann – du möchtest gern etwas über die edlen Wurzeln deiner Familie wissen ...“

„Eigentlich“, sagte Wesley, „bin ich in erster Linie an meinem Vater ...“

„Er war mir nur durch seine Heldentaten bekannt“, sagte Boylan, „wogegen ich Gretchen und Rudolph allzu gut kannte. Leider muß ich sagen, daß dein Onkel Rudolph seit seiner frühesten Jugend an einer in Amerika stark verbreiteten Krankheit litt – ihn interessierte nur das Geld. Ich versuchte, ihn zu leiten, ich zeigte ihm den Weg zum Ruhm, die Wertschätzung der edleren Dinge des Lebens, aber der allmächtige Dollar wütete in seinen Adern. Ich warnte ihn, daß er sich selbst zerstören würde, aber er litt am jüdischen Gebrechen ...“ Boylan rieb den Mittelfinger gegen den Daumen. „Das Klingen der Münze war Himmelsmusik in seinen Ohren. Nicht zufrieden mit dem Vermögen, das er selbst zusammenscheffeln konnte, heiratete er auch noch viel Geld, und das erledigte ihn schließlich. Es war ihm vorbestimmt, und ich habe ihn gewarnt, aber die Harfen des Goldes machten ihn taub.“ Er lachte vergnügt. Dann sagte er in ernsterem Ton: „Er war ein Mann, dem die wichtige Tugend der Dankbarkeit abging. Nun, er hat dafür bezahlt, und was mich betrifft, ich traure ihm nicht nach.“

„Wirklich, Mr. Boylan“, sagte Wesley steif, „ich kam wegen ...“

„Was Gretchen anbetrifft“, fuhr Boylan fort, als hätte Wesley gar nicht gesprochen, „das schönste Mädchen in der Stadt. Reif wie eine Pfingstrose, die auf einem Schlackenhaufen blüht.

Ernst und bescheiden war sie, mit niedergeschlagenen Augen. Anfangs. Später dann nicht mehr. Sie hätte ein sorgloses, hochgeachtetes Leben führen, Reisen machen können. Ich wäre bereit gewesen, ihr alles zu bieten. Ich kaufte ihr einmal ein rotes Kleid. Wenn sie, rot schimmernd, in ein Zimmer trat, hielt alles den Atem an, Hand an der Kehle." Er zuckte die Achseln. „Sie trat mein Angebot mit Füßen. Sie wollte billige, junge Männer, mit falschen Versprechungen schnell bei der Hand, 'rein ins Bett, 'raus aus dem Bett. Sie hat sich mit ihrer ungezügelten Sinnlichkeit kaputtgemacht. Wenn du sie siehst, denk bitte an meine Worte und wiederhole sie ihr."

Ein Spinner, dachte Wesley, ein kompletter Spinner mit einem krankhaft begabten Mundwerk. Er versuchte die Vorstellung zu verdrängen, wie seine Tante Gretchen in einem roten Kleid, das dieser irre alte Mann ihr gekauft hatte, in ein Zimmer trat. „Worauf ich hinaus will", sagte er verbissen, „ist, was mein Vater . . ."

„Dein Vater", sagte Boylan verächtlich, „war ein Verbrecher und ein Brandstifter und gehörte hinter Gitter. Er kam hierher und spionierte hinter seiner Schwester her, und er verbrannte draußen auf dem Hügel ein Kreuz, weil er auf einem seiner Raubzüge herausbekam, daß seine Schwester bei mir oben im Bett war und er mich in ebendiesem Zimmer nackt sah, wie ich ihr gerade einen Drink zurechtmachte. Ein brennendes Kreuz. Symbol der Frömmelei und Unwissenheit!" Boylan spie die Worte förmlich aus, noch immer nach all den Jahren zutiefst empört über die flammende Beleidigung vor seiner Schwelle. „Natürlich kam das alles Jahre später an den Tag. Der Junge, der sein Komplize war – Claude Tinker heißt er, jetzt ein angesehener Bürger dieser Stadt –, gestand mir alles bei einem prächtigen Mittagessen in meinem Speisezimmer. Dein Vater." Boylan zog die lange, dünne, gerötete Altmännernase kraus. „Ein Glück, ihn los zu sein, sage ich. Ich habe seinen Lebenslauf verfolgt. Wie zu erwarten, gelang ihm nichts, nicht einmal, am Leben zu bleiben."

Wesley stand auf. „Vielen Dank, Mr. Boylan", sagte er und haßte diesen Mann. „Ich glaube, ich habe genug gehört. Ich gehe jetzt."

„Wie du willst", sagte Boylan lässig. „Du weißt ja, wo es hinausgeht. Ich dachte, du wärest an der Wahrheit interessiert – in deinem Alter ist die Wahrheit oft ein nützlicher Leitfaden für das eigene Leben. Ich bin zu alt, um einem hergelaufenen jungen Halunken Lügen aufzutischen oder um den Mund zu gehen, nur weil ich einmal einigen Verwandten von ihm gefällig war." Er nahm sein Buch von der Stuhllehne und begann wieder zu lesen.

Als er aus dem Zimmer war und rasch auf die Haustür zuging, dachte Wesley: Mein Alter hätte nicht nur ein Kreuz anzünden, er hätte die ganze gottverdammte Bude abbrennen sollen, mitsamt dem Scheißkerl drin.

Er ging die paar Meilen den Hügel hinunter und zum Bahnhof zu Fuß und hatte Glück, denn es fuhr gerade ein Zug ein, als er kam.

Als er in der Wohnung anlangte, hatte Alice das Abendessen fertig. Sie sah seine verkniffenen Lippen und seine angespannten Kiefer, und sie aßen schweigend. Sie fragte nicht, wie es in Port Philip gegangen sei.

Dominic Joseph Agostino, der sich in seinen Kampftagen in den zwanziger und dreißiger Jahren als „Joe Agos, der schöne Mann von Boston" einen Namen gemacht hatte und der die Trainingsräume im Revere-Club unter sich hatte, als Thomas Jordache dort arbeitete, war noch am Leben, wie Alice Wesley eröffnete, und arbeitete noch im Revere-Club. Tom Jordache hatte Wesley erzählt, daß Agostino gut zu ihm gewesen war, ihm einmal seine Stellung gerettet hatte, als man ihn verdächtigte, aus den Umkleideschränken der Mitglieder Sachen gestohlen zu haben, und daß er ihn sogar überzeugt hatte, er sei gut genug, um als Amateur zu starten. Alles in allem gesehen, hatte Thomas zu Wesley gesagt, sei er froh darüber, eine Weile in seinem Leben geboxt zu haben, obgleich er als „Flasche" geendet habe. „Was soll's", hatte Thomas gesagt, „mir hat das Kämpfen Spaß gemacht. Und dafür auch noch Geld zu bekommen war Soße über den Braten. Jedenfalls eine gewisse Zeit lang. Eine Sache sei bewundernswert gewesen an Agostino, hatte Thomas gesagt: Er war mit den Clubmitgliedern, denen er als Sparringpartner diente, immer fein wie eine Kammerzofe umgegangen und hatte ihnen dauernd Komplimente gemacht, wie gut sie wären und welche Fortschritte sie in „der Kunst" – so nannte er das Boxen – gemacht hätten, nie aber hatte er eine Sekunde durchblicken lassen, daß er am liebsten jeden einzelnen von ihnen, zusammen mit dem ganzen Gebäude mit seinen eleganten Räumen und den Ölgemälden der alten Aristokratie von Boston an den Wänden, in die Luft gesprengt hätte. „Er war ein Muster an Benehmen", hatte Thomas mit Bewunderung gesagt, „und er hat mich vieles gelehrt."

Wesley nahm den Air-Bus nach Boston vom LaGuardia-Flugplatz – sechshundertdreißig Dollar hin und zurück, wie er in das Notizbuch eintrug, das er neuerdings bei sich behielt, um ganz sicher zu sein, daß Alice sich mit dem Geld, das sie ihm vorschoß, nicht hinterlistig selbst betrog. Der Flug wäre angenehm gewesen, hätte nicht der ehemalige Fallschirmjäger neben ihm gesessen, der, sobald die Maschine anrollte, zu schwitzen begann, seine Fingernägel in die Handflächen grub und, sobald sie in der Luft waren, fortgesetzt sagte: „Hören Sie, wie der Backbordmotor klingt? Das gefällt mir gar nicht, wie der Backbordmotor klingt, wir werden abschmieren, um Gottes willen, und die Burschen da vorn kümmern sich überhaupt nicht darum."

Je mehr man von der Sache verstand, dachte Wesley, um so weniger konnte man sie vertragen.

Die Maschine schmierte nicht ab, und sobald sie wieder auf dem Boden waren, hörte der ehemalige Fallschirmjäger auf zu schwitzen und sah beim Aussteigen genauso aus wie jeder andere Passagier.

Der alte Mann am Empfang des Revere-Clubs schaute ihn sonderbar an, als er fragte, ob er Mr. Agostino sprechen könnte.

„Ich bin Mr. Agostino", sagte der Mann. Er hatte eine heisere, rauhe Flüsterstimme, und er war klein und mager. Seine Portiersuniform hing ihm lose um die Knochen, und der große Adamsapfel hüpfte in seinem faserigen Hals hoch und nieder.

„Ich meine den, der in den Trainingsräumen gearbeitet hat", sagte Wesley.

„Das bin ich." Der Mann fixierte ihn mißtrauisch. „Ich arbeite seit fünfzehn Jahren nicht mehr im Ring. Zu beschissen alt. Und Gicht in den Knochen. Sie haben mich zum Türsteher gemacht. Aus lauter Gutherzigkeit. Weshalb willst du Agostino sprechen?"

Wesley sagte, wer er war.

„Tommy Jordans Sohn", sagte Agostino ausdruckslos. „Was sagst du dazu? Ich erinnere mich. Er wurde umgebracht, nicht wahr? Habe es irgendwo gelesen." In der heiseren Flüsterstimme mit dem monotonen Süd-Bostoner Akzent war kein Anzeichen von Gemütsbewegung. Falls der Name irgendwelche angenehmen Erinnerungen in dem fast kahlen, nur mit spärlichen Haarbüscheln geschmückten Schädel weckte, so behielt er sie für sich. „Suchst du Arbeit?" Sein Ton war vorwurfsvoll. Er beäugte Wesley mit Sachkenntnis. „Gut gebaut bist du. Willst du in den Ring gehen oder sowas?"

„Ich bin kein Boxer."

„Um so besser", sagte Agostino. „Hier im Club wird nicht mehr geboxt. Sie fanden, es sei kein Sport für Gentlemen. All die Nigger und so. Wenn sie heutzutage einen Streit austragen wollen, verklagen sie sich gegenseitig." Er lachte, und der Atem pfiff ihm dabei durch die Zahnlücken.

„Ich wollte nur ein paar Minuten mit Ihnen über meinen Vater reden", sagte Wesley. „Wenn Sie Zeit haben."

„Dein Vater. Hmm. Er hatte einen Punch, dein Vater, eine Rechte. Du hättest ihm die Linke genauso auf den Rücken binden können, genützt hat sie ihm doch nichts. Ich sah ihn einmal als Profi kämpfen. Ich sah, wie er den Burschen auf die Bretter legte. Aber nach dem Kampf habe ich ihm gesagt: ‚Du kommst nie an die Spitze', habe ich gesagt, ‚solange du dir keine Linke zulegst ...' Er hat es nie getan. Allerdings, so wie die Dinge heute liegen, hätte er sich noch ein paar gute Börsen holen können, als Weißer und so. War kein übler Bursche, dein Vater. Klaute hier und da ein bißchen, kam mir vor. Wer konnte ihm das übelnehmen in diesem Laden, wo die Wände praktisch mit Dollarnoten tapeziert sind? Als er dann weg war, wurde so allerlei erzählt. Irgendwie kam die Geschichte auf, er hätte eines der Mitglieder erpreßt, einen Rechtsanwalt, ausgerechnet! Fünftausend Dollar soll er ihm abgeknöpft haben. Der Vater von dem Burschen kam dahinter und verbreitete überall, sein armer kleiner Sohn sei krankhaft veranlagt – ein Kleptomane. Überall verschwand Geld, und ich nehme an, dein Vater hat den Kerl einmal dabei erwischt, und der mußte blechen, damit dein Vater die Klappe hielt. Hat er dir mal davon erzählt?"

„Ja", sagte Wesley. „Er sagte, es war sein Glückstag."

„Ein ganz schöner Batzen", sagte Agostino, „fünf Riesen. Was hat er denn damit gemacht?"

„Er hat es angelegt", sagte Wesley, „oder vielmehr sein Bruder tat es für ihn. Zum Schluß hatte er eine Jacht."

„Ja, das habe ich auch in dem Magazin gelesen", sagte Agostino. „Eine Jacht. Mann Gottes. Ich wünschte, ich hätte auch so einen Bruder. So ein junger Dreckfresser, und hat zum Schluß 'ne Jacht!" Er schüttelte den Kopf. „Ich bin gut mit ihm ausgekommen, spendierte ihm ab und zu ein Bier. Allzu überrascht war ich nicht, daß sie ihn umgelegt haben. Tja, wir können gerne reden, wenn du sonst nichts von mir willst..." Er klang mit einemmal mißtrauisch. „Ich gebe nichts für eine ‚Tom-Jordan-Gedächtnisstiftung' oder so was, wenn du etwas deshalb kommst."

„Ich will mich nur ein bißchen unterhalten, das ist alles", sagte Wesley.

Agostino nickte. „O. k. In ein paar Minuten habe ich eine Viertelstunde Pause. Der Ober vom Speisesaal löst mich solange ab. Fünf Nummern weiter ist eine Kneipe. Da können wir uns treffen. Diesmal kannst du das Bier bezahlen."

Ein wohlbeleibter Herr in schwarzem Paletot mit Samtkragen kam und sagte: „Tag, Joe, ist Post für mich da?"

„Guten Tag, Mr. Saunders", sagte Agostino und verbeugte sich ein wenig. „Schön, Sie wieder einmal hier zu sehen. Sind Sie jetzt ganz aus dem Hospital entlassen?"

„Bis zum nächstenmal", sagte der beleibte Herr und lachte dazu. Agostino lachte keuchend mit.

„Das Alter, Joe, das Alter", sagte der Herr.

„Wie wahr, wie wahr", sagte Agostino. Er wandte sich um und langte in das Brieffach, über dem ein S stand, während Wesley den Club verließ.

„Am besten ist mir noch der Tag in Erinnerung", sagte Agostino beim Bier am Ende der dunklen Bar, „wo ich als Sparringpartner mit einem Clubmitglied im Ring war, ein großer Lümmel, jung, so fünfundzwanzig, sechsundzwanzig, scheißfeine, alte Bostoner Familie –" Der Haß war seiner Stimme anzuhören, sprang ihm aus den noch immer brennenden, kohlschwarzen Sizilianeraugen. „Hatte irgendeine blöde Inter-College-Meisterschaft gewonnen, hübscher Junge namens Greening, hab' den Namen bis heute nicht vergessen, Greening, bildete sich ein, er wäre Wunderwas im Ring, Halbschwergewicht – und ich, ich wog um die Zeit so dreiundsechzig, fünfundsechzig Kilo. Er also mit dem kalten, überlegenen Blick starr auf dem Gesicht, die ganze Zeit, und plötzlich erwischt er mich am Kinn, der Hurensohn, ein Uppercut mit seinem ganzen Gewicht dahinter, ich dachte, er hätte mir den gottverdammten Kiefer gebrochen. Ich hatte einen schweren Schnupfen an dem Tag und kriegte keine Luft. Aber, du lieber Himmel, als Sparringpartner in *dem* Ring da hast du dich noch nicht mal getraut, ein Clubmitglied härter anzutippen, als wie wenn du eine Katze streichelst, du wärst in hohem Bogen 'rausgeflogen, ehe du bis drei zählen kannst, wenn du denen auch nur zwei Tropfen Blut aus ihrem hochwohlgeborenen Zinken abgezapft hättest, und dieser Hurensohn macht Ernst und schlägt mich nieder, daß alle meine Zähne wackelten und mein Mund voll Blut, und atmen konnte ich auch nicht, damit sie was zum Lachen haben nachher an der Bar mit den anderen feinen Pinkels, die den Armen das Blut aussaugen, diese Arschlöcher." Agostino schüttelte den Kopf mit den paar Haarbüscheln, die ihm auf der Glatze schwammen, und hielt die Hand an seinen knochigen Unterkiefer, als wolle er noch immer sehen, ob er gebrochen sei. Einen Augenblick lang war die wütende alte Rasselstimme verstummt, und Wesley, der ihn anschaute, konnte sich den Mann unmöglich jung, im Ring herumtänzelnd und Schläge abtauschend vorstellen. Eines weiß ich sicher, dachte er, während er Agostino mit Geräusch sein Bier herunterschlürfen sah: Ich möchte nie so alt werden.

„Hinterher", fuhr Agostino fort, „war nur noch pure Freude. Greening machte den Enttäuschten, er hätte sich noch gar nicht richtig ausgearbeitet, sagte er, da hätte sich's noch nicht einmal gelohnt, sich umzuziehen, und er fragte deinen Vater, ob er noch ein, zwei Runden mit ihm gehen wolle. Ich gab deinem Alten ein Zeichen, und er zog sich die Handschuhe an. Mein guter Junge, es war eine Augenweide. Der liebe, gute Inter-College-Meisterschaftsgewinner mit der aufrechten Haltung war nasser Kehricht für deinen Vater, obgleich er erst ein paar harte Brocken an den Kopf einfing, bevor ihm aufging, daß der Scheißkerl mit *ihm* auch Ernst machen wollte. Da hat er dann ein Blutbad mit dem Burschen angerichtet, sie boxten ohne Zwischenpausen oder sonstige Artigkeiten, sie fetzten nur noch ineinander 'rein. Ich hatte einen Augenblick das Gefühl, der Junge da macht wieder an mir gut, an mir persönlich, alles, mein ganzes lausiges beschissenes Leben. Schließlich wischte ihm dein Vater eine, ein Prachtstück, und die alte Bostoner Familie torkelte mit glasigen Augen in kleinen Kreisen im Ring herum wie ein besoffener Komiker, und Tom wollte ihm gerade den Fertigmacher geben, aber ich griff ein und brach die Sache ab.

Ich machte mir keine Gedanken wegen Tom, der wußte sehr genau, was er tat, aber ich mußte auf meine Stellung bedacht sein. Mr. Greening, Sir, kam ins Land der Lebenden zurück, das ganze Scheiß-Harvard-Vierecksgesicht mit Blut verschmiert, und verschwand, ohne danke schön zu sagen. Dein Alter wußte es sofort. ‚Das kostet mich die Stellung', sagte er. ‚Anzunehmen', sagte ich. ‚Es war die Sache wert. Für mich.'" Agostino gackerte fröhlich in Erinnerung an den längst entschwundenen goldenen Augenblick. „Vier Tage später bekam ich die Weisung, ihn 'rauszuschmeißen. Ich weiß noch meine letzten Worte. ‚Traue nie den Reichen', habe ich zu ihm gesagt." Er blickte auf die Uhr über dem Bartisch. „Ich muß zurück. Nett von dir, mich zu besuchen, Sohn. Danke für das Bier." Er nahm die Uniform-Schirmmütze, die er auf die Bar gelegt hatte, und setzte sie sich schnurgerade auf den Kopf. Sie war zu weit für ihn, und sein blasses, knochiges Gesicht wirkte darunter wie das Gesicht eines verhungerten Kindes. Am Ausgang drehte er sich noch einmal um und kam zurück. „Will dir etwas sagen, Sohn, es gibt einen Haufen Leute, die ich lieber umgelegt gesehen hätte als deinen Alten."

Dann schlurrte er, gebeugt und gichtgekrümmt, auf die Straße hinaus, um seinen Posten am Empfangstisch wieder einzunehmen, wo er bis ans Ende seiner Tage die Post herausgeben und unterwürfig, mit Träumen von Rache und Vernichtung in der Brust, über die Scherze der Clubmitglieder lachen würde.

Als er abends nach New York zurückkam, sah Alice sofort, daß er in anderer Stimmung war als nach seinem Besuch bei Boylan in Port Philip. „Dieser Kerl, der Agostino", sagte er, als er ihr in der Küche bei den Vorbereitungen für das Abendessen half, was hauptsächlich darin bestand, daß er Teller und Bestecke hinlegte, „ist ein ganz wunderbarer, verschrobener alter Typ. *Der* war die Reise wert." Dann berichtete er, so gut er sich erinnern konnte, jedes Wort, das der alte Boxer zu ihm gesprochen hatte. Sie bat ihn, Sätze zu wiederholen . . . „In seinen eigenen Worten möglichst, Wesley." Wieder und wieder mußte er es tun, als ob sie sie auswendig lernen, den genauen Klang der Stimme des Mannes, seinen Sprachrhythmus und gleichzeitig ein Bild von ihm bekommen wollte, wie er wirklich aussah.

„Daheim in Sizilien", sagte sie, „hätte er wahrscheinlich Ernten verbrannt und *Principessas* entführt. Armer Kerl, da sitzt er nun in Boston und gibt die Post heraus."

„Oh", sagte sie, „ich habe eine Neuigkeit für dich, bekam sie heute im Büro. Ich hatte einem alten Pressemann in Elysium, Ohio, geschrieben, der uns gelegentlich Nachrichten beschafft, wenn dort bei ihm irgend etwas Bemerkenswertes los ist, und ich glaube, er hat die Chlothilde deines Vaters aufgefunden."

„Wie hat er das um Gottes willen gemacht?" fragte Wesley, obgleich er, seit Alice diesen Dominic Joseph Agostino aufgetrieben hatte, daran zu glauben begann, daß kein Sterblicher der Suche des „Time"-Magazins entgehen konnte, wenn dieses es darauf anlegte, ihn aufzuspießen.

„Es sieht so aus, als ob da vor Jahren in Elysium eine saftige Scheidungssache über die Bühne gegangen ist", sagte Alice, „ein angesehener Bürger namens Harold Jordache – der Name dürfte dir nicht ganz unbekannt sein, wie ich annehme ..." Sie lächelte ihn über die Aufschnittplatte hinweg an.

„Ja, und weiter?" sagte er.

„Seine Frau hat auf Scheidung geklagt, weil sie ihn mit dem Dienstmädchen im Bett gefunden hat. Das waren große Neuigkeiten für Elysium, Ohio, und unser Informant, sein Name ist Farrell, vielleicht besuchst du ihn, wenn du Zeit hast, brachte die Sache im Lokalteil. Farrell sagte, die Frau hat bekommen, was sie wollte: das Haus, die Hälfte des Geschäfts, Abfindung, Unterhalt – eine öffentlich bloßgestellte Frau, und das in einer kleinen gottesfürchtigen Gemeinde. Du errätst natürlich, wie die Dame hieß, die *in flagranti delicto* ertappt wurde?"

„Sag du es mir", sagte Wesley, obgleich er den Namen erriet, ja sogar auch erriet, was *flagranti delicto* hieß.

„Chlothilde", sagte Alice triumphierend. „Chlothilde Devereaux. Sie hat einen Waschsalon in derselben Straße, wo Farrells Zeitung ist. Ich habe die Adresse in der Handtasche. Wie gefällt dir das?"

„Ich fahre morgen nach Ohio", sagte Wesley.

Er stand vor dem Waschsalon in der verschlafenen Straße. Von der Busstation aus hatte er die Jordache-Garage und Ford-Vertretung angerufen, in der Absicht, seinen Großonkel Harold kurz aufzusuchen, ehe er zu Chlothilde Devereaux ging. Besser, den weniger schönen Teil der Angelegenheit erst hinter sich zu bringen. Als Harold Jordache endlich an den Apparat kam und Wesley ihm sagte, wer er sei, fing der Mann sofort an ins Telephon zu brüllen. „Ich will nichts mit dir zu schaffen haben. Mit keinem deiner Familie.“ Er hatte eine eigenartige Aussprache, Spuren seines deutschen Akzents kamen durch die hohe Stimmlage noch mehr heraus. „Ich habe genug Ärger mit den verdammten Jordaches gehabt, es reicht mir fürs Leben, und wenn ich neunzig werde. Komm mir ja nicht hierher schnüffeln oder nach Hause, sonst hetze ich dir die Polizei auf den Hals. Ich will nichts mit dem Sohn eines Mannes zu tun haben, der mein Haus besudelt hat. Das einzig Gute, was ich von deinem Vater sagen kann, ist, daß er tot ist. Hörst du mich?“

„Ich höre“, sagte Wesley und hängte an. Kopfschüttelnd verließ er die Telephonzelle. Als der Bus in die Stadt eingefahren war, war er von der Sauberkeit und Schönheit beeindruckt gewesen, den geschnittenen Rasenflächen, den weißen Häusern im New-England-Stil, den Holzkirchen mit den schmalen Spitztürmen, und er konnte nicht verstehen, wie jemand es fertigbrachte, in einer so hübschen Stadt so lange wütend zu bleiben wie allem Anschein nach sein Großonkel Harold. Die Scheidung hatte die Laune des Großonkels offensichtlich nicht verbessert. Auf dem Weg zu der Adresse, die ihm Alice für den Waschsalon gegeben hatte, versuchte er sich auszumalen, wie wohl Großonkel Harold und seine Mutter miteinander auskommen würden.

Der Waschsalon gehörte zu einer Kette und sah wie alle anderen Institute dieser Art aus – ein großes Schaufenster, durch das er die Waschautomaten in Reih und Glied sehen konnte, mit Stühlen davor, auf denen hier und da Frauen saßen und warteten, bis ihre Wäsche fertig war.

Er zögerte hineinzugehen. So wie sein Vater von Chlothilde gesprochen hatte, mit so trauervoller, schmerzlicher Sehnsucht nach ihrer Schönheit und ihrem guten Herzen, kam es ihm fast widersinnig vor, daß er jetzt, an rauschenden und surrenden Maschinen und tratschenden Weibern vorbei, auf einen Ladentisch zugehen sollte, hinter dem ein untersetztes kleines Frauchen stand, die anderer Leute Wäsche aussortierte und Wechselgeld herausgab, um zu ihr zu sagen: Ich bin der Sohn meines Vaters. Er hat mir gesagt, er hätte Sie sehr geliebt, als er in meinem Alter war. Aber schließlich war er nicht von New York bis nach Ohio gefahren, um in das Schaufenster eines Waschsalons zu starren. Er schob die Schultern vor und trat ein und kümmerte sich nicht um die neugierigen Blicke der Frauen, die verstummten und ihn von oben bis unten betrachteten, als er an ihnen vorbeiging.

Die Frau stand mit dem Rücken zu ihm; sie schob eingepackte Stöße fertiger Wäsche in die Regalfächer, als er an den Ladentisch trat. Sie hatte nackte Arme, und ihm fiel auf, daß sie voll und fest und dunkelhäutig waren. Ihr Haar war pechschwarz, und sie hatte es flüchtig oben auf dem Kopf aufgesteckt, so daß er ihre kräftigen Halsmuskeln arbeiten sah, als sie die Wäschepakete einsortierte. Sie trug ein leichtes bedrucktes Kleid, in dem ihr Rücken und ihre Schultern noch wuchtiger aussahen, als sie waren. Er wartete am Ladentisch, bis sie mit den Bündeln fertig war und sich umdrehte. „Ja?“ sagte sie freundlich. Sie hatte ein breites Gesicht mit hohen Backenknochen und fast kupferfarbenem Teint, und der Gesamteindruck, fand er, mit dem kohlschwarzen Haar und den tiefliegenden schwarzen Augen, war der einer Indianersquaw. Er erinnerte sich, daß sein Vater ihm gesagt hatte, er glaube, sie habe Indianerblut in den Adern, irgendein Stamm in der kanadischen Wildnis. Er selbst fand, daß sie sehr alt aussah.

„Ich suche Mrs. Devereaux, Mrs. Chlothilde Devereaux“, sagte er.

Sie starrte ihn an, lächelte nicht, forschte in seinen Zügen, zog die Stirn in Falten, als versuche sie, sich an etwas zu erinnern. „Ich kenne dich“, sagte sie. „Du bist Tom Jordaches Sohn, stimmt's?“

„Ja“, sagte er.

„Allmächtiger Gott“, sagte sie. „Ich dachte, ich sehe Geister.“ Sie lächelte. „Der Spuk im Waschsalon.“ Sie lachte. Es war ein Lachen, das tief in der Kehle saß. Sie gefiel ihm nach dem Lachen, aber, ehrlich gesagt, er konnte an dieser alternden, ausladenden Frau nichts von jener Schönheit entdecken, die sein Vater gesehen hatte. „Beug dich über den Tisch, bitte“, sagte sie.

Er lehnte sich hinüber, und sie nahm sein Gesicht in ihre Hände, ihre Handflächen waren weich und fest, und blickte ihn an, hart erst, dann ganz nahe, und küßte ihn auf die Stirn. Hinter sich hörte er eine von den Frauen vor den Waschautomaten kichern.

Sie ließ ihn los, und er richtete sich wieder auf und fühlte noch immer die Berührung weicher Lippen auf der Stirn. Chlothilde lächelte, ein kleines, fast träumerisches, wehmütiges Lächeln. „Mein Gott“, sagte Chlothilde leise, „Toms Junge in unserer Stadt.“ Sie knüpfte die Bänder der Schürze auf, die sie über dem bedruckten Kleid trug. „Wir gehen hier weg“, sagte sie. „Hier können wir nicht reden. Sarah!“ rief sie nach hinten. „Komm doch bitte mal.“

Eine blonde junge Frau mit wirrem Haar kam hinter dem Regal hervorgeschlurrt, und Chlothilde sagte: „Sarah, ich nehme mir den restlichen Nachmittag frei. Es ist sowieso nur noch eine Stunde bis Ladenschluß, und ich habe eine wichtige Verabredung. Mach für mich weiter, sei so gut, und schließ gut ab, wenn du gehst, ja?“

„Ja, Ma'am“, sagte die Frau.

Chlothilde hängte ihre Schürze weg und machte etwas an ihrem Haar, so daß es ihr gerade auf die Schultern fiel. Jetzt sah sie noch viel mehr wie eine Indianerin aus. Sie klappte den Ladentisch hoch und kam heraus. Sie hatte weite Hüften, einen ansehnlichen Busen und dicke, strumpflose Beine, und plötzlich erinnerte sie ihn in einer fast unerträglichen Weise an Kate.

Sie hakte sich bei ihm ein, und sie gingen an den sitzenden Frauen vorüber, die jetzt die beiden unverblümt anstarrten und die Mundwinkel in hämischem Lächeln herunterzogen. Als sie draußen waren, sagte Chlothilde: „Seit dem Prozeß starren mich die Damen der Stadt an, als wäre ich die Hure von Babylon.“ Sie hing noch immer an seinem Arm, und sie gingen die Straße hinunter. Sie holte tief Atem. „Ach wie gut, an die frische Luft zu kommen“, sagte sie, „wenn man den ganzen Tag dreckige Wäsche gerochen hat.“ Sie schaute ihn von der Seite an: „Du hast von dem Prozeß gehört?“

„Ja“, sagte er. „Dadurch habe ich erfahren, wo Sie sind.“

„Keine rosigen Zeiten“, sagte sie. „Ich weiß, daß dein Vater tot ist.“ Sie sagte es, wie man eine Tatsache erwähnt; was sie empfunden haben mochte, als sie es erfuhr, schien längst unter Kontrolle zu sein. „Ich las in dem Artikel, daß er zweimal verheiratet war. War er glücklich?“

„Das zweitemal.“

Sie nickte. „Ich hatte Angst, er würde nie wieder glücklich werden. Sie waren ihm alle unablässig auf den Fersen . . .“

„Er hatte ein Schiff, eine Jacht“, sagte Wesley. „Auf dem Mittelmeer. Er liebte das Meer.“

„Sieh einmal an“, sagte sie verwundert. „Tom auf dem Mittelmeer. Ich wollte auch immer reisen, aber . . .“

„Er taufte das Schiff Chlothilde."

„O Gott", rief sie im raschen Weitergehen und hielt seinen Arm. „Die Chlothilde." Dann sah er, daß sie weinte, die Tränen fielen unentwegt aus den dunklen Augen, schimmerten an den dicken schwarzen Wimpern.

„Wenn ihn die Leute fragten, wie er auf den Namen Chlothilde für sein Schiff verfallen sei, sagte er immer, es sei der Name einer ehemaligen Königin von Frankreich. Aber mir hat er den wahren Grund gesagt."

„Nach all den Jahren", sagte sie, staunend, mit erstickender Stimme. „Nach allem, was gewesen ist." Ihre Stimme wurde hart. „Hat er dir davon auch erzählt?"

„Genug", sagte Wesley. „Daß sein Onkel Sie und ihn – nun ja – zusammen fand und Ihnen drohte, Sie ausweisen zu lassen, nach Kanada zurück, wegen Verführung eines Minderjährigen . . ."

„Hat er dir auch das andere erzählt?" Ihre Stimme war noch härter geworden.

„Genug. Über Sie und seinen Onkel. Die Sache, die im Prozeß herauskam und dann in die Zeitung kam", sagte Wesley unbehaglich.

„Der sabbernde alte Mistkerl", sagte Chlothilde wild. „Ich war Bedienstete in seinem Haus. Ich konnte nicht riskieren, nach Kanada zurückzugehen, mein Mann hätte mich umgebracht. Ich habe versucht, es Tom klarzumachen. Er wollte nicht verstehen. Er wollte, daß ich mit ihm durchgehe. Ein sechzehnjähriger Junge . . ." Sie lachte, und es klang unendlich traurig.

„Er hat es schließlich doch verstanden", sagte Wesley. „Er hat es mir gesagt. Der Bootsname beweist es, oder nicht?"

„Wird schon so sein", sagte sie. Sie ging stumm weiter, wischte sich mit dem Handrücken notdürftig die Tränen ab. „Hat er dir auch erzählt, daß ich ihm eines Tages einen Zettel ans Butterbrot gesteckt habe, als er zur Arbeit ging?"

„Ich glaube nicht."

„Ich schrieb ‚Ich liebe Dich' darauf", sagte sie. „So fing alles an." Sie lachte jäh. „Mein Gott, er hatte einen Wolfshunger. Nie wieder habe ich jemanden gesehen, Mann oder Kind, der so viel verdrücken konnte. Die Gerichte, die ich ihm gekocht habe! Die Braten, das Frischgemüse, von allem nur das Beste. Wenn sein Onkel und die gräßliche Familie in Saratoga waren und wir das Haus für uns allein hatten. Ich sang nachmittags immer am Herd und wartete auf ihn. Die beiden Wochen vergesse ich mein Lebtag nicht." Sie blieb stehen, wie von einer unsichtbaren Leine zurückgerissen, drehte ihn herum und hielt ihn an den Armen und schaute ihm scharf in die Augen. „Warum bist du hergekommen? Willst du irgend etwas von mir haben?"

„Nein", sagte er. „Ich bin genau wegen dem gekommen, was Sie ohnehin jetzt tun – über meinen Vater sprechen."

Nach einem Augenblick der Stille, in dem die schwarzen Augen forschend über sein Gesicht gingen, küßte sie ihn wieder auf die Stirn.

„Es ist unheimlich", sagte sie, „wie du ihm ähnelst. Er war ein bildschöner junger Mann – ich sagte ihm, er sähe aus wie der heilige Sebastian, er schlug es in einem Lexikon in der Bibliothek nach, da hat er auch gefunden, wo mein Name herkam. Kaum vorzustellen, daß er, der wilde Bursche, der er war, in einem Lexikon nach etwas suchen würde." Ihr Gesicht wurde ganz weich, als sie das sagte, und Wesley stellte sich vor, daß wohl der gleiche Ausdruck darin gestanden haben mußte, als er von der Bibliothek kam und ihr sagte, was er dort gefunden hatte.

„Bist du enttäuscht?" fragte sie.

„Worüber?"

„Nach allem, was dein Vater dir von mir erzählt haben muß . . . und das Schiff, das er nach mir benannt hat, und Königin von Frankreich und all das . . ." Ein kurzes Lachen. „Und dann erblickst du eine dicke alte Dame hinter dem Ladentisch eines Waschsalons."

„Nein", sagte Wesley, „ich bin nicht enttäuscht." Er war sich nicht ganz sicher, ob er die Wahrheit sprach. Sie muß ganz anders gewesen sein, als sie noch jung war, dachte er.

„Du bist ein anständiger Junge", sagte sie, als sie weitergingen. „Ich hoffe nur, es ergeht dir besser als deinem Vater."

„Mir geht's o. K.", sagte Wesley.

„Nachdem wir – also – nachdem wir sozusagen auseinander waren, obgleich wir beide noch im selben Hause lebten und ich ihn jeden Tag sah und ihn mit der Familie zusammen bei Tisch bediente, wir sprachen aber kein Wort mehr miteinander bis auf adieu, wurde er wild, als jagten ihn die Furien. Nacht für Nacht kam er blutbesudelt von Schlägereien heim, zog jede kleine Hure in der Stadt durch. Ich erfuhr natürlich davon, ich glaube, es war so eine Art Rache, die er nahm, ich nahm es ihm nicht übel, obgleich mir klar war, daß eines Tages sein Schicksal ihn in dieser widerlichen, heuchlerischen Stadt ereilen würde. Sie sperrten ihn wegen Vergewaltigung ein – Vergewaltigung! Wo jede Maid und jede Frau mit heißen Höschen hinter ihm her war wie die Kinder hinter der Feuerwehr. Hat er dir davon erzählt."

„Ja."

„Und von den Zwillingen, die er gestoßen haben soll, und dem Vater, der als Kläger auftrat?"

„Ja, hat er mir erzählt."

„Er muß dich sehr geliebt haben", sagte Chlothilde, „wenn er dir solche Sachen erzählte."

„Ich glaube schon. Er sprach gern mit mir." Die Nächte an Deck, unter den Sternen, oder im dunklen Ruderhaus.

„Natürlich banden sie immer alles ihm ans Bein, bei dem Ruf, den er hier hatte, jeder nahm mit Freuden nur das Schlechteste von ihm an", sagte Chlothilde bitter. „Diese Zwillinge konnten sich unter fünfzig Vätern einen auswählen! Der Polyp, der Tom verhaftete, mit eingeschlossen. Ich sehe sie manchmal – die Zwillinge –, sie leben noch hier, erwachsene Frauen. *Denen* mach lieber keinen Besuch, rate ich dir. Eines von den Kindern sieht aus, als wär's ein Bruder von dir." Chlothilde lachte fröhlich. „Endlich läuft anständiges Blut durch die Adern einiger weniger in dieser Stadt. Ach ...", sagte sie leise, „manchmal spät abends kommen mir Gedanken, wie es wohl gewesen wäre, was daraus geworden wäre, wenn ich seinem verrückten Betteln nachgegeben hätte und mit ihm fortgerannt wäre, ein fünfundzwanzigjähriges Dienstmädchen und ein Bub von sechzehn, beide ohne einen Penny ... Das konnte ich ihm doch nicht antun, was meinst du?" fragte sie dringlich.

„Nein, ich glaube nicht", sagte er.

„Ach, ich rede und rede. Über mich. Über alte Geschichten." Chlothilde schüttelte ungeduldig den Kopf. „Wie steht's mit dir? Geht's dir ordentlich?"

„Nicht schlecht", sagte Wesley.

„Genießt du das Leben?"

„So würde ich es nicht gerade ausdrücken."

„Immerhin", sagt sie, „du siehst aus, als ob sich jemand um dich kümmert – gut in Schale und so, wie ein junger Herr."

„Ich hatte Glück", sagte Wesley. „Wenn man's so nennen will. Jemand sorgt für mich. Sozusagen."

„Du kannst mir alles über dich beim Abendessen erzählen. Du hast es doch nicht eilig, wieder wegzufahren, oder?"

„Nicht wirklich", sagte Wesley. „Morgen, hatte ich gedacht."

„Ich mache dir einen Schweinslendenbraten, mit Kartoffelbrei und Apfelmus und Rotkraut. Das war ein Lieblingsessen deines Vaters." Sie zögerte etwas. „Ich muß dir etwas sagen, Wesley", sagte sie. „Ich bin nicht allein. Ich lebe mit einem netten Mann zusammen, er ist Vorarbeiter in der Möbelfabrik. Verheiratet sind wir nicht. Er hat eine Frau und zwei Kinder, und es sind Katholiken ... Er wird zum Abendessen da sein. Es macht dir doch nichts aus?" fragte sie besorgt.

„Es hat nichts mit mir zu tun", sagte Wesley, „oder mit meinem Vater."

„Leute sind komisch", sagte Chlothilde. „Man weiß nie vorher, wie sie etwas aufnehmen werden." Sie seufzte. „Eine Frau kann nicht allein leben. Ich jedenfalls nicht. Eigentlich, weißt du, lebt man doppelt – Tag für Tag mit dem Mann, der heimkommt, sich abends niedersetzt, seine Zeitung zu lesen, sein Bier zu trinken, und kaum mit einem redet, und im Gedächtnis die wunderbaren Tage, die man hatte – mit einem wilden Jungen. Wesley, ich sage dir, dein Vater war der gütigste und zärtlichste Mann, dem eine Frau auf ihren Erdenwegen je hoffen konnte zu begegnen. Und er hatte die seidenweichste Haut über all diesen jungen Muskeln, die ich je gefühlt habe. Es macht dir doch nichts, wenn ich so vor dir rede?"

„Ich möchte es hören", sagte Wesley und fühlte, wie die Tränen jetzt ihm in die Augen stiegen, nicht seinetwegen, und auch nicht seines Vaters wegen, sondern dieser breitschultrigen, indianerschwarzen, alternden Frau an seiner Seite wegen, auf der ein Leben der Arbeit und Enttäuschung seine Zeichen hinterlassen hatte.

„Hast du gern Wein zum Essen?" fragte Chlothilde.

„Ich hätte nichts gegen ein Gläschen", sagte Wesley. „Ich war eine ganze Weile in Frankreich."

„Wir gehen in das Weingeschäft", sagte Chlothilde vergnügt, „und kaufen eine herrliche Flasche Rotwein und feiern den Besuch des schönen Sohnes meiner großen Liebe bei einer alten Dame. Frank – das ist mein Mann, der Vorarbeiter in der Möbelfabrik, kann für die Gelegenheit auf sein Bier verzichten."

Schultz, der frühere Boxmanager seines Vaters, war, wie Alice ihm gesagt hatte, im hebräischen Altersheim in der Bronx.

„Es ist der dicke alte Mann, der in Hut und Mantel im Vorraum sitzt, als ob er ausgehen wollte", erklärte der Aufseher Wesley. „Nur geht er nie. Er sitzt da jeden Tag, den ganzen Tag, und sagt nichts. Ich weiß nicht, ob er mit Ihnen sprechen wird. Er spricht nie mit jemandem."

Wesley durchquerte die kahle Vorhalle und näherte sich einem Mann von ungeheurem Umfang, der aus seinem Anzug und Überzieher förmlich herausquoll. Auf seinem Kopf thronte ein schwarzer, halbsteifer Hut, seine Gesichtszüge waren wie kleine Fettwülste auf der enormen Fläche seines Gesichts. Aufrecht auf einem Holzstuhl sitzend, starrte er auf die Flurwand gegenüber, die Augen halb geschlossen und in kurzen Schnaubstößen atmend.

„Mr. Schultz", sagte Wesley, „könnte ich Sie einen Moment sprechen?"

Die runzligen Augenlider des Fettwanstes hoben sich mühsam, und die Augen drehten sich in Wesleys Richtung, obgleich der Kopf mit Derbyhut darauf so blieb, wie er war.

„Was geht's dich an, ob ich Schultz bin oder nicht Schultz bin", sagte der Dicke. Seine Stimme war kehlig, und das Klicken seiner Zahnprothese war beim Sprechen zu hören.

„Mein Name ist Wesley Jordache", sagte Wesley. „Sie haben vor vielen Jahren meinen Vater gemanaged. Tom Jordan."

Die Augen gingen langsam in ihre Ausgangsstellung zurück und starrten auf den abblätternden Anstrich des Korridors. „Tom Jordan", sagte der dicke Mann. „Ich wünsche nicht, daß der Name in meiner Gegenwart genannt wird. Ich habe sagen hören, er hat sich umbringen lassen. Sohn oder nicht Sohn, glaube kaum, du wirst den alten Schultzy sagen hören, daß er es bedauert. Er hatte das Zeug, etwas zu werden, und er hat es weggepimpert. Zwei Wochen mit einer englischen Hure, gefressen und gesoffen wie eine Sau, nach allem, was ich für seine Laufbahn getan hatte. Und dann, als er auf dem nackten Hintern saß, habe ich ihm ein Gehalt verschafft. Er kriegte fünfzig Dollar als Sparringpartner für Freddy Quayles – das war ein Klassemann, die einsame Chance in meinem elenden Leben, einmal einen Champion in die Finger zu kriegen – und was macht er? Er legt sich mit Quayles' Frau ins Bett, und dann, als Quayles zu ihm ins Zimmer geht, um ihn zur Rechenschaft zu ziehen, murkst er ihn fast ab. Quayles war seitdem nicht mehr imstande, mit meiner Mutter in den Ring zu gehen. Wenn mich nicht dein dämlicher Alter gedauert hätte und ich hätte ihm nicht meinen Wagen gepumpt, damit er aus Vegas 'rauskam, der Mob hätte ihn mit Steakmessern in kleine Stücke geschnitten. Auf deinen Alten brauchst du dir nichts einzubilden, mein Junge, darauf kannst du Gift nehmen. Aber in einem Hotelzimmer, da war er Dynamit. Nur, wenn du Geld verdienen willst, mußt du in einem Ring kämpfen, vierundzwanzig Fuß mal vierundzwanzig Fuß, mit einem Schiedsrichter dabei. Wenn sie deinen Alten im Abtritt kämpfen ließen und dafür Eintritt nehmen würden, wäre er noch Weltmeister, der Hurensohn. Meine einzige große Chance, Freddy Quayles, ging wie ein Tänzer im Ring – hingemacht für Vötzelkram. Du willst über deinen Alten hören – ich sag' dir was über deinen Alten: den hat sein eigener Schwanz kaputtgemacht."

„Aber Sie waren doch auch vorher mit ihm zusammen", sagte Wesley, „da waren doch auch andere Dinge . . ."

„Sein eigener Schwanz hat ihn kaputtgemacht", sagte der Dicke mit Prothesenklicken und starrte gerade vor sich hin. „Ich habe gesagt, was ich zu sagen habe. Jetzt 'raus mit dir. Ich bin beschäftigt."

Wesley setzte zu einer Erwiderung an, merkte dann die Aussichtslosigkeit und ging. Der dicke Mann in Überzieher und Derbyhut blieb, auf die gegenüberliegende Wand starrend, zurück.

Pflichtgemäß, ohne zu wissen, ob er lachen oder weinen sollte, berichtete Wesley Alice über seinen Besuch bei Schultz. Als er fertig war, sagte er: „Ich weiß nicht, ob ich mit noch jemandem, der ihn kannte, sprechen werde, jedenfalls diesseits des Atlantiks. Vielleicht gibt es Dinge, die ein Sohn nicht von seinem Vater wissen sollte. Vielleicht eine ganze Menge. Was hat es für einen Sinn, mit Leuten zu reden, die ihn im ganzen Lande schlechtmachen? Er muß ein anderer Mensch gewesen sein, als er in Amerika lebte. Der Mann, den ich gekannt habe, hat mit dem Mann, von dem diese Leute reden, überhaupt nichts zu tun. Wenn ich noch einen Menschen sagen höre, wie verkommen mein Vater war und wie froh sie alle sind, daß er tot ist, gehe ich vielleicht nach Indianapolis zurück, laß mir von meiner

Mutter die Haare abschneiden, laß mich in die Kirche mitnehmen und schlage mir meinen Vater ein für allemal aus dem Sinn . . ." Er schwieg, als er die Mißbilligung in Alices Gesicht sah.

„Das hieße davonlaufen", sagte sie.

„Vielleicht nennt man es so", sagte Wesley. „Bei mir jedenfalls."

„Chlothilde hat nicht so von deinem Vater gesprochen", sagte Alice.

„Eine fette Lady in einem Waschsalon", sagte Wesley grausam.

„Sag, daß dir leid tut, was du gesagt hast", sagte Alice und klang wie eine Schullehrerin.

„Also gut", sagte er gleichgültig. „Dann tut's mir eben leid. Aber ich habe das Gefühl, ich verschwende nur Zeit und Geld. Meine Zeit", sagte er schief lächelnd, „und dein Geld."

„Mach du dir nur keine Gedanken um mein Geld", sagte sie.

„Ich nehme an", sagte Wesley, „der Typ in deinem Buch ist ein feiner, aufrechter junger Mann, der niemals auf den Abfallhaufen gerät, und er findet heraus, daß sein Vater von Natur ein Edelmann war, der, solange er lebte, gute Taten verrichtete, den Armen half und nett zu alten Damen war und nie die Frauen seiner Freunde aufs Kreuz legte . . ."

„Halt den Mund, Wesley", sagte Alice. „Das genügt. Du brauchst mir nicht zu erzählen, was ich schreibe. Wenn das Buch herauskommt, falls es überhaupt herauskommt, kannst du es kaufen und mir dann sagen, wie die Charaktere sind."

Sie waren im Wohnzimmer, Alice saß in einem Klubsessel, und Wesley stand am Fenster und schaute auf die dunkle Straße hinaus. Alice hatte sich zum Ausgehen angezogen, weil sie zu einer Party eingeladen war und auf den Mann wartete, der sie begleiten sollte.

„Ich hasse diese verfluchte Stadt", sagte Wesley und starrte auf die leere Straße. „Ich wünschte, ich wäre tausend Meilen weit auf dem Meer. Verdammt nochmal!" Er trat vom Fenster weg und warf sich der Länge nach auf das Sofa. „Herr Jesus, wenn ich doch nur wieder in Frankreich sein könnte, eine Nacht nur, mit Leuten, die ich liebe und von denen ich weiß, daß sie mich lieben . . ."

„Nimm deine Schuhe vom Sofa", sagte Alice scharf. „Du bist hier nicht im Stall."

„Tut mir leid", sagte er und stellte seine Füße auf den Boden. „Ich bin saumäßig erzogen, jedenfalls wird mir das immer vorgehalten."

Dann hörte er sie schluchzen. Er lag einen Augenblick still, schloß die Augen und wünschte, das trockene, unregelmäßige Geräusch würde aufhören. Aber es hörte nicht auf, und er sprang auf, ging zu dem Sessel, in dem sie mit dem Kopf in den Händen und mit zuckenden Schultern saß. Er kniete vor ihr nieder und schlang die Arme um sie. Sie fühlte sich klein und zerbrechlich und weich in ihrem hübschen schwarzen Abendkleid an.

„Es tut mir leid", sagte er zart. „Ehrenwort, ich meinte es nicht so, ganz ehrlich. Ich tue mir nur selbst leid, und da ist es so herausgekommen. Du mußt nicht denken, ich wüßte nicht, was du alles für mich getan hast. Ich wollte dich nicht enttäuschen, nur manchmal, wie heute abend . . ."

Sie hob den Kopf, ihr Gesicht war tränenverschmiert. „Verzeih, daß ich geweint habe", sagte sie. „Ich hasse heulende Weiber. Ich hatte auch einen scheußlichen Tag heute, den ganzen Tag haben mich die Leute angeschrien. Du kannst deine Schuhe aufs Sofa legen, soviel du willst." Sie lachte durch die Tränen hindurch.

„Nie wieder", sagte er und hielt sie fest, froh, daß sie gelacht hatte. Er wollte sie beschützen gegen Enttäuschungen und Leute, die sie den ganzen Tag lang anschrien, und gegen die Stadt und seine eigene schwarze Seele.

Sie sahen sich schweigend an, ihre klaren, feuchten Augen groß hinter den Brillengläsern. Sie lächelte bebend. Er zog sie sanft an sich und küßte sie. Sie legte ihren Arm um ihn und hielt ihn fest. Ihre Lippen waren so weich, wie er sich je etwas erträumt hatte, sie waren die Weichheit selbst. Schließlich machte sie sich los. Ihre Tränen waren verschwunden. „So muß es ein Mädchen also hier machen, wenn sie einen Kuß haben will", sagte sie lachend.

Die Hausglocke von unten läutete. Sie sprang aus dem Sessel hoch, und er stand auf. „Da ist mein Kavalier", sagte sie. „Unterhalte ihn, während ich mir das Gesicht mache. Sein Gebiet ist Archäologie."

Sie floh ins Badezimmer.

Es klopfte an der Wohnungstür, und Wesley machte auf. Ein hochgewachsener dünner junger Mann mit gewölbter Stirn und Stahlbrille stand da. „Hallo", sagte der Mann. „Ist Alice da?"

„Sie kommt sofort", sagte Wesley und schloß die Tür hinter dem Mann. „Ich soll Sie unterhalten, bis sie fertig ist. Mein Name ist Jordache. Ich bin ihr Vetter."

„Robinson", sagte der Mann. Sie gaben sich die Hand. Wesley wußte nicht recht, wie er ihn unterhalten sollte. „Möchten Sie gern Radio hören?"

„Nicht unbedingt", antwortete der Mann. „Darf ich mich setzen?"

„Gewiß, natürlich."

Robinson setzte sich in den Klubsessel, schlug die langen Beine über und holte ein Päckchen Zigaretten heraus. „Rauchen Sie", sagte er und hielt Wesley das Päckchen hin.

„Nein, danke." Er schaute zu, wie Robinson sich eine Zigarette anzündete. Was sagte man zu einem Mann, dessen Gebiet Archäologie war? „Ich hab' Ruinen in Frankreich gesehen, als ich dort war", bot er hoffnungsvoll an. „Die Arena in Nîmes, Arles und so was", sagte er lahm.

„Soso", sagte Robinson und blies Rauch aus. „Interessant."

Wesley stellte Überlegungen darüber an, ob Robinson wohl so obenhin sprechen würde, wenn er erführe, daß er, Wesley, gerade ehe die Klingel läutete, Alice Larkin, das Mädchen, mit dem Robinson auszugehen gedachte, auf ebendiesem Sessel geküßt hatte und daß er sie zuvor zum Weinen gebracht hatte. Er kam sich diesem schlaksigen Mann in seinen ausgebeulten Hosen und seinem fünffarbigen stinkfeinen Tweedjackett mit Lederflicken an den Ellbogen haushoch überlegen vor, obgleich sich vielleicht alle Archäologen so kleideten; vielleicht war das sogar in diesen Kreisen eine Uniform, die Respekt einflößte. „Wo haben Sie gegraben?" fragte er ohne Übergang.

„Was war das?" Robinson hielt seine Zigarette auf dem Weg zum Munde mitten in der Luft an.

„Ich sagte: Wo haben Sie gegraben?" sagte Wesley. „Alice sagte mir, das sei Ihr Gebiet. Ist das nicht, was Archäologen machen – graben?"

„Ah, jetzt weiß ich, was Sie meinen. Syrien meist. Ein wenig in der Türkei."

„Was haben Sie gefunden?" Alice hatte ihn gebeten, den Mann zu unterhalten, und er tat sein Bestes.

„Scherben, meist."

„Ich verstehe", sagte Wesley, entschlossen, die tieferen Bedeutungen des Wortes Scherben nachzuschlagen.

„An Archäologie interessiert?"

„Gelinde", sagte Wesley.

Schweigen entstand, und Wesley hatte den Eindruck, Robinson würde nicht unterhalten. „Wie ist Syrien so?" fragte er.

„Scheußlich", sagte Robinson. „Scheußlich und schön. Sie sollten einmal hingehen."

„Habe ich vor", sagte Wesley.

„Was für ein College besuchen Sie?" fragte Robinson.

„Ich habe mich noch nicht entschieden", sagte Wesley.

„Ich würde nach Stanford gehen", sagte Robinson. „Das heißt, wenn Sie 'reinkommen. Großartige Leute dort."

„Werde ich mir merken."

Robinson visierte ihn kurzsichtig durch seine Stahlbrille an. „Sie sagten, Sie wären Alices Vetter?"

„Ja."

„Ich wußte gar nicht, daß sie einen Vetter hat", sagte Robinson. „Wo sind Sie her?"

„Indianapolis", sagte Wesley prompt.

„Grausiger Ort. Was machen Sie in New York?"

„Alice besuchen."

„Ah, ich verstehe. Wo wohnen Sie in New York?"

„Hier", sagte Wesley und hatte ein Gefühl, als ob der Mann ihn ausgrübe.

„Oh." Robinson sah mißmutig im Zimmer umher. „Ein bißchen eng, würde ich sagen."

„Wir richten uns ein."

„Es ist eine gute Lage. Nahe beim Lincoln Center und allem . . ." Robinson schien niedergeschlagen. „Wo schlafen Sie?"

„Auf dem Sofa."

Robinson drückte seine Zigarette aus und zündete sich eine neue an. „Tja", sagte er und klang bedrückter denn je. „Anzunehmen . . . Kusin, Kusine . . ."

Alice kam herein, strahlend wie eine Rosenknospe, mit ihren Kontaktlinsen für Party-Zwecke, um nicht wie eine Tippmaus auszusehen, wie sie Wesley bei anderer ähnlicher Gelegenheit erklärt hatte.

„Na", sagte sie vergnügt, „hatten die beiden Herren eine nette Unterhaltung?"

„Hinreißend", sagte Robinson trübe und hievte sich aus dem

Sessel. „Gehen wir, es ist schon spät." Um Alice mußte es ziemlich schlecht bestellt sein, wenn Robinson das Beste war, was sie zu bieten hatte, ein Mann, der sein Leben damit zubrachte, Scherben auszugraben. Er wünschte sich sehnlichst, fünfundzwanzig Jahre alt zu sein. Er war froh, daß er nicht dabei sein würde, wenn Alice dem Archäologen erklären mußte, was für eine Sorte Kusin und Kusine sie eigentlich waren.

„Wesley", sagte Alice, „im Eisschrank sind zwei Roastbeefbrote und Bier, falls du Hunger hast. Ach, beinahe hätte ich's vergessen, ich habe die Adresse und Telephonnummer von dem Mann, den du suchtest – Mr. Renway, der mit deinem Vater zur See gefahren ist. Ich habe ihn heute angerufen, und er sagte, er freue sich, dich zu sehen. Ich bekam seine Adresse durch die Nationale Schiffahrts-Gewerkschaft. Es ist ganz in der Nähe. In den West-Neunzigernummern. Er lebt mit seinem Bruder zusammen, wenn er nicht auf See ist. Er klang furchtbar nett am Apparat. Wirst du hingehen? Er sagt, er ist morgen den ganzen Tag daheim."

„Ich werde sehen, wie ich mich morgen fühle", sagte Wesley ungnädig und erntete einen vorwurfsvollen Blick von Alice.

Robinson half Alice in den Mantel und sagte beim Hinausgehen: „Denken Sie an Stanford."

„Werde ich", sagte Wesley und dachte, der ganze Grund, warum er so auf Stanford herumreitet, ist, daß es fünftausend Kilometer von Alice Larkin entfernt ist.

Er hatte keine Ahnung, wie spät es war, als er, auf dem Sofa unter der Decke schlafend, vom Klang murmelnder Stimmen auf der anderen Seite der Wohnungstür aufgeweckt wurde. Dann hörte er das Klicken des Schlüssels im Türschloß und Alice, die leise hereinkam, allein. Geräuschlos kam sie ans Sofa, und er spürte, wie sie zu ihm herunterschaute, aber er hielt die Augen geschlossen und tat, als ob er schliefe. Er hörte sie seufzen, dann fortgehen. Einen Augenblick danach hörte er, wie ihre Tür zuging, und dann den Klang ihrer Schreibmaschine.

Möchte wissen, was sie von mir erwartet hat, dachte er, kurz bevor er wieder einschlief.

Calvin Renway erinnerte Wesley an Bunny Dwyer. Er hatte kaffeebraune Haut, fast so wie die von Bunny, wenn Bunny den ganzen Sommer in der Sonne gewesen war, und er war klein und zierlich gebaut, und man konnte seine Armmuskeln unter dem kurzarmigen, geblümten Hemd gut sehen, und er hatte eine weiche Stimme mit einer ständig höflichen Note darin. Er begrüßte Wesley an der Haustür des Bruders: „Das ist aber ein schöner Tag, wo der Sohn von Tom Jordache mich besuchen kommt. Komm 'rein, Junge komm 'rein. Die nette Dame am Telephon sagte schon, du würdest kommen, komm nur 'rein."

Er führte Wesley in den Wohnraum und schob ihm den größten Sessel hin und sagte: „Mach's dir bequem, Junge. Kann ich dir ein Bier bringen? Es ist nach zwölf, die richtige Zeit für ein Bier . . ."

„Nein, danke, Mr. Renway", sagte Wesley.

„Calvin heiß' ich, Wesley", sagte Renway. „War *ich* überrascht, als die nette Dame anrief und sagte, du wolltest mich aufsuchen – ich habe deinen Vater seit Jahren nicht mehr gesehen – du gehst mit einem Mann auf Fahrt, der dir etwas Besonderes bedeutet, etwas, das du dein Lebtag mit dir herumträgst, und dann geht er seiner Wege und du gehst deiner Wege – Schiffe, die sich nachts begegnen, könnte man sagen –, und dann läutet ein großer junger Mann an deiner Haustür – mein Gott, die Zeit vergeht wahrhaftig, was? – Ich habe nie geheiratet, nie einen Sohn gehabt, leider, ein Seemannsleben, ein Hafen nach dem anderen, keine Zeit, um eine Frau zu werben, und die, die unter die Haube kommen wollen –" Er lachte von Herzen mit schimmernd weißen Zähnen im breiten, gütigen Mund. „Nicht die Sorte, die du als Mutter deiner Kinder haben möchtest, soweit man's vorher wissen kann, du weißt schon, was ich meine. Aber bei dir, da gibt's keine Zweifel, Junge, den Augenblick, wo du in der Tür standest, wußte ich schon, da steht Tom Jordaches Junge, jawoll, ich wette, er ist stolz auf dich, ein großer, starker Junge, mit dem Stempel ‚Tom Jordache' quer über das Gesicht gedruckt . . ."

„Mr. Renway – ich meine, Calvin –" sagte Wesley unsicher, „hat die Dame am Telephon denn nichts gesagt?"

Renway schaute verwundert. „Was denn?" sagte er. „Alles, was die Dame sagte, war: Sind Sie der Mr. Renway, der einmal auf demselben Handelsschiff mit Tom Jordache gefahren ist? – Und als ich sagte: Ja, Ma'am, derselbige, sagte sie: Tom Jordaches Junge ist gerade in der Stadt und würde gern ein paar Minuten mit Ihnen sprechen. Das war alles, was sie sagte, und fragte noch, ob meine Adresse noch dieselbe wäre, die sie von der Schiffahrts-Gewerkschaft bekommen hat."

„Calvin", sagte Wesley, „mein Vater ist tot. Er wurde in Antibes ermordet."

„O Gott", flüsterte Renway. Weiter sagte er nichts, aber er wandte sein Gesicht zur Wand, schweigend, eine gute Minute lang, den Schmerz verbergend, als ob es irgendwie ein Bruch der Etikette sei, unerträgliches Leid öffentlich zu zeigen. Seine langen, dunklen Hände ballten und streckten sich in unbewußtem Krampf, als wären die Hände der einzige Teil von ihm, der noch nicht begriffen hatte, wie unnütz es war, der Welt zu zeigen, daß es weh tat.

Endlich wandte er sich Wesley wieder zu. „Ermordet", sagte er tonlos. „Immer die Besten müssen sie umbringen, anders geht's wohl nicht. Erzähl mir die Geschichte nicht, Junge. Ein andermal. Es kann warten. Ich bin nicht scharf auf die Einzelheiten. Nett von dir, herzukommen und mir's zu sagen – ich hätte noch Jahre herumlaufen können, ohne es zu wissen, und ich hätte in einer Bar in Marseilles oder New Orleans oder sonstwo sein können und ein paar Glas Bier trinken und über die alten Zeiten reden, wie wir zusammen auf der ‚Elga Anderson' anheuerten, wohl dem widerlichsten Kahn auf dem Atlantik oder irgendeinem anderen Ozean, und wie er mir das Leben sozusagen gerettet hat, und einer würde sagen: ‚Was denn, Tom Jordache, der ist doch schon vor einer Ewigkeit gestorben.' Nein, da ist's schon besser so, und ich danke dir. Ich nehme an, du willst über ihn sprechen, Junge – darum wirst du wohl hier sein ..."

„Gern", sagte Wesley.

„Damals waren noch andere Zeiten", sagte Renway. „Auf Schiffen jedenfalls. Sie nannten uns nicht Schwarze damals, oder Mister, sondern Nigger, und das war's. Ich will gar nicht sagen, daß er ein besonderer Freund von mir war oder ein Prediger oder so was, aber wenn er morgens an mir vorbeikam, hieß es immer: ‚He, Kumpel, wie steht's mit dir?' Gar nichts Besonderes, nur eine normale menschliche Begrüßung, was in jenen Tagen auf diesem Mistkahn so war, als ob eine Kapelle spielte, bei der Behandlung, die ich von den anderen bekam. Hat dein Pa jemals den Namen Falconetti erwähnt?"

„Ich weiß von ihm."

„Der größte Mistkerl, dem ich je das Unglück hatte zu begegnen, schwarz oder weiß", sagte Renway. „Großer Bulle von einem Kerl, der die ganze Besatzung terrorisierte, er schlug Leute aus reiner tierischer Freude und Gemeinheit, und er sagte, er dulde nicht, daß Nigger in derselben Messe äßen wie er, und ich war der einzige Schwarze an Bord, und das hieß, daß ich, sowie er 'reinkam, und wenn ich auch mitten beim Abendessen war, aufstehen und 'rausgehen mußte. Dann nahm dein Vater ihn sich mal vor, der einzige von achtundzwanzig Mann Besatzung, der die Courage dazu hatte – er tat es nicht für mich, Falconetti hatte Bunny Dwyer auch geschunden –, und dein Pa verprügelte ihn nach Strich und Faden; vielleicht ist er zu weit gegangen, wie die anderen sagten; er machte ihn jeden Tag zur Schnecke – immer wenn sie aneinander vorbeikamen, sagte dein Pa, komm her, du Nasenpopel, und wichste ihm eine vor den Magen, daß der große Bulle von einem Kerl vor allen Leuten dastand, zusammengekrümmt und Tränen in den Augen. Eines Nachts, es war dunkel und stürmisch, zehn Meter hohe Wellen, Falconetti still wie ein Lamm in der Messe, kam dein Pa und holte mich und nahm mich in die Messe, das Radio war an, und er sagte: ‚Jetzt setzen wir uns ruhig wie Gentlemen neben diesen Gentleman hier hin und hören uns die Musik an.' Ich setzte mich neben Falconetti – mein Herz schlug, kann ich dir versichern, ich hatte noch immer Schiß – aber niemand sagte auch nur buh, und schließlich, nach einer ganzen Weile, sagte dein Pa zu dem Mann: ‚Du kannst jetzt gehen, Popel', und Falconetti stand auf und schaute sich in der Runde um, aber keiner der Männer sah ihn an, und er ging hinaus und 'rauf an Deck und sprang über Bord. Es machte deinen Pa nicht sehr beliebt bei den anderen; sie sagten, einen Mann zu verhauen ist *eine* Sache, aber eine andere ist es, ihn auf diese Weise in den Tod zu jagen. Ich bin nicht rachsüchtig, Wesley, aber mit diesem Argument war ich nicht einverstanden. Ich konnte nicht vergessen, wie mir zumute war, als ich mich neben diesen Mistkerl setzte und die Musik spielte und er kein Wort sagte. Ich sage dir, es war einer der größten, befriedigendsten Augenblicke meines Lebens, und ich erinnere mich heute noch mit Freuden daran. Ich verdanke ihn deinem Pa, und ich werde es ihm nie vergessen."

Renway hatte in einer Art von Singsang gesprochen, die Augen geschlossen, als sähe er die ganze Sache noch einmal geschehen, als befände er sich nicht in dem sauberen kleinen Wohnzimmer in den West-Neunzigern von New York City, sondern in der plötzlich verstummten Messe zwischen den schweigend-beklommenen Männern und koste noch einmal die köstliche Freude aus, sicher und geschützt durch den Mut des Mannes, dessen Sohn ihm gegenübersaß.

Er öffnete die Augen und blickte Wesley nachdenklich an. „Ich sage dir, Junge“, sagte er, „wenn du einmal halb so ein Mann wirst, wie dein Vater war, solltest du jeden Tag Gott für dein Glück danken. Warte hier einen Augenblick.“ Er stand auf und ging in ein Schlafzimmer, das neben dem Wohnzimmer lag. Wesley konnte hören, wie eine Schublade geöffnet und gleich wieder geschlossen wurde, Renway kam wieder ins Wohnzimmer mit etwas in Seidenpapier Gewickeltem in der Hand. Er entfernte das Seidenpapier, und Wesley sah, daß er ein kleines Lederkästchen mit eingelegtem Goldornament in der Hand hielt. „Ich habe dieses Kästchen in Italien gekauft“, sagte Renway, „in der Stadt Florenz, sie stellten sie dort her, es ist eine Spezialität dieser Stadt. Hier.“ Er streckte es Wesley hin. „Nimm es.“

Wesley rührte sich nicht. „Es ist dein Kästchen, Calvin“, sagte er. „Es muß eine schöne Menge Geld gekostet haben. Wozu willst du es mir geben? Bis gestern nachmittag hast du ja noch nicht einmal gewußt, daß ich lebe.“

„Nimm es“, sagte Renway rauh. „Ich will, daß der Sohn des Mannes, der für mich getan hat, was er tat, etwas hat, das mir lieb und wert ist.“ Behutsam legte er Wesley das Kästchen in die Hand.

„Es ist ein wunderschönes Kästchen“, sagte Wesley. „Danke.“

„Heb deinen Dank auf, bis er gebraucht wird“, sagte Renway. „Und jetzt ziehe ich meinen Mantel an und nehme dich zur hundertfünfundzwanzigsten Straße mit und spendiere dir das beste Mittagessen, das in Haarlem oder in der Stadt New York für Geld zu haben ist.“

Das Mittagessen war enorm, Brathuhn mit Süßkartoffeln, und sie tranken eine Menge Bier dazu, und Renway gab der Trauer für eine Weile den Laufpaß und erzählte Wesley Geschichten von Glasgow und Rio de Janeiro und dem Piräus und Triest und sagte, sein Bruder bearbeite ihn immer, er solle die Seefahrt aufgeben, aber immer wenn er daran denke, auf dem Festland zu leben und nie wieder eine Stadt aus dem Meer aufsteigen zu sehen, wenn sie sich einem Hafen näherten, dann würde ihm klar, daß er sich niemals davon abbringen könnte, auf guten Schiffen und auf schlechten Schiffen der Länge und der Breite nach die Meere zu durchwandern.

Als sie Abschied voneinander nahmen, mußte Wesley schwören, daß, immer wenn er hören würde, daß Renway in der Stadt sei, er ihn besuchen und mit ihm essen gehen würde.

Als er mit der Untergrundbahn stadteinwärts fuhr, das goldverzierte Lederkästchen in der Tasche, beschloß Wesley, seine Liste wegzuwerfen. Ich werde ausscheiden, solange ich vorn liege, sagte er zu sich und fühlte, wie ein Gewicht von seinem Herzen fiel.

3

Rudolph saß auf der Veranda vor dem Haus, das er gemietet hatte, und schaute über die hohe Düne auf den weißen Strandabschnitt und die Brandungswellen des offenen Meeres. Es war ein milder Septembermorgen, und die Sonne, die gleißend auf Gretchens Filmmanuskript fiel, das er noch einmal las, war noch schön warm. Neben ihm lag Helen Morison im Badeanzug auf einer Luftmatratze. Sie hatte ein Haus weiter unten am Strand, verbrachte aber jede Woche einige Nächte bei ihm. Sie war geschieden. Auf einer Cocktailparty seiner Nachbarn war sie auf ihn zugekommen und hatte sich vorgestellt, weil sie ihn erkannte. Sie war eine Freundin von Gretchen. Die beiden Frauen hatten sich auf einer von Ida Cohens Women's-Liberation-Versammlungen kennengelernt, wo, Gretchen zufolge, Helen Morisons ironische und wirkungsvolle Art, Tatsachen und Programme darzustellen, angenehm von Idas wilden Ausfällen gegen die Gemeinheiten des männlichen Geschlechts abstach. Helen hegte keine Feindschaft gegen das männliche Geschlecht, wie Rudolph festgestellt hatte. „Ganz das Gegenteil davon", hatte er zu ihr gesagt, und sie hatte gelacht und beigestimmt. Die Tatsache, daß sie von Mr. Morisons Unterhaltszahlungen lebte und ihren dreizehnjährigen Sohn, gleichfalls auf Mr. Morisons Kosten, auf eine exklusive bischöfliche Schule schickte, schien ihr keine Skrupel zu bereiten. Rudolph, der sich wohl bewußt war, wie selten seine eigene Handlungsweise seine Prinzipien widerspiegelte, hielt es ihr nie vor.

Sie war eine große, schlanke Frau, mit einem Profil, das streng genannt werden konnte, wenn es nicht in Bewegung war. Sie brauchte keinen Büstenhalter, und sie trug ihr dunkles, rötlichbraunes Haar lang, steckte es aber abends oft auf, wenn er sie zum Dinner abholen kam. Inmitten einer streng republikanischen Gemeinde gehörte sie zu den Vorkämpferinnen demokratischer Parteiinteressen, was sie schon etliche Freunde gekostet hatte. Sie gehörte zu jenen Frauen, auf deren resolutes Handeln in einem Katastrophenfall man sich mit größerer Sicherheit verlassen konnte, als das bei den meisten Männern der Fall war.

Sie hatte am Morgen ihr tägliches Schwimmpensum absolviert, obgleich das Meer sich jede Nacht mehr abkühlte und auch die Luft schon kühl war. Sie vernachlässigte ihren Körper nie. Aus der Tatsache, daß sie ein Verhältnis hatten, machte sie kein Geheimnis.

Er mochte sie sehr. Vielleicht mehr als das. Aber er war nicht der Mann, seine Gefühle voreilig bloßzulegen oder Erklärungen abzugeben, die ihn später, wenn man alles über einander wußte und Gefühl sich an Gefühl gemessen hatte, verfolgen würden.

Im Augenblick war er von Gretchens Filmprojekt in Anspruch genommen. Als er das Manuskript zum zweitenmal gelesen hatte, gefiel es ihm mehr denn je. Es hieß „Flieg, Vogel Phönix“, und die Trägerin der Handlung war ein junges Mädchen, das eine ganze sterbende Spinnereistadt in Pennsylvania, eine fiktive Stadtgemeinde namens Laundston, durch Einschüchterung, Schmeichelei, Betteln und Überredung dazu brachte, fünf Straßenzüge voller gediegener alter Wohnhäuser, die in Verfall geraten waren, als die Spinnerei ihre Pforten schloß, wiederaufzubauen. Das Manuskript war randvoll geladen mit der Energie des Mädchens, das mit List und gutem Aussehen, mit gezielten Flirts und einer sehr pragmatisch-femininen Einstellung zu gelegentlichem Falschspiel zynische Bankiers, unredliche Politiker, hungernde junge Architekten, einsame Sekretärinnen, sterile Bürokraten, bankrotte Unternehmer für sich gewann und College-Studenten zu Tagelöhnerarbeit abkommandierte, um schließlich – wie einen Phönix aus der Asche – eine ästhetisch tragbare, finanziell gesunde, gutbürgerliche Vorstadt erstehen zu lassen, die durch neue Autostraßen für die Pendelpassagiere von Philadelphia und Camden leicht erreichbar war. Für Rudolph war das Interessanteste daran, daß, obgleich alles Erfindung war und der Ort gar nicht existierte, es ihm, dem nüchternen Geschäftsmann, wie eine ausnehmend praktikable Idee vorkam.

Zwei Dinge erschienen ihm allerdings noch etwas zweifelhaft: der Titel, der nach seiner Ansicht etwas nach einem Kursus in englischer Literatur schmeckte, und Gretchens Fähigkeit, einen Erfolg daraus zu machen. Dennoch war es nicht ausschließlich brüderliche Großmut, die ihn bewogen hatte, Gretchen in Höhe eines Drittels der Budgetkosten zu finanzieren, und, zusammen mit Johnny Heath, endlose Stunden beim Aushandeln von Verträgen für Gretchen zu verbringen. Ida Cohen und Gretchen selbst hatten Geldgeber für die restlichen Herstellungskosten gefunden und hätten, mit genügend Zeit in Händen, auch die ganze Finanzierung ohne ihn zusammenbekommen.

Aber es machte ihm Spaß, und er fuhr gern zweimal in der Woche dafür nach New York. Er brauchte nun nicht mehr zu seinen Freunden zu sagen, sie könnten ihn jederzeit besuchen, er wäre den ganzen Tag daheim.

Es hatte viele Monate gedauert, bis alles unter Dach und Fach war, und Rudolph hatte eine Menge – und nicht immer nur Angenehmes – über das Filmgeschäft gelernt, aber nun hatte Gretchen angerufen und ihn gebeten, am nächsten Tag nach New York zu kommen, nicht in seiner Eigenschaft als Schutzengel, sondern als Ideengeber, wie sie es nannte, denn als sie sich darüber unterhalten hatten, wo sie einen geeigneten Ort für die Außenaufnahmen finden könnten, hatte er halb im Spaß ihre alte Heimatstadt, Port Philip, vorgeschlagen, wo ein ganzes Viertel mit schönen alten Häusern seit über zwanzig Jahren brachlag. Gretchen war mit Architekten und dem Film-Designer hingefahren, und alle hatten Rudolph bestätigt, daß das der ideale Ort sei, und Gretchen war darauf und daran, mit dem Bürgermeister und dem Gemeinderat einen Vertrag abzuschließen, um sich die nötige Unterstützung für die Dreharbeiten an Ort zu sichern. Doch war sich Rudolph durchaus noch nicht eins darüber, ob er der Gesellschaft bei den Außenaufnahmen einen Besuch abstatten würde. Schließlich riefen Port Philip und das benachbarte Whitby nicht gerade die allerschönsten Erinnerungen in ihm wach.

Er beendete die Lektüre des Manuskripts mit einem letzten kleinen Schmunzeln.

„Gefällt es dir immer noch?“ fragte Helen.

„Mehr denn je.“ Er wußte, daß das Manuskript für Helens Geschmack politisch nicht eindeutig genug Stellung bezog. Das gleiche sagte sie ja auch von *seinem* politischen Engagement. „Dich hat der Kalte Krieg abgestumpft“, sagte sie, „und die Korruption in Washington und Vietnam und eine generelle Verhärtung der Arterien. Wann hast du das letztemal gewählt?“

„Ich weiß es nicht mehr", sagte er, obgleich er es wußte – 1964 hatte er für Johnson gestimmt. Danach war ihm die Prozedur sinnlos erschienen.

„Schade", sagte Helen. Sie ging eisern bei jeder sich bietenden Gelegenheit zur Urne. Für Helen gab es keine generelle Verhärtung der Arterien. „Meinst du nicht, daß Gretchen einen politischen Berater braucht? Ich mache es umsonst."

„Ich würde meinen, das ist das letzte, was sie braucht, umsonst oder nicht umsonst."

„Ich bekehre dich noch", sagte Helen.

„Zu was?"

„Jeffersonsche Demokratie", sagte sie. „Was auch immer das bedeuten mag."

„Ich bitte dich", sagte Rudolph, „erspare mir Jeffersonsche Demokratie, was es auch bedeuten mag."

Helen lachte. Sie hatte ein nettes, offenes Lachen. „Jaja", sagte sie, „an einem Ort wie hier sollte man politisieren. Am Strand, in der Sonne nach einem schönen erfrischenden Bad in den Wellen. Dann gäbe es niemals Krieg."

Er beugte sich zu ihr und küßte sie. Ihre Haut war salzig vom Meer. Er wußte wirklich nicht, warum er seit Jeanne so lange ohne Frau gewesen war. Jetzt, wo er Helen, gleich unten bei den Dünen, hatte, brauchte er nicht mehr den Ozean zu überqueren. In den letzten Jahren hatten die Ärzte regelmäßigen Geschlechtsverkehr zur Vorbeugung von Herzerkrankungen offiziell empfohlen. Ha! Helen als Gesundheitsmaßnahme, dachte er und lachte innerlich, weil er wußte, wie wütend sie geworden wäre, hätte er es laut gesagt. „In deiner eigenen Art und Weise", sagte er, „bist du herrlich."

„Hast du eigentlich schon jemals einer Frau ein Kompliment gemacht", fragte sie, „ohne eine einschränkende Klausel beizufügen?"

„Ich kann mich nicht entsinnen", sagte er. „Ich kann mich nicht mal irgendeiner anderen Frau entsinnen."

Sie lachte spöttisch. „Soll ich morgen für New York Mini und Strapse anziehen?"

„Vergiß aber nicht den Nonnenschleier", sagte er.

„Wenn wir uns jetzt hier draußen lieben würden, ich am ganzen Körper salzig und sandig, und du mit Geld und lauter Verträgen im Kopf, glaubst du, die Nachbarn wären schokkiert?"

„Nein“, sagte er, „aber ich.“
„Du hast noch viel zu lernen, Bruder“, sagte sie.
„Sicher. Ich werde es aber nicht lernen.“
„Also nach dem Mittagessen? Ich koche selbst.“
„Was kochst du denn?“
„Etwas Leichtes, Nahrhaftes, Scharfmachendes“, sagte sie. „So etwas wie Muschelmayonnaise. Du sollst mal sehen, wie du dich um zwei Uhr nachmittags fühlst.“ Das Telephon läutete drinnen. Sie hatte ein erstaunlich scharfes Gehör, und es amüsierte ihn immer, wenn sie geflüsterte Unterhaltungen, meist boshafte über sie selbst, wortwörtlich wiederholte, die sie irgendwie quer durch ein geräuschvolles Zimmer hindurch gehört hatte, während sie sich selbst, von gefesselten Zuhörern umringt, über eines ihrer Lieblingsthemen ausließ. „Soll ich den Hörer abheben? Ich sage, ich sei der Butler und du machtest gerade oben dein Yoga und könntest nicht gestört werden.“
„Ich gehe selbst“, sagte er. Es war ihm immer noch etwas unangenehm, wenn sie Anrufe entgegennahm und damit offenbarte, daß sie in diesem Hause ganz daheim war. „Bleib aber, bis ich wieder da bin.“
„Keine Angst“, sagte sie. „Diese Sonne macht schläfrig.“
Er stand auf und ging ins Haus. Das Mädchen kam nur dreimal wöchentlich, und es war nicht einer ihrer Tage. Wie stets erfüllte es ihn mit Zufriedenheit, wie das Haus aussah, als er durch die hohen, auf das Meer hinausschauenden Glastüren ging und das helle Holz, die bequemen Manchester-Couchs und die breiten, alten, blankgebohnerten Fußbodendielen im Wohnzimmer betrachtete.
„Rudolph“, sagte Gretchen, „ich habe ein Problem. Bist du gerade beschäftigt?“
Er unterdrückte einen Seufzer. Gretchen hatte mindestens ein Problem die Woche, dessentwegen sie ihn anrief. Hätte sie einen Mann, dachte er, dann wäre ihre Telephonrechnung halb so groß. In der vergangenen Woche war das Problem Ida Cohens Onkel gewesen, der einmal Filmproduzent in Hollywood gewesen war und sich nach einem Schlaganfall zur Ruhe gesetzt hatte. Er war ein schlauer alter Fuchs, der das Geschäft in- und auswendig kannte, und als Ida ihm das Manuskript gezeigt hatte, hatte er von sich aus angeboten, für sie zu arbeiten. Er saß in dem kleinen Büro in New York, schlug sich mit Schauspieleragenturen herum, kam mit eigenen Ideen, Besetzung und

Verleihe betreffend, und übernahm die tägliche Schinderei, Verträge mit Schauspielern und technischem Personal abzuschließen und Bewerber höflich abzuwimmeln. Aber seit drei Tagen war er krank, und Gretchen befürchtete einen zweiten Schlaganfall und wollte Rudolphs Ansicht hören, was sie mit Ida Cohens Onkel machen sollte. Rudolph hatte ihr empfohlen, mit dem Arzt zu sprechen, und Gretchen hatte herausgefunden, daß es nur eine Erkältung war.

Dann war da das Poblem mit Billy Abbott, um dessentwillen Gretchen Rudolph mitten in der Nacht mit bewegter Stimme angerufen hatte. Billys Vater hatte aus Chicago angerufen. „Diesmal nüchtern", hatte Gretchen betont, um den Ernst der Lage zu unterstreichen. „Billy hat seinem Vater geschrieben", hatte Gretchen gesagt, „er gedenke, bei der Armee zu bleiben. Willie ist genauso dagegen wie ich. Ein nicht-kämpfender Berufssoldat! Genau das, was er und ich von unserem Sohn erhofft haben! Willie möchte, daß wir zusammen nach Brüssel fliegen, um es ihm auszureden, aber ich kann jetzt nicht eine Minute aus New York fort, das weißt du ja. Dann hat Willie vorgeschlagen, ich solle Billy eine Stellung in dem Film anbieten – dritter Regieassistent oder irgend so etwas. Aber Billy hat keinen Schimmer vom Film, ich glaube, er hat keine drei in seinem Leben gesehen, er ist ja heutzutage für sein Alter anormal – und er ist faul und unloyal –, und wenn er die Stellung bekäme, wäre das genau die Art von Vetternwirtschaft, die das alte Hollywood zugrunde gerichtet hat. Selbst wenn es nicht viel Geld wäre, so wäre es doch der reine Diebstahl an unseren Geldgebern, dich mit eingeschlossen. Ich habe Willie gesagt, ich könnte dem Jungen keinen Job geben und ich könnte auch nicht nach Brüssel kommen, und warum er nicht selbst geht und zusieht, was er erreichen kann, und er sagte, er hätte kein Geld, ob ich ihm das Fluggeld nicht vorschießen könnte. Vorschießen! Haha! Auf jeden Fall liegt jeder Cent, den ich habe, in ‚Vogel Phönix' fest, und er sagte, ob ich es nicht von dir bekommen könnte, und ich habe ihm gesagt, daß ich ihm strikt verböte, sich an dich zu wenden." Mit dem rasch näherrückenden Datum des ersten Drehtages waren Gretchens Sätze immer überstürzter geworden, und ihre Stimme hatte ein zum Zerreißen gespanntes Crescendo angenommen. Ein schlechtes Zeichen, fand Rudolph, dem über kurz oder lang Nervenexplosionen folgen würden.

„Wie steht's mit dir?" hatte Gretchen in etwas zögerndem Ton gesagt. „Du hast nicht zufällig die Absicht, aus irgendeinem Grund nach Europa zu fliegen, oder?"

„Nein", hatte Rudolph gesagt. „Mein Bedarf an Europa ist einstweilen gedeckt. Aber was ist denn so furchtbar daran, einen Sohn beim Militär zu haben?"

„Du weißt genausogut wie ich", sagte Gretchen, „daß früher oder später wieder ein Krieg kommt."

„Ich wüßte nicht, was du und ich dagegen tun könnten", sagte Rudolph.

„Du hast gut reden", hatte sie gesagt. „*Du* hast eine Tochter." Und hatte aufgehängt.

Dann war auch noch der Anruf wegen der Frage gewesen, wie die Rolle des jüngeren Bruders der Heldin besetzt werden sollte. Es war die Rolle, für die Gretchen vorschwebte, Wesley einmal zu testen. Er sollte schön, traurig und zynisch sein und immer wieder den glühenden Eifer seiner Schwester mit kaltem Wasser übergießen, nach dem ständig von ihm vorgebrachten Motto: Du kommst ja doch nicht gegen harte Zahlen an! Obgleich intelligenzmäßig seinen Jahren weit voraus und mit allen möglichen Begabungen ausgestattet, warf er sich in dem Manuskript absichtlich weg, indem er höhnisch eine Stellung als Monteur auf dem dortigen Flugplatz annahm, sonntags halbberuflich Fußball spielte und sich mit den niedrigsten, unrettbar verlorenen Faulenzern und Schlägertypen der Stadt herumtrieb. Gretchen war ganz sicher, daß Wesley, so wie er aussah, wunderbar dafür passen würde, er brauchte, sagte sie, so gut wie gar nicht zu spielen. Keiner der anderen jungen Leute, die sie getestet hatte, habe sie befriedigt, und sie hätte Wesley wiederholt postlagernd geschrieben, doch seien die Briefe immer wieder aus Indianapolis zurückgekommen mit dem Vermerk: „Nicht abgeholt – Adresse unbekannt." Sie wollte wissen, ob Rudolph wüßte, wo Wesley stecke, aber Rudolph sagte ihr, er habe von Wesley seit dem Anruf aus Chicago nichts mehr gehört. Von dem Haftbefehl gegen Wesley in Indianapolis hatte er Gretchen nie etwas gesagt. Er hatte keinen Zweifel, daß Wesley eines Tages aufkreuzen würde, aber das half Gretchen jetzt auch nicht bei ihrer Besetzung. Was er bezweifelte, war, daß Wesley als Schauspieler etwas taugen würde. Wenn Wesley irgendeine hervorstechende Eigenart hatte, so war es, daß er seine Gefühle für sich behielt, nicht gerade eine besondere Empfehlung für eine Filmkarriere. Hinzu kam noch Rudolphs unausgesprochener, aber tiefsitzender Snobismus hinsichtlich des Schauspielerberufs. Überbezahlte, erwachsene Selbstanbeter beim Spiel, hätte er gesagt, wenn man darauf gedrungen hätte.

Von seinem Standort am Telephon im Wohnzimmer konnte er sehen, wie Helen von der Luftmatratze aufstand und mit langsamer und schwieriger Gymnastik begann, sich streckte und beugte wie eine Balletteuse, ihre salzglitzernden Umrisse vor dem schimmernden Meer. Gretchens Stimme im Hörer schabte auf seinem Trommelfell.

„Wo brennt's wieder?"

„Diesmal ist es bitterernst", sagte Gretchen. Das gleiche pflegte sie bei jedem ihrer Probleme zu sagen, aber er machte sie nicht darauf aufmerksam. „Evans Kinsella hat mich heute morgen angerufen", sagte Gretchen. „Er ist gestern abend gerade von Kalifornien zurückgekommen. Er hat sich's überlegt. Er will jetzt ‚Vogel Phönix' selber machen. Er sagt, er hätte zwei Millionen für die Herstellung und Großverleih und zwei Stars. Er ist bereit, alle und jeden auszuzahlen, mit zehn Prozent Gewinn für sämtliche Geldgeber."

„Er ist ein Schwein", sagte Rudolph. „Was hast du ihm gesagt?"

„Ich habe ihm gesagt, ich würde es mir überlegen", sagte Gretchen. „Wir treffen uns in einer halben Stunde in seinem Hotel."

„Sprich mit ihm", sagte Rudolph, „und ruf mich wieder an. Sag nein, wenn du willst, aber sage nicht ja, ohne vorher mit mir zu sprechen." Er hängte an. Zwei Prozent für seine Beteiligung in nur zwei Monaten, dachte er. Kein schlechtes Geschäft. Und doch machte ihm der Gedanke keine Freude. Draußen auf der Veranda machte Helen noch immer ihre Gymnastik. Nach Gretchens Anruf konnte er die scharfmachende Mahlzeit gut für den Nachmittag gebrauchen.

Gretchen legte sorgfältig ihr Make-up auf, toupierte ihr Haar ein wenig, wählte ihr elegantestes Kleid und betupfte sich mit Femme, einem Parfüm, das Evans einmal als besonders angenehm an ihr empfunden hatte. Ida Cohen wäre nicht damit einverstanden gewesen, dachte sie, daß sie ihre Weiblichkeit unterstrich, sich für etwas zum anziehenden Weibchen machte, das, realistisch gesehen, nur ein Geschäftstreffen war, und dazu noch eines mit unschmackhaften Vorzeichen. In meinem Alter wird es immer schwerer, dachte Gretchen mit einem Blick in den hohen Ankleidespiegel, mich in ein anziehendes Weibchen zu verwandeln. Nachts einzuschlafen war in diesen Wochen schwierig, sie hatte Tabletten genommen, und die Wirkung war zu sehen. Verdammter Evans Kinsella. Sie begleitete den Fluch mit einem Extratupfer Parfüm.

Evans war frisch rasiert und hatte Jackett und Krawatte an, als sie in sein Apartment im Regency Hotel in der Park Avenue hinaufkam. Gewöhnlich empfing er sie in Hemdsärmeln oder Morgenrock, wenn er sie zu sich beorderte. Er hatte sich bei diesem Treffen für Charme entschieden. Sie fühlte ein Kribbeln am ganzen Körper, als er sie erst auf die eine, dann die andere Wange küßte, eine Begrüßungsform, die er von Filmaufnahmen in Paris mitgebracht hatte. Sie nahm ihrem Körper das Kribbeln übel.

Mit ihm war Richard Stanford in dem schmucken Salon, der junge Autor von „Flieg, Vogel Phönix“, wie immer in offenem Wollhemd, Windjacke, Jeans und hohen, ungewichsten Stiefeln. Sorglose, unkonventionelle Armut war der öffentliche Ausdruck seines Hintergrunds und seiner Anschauungen. Er war ein netter junger Mann mit einem offenen, langsamen Lächeln und respektvollen Manieren und war bei allen ihren Verhandlungen immer äußerst freundlich zu Gretchen gewesen. Obgleich sie ihn so gut wie jeden Tag gesehen hatte, hatte er nie ein Wort davon gesagt, daß er Kinsella auch nur kannte. Verschwörung war das Wort, das ihr durch den Kopf ging.

Heute, das sah sie, würde Richard Stanford nicht freundlich sein, gar nicht. Er würde seinen Weg in Kalifornien machen, der Mr. Richard Stanford.

Hüte dich vor jungen Männern, dachte Gretchen und betrachtete die beiden jungen Männer. Obgleich Kinsella mit seinen sechsunddreißig Jahren und allem, was er gelernt, kopiert und gestohlen hatte, kaum noch ein junger Mann zu nennen war. Sie hätte Ida Cohen mitbringen sollen, um die Gruppe auszubalancieren, aber ebensogut hätte sie auch einen kleinen Vulkan, der gerade vor dem Ausbruch stand, mitbringen können. Sie hatte Ida noch nicht von Kinsellas Anruf unterrichtet. Dazu war immer noch Zeit.

„Wie wär's mit einem klitzekleinen Schlückchen?“ Kinsella

wies auf den Bartisch, auf dem die Flaschen sauber aufgereiht waren, samt Gläsern und Eis. In solchen Hotels wie diesem hier, dachte Gretchen, mußte es einen besonderen Kellner geben, einen Experten auf dem Gebiet, der von Zimmer zu Zimmer eilte und nach vorgeschriebenem Ritus Flaschen verteilte, sobald der Fernschreiber das bevorstehende Eintreffen der Nabobs der Neu-Aristokratie meldete – wobei Fülle und Qualität des Flaschenarrangements jeweils von der derzeitigen Einschätzung des betreffenden Nabobs in der Registratur des Hoteldirektors abhing. Gretchen stellte ein wenig boshaft fest, daß der Aufwand auf Kinsellas Bar nur mittelmäßig war. Sein letzter Film war ein Hereinfall gewesen, und das spiegelte sich im Privat-Gotha des Hoteldirektors wider. „Unser junges Genie und meine Wenigkeit haben sich bereits gelabt", sagte Kinsella. „In bescheidenem Maß. Um in die rechte Feststimmung für deine Ankunft zu kommen. Was wünscht die Dame?"

„Ich werde diesen einmal auslassen, danke schön", sagte Gretchen. „Es ist noch etwas früh für ein arbeitsames Mädchen." Sie hatte sich zu einem leichten, gelassenen Ton entschlossen, auf die Gefahr hin, daß ihr eine Ader platzte. „Junger Genius", sagte sie und lächelte mild den Jungen an, „unser großer Meister Evans muß seine Ansichten über dich völlig revidiert haben, Richard."

„Zufällig habe ich das Manuskript noch einmal gelesen", sagte Kinsella hastig. „Ich muß das erstemal einen schlechten Tag gehabt haben, als ich es las."

„Soviel ich mich erinnere", sagte Gretchen honigsüß, „sagtest du zu mir, es wäre ein Haufen Scheiße." Ein Meuchelmord gegen den anderen. Sie sah mit Freuden, daß Stanford puterrot sein Glas hinstellte und Kinsella anstierte.

„Künstler machen immer mal einen Fehler, Dick", sagte Kinsella. Gretchen beachtete die familiäre Anrede. „Tausend Leute reißen einen ständig in alle möglichen und unmöglichen Richtungen. Das läßt sich wieder ausbügeln." Er wandte sich, mit Mühe lächelnd, Gretchen zu. „Einer der Gründe für diesen kleinen Treff", sagte er, „ist, daß Dick und ich das Manuskript durchgesprochen und uns auf einige Änderungen geeinigt haben, die dem Stoff zugute kommen. Ziemlich tiefgreifende Änderungen. Nicht wahr, Dick?"

„Ja", sagte Stanford, immer noch rot.

„Vorgestern", sagte Gretchen zu dem jungen Mann, „sagtest

du mir noch, es sei drehfertig, kein Wort sollte mehr geändert werden."

„Evans hat mich auf ein paar Punkte aufmerksam gemacht, die mir entgangen waren", sagte Stanford. Er klang wie ein kleiner Bub, der bockte und wußte, daß er seine Strafe dafür bekommen würde. Die Verschwörung lag schon Wochen, wenn nicht Monate zurück.

„Seien wir ehrlich, Gretchen", sagte Kinsella, „mit zwei Millionen in der Kasse kriegt Dick dreimal soviel garantiert wie das, was du ihm angeboten hast. Er ist kein reicher Mann, das weißt du. Er muß für Frau und zwei kleine Kinder sorgen . . ."

„Maestro", sagte Gretchen, „würden Sie die Geige bitte tremolo dazu spielen lassen?"

Kinsella schoß einen finsteren Blick auf sie ab. „Du hast vergessen, meine Liebe, was es heißt, arm zu sein und jeden Monat um die Miete ringen zu müssen. Du mit deinem reichen Bruder hast immer ein großes, dickes Kissen zum Drauffallen gehabt. Dick hat kein solches Kissen."

„Würdest du so gut sein, Evans", sagte Gretchen, „und vergessen, daß ich einen Bruder habe. Dick, dünn oder sonstwie. Und du, Richard", sie betonte seinen vollen Vornamen, „würdest du so gut sein, nicht zu vergessen, daß du bei mir unter Vertrag stehst."

„Darauf wollte ich gerade zu sprechen kommen", sagte Kinsella. Er sprach wieder aalglatt. „Ich beabsichtige keineswegs, dich oder deine kleine Freundin Ida Cohen, die jüdische Jeanne d'Arc, aus dem Vorhaben hinauszudrängen. Ich hatte schon die Absicht, dich zu bitten, meine Co-Produzentin zu werden, mit allem Drum und Dran natürlich. Und Ida wird zur Chef-Cutterin befördert. Hand aufs Herz" – er strahlte – „könnte man fairer sein?"

„Ich nehme an, Richard", sagte Gretchen, „du gehst in alledem mit Evans einig? Ich hätte es gern aus deinem eigenen Mund gehört. Du bist zweifellos auch hocherfreut, zu hören, daß Ida Cohen, die sich totgeschuftet hat, um dein Manuskript drehreif zu machen, als jüdische Jeanne d'Arc bezeichnet wird?"

Stanford wurde wieder rot. „Nein, mit dem Teil gehe ich nicht mit, nein. Aber ich gehe mit der Idee einig, daß man mit zwei Millionen Dollar einen besseren Film machen kann als mit siebenhundertfünfzigtausend Dollar. Und ehe du mich angerufen hast, ich will ganz ehrlich mit dir sein, war es mir nie in den Sinn gekommen, daß eine Frau diesen Film machen könnte . . ."

„Und jetzt . . .?"

„Na ja . . ." Der junge Mann war verwirrt. „Ich weiß, du bist tüchtig und hast eine Menge Erfahrung – aber noch nie als Regisseur. Es ist mein erster Film, Gretchen, und ich habe einfach ein besseres Gefühl, wenn ein Mann wie Evans Kinsella mit allen seinen Erfolgen und seinem Namen . . ."

„Sein Name stinkt", sagte Gretchen schlicht. „Da, wo es zählt. Wie bei mir zum Beispiel. Wenn er noch einen solchen Film macht wie den letzten, wird ihm niemand mehr in Kalifornien auch nur eine Spielzeugkamera ausleihen."

„Da siehst du es, Dick", sagte Kinsella. „Ich habe dir ja gesagt, sie würde das rachsüchtige Weib herauskehren. Sie war mit einem Regisseur verheiratet, den sie für den wiedererstandenen Stanislawski hielt, wenngleich ich seine Filme gesehen habe und auch ohne sie auskommen könnte, um es gelinde zu sagen. Seit er gestorben ist, möchte sie mit etwas fertigwerden, mit irgend etwas, irgend jemandem, mit jedem Regisseur, und sie ist der große Entmannungsspezialist des zwanzigsten Jahrhunderts geworden. Und die alte Polen-Ida, die Ghettoblume, die keinen Mann finden konnte, der sie auch nur mit einer drei Meter langen Stange angerührt hätte, hat ihr noch eingeredet, sie sei dazu bestimmt, den Marsch der Weiberwelt zum ‚Oscar' anzuführen."

„Du mieser, intriganter Jämmerling, du", sagte Gretchen. „Es geschähe euch beiden recht, wenn ich euch den Film gäbe und zusähe, wie ihr genau den Haufen Scheiße daraus macht, der er für dich von Anfang an gewesen ist."

„Als ich sie anstellte", fuhr Kinsella fort, ohne sich noch weiter zurückzuhalten, „sagte mir ein Freund: Stell nie jemand an, der reich ist. Eine reiche Frau schon gar nicht. Und geh nicht ins Bett mit ihr. Sie wird dir nie verzeihen, wenn du ein einziges Mal ein anderes Mädchen anschaust. Raus mit dir, du Hure!" Er schrie jetzt schrill. „Ich komme zu deiner Premiere und lache mich tot."

„Gretchen . . ." sagte Stanford herzzerreißend. Er sah entsetzt aus, als täte es ihm leid, je eine Schreibmaschine angefaßt zu haben. „Bitte . . ."

„Richard", sagte Gretchen ruhig und fühlte sich wundervoll befreit und wie auf Schwingen, „wenn wir zu drehen beginnen, bist du herzlich eingeladen, zu kommen oder nicht zu kommen, ganz nach deinem Belieben. Guten Tag, meine Herren", sagte sie und rauschte in großem Stil aus dem blumengeschmückten, flaschenverzierten, gottverfluchten Salon hinaus.

Im Fahrstuhl lächelte und weinte sie, ohne sich um die anderen Insassen zu kümmern. Wartet nur, bis ich es Ida erzähle, dachte sie.

Aber auf der Straße faßte sie einen feierlichen Entschluß: Keine jungen Männer mehr. Egal, wie ihre Augen leuchteten, ihre Zähne blitzten, ihre Vitalität überschäumte, wie vielversprechend ihre Versprechungen, wie sauber ihre Haut, wie köstlich ihr Duft war. Wenn sie von jetzt ab einen Mann wählte, würde er älter sein als sie, und dankbar für sie, anstatt daß er von ihr erwartete, dankbar für ihn zu sein. Wie sich das mit Ida Cohens Philosophie vertrug, war ihr unbekannt. Und gleichgültig.

Sie waren mitten beim Mittagessen – Muschelmayonnaise mit heißem Zwieback, die Helen zubereitet hatte –, und Helen hatte gerade gesagt: „Ich koche gern für einen Mann, der nicht auf sein Gewicht aufpassen muß", als die Hausglocke schellte.

Helen sagte: „Verdammt."

Das Mittagessen war schon einmal durch einen Anruf Gretchens unterbrochen worden. Gretchen hatte eine Viertelstunde gebraucht, um von ihrem Auftritt mit Kinsella am Vormittag zu berichten; sie hatte gesagt, sicher wäre doch Rudolph damit einverstanden gewesen. Er war nicht ganz so sicher, wie sie dachte.

Und jetzt war es die Türglocke. Rudolph stand vom Tisch auf und ging zur Tür und öffnete. Draußen stand Wesley im ozeanischen Septembersonnenschein, sauber mit Sportjackett und Flanellhose angetan, ein wenig hager anzuschauen, mit herausstehenden Backenknochen, sauber geschnittenem und gekämmtem Haar, nicht zu lang und nicht zu kurz, die Augen, wie stets, alt und verschleiert.

„Hallo, Wesley", sagte Rudolph. „Ich wußte, du würdest früher oder später einmal aufkreuzen. Du kommst gerade recht zum Mittagessen. Komm herein."

4

Billy schaute mit Interesse George zu – der, wie Billy wußte, ganz anders hieß –, wie er vorsichtig an dem Zeitzünder auf dem Tisch arbeitete. Monika, zu der George Heidi sagte, stand auf der anderen Tischseite, das Gesicht im Schatten über dem scharfen Lichtkegel, den die Arbeitslampe über dem Tisch ausschnitt. „Paßt du auch genau auf, John?" sagte George mit seinem spanischen Akzent auf englisch und blickte zu Billy hoch. John war der Name, den Billy in der Gruppe erhalten hatte. Auch Monika nannte ihn John, wenn Mitglieder der Gruppe dabei waren. Es erinnerte ihn an den Hokuspokus der Geheimklubs, die er als kleiner Bub auf dem Hof der Reformschule in Greenwich Village gegründet hatte. Nur daß George kein kleiner Bub war, und Monika auch nicht. Einmal lachen, dachte er, und sie bringen mich um.

Billy hatte erst zwei weitere Mitverschworene von George und Monika-Heidi kennengelernt, aber sie waren an diesem Nachmittag nicht in dem Zimmerchen im Elendsviertel von Brüssel mit dabei, wo George an der Bombe bastelte. Billy hatte George noch nie zweimal in demselben Raum gesehen. Von Andeutungen in Unterhaltungen mit George wußte er, daß es auch in anderen europäischen Städten Zellen wie die, der er sich angeschlossen hatte, gab, aber bisher hatte er noch keine Ahnung, wo sie waren und was sie eigentlich taten. Wenn er auch aus Gründen der eigenen Sicherheit nicht gerade darauf erpicht war, es zu wissen, konnte er doch nicht umhin, den anderen übelzunehmen, daß sie ihn immer noch als unbewährten Außenseiter betrachteten, dem nicht recht zu trauen war, obgleich er ihnen schon zweimal Halbtonner vom Wagenpark beschafft und in Amsterdam den Wagen gefahren hatte, als George dort nachts die Bombe im Spanischen Reisebüro hochgehen ließ. Es war ihm nicht bekannt, mit welchen anderen Sprenganschlägen George und Monika schon zu tun gehabt hatten, aber er hatte von Explosionen in einer amerikanischen Bankfiliale in Brüssel und vor dem Büro der Olympia Airways gelesen. Falls Monika und der Mann, den er als George kannte, für einen oder alle diese Anschläge verantwortlich waren, hatte sie ihr Versprechen gehalten – niemand war in Brüssel oder Amsterdam körperlich zu Schaden gekommen.

„Meinst du, du könntest das, wenn nötig, selbst zusammenbasteln?“ sagte George.

„Ich glaube schon.“

„Gut“, sagte George. Er sprach immer ruhig und bewegte sich bedächtig. Er war dunkel und klein, hatte sanfte, traurige Augen und sah vollkommen ungefährlich aus. Wenn er sich selbst im Spiegel betrachtete, konnte Billy sich auch nicht vorstellen, daß jemand *ihn* für gefährlich halten könnte.

Mit Monika war das anders, mit ihrem wirren Haar und ihren Augen, die flammten, wenn sie wütend war. Aber er lebte mit Monika zusammen, fürchtete sich vor ihr und liebte sie mehr denn je. Monika war es gewesen, die gesagt hatte, er müßte bei der Armee bleiben. Als er sagte, er könne einer weiteren Dienstperiode nicht ins Auge sehen, war sie wütend auf ihn losgefahren und hatte gesagt, dies sei ein Befehl, kein Vorschlag. Sie würde ausziehen, wenn er nicht täte, was sie sagte.

„Das nächstemal, wenn wir uns treffen“, sagte George, „werde ich dich zur Übung einen blinden Sprengkörper zusammensetzen lassen.“

George wandte sich wieder seiner Arbeit zu, seine zierlichen kleinen Hände bewegten sich feinfühlig über die Drähte hin. Weder er noch Monika hatten Billy gesagt, wo die Bombe eingesetzt werden sollte oder wann und zu welchem Zweck, und er wußte schon, daß es überhaupt keinen Sinn hatte, Fragen zu stellen.

„Das wär's“, sagte George und richtete sich auf. „Fertig.“ Die kleine Plastikbombe mit Uhrwerk und Zünder daran lag unschuldig unter dem grellen Licht auf dem Tisch. „Für heute ist der Unterricht vorbei. Du gehst jetzt, John. Heidi bleibt noch etwas hier. Geh zum Bus. Fahre acht Querstraßen weit in der entgegengesetzten Richtung deiner Wohnung. Steig aus, geh noch drei Querstraßen zu Fuß weiter und nimm dir eine Taxe. Gib dem Fahrer das Hotel Amigo an. Geh ins Hotel, trink etwas an der Bar. Dann verlaß das Hotel und geh zu Fuß heim.“

„Jawohl, George“, sagte Billy. Das war so etwa alles, was er je zu dem Mann gesagt hatte. „Sehe ich dich heute zum Abendessen?“ fragte er Monika.

„Das hängt von George ab“, sagte sie.

„George?“ sagte Billy.

„Vergiß nicht“, sagte George. „Mindestens zehn Minuten im Hotel Amigo.“

„Jawohl, George“, sagte Billy.

Auf der Busfahrt in der Richtung von seinem Wohnhaus weg, umgeben von Frauen, die nach einem Einkaufstag heimfuhren, um das Familienabendbrot zu richten, von Kindern auf dem Heimweg von der Schule, von alten Männern, die die Abendzeitung lasen, lachte er in sich hinein. Wenn sie nur erraten könnten, was der kleine, sanft ausschauende junge Amerikaner in dem gutgebügelten Straßenanzug soeben in einer der Hintergassen ihrer Stadt getrieben hatte ... Obgleich er sich vor George und Monika nichts hatte anmerken lassen, als er zuschaute, wie die Bombe montiert wurde, hatte er seinen Puls vor Erregung wie rasend schlagen fühlen. Jetzt, im Alltagslicht des rumpelnden Busses, stellte sich ein anderer Name dafür ein – Vergnügen. Den gleichen Schauerkitzel hatte er auch verspürt, als er vom Fremdenverkehrsbüro in Amsterdam wegraste und den gedämpften Knall der Explosion sechs Häuserblöcke hinter sich in der dunklen Stadt vernahm.

Er glaubte nicht wie Monika daran, daß das System im Wanken sei und ein paar vereinzelte Bomben da und dort es zum Einstürzen bringen würden, aber wenigstens war er selbst nicht länger nichts weniger als ein unbedeutendes, austauschbares Rädchen in der ganzen lausigen, unmenschlichen Maschinerie. Seinen Taten wurde nachgegangen, wichtige Leute waren bemüht, herauszufinden, wer er war und was er bezweckte und wo er das nächstemal zuschlagen würde. Die Geringschätzung seiner Armeekameraden für ihn als Lieblingshündchen des Herrn Oberst war nun zu einem ironischen Scherz geworden, der noch saftiger dadurch wurde, daß sie keine Ahnung hatten, was er in Wirklichkeit für einer war. Und Monika hatte zugeben müssen, daß er was wert war. Eines Tages, dachte er, würden sie ihm eine Waffe in die Hand geben und ihm befehlen zu töten. Und er würde es tun. Am nächsten Tage würde er die Zeitungen lesen und lammfromm zur Arbeit antreten, angefüllt mit heimlicher Wonne.

Er glaubte nicht daran, daß Monika und George und ihre düsteren Komplizen jemals ihre düsteren Ziele erreichen würden. Das machte nichts aus. Aber er selbst trieb nicht mehr ziellos dahin, dem kleinen täglichen Ungemach des gemeinen Soldaten ausgesetzt, der immer nur „Zu Befehl!" sagen mußte, um sein täglich Brot zu verdienen. Jetzt war *er* der Unfall, der zu passieren drohte, die glimmende Lunte, die nicht mehr übersehen werden konnte.

Er zählte die Querstraßen, die der Bus passierte. Bei der achten stieg er aus. Durch leichten Nieselregen ging er beschwingt an den von George vorgeschriebenen drei weiteren Häuserblocks vorbei und lächelte die Passanten freundlich dabei an. An der Ecke des dritten Blocks stand, wie für ihn bestellt, eine Taxe. Er lehnte sich bequem zurück und genoß die Fahrt zum Hotel Amigo.

Er trank gerade in der dunklen Bar des Amigo sein Bier zu Ende – der kleine Raum war leer bis auf zwei blonde Herren an einem Ecktisch, die miteinander etwas sprachen, das er für Hebräisch hielt –, als Monika hereinspaziert kam.

Sie schwang sich auf den Barstuhl neben ihm. „Ich nehme einen Wodka mit Eis", sagte sie zum Barmann.

„Hat George dir den Befehl gegeben herzukommen?"

„Ich habe gerade eine meiner Geselligkeitsperioden."

„Soll ich Monika oder Heidi sagen?" flüsterte er.

„Halts Maul!"

„Du sagtest gesellig", sagte er, „aber es stimmt nicht. Du sollst kontrollieren, ob ich meine Anweisungen befolgt habe."

„Jeder Mensch versteht hier Englisch", flüsterte sie. „Sprich vom Wetter."

„Das Wetter", sagte er. „Es war nachmittags ziemlich warm, nicht wahr?"

„Ziemlich", sagte sie und lächelte den Barmann an, der den Drink vor sie hinstellte.

Er ging sparsam mit dem letzten Bierrest in seinem Glas um. „Was würdest du tun", fragte er, „wenn ich nach Amerika zurückgeschickt würde?"

Monika maß ihn mit einem scharfen Blick. „Wirst du versetzt? Hast du mir etwas verheimlicht?"

„Nein", sagte er. „Aber der Oberst wird langsam kribblig. Er ist schon eine Ewigkeit hier. Und überhaupt – in der Armee kann man nie wissen . . ."

„Laß deine Beziehungen spielen“, sagte sie. „Versuche irgendwo nach Deutschland hinzukommen.“

„So leicht ist das nicht“, sagte er.

„Es geht“, sagte sie scharf. „Das weißt du so gut wie ich.“

„Und meine Frage?“ sagte er. „Du hast sie noch nicht beantwortet. Was würdest du tun?“

Sie zuckte die Achseln. „Es käme darauf an“, sagte sie.

„Worauf?“

„Auf eine Menge Dinge. Wohin du versetzt würdest. Was du für einen Job bekämst. Wo ich gebraucht würde.“

„Zum Lieben vielleicht?“

„Niemals.“

Er lachte. „Wer dumm fragt“, sagte er, „kriegt eine dumme Antwort.“

„Prioritäten, John“, sagte sie mit einem ironischen Akzent auf ‚John‘. „Wir dürfen niemals die Prioritäten vergessen, nicht wahr?“

„Niemals“, sagte er. Er bestellte noch ein Bier. „Es ist möglich, daß ich nächste Woche nach Paris muß.“

Wieder warf sie ihm einen scharfen Blick zu. „Möglich?“ fragte sie. „Oder sicher?“

„So gut wie sicher. Der Oberst meint, daß er hin muß, und wenn er geht, läßt er auch für mich einen Marschbefehl ausstellen.“

„Du mußt dir angewöhnen, mir mit solchen Sachen nicht so plötzlich zu kommen“, sagte sie.

„Ich habe erst heute morgen davon gehört“, verteidigte er sich.

„Sobald du es mit Bestimmtheit weißt, gibst du mir Bescheid, verstanden?“

„Himmel Herrgott“, sagte er, „hör doch mit dem Feldwebelton auf.“

Sie überhörte es. „Ich rede nicht ins Blaue“, sagte sie. „Nächste Woche muß ein Päckchen nach Paris geliefert werden. Was für Transport hättest du? Zivilmaschine?“

„Nein. Armeetransport. Eine Ehrenwache für irgendeine Zeremonie in Versailles.“

„Ach, sehr gut“, sagte sie.

„Was wird denn in dem Päckchen sein?“

„Das wirst du erfahren, wenn du es wissen mußt.“

Er seufzte und trank sein neues Glas halb aus. „Ich habe

immer eine Vorliebe für nette, unkomplizierte, unschuldige Mädchen gehabt."

„Ich werde sehen, daß ich eine für dich finde", sagte sie, „in fünf oder sechs Jahren."

Er nickte ergeben. Die beiden blonden Herren in der Ecke sprachen jetzt lauter, als stritten sie sich.

„Sprechen die beiden hebräisch?" fragte er.

Sie lauschte einen Augenblick. „Finnisch", sagte sie.

„Stehen sie sich sehr nahe? Ich meine Hebräisch und Finnisch."

„Nein." Sie lachte und küßte ihn auf die Wange. Wie er sah, hatte sie sich nunmehr entschlossen, Monika zu sein, nicht mehr Heidi.

„Aha", sagte er, „sind die Geschäftsstunden vorüber."

„Für heute."

„Für heute", sagte er und trank sein Bier aus. „Weißt du, was ich möchte?"

„Was?"

„Ich möchte gern mit dir nach Haus und ficken."

„Ach Gott nein", sagte sie mit gespielter Gezierheit, „diese Soldatensprache."

„Die heutige Nachmittagsbeschäftigung hat mich scharf gemacht", sagte er.

Sie lachte. „Mich auch", flüsterte sie. „Bezahl dem netten Mann und laß uns verschwinden."

Es war schon dunkel, als sie in der Straße anlangten, wo sie wohnten. Sie blieben an der Ecke stehen, um zu sehen, ob ihnen jemand folgte. Soviel sie feststellen konnten, nicht. Langsam gingen sie die gegenüberliegende Straßenseite entlang. Vor dem Hause stand ein Mann, der eine Zigarette rauchte. Es nieselte noch immer, und der Mann hatte seinen Hut tief in die Stirn gezogen. Es war zu dunkel, um zu erkennen, ob sie den Mann schon vorher einmal gesehen hatten.

„Geh ruhig weiter", sagte Monika leise.

Sie gingen an dem Haus vorbei und um eine Ecke und betraten ein Café. Er hätte gern noch ein Bier gehabt, aber Monika bestellte zwei Kaffee.

Als sie nach einer Viertelstunde wiederkamen, sahen sie von der gegenüberliegenden Seite, daß der Mann noch da war und noch immer rauchte.

„Geh du weiter“, sagte Monika. „Ich gehe an ihm vorbei und hinauf. Komm in fünf Minuten wieder. Wenn alles in Ordnung scheint, mache ich das Licht im Vorderraum an, und du kannst heraufkommen.“

Billy nickte, küßte sie auf die Wange, als verabschiedeten sie sich, und ging weiter auf die Straßenecke zu. An der Ecke schaute er sich um. Berufsrisiko, sagte er sich. Ewiges Verdachtschöpfen. Der Mann war noch immer da, aber Monika war verschwunden. Billy ging um die Ecke und wieder ins Café und trank das Bier, das Monika ihm verwehrt hatte. Als er wieder aus dem Café kam, ging er schnell um die Ecke. Er sah, daß im Vorderzimmer Licht brannte. Er ging mit gesenktem Kopf weiter und auf die Straßenseite hinüber, wo der Mann vor dem Hauseingang wartete, und begann, die Schlüssel aus der Tasche holend, die Treppe hinaufzugehen.

„Hallo, Billy“, sagte der Mann.

„Du lieber Himmel! Pap!“ sagte Billy. In seiner Überraschung ließ er die Schlüssel fallen, und er und William Abbott stießen beinahe mit den Köpfen zusammen, als sie sich danach bückten. Sie lachten. Der Vater gab Billy die Schlüssel, und sie lagen sich in den Armen. Billy bemerkte, daß der Gin-Geruch, der sich für ihn seit seiner Kindheit mit dem Vater verband, fehlte.

„Komm doch herein“, sagte Billy. „Wie lange wartest du schon hier?“

„Ein paar Stunden.“

„Du mußt ja pitschnaß sein.“

„Tut nichts“, sagte Abbott. „Zeit zum Nachdenken.“

„Komm herauf“, sagte Billy und hielt ihm die Tür auf. „Äh – übrigens, wir werden nicht allein sein, Pa. Eine Dame ist da“, sagte er und ging die Treppe voran.

„Ich werde auf meine Ausdrucksweise achtgeben“, sagte Abbott.

Billy schloß auf, und sie traten beide in die kleine Diele, und Billy half seinem Vater aus dem nassen Regenmantel. Als Abbott den Hut abnahm, sah Billy, daß sein Vater eisgraues Haar hatte und sein Gesicht gedunsen und gelblich war. Er entsann sich einer Photographie des Vaters in seiner Hauptmannsuniform. Er war ein gut aussehender junger Mann gewesen, dunkel, mit schwarzem Haar und Augen voller Humor, der auf dem Photo gerade über einen Witz lachte. Er war kein gut aussehender Mann mehr. Der Körper, der aufrecht und schlank gewesen war, war jetzt unter dem abgetragenen Anzug zusammengesackt, mit einem kleinen runden Bauch an der Gürtellinie. Ich werde alles tun, um nicht so auszusehen, wenn ich in seinem Alter bin, dachte Billy, als er seinen Vater in den Wohnraum führte.

Monika war in dem kleinen, unaufgeräumten Wohnzimmer. Monika vergeudete ihre Zeit nicht mit Hausarbeiten. Sie saß lesend in dem einzigen Klubsessel und stand auf, als sie hereinkamen.

„Monika", sagte Billy, „dies ist mein Vater."

Monika lächelte, ihre Augen gaben ihrem Gesicht einen Glanz, der willkommenhieß. Sie hat sechzig verschiedene Stimmungen in der Minute, dachte Billy, als Monika Abbott die Hand gab und sagte: „Willkommen, Sir."

„Ich sah Sie ins Haus kommen", sagte Abbott. „Sie sahen mich so merkwürdig an."

„Monika sieht Männer immer merkwürdig an", sagte Billy. „Setz dich doch. Kann ich dir etwas zu trinken geben?"

Abbott rieb sich fröstelnd die Hände. „Das würde einigen Schaden wiedergutmachen", sagte er.

„Ich hole Gläser und Eis", sagte Monika. Sie ging in die Küche.

Abbott sah sich anerkennend um. „Gemütlich. Du hast ein Heim in der Armee gefunden, was, Billy?"

„So kann man es auch nennen."

„Vorübergehend oder fest?" Abbott deutete mit dem Kopf zur Küche hin.

„Vorübergehend fest", sagte Billy.

Abbott lachte. Sein Lachen war jünger als sein eisgraues Haar und sein gedunsenes Gesicht. „Die alte Geschichte mit den Abbotts", sagte er.

„Was machst du in Brüssel, Pap?"

Abbott schaute Billy nachdenklich an. „Ein Erkundungsunternehmen", sagte er. „Wir können uns später darüber unterhalten, denke ich."

„Natürlich."

„Was tut die junge Dame?"

„Sie ist Dolmetscherin bei der NATO", sagte Billy. Er hielt es nicht für angebracht, seinem Vater zu berichten, daß Monika außerdem noch an der Vernichtung des kapitalistischen Systems arbeitete und aller Wahrscheinlichkeit nach an der unlängst stattgefundenen Ermordung eines Hamburger Richters beteiligt gewesen war.

Monika kam mit drei Gläsern, Eis und einer Flasche Scotch Whisky wieder. Billy sah, wie sein Vater die Flasche mit den Augen verschlang. „Nur einen kleinen für mich, bitte", sagte Abbott. „Nach dem Flug herüber und allem und dem Herumgelaufe in Brüssel den ganzen lieben langen Tag lang fühle ich mich, als hätte ich wochenlang kein Auge zugemacht."

Billy sah, daß die Hand seines Vaters leicht zitterte, als er das Glas nahm, das Monika ihm reichte. Er fühlte Mitleid mit dem kleinen Mann, der noch kleiner und unsicherer war als der Vater seiner Erinnerung.

Abbott hob sein Glas. „Auf Väter und Söhne", sagte er. Er lachte spitzbübisch. Er ließ das Eis im Glase wirbeln, aber führte es nicht zum Munde. „Wie lange haben wir uns nicht gesehen?"

„Sechs, sieben . . ." sagte Billy.

„So lange, wirklich?" sagte Abbott. „Die Banalitäten erspare ich euch." Er nippte an seinem Drink, holte tief und befriedigt Atem. „Du hast dich gut gehalten, Billy. Du scheinst in guter Form."

„Ich spiele viel Tennis."

„Ausgezeichnet. Ich bedauere sagen zu müssen, daß ich in letzter Zeit mein Tennis vernachlässigt habe." Er trank wieder. „Ein Fehler. In einem Zeitraum von sechs, sieben Jahren macht man eben Fehler. Mehr oder weniger grausige." Mit zusammengekniffenen Augen spähte er zu Billy hinüber, wie jemand, der seine Brille verloren hat. „Du hast dich verändert. Natürlich. Herangereift, ist wohl das Wort. Starke Züge im Gesicht und so. Sehr attraktiv, was meinen Sie, Monika?"

„Ganz attraktiv", sagte Monika lachend.

„Er war ein niedliches Kind", sagte Abbott. „Aber unnatürlich ernst. Ich hätte ein paar Kinderbilder mitbringen sollen. Wenn wir uns erst besser kennen, werde ich Sie auf die Seite nehmen und fragen, was er über seinen Vater erzählt. Aus Neugierde. Man befürchtet immer, daß der Sohn einen falsch einschätzt. Stachel der Vaterschaft könnte man es nennen."

„Billy spricht immer sehr liebevoll von Ihnen", sagte Monika.

„Sie hält zu dir", sagte Abbott. „Wie gesagt, der Irrtümer sind viele möglich." Er nahm wieder ein Schlückchen. „Ich nehme an, Monika, daß Sie meinen Sohn recht mögen."

„Würde ich sagen“, sagte Monika zurückhaltend. Billy sah, daß Monika keinen allzu guten Eindruck von seinem Vater hatte. „Sicher hat er Ihnen gesagt, daß er beabsichtigt, in der Armee zu bleiben.“ Abbott wirbelte wieder sein Glas.

„Hat er.“

Aha, dachte Billy, deshalb ist er nach Brüssel gekommen.

„Die amerikanische Armee ist eine treffliche und notwendige Einrichtung“, sagte Abbott. „Ich habe selbst in ihr gedient, wenn ich mich recht erinnere. Sind Sie damit einverstanden, daß er seine Dienstzeit in dieser notwendigen und trefflichen Einrichtung verlängert?“

„Das ist seine Sache“, sagte Monika glatt. „Sicher hat er seine Gründe.“

„Wenn ich neugierig sein darf, Monika“, sagte Abbott, „ich meine – mit dem Vorrecht des Vaters, der sich für die Wahl des Umgangs seines Sohnes interessiert, Sie sind mir doch nicht böse . . .“

„Aber gar nicht, Mr. Abbott“, sagte Monika. „Billy weiß alles von mir, nicht wahr, Billy?“

„Zuviel“, lachte Billy, dem der Lauf, den das Gespräch nahm, ungemütlich wurde.

„Wie gesagt“, sagte Abbott, „wenn ich einmal neugierig sein darf, ich vermeine bei Ihnen einen winzigen Akzent zu entdecken – könnten Sie mir sagen, wo Sie herkommen? Ich meine, ursprünglich?“

„Deutschland“, sagte sie. „Ich stamme aus München.“

„Ah – München.“ Abbott nickte. „Ich war einmal in einem Kampfflugzeug, das Bomben über München abwarf. Ich freue mich, zu sehen, daß Sie zu jung sind, um bei der Gelegenheit in dieser schönen Stadt gewesen zu sein. Es war Anfang neunzehnhundertfünfundvierzig.“

„Ich bin neunzehnhundertvierundfünfzig geboren“, sagte Monika.

„Meine Abbitte“, sagte Abbott.

„Ich erinnere mich an gar nichts“, sagte Monika kurz.

„Wie herrlich, wenn man das sagen kann“, sagte Abbott. „Ich erinnere mich an gar nichts.“

„Pap“, sagte Billy, „der Krieg ist vorüber.“

„Das sagen sie alle.“ Abbott nahm einen langsamen Schluck. „Dann muß es ja wohl wahr sein.“

„Billy“, sagte Monika und setzte ihr halb geleertes Glas

nieder, „ich hoffe, du und dein reizender Papa werden mich jetzt entschuldigen. Ich muß noch fort. Ein paar Leute sehen ..."

Abbott erhob sich wohlerzogen, wenn auch ein wenig steif wie ein rheumatischer alter Mann, der morgens aus dem Bett aufsteht. „Ich hoffe, wir werden das Vergnügen Ihrer Gesellschaft zum Abendessen haben, meine Liebe."

„Leider nicht, Mr. Abbott. Ich habe schon eine Dinnerverabredung."

„Einen anderen Abend ..."

„Gern", sagte Monika.

Billy begleitete sie in die Diele und half ihr in den Regenmantel. Er schaute ihr zu, wie sie sich einen Schal um das wirre Haar band. „Sehe ich dich später?" flüsterte er.

„Wahrscheinlich nicht", sagte sie. „Und laß dir von deinem Vater nichts ausreden. Du weißt natürlich, warum er hier ist."

„Ich glaube schon. Keine Angst", flüsterte er. „Und komm noch wieder. Egal, wann. Ich verspreche, ich werde noch scharf sein."

Sie lachte, küßte ihn auf die Wange und ging. Er seufzte unhörbar, setzte ein Lächeln auf und ging ins Wohnzimmer zurück. Sein Vater goß sich gerade einen Drink ein, diesmal keinen so kleinen.

„Interessantes Mädel", sagte Abbott. Seine Hand zitterte nicht mehr, als er das Sodawasser eingoß. „Kämmt sie sich manchmal das Haar?"

„Derlei Dinge interessieren sie nicht", sagte Billy.

„So habe ich's mir vorgestellt", sagte Abbott und setzte sich wieder in den Sessel. „Ich traue ihr nicht."

„Also wirklich, Pap", sagte Billy. „Nach zehn Minuten. Weshalb? Weil sie Deutsche ist?"

„Gar nicht. Ich kenne viele gute Deutsche", sagte Abbott. „Ich sage das, wenn es auch nicht wahr ist, weil das von einem so erwartet wird. In Wahrheit kenne ich nicht *einen* Deutschen und habe ihnen gegenüber weder Zu- noch Abneigungen. Dagegen habe ich ganz bestimmte Gefühle gegenüber Damen, einer Rasse, die ich besser kenne als die Deutschen. Wie ich schon sagte, sie warf mir einen ganz sonderbaren Blick zu, als sie an mir vorbei ins Haus ging. Er irritierte mich."

„Hm", sagte Billy. „Mir wirft sie keine sonderbaren Blicke zu."

„Wahrscheinlich nicht.“ Abbott schaute Billy prüfend an. „Du bist klein – ein Jammer, daß du in dieser Beziehung nach mir geschlagen bist und nicht nach deiner Mutter –, aber mit deinen hübschen Augen und deiner Art hast du sicher bei den Frauen viel Glück.“

„Die meisten Damen bringen es fertig, sich in meiner Gegenwart zu beherrschen“, sagte Billy.

„Ich bewundere deine Bescheidenheit.“ Abbott lachte. „Ich war in deinem Alter lange nicht so bescheiden. Hast du mal von deiner Mutter gehört?“

„Ja“, sagte Billy. „Sie hat mir geschrieben, nachdem du ihr gesagt hattest, daß ich in der Armee bleibe. Ich wußte gar nicht, daß ihr so eng in Verbindung seid.“

„Du bist ihr Sohn“, sagte Abbott mit plötzlichem Ernst, „und du bist mein Sohn. Keiner von uns beiden vergißt das je, wenn wir auch so manches andere vergessen.“ Er nahm einen langen Schluck aus seinem Whiskyglas.

„Betrink dich heute abend bitte nicht, Pap.“

Abbott schaute gedankenverloren auf das Glas in seiner Hand, dann warf er es in einer plötzlichen Bewegung gegen den kleinen geziegelten Kamin. Das Glas zersplitterte, und der Whisky machte einen dunklen Fleck auf dem Kamin. Einen Augenblick lang saßen die beiden Männer stumm da. Billy hörte den lauten, regelmäßigen Atem seines Vaters.

„Es tut mir leid, Billy“, sagte Abbott. „Ich habe mich nicht darüber geärgert, was du sagtest. Im Gegenteil. Ganz im Gegenteil. Du hast wie ein braver anständiger Sohn gesprochen. Deine Anteilnahme an meiner Gesundheit rührt mich. Ich ärgere mich über mich selbst.“ Seine Stimme war bitter. „Mein Sohn ist drauf und dran, etwas zu tun, was ich für einen gewaltigen und vielleicht unwiderruflichen Fehler halte. Ich habe mir das Geld für die Reise von Chicago nach Brüssel von dem letzten Mann auf dieser Erde geliehen, den ich hier und da noch dazu bewegen kann, mir einen Dollar zu pumpen. Ich kam hierher, weil ich versuchen wollte, dich zu überreden – nun – dir die Sache noch einmal zu überlegen. Ich bin den ganzen Tag in dieser Stadt herumgewandert und habe nach Argumenten gesucht, die dich zu einer Sinnesänderung bewegen könnten. Ich habe es fertigbekommen, nicht einmal beim Überflug einen Drink im Flugzeug zu bestellen, weil ich für mein Gespräch mit dir in meiner besten Verfassung sein wollte, die“ – er lächelte armselig – „im besten Fall nicht gerade überwältigend ist. Ich habe mich wegen deines Mädchens mit dir angelegt, die ich, wie du richtig feststelltest, gar nicht kenne, nur wegen eines sonderbaren Blicks vor der Haustür, und ich habe die Sitzung damit eröffnet, mir einen doppelten Scotch einzuschenken, was dich an schmerzliche Wochenenden aus der Zeit erinnern muß, da deine Mutter mich zwecks väterlicher Sabbath-Ratschläge an dich auszuleihen pflegte. Willie Abbott wieder auf dem Kriegspfad." Er stand plötzlich auf. „Gehen wir etwas essen. Ich verspreche dir, heute abend keinen Tropfen mehr anzurühren, bis du mich bei meinem Hotel ablieferst. Danach, verspreche ich, mich besinnungslos zu betrinken. Zwar werde ich dann morgen nicht in besonders rühmlicher Form sein, aber nüchtern, das verspreche ich dir. Wo ist das Klo? Ich habe stundenlang im Regen gestanden, und mir platzt die Blase. Um deinet- und der US-Armee willen wollte ich nicht beim Anpinkeln der guten Bürger von Brüssel erwischt werden."

„Durchs Schlafzimmer", sagte Billy. „Tut mir leid, es liegt eine Menge Zeug herum. Monika und ich müssen früh zur Arbeit, und meistens kommen wir nicht vor dem Abendessen wieder." Sein Vater sollte Monika nicht für eine Schlampe halten, obgleich er sogar selbst schon Beschwerde über den Saustall geführt hatte, in dem sie lebten. Es steht nichts darüber bei Marx oder Mao oder Ché Guevara geschrieben, hatte er neulich zu ihr gesagt, daß gute Revolutionäre ihre Unterwäsche auf dem Boden herumliegen lassen müssen. „Wir räumen immer an den Wochenenden auf", sagte er zu seinem Vater.

„Von mir wirst du keine Bemerkungen hören, Billy", sagte Abbott, „über deinen und deiner Dame Lebensstil. Ich bin selbst nicht der Sauberste, obgleich ich paradoxerweise Reinlichkeit bei Frauen für eine nützliche Tugend halte. Macht nichts. Wir müssen nehmen, was wir kriegen." Er blickte Billy wie suchend an. „Du bist ja nicht in Uniform, Soldat. Wie kommt es, daß du keine Uniform trägst, wo du doch in der trefflichen und notwendigen Armee der Vereinigten Staaten bist?"

„Außer Dienst", sagte Billy, „können wir Zivil tragen."

„Zu meiner Zeit war das anders", sagte Abbott. „Ich hatte vier Jahre lang kein Zivil an. Jaja, die Kriege ändern sich." Ohne zu schwanken, ging er auf dem Weg zum Bad in die Diele hinaus, und Billy dachte: Der Anzug muß mindestens zehn Jahre alt sein. Ob er sich wohl von mir einen neuen kaufen läßt?

Beim Essen sprach sein Vater viel über so manche Dinge. Er bestand darauf, daß Billy Wein für sich bestellte, drehte jedoch sein eigenes Glas um, als der Kellner einschenkte. Er sagte, das Essen wäre ausgezeichnet, stocherte aber nur daran herum. Umschichtig war er überschwenglich, reumütig, voller Bedauern, zynisch, optimistisch, aggressiv, selbstanklagend und ruhmredig.

„Ich bin noch nicht am Ende", war eines der Dinge, die er sagte, „und wenn es auch so aussehen mag. Ich habe tausend Ideen. Ich könnte das Gebiet der Public Relations wie Schlagrahm fressen, wenn ich den Alkohol in Ruhe lassen könnte. Zehn führende Leute auf dem Gebiet haben mir das in Chicago versichert – ich habe sechsstellige Angebote bekommen, wenn ich bei ‚Alcoholics Anonymous' mitmache –, aber ich kann mich einfach nicht entschließen, vor Leuten, die sich gewerbsmäßig an die Brust schlagen, öffentliche Selbstbekenntnisse abzulegen. Wenn du nur diese hirnverbrannte Idee, bei der Armee zu bleiben, schießen lassen wolltest – ich komm' darüber nicht hinweg, wahrhaftig nicht, ein smarter junger Mann wie du, mit deiner Bildung, nicht mal Offizier. Was tust du eigentlich den ganzen Tag, einfach nur Wagen herumdirigieren wie ein Mädchen in einem Taxi-Ruf-Büro? Junge, wenn du mit mir nach Chicago kämst, wir könnten eine Agentur aufmachen, William Abbott und Sohn, ich habe deine Briefe gelesen – ich hab' sie immer bei mir, die ganze Zeit, das erste, was ich beim Umzug einpacke, ist die Kiste, wo ich sie drin habe –, ich habe sie gelesen, und ich sage dir, du kannst schreiben, wirklich, wie du dich ausdrückst, das ist Spitzenklasse. Hätte ich dein Talent gehabt, du kannst mir glauben, ich hätte nicht einen Stoß unvollendeter Stücke im Schubfach liegen, nein, mein Herr, niemals. Wir könnten den Leuten etwas vormachen, daß ihnen die Augen übergehen – ich kenne das Geschäft von A bis Z, die Seite kannst du mir getrost überlassen, die Inserenten würden uns die Tür einrennen, uns auf den Knien bitten, ihre Werbung zu übernehmen. Und glaube ja nicht, daß Chicago ein kleiner Dreck ist. Dort hat das Werbegeschäft angefangen, die haben's erfunden!

Ja, gut, ich kann mir schon denken, was du vom Werbegeschäft hältst – die Hure der Konsumgesellschaft und all das Zeug. Aber, ob sie dir nun gefällt oder nicht, es ist die einzige Gesellschaft, die wir haben, und das Gesetz des Dschungels lautet: Konsumiere oder werde konsumiert. Probier's für ein paar Jahre, nachher kannst du machen was du willst. Ein Buch schreiben, ein Stück schreiben. Wenn ich wieder in Chicago bin, lasse ich deine Briefe photokopieren und schicke sie dir, du wirst über dich selbst staunen, wenn du sie hintereinander liest. Hör zu, deine Mutter hat vom Schreiben für Magazine gelebt, verdammt gut gelebt, und die Dinge, die du da in ein paar Minuten an mich herunterschmierst, in denen ist mehr – wie heißt es doch – mehr Farbe, mehr Geist, mehr Ahnung davon, was Schreiben heißt, als sie in ihrer besten Zeit gehabt hat. Und viele kluge Leute, laß mich dir sagen, hielten eine Menge von ihr, die Redakteure waren ihr immer auf den Fersen und wollten mehr – weiß der Himmel, warum sie aufgehört hat. Was sie schrieb, war gut genug für die Redakteure und für die Leserschaft, aber für sie selber nicht. Sie hat irgend so eine verrückte Idee von Perfektionismus, hüte dich ja davor, es kann schließlich zur Immobilität der Moleküle führen – wenn das kein Prachtausdruck ist! –, und da hat sie aufgehört. Herrgott, *einer* in der Familie sollte es doch endlich schaffen. Sie beklagt sich bei mir, daß du ihr nie schreibst. Ich freue mich natürlich, daß du so oft an mich schreibst, aber schließlich ist sie deine Mutter, es wird dich auch nicht umbringen, wenn du ihr hier und da mal eine Zeile schickst. Ich weiß, ich habe mich beschissen benommen und habe sie enttäuscht, ich war ein lausiger Ehemann. Sie war einfach zuviel für mich, in jeder Hinsicht, körperlich, intelligenzmäßig, moralisch. Sie hat mich erdrückt, aber das hindert mich nicht, nach so vielen Jahren ihre Qualitäten anzuerkennen. Niemand kann sagen, wie weit sie mit einem anderen Mann gekommen wäre, und mit mehr Glück ... ich meine, daß Colin Burke ums Leben kam.

Das ist eine Familie, die Jordaches! Der Alte bringt sich um, der Bruder wird umgebracht und der geheiligte Rudolph in der eigenen Wohnung fast totgeschlagen. Das hätte deiner Mutter gerade noch gefehlt, wenn es ihn auch noch erwischt hätte. Drei Männer – drei Tote, zwei Brüder und ein Mann. Ein schöner Prozentsatz. Und der Junge – Wesley –, habe ich dir geschrieben, daß er bei mir in Chicago war? Ich sollte ihm erzählen, was ich von seinem Vater wüßte, der Vater geistert bei ihm herum, Schloß Elsinor und so, schließlich kann man's ja verstehen, aber er sieht aus wie nicht von dieser Welt, die Augen können einem angst machen, der Himmel weiß, wie *er* enden wird. Ich habe seinen Vater nie gesehen, aber ich tat so, als hätte ich gehört, was für ein feiner Kerl er gewesen sei, und trug noch ordentlich dick auf, und der Junge stand einfach mitten in einem Satz auf und sagte: ‚Danke schön, Sir. Ich glaube, wir stehlen einander nur die Zeit.'

Du bist ein halber Jordache, vielleicht mehr als halb, wenn je eine Frau überlegene Gene hatte, dann Gretchen Jordache – also sieh dich vor und verlaß dich nie auf ererbtes Glück, denn das hast du nicht, auf keiner Seite der Familie.

Ich werde dir etwas sagen – du machst deine verdammte Dienstzeit ab, und dann kommst du nach Chicago und arbeitest mit mir zusammen, und ich schwöre, daß ich niemals wieder einen Tropfen Alkohol anrühre, solange ich lebe. Ich weiß, du liebst mich – wir sind Erwachsene, wir können die Dinge beim rechten Namen nennen – und du bekommst eine Chance angeboten, die nur sehr wenige Söhne bekommen. Du kannst deinem Vater das Leben retten. Du brauchst jetzt nichts zu sagen, aber wenn ich wieder in Chicago eintreffe, erwarte ich einen Brief von dir vorzufinden, in dem du mir dein Ankunftsdatum mitteilst. Ich bin in etwa einer Woche wieder dort. Ich muß morgen nach Straßburg, muß dort einen Mann sprechen. Schwierige Verhandlungen für einen alten Kunden von mir. Eine chemische Gesellschaft. Ich muß ihm auf den Zahn fühlen, ob er eine Vergütung, ein Honorar – um es ganz deutlich zu sagen, eine Bestechungssumme nimmt, dafür, daß mein Kunde mit seiner Gesellschaft ins Geschäft kommt. Ich sage dir nicht erst, um welche Summen es da geht, aber du würdest Mund und Nase aufsperren, wenn ich's dir sagte. Und wenn's klappt, bekomme ich meinen Schnitt. Nicht die allerlieblichste Form, sein Leben zu fristen, aber die einzige Art, wie ich genug Geld aufnehmen konnte, um herzukommen und dich zu sehen. Du weißt ja, was ich dir über die Konsumgesellschaft gesagt habe.

Und jetzt ist es spät, und dein Mädchen wartet zweifellos auf dich, und ich bin hundemüde. Wenn du nur ein winziges bißchen für den Lebensrest deines Vaters übrig hast, dann wird der Brief in Chicago auf mich warten, wenn ich wiederkomme. Und das ist Erpressung, und bilde dir nicht ein, ich wüßte es nicht. Und noch ein Letztes: Das Essen zahle ich."

Er setzte seinen Vater in eine Taxe und schlenderte langsam durch die Straßen Brüssels, in denen die Laternenpfähle kleine Nebelaureolen um die Lampen trugen. Als er heimkam, setzte er sich an seinen Schreibtisch und starrte auf die Schreibmaschine.

Hoffnungslos, hoffnungslos, dachte er. Armer, hoffnungsloser, abgeschabter, phantasierender, geliebter Mann. Und ich hatte nicht einmal Gelegenheit, ihm zu sagen, daß ich ihm einen neuen Anzug kaufen möchte.

Als er schließlich zu Bett ging, war er allein.

Monika kam nicht in dieser Nacht.

Sie kam heim, bevor er morgens zur Arbeit ging, und brachte das Päckchen mit, das er bei einer Adresse in der Rue du Gros-Caillou im 7. Arrondissement in Paris abgeben sollte, wenn er mit seinem Oberst die französische Hauptstadt besuchte. Das Päckchen war verhältnismäßig harmlos – nur zehntausend französische Francs in alten Scheinen und eine automatische amerikanische Armee-Pistole, Kaliber .45, mit Schalldämpfer.

Die .45er und die dazugehörigen Patronenmagazine befanden sich in seiner Tennistasche, als er sich an der Avenue Bosquet, Ecke Rue St. Dominique um zehn Minuten nach drei nachmittags von der Taxe absetzen ließ. Er hatte sich die Karte von Paris angeschaut und festgestellt, daß die Rue du Gros-Caillou ein kurzes Sträßchen zwischen der Rue St. Dominique und der Rue de Grenelle, unweit der Ecole Militaire, war. Die zehntausend Francs steckten in einem Umschlag in der Brusttasche seines Jacketts.

Es war noch zu früh. Monika hatte ihm gesagt, er würde um drei Uhr dreißig erwartet. Unhörbar wiederholte er die Adresse, die sie ihn hatte auswendig lernen lassen. Er schlenderte herum, besah sich die Auslagen und schaute, wie er hoffte, wie ein müßiger amerikanischer Tourist aus, der noch ein paar Minuten zu vertrödeln hatte, ehe er sich mit seinen Tennispartnern traf. Er war noch etwa dreißig Meter von dem Torbogen entfernt, der in die Straße führte, als ein Streifenwagen mit heulender Sirene an ihm vorbeikam, der in der falschen Richtung die Rue St. Dominique hinauffuhr und so hielt, daß er die Rue du Gros-Caillou blockierte. Fünf Polizisten sprangen mit gezogenen Pistolen heraus und rannten in die Rue du Gros-Caillou hinein. Billy beschleunigte den Schritt und ging am Eingang zur Straße vorbei. Er schaute durch den Torbogen und sah, wie die Polizisten auf ein Haus zuliefen, vor dem schon drei andere Polizisten standen, die vom anderen Straßenende gekommen waren. Er hörte Rufe und sah, wie die ersten drei Polizisten durch die Haustür stürzten. Nach einem Augenblick waren Schüsse zu hören. Er drehte sich um und ging in Richtung Avenue Bosquet zurück, wobei er sich zu einer langsamen Gangart zwang. Es war ein kalter Tag, aber er bibberte und schwitzte zur gleichen Zeit.

An der Ecke war eine Bank, und er ging hinein. Er mußte unbedingt von der Straße verschwinden. Ein Mädchen saß an einem Schreibtisch beim Eingang, und er ging zu ihr und sagte, er wolle ein Bankfach mieten. Er brachte das französische Wort *coffre-fort* nur mit Schwierigkeiten heraus. Das Mädchen stand auf und führte ihn zu einem Schalter, wo ein Bankbeamter ihn um seinen Ausweis bat. Er wies seinen Paß vor, und der Beamte füllte einige Formulare aus. Als der Beamte ihn nach seiner Adresse fragte, überlegte er einen Augenblick und gab dann den Namen des Hotels an, in dem er mit Monika gewohnt hatte, als sie zusammen in Paris gewesen waren. Er war diesmal in einem anderen Hotel abgestiegen. Er unterschrieb zwei Karten. Seine Unterschrift kam ihm fremd vor. Er zahlte eine Jahresmiete im voraus. Dann führte ihn der Beamte in die Stahlkammer, öffnete eines der Schlösser mit Billys Schlüssel und das zweite Schloß mit seinem Hauptschlüssel, ging dann zu seinem Schreibtisch zurück und ließ Billy allein. Billy machte die Tennistasche auf und legte die automatische Pistole, die Ersatzmagazine und den Umschlag mit den zehntausend Francs in das Stahlfach. Er schloß die Tür des Fachs und rief den Aufsichtsbeamten. Der Beamte kam und drehte die beiden Schlüssel herum und gab Billy den seinen.

Billy verließ die Stahlkammer und ging nach oben. Niemand schien ihn zu beobachten, und er ging hinaus auf die Avenue. Er hörte keine Schüsse mehr, sah keine Polizei. Es hatte sich herausgestellt, daß sein Vater unnötig pessimistisch gewesen war, als er ihm riet, sich nicht auf vererbtes Glück zu verlassen. Er hatte soeben zehn Minuten Glück gehabt in einem Ausmaß, wie es weder in seinem noch sonst in irgendeinem Leben erreicht zu werden pflegt.

Er winkte einem vorüberfahrenden Taxi und gab dem Fahrer sein Hotel in einer Seitenstraße der Champs Elysées als Ziel an.

Im Hotel angelangt, fragte er, ob jemand eine Nachricht für ihn hinterlassen habe. Keine Nachricht. Er fuhr zu seinem Zimmer hinauf, nahm den Telephonhörer ab und gab dem Mädchen von der Vermittlung die Nummer seiner Wohnung in Brüssel. Nach einigen Minuten läutete das Telephon, und das Mädchen von der Vermittlung sagte, es käme keine Antwort.

Der Oberst hatte ihm den Nachmittag und Abend frei gegeben, und er blieb in seinem Zimmer und rief jede halbe Stunde seine Brüsseler Nummer an, bis Mitternacht, als die Vermittlung zumachte. Aber es kam nie eine Antwort auf der Nummer.

Er versuchte zu schlafen, doch jedesmal wenn er einnickte, wachte er gleich wieder mit einem Schreck und Schweißausbrüchen auf.

Morgens früh um sechs versuchte er die Brüsseler Nummer wieder, aber es antwortete wieder niemand.

Er ging hinunter und kaufte sich die Morgenblätter. „Le Figaro" und die „Herald Tribune". Bei einem Kaffee und Croissant in einem Café auf den Champs Elysées las er die letzten Meldungen. In keiner der beiden Zeitungen war irgend etwas besonders aufgemacht. Ein vermeintlicher Rauschgifthändler, der sich der Festnahme widersetzte, war im 7. Arrondissement durch Schüsse getötet worden. Die Polizei war noch mit der Feststellung seiner Identität befaßt.

Sie halten noch die Hand darauf, dachte Billy, während er die Meldungen durchlas. Sie wollen nicht verraten, was und wieviel sie wissen. Wieder im Hotel, versuchte er abermals die Wohnung in Brüssel zu erreichen. Keine Antwort.

Am übernächsten Tag war er wieder in Brüssel. Die Wohnung war leer und alles, was Monika gehört hatte, fort. Nirgends eine Nachricht.

Als der Oberst ihn einige Wochen danach fragte, ob er in der Armee bleiben wolle, sagte er: „Nein, Sir. Ich habe mich dagegen entschieden."

5

Wesley konnte kaum etwas sehen, als er aus der blendend hellen Strandsonne hinter seinem Onkel in die schummrige Vorhalle des Hauses trat. Eine Frau saß an einem für zwei Personen gedeckten Tisch vor einem großen Fenster, das auf Dünen und Meer hinausging. Ihr Gesicht verschwamm noch vor dem Hintergrund des gleißenden Fensters, und einen Augenblick glaubte er, sie sei die geschiedene Frau seines Onkels, und bedauerte, daß er gekommen war. Er hatte sie seit seines Vaters Tod nicht mehr gesehen und seitdem ein gut Teil seiner Zeit mit Versuchen verbracht, sie zu vergessen. Aber dann gewöhnten sich seine Augen an das Licht, und er erkannte, daß es nicht Jean Jordache war, sondern eine hochgewachsene Frau mit rötlichbraunem Haar. Rudolph machte sie miteinander bekannt.

Die Frau lächelte ihm freundlich zu und stand auf und ging in die Küche und kam mit einem Tablett mit einem Glas und Tellern und Besteck darauf zurück und legte für ihn auf. Der Geruch, der von dem großen irdenen Topf auf dem Tisch kam und sich mit dem warmen Aroma frisch gebackenen Zwiebacks vermischte, bereitete ihm Tantalusqualen. Er war seit sieben Uhr morgens per Autostop unterwegs und war die zwei, drei Kilometer von der Hauptchaussee zum Strand zu Fuß gegangen und hatte kein Mittagmahl gegessen. Er mußte schlucken, um nicht zu zeigen, daß ihm das Wasser im Munde zusammenlief.

Die Frau war im Badeanzug und dunkelbraun gebrannt und erinnerte ihn nicht an Mrs. Wertham. Die Muschelmayonnaise war delikat, und er bemühte sich, nicht zu schnell zu essen. Alice beköstigte ihn zufriedenstellend, aber sie war im „Time"-Büro so angebunden, daß ihre Mahlzeiten aus hastig auf dem Heimweg zusammengekauften Belanglosigkeiten bestanden. Die angenehme Erinnerung an die Festessen, die Kate auf der „Chlothilde" aufzutischen pflegte, war von Fluten von Thunfischsalat und kalten Roastbeefbroten fortgeschwemmt. Er war Alice gewiß dankbar für ihre Gastfreundschaft und wußte, daß sie im Büro ebenso hart arbeitete wie daheim, wo sie bis in die tiefen Nachtstunden an ihrer Schreibmaschine saß, aber ihre eigentlichen Interessen lagen nicht in der Küche, und er konnte ihr nur mit ihrer Schriftstellerei vollen Erfolg wünschen, denn als Köchin hätte sie nicht viel Ehre eingelegt.

„Ich scheine gerade zur rechten Zeit gekommen zu sein", sagte Wesley schmunzelnd und machte der zweiten Schüssel den Garaus.

Sein Onkel stellte während des Essens keine schwerwiegenden Fragen, nur, wie er nach Bridgehampton gelangt sei und wie er das Haus gefunden hätte. Wesley gab von sich aus auch keine Neuigkeiten zum besten. Er würde Fragen beantworten, wenn sie unter sich waren.

„Wir hatten eigentlich nicht an einen Nachtisch gedacht", sagte Mrs. Morison, „aber ich glaube, daß wir für ein junges Familienmitglied noch etwas aus dem Kühlschrank hervorzaubern können. Ich habe selbst einen Sohn und verstehe etwas von jugendlichem Appetit. Ich glaube, von gestern abend ist noch etwas Blaubeertorte übrig, und ich weiß, daß noch Eis im Tiefkühlfach ist."

Wesley fand, daß er die Frau mochte, und überlegte, ob sein Onkel anders geworden wäre, hätte er sie schon vor langer Zeit und vor der anderen kennengelernt und geheiratet.

Nach dem Mittagessen sagte die Frau, sie müsse gehen, und zog ein Strandkleid an. Rudolph begleitete sie hinaus zu ihrem Auto, Wesley blieb allein im Haus zurück.

„Mein Gott, ist er ein hübscher Bursche", sagte Helen, während sie ins Auto stieg.

„Gretchen sagt, er sähe aus wie ein junger Fürst auf einem florentinischen Gemälde", sagte Rudolph. „Sie will ihn für eine Rolle in ihrem Film ausprobieren."

„Was sagt er dazu?"

„Ich habe ihn noch nicht gefragt", sagte Rudolph. „Das wäre alles, was wir noch in unserer Familie brauchten – einen Filmschauspieler."

„Leider kam er im falschen Augenblick", sagte Helen.

„Du hast recht. Das Mittagessen war trieberregend, wie versprochen."

Helen lachte. „Morgen ist auch ein Tag", sagte sie.

„Was spricht gegen heute abend?"

„Besetzt“, sagte sie. „Ich muß die Republikanische Partei ein bißchen unterminieren. Außerdem nehme ich an, der Junge will ein langes Gespräch mit seinem Onkel. Er ist nicht von New York hierhergekommen, nur um Mittag zu essen.“ Sie lehnte sich hinaus und küßte ihn und ließ den Wagen an. Nachdenklich sah er sie davonfahren. Eine Frau mit einem Lebenszweck. Er fragte sich, ob er je wieder einen Lebenszweck haben würde, seufzte und ging wieder ins Haus.

Wesley stand vor dem großen Fenster und starrte aufs Meer. „Wenn ich mich je häuslich niederlasse“, sagte Wesley, „müßte es an einem Ort wie diesem sein – mit einem ganzen Ozean vor mir.“

„Ich hatte Glück, daß ich dieses Haus fand“, sagte Rudolph.

„Jaja“, sagte Wesley. „Glück. Junge, das war ein Essen. Sie ist nett, nicht?“

„Sehr nett“, sagte Rudolph. Die nähere Beschreibung seines Verhältnisses zu Helen Morison und eine Bewertung ihrer Qualitäten konnten noch etwas warten. „Würdest du gern schwimmen gehen? Die Leute lassen immer ihre Badehosen hier liegen. Ich würde wohl schon eine passende für dich finden.“ Es war ihm ganz klar, daß er lediglich ein Gespräch über das Problem hinausschieben wollte, das Wesley auf ihn gezückt hatte, was dies Problem auch immer sein mochte. „Das Wasser ist schon ganz schön kalt, dafür hast du den ganzen Ozean für dich allein.“

„Wunderbar“, sagte Wesley.

Sie gingen auf die Veranda hinaus und die darunter befindliche Treppe hinunter zur Brausekabine, wo vier, fünf Badehosen hingen. Rudolph ließ Wesley sich allein ausziehen und ging zum Strand vor.

Als Wesley in einer Badehose und mit einem Handtuch um den Hals herauskam, ging Rudolph mit ihm bis ans Wasser. Wesley warf das Handtuch in den Sand und zögerte einen Augenblick, ehe er hineinging. Er hatte abfallende, kräftige Schultern, den flachen Bauch eines Athleten und langmuskelige Beine. Sein Gesicht, dachte Rudolph, war eine verfeinerte Version des Gesichts seines Vaters, aber der Körper, obgleich ein wenig länger, war seines Vaters Körper. Vielleicht, dachte Rudolph, als der Junge plötzlich durch das schäumende Wasser auf die Brecher zustürmte, vielleicht hat Gretchen recht mit ihm. Er schaute dem Jungen zu, wie er sich in eine Welle warf, dann leicht durch die Wellen und in die Dünung schwamm. Enid hatte noch Angst vor dem Meer und paddelte nur vorsichtig nahe am Strand herum. Er hatte keinen Versuch gemacht, sie zu mehr Wagemut zu zwingen. Er wollte nicht einer jener Väter sein, die aus Enttäuschung, keinen Sohn zu haben, aus ihrer Tochter einen machen wollten. Er hatte einige dieser übermuskulösen Damen kennengelernt und wußte, daß sie ihre Väter, was sie auch immer über sie sagen mochten, im Herzen verfluchten.

Wesley schwamm immer weiter hinaus, bis sein Kopf nur noch ein winziger Punkt in der glitzernden blauen Ferne war. Rudolph fing an, sich Sorgen zu machen. War der Junge vielleicht nur aus dem einen Grund herausgekommen, sich in seiner Gegenwart zu ertränken? Das alte Unruhegefühl mit seinem Neffen, die Zwangsvorstellung, daß der Junge jeden Augenblick etwas Unvorhergesehenes, Gefährliches oder zumindest Peinliches sagen oder tun würde, hatte wieder Besitz von ihm genommen. Könnte er doch nur einmal länger als immer nur ein paar Stunden mit dem Jungen zusammen sein, dann würde er vielleicht das Gefühl überwinden lernen, daß der Junge ständig zu Gericht über ihn saß, ihn nach irgendeinem privaten, unmöglichen Wertmesser beurteilte. Er mußte sich zurückhalten, dem Jungen nicht zu winken und zuzurufen, er solle zurückkommen. Er wandte sich abrupt um und ging zurück ins Haus.

Einen halben Kilometer draußen im Meer ließ sich Wesley auf dem Rücken treiben, genoß das sinnliche Gefühl, sich mit der Dünung sanft zu heben und zu senken. In den unbewölkten, blauen Himmel schauend, träumte er davon, daß Alice da war, daß sie beide sich küssend unter die Oberfläche sanken, ihre Körper gewichtlos, im rollenden Wasser zusammengeschnürt, daß sie wieder hochkamen, einander in die Gesichter schauten, die naß von prickelnden Ozeantropfen waren, und daß ihre Liebe zu Lande und zu Wasser verkündet war. In Wirklichkeit hatten sie einander seit jenem Kuß, als er sie zum Weinen gebracht hatte, nie wieder berührt, und eine neue Gespanntheit, ein scheues beiderseitiges Zurückweichen hatte ihr Verhältnis zueinander verändert – und nicht zum Besten.

Aber jetzt, im Steigen und Fallen der sanften See, dachte er mit einem Verlangen an Alice, das er weder ihr noch irgend jemandem einzugestehen gewagt hätte.

Sein Vater hatte ihm erzählt, er hätte als junger Mann einmal ein Mädchen geliebt, während sie zusammen im Bad waren, und das sei ganz toll gewesen. Wenn es schon toll in einer Badewanne war, wie toll müßte es erst im Atlantischen Ozean sein.

Wenn sein Vater jetzt am Strand gewesen wäre, hätte er sich nicht getraut, so weit hinauszuschwimmen, denn sein Vater hätte ihm gewaltig die Leviten gelesen, daß er so angäbe und ganz allein ein solches Risiko einginge, und wenn er ein noch so guter Schwimmer sei. „Riskiere etwas", hatte sein Vater gesagt, „wenn es sich lohnt. Tue nie etwas, nur um dich zu zeigen oder dir selbst zu beweisen, was für ein Teufelskerl du bist."

Ihm wurde langsam kalt, und er begann, wieder der Küste zuzuschwimmen. Die Ebbe hatte eingesetzt, und er mußte mit aller Kraft schwimmen, um bis dort hinzukommen, wo sich die Wellen brachen. Er ließ sich von einer Welle hereinschwemmen und stolperte im schäumenden Rücksog. Er zog sich am glatten Sand auf die Beine und torkelte zum Strand hinauf. Dort blieb er stehen und trocknete sich mit dem Handtuch Gesicht und Rumpf ab und blickte auf den Ozean hinaus, der sich im fernen Horizont verlief, ohne daß ein Schiff darauf zu sehen war. Ganz gleich, was ich einmal tun werde, dachte er, ich ende schließlich doch auf See.

Nach einer Dusche in der Kabine ging er, abgetrocknet und angekleidet, das Jackett über der Schulter, zur Veranda hinauf und ins Haus. Sein Onkel telephonierte im Wohnzimmer. „... wenn er nicht inzwischen bis Portugal geschwommen ist", hörte er den Onkel sagen. Der Onkel lächelte ihm zu. „Warte einen Moment", sagte Rudolph ins Telephon. „Er ist gerade hereingekommen. Sieht leicht mit Wasser vollgelaufen aus." Er reichte Wesley den Hörer. „Deine Tante Gretchen", sagte er. „Sie möchte dir guten Tag sagen."

Wesley nahm den Hörer. „Wie geht es?" sagte er.

„Viel zu tun", sagte Gretchen. „Ich bin froh, daß du endlich aufgetaucht bist. Seit Monaten versuche ich dich zu erreichen. Wo bist du gewesen?"

„Mal hier, mal da", sagte Wesley.

„Hör zu, Wesley", sagte Gretchen. „Rudolph kommt morgen früh in die Stadt und trifft sich mit mir ... Kannst du mitkommen? Ich muß dich sehen. Er wird dir erklären, warum."

„Tja ...", sagte Wesley. „Er hat mich ja gar nicht eingeladen, die Nacht über zu bleiben."

„Betrachte dich als eingeladen", sagte Rudolph.

„O. k.“, sagte Wesley. „Ich werd's versuchen.“

„Versuche es nicht erst“, sagte Gretchen, „tue es. Du wirst es nicht bereuen.“

„Willst du noch einmal mit Rudolph sprechen?“

„Keine Zeit“, sagte Gretchen. „Auf Wiedersehen, mein Schatz.“

Wesley legte auf. „Bist du sicher, ich verderbe dir nicht den Abend?“ fragte er Rudolph.

„Ganz im Gegenteil“, sagte Rudolph. „Ich freue mich darauf.“

„Sie sagte, du würdest mir etwas erklären“, sagte Wesley. „Ist irgend etwas nicht in Ordnung?“

„Nein, nein. Setz dich hin. Machen wir's uns gemütlich.“

Sie setzten sich einander gegenüber an den Tisch am Fenster. In dem kräftigen Licht waren die Veränderungen in Rudolphs Gesicht stark bemerkbar. Die gebrochene Nase und die Narbe über dem einen Auge ließen ihn weniger frostig und distanziert erscheinen. Wie Wesley es empfand, sah das Gesicht des Onkels jetzt mehr gebraucht, mehr menschlich aus. Zum erstenmal, dachte er, sah sein Onkel jetzt unverkennbar wie sein Vater aus. Bisher hatte er nie die Ähnlichkeit zwischen den Brüdern gesehen. „Die müssen dir ganz schön zugesetzt haben“, sagte er, „die beiden Kerle.“

„Ist es nicht zu schlimm, was meinst du?“

„Nein“, sagte Wesley. „Mir gefällt es irgendwie. Vielleicht bin ich an zerschlagene Nasenbeine gewöhnt. Es ist mehr wie zu Hause.“ Die Anspielung auf seinen Vater war deutlich und kam natürlich, und sie lachten beide.

„Gretchen wollte durchaus, ich sollte sie operieren lassen“, sagte Rudolph, „aber ich habe ihr gesagt, ich fände, daß es mir Charakter gibt. Ich freue mich, daß du das auch so empfindest.“

„Was ist nun mit dem Erklären ...? Am Telephon ...?“

„Ach, ich hatte dir doch geschrieben, daß sie sich an einem Film versucht.“

„Ja.“

„Sie hat jetzt alles soweit. In einem Monat oder so fängt sie an zu drehen. Aus irgendeinem Grund“, sagte Rudolph obenhin, „ist sie der Ansicht, du seist ein schöner junger Mann ...“

„Ach hör doch auf“, sagte Wesley geniert.

„Über Geschmäcker läßt sich nun mal nicht streiten“, sagte Rudolph. „Jedenfalls meint sie, du wärest vielleicht genau das, was sie für eine bestimmte Rolle braucht, und sie würde gern ein paar Probeaufnahmen mit dir machen."

„Mit mir?" sagte Wesley ungläubig. „Im Film?"

„Ich kann das nicht beurteilen", sagte Rudolph, „aber Gretchen versteht ungeheuer viel vom Film. Wenn sie der Meinung ist . . ."

Wesley schüttelte den Kopf. „Ich möchte Gretchen gern wiedersehen", sagte er, „aber so etwas mache ich nicht. Ich habe noch eine Menge Dinge vor, die ich machen will, und ich möchte meine Zeit nicht vergeuden. Ich will auch nicht von Leuten auf der Straße angehalten werden, die mir sagen: Ich erkenne Ihr Gesicht, Mr. Jordache."

„Ich teile deine Gefühle voll und ganz", sagte Rudolph, „aber ich würde es für höflicher halten, wenn du erst Gretchen anhörst, ehe du nein sagst. Im übrigen würden sie nicht ‚Mr. Jordache' sagen. Im Film ändern sie alle Namen, schon gar den Namen Jordache. Sie werden dir sagen, niemand wüßte richtig, wie man ihn ausspricht."

„Vielleicht gar keine so schlechte Idee", sagte Wesley. „Ich meine, meinen Namen zu ändern. Und nicht nur für den Film."

Rudolph blickte sinnend auf seinen Neffen. Merkwürdig, daß der Junge das gesagt hatte. Halb verstand er es, aber es beunruhigte ihn auch, er wußte nicht recht, warum. Zeit, das Thema zu wechseln, dachte er. „Erzähl einmal", sagte er, „was du getrieben hast."

„Ich bin von zu Hause weg", sagte Wesley.

„Das sagtest du mir schon am Telephon."

„Auf Ersuchen", sagte Wesley. „Das hatte ich dir noch nicht gesagt."

„Nein."

„Meine Mutter", sagte Wesley. „Wir vertrugen uns nicht, so kann man es wohl ausdrücken. Ich mache ihr keinen Vorwurf. Wir gehören nicht in ein und dasselbe Haus. Vielleicht nicht einmal in ein und dieselbe Welt . . . Hat sie dich meinetwegen behelligt – wegen des Haftbefehls und so?"

„Das ist alles erledigt", sagte Rudolph.

„Ich nehme an, durch dich." Es klang fast anklagend.

„Reden wir nicht davon", sagte Rudolph wegwerfend. „Im übrigen, wo hast du wirklich die ganze Zeit gesteckt?"

„Vielerorts", sagte Wesley ausweichend. „Ein paarmal in New York und wieder 'raus."

„Du hast mir nichts davon gesagt." Rudolph wollte nicht gekränkt klingen.
„Du hast genug eigene Scherereien."
„Vielleicht hätte ich helfen können."
Wesley lächelte. „Vielleicht habe ich mir deine Hilfe aufgespart, bis ich sie wirklich einmal brauche." Dann wurde er ernst. „Ich habe Glück gehabt. Ich habe einen Freund gefunden. Einen guten Freund."
„Du siehst gut aus", sagte Rudolph. „Fast wohlhabend. Ein hübscher Anzug, den du da trägst ..." Es kam ihm plötzlich in den Sinn, daß Wesley womöglich auf jemanden hereingefallen sein könnte, der ihn für irgendeine krumme Sache mißbrauchte – mittellose junge Mädchen an Fernbus-Endstationen auflesen und sie an Zuhälter verkuppeln, oder den Kurier für Drogenhändler machen. Seit dem Überfall hatte New York eine neue, finstere Aura für ihn, ein Jagdgebiet, in dem jeder Opfer und niemand sicher war. Und ein junger, unerfahrener Bub, der ohne einen Cent in New York herumlief ... „Ich hoffe, du tust nichts Ungesetzliches."
Wesley lachte. „Nein", sagte er. „Jedenfalls einstweilen. Es ist jemand von ‚Time'. Eine Dame. Sie war mir behilflich, als ich nach New York fuhr, um mir das Pressematerial über meinen Vater anzuschauen. Ich dachte mir, vielleicht könnte sie mir noch andere Leute finden helfen, die meinen Vater gekannt haben. Adressen und so weiter. Sie scheinen dort alles über jeden zu wissen. Vielleicht tat ich ihr leid. Jedenfalls war meine Ahnung richtig. Sie hat mich tatsächlich auf eine ganze Anzahl Spuren gebracht."
„Hat sie dir den Anzug gekauft?"
„Sie hat mir das Geld geborgt", sagte Wesley vorsichtig. „Und sie hat den Anzug ausgesucht – und noch ein paar Sachen."
„Wie alt ist sie?" Rudolph sah eine alte Jungfer vor sich, die sich auf die Jugend aus der Provinz stürzte. Der Gedanke war ihm unsympathisch.
„Ein paar Jahre älter als ich."
Rudolph lächelte. „Nun ja, was unter dreißig ist, geht in Ordnung."
„Sie hat noch lange hin bis dreißig."
„Hast du etwas mit ihr?" fragte Rudolph. „Sei mir nicht böse, wenn ich so direkt frage."

Wesley schien die Frage nicht zu verletzen. „Nein", sagte er. „Ich schlafe auf ihrer Couch. Sie nennt mich Vetter."

„Ich würde die junge Dame gern kennenlernen."

„Sie wird dir gefallen. Sie ist furchtbar nett", sagte Wesley. „Sie hat wirklich für mich herumgesucht."

„Mit wem hast du denn gesprochen?" fragte Rudolph neugierig.

„Vier, fünf Leute, da und dort", sagte Wesley. „Manche gut, manche schlecht. Ich möchte es einstweilen noch für mich behalten, was sie sagten, wenn du nichts dagegen hast, ich muß noch mehr darüber nachdenken – sehen, was es alles für einen Sinn ergibt."

„Glaubst du, deinen Vater denn nun besser zu kennen?"

„Nicht eigentlich", sagte Wesley ehrlich. „In großen Zügen wußte ich ja, daß er sich in seiner Jugend allerhand geleistet hat. Ich habe jetzt nur herausbekommen, was er sich im einzelnen geleistet hat. Vielleicht bewundere ich ihn dafür, daß er nach einem solchen Anfang dann doch noch so geworden ist – ich weiß es nicht. Was ich weiß, ist, daß ich ihn jetzt besser in Erinnerung habe. Ich befürchtete, ich würde ihn langsam vergessen, und das wollte ich nicht. So aber", sagte er mit großem Ernst, „ist er jetzt immer bei mir. In meinem Kopf drin, sozusagen, fast als wäre er da und spräche zu mir, wenn du verstehst, wie ich das meine."

„Ich glaube, das verstehe ich", sagte Rudolph. „Und nun – wozu bist du gekommen?" Mit einem kleinen Lachen. „Abgesehen vom Mittagessen."

Wesley zögerte. „Ich will dich um einen Gefallen bitten", sagte er, die Augen auf den Tisch gesenkt. „Eigentlich sind es zwei."

„Und zwar?"

„Ich möchte wieder nach Europa. Ich möchte Kate und ihr Kind sehen. Und Bunny. Und Billy Abbott. Ich würde gern wissen, wie sich der andere Sohn der Familie gehalten hat. Und noch ein paar Leute in und um Antibes. Irgendwie bin ich in Amerika nicht daheim. Ich habe nicht einen guten Tag gehabt, seit ich zurück bin." Seine Stimme war zu bewegt, als daß es wie eine Klage hätte klingen können. „Vielleicht geht das alles wieder vorüber – bis jetzt noch nicht. Du sagtest mir einmal, der Anwalt in Antibes hätte gemeint, er könne nach einem Jahr oder so vielleicht erreichen, daß ich wieder nach Frankreich hinein kann. Ich wollte wissen, ob du ihm eventuell schreiben könntest und – nun ja, sehen, was er tun kann."

Rudolph stand auf und ging langsam zum Kamin. „Ich werde wieder sehr direkt sein, Wesley", sagte er. „Hast du mir den wahren Grund gesagt, warum du nach Europa willst, oder . . ." Er schwieg.

„Oder was?" sagte Wesley.

„Oder hast du vor, den Mann aufzusuchen, mit dem dein Vater die Schlägerei hatte?"

Wesley antwortete nicht gleich. Dann sagte er. „Der Gedanke mag mir durch den Kopf gegangen sein."

„Das wäre töricht, Wesley", sagte Rudolph. „Sehr töricht. Und sehr gefährlich."

„Ich verspreche, mich in acht zu nehmen", sagte Wesley.

„Ich hoffe, ich werde keine Gelegenheit haben, dich an dein Versprechen zu erinnern", sagte Rudolph. „Und was ist mit dem anderen Gefallen?"

„Das ist schon schwieriger", sagte Wesley. Er starrte auf das Meer hinaus. „Es handelt sich um Geld. Es ist noch ein Jahr, bis ich achtzehn werde und meinen Erbschaftsanteil ausbezahlt bekomme. Ich dachte, wenn es dir nicht allzuviel ausmacht, ob du mir wohl, sagen wir, tausend Dollar vorschießen könntest, und ich zahle sie dir an meinem achtzehnten Geburtstag zurück . . ."

„Es ist nicht das Geld", sagte Rudolph, obgleich er gleichzeitig daran denken mußte, daß bei so gut wie jeder Entscheidung, die er je getroffen hatte, Geld eine Rolle gespielt hatte – als er Wesleys Mutter ausbezahlte, um die Scheidung zu bekommen; als er Gretchen half, ihre neue Laufbahn zu beginnen; bei seiner eigenen Versöhnung mit Wesleys Vater; bei seiner Übersiedlung in dieses Haus, letzten Endes, weil er nur ein paar Dollar und Kleingeld in der Tasche gehabt hatte, als die beiden Männer ihm im Vestibül seines New Yorker Hauses aufgelauert hatten. Selbst als er Wesley aus dem Gefängnis freibekam, weil der listige alte Anwalt in Antibes sein gesalzenes Honorar auf das Schweizer Nummernkonto bezahlt bekommen konnte. „Nein, es ist nicht das Geld", wiederholte er. „Es ist deine Zukunft, an die ich denke."

„Ich denke auch an meine Zukunft", sagte Wesley bitter. „Ich will an meinem achtzehnten Geburtstag, wenn ich mich zur Armee melden muß, in Frankreich sein. Ich möchte nicht, daß meine Zukunft in einem Heldengrab in Vietnam besteht."

„Auch das ließe sich bewerkstelligen, ohne daß du Amerika verläßt“, sagte Rudolph. Er ging zu dem Jungen hinüber und blickte Seite an Seite mit ihm auf das Meer. „Ich habe dir ja über die Handelsmarine-Akademie geschrieben ...“

„Ich erinnere mich“, sagte Wesley. „Klang gut.“

„Wie bist du in Mathematik? Das ist wichtig, um angenommen zu werden.“

„Recht gut“, sagte Wesley. „Es fällt mir leicht.“

„Wunderbar“, sagte Rudolph. „Aber du mußt eine höhere Schule absolviert haben. Und von einem Kongreßmitglied empfohlen werden. Das kann ich sicher deichseln. Und ...“ Er hatte plötzlich einen Einfall. „Du könntest kommen und bei mir leben – es lebt sich doch nicht schlecht hier, wie?“

„Nein. Es ist herrlich.“

„Offen gestanden, mich würde es sehr freuen. Vielleicht kannst du dann sagen, du hättest schließlich doch noch ein paar gute Tage in Amerika gehabt. Die höhere Schule könntest du hier abschließen. Immer vorausgesetzt, daß deine Tante keinen Filmstar aus dir macht ...“

„Da mach dir keine Sorgen.“

„Wenn du mit der Akademie fertig bist, ist der Krieg bestimmt vorbei. Er muß ja irgendwann einmal zu Ende gehen.“

„Wer sagt das?“ sagte Wesley.

„Die Geschichte“, sagte Rudolph.

„*Das* Buch habe ich noch nicht gelesen“, sagte Wesley spöttisch.

„Ich besorge es dir. Du brauchst dich nicht jetzt gleich zu entscheiden. Ich schreibe inzwischen an den Anwalt. Ist das ein faires Angebot?“

„Ein faires Angebot“, sagte Wesley.

6

Beim Kofferpacken fiel Billys Blick wieder auf das Schriftstück. „Ehrenhafte Entlassung", las er. Er lächelte diebisch, als er das Dokument in einen steifen Umschlag steckte. Man sollte nicht immer alles glauben, was gedruckt war.

Das nächste Papier, das er in das Kuvert steckte, war ein Brief von seinem Vater. Sein Vater war glücklich, daß er den klugen Entschluß betreffs der Armee gefaßt, und unglücklich, weil er sich entschieden hatte, nicht nach Chicago zu kommen, obgleich er die Lockungen Europas für einen jungen Mann verstehen konnte. Chicago konnte noch ein paar Jahre warten. Auch über seine Mutter gab es etwas Neues. Sie führte in einem Film Regie. Sein Vater war der Ansicht, Billy solle ihr schreiben und gratulieren. Und noch etwas hatte sein Vater hinzugefügt: Eine der führenden Rollen in dem Film würde von keinem anderen gespielt als von Billys Vetter Wesley. Ein mürrischer Junge, dieser Wesley, jedenfalls nach William Abbotts Ansicht. Die Jordaches sorgen für die Jordaches, schrieb sein Vater. Schade, daß er, Billy, mit seiner Mutter nicht besser stünde.

Als nächstes tat Billy ein Lexikon Englisch-Spanisch – Spanisch-Englisch in seinen Koffer. Ein belgischer Geschäftsmann, mit dem er Tennis gespielt hatte und der an einem Ort namens El Faro, bei Marbella in Spanien, einen Komplex von Bungalows und Mehrfamilienhäusern mit sechs Tennisplätzen baute, hatte ihm einen Jahresvertrag als Tennistrainer angeboten. Nach Brüssel erschien ihm Spanien attraktiv, und es war keine Konkurrenz zu Chicago, und letzten Endes war Tennisspielen das einzige, was er gut konnte, und zudem saubere, gut bezahlte Arbeit in der frischen Luft, also hatte er zugesagt. Er konnte Sonne gut vertragen. Nimm dich vor den Señoritas in acht, hatte sein Vater gewarnt.

Das letzte Stück Papier war ohne Datum und mit „Heidi" unterschrieben. Es hatte in einem ungestempelten Kuvert gesteckt, das er am Abend zuvor in seinem Postkasten gefunden hatte. „Mußte plötzlich wegen Tod eines Freundes verreisen. Höre, daß Du nicht in der Armee bleibst. Hinterlasse neue Adresse, obgleich ich Dich auch so finde. Wir haben noch etwas zu erledigen."

Er lächelte nicht, als er den Brief las, zerriß ihn in kleine Fetzen und spülte sie in der Toilette hinunter. Er hinterließ keine neue Adresse.

Er fuhr mit der Bahn nach Paris. Seinen Wagen hatte er verkauft. Monika kannte ihn zu genau, Marke, Fabrikationsjahr, Nummernschild. Wer konnte wissen, wie viele Leute die Beschreibung schon hatten und auf den Straßen Europas danach Ausschau hielten?

In Frankreich konnte er sich einen neuen Wagen kaufen. Er konnte es sich leisten. Im Bankstahlfach an der Ecke der Avenue Bosquet, im 7. Arrondissement von Paris, wartete seiner eine bescheidene, aber auskömmliche Erbschaft.

„Kamera aus!" sagte Gretchen, die Dreharbeiten des Tages waren vorüber, und das Unterhaltungsgemurmel der Schauspieler und des Aufnahmepersonals setzte ein. Die Szene war vor einem verfallenen Haus gedreht worden, das jetzt eine falsche Fassade und eine nachgemachte Rasenfläche bis zur Straße hatte. In der Szene hatten Wesley und das Mädchen, das seine Schwester spielte, eine heftige Auseinandersetzung über Wesleys Lebensführung gehabt. Die Arbeit an der Szene hatte den ganzen Tag in Anspruch genommen. Rudolph, der für einen Tag gekommen war, war bei den Aufnahmen dabei, und obgleich er Wesley nur zugewinkt hatte, hatte seine Anwesenheit Wesley ein wenig befangener gemacht als sonst. Da er jedoch die Rolle eines schweigsamen, in sich gekehrten Jungen spielte und die Hauptlast der Darstellung bei dem Mädchen lag, hatte es nicht allzuviel ausgemacht.

Nach den ersten paar Tagen, an denen Wesley steif war und seine Scheu verbergen wollte, vor so vielen Leuten Theater zu spielen, hatte er begriffen, was von ihm verlangt wurde – seine Tante Gretchen hatte ihn beiseite genommen und ihm gesagt, er solle nicht versuchen zu schauspielern – und die Sache begann ihm Spaß zu machen. Gretchen hatte ihm gesagt, er mache seine Sache gut, wenn auch ganz privat und ohne Zeugen. Aber er hatte die Erfahrung gemacht, daß sie, wenn es darauf ankam, kein Blatt vor den Mund nahm.

Ihm gefiel die Atmosphäre der Gesellschaft. Die meisten waren jung und freundlich, spaßten die ganze Zeit und halfen, wo sie konnten. Er hatte niemals viele Freunde gehabt, die ungefähr in seinem Alter standen, und es war direkt erfrischend, sich einmal nicht um sein Benehmen kümmern zu müssen, nur weil man unter Leuten war, die bedeutend älter waren als man selbst.

Gretchen hatte ihm erlaubt, sich Wesley Jordan zu nennen. Schließlich hatte sein Vater den Namen Jordan schon vor ihm beruflich getragen, er hatte also einen gewissen Anspruch darauf. Ursprünglich hatte er sich vor allem deshalb überreden lassen, das Filmangebot anzunehmen, weil er für einen Monat Arbeit dreitausend Dollar bekam, was bedeutete, daß er Alice seine Schulden zurückzahlen konnte und nicht mehr auf die Hilfe seines Onkels angewiesen war, um nach Europa zu reisen. Jetzt aber war er fast besessen darauf, jeden Morgen bei den Aufnahmen dabeizusein, auch wenn er selbst gar keine Szenen hatte. Der ganze Betrieb faszinierte ihn, das Fachkönnen der Kamera-, Ton- und Beleuchtungsleute, die Hingabe der Akteure, die ruhige, aber bestimmte Art, wie seine Tante alles im Griff hatte. Ihre Menschenbehandlung erinnerte ihn an die seines Vaters. Frances Miller zufolge, dem Mädchen, das seine Schwester spielte und noch nicht viel mehr als zweiundzwanzig, aber schon seit ihrem vierzehnten Lebensjahr im Filmgeschäft war, ging es lange nicht überall bei den Dreharbeiten so zu wie hier. Meist herrschten Hysterie und Launenhaftigkeit vor, und sie hatte Wesley gesagt, daß sie Gretchen als Regisseurin jederzeit den meisten Männern vorziehe, mit denen sie gearbeitet hätte.

Frances war auf eine eigenartige, wilde Art und Weise schön, sie hatte Sommersprossen, die Augen saßen groß und tief in ihrem gut gemeißelten, launisch-jungen Gesicht, ihr Körper war zierlich mit köstlichen Rundungen, ihre Haut eine Einladung zu den wildesten Träumen. Sie sagte, was sie meinte, manchmal auf recht vulgäre Art. Und manchmal trank sie auch ganz gern. Noch lieber aber ging sie mit ihm ins Bett. Damit hatte sie schon gleich in Port Philip angefangen, als sie in sein Hotelzimmer kam, um die Texte für den nächsten Drehtag mit ihm durchzugehen, und die Nacht bei ihm geblieben war. Wesley war hingerissen von ihrer Schönheit wie von dem Gedanken, daß sie ihn gewählt hatte. Er hätte nie gewagt, von sich aus damit anzufangen. Es war ihm noch nicht bewußt geworden, daß er ein außerordentlich gutaussehender junger Mann war. Wenn unbekannte Frauen ihn anstarrten, hatte er das unbehagliche Gefühl, daß er sich irgendwie falsch aufführe oder ihnen seine Kleidung unangenehm auffiele. Eine Zeitlang hatte er Schuldgefühle gehabt, weil er meinte, Alice Larkin zu lieben. Aber Alice Larkin nannte ihn noch immer Vetter, und er schlief noch immer auf ihrer Couch im Wohnzimmer, wenn er in New York war. Außerdem war Frances im Bett so ausgelassen und hingegeben, daß es schwerfiel, in ihrer Gegenwart Schuldgefühle irgendwelcher Art zu haben.

Frances war mit einem jungen Schauspieler verheiratet, der in Kalifornien war, wo sie gewöhnlich lebte. Wesley versuchte, nicht an ihn zu denken. Soweit Wesley im Bilde war, hatte niemand in der Gesellschaft die leiseste Ahnung, was zwischen ihm und der Trägerin der Hauptrolle vorging. In der Öffentlichkeit behandelte sie ihn, als sei er in Wahrheit das, was er im Film darstellte – ein kleiner Bruder.

Seine Tante Gretchen war natürlich dahintergekommen. Es war ihm bereits aufgefallen, daß sie hinter alles kam. Sie hatte eines Abends mit ihm allein gegessen und ihm vorausgesagt, daß Frances nach den Aufnahmen nach Kalifornien zurückkehren, anschließend den nächsten Film machen und dabei ziemlich sicher mit einem anderen jungen Mann von der betreffenden Produktion schlafen würde, denn dafür sei sie bekannt, und er solle die ganze Sache nicht zu ernst nehmen. „Ich möchte, daß dies alles ein wunderschönes Erlebnis für dich wird", hatte Gretchen gesagt. „Und ich möchte nicht, daß du mir eines Tages vorwirfst, dich in etwas hineingezogen zu haben, womit du nicht fertigwirst."

„Ich kann schon damit fertigwerden", sagte er, obgleich er sich seiner Sache gar nicht so sicher war.

„Vergiß nicht, was ich dir über das Mädchen gesagt habe", sagte Gretchen. „Sie hat schon die Leben von älteren und erfahreneren Männern durcheinandergebracht." Was sie dabei nicht erwähnte, war, daß Frances Miller, wie ihr bekannt war, ein halbes Jahr lang ein Verhältnis mit Evans Kinsella gehabt und dieser sie gebeten hatte, sich scheiden zu lassen und ihn zu heiraten. Und daß Frances von dem Tage an, da die Filmarbeit beendet war, seine Anrufe nicht mehr beantwortete. Ebensowenig sprach sie darüber, daß sie, Gretchen, noch immer eifersüchtig auf Frances war und bedauerte, daß ausgerechnet sie das Mädchen war, die sie sich in der Rolle so gut hatte vorstellen können. Man konnte eben Filme nicht aus der Schlafzimmerperspektive besetzen, wenn auch schon viele Leute es getan – und später bereut – hatten. „Also denke daran", sagte Gretchen.

„Ich werde daran denken", sagte Wesley.

„Du bist lieb und verwundbar, alter Räuber", sagte Gretchen. Sie beugte sich zu ihm und gab ihm einen Kuß auf die Wange. „Wehr dich deiner Haut. Du bist unter schlimmeren Halunken, als du ahnst."

In dieser Nacht hatte er Frances stundenlang wüst gerammt, so lange, bis er ihr ein Kissen über das Gesicht stülpen mußte, damit nicht das ganze Hotel von ihren Schreien aufwachte, ob sie es genoß oder nicht.

Als sie erschöpft nebeneinanderlagen, hatte er triumphierend gedacht: Die geht nach heute nacht zu keinem anderen mehr.

Abends aßen sie und die anderen Schauspieler wie gewöhnlich im Speisesaal des Hotels. Gretchen und Ida Cohen und Ida Cohens Onkel aßen, zusammen mit dem Film-Designer und Onkel Rudolph, oben im Wohnzimmer von Gretchens Suite. Nach dem Abendessen beschlossen Wesley und Frances, noch einen Spaziergang zu machen. Es war ein kühler Herbstabend und fast Vollmond, und sie gingen Arm in Arm wie irgendein beliebiges junges Paar, das sich verabredet hatte.

Die Hauptstraße war fast leer, mit etwas Neonlicht von spärlich gesäten Kaufhäusern. Port Philip saß am Fernseher und ging früh schlafen. Frances schaute uninteressiert auf die Auslagen. „Hier gibt es nichts, was ich je kaufen möchte", sagte sie. „Stell dir vor, man würde hier leben. Hu!"

„Meine Familie ist von hier", sagte Wesley.

„Guter Gott", sagte Frances. „Armer Junge."

„Ich habe niemals hier gelebt. Mein Vater, mein Großvater ..." Er fing sich noch, bevor er Tante Gretchen mit aufzählte. Er hatte weder Frances noch jemandem andern gesagt, daß Gretchen seine Tante war, und Gretchen behandelte ihn mit Bedacht genauso wie jeden anderen Schauspieler, der neu bei der Gesellschaft war.

„Siehst du welche?" fragte Frances. „Ich meine, von deiner Familie, solange du hier bist?"

„Es sind keine mehr da. Sie sind alle fortgezogen."

„Ich kann mir vorstellen, warum", sagte Frances. „Mit dieser Stadt muß es bergab gegangen sein, vom ersten Tage an, wo sie die Post gebaut haben."

„Meine Großmutter hat meinem Vater erzählt, daß es ein wunderschöner Ort war, als sie als junges Mädchen hierher kam", sagte Wesley. Er ging durch die Straßen der Stadt, in der sein Vater geboren war, die ihn geformt hatte, und es paßte ihm nicht, daß sie von einem Mädchen aus Kalifornien als ödes Drecknest angesehen wurde. Irgendwo in dieser Stadt, dachte er, mußte sein Vater einen Eindruck hinterlassen haben, ein Zeichen, daß er dagewesen und wieder fortgegangen war. Er hatte hier ein Kreuz in Brand gesteckt. Zumindest Theodore Boylan erinnerte sich daran. Was wohl der Vater von seinem Sohn gehalten hätte, der Arm in Arm mit einer schönen, fast berühmten Filmschauspielerin durch dieselben alten Straßen ging? Mehr noch, der dreitausend Dollar für vier Wochen Arbeit bekam, Arbeit, die ein Kinderspiel war im Vergleich zu irgend etwas, das sein Vater je verrichtet hatte. „Alles war mit Bäumen bestanden, hat meine Großmutter meinem Vater erzählt", sagte Wesley. „Und all die großen Häuser waren gestrichen und sauber und hatten große Gärten. Mein Vater schwamm immer im Hudson – damals war er noch sauber –, und die Flußdampfer hielten hier, und man konnte herrlich angeln ..." Daß neben den Dampfern und dem Angeln sein Großvater den Fluß dazu benutzt hatte, sich darin zu ertränken, behielt er für sich.

„Es geht mit allem bergab, nicht?" sagte Frances. „Ich wette, damals wurde viel in diesen großen Gärten gebumst. An den Abenden gab's nichts anderes zu tun, und Motels gab's auch noch nicht."

„Jeder bekam sein Teil, nehme ich an."

„Und jede", sagte Frances lachend. „So wie jetzt. Ein Jammer, daß du in dem Film bist."

„Wieso?" fragte Wesley gekränkt.

„Ohne dich", sagte sie, „hätte ich jetzt schon ‚Krieg und Frieden' hinter mir in diesen langen, faden Nächten."

„Tut's dir leid?"

„‚Krieg und Frieden' kann warten", sagte sie. Sie drückte seinen Arm. „Übrigens, ich wollte dich schon lange fragen – an welcher Schauspielschule warst du?"

„Ich?" Er zögerte. „An keiner."

„Du spielst, als ob du Jahre dort verbracht hättest. Da fällt mir ein – wie alt bist du eigentlich?"

„Einundzwanzig", sagte er, ohne zu zögern. Er hatte bei Alice den Fehler gemacht, ihr sein wahres Alter zu nennen, und sie behandelte ihn wie ein Kind. Er hatte nicht vor, den gleichen Fehler noch einmal zu machen.

„Wie kommt es, daß du nicht in der Armee bist?"

„Fußballknie", sagte er prompt. Seit er wieder in Amerika war, hatte er gelernt, auf Anhieb zu lügen.

„Aha", sagte sie mißtrauisch. „Wo hast du vorher gespielt?"

„Ich?" wiederholte er nicht sehr geistreich. „Eigentlich ... nirgends." Frances wußte zu gut mit diesen Dingen Bescheid, um sich auf Lügen einzulassen.

„Nicht einmal Repertoiretheater?"

„Nicht einmal Repertoiretheater."

„Wie hast du dann diese Rolle bekommen?"

„Mrs. Burke ..." In seinen Ohren klang es komisch, von seiner Tante als Mrs. Burke zu sprechen. „Sie sah mich im Haus eines Freundes und fragte mich, ob ich einen Test machen wolle. Warum fragst du mich das alles?"

„Es ist doch ganz natürlich, daß ein Mädchen über den Mann, mit dem es ein Verhältnis hat, ein paar Tatsachen erfahren möchte, findest du nicht?"

„Das ist es wohl", sagte er. Das Wort „Verhältnis" gefiel ihm. Es gab ihm ein ganz neues Gefühl der Reife. Minderjährige hatten Freunde oder Freundinnen, nicht Verhältnisse.

„Etwas habe ich an mir", sagte Frances mit Bestimmtheit. „Ich kann mit keinem Mann ins Bett gehen, vor dem ich keine Achtung habe." Wesley konnte es nicht ausstehen, wenn Frances in diesem leicht hingeworfenen Mehrzahl-Ton von anderen Männern sprach, mit denen sie etwas gehabt hatte. Andererseits, sagte er sich, war sie seit ihrem vierzehnten Lebensjahr Schauspielerin, was konnte man da anderes erwarten? Immerhin, eines Tages – und sehr bald, versprach er sich – würde er ihr sagen, sie solle ihre Gedankengänge über dieses Thema für sich behalten.

„Du warst eine Überraschung, das muß ich sagen", sagte sie munter. „Ich warf einen Blick auf die Besetzungsliste und sagte mir, dies wird eine Keuschheitsgürtelrunde für dich."

„Und was hat deine Ansicht geändert?"

„Du." Sie lachte. „Die anderen kannte ich so gut wie alle,

nur der Name Wesley Jordan war mir neu. Ich ahnte nicht, daß du der Haupttreffer sein würdest. Ist das übrigens dein richtiger Name?"

„Nein", sagte Wesley nach einer Pause.

„Wie denn?"

„Er ist lang und kompliziert", sagte er ausweichend. „Würde sich über dem Titel nicht gut ausmachen."

Wieder lachte sie. „Dies ist dein erster Film, aber lernen tust du schnell."

Er lachte. „Schneller Brüter", sagte er.

„Was machst du nach diesem Film?"

„Weiß noch nicht." Er zog die Schultern hoch. „Nach Europa gehen, wenn ich kann."

„Du bist wirklich gut", sagte sie. „Das ist nicht nur meine Meinung. Freddie Kahn, der Kameramann, hat das ganze Material schon angesehen und ist ganz hin von dir. Wirst du's in Hollywood versuchen?"

„Vielleicht", sagte er vorsichtig.

„Ach, komm doch hin", sagte sie. „Ich garantiere, daß du mit offenen Armen empfangen wirst."

Wesley holte tief Luft. „Ich höre, du bist verheiratet", sagte er.

„Wer hat dir das erzählt?" fragte sie scharf.

„Ich weiß nicht mehr. Es kam irgendwie in der Unterhaltung auf."

„Ich wünschte, die Leute würden ihre verdammten Mäuler halten. Das ist meine Angelegenheit. Macht es dir etwas?"

„Was würdest du sagen, wenn ich sagte, ja?"

„Ich würde sagen, daß du ein Trottel bist."

„Dann werde ich es nicht sagen."

„Ist auch besser", sagte sie. „Liebst du mich?"

„Warum fragst du?"

„Weil es mir lieber ist, wenn man mich liebt", sagte sie.

„Also gut", sagte er. „Ich liebe dich."

„Laß uns einen darauf nehmen", sagte sie. „An der nächsten Ecke ist eine Bar."

„Ich habe Trinkverbot im Augenblick", sagte er. Er wollte nicht vor Frances vom Barmann nach seinem Alter gefragt werden.

„Ich trinke gern", sagte sie, „und ich mag Männer, die nicht trinken. Komm 'rein, ich bestelle dir eine Coca-Cola."

Als sie eintraten, sahen sie Rudolph und den Film-Designer, einen rotbärtigen jungen Mann namens Donnelly, im Gespräch vertieft, in einer der abgetrennten Nischen.

„Ei, sieh da“, flüsterte Frances, „die hohen Tiere.“

Jedermann wußte in der Filmequipe, daß Rudolph die Finanzen des Unternehmens betreute und sich bei den Behörden von Port Philip eingesetzt hatte, wenn Schwierigkeiten beim Beschaffen von Bewilligungen für Nachtaufnahmen oder Polizeieinsatz bei Straßenabsperrungen aufgetreten waren. Dagegen war der Equipe nicht bekannt, daß er Wesleys Onkel war; die wenigen Male, wo Wesley vor anderen mit Rudolph gesprochen hatte, hatte er ihn mit Mr. Jordache angeredet, und Rudolph hatte todernst und höflich zu seinem Neffen Mr. Jordan gesagt.

Frances und Wesley mußten an der Nische vorbei, in der die beiden Männer saßen. Rudolph schaute zu ihnen auf, erhob sich lächelnd und sagte: „Guten Abend, meine Damen und Herren.“

Wesley murmelte eine Begrüßung, doch Frances setzte ihr gewinnendstes Lächeln auf und sagte: „Welch neue Ränke schmieden die Herren nun wieder in dieser lärmenden Hütte gegen uns armes Schauspielervolk?“

Wesley litt Qualen unter diesem aufgesetzten Jungmädchenlächeln und der gezierten Sprache. Es ging ihm plötzlich auf, daß Frances zu viele verschiedene Tonarten für verschiedene Arten von Leuten hatte.

„Wir sitzen hier und lobpreisen die Leistungen von euch beiden jungen Menschen“, sagte Rudolph.

Frances kicherte. „Oh, ein ganz Höflicher“, sagte sie. „Welch entzückende kleine Lüge.“

Donnelly knurrte.

„Setzen Sie sich doch bitte“, sagte Frances. „In Hollywood steht nie jemand vor der Putzfrau auf.“

Wieder litt Wesley Qualen. In entscheidenden Momenten brachte Frances es fertig, neben ihrem reichlich versprühten Charme Leuten, die sie für wichtig hielt, die glänzende Karriere, die sie bereits hinter sich gebracht hatte, ins Gedächtnis zu rufen.

Die beiden Männer setzten sich. Donnelly starrte trübe auf sein Glas. Während der Aufnahmetage hatte ihn bisher noch kein Mensch lächeln sehen.

„Mr. Donnelly“, sagte Frances, immer noch mit ihrer Kinderstimme, „ich habe bisher noch nicht gewagt, Ihnen das zu sagen, aber jetzt, wo die Aufnahmen fast schon vorüber sind, möchte ich doch sagen, daß ich es einfach toll finde, was Sie mit den Szenerien gemacht haben. Ich habe zwar noch nichts von dem Film zu sehen bekommen" – sie machte eine kleine Grimasse –, „wir armen Schauspieler werden ja nicht in die Entscheidungen eingeweiht, wer im Vorführraum überlebt und wer stirbt, ich weiß also nicht, wie sie im Film herauskommen, aber eines muß ich Ihnen sagen: Was mich betrifft, so habe ich mich noch nie so leicht und angenehm vor der Kamera bewegen können als auf den Bildflächen, die Sie für uns entworfen haben." Sie lachte, als wäre sie ein wenig geniert, das so frei heraus zu sagen.

Donnelly knurrte abermals.

Wesley sah, wie Frances die Zähne aufeinanderbiß. „Ich will die Herren beim Knüpfen unserer Geschicke nicht länger stören", sagte sie. „Der junge Wesley und ich" – es klang bei ihr, als wäre Wesley zehnjährig – „haben noch ein paar Punkte wegen unserer morgigen Szene zu bereinigen, wir machen das am besten als Hausaufgabe unter uns ab."

Wesley zupfte sie am Arm, und mit einem letzten hinreißenden Lächeln wandte sie sich mit ihm zum Weitergehen. Sie versuchte, in die Nachbarnische hineinzusteuern, aber Wesley führte sie unwiderstehlich zur letzten Nische noch hinter der Bar, weit außer Hörweite von Donnelly und seinem Onkel.

„Was für eine Affenkomödie", sagte er, als sie sich setzten.

„Honig fängt mehr Fliegen als Essig, Liebling", sagte Frances zuckersüß. „Wer weiß, wann diese beiden Herren wieder mal einen Film machen und das letzte Wort darüber haben, wer mit dabei ist und wer mit dem kalten Arsch dasitzt?"

„Du spielst den Leuten soviel vor", sagte Wesley. „Ich wette, du mußt manchmal deine Mutter anrufen, um herauszufinden, wer du wirklich bist."

„Das ist eben die Kunst, mein Lieber", sagte Frances kühl. „Lerne sie lieber, wenn du es zu etwas bringen willst."

„Wenn das der Preis ist, will ich es zu nichts bringen", sagte Wesley.

„Das habe ich auch einmal gesagt", sagte sie. „Mit vierzehn. Mit fünfzehn habe ich es mir schon anders überlegt. Du bist eben etwas zurückgeblieben, mein Lieber."

„Gott sei Dank", sagte Wesley.

Der Ober war an ihren Tisch gekommen, und Frances bestellte, für sich einen Gin und Tonic und eine Coca-Cola für Wesley.

Als der Ober an die Bar zurückgekehrt war, sagte Wesley: „Ich wünschte, du würdest keinen Gin trinken."

„Warum nicht?"

„Weil ich deinen Mundgeruch nicht mag, wenn du Gin trinkst."

„Du brauchst dir wegen heute nacht keine Sorgen zu machen, mein Lieber", sagte Frances kalt. „Der Coiffeur kommt morgen sehr früh zu mir, und Freiübungen sind heute nacht bei mir nicht drin."

Wesley verharrte in dumpfem Brüten, bis der Ober die Getränke brachte.

„Auf jeden Fall", sagte sie, „wenn du so ungeheuer kritisch wegen ein paar kleiner, harmloser Mädchenscherze bist" – Frances nippte an ihrem Gin und Tonic –, „es gibt andere, die davon hingerissen sind. Der süße Mr. Jordache, zum Beispiel, mit all dem Geld. Seine Augen leuchten auf wie eine Lichtreklame, wenn er mich sieht."

„Mir ist das nicht aufgefallen", sagte Wesley, ehrlich schokkiert, daß jemand seinen Onkel als „süßen Mr. Jordache" bezeichnete.

„Mir schon", sagte sie mit Bestimmtheit. „Ich wette, der wäre etwas. Dieses eisige Yankee-Äußere mit dem Vulkan darunter. Ich kenne den Typ."

„Er könnte dein Vater sein, du lieber Gott!"

„Nur wenn er sehr jung angefangen hat", sagte Frances. „Und das hat er sicher."

Wesley stand auf. „Ich bleibe hier nicht sitzen und höre mir weiter diesen Unsinn an. Ich gehe heim. Sieh zu, wie du mit diesem süßen Mr. Jordache mit all dem Geld zurechtkommst."

„Ach du liebes bißchen", sagte Frances, ohne sich zu rühren. „Macht der junge Herr heute abend auf empfindlich?"

„Gute Nacht", sagte Wesley.

„Gute Nacht", sagte Frances gelassen. „Und mach dir keine Gedanken wegen der Rechnung."

Wesley ging mit langen Schritten an der Nische vorbei, in der sein Onkel saß. Keiner der beiden Männer schaute auf, als er vorbeikam. Er ging auf die Straße hinaus und kam sich kindisch, verletzt und blödsinnig gefühlsduselig vor.

Fünf Minuten später stand Frances auf und ging auf den Ausgang zu. Sie blieb einen Augenblick bei den Männern stehen und sprach mit ihnen, aber sie baten sie nicht, sich zu ihnen zu setzen. Im Hotel angelangt, ging sie nicht den Korridor hinunter und öffnete Wesleys Tür, wie sie es jede Nacht getan hatte, sondern sie ging weiter in ihr eigenes Zimmer und schaute sich lange Zeit im Spiegel über dem Frisiertisch an.

Die beiden Männer in der Bar sprachen nicht über Filmemachen. Donnelly war ein Architekt, der in die Tätigkeit eines Film-Designers hineingerutscht war, nachdem er festgestellt hatte, daß er im Baugewerbe nur unbedeutende kleine Aufträge bekommen konnte, die wenig einbrachten und die, wie er fand, seiner Begabung nicht gerecht wurden. Während der Vorbereitungen zu „Flieg, Vogel Phönix" hatte er sich mit Rudolph angefreundet und, erst zaghaft, dann mit mehr Enthusiasmus über ein großangelegtes Projekt gesprochen, das er plante, für das er aber bisher noch keine Finanzierung hatte finden können. Er machte Rudolph gerade mit den Einzelheiten vertraut. „Wir leben im Zeitalter des Überflusses und der Überflüssigkeit", sagte er, „nicht nur als Folge neuer Maschinen und Bevölkerungsverlagerungen, sondern Überflüssigkeit aus Altersgründen. Menschen ziehen sich aus ihren Stellungen zurück, weil sie sich langweilen und es sich leisten können oder weil sie den Streß nicht aushalten oder weil jüngere Leute sie ersetzen. Ihre Kinder sind erwachsen und fortgezogen. Ihre Häuser sind plötzlich zu groß für sie, die Stadt, in der sie leben, beängstigt sie oder hat keine Anziehung mehr für sie. Ihre Renten oder Ersparnisse erlauben ihnen nicht mehr, die Dienstboten zu halten, die sie einmal hatten; die Quartiere, in denen sie sich eine kleine Wohnung leisten können, sind mit jungen Paaren mit kleinen Kindern überfüllt, die sie als Eindringlinge aus einem anderen Jahrhundert ansehen. Sie leben von gleichaltrigen Freunden getrennt, die ähnliche Probleme hatten, sie aber anders und anderwärts gelöst haben. Sie wollen sich ihre Unabhängigkeit bewahren, fürchten aber die Einsamkeit. Was sie brauchen, ist eine neue Wohnstätte, eine Atmosphäre, die ihrer Lage, ihrem Zustand Rechnung trägt – wo sie umgeben sind von Menschen etwa ihres eigenen Alters, mit den gleichen oder ähnlichen Problemen und Ansprüchen, Menschen, auf die man sich im Notfall verlassen kann, so wie ihnen selbst der Gedanke, daß sie einem Nachbarn helfen werden, wenn *er* Hilfe braucht, die eigene Menschlichkeit bewußt macht." Donnelly sprach mit großer Dringlichkeit, so als wäre er ein General, der die Pläne für die Entsetzung einer belagerten Garnison umreißt. „Es muß ein richtiges Gemeinwesen sein", fuhr er fort und gestikulierte dabei lebhaft mit seinen großen Händen, als ob er bereits aus Ziegeln, Mörtel und Zement bewohnbaren, besiedelten Lebensraum gestaltete. „Läden, Kinos, ein kleines Hotel, wo man Besucher einladen kann, ein Golfplatz, Freibäder, Tennisplätze, Vortragsräume ... Ich spreche nicht von armen Leuten. Ich weiß nicht, wie man für die sorgen könnte, außer daß der Staat das tut, und ich bin nicht so eitel, daß ich mir einbilde, ich könnte die amerikanische Gesellschaft umbilden. Ich spreche von den mittleren Einkommensschichten, das sind die Leute, deren Lebensweise am fühlbarsten beeinträchtigt wird, wenn der Geldverdiener zu arbeiten aufhört." Seine Stimme wurde bitter. „Ich weiß durch meine eigenen Eltern darüber Bescheid. Sie haben etwas Geld, und ich helfe hier und dort ein wenig, aber sie sind ein solcher Fall, wo aus einem frischen, lebensfrohen Paar zwei deprimierte, mürrische Menschenkinder geworden sind, die ihre letzten paar Lebensjahre in nutzloser Langeweile verplempern. Meine Idee ist gar nicht so neu. Es ist schon überall im Lande erfolgreich ausprobiert worden, aber bisher ist es mir noch nicht gelungen, Geldleute dafür zu interessieren, weil man damit nicht viel Geld machen kann – wenn überhaupt. Der erste Schritt wäre, in einer schönen, ländlichen Umgebung – nicht zu weit abseits, damit die Leute, wenn sie einmal ein wenig Großstadtleben haben wollen, leicht hingelangen können – ein großes Stück Land zu kaufen und ein kleines, komplettes Dörfchen von bescheidenen, gut entworfenen, aber billig hergestellten Mehrfamilienhäusern zu bauen, sagen wir in Fünfer- oder Sechsergruppen, die in einer parkähnlichen Landschaft verstreut sind, Häuser, die von zwei ältlichen Leuten leicht in Ordnung gehalten werden können. Mit einer Autobusverbindung, leicht erreichbaren Ärzten und Pflegerinnen, einer zweckentsprechenden, unaufdringlichen Verwaltung. Es wäre keineswegs ein Altersheim mit all seiner Verzweiflung – im Gegenteil, ein ständiges Hin und Her von jungen Menschen wäre da, von Söhnen, Töchtern, Enkelkindern, die Hoffnung und Leben und Ausblick in die Zukunft bringen. Ihre Schwester sagte mir, Sie seien ein Mann mit Gemeinsinn und verfügten über Geld und suchten etwas, womit Sie sich beschäftigen könnten. Nach allem, was ich gesehen habe, scheint es mir, daß Filmgeschäfte nicht gerade Ihrer Vorstellung davon entsprechen, wie man der Öffentlichkeit am besten dienen kann."

Rudolph lachte. „Nein", sagte er, „das allerdings nicht."

„Sie sagte auch, Sie seien der geborene Baumensch", fuhr Donnelly fort. „In Ihrer Jugend hätten Sie den Plan durchgeboxt, in eine Gegend, die reine Wildnis war, ein Einkaufszentrum hinzusetzen, und hätten fast eine ganze kleine Stadt daraus gemacht. Ich war neulich dort und habe es mir angesehen, der Calderwood-Komplex hier in der Nähe, und ich war sehr beeindruckt – es war seiner Zeit weit voraus und bewies echte Vorstellungskraft –"

„Als ich noch jung war", sagte Rudolph nachdenklich. Er hatte sich, als er Donnelly zuhörte, nicht anmerken lassen, was er dachte, aber er verspürte eine Erregung dabei, die zugleich neu und alt für ihn war. Er hatte auf etwas gewartet, er wußte nicht, worauf. Vielleicht war es dies, worauf er gewartet hatte.

„Ich habe die ganzen Entwürfe", sagte Donnelly. „Modelle der Häusertypen, die ich im Sinne habe, Kostenanschläge und alles ..."

„Ich würde sie mir gern einmal ansehen", sagte Rudolph.

„Können Sie morgen in New York sein?"

„Warum nicht?"

„Gut. Ich zeige sie Ihnen."

„Natürlich", sagte Rudolph, „würde die ganze Sache erst einmal davon abhängen, was für Land man bekommen könnte, wie geeignet es wäre, was es kosten würde und so weiter."

Donnelly schaute sich in der leeren Bar um, als ob er irgendwo Spione suche. „Ich habe sogar den Ort schon ausgesucht", sagte er mit gedämpfter Stimme. „Ein Paradies. Überwachsenes, ehemaliges landwirtschaftliches Gebiet – und billig zu haben. Es liegt in Connecticut, rollendes Hügelland, und nur eine Stunde von New Haven, vielleicht zwei von New York. Es ist wie geschaffen für so etwas."

„Kann ich es sehen?"

Donnelly sah ihn durchdringend an, als habe er plötzlich irgendeinen finsteren Verdacht. „Sind Sie *wirklich* interessiert?"

„Ich bin wirklich interessiert."

„Gut", sagte Donnelly. „Wissen Sie was –?" Seine Stimme wurde feierlich. „Ich glaube, es war Schicksal, das mich zusagen ließ, als Ihre Schwester mir die Arbeit an dem Film anbot. Ich fahre Sie hin, und Sie sollen sich selbst einen Eindruck verschaffen."

Rudolph legte einen Geldschein für die Drinks auf den Tisch. „Es wird spät", sagte er und stand auf. „Gehen wir ins Hotel zurück?"

„Wenn es Ihnen nichts ausmacht", sagte Donnelly, „ich bleibe lieber hier und betrinke mich."

„Nehmen Sie zwei Aspirin vor dem Zubettgehen", sagte Rudolph. Als er die Bar verließ, bestellte Donnelly gerade den nächsten Whisky als Trankopfer an das Schicksal, das ihn mit Rudolph Jordache zusammengeführt hatte.

Rudolph ging langsam allein die alten bekannten Straßen hinunter. Sie waren älter geworden, seit er jeden Morgen bei Sonnenaufgang mit dem Rad auf ihnen Brötchen für die Familienbäckerei liefern gefahren war, aber an diesem Abend hatte er das widersinnige Gefühl, wieder ein junger Mann mit großartigen Plänen im Kopf und Erfolgen in der Zukunft zu sein. Wieder, wie damals am Kiesstrand von Nizza, wäre er am liebsten in die Dunkelheit gespurtet, um noch einmal das Hochgefühl aus seiner Jugend zu spüren, als er der beste 200-m-Hürdenläufer in der Höheren Schule gewesen war. Er ging sogar versuchsweise in einen lockeren Laufschritt über, sah aber dann die Scheinwerfer eines Autos kommen und fiel wieder in seinen gewohnten soignierten Gang zurück.

Er kam an dem großen Bau vorbei, in dem das Calderwood-Warenhaus untergebracht war, und blickte in die Schaufenster und dachte an die Nächte, die er mit dem Dekorieren der Auslagen verbracht hatte. Wenn sein Vermögen irgendwo einen Anfang genommen hatte, dann war es hier gewesen. Die Schaufenster sahen jetzt schäbig aus, fand er – eine alte Dame, die sich nachlässig Make-up aufs Gesicht schmiert, den Lippenstift schief, die Augenschatten schlampig, die Vortäuschung von Jugend lustlos und unüberzeugend. Der alte Calderwood hätte gebrüllt. Lebenswerk eines Toten. Nutzvoll? Nutzlos?

Er entsann sich auch, wie er bei Kriegsende abends an der Spitze einer Studentenkolonne Trompete blasend hier entlangmarschiert war, die Zukunft als ein triumphales Panorama vor sich. Gestern, so hatte er in der Zeitung gelesen, waren hier wieder Studenten marschiert, diesmal, um gegen den Vietnam-Krieg zu protestieren. Sie hatten obszöne Losungen gerufen, die Fahne besudelt, die Polizei verhöhnt. Elf Studenten waren eingelocht. Truman damals. Nixon jetzt. Verfall. Er seufzte. Am besten erinnerte man sich an gar nichts.

Als er Gretchen Port Philip als Drehort vorschlug – eine heruntergekommene Stadt, ihrer wohlhabenden und ehrenvollen Vergangenheit entkleidet, an den Ufern des mächtigen Flusses gelegen –, hatte er sich vorgenommen, sich von der eigentlichen Produktionsmaschinerie fernzuhalten, ja nicht einmal die Stadt zu besuchen. Aber es waren Schwierigkeiten aufgetreten, und Gretchen hatte ihn um Hilfe gebeten, und er hatte nolens volens die Fahrt in die Stadt angetreten, mit der Verwaltung verhandelt, immer in der Furcht, man würde sich an seinen Sturz erinnern, damals, als die Studenten sich gegen ihn gewandt und *ihn* vertrieben hatten.

Wie schön Jean in jenen Tagen gewesen war!

Doch die Magistratsbeamten hatten Respekt gezeigt, waren bemüht gewesen, ihm gefällig zu sein. Skandale gingen vorüber. Neue Menschen kamen. Erinnerungen verblaßten.

Donnelly erinnerte ihn an sich selbst in seiner Jugend – leidenschaftlich, voller Hoffnung, vorwärtsstürmend, auf sich bedacht, seiner Sache sicher. Wie Donnelly sich wohl in zehn Jahren fühlen würde, wenn viele seiner Erfolge schon hinter ihm lagen, wenn die Straßen seiner Vaterstadt, wo immer sie lag, sich verändert hatten, alles sich verändert hatte? Er mochte Donnelly. Er wußte, daß auch Gretchen ihn gern hatte. Ob die beiden wohl etwas miteinander hatten? Und ob Donnellys Idee wohl in die Praxis umzusetzen war? War Donnelly zu jung, zu ehrgeizig? Er nahm sich vor, langsam vorzugehen, alles immer wieder nachzuprüfen, so wie er vermeinte, selbst in jenem Alter alles nachgeprüft zu haben.

Er würde es mit Helen Morison besprechen. Sie war eine hartköpfige Frau. Man konnte sich auf sie verlassen. Aber sie war jetzt in Washington. Sie hatte eine Stellung im Stab eines von ihr bewunderten Kongreßmitglieds angeboten bekommen, und sie war dem Ruf gefolgt. Irgendwie mußte er wieder Anschluß an sie finden.

Er dachte an Jeanne. Sie hatten ein paar Briefe ausgetauscht, in denen sie sich von Mal zu Mal weniger zu sagen hatten. Die Gefühle jener Woche an der Côte verblaßten. Wenn Wesley eines Tages nach Frankreich ging, würde er das vielleicht zum Vorwand nehmen, sie zu besuchen. Der Anwalt in Antibes hatte ihm endlich mitteilen können, daß alles für Wesleys Wiedereinreise in die Wege geleitet war, aber er hatte Wesley noch nichts davon gesagt. Er wollte erst das Ende der Dreharbeiten abwarten. Wesley könnte es sich sonst plötzlich in den Kopf setzen, dem Film den Rücken zu kehren und über den Ozean zu fliegen; das mußte vermieden werden. Nicht daß Wesley unzuverlässig war, aber er wurde von seinen eigenen Dämonen getrieben und war unberechenbar.

Ihm selbst hatte ja der Dämon seines eigenen Vaters zugesetzt, eines Verzweifelten, eines Versagers, Selbstmörders, der aus Armut und vernichteten Hoffnungen zum Trinker geworden war, und deshalb konnte er seinen Neffen halbwegs verstehen. Seltsam, daß dieser unheimliche, verschlossene Junge sich als ein so ergreifender Schauspieler entpuppt hatte.

Niemals hatte es in der Familie jemanden mit einem derartigen Talent gegeben, wenn auch Gretchen einmal kurz auf der Bühne gestanden hatte – ohne Erfolg. Man weiß nie, wo es herkommt, hatte Gretchen nach einer Sitzung im Vorführraum zu ihm gesagt, bei der sie gesehen und bestaunt hatten, was der Junge konnte. Und es war nicht nur diese eine Begabung. Es war jede Art von Begabung. Gerade in Amerika, wo niemand wußte, woher einer gekommen war und zu welchen Häfen seine Fahrt ging. Nirgends zuverlässige Stammbäume.

Er ging ins Hotel und zu seinem Zimmer hinauf und zog sich aus und ging ins kalte Bett. Er konnte nicht einschlafen, dachte an das hübsche, kokette Mädchen in der Bar, ihre eng um die Hüften sitzenden Jeans, ihr gekonntes, einladendes Lächeln. Wie würde er wohl sein, dachte er, dieser junge, vollkommene Körper, der sich nur zu gern einladen ließ? Frag meinen Neffen, dachte er voll Eifersucht, er liegt jetzt wahrscheinlich mit ihr im Bett. Eine andere Generation. In Wesleys Alter war er selbst noch unberührt gewesen. Er schämte sich seines Neides, obgleich er sicher war, daß der Junge später zu leiden haben würde. Jetzt schon litt – er hatte die Bar allein verlassen. Er war die Schliche nicht gewohnt. Nun ja – er selber auch nicht. Man litt entsprechend seiner Leidensfähigkeit, und an dem Jungen war etwas, das einem das Gefühl gab, daß seine Leidensfähigkeit gefährlich groß war.

Er schwebte zwischen Schlafen und Wachen und vermißte den Körper im Nebenbett. Wessen Körper? Jeans, Helens, Jeannes, oder einer, die er noch nicht kannte? Er hatte die Antwort noch nicht gefunden, als er in tiefen Schlaf sank.

Der Klang einer betrunkenen, singenden Stimme draußen auf der Straße weckte ihn. Er erkannte Donnellys Stimme, die rauh und ohne Melodie „Boola, Boola" sang. Donnelly hatte in Yale studiert. Kein typischer Yale-Mann, dachte er schläfrig. Der Gesang verstummte. Er drehte sich um und fiel wieder in Schlaf.

Gretchen ging, allein in ihrem Zimmer, die Einstellungen durch, die sie für den nächsten Drehtag vorgesehen hatte. Während der Aufnahmen zwang sie sich immer, ruhig und selbstsicher zu erscheinen, obgleich sie zuweilen vor Wut und Qual am liebsten laut geschrien hätte. Arbeitete sie aber für sich allein, wie jetzt, fühlte sie manchmal, wie ihre Hände vor Angst und Entschlußlosigkeit zitterten. So viele Menschen hingen von ihr ab, und jede Entscheidung war so endgültig! Die gleiche Gespaltenheit hatte sie bei Colin Burke beobachtet, wenn er Filmregie führte oder ein Bühnenstück inszenierte, und hatte sich oft gefragt, wie er es aushielt. Jetzt fragte sie sich, wie ein Menschenwesen es überleben konnte, einen ganzen Monat oder länger in zwei Hälften geschnitten zu sein. „Privatgesichte im öffentlichen Lichte", wie Auden es ausdrückte, hatten beim Geschäft des Filmmachens nichts zu suchen.

Dann hörte sie Donnelly draußen vor dem Hotel „Boola, Boola" singen. Traurig schüttelte sie den Kopf über die Verquickung von Talent und Alkohol bei Künstlern in Amerika. Wieder dachte sie an Colin Burke, den sie niemals betrunken gesehen hatte und der selten auch nur einen Drink zu sich genommen hatte. Eine Ausnahme. Eine Ausnahme in mancherlei Hinsicht. Sie dachte in diesen Tagen bei der Arbeit oft an ihn, versuchte sich vorzustellen, wo er die Kamera plazieren würde, was er zu einem begriffsstutzigen Darsteller sagen, wie er eine schwierige Szene führen würde. Wenn man einen verstorbenen Ehemann nicht plagiieren konnte, dachte sie zu ihrer Rechtfertigung, wen dann?

Der Gesang draußen verstummte, und sie hoffte nur, daß Donnelly am Morgen nicht zu angeschlagen sein würde – seinetwegen, nicht ihretwegen –, sie brauchte ihn am folgenden Tage nicht, aber er sah immer so schuldbewußt aus, wenn er nach einer „Nacht" zu den Aufnahmen kam.

Sie lächelte, als sie an den schlauen, starrköpfigen, schwierigen

Mann dachte, der mit seinem vorstechenden Bart, den brennenden, unbefriedigten Augen aussah wie ein junger Kavallerieoberst der Südstaatler-Armee. Er gefiel ihr, und sie spürte, daß es ihn zu ihr trieb, und ihrem Schwur zum Trotz, nie wieder einen jüngeren Mann an sich heranzulassen, hätte sie vielleicht, wenn sie von ihrem Film nicht so besessen gewesen wäre ...

Es klopfte an der Tür.

„Herein", sagte sie. Sie riegelte nie ab.

Die Tür öffnete sich, und Donnelly kam herein, fast ohne zu schwanken.

„Guten Abend", sagte sie.

„Ich habe gerade eine bedeutende Stunde verbracht", sagte er feierlich. „Mit Ihrem Bruder. Ich liebe Ihren Bruder. Ich dachte, Sie sollten das wissen."

Sie lächelte. „Ich liebe meinen Bruder auch."

„Wir werden uns gemeinsam mit großen, hochtrabenden Unternehmungen befassen", sagte Donnelly. „Wir sind vom gleichen Stamm."

„Möglich", sagte Gretchen hilfreich. „Unsere Mutter war möglicherweise irisch, jedenfalls behauptete sie es immer. Unser Vater war allerdings Deutscher."

„Ich respektier' die Iren und die Deutschen", sagte Donnelly und stützte sich am Türpfosten, „aber das meinte ich nicht. Ich spreche vom Stamm des Geistes. Störe ich?"

„Ich bin gerade fertig", sagte Gretchen. „Wenn Sie mit mir sprechen wollen, meinen Sie nicht, es wäre vielleicht gut, die Tür zu schließen?"

Langsam und würdevoll schloß Donnelly die Tür hinter sich und lehnte sich daran.

„Möchten Sie etwas Kaffee?" Gretchen deutete auf die Thermosflasche auf ihrem Schreibtisch. Sie trank zwanzig Tassen am Tag, um in Schuß zu bleiben.

„Alle bieten mir immer Kaffee an", sagte Donnelly quengelig. „Ich finde es entwürdigend. Ich verachte Kaffee."

„Leider habe ich nichts Alkoholisches hier", sagte Gretchen, obgleich sie wußte, daß eine Flasche Scotch im Schrank stand.

„Ich brauche nichts zum Trinken, Madam", sagte Donnelly. „Ich komme lediglich als Sendbote."

„Von wem?"

„Von David P. Donnelly", sagte Donnelly, „persönlich."

Gretchen lachte.

„Überbringen Sie die Botschaft", sagte sie, „und dann empfehle ich das Bett."

„Ich habe bereits die halbe Botschaft überbracht", sagte Donnelly. „Ich liebe Ihren Bruder. Die andere Hälfte ist schwieriger. Ich liebe seine Schwester."

„Sie sind betrunken."

„Stimmt", sagte Donnelly. „Betrunken liebe ich seine Schwester. Und nüchtern liebe ich seine Schwester auch."

„Danke für die Botschaft", sagte Gretchen, immer noch sitzend, obgleich sie zu gern aufgestanden wäre und den Mann geküßt hätte.

„Sie werden nicht vergessen, was ich gesagt habe?" Er funkelte sie über seinen Bart hinweg an.

„Ich vergesse es nicht."

„In dem Fall", sagte er deklamatorisch, „werde ich mich für die Nacht zurückziehen. Gute Nacht, Madam."

„Gute Nacht", sagte sie. „Und schlafen Sie gut."

„Ich verspreche, mich auf meinem Lager zu wälzen. Ich Ärmster."

Gretchen lachte. „Sie Ärmster."

Wäre er noch zehn Sekunden geblieben, sie wäre von ihrem Stuhl aufgesprungen und hätte ihn umarmt. Aber er schwang den Arm in einem würdevollen Gruß und verließ, fast geradeaus, das Zimmer. Sie hörte sein „Boola, Boola" vom Korridor.

Sie saß und starrte auf die Tür und dachte: Warum nicht, warum zum Teufel nicht? Sie schüttelte den Kopf. Später, später, wenn wir fertig sind. Vielleicht.

Sie wandte sich wieder ihren Einstellungen zu. Stille herrschte im Zimmer, das jetzt nach Whisky roch.

Einen Stock tiefer versuchte Wesley, Schlaf zu finden. Stundenlang hatte er auf das leise Heruntergehen der Türklinke, das Kleiderrascheln gelauscht, wenn Frances in das dunkle Zimmer kommen würde. Aber die Türklinke bewegte sich nicht, das einzige, was zu hören war, waren die Klagen der Bettfedern über sein ruheloses Hin- und Herdrehen unter der Decke.

Er hatte gesagt, daß er sie liebe. Sie hatte es zwar mehr oder weniger aus ihm herausgezogen, aber als er es sagte, hatte er es auch so gemeint. Wenn man aber jemand liebte, merkte man dann, wenn dieser Jemand falschspielte, einem etwas vormachte?

Sagte man dem Mädchen, daß sie sich töricht aufführte? Die Menschen sprachen von Liebe, als wäre sie aus einem Stück, als ob nichts anderes mehr zählte, sobald man erst einmal gesagt hatte: ich liebe dich. In dem Film, in dem er spielte, hörte man von dem jungen Politiker, der sich in Frances verliebte, niemals ein Wort der Kritik an ihrem Auftreten, das er bewunderte; nur an einigen der ziemlich haarsträubenden Manöver, die sie ersann, um die anderen Figuren der Handlung für ihre Sache umzustimmen. Liebe ist blind, hieß es. Nun, an diesem Abend war er sicherlich nicht blind gewesen. Er hatte deutlich empfunden, daß der Akt, den Frances in der Bar gespielt hatte, unecht und abstoßend war, und er hatte es ihr gesagt. Vielleicht sollte er lernen, seine Meinung für sich zu behalten. Hätte er das gelernt, so läge er nicht um zwei Uhr morgens allein im Bett.

Er sehnte sich nach der Berührung ihrer Hand, der Weichheit ihrer Brust, wenn er sie küßte. Wenn das nicht Liebe war, was war es dann? Wenn sie bei ihm im Bett war, konnte er nicht glauben, daß sie je zu ihrem Mann zurückgehen, sich einem anderen zuwenden würde, trotz allem, was seine Tante ihm gesagt hatte. Er hatte die Frauen auf der „Chlothilde" genossen, während ihre Männer unten in ihren Kabinen geschlafen hatten oder an Land ins Kasino gegangen waren. Es hatte ihm gefallen, was er mit Mrs. Wertheim trieb, aber er war sich genau im klaren darüber, daß das, was er dabei empfunden hatte, nicht Liebe war. Man braucht kein erfahrener Mann von Welt zu sein, um den Unterschied zwischen seinen damaligen Gefühlen und seinem Gefühl mit Frances zu erkennen.

Er erinnerte sich, wie Frances manchmal in dem engen Bett in seinen Armen gelegen und, während ihre Körper in der Dunkelheit ineinander verflochten waren, geflüstert hatte: „Ich liebe dich." Was hatte sie in diesen Momenten gemeint? Er stöhnte leise.

Er hatte Frances angeraten, ihre Mutter anzurufen, um herauszufinden, wer sie wirklich war. Wen konnte er anrufen, um herauszufinden, wer *er* wirklich war? Seine eigene Mutter? Sie würde höchstwahrscheinlich antworten, er sei, so wie sein Vater, ein Besudeler anständiger Christenhäuser. Sein Onkel? Für seinen Onkel war er höchstwahrscheinlich ein ererbtes Ärgernis ohne Dankbarkeitsgefühle, das immer nur auftauchte, wenn es etwas brauchte. Für Tante Gretchen? Eine Mißgeburt, die durch eine mysteriöse Laune der Natur mit einem Talent versehen war, das zu nutzen sie zu dumm oder zu träge war. Für Alice?

Ein Tolpatsch ohne Kultur und Intellekt, den man bemitleiden und bemuttern mußte. Für Bunny? Ein guter Matrose, der nie auch nur entfernt an seinen Vater heranreichen würde. Für Kate? Stiefbruder ihres Sohnes und schmerzhafte, lebende Erinnerung an ihren verstorbenen Mann. Wie konnte man all das zusammenfügen und daraus einen kompletten Menschen machen?

War es nur, weil er noch so jung war, daß er sich so zerspalten, so selbstunsicher fühlte? Zurückgeblieben, hatte Frances an jenem Abend gesagt. Aber andere seiner Altersgruppe schienen nicht daran zu leiden, konnten sich ganz gut zusammensetzen. Jimmy, der andere Lieferbursche im Supermarkt, mit seiner Musik und dem sicheren Wissen, daß seine Schwestern und seine Mutter nur eine einzige, simple Meinung von ihm hatten und diese Meinung sich auf Liebe aufbaute. Auch seine Mutter liebte ihn, aber diese Art von Liebe war schlimmer als Haß.

Er dachte an Healey, den verwundeten Soldaten, der den Leichnahm von Kralers Sohn zurückgebracht hatte. Healey lebte von einer Gewißheit: daß er ein Mann war, den die Welt immer schlecht behandelte und daß sich für ihn niemals etwas ändern würde und die Welt ihn am Arsch lecken konnte.

Einer Sache war er sicher, dachte Wesley: Er würde sich ändern. Nur hatte er, wie er dort allein in dem dunklen Zimmer lag, noch keinen Schimmer, in welcher Richtung. Wie es wohl wäre, dachte er, wenn er durch ein Wunder einen Blick von sich mit einundzwanzig, fünfundzwanzig, dreißig erhaschen könnte – was er wohl von sich halten würde.

Vielleicht würde er, wenn er mit Frances fertig war, am Ende doch das tun, was seine Tante wollte, und Schauspieler werden. Lernen, mit all den verschiedenartigen Stücken von sich selbst zu leben und von ihnen vollen Gebrauch zu machen, nicht nur vor der Kamera, sondern, wie Frances, jede Minute des Tages. Vielleicht hatte sie die richtigen Schlüsse gezogen – das war es, was die Welt wollte, und das war es, was sie ihr gab.

Morgen bei den Aufnahmen sollte er den wilden, skrupellosen Rowdy spielen. Eine Rolle, die ihm leichtfiel. Vielleicht würde er es ein, zwei Jahre lang versuchen. Man konnte ja einmal damit anfangen, es war genausogut wie irgend etwas anderes.

Als er schließlich eingeschlafen war, träumte er, er sei in Alices Wohnzimmer, mit einem Roastbeefbrot und einem Glas Bier, nur daß ihm gegenüber am Tisch nicht Alice saß, sondern Frances Miller.

7

Aus Billy Abbotts Tagebuch

1971

Wieder einmal an der Schreibmaschine. Schlechte Gewohnheiten sterben schwer. Außerdem hält jeder hier nach dem Mittagessen Siesta, und ich habe mir noch nicht angewöhnt, tagsüber zu schlafen, und da es niemand gibt, mit dem ich sprechen könnte, kann ich mich genausogut mit mir selbst unterhalten. Es gibt auch keinen Grund zu der Annahme, daß Francos Polizei an dem Gefasel eines amerikanischen Tennistrainers in dieser Enklave der Begüterten am Rande des blauen Meeres interessiert sein könnte. In Belgien war das anders. Ist es möglich, daß man unter dem Faschismus leichter zurückgezogen leben kann als unter einer Demokratie? Muß mich mit dieser Frage befassen.

Nach Brüssel ist das Klima von Südspanien einfach himmlisch, und man fragt sich, warum Leute, wenn sie die Wahl hätten, überhaupt noch nördlich der Loire leben sollten.

Bin hier in dem hübschen, kleinen, gebrauchten, offenen Peugeot mit französischen TTX-Nummernschildern heruntergefahren, den ich günstig in Paris erstanden habe. Sobald ich die Pyrenäen zwischen den grünen Bergen und dem Meer überquert hatte, fühlte ich eine eigenartige Freude in mir aufsteigen, als ob ich die Dörfer und Felder und Flüsse von einem anderen Leben her wiedererkannte, als ob ich von einer langen Reise heimkehrte und dies das Land für mich wäre.

Solange ich nicht den Mund aufmache, kann ich als Spanier gelten. Ob es möglich ist, daß die Hautfarbe der Familie Abbott auf einen Ausrutscher zur Zeit der spanischen Armada zurückzuführen ist? Schiffbrüchige, potente Andalusier an der englischen oder schottischen Küste?

Das Hotel, in dem ich wohne, ist nagelneu und wird sicher nicht vor einem Dutzend Jahren dem Ansturm von Wind und Wetter erliegen. Jetzt hält es jedenfalls noch, und ich habe ein bequemes, luftiges Zimmer mit Blick auf einen Golfplatz und das Meer. Neben den Stunden, die ich Anfängern und Fortgeschrittenen geben muß, stehen hier täglich genug gute Spieler für zwei Stunden schnelles Tennis zur Verfügung. Bin ich nicht ein simpler Mann mit simplen Ansprüchen?

Die Spanier hier sind gut aussehende, angenehme Leute und ausnehmend höflich, eine Abwechslung nach der amerikanischen Armee. Die anderen sind auf Urlaub hier und benehmen sich bestens. Bisher bin ich noch nicht beleidigt oder zum Duell gefordert worden, noch hat man mich gezwungen, mir einen Stierkampf anzusehen, oder aufgefordert, das System zu stürzen.

Achte besonders auf äußerste Korrektheit bei den Damen, mit oder ohne Akzent. Sie könnten Ehemänner oder männliche Begleiter im Hintergrund haben, die leicht dazu neigen, einem jungen amerikanischen Berufssportler, der mindestens eine Stunde am Tag leicht bekleidet mit ihren Partnerinnen verbringt, zu mißtrauen. Sie tauchen plötzlich während des Unterrichts düster brütend an den Seitenlinien auf. Ich habe keine Neigung, mit Schimpf und Schande aus der Stadt gejagt zu werden, unter der Beschuldigung, die Frau oder Geliebte irgendeines spanischen Kavaliers entehrt zu haben. Ich beabsichtige, mindestens ein Jahr lang keine Scherereien zu haben.

Nach Monika kann man die Freuden des Zölibats nur empfehlen. Tumult im Bett und außerhalb des Bettes ist nicht mein Fall.

Ich bin sonnengebräunt und in besserer Form denn je und neige neuerdings dazu, mich im Spiegel zu bewundern.

Das Gehalt ist gut, die Trinkgelder generös. Ich lege sogar ein ganz schönes Stück Geld auf die hohe Kante, ganz etwas Neues und Ungewohntes in meinem Leben.

Partys gibt es hier wie Sand am Meer, und zu den meisten werde ich eingeladen. Als Neuankömmling, nehme ich an. Ich achte darauf, nicht übermäßig zu trinken und mit keiner der Damen mehr als jeweils eine Viertelstunde auf einmal zu sprechen. Ich kann schon genug Spanisch, um die wilden politischen Auseinandersetzungen, die hier spätabends ausbrechen, zu verstehen. Die Teilnehmer schlagen meist Themen an wie das drohende Blutvergießen, Enteignung, Kommunismus und was im Land geschehen wird, wenn der alte Mann stirbt. Ich bleibe in solchen Fällen stumm und danke meinen Sternen, daß ich mich, wenn auch vielleicht nur auf kurze Zeit, in einem wunderschönen Land niedergelassen habe, das meiner Natur so gut liegt, ohne daß ich irgendeiner Meinung erregten Ausdruck geben muß als der, wie man den Schlägergriff beim Aufschlag anfaßt.

Und wieder muß ich meine Zweifel an meines Vaters Warnung äußern, daß ich von einer unglücklichen Familie abstamme.

Meine Mutter hat mir etliche Briefe geschrieben. Wie gewöhnlich bekam sie meine Adresse von meinem Vater, dem ich unter der eitlen Vorstellung schreibe, daß nur noch meine Briefe ihn davon abhalten, in den Michigansee zu springen. Die Briefe meiner Mutter sind jetzt milder abgefaßt. Sie nimmt an, daß mein Entschluß, nicht weiter zu dienen, mit ihren Protesten in Verbindung steht und eine neue, willkommene Reife in mir darstellt. Sie schließt ihre Briefe jetzt mit „In Liebe, Mutter". Jahrelang hieß es nur „Mutter", eine Form des Briefschlusses, die ich, vermutlich mit Recht, als Anzeichen ihres absoluten Abscheus vor mir ansah. Ich habe das Kompliment erwidert und meinen einzigen Brief an sie mit „In Liebe, Billy" unterzeichnet.

Sie schrieb mir, daß ihre neue Karriere als Regisseur ihr großen Spaß macht, was ich, angesichts ihrer Neigung, Leute herumzukommandieren, nicht weiter überraschend finde. Sie schreibt begeistert von den schauspielerischen Fähigkeiten meines Vetters Wesley. Ein Beruf, den ich hätte in Erwägung ziehen sollen, wo ich doch so falsch oder so treuherzig wie sonst einer sein kann, aber jetzt ist es zu spät. Wesley will mich besuchen, schreibt meine Mutter. Wie soll ich ihn begrüßen? Willkommen, Unglücksgefährte?

Gütiger Himmel! Zwei Tage, nachdem ich das Obige

schrieb, ist Monika aufgetaucht, in Begleitung eines deutschen Nabobs mittleren Alters, der Gefrierprodukte verkauft. Sie hat eine wohlhabende Strähne, ist von oben bis unten in schicke, stinkteuer aussehende Sachen gehüllt und hat ihr Haar gekämmt. Einstweilen tut sie so, als ob sie mich nicht kennt, aber das kann die Ruhe vor dem Sturm sein. Fluchtgedanken suchen mich heim.

Ich habe in zwei glatten Sätzen gegen einen Mann verloren, den ich vorher sechsmal hintereinander geschlagen habe.

Freddie Kahn, der Kameramann, intonierte „For she's a jolly good fellow" und hielt dabei Gretchens Hand in die Höhe wie die eines siegreichen Boxers. Es war die traditionelle Abschluß-Party im Atelier in New York am Ende des letzten Drehtages. Der Gesang der Darsteller, des technischen Personals, der Direktion und der geladenen Freunde war laut und herzlich. Gretchen war irgendwo zwischen Tränen und Lachen, als der Gesang auf der mit Kabeln übersäten Szenerie des letzten Bildes ausklang. Kameras mit ihren Schutzkappen standen zwischen improvisierten, auf Böcken aufmontierten blumengeschmückten Tischen mit Getränken und belegten Broten. Ida Cohen weinte unverhüllt und hatte sich für das Ereignis das Haar gemacht. Kahn überreichte Gretchen eine Armbanduhr, ein Geschenk der Darsteller, zu dem Wesley fünfzig Dollar beigesteuert hatte, und forderte Gretchen auf, eine Rede zu halten.

„Ich danke euch, ich danke euch allen", sagte Gretchen mit leicht zitternder Stimme. „Ihr wart alle großartig, und ich möchte jedem einzelnen von euch gratulieren, daß ihr meinen ersten Versuch, Regie zu führen, zu einem so glücklichen gemacht habt. Obgleich es in Hollywood heißt: Zeig mir eine glückliche Gesellschaft, und ich zeige dir einen Stinkfilm."

Es gab eine Lachsalve, und einige riefen: „Nein, diesmal nicht!"

Gretchen hob die Hand, bat um Ruhe. „Für euch alle ist die Arbeit vorüber, und ich hoffe, euer Weg führt euch zu größeren und besseren Dingen, und daß eure Durchfälle vergessen und eure Erfolge für immer in Erinnerung bleiben werden – oder doch zumindest bis zur nächsten Oscar-Verleihung. Aber für einige von uns, die Cutter, die Leute, die die Synchronisation machen, den Komponisten und die Musiker und Mr. Cohen, dem die wenig beneidenswerte Aufgabe obliegt, den Streifen an die Verteiler zu verkaufen, ohne daß wir alle Kopf und Kragen dabei verlieren, fängt die Arbeit jetzt erst richtig an. Wünscht uns Glück, denn vor uns liegen noch Monate der Arbeit, und was wir von jetzt an tun werden, kann den Unterschied zwischen Erfolg und Mißerfolg ausmachen."

Sie sprach bescheiden, aber Wesley, der ganz in ihrer Nähe stand, konnte das triumphierende Aufleuchten in ihren Augen sehen. „Ida", sagte sie, „hör auf zu weinen. Dies ist keine Beerdigung – noch nicht."

Ida schluchzte.

Jemand gab Gretchen ein Glas Whisky in die Hand, und sie hob es zu einem Toast: „Auf uns alle – vom ältesten unter uns" – sie wandte sich Wesley zu – „bis zum jüngsten."

Wesley, der ein noch unberührtes Glas Whisky in der Hand hielt, hob es mit den anderen. Er lächelte nicht und war nicht überschwenglich wie die meisten anderen, weil er gerade Frances Miller gesehen hatte, die mit ihrem Mann auf der Seite stand, wie sie mit ihm anstieß und ihm einen Kuß gab. Wesley und Frances hatten sich nach der Nacht in der Bar in Port Philip wieder vertragen, sie war wieder zu ihm ins Hotelzimmer gekommen und hatte ihn dann mehrere Nächte bei sich in der Wohnung gehabt, als die Atelieraufnahmen in New York wieder begannen. Das war bis vor drei Tagen so gegangen, als ihr Mann aus Kalifornien auf der Bildfläche erschien. Wesley hatte ihren Mann noch nicht kennengelernt, einen gut aussehenden, blonden Mann, gebaut wie ein Fußballspieler, der, wie Wesley sich selbst eingestehen mußte, nach Hollywood-Maßstäben gut aussah. Aber die vertrauliche Art, mit der Frances und ihr Mann sich in die Augen blickten, als sie die Gläser hoben, der gefühlvolle Kuß, den sie sich gaben, ließen ihn bereuen, daß er zu der Party gekommen war – was allerdings kaum zu vermeiden gewesen wäre.

Alice war auch da, obgleich er sie im Augenblick im Schatten der Szenerie nicht sehen konnte. Sie machte sich, wie stets, so unauffällig wie möglich. Sie hatte ein eigenartiges Wesen zur Schau getragen, als er die Nächte nicht mehr bei ihr auf dem Sofa verbrachte. Distanziert und wie eine tüchtige Krankenschwester. Als er ihr von der Party erzählte, hatte sie geäußert, sie würde gern kommen, sie wäre noch nie auf einer Party in einem Filmstudio gewesen. Er hatte so getan, als ob er sie von Herzen gern einlüde, aber in Wirklichkeit hatte er sich dazu zwingen müssen. Wenn du älter wirst, sagte er sich und gab sich Mühe, nicht zu Frances und ihrem Mann hinzuschauen, wirst du vielleicht lernen, mit solchen Sachen fertigzuwerden.

Er nahm einen großen Schluck Whisky, eingedenk der Tatsache, daß es in der Porte Rose in Cannes gewesen war, wo er das letztemal unverdünnten Whisky getrunken hatte. Der Whisky schmeckte ihm, und er nahm noch einen Schluck.

Gretchen wanderte, Hände schüttelnd oder Leuten auf die Wange küssend, herum, und auch einige der anderen Frauen hatten Tränen in den Augen. Keiner schien gehen zu wollen, als ob sie die Bindungen, die sie in monatelanger Zusammenarbeit aneinandergeschweißt hatten, nicht so schnell aufgeben wollten. Wesley hörte, wie eine ältliche Charakterdarstellerin zu Gretchen sagte: „Gott segne dich, meine Liebe; von jetzt an kann es nur noch schlechter werden."

Wesley war erstaunt, wie der simple Akt, einen Film zu drehen, der doch für alle diese Berufsschauspieler längst zur Routine geworden sein mußte, so viele Gefühlsausbrüche hervorbringen konnte. Ihm selbst hatte das Filmen gut gefallen, aber, abgesehen von Frances und Gretchen, hätte es ihm nichts ausgemacht, keinen von diesen Typen wiederzusehen. Vielleicht war er, trotz allem, was Gretchen ihm gesagt hatte, im Grunde seines Herzens doch nicht zum Schauspieler geschaffen.

Als Gretchen zu ihm kam und ihn auf die Wange küßte und sagte: „Wesley Jordan, ich werde dich vermissen", spürte er, daß es ihr Ernst damit war.

„Das war eine hübsche kleine Rede", sagte er. „Du verstehst es wirklich, ein Ereignis zu verschönen."

„Danke, mein Herz", sagte sie. Aber sie schaute die ganze Zeit über ihre Schulter, als ob sie jemand suche. „Wesley", sagte sie, „hat Rudolph dir irgend etwas gesagt, daß er nicht oder erst später kommt?"

„Nein."

An einem der letzten Drehtage hatte Onkel Rudolph nur eines zu ihm gesagt: daß der Anwalt in Antibes geschrieben habe, er könne jetzt wieder nach Frankreich einreisen. Er hatte das Flugbillett noch nicht gekauft. Ohne es sich selbst einzugestehen, hatte er das Gefühl, Amerika noch nicht verlassen zu können. Es schwebten noch zu viele Dinge in der Luft.

„Er mußte heute wieder mit Mr. Donnelly nach Connecticut", sagte Gretchen und suchte weiter über die Köpfe der Nächststehenden hinweg, „aber er hat versprochen, um fünf zurück zu sein. Es ist jetzt schon sieben durch. Es sieht Rudolph gar nicht ähnlich, zu spät zu kommen. Ich kann jetzt hier nicht weg; sei ein Engel und rufe in seinem Hotel an, ob er etwas hinterlassen hat."

„Klar", sagte Wesley und fingerte nach Münzen, während er den Bühnenraum verließ. Das Telephon, von dem er das Hotel Algonquin anrufen wollte, wo sein Onkel für die Übernachtungen in New York ein Zimmer hatte, war draußen.

Er mußte mit dem Anruf warten, denn Frances hing, sprechend und kichernd, am Telephon. Er ging ein Stück zur Seite, weil er nicht hören wollte, was sie sagte. Sie nahm sich Zeit mit ihrem Gespräch und steckte immer wieder Münzen in den Schlitz. Er hatte noch sein Glas in der Hand, und als sie fertig war, hatte er es leergetrunken. Er fühlte, wie seine Muskeln starr wurden, als er dastand und wartete und ihre Stimme hörte, ohne die Worte zu verstehen, und er bemerkte mit Unbehagen ein Nervenkribbeln in der Leistengegend und in den Hoden. Kommen und Gehen. Nie wieder, sagte er zu sich, und wußte, daß es gelogen war.

Mit einem letzten kleinen Kichern hing Frances ein und kam auf die Bühnentür zu, vor der er stand. Sie hatte das Haar lang über die Schultern hängen und warf es in einer fraulichen Bewegung nach hinten. „Oho", sagte sie und kicherte wieder, „der Wunderknabe auf der Lauer."

„Ich muß telephonieren", sagte er, „aber vorher will ich noch etwas anderes." Er ergriff sie plötzlich und küßte sie auf den Mund.

„Sieh an", sagte sie kichernd, „hast du also doch endlich Schauspielunterricht genommen: Wie man in Anwesenheit von Ehemännern stürmisch wird." Ihre Stimme war vom Alkohol dickflüssig.

„Wann sehe ich dich wieder?" Er packte sie an den Armen, als könne er sie durch die Kräfte seiner Hände hindern, ihm zu entgleiten.

„Wer kann's wissen", sagte Frances. Sie lachte. „Vielleicht nie. Vielleicht, wenn du erwachsen wirst."

„Das ist nicht dein Ernst", sagte er gequält.

„Wer weiß, was mein Ernst ist", sagte sie. „Ich am allerwenigsten. Ich will dir etwas sagen: Wir hatten unseren Spaß, und jetzt ist es vorbei. Du kannst es vergessen."

Die Bühnentür wurde aufgestoßen, und Frances' Mann stand groß und wuchtig in der Bühnenbeleuchtung.

„Laß sie los", sagte der Mann.

Wesley ließ die Hände sinken und trat einen Schritt zurück.

„Ich weiß, was ihr zwei die ganze Zeit getrieben habt", sagte der Mann. „Glaub nicht, daß ich es nicht weiß. Nutte!"

„Reg dich ab, Jack, bitte", sagte Frances vorsichtig.

Der Mann schlug ihr ins Gesicht. Ein flacher, häßlicher Klang. „Und du, du kleines Luder", sagte er zu Wesley, „wenn ich dich noch einmal um meine Frau herumschwänzeln sehe, breche ich dich mittendurch."

„Ah, der große Tarzan persönlich", sagte sie höhnisch. Sie hatte ihre Hand nicht ans Gesicht gelegt, es war, als hätte er sie überhaupt nicht berührt. „Überall Tarzan, nur nicht im Bett."

Der Mann holte tief Luft, es war wie ein Keuchen, wie ein Luftschwall durch eine plötzlich geöffnete Tür. Dann schlug er Frances wieder ins Gesicht, diesmal viel härter.

Immer noch hob Frances ihre Hand nicht zum Gesicht. „Schwein", sagte sie zu ihrem Mann. „Du und deine Spitzel."

Der Mann packte sie am Arm. „Jetzt marsch wieder 'rein in den Saal", sagte er, „und du lächelst, weil dein Mann, den Geschäfte an der Küste festgehalten hatten, es doch noch geschafft hat, nach New York zu kommen, um mit dir das Wochenende zu verbringen."

„Wie du wünschst, du Schwein", sagte Frances. Sie nahm seinen Arm und ging, ohne Wesley anzuschauen, mit ihrem Mann durch die Tür auf die Bühne, wo jetzt Musik war, ein Klavier und eine Trompete und Trommeln, und Paare tanzten.

Wesley stand bewegungslos in der schwach erleuchteten Außenhalle, nur seine Gesichtsmuskeln arbeiteten. Dann zerdrückte er das leere Plastikglas in seiner Hand und schmiß es gegen die Wand. Er brauchte volle zwei Minuten, bis er sich darauf verlassen konnte, daß er nicht durch die Tür und durch die Tanzpaare hindurchstürzen und dem Mann an die Kehle springen würde.

Als er glaubte, seine Stimme in der Gewalt zu haben, rief er das Hotel an, wo er von der Vermittlung erfuhr, daß Mr. Jordache keine Nachricht hinterlassen hätte. Er blieb noch einen Augenblick an der Wand neben dem Telephon stehen, dann ging er wieder zur Bühne zurück und fand seine Tante und wiederholte ihr, was er von der Vermittlung erfahren hatte. Danach ging er zur Bar und verlangte einen Whisky, den er in einem Zug hinunterstürzte, und verlangte noch einen.

Er war dabei, ihn auszutrinken, als jemand ihm auf den Arm tippte. Er wandte sich um und sah Alice neben sich stehen, mit jenem Abstand heischenden Krankenschwesternblick auf dem Gesicht, den er zu fürchten begonnen hatte. „Ich glaube, es wäre vielleicht ganz gut", sagte sie, „wenn du dein Gesicht in Ordnung brächtest. Es ist überall voll Lippenstift."

„Danke", sagte er hölzern, nahm sein Taschentuch heraus und betupfte Lippen und Wangen. „Besser?"

„Viel besser", sagte sie. „Und jetzt gehe ich. Ich habe festgestellt, daß Film-Partys gar nicht so hinreißend sind, wie Leute einen glauben machen wollen."

„Gute Nacht", sagte Wesley. Er wollte sie um Verzeihung bitten, diesen distanzierten kühlen Blick in ihren Augen zurückverändern, aber er wußte nicht, wie er es anfangen sollte oder was sie ihm überhaupt zu vergeben hatte. „Ich sehe dich nachher", sagte er.

„Vielleicht", sagte sie.

Du lieber Gott, dachte er, als er die kleine Mädchengestalt mit dem geraden, aufrechten Gang zwischen den Tanzenden verschwinden sah. Du lieber Gott, ich bin in einem Zustand! Ich muß aus dieser Stadt 'raus! Er drehte sich wieder zur Bar um und verlangte noch einen Drink. Er nahm ihn gerade dem Barmann aus der Hand, als Rudolph auf ihn zukam. „Amüsieren Sie sich gut, Mr. Jordan?" sagte Rudolph.

„Großartig", sagte Wesley. „Gretchen sucht Sie. Sie macht sich Sorgen. Ich habe schon Ihr Hotel angerufen."

„Ich bin aufgehalten worden", sagte Rudolph. „Ich gehe sie suchen. Im möchte nachher noch mit Ihnen sprechen. Wo finde ich Sie?"

„Genau hier", sagte Wesley.

Rudolph zog die Brauen zusammen. „Langsam, mein Junge", sagte er. „Sicherlich finden Sie morgen auch noch eine Flasche Whisky irgendwo in New York, wenn Sie sich Mühe geben." Er gab Wesley einen kleinen freundschaftlichen Klaps auf den Arm und ging Gretchen suchen.

Gretchen sprach mit Richard Stanford, dem Autor von „Flieg, Vogel Phönix", als Rudolph sie jenseits der Tanzenden erspähte.

Er sah, daß Stanford in seiner Kleidung keinerlei Konzessionen zur Feier der Beendigung der Dreharbeiten an seinem ersten Opus gemacht hatte. Er trug seine gewohnte Uniform, bestehend aus offenem Wollhemd und Windjacke.

„Was mich beunruhigt", sagte Stanford mit Nachdruck, „ist, daß in dem, was ich bis jetzt gesehen habe, nicht genügend Nahaufnahmen von dem Mädchen sind. Irgendwie kriege ich auf Mitteldistanz nicht die richtige emotionelle Wirkung, und bei ..."

„Mein lieber Richard", sagte Gretchen, „ich fürchte, daß du, wie so viele Autoren, vom Charme einer Schauspielerin bezirzt bist, zum Nachteil der nüchternen Beurteilung ihrer künstlerischen ..."

„Ach, woher denn", sagte Stanford und wurde rot. „Ich habe mit dem Mädchen kaum gesprochen."

„Sie hat mit dir gesprochen", sagte Gretchen. „Das genügt gut und gern bei einer jungen Dame wie ihr. Es tut mir deinetwegen leid, daß sie anderweits engagiert war."

„Du unterschätzt mich", sagte Stanford böse.

„Das ist schon seit fünftausend Jahren das Problem der Künstler", sagte Gretchen. „Du wirst schon noch lernen, damit zu leben, Kindchen."

„Du und ich – wir sind keine Freunde", sagte Stanford. „Du lehnst meine – meine Männlichkeit ab. Ich hab's von Anfang an gewußt."

„Davon ist jetzt nicht die Rede", sagte Gretchen. „Abgesehen davon, daß es blühender Unsinn ist. Solltest du es noch nicht gewußt haben, laß es dir jetzt von mir sagen, junger Mann: Kunst wird nicht aus Freundschaft geschaffen."

„Du bist ein verbittertes alterndes Weib." Der Groll von Monaten schabte auf seiner Stimme. „Was du brauchst, ist, daß dich einer mal richtig stößt. Aber das passiert nicht mal aus Höflichkeit."

Gretchen rieb sich die Augen, ehe sie antwortete. „Du bist ein begabter, unangenehmer junger Mann. Wenn du erst älter wirst, wirst du weniger unangenehm und, fürchte ich, weniger begabt sein."

„Du mußt mich ja nicht gleich beleidigen", sagte er.

„In unserem Beruf", sagte Gretchen, „kommt es auf Beleidigungen nicht an. Du langweilst mich. Und ich nehme an, ich langweile dich. Auch unwichtig. Aber, mein lieber Richard" –

sie berührte seine Wange leicht, halb ein Streicheln, halb eine Drohung manikürter langer Fingernägel –, „ich verspreche dir, dich bestens zu bedienen. Verlange nicht nach mehr. Ich gebe dir alle Nahaufnahmen, die du haben willst, und soviel Emotion, wie nur ein Mensch ertragen kann. Das Problem bei diesem Mädchen ist nicht zu wenig, sondern zu viel."

„Du hast auf alles eine Antwort", sagte Stanford. „Nie behalte ich bei dir recht. Kinsella hat mich gewarnt . . ."

„Wie geht es unserem guten Evans?" fragte Gretchen.

„Er ist o. k." Stanford trat unbehaglich von einem Bein aufs andere. „Er hat mich gebeten, seine nächsten Filme zu schreiben."

„Und du bist auf dem Weg nach Hollywood."

„Allerding – hm – ja."

„Wunderbar für dich", sagte Gretchen. „Und wunderbar für ihn. Ich weiß, ihr werdet zusammen glücklich werden. Und jetzt, wenn du mich entschuldigst, ich sehe, mein Bruder wartet auf mich."

Als Gretchen zu Rudolph kam, sah er, wie Stanford verzweifelt den Kopf schüttelte. Rudolph lachte vor sich hin.

„Worüber lachst du?" fragte sie.

„Der Ausdruck auf dem Gesicht des jungen Mannes, als du von ihm weggingst", sagte er.

Gretchen zog ein Gesicht. „Wir waren mit jener schöpferischen Tätigkeit befaßt, einander Wunden zu schlagen. *Ein* Film, und er denkt schon, er gibt die ‚Cahiers de Cinéma' heraus. Eine verlorene Seele. Keine große Tragödie. In Amerika wimmelt es von Einmal-und-nie-wieder-Begabungen. Ich habe mir Sorgen über dich gemacht. Wo warst du die ganze Zeit?"

Rudolph schüttelte den Kopf. „Wir sitzen in Connecticut in der Suppe. Donnelly ist so weit, sich die Kehle durchzuschneiden. Es sieht aus, als ob das ganze Projekt in Scherben geht."

„Warum?" fragte Gretchen. „Was ist passiert?"

„Irgend so eine Vereinigung für Naturschutz oder so etwas will eine einstweilige Verfügung erwirken, damit wir nicht bauen können", sagte Rudolph. „Wir haben den ganzen Tag mit den Rechtsanwälten zugebracht."

„Und ich dachte, alles sei in bester Ordnung", sagte Gretchen.

„Ich auch", sagte Rudolph. „Bis gestern. Wir hatten gedacht, wir hätten ein Stück verlassenes landwirtschaftliches Gebiet gekauft. Jetzt stellt sich heraus, daß wir ein Stück kostbare Connecticut-Wildnis voller seltener Vögel, lieber Rehe und entzückender Schlangen gekauft haben. Auch drei Luchse sind in den letzten Jahren dort gesichtet worden. Statt halb-philanthropische Wohltäter der alternden Menschheit zu sein, scheint es, daß wir habgierige Großstadtgauner sind, die nur die saubere Luft des souveränen Staates Connecticut verschmutzen wollen, ganz abgesehen davon, daß sie dem Luchs feindlich gegenüberstehen.“ Wieder schüttelte er halb im Scherz den Kopf.

„Und was sagen die Anwälte?“

„Es wird Jahre dauern, selbst wenn wir schließlich gewinnen. Donnelly hat beinahe vor Schuldgefühl geweint, als ihm klarwurde, wie lange unser Geld festliegen wird.“

„Wo ist er“, fragte Gretchen. „Donnelly?“

„Ich habe ihn zu Bett gebracht. Voll bis oben. Morgen wird er sich noch schlimmer fühlen.“

„Das tut mir aber leid“, sagte Gretchen.

„Würfelspiel“, sagte Rudolph. „Laß es dir nicht den schönen Abend verderben. Noch etwas anderes. Ich hatte gestern einen Anruf aus Kalifornien. Von einem Mann, den ich dort kenne, einem Agenten namens Bowen.“

„Ich kenne ihn auch“, sagte Gretchen. „Er ist gut.“

Rudolph nickte. „Er sagt, die Sache mit Wesley hat sich schon herumgesprochen. Er sagt, er kann ihm einen dicken Vertrag verschaffen. Wenn Wesley Schauspieler bleiben will, braucht er einen Agenten, und Bowen gehört zu den seriösesten. Ich muß mit dem jungen Mann reden.“

„Er hat die Bar überfallen, als ich ihn das letztemal sah“, sagte Gretchen, „vollgeschmiert mit Lippenstift.“

„Ich habe ihn geortet. Ich werde ihn mit weisem, onkelhaftem Rat versehen.“ Rudolph beugte sich zu Gretchen und küßte sie auf die Wange. „Meinen Glückwunsch. Du hast großartige Arbeit geleistet. Und dieser Meinung ist nicht nur dein Bruder.“

„Alles ging so glatt. Ich hatte schon Angst, es würde von vorn bis hinten amateurisch werden.“

„Sei nicht so bescheiden, Schwester“, sagte Rudolph und drückte ihre Hand. „Du bist jetzt in der Oberliga.“

„Wir werden sehen. Inzwischen wollen wir die Daumen drükken“, sagte Gretchen, aber sie konnte ein zufriedenes Lächeln nicht ganz unterdrücken.

„Und jetzt zu unserem jungen Mann“, sagte Rudolph. „Reservier mir einen Tanz für nachher.“

„Ich habe jahrelang nicht getanzt."
„Ich auch nicht", sagte Rudolph. „Ich werde die Jungens um einen Walzer bitten."
Er ging zur Bar zurück, aber Wesley war nicht mehr da. Der Barmann sagte, er sei vor fünf Minuten fortgegangen.

Alice saß im Wohnzimmer und las, als Wesley in die Wohnung kam. Er hatte auf dem Heimweg in zwei Bars Zwischenhalte gemacht. Die Bars waren so dunkel, daß ihn niemand nach einem Altersnachweis fragte. Durch die Großstadtstraßen zu gehen hatte sich als problematisch erwiesen, da die Gehsteige in verschiedenen Winkeln von ihm wegzugleiten schienen, und an zwei Ecken war er über den Rinnstein gestolpert.
„Guten Abend", sagte er mit großem Ernst.
„Guten Abend", sagte sie. Sie schaute nicht von ihrem Buch auf. Er bemerkte, daß das Sofa nicht, wie üblich, für die Nacht hergerichtet war. Er hatte den seltsamen Eindruck, nicht Alice zu sehen, sondern ein Spiegelbild von ihr in sich kräuselndem Wasser.
Er verschätzte sich im Abstand, als er sich setzen wollte, und kam mit knapper Not noch auf die Stuhlkante. Er starrte intensiv auf Alice, die sich immer noch kräuselte.
„Ich tauge nichts", sagte er. „Du vergeudest deine Zeit, wenn du dir Sorgen um mich machst."
„Du bist betrunken", sagte sie. „Und ich mache mir keine Sorgen um dich."
„Morgen", sagte er und hörte seine Stimme seltsam aus der Ferne klingen, „bezahle ich dir jeden Cent, den ich dir schulde, und dann ver – ver – verschwinde ich."
„Es wird auch langsam Zeit", sagte Alice, die Augen auf ihrem Buch. „Du wirst sicher eine andere Schlafstelle finden. Und rede nicht von Geld mit mir. Du schuldest mir keinen Cent. Was ich für dich getan habe, habe ich nicht für Geld getan."
Er stierte sie an, es war gar nicht so leicht, die Augen richtig einzustellen. „Hast du was dagegen, wenn ich danke sage?"
„Ich habe etwas gegen alles, was du sagst", sagte sie heftig. „Hollywoodpenner."
„Ich bin nie in Hollywood gewesen. Nicht mal in Kalifornien", sagte er stumpfsinnig.

„Du mit deinen Nutten." Sie feuerte das Buch zu Boden. „Wozu lese ich dieses verdammte Buch? Ein scheußliches Buch."

„Ich dachte, du bist meine ... naja ..." Er redete wie wirr. „Also ... meine Schwester."

„Ich bin nicht deine Schwester."

Er fand nicht, was er sagen wollte, Gehirn und Zunge schienen eingenebelt. „Du sagst, ich sterbe", sagte er, „in deinem Buch. Du möchtest, daß ich edel bin und sterbe. Du verlangst zuviel."

„O mein Gott", sagte sie. Sie stand vom Stuhl auf und ging zu ihm hin und nahm seinen Kopf in ihre Hände und drückte ihn an sich. „Verzeih, ich will nicht, daß du stirbst, Wesley. Das mußt du mir glauben."

„Alle wollen etwas von mir, das ich nicht geben kann", sagte Wesley, den Mund an ihr Kleid gepreßt, mit halb erstickter Stimme. „Ich weiß nicht mehr, wo ich bin. Morgen kannst du auf dem Fundbüro nach mir fragen."

„Bitte, Wesley", flüsterte sie, „sag so etwas nicht."

„Einmal hast du gesagt, du stiehlst ein Stück von meiner Seele ..." Er stöhnte beim Sprechen. „Ich höre dich nachts an der Schreibmaschine und sage mir: Da geht wieder ein Stück von meiner Seele hin."

„Bitte, bitte, Süßer ..." Sie preßte seinen Kopf noch enger an sich, als wolle sie ihn am Weitersprechen hindern. „Du tötest mich."

„Immerzu muß ich mich schämen." Er drehte den Kopf zur Seite, um sprechen zu können. „Was ich heute abend durchgemacht habe ... Und jetzt du ... Ich habe dich enttäuscht, ich weiß, aber ..."

„Schsch, schsch, Baby", wisperte sie.

„Ich liebe dich", sagte er.

Sie zog ihn fest an ihren Körper. Dann lachte sie unvermittelt. „Warum, zum Teufel, hast du so lange gebraucht, mir das zu sagen?" Sie fiel auf die Knie und küßte ihn hastig. Dann bog sie den Kopf zurück, um ihn anzusehen. „Sag's noch einmal", sagte sie.

„Ich liebe dich", sagte er.

„Du siehst entsetzlich aus", sagte sie.

„Ich *fühle* mich entsetzlich. Es ist das zweitemal in meinem Leben, daß ich betrunken bin. Entschuldige bitte, ich muß mal kotzen." Er stand unsicher auf und schwankte zum Badezimmer, und der ganze Whisky kam hoch. Er fühlte sich danach nicht besser, immer noch schwach und wackelig. Er zog sich vorsichtig aus, putzte sich zwei Minuten lang die Zähne und nahm eine kalte Dusche. Beim Abtrocknen fühlte er sich ein bißchen besser, obgleich er nur mit größter Vorsicht den Kopf drehen konnte und sein Magen sich anfühlte, als hätte er Nägel verschluckt. Er zog sich den Bademantel über, den Alice für ihn ausgesucht hatte, und ging mit nassen Haaren ins Wohnzimmer zurück, wobei er sich mit den Händen an der Wand hielt.

Im Wohnzimmer war niemand, und das Sofa war noch immer nicht zum Schlafen zurechtgemacht.

Er hörte Alices Stimme aus dem Schlafzimmer. „Ich bin hier drin. Du brauchst dir heute keinen anderen Schlafplatz zu suchen."

Noch immer schwach und mit einem Karussell samt Drehorgel im Kopf, stolperte er ins Schlafzimmer. Nur eine kleine Lampe brannte, und es war schummrig, aber er sah Alice, die sich noch immer kräuselte, unter der Decke des großen Bettes.

„Komm her", sagte sie. „Schlüpf herein."

Er machte sich daran, mitsamt dem Bademantel ins Bett zu klettern.

„Zieh das verdammte Ding aus", sagte sie.

„Mach das Licht aus." Der Gedanke, daß Alice Larkin, dieses scheue und damenhafte Wesen, ihn nackt sehen könnte, schokkierte ihn.

Sie lachte, als sie die Lampe ausdrehte. Er stolperte, als er den Bademantel fallen ließ, und stieß sich, während er sich zum Bett hintastete, das Schienbein an einem Ankleidetisch. Sie fühlte sich klein an, und ihre Haut war weich und aromatisch, als er die Arme um sie legte, aber ihm war noch immer furchtbar elend zumute.

„Ich kann nicht", flüsterte er. „Ich liebe dich und kann nicht. Du hättest mir das eher am Abend sagen sollen, ehe ich all das Zeug trank."

„Ich wußte es nicht eher", sagte sie. „Es macht nichts." Sie küßte ihn aufs Ohr und kuschelte sich an ihn. „Morgen früh bist du wieder in Ordnung."

Und das war er.

8

Aus Billy Abbotts Tagebuch

1971

Sie ist immer noch da.

Sie hat noch nicht durchblicken lassen, daß sie mich kennt. Sie und ihr Gefrierproduktfabrikant aus Düsseldorf sprechen, soviel ich sehen kann, mit niemandem. Ich sehe sie auch nie mit irgend jemandem. Er spielt jeden Tag Golf. Sie sind auf keiner der Partys, zu denen ich eingeladen bin. Ich habe herausbekommen, daß sie im Hotel als Señorita Monika Hitzmann gemeldet ist, was nicht ihr Name war, als ich sie kannte. Wenn wir einander zufällig begegnen, ob sie nun allein oder mit ihrem Freund ist, gehen wir wie Fremde aneinander vorbei, obgleich ich einen eisigen Luftzug dabei verspüre, genauso wie die Kälte, die man wahrscheinlich fühlt, wenn man an einem Eisberg vorüberfährt.

Gelegentlich kommt sie, mit oder ohne ihren Freund, an den Tennisplätzen vorbei. Meist bleibt sie dann einen Augenblick stehen, um zuzuschauen, so wie es viele andere Gäste auch tun.

Mein Spiel wird täglich schlechter.

Es gibt noch eine weitere Komplikation. Ich werde von einer jungen Spanierin namens Carmen (kann man dem melodischen Echo nicht entgehen?) aus Barcelona umworben, wenn das das richtige Wort ist, die wild und unermüdlich Tennis spielt und deren Vater, wie ich gehört habe, ein hohes Tier in der Franco-Regierung in Barcelona war. Manchmal ist er mit und manchmal nicht, ein hochaufgerichteter, grauhaariger Herr mit einem unversöhnlichen Gesicht.

Seine Tochter ist zwanzig Jahre alt, mit gefährlichen dunklen Augen, blondem Haar und tigerhaften Bewegungen, sowohl auf dem Platz als auch anderswo, als ob sie sich verpflichtet fühlt, dem Opernlibretto nachzuleben. Ich muß mich im Einzel mit ihr furchtbar strecken. Manchmal lädt sie mich auch nach dem Spiel oder bei anderer Gelegenheit zu einem Drink ein und vertraut mir Dinge an, die ich gar nicht hören will. Sie ist in England zur Schule gegangen und spricht die Sprache gut, wenn auch mit starkem Akzent. Bei ihr verschanze ich mich hinter meiner blöden Sportsmanntour, wenn sie auch sagt, daß sie mich durchschaut, was sie leider tut. Zu den Dingen, die sie mir anvertraut hat, gehört, daß ihr Vater, obgleich er Katalanier ist, unter Franco gekämpft hat und eine Weltanschauung hat wie die Hauptleute von Ferdinand und Isabella, die die Juden und Mauren aus Spanien vertrieben. Sie bringt ihren Vater auf die Palme, indem sie katalanisch mit ihm spricht, und sie liebt ihn heiß. Sie wird nicht eher glücklich sein, sagt sie, bis die katalanische Flagge über Barcelona weht und die Dichter „ihres" Landes, wie sie es nennt, in dieser Sprache dichten. Sie und Monika, die ja ebenfalls auf die sprachliche Aufteilung Europas versessen ist, hätten sich viel zu sagen, obgleich ich Zweifel hege, ob Carmen schon ihre erste Bombe geworfen hat. Sie verteilt Flugzettel, was vielleicht gegen das Gesetz ist. Sie hat einen wunderbaren, graziösen Körper, und ich weiß nicht, wie lange ich ihr noch widerstehen kann, obwohl ich ihren Vater fürchte, der, wenn er mich anschaut, was er selten tut, das verächtlichste Mißtrauen dabei zu erkennen gibt. Carmen sagte zwar, er betrachte alle Ausländer, speziell Amerikaner, mit dem gleichen Mißtrauen, aber ich kann mir nicht helfen, ich finde, gegen mich hat er einen ganz besonderen Widerwillen, der nicht rein chauvinistisch ist.

Sie sieht wie die Sorte junger Frauen aus, die man in spanischen Zeitungen an der *barrera* stehend sieht, wenn die Matadore ihnen ihre Stiere weihen. Und sie sieht nicht wie die Art von Mädchen aus, die man in Amerika beim Verteilen von Flugblättern antrifft.

Sie ähnelt Monika in mindestens einer Beziehung: Sie wird nie einem Mann eine gute Frau sein.

Der nächste Tag war schlimm für Billy Abbott. Monika kam mit ihrem Freund zu den Tennisanlagen herunter und buchte eine Woche Unterricht, täglich um 11 Uhr morgens.

Billy gab ihr die erste Stunde. Es war hoffnungslos. Er konnte ihr nichts sagen, da ihr Freund die ganze Dreiviertelstunde über dasaß und zuschaute. Sie sprach Billy als Mr. Abbott an, und er sagte Señorita Hitzmann zu ihr. Während er ihr die Bälle zuwarf, die sie in den meisten Fällen verfehlte, dachte er: Ich muß sie morgen irgendwie auf die Seite nehmen und fragen, was sie eigentlich vorhat; sie kann doch nicht rein zufällig nach El Faro gekommen sein.

Am Nachmittag gewann Carmen um ein Haar einen Satz. Sie war in gereizter Stimmung und spielte rabiat.

Als sie nachher allein in der Hotelbar saßen, fragte er sie, was los sei.

„Haben Sie heute morgen die Zeitung gelesen?“

„Nein.“

„Auf der ersten Seite war ein Photo eines Ihrer Admirale, wie er von Franco dekoriert wurde.“

Er zuckte die Achseln. „Dazu sind doch Admirale da“, sagte er. „Daß er einen Orden umgehängt bekommt, macht mir nichts aus. Was mich aufbringt, ist, daß er überhaupt hier ist, er und seine Schiffe und unsere Luftwaffe mit ihren Flugzeugen. Ich war lange in der Armee, und ich bin skeptisch, was wir überhaupt ausrichten könnten, wenn es zum Zusammenstoß käme.“

Carmen funkelte ihn an. „Was möchten Sie denn, daß geschieht – daß die Russen Europa überrennen?“

„Wenn sie Europa überrennen wollen“, sagte er, „hätten sie es längst getan. Wir sind hier in Europa gerade in genügender Anzahl, um die Russen zu ärgern, aber nicht, um sie an irgend etwas ernsthaft zu hindern. Wenn es zum Kriege käme, würden die Fernraketen das Kämpfen besorgen, nicht die Bodentruppen. Die würden am ersten Tag verbraten werden. Ich habe zum Bodenpersonal gehört, und ich fand das nicht sehr komisch.“

„Da bin ich ja sehr froh“, sagte Carmen sarkastisch, „meinen eigenen, privaten amerikanischen Militärexperten zu haben, der mir erklärt, wie die Kinder zur Welt kommen.“

„Das ist alles nur Show“, sagte Billy. Er wußte nicht recht, warum er sich mit ihr herumstritt. Wahrscheinlich, weil er nur mit acht zu sechs im dritten Satz gewonnen hatte. Vielleicht auch, weil er es satt hatte, von hübschen jungen Weibern politische Vorlesungen zu bekommen. „Ein paar Stützpunkte da und dort geben den Militärbonzen nur Gelegenheit, aus dem Kongreß mehr Geld herauszuquetschen, damit sie in großen Schlitten herumkutschieren und hier fünfmal besser leben können als daheim.“ Und dann sagte er, mehr um sie hochzunehmen, als weil er es ernsthaft meinte: „Wenn wir jedem amerikanischen Soldaten die Uniform ausziehen und ihn heimschicken würden, um etwas Nützliches zu tun, wäre das besser für alle Beteiligten – einschließlich der Spanier.“

„Die Schwachen und Faulen finden immer Ausreden für ihre Schwäche und Faulheit“, sagte Carmen. „Gott sei Dank sind nicht alle Amerikaner so wie Sie.“ Ihre politischen Ansichten waren ziemlich kompliziert. Sie haßte Franco und haßte die Kommunisten, und jetzt haßte sie anscheinend auch ihren Tennislehrer nebst dem amerikanischen Admiral. „Hier zu sein, ist moralisch“, sagte sie. „Sich als Amerikaner von einem Kerl wie Franco einen Orden an die Brust heften zu lassen, ist unmoralisch. Bereit zu sein, ein Land – schließlich im eigenen Interesse – zu verteidigen, ist *eine* Sache, das Ansehen eines widerwärtigen Regimes stützen zu helfen, ist eine andere. Wäre ich Amerikanerin, ich würde an den Kongreß, ans State Department, an den Präsidenten, an die Presse schreiben und protestieren. Also bitte, wenn Sie etwas Nützliches tun wollen, schreiben Sie wenigstens einen Brief an die ‚Herald Tribune‘.“

„Wie lange, glauben Sie, wäre ich noch hier, wenn der Brief veröffentlicht würde?“

„Vierundzwanzig Stunden“, sagte Carmen. „Es wäre die Sache wert.“

„Aber essen muß man auch.“

„Geld“, sagte Carmen verächtlich. „Für Leute wie Sie ist alles nur eine Geldfrage.“

„Darf ich Sie daran erinnern“, sagte Billy, „daß ich nicht über einen reichen Vater verfüge wie gewisse Leute, die ich kenne?“

„Das ist schändlich, so etwas zu sagen. Eines sollte man den Spaniern doch wenigstens zugestehen – sie messen ihr Leben nicht in Dollars und Cents.“

„Ich sehe ganz schön reiche Spanier hier“, sagte Billy, „die ihre Zeit mit Geldmachen und noch mehr Geldmachen verbringen. Die zum Beispiel Olivenhaine hier unten aufkaufen und Touristenfallen daraus machen. All die großen Jachten im Hafen gehören sicher auch nicht gerade Leuten, die das Armutsgelübde abgelegt haben."

„Gesindel", sagte Carmen. „Ein Bruchteil der Bevölkerung. Ohne Seele. Sie tun genau, was Franco und seine Verbrecher ihnen sagen, damit sie ihre *Fincas,* ihre Jachten, ihre Maitressen behalten können, während der Rest des Landes verhungert. Ich hasse den Kommunismus, aber wenn ich sehe, was normale Männer und Frauen hier tun müssen, um eine Familie durchzubringen, kann ich verstehen, warum sie davon angezogen werden. Aus Verzweiflung."

„Was wollen Sie – noch einen Bürgerkrieg?" sagte Billy. „Noch eine Million Tote? Noch mehr Blutvergießen auf den Straßen?"

„Wenn es dazu kommt", sagte Carmen, „dann werden Ihre Freunde, die Jachtbesitzer, die Schuldigen sein. Natürlich will ich das nicht. Was ich will, ist eine anständige, ordnungsmäßige Veränderung. Wenn es in Amerika geht, warum sollte es nicht hier gehen?"

„Ich bin kein Sachverständiger für spanischen Charakter", sagte Billy, „aber ich habe mir sagen lassen, daß Ihre Landsleute, wenn sie sich amüsieren, zu Blutdurst, Grausamkeit und Gewalttat neigen."

„Oh, ich habe dieses Gefasel so satt", schrie Carmen. „Als ob ganz Spanien aus Stierkämpfen, Flagellanten und Familienblutrache bestände. Wie kommt es, daß niemand darüber spricht, wie grausam und gewalttätig die Deutschen als Rasse sind – nach allem, was sie in Europa angerichtet haben? Oder die Franzosen mit ihrem Napoleon? Und ich will gar nicht erst davon reden, was die Amerikaner zu ihrer Zeit getan haben, Sie armer, nutzloser Tennisspieler Sie!" Sie saßen bei diesem Gespräch an der Hotelbar, und Carmen zeichnete verächtlich den Bon für die Drinks ab. „So, nun haben Sie das Geld für Ihren Gin und Tonic gespart. Freuen Sie sich doch, daß Sie ins grausame gewalttätige Spanierland gekommen und hier Lakai der Reichen geworden sind!"

„Vielleicht", sagte Billy verletzt, „sehen wir uns lieber nicht mehr. Suchen Sie sich gefälligst einen anderen zum Tennisspielen."

„Sie werden mit mir Tennis spielen", sagte Carmen, „weil

Sie dafür bezahlt werden, mit mir Tennis zu spielen. Morgen um die gleiche Zeit." Sie ging mit langen Schritten aus der Bar und ließ ihn in dem großen leeren Raum allein sitzen. Mein Gott, dachte er, und ich habe mir eingebildet, sie will etwas von mir! Erst Monika mit ihren Bomben und nun das.

Am folgenden Vormittag kam Monika allein zu den Plätzen. Billy mußte zugeben, daß sie wie eine Tennisspielerin aussah, klein und hübsch, mit guten Beinen, in kurzem Tennisdreß, der ihr gut stand, mit einem Kopfband, um ihr adrett frisiertes Haar zusammenzuhalten.

Als sie zusammen auf den Platz gingen, sagte Billy leise: „Sag, Monika, was soll eigentlich dieses Spiel?"

„Mein Name ist Señorita Hitzmann", sagte sie kalt, „Mr. Abbott."

„Wenn du das Geld willst, das ich nach Paris mitgenommen habe – und das andere – das andere aus dem Paket", sagte Billy, „kann ich es dir holen. Es würde etwas dauern, aber ich könnte es . . ."

„Ich weiß nicht, wovon Sie reden, Mr. Abbott."

„Also wirklich", sagte er gereizt. „Mr. Abbott! Du hast mich auch nicht Mr. Abbott genannt, als wir den ganzen Nachmittag in Brüssel gevögelt haben."

„Wenn Sie so weiterreden, Mr. Abbott", sagte sie, „werde ich der Verwaltung melden müssen, daß Sie kostbare Zeit mit Unterhaltungen verplempern, anstatt zu tun, wozu Sie da sind – nämlich mir Tennisunterricht zu erteilen."

„Du wirst niemals Tennisspielen lernen."

„In dem Fall", sagte sie seelenruhig, „wäre das ein weiterer Versager, an den Sie sich im Alter erinnern könnten. Und jetzt möchte ich bitte mit dem Unterricht beginnen."

Er seufzte, ging auf die andere Platzseite und begann, ihr weiche, hohe Bälle zuzuschlagen. Sie schlug sie um keinen Deut besser zurück als am Vortag.

Als die Lektion zu Ende war, sagte sie: „Danke, Mr. Abbott", und ging vom Platz.

An diesem Nachmittag schlug er Carmen sechs-null, sechs-drei. Er spielte tückisch, mischte lange hohe und kurz geschnittene Bälle in sein Spiel und ließ sie laufen, bis sie rot im Gesicht war. Auch sie ging mit einem kurzen Satz davon: „Sie haben gespielt wie ein Eunuch." Sie lud ihn nicht zu einem Drink ein.

Spanien, dachte er, als er sie mit fliegendem Blondhaar zum Hotel staksen sah, wird zusehends unangenehmer.

Wesley nahm den Zug von London nach Bath und genoß am Fenster die vorbeigleitende grüne Landschaft Englands. Nach den Spannungen und Ungewißheiten Amerikas war es wohltuend gewesen, in London herumzustromern, wo er keinen kannte und keiner etwas von ihm wollte. Er hatte an der Bar in einem Pub einen Stehlunch eingenommen, als die Stimme der Barmaid ihn an Kates Jargon erinnerte. Plötzlich wurde er sich bewußt, wie sie ihm gefehlt hatte. Er aß sein Sandwich auf und ging zum Bahnhof und nahm den ersten Zug nach Bath. Sie würde überrascht sein, ihn zu sehen. Hoffentlich angenehm überrascht.

In Bath angelangt, gab er einem Taxifahrer die Adresse und setzte sich zurück und schaute neugierig auf die sauberen Straßen und anziehenden Gebäude der Stadt und dachte: Ein bißchen schöner als Indianapolis ist es schon.

Die Taxe hielt vor einem schmalen, kleinen, weißgestrichenen Haus, das zu einer ganzen Reihe ähnlicher kleiner Häuser gehörte. Er bezahlte den Fahrer und klingelte an der Haustür. Nach einem Augenblick öffnete sich die Tür, und eine kleine, grauhaarige Frau mit einer Schürze stand im Türrahmen und sagte: „Guten Tag."

„Guten Tag, Ma'am", sagte Wesley. „Ist Kate zu Hause?"

„Wer sind Sie bitte?"

„Wesley Jordache, Ma'am."

„Nein, mein Gott!" Die Frau strahlte über das ganze Gesicht. Sie streckte ihm die Hand hin, und Wesley ergriff sie. Es war die schwielige Hand einer arbeitenden Frau. „Ich habe schon so viel von dir gehört. Komm 'rein, komm 'rein, Junge. Ich bin Kates Mutter."

„How do you do, Mrs. Bailey", sagte er.

Die Tür führte direkt in das kleine Wohnzimmer. Auf dem Boden krabbelte ein Baby in einem Laufstall und stieß vergnügte Laute aus. „Das ist dein Bruder, Wesley", sagte Mrs. Bailey. „Zumindest dein Stiefbruder. Er heißt Tom."

„Ich weiß", sagte Wesley. Er beäugte das Baby interessiert.

„Sieht wie ein freundlicher, gesunder kleiner Bursche aus, wie?“

„Er ist ein Schatz“, sagte Mrs. Bailey. „Vergnügt von früh bis spät. Kann ich dir eine Tasse Tee machen?“

„Nein, danke. Ich würde Kate gern sehen, wenn sie da ist.“

„Sie hat jetzt Dienst“, sagte Mrs. Bailey. „Du kannst hingehen. Es ist im King's Arms Pub. Nur ein paar Straßen weiter. Gott, wird sie sich freuen. Du bleibst doch bei uns zum Abendessen?“

„Ich werde sehen, wie es Kate paßt. He, Tommy“, sagte er und ging zum Laufstall, „was machst du so?“

Das Baby lächelte ihn an und brachte einen kleinen Gurgelton hervor. Wesley beugte sich hinunter und streckte dem Baby die Hand mit ausgestrecktem Finger hin. Das Baby setzte sich auf, packte den Finger und stand, als Wesley behutsam seine Hand nach oben zog, auf wackligen Beinen da. Das Baby lachte triumphierend. Wesley staunte, wie stark die winzige Hand um seinen Finger war. „Tommy“, sagte er, „du hast einen mächtigen Griff am Leibe.“

Das Baby lachte wieder, dann ließ es los und plumpste auf den Popo. Wesley schaute zu ihm hinunter, und eine Art von Rührung überkam ihn, wie er sie noch nie empfunden hatte, halb zärtlich, halb seltsam bange. Jetzt war das Baby glücklich. Vielleicht war er in diesem Alter auch glücklich gewesen. Wie lange würde es wohl für seinen Bruder währen? Mit einer Mutter wie Kate vielleicht für immer.

„So“, sagte er zu Mrs. Bailey, „wenn Sie so gut sein wollen und mir sagen, wie ich zu dem Pub komme ...“

„Wenn du aus dem Haus kommst, links hinunter“, sagte Mrs. Bailey, „zwei, drei Straßen weiter siehst du es schon an der Ecke.“ Sie machte ihm die Haustür auf. Sie reichte ihm kaum bis an die Schulter, als sie mit ihrem gütigen, einfachen Gesicht neben ihm stand. „Ich muß dir sagen, Wesley“, sagte sie mit ruhigem Ernst, „die Zeit, wo meine Tochter mit deinem Vater war, war die schönste. Sie vergißt es nie. Und wäre es jetzt wohl zuviel verlangt, wenn ich sage, ich möchte dich einmal richtig in die Arme schließen?“

Wesley legte seine Arme um sie und drückte sie an sich und küßte sie auf den Kopf. Als er zurücktrat, sah er, daß ihre Augen feucht waren, obgleich sie lächelte. „Du darfst bei uns kein Fremdling sein“, sagte sie.

„Ich komme wieder“, sagte Wesley. „Jemand muß ihm beibringen, Baseball zu spielen statt Cricket, und warum nicht ich?"

Mrs. Bailey lachte. „Du bist ein guter Junge", sagte sie. „Du bist genau, wie Kate gesagt hat."

Sie blieb in der offenen Tür stehen und schaute ihm nach, wie er die sonnenbeschienene Straße hinunterging.

Das King's Arms war ein kleines Pub, mit dunkler Holztäfelung und kleinen Fässern für Sherry und Port hoch hinter der Bar. Es war fast drei Uhr. Mittagspause, und nur ein alter Mann saß an einem der kleinen runden Tische und döste über einem hellen Bier. Kate war beim Gläserspülen, und ein Mann in einer Schürze stellte Bierflaschen in ein Regal, als Wesley hereinkam.

Er stellte sich an die Bar und sagte nichts und wartete darauf, daß Kate von ihrer Arbeit aufschauen würde. Als sie es tat, sagte sie: „Was soll's denn sein, Sir?"

Wesley grinste sie an.

„Wesley!" rief sie. „Wie lange stehst du schon hier?"

„Eine Viertelstunde", sagte er. „Ich sterbe vor Durst."

„Willst du wirklich ein Bier?"

„Nein. Nur dich anschauen."

„Ich sehe furchtbar aus", sagte sie.

„Ach wo", sagte er. Sie sah fast genau so aus, wie er sie in Erinnerung hatte, nicht so gebräunt vielleicht, und etwas voller im Gesicht und am Busen. „Du siehst schön aus."

Sie sah ihn ernst an. „Das stimmt zwar nicht", sagte sie, „aber es ist schön zu hören."

Die Uhr über der Bar schlug drei, und sie rief: „Zeit, Gentleman, bitte!" Der alte Mann am Tisch schüttelte sich wach, leerte sein Glas, stand auf und ging.

Kate kam hinter der Bar vor und blieb zwei Schritte vor Wesley stehen, um ihn zu betrachten. „Du bist ein Mann geworden", sagte sie.

„Nicht wirklich", sagte Wesley.

Dann küßte sie ihn und hielt ihn einen Moment lang an sich. „Ich freue mich so, daß du da bist. Woher wußtest du, wo ich bin?"

„Ich war bei dir zu Hause. Deine Mutter hat es mir gesagt."

„Hast du den Kleinen gesehen?"

„Ja", sagte er. „Phantastisch."

„Er ist nicht phantastisch, aber ich bin zufrieden."

Wesley konnte ihre Freude sehen.

„Ich werf' mir rasch einen Mantel über, und wir machen einen schönen, langen Spaziergang, und du erzählst mir, wie es dir ergangen ist, ja?"

Im Hinausgehen rief sie dem Mann hinter der Bar zu: „Seh' dich um sechs, Ally."

Der Mann brummte.

„Eine schöne Stadt ist das", sagte Wesley, als sie in der milden Sonne dahinschlenderten. Ihre Hand lag leicht auf seinem Arm. „Sieht aus, als ob es sich hier gut lebt."

„Bath!" Sie zuckte die Achseln. „Hat bessere Tage gesehen. Die vornehme Welt kam in der Saison hierher und trank den Brunnen, brachte Töchter unter die Haube und spielte im Kasino. Jetzt sind's hauptsächlich Touristen. Es ist ein bißchen, als ob man im Museum lebt. Ich weiß nicht, wo heutzutage die vornehme Welt hingeht. Oder ob es noch eine vornehme Welt gibt."

„Vermißt du das Mittelmeer?"

Sie nahm die Hand von seinem Arm und starrte im Gehen nachdenklich vor sich hin. „Einiges vom Mittelmeer, ja ..." sagte sie. „Anderes überhaupt nicht. Reden wir nicht mehr davon, ja? Und was hast du so getrieben?"

Als er mit seinem Bericht fertig war, hatten sie einen beträchtlichen Teil der kleinen Stadt hinter sich gebracht. Sie schüttelte traurig den Kopf, als er ihr von Indianapolis erzählte, wurde nachdenklich, als er die Leute beschrieb, die er seines Vaters wegen aufgesucht hatte, und starrte ihn fast ehrfürchtig an, als er von seiner Rolle in Gretchens Film sprach.

„Schauspieler", sagte sie. „Wer hätte das je gedacht? Bleibst du dabei?"

„Vielleicht später", sagte er. „Ich muß erst noch einiges in Europa erledigen."

„In welcher Gegend von Europa?" fragte sie argwöhnisch. „Cannes zum Beispiel?"

„Wenn du es durchaus wissen mußt", sagte er, „ja, Cannes."

Sie nickte. „Bunny hat schon immer gefürchtet, daß es einmal kommen würde."

„Jetzt", sagte er.

„Ich würde mich gern an der ganzen Scheißwelt rächen", sagte sie. „Aber ich schenke in einem Lokal Getränke aus. Irgendwo muß Rache einmal ein Ende nehmen, Wesley."

„Irgendwo muß Rache einmal *anfangen*", sagte Wesley.

„Und wenn du selbst dabei draufgehst, wer wird *dich* dann rächen?" Ihre Stimme war bitter und ärgerlich.

„Darüber wird sich jemand anders den Kopf zerbrechen müssen."

„Ich werde mich nicht mit dir streiten. Du ähnelst zu sehr deinem Vater. Ich konnte ihn niemals mit Vernunftgründen von etwas abbringen. Wenn du durchaus nicht abzuhalten bist, wünsche ich dir alles Gute. Stell es wenigstens geschickt an. Und *wenn* du es tust, und *wenn* du nicht geschnappt wirst – was reichliche viele Wenns sind –, was willst du dann machen?"

„Darüber habe ich auch schon nachgedacht", sagte Wesley. „Mit dem Geld von der Erbschaft und dem Geld, das ich eventuell beim Film mache, habe ich vielleicht in ein paar Jahren genug beisammen, um mir ein Schiff zu kaufen, so etwas wie die ‚Chlothilde' etwa, und damit Charterfahrten . . ."

Kate schüttelte ungeduldig den Kopf. „Du kannst deines Vaters Sohn sein", sagte sie. „Aber dein Vater kannst du nicht sein. Leb dein eigenes Leben, Wesley."

„Es wird mein eigenes Leben sein", sagte Wesley. „Ich habe sogar daran gedacht, daß du mit deinem Anteil an der Hinterlassenschaft vielleicht bei mir als Partner einsteigen und mit mir auf dem Schiff fahren würdest. Wenn wir so weit wären, daß wir ein Schiff kaufen könnten, dann könnte auch das Kind . . . Tommy . . ." Er stolperte über den Namen. „Er wäre dann schon in dem Alter, wo er ohne Gefahr an Bord sein könnte, und . . ."

„Träume", sagte sie. „Alte Träume."

Sie gingen schweigend eine Weile.

„Ich muß dir etwas sagen, Wesley", sagte sie. „Mein Geld ist futsch. Ich habe es nicht mehr."

„Aufgebraucht?" sagte er ungläubig. „So wie du lebst . . ."

„Ich weiß, wie ich lebe", sagte sie bitter. „Ich lebe dumm. Da ist ein Mann, der sagt, er will mich heiraten. Er ist selbständig, hat ein kleines Transportgeschäft in Bath. Einmal sagte er, er brauche das Geld, um nicht in Konkurs zu gehen."

„Und du hast ihm den ganzen Ramsch gegeben?"

Sie nickte. „Ich dachte, ich liebe ihn. Du mußt mich da verstehen. Ich bin keine Frau, die ohne Mann leben kann. Ich sehe ihn so ziemlich jeden Nachmittag, wenn das Pub zumacht. Ich hätte heute nachmittag bei ihm sein sollen, und er wird fuchsteufelswild sein, wenn er heute abend kommt und ich ihm sage, daß ich den Nachmittag mit Toms Sohn verbracht habe. Er weigert sich, das Baby auch nur anzuschauen, wenn er mich von zu Hause abholen kommt."

„Und so einen Mann willst du heiraten?"

„Er war nicht so, bevor er sein Geld verlor", sagte sie. „Bis dahin war er einfach wunderbar. Mit mir, mit dem Baby, meiner Mutter . . ." Sie seufzte. „Du bist jung, du denkst, die Dinge sind schwarz und weiß . . . Laß dir etwas von mir sagen: Für eine Frau in meinem Alter, von meiner Herkunft, die ihr Leben lang nur Dreckarbeit gemacht hat, nicht hübsch ist – für die ist *nichts* leicht." Sie schaute auf ihre Uhr. „Es ist gleich fünf. Ich habe es mir zur Gewohnheit gemacht, mindestens eine Stunde am Tag bei Tommy zu sein, bevor ich wieder zur Arbeit muß."

Sie gingen schweigend zum Hause ihrer Mutter zurück. Vor dem Haus stand ein Auto mit einem Mann am Steuer. „Das ist er", sagte Kate. „Er wartet und schäumt."

Als Kate und Wesley sich dem Hause näherten, stieg der Mann aus dem Wagen. Er war ein großer, schwerer Mann und roch nach Alkohol. „Wo steckst du, zum Teufel?" sagte er laut. „Ich warte hier seit scheißdrei."

„Ich bin ein bißchen mit diesem jungen Mann spazierengegangen", sagte Kate gelassen. „Harry, dies ist Wesley Jordache, er hat mich besucht. Harry Dawson."

„Ein bißchen spazierengegangen, so?" Dawson ignorierte die Vorstellung. Er gab ihr eine schallende Ohrfeige. Es kam so plötzlich, daß Wesley keine Zeit hatte zu reagieren.

„Ich werd' dich lehren, kleine Spaziergänge machen." Dawson brüllte und hob die Hand aufs neue.

„Einen Moment, Kumpel", sagte Wesley und packte den Mann am Arm und schob ihn von Kate weg, die nach vorn gebeugt, beide Hände schützend vor dem Gesicht, dastand.

„Laß mich los, Scheiß-Yankee", sagte Dawson und versuchte, seinen Arm freizubekommen.

„Du hast heute die längste Zeit geschlagen, Mister." Wesley drängte Dawson mit der Schulter noch weiter zurück. Dawson bekam den Arm frei und schlug Wesley an die Schläfe. Wesley ging fast zu Boden, so wuchtig war der Schlag, dann stieß er einen Grunzlaut aus und schlug zu. Er traf Dawson mitten auf den Mund, und Dawson packte ihn, und beide fielen miteinander verschlungen auf den Gehsteig nieder. Wesley mußte zwei weitere Kopfhiebe einstecken, bis er dem Mann das Knie in die Leisten rammen und seine Hände auf dem Gesicht des Mannes betätigen konnte. Dawsons Körper wurde schlaff, und Wesley kam hoch und stand über ihm. Er versetzte Dawson zwei bösartige Tritte gegen den Kopf.

Kate, die, während die beiden Männer miteinander kämpften, ohne einen Laut vornübergebeugt dagestanden hatte, stürzte jetzt zu ihm hin, umschlang ihn mit den Armen und zog ihn von dem Mann auf dem Boden fort. „Das ist genug jetzt", schrie sie. „Du willst ihn doch nicht töten!"

„Genau das möchte ich", sagte Wesley wutzitternd. Aber er ließ sich von Kate wegziehen.

„Bist du verletzt?" fragte sie, die Arme immer noch um ihn geschlungen.

„Nein, nein", sagte er, obgleich sein Kopf sich anfühlte, als hätte ihm einer mit einem Ziegelstein darauf gehauen. „Nichts Schlimmes. Du kannst mich jetzt loslassen. Ich tue deinem Drecksfreund nichts mehr."

„Wesley", sagte Kate atemlos, „du mußt machen, daß du hier fortkommst. Wenn er aufsteht . . ."

„Der tut keinem mehr was zuleide", sagte Wesley. „Er hat seine Lektion bekommen."

„Er geht wieder auf dich los", sagte Kate. „Und nicht allein. Er kommt mit Leuten von seinem Fuhrhof. Und die kommen nicht mit nackten Händen. Bitte geh, sofort . . ."

„Und was wird mit dir?"

„Mach dir meinetwegen keine Sorgen", sagte sie. „Mir passiert nichts. Aber geh."

„Ich möchte dich nicht mit diesem elenden, diebischen Scheißkerl allein lassen." Er schaute zu Dawson hinunter, der sich zu rühren begann, obgleich seine Augen noch geschlossen waren.

„Er kommt mir nicht mehr in die Nähe", sagte Kate. „Ich bin fertig mit ihm."

„Sagst du das nicht nur, um mich hier wegzubekommen?" sagte Wesley.

„Ich schwöre, es ist die Wahrheit. Wenn er versuchen sollte, mir je wieder nahe zu kommen, hetze ich ihm die Polizei auf den Hals." Sie küßte Wesley auf den Mund. „Leb wohl, Tommy."

„Tommy?" Wesley lachte.

Auch Kate lachte und faßte sich verwirrt an die Stirn. „Es

ist heute zuviel passiert. Gib gut auf dich acht, Wesley. Es tut mir leid, daß du in diese Sache hineingeraten bist. Jetzt geh."

Wesley schaute Dawson an, der versuchte, sich aufzusetzen und mit umnebeltem Blick seine blutigen Lippen betastete. Wesley ging neben ihm auf ein Knie hinunter und packte ihn rauh an der Krawatte. „Hör zu, Affe", sagte er, den Mund dicht an Dawsons aufgeschwollenem Ohr. „Wenn ich höre, daß du sie noch einmal anrührst, bin ich wieder da. Und was du heute abgekriegt hast, wird dir wie ein Picknick vorkommen gegen das, was du dann beziehst. Verstehst du mich?"

Dawson blubberte etwas Unverständliches durch seine aufgespaltenen Lippen.

Die Krawatte des Mannes noch in der Hand, klatschte Wesley ihm eine ins Gesicht, der Knall war scharf und laut. Er hörte, wie Kate keuchend die Luft ausstieß, als er aufstand.

„Ende des Kapitels", sagte Wesley. Er küßte Kate auf die Wange und ging, ohne sich umzuschauen, die Straße hinunter. Sein Kopf tat ihm noch weh, aber das Gehen fiel ihm leicht. Ihm wurde immer besser zumute, und die Erinnerung an die Schlägerei gab ihm das Gefühl, wundervoll im Einklang mit der Welt zu sein. Auch im Zug fühlte er sich herrlich, die ganze Zeit, bis er in London war.

Billy spielte mit Carmen, diesmal ohne Bosheiten, als ein junger Mann in Blue jeans mit streifigem blonden Haar und einem Rucksack auf den Schultern am Platz auftauchte, eine Weile stehend dem Spiel zuschaute, dann den Rucksack abnahm und sich außerhalb des Platzes ins Gras setzte, um in aller Bequemlichkeit zuschauen zu können. Rucksackreisende waren in El Faro ein ungewohnter Anblick, und Billy ertappte sich dabei, daß er neugierig zu dem jungen Mann hinüberblickte. Der Gesichtsausdruck des jungen Mannes war ernst und interessiert, obgleich er keine Anzeichen von Billigung oder Mißbilligung sehen ließ, wenn Carmen oder Billy besonders gute Schläge gelangen oder wenn sie Fehler machten.

Carmen schien, wie Billy feststellte, genauso neugierig und schaute gleichfalls öfters zu dem Zuschauer im Gras hinüber. „Wissen Sie, wer der Junge ist?" fragte sie beim Seitenwechsel.

„Nie gesehen", sagte Billy und trocknete sich die Stirn mit dem Handtuch.

„Er ist ein Fortschritt gegen diese Hitzmann-Frau", sagte Carmen.

Monika pflegte neuerdings kurz nach vier Uhr, der Stunde, zu der sie jeden Tag begannen, zu erscheinen und Carmen und Billy beim Spiel zuzuschauen. „Die Frau hat etwas Sonderbares, als ob sie nicht am Tennis interessiert ist, sondern irgendwie an uns. Und nicht einmal sehr freundlich interessiert."

„Ich gebe ihr jeden Morgen eine Stunde", sagte Billy und erinnerte sich daran, daß auch sein Vater gesagt hatte, etwas sei sonderbar an Monika, als er sie damals in Brüssel sah. „Vielleicht will sie dem Spiel genauer auf den Grund kommen."

Sie spielten wieder, und Billy beendete den Satz mit „uneunuchischen" Schulschlägen.

„Danke", sagte Carmen und zog ihren Sweater über. „Das war schon besser." Sie forderte ihn nicht auf, auf einen Drink mit ins Hotel zu kommen, und lächelte den jungen Mann im Gras im Vorbeigehen an. Er erwiderte das Lächeln nicht, wie Billy bemerkte. Billy hatte am Nachmittag keine Stunden mehr zu geben, zog sich also seinen Pullover über und ging vom Platz. Der junge Mann erhob sich und sagte: „Mr. Abbott?"

„Ja?" Er wunderte sich, daß der junge Mann seinen Namen kannte. Er sah gewiß nicht danach aus, sich Tennisstunden in El Faro leisten zu können.

„Ich bin dein Vetter", sagte der junge Mann. „Wesley Jordache."

„Also nein –" sagte Billy. „Ich habe viel von dir gehört." Sie schüttelten sich die Hände. Billy bemerkte, daß die Hand seines Vetters eine Werkmannshand war, hart und kräftig.

„Über dich habe ich auch eine ganze Menge gehört", sagte Wesley.

„Günstiges?"

„Nicht gerade." Wesley grinste. „Dein Tennis kann sich sehen lassen, alle Achtung."

„Noch hat Rosewall nichts zu fürchten", sagte Billy, aber er freute sich über das Kompliment.

„Das Mädchen ist auch nicht schlecht", sagte Wesley. „Die kann ganz schön rennen, was?"

„Sie ist in Form", sagte Billy.

„Auf der ganzen Linie", sagte Wesley. „Sie ist ja bildschön."

„Es geht", sagte Billy, den es noch immer wurmte, wie Carmen ihn seit ihrem Streit über den Admiral behandelte.

„Mir genügt's", sagte Wesley. „Kein schlechter Job, den du da hast, wenn alle Leute, mit denen du für viel Geld spielst, so aussehen."

„Tun sie nicht. Wo wohnst du?"

„Nirgends. Ich bin auf der Walze", sagte Wesley.

„Was treibt dich nach Spanien?"

„Du", sagte Wesley trocken.

„Oho."

„Ich hatte mir gedacht, ich sollte mal nachschauen, wie die andere männliche Hälfte dieser Jordache-Generation aussieht."

„Und wie findest du sie?"

„Du hast einen prima Aufschlag und du bist ein Kannibale am Netz."

Sie lachten beide.

„Das langt fürs erste", sagte Billy. „Hör zu, ich habe einen Höllenbrand. Wie wär's mit einem Glas Bier?"

„Genau mein Mann", sagte Wesley und warf sich seinen Rucksack über die Schulter.

Unterwegs zum Hotel entschied sich Billy, daß der Junge ihm gefiel, obwohl er ihn um seine Größe und die nicht zu übersehende Kraft beneidete, mit der er seinen Riesenpacken über die Schulter geschmissen hatte.

„Mein – *unser* Onkel Rudolph sagte mir, du hättest meinen Vater gekannt", sagte Wesley auf dem Wege.

„Ich habe ihn nur einmal gesehen", sagte Billy. „Ich war noch ein Kind. Wir schliefen eine Nacht im selben Zimmer im Hause unserer Großmutter."

„Wie gefiel er dir?" Wesleys Ton war betont gleichgültig.

„Mir gefiel er. Alle anderen, die ich kannte, schienen Weichlinge gegen ihn. Er führte ein Leben, so wie ich es mir damals wünschte – sich herumschlagen, zur See gehen, ferne Länder sehen. Und dann" – Billy lächelte – „er schlief ohne Pyjama. Alle anderen, die ich kannte, schliefen immer im Pyjama. Ich glaube, das wurde für mich so eine Art verrücktes Symbol für ein freieres Leben."

Wesley lachte. „Du mußt ein seltsamer Knabe gewesen sein", sagte er.

„Halb so schlimm", sagte Billy. Sie gingen in die Bar und bestellten zwei Bier.

Carmen saß mit ihrem Vater an einem Tisch. Sie blickte neugierig auf, tat dann aber so, als hätte sie sie nicht bemerkt.

„Es wurde dann so mit mir", sagte Billy beim Bier, „daß ich niemals eine Schlägerei hatte, nie herumgekommen bin und immer im Pyjama schlafe." Er zuckte die Achseln. „Noch eines hat mir bei deinem Vater imponiert", sagte er. „Er hatte eine Pistole. Junge, Junge, dachte ich, als ich sie sah, wenigstens *einer* in der Familie, der Schneid hat. Ich weiß nicht, was er damit gemacht hat."

„Nichts", sagte Wesley. „Sie war nicht greifbar, als er sie gebraucht hätte."

Einen Augenblick schwiegen beide.

„Es tut mir wahnsinnig leid", sagte Billy leise. „Ich meine, was passiert ist."

„Jaja", sagte Wesley.

„Was hast du für Pläne?" fragte Billy. „Ich meine, nach – hier."

„Ich habe noch keine definitiven Pläne", sagte Wesley. „Mal sehen, was anfällt."

Billy hatte den Eindruck, daß Wesley genau wußte, was er vorhatte, der Frage aber auswich. „Meine Mutter", sagte Billy, „schreibt, du könntest als Filmschauspieler eine große Zukunft haben."

„Ich bin für Angebote empfänglich", sagte Wesley, „aber jetzt noch nicht. Erst sehen, wie der Film ankommt."

„Meine Mutter schreibt, daß er für die diesjährigen Filmfestspiele in Cannes in Betracht gezogen wird."

„Das wußte ich gar nicht", sagte Wesley. „Ich freue mich für sie. Eine tolle Frau, deine Mutter. Nimm's mir nicht übel, wenn ich mich da einmische, aber ich würde denken, es wäre Zeit, mal ein bißchen nett zu ihr zu sein. Wenn sie meine Mutter wäre, ich weiß, ich würde alles für sie tun. Vielleicht wäre es gar nicht so dumm, falls der Film tatsächlich in Cannes gezeigt wird, wenn du sie dort besuchen würdest."

„Das ist ein Gedanke", sagte Billy nachdenklich. „Würdest du hingehen?"

„Ja. Ich habe in Cannes sowieso etwas zu erledigen."

„Vielleicht könnten wir zusammen hinfahren", sagte Billy. „Wann ist es denn?"

„Im Mai. Gegen Monatsende."

„Das wäre etwa in sechs Wochen. Gute Zeit zum Reisen."

„Kannst du denn hier weg?"

Billy grinste. „Schon mal etwas von Tennisarm gehört?"

„Ja."
„Ich fühle schon einen bösen Tennisarm bei mir kommen. Einen, der mich völlig lahmlegt und mindestens zwei Wochen absolute Ruhe braucht, um auszuheilen. Was machst du, bis es soweit ist?"
Wesley hob die Schultern. „Weiß ich nicht. Ich kann mich ja eine Weile hier herumtreiben, wenn's dir nichts ausmacht. Vielleicht nehme ich ein paar Tennisstunden bei dir. Vielleicht kriege ich im Hafen unten ein paar Wochen Arbeit."
„Brauchst du Zaster?"
„Ich bin noch nicht bis auf die Knochen 'runter", sagte Wesley, „aber ein bißchen würde mir nicht schaden."
„Der Heini, der hier das Schwimmbad macht – säubern, die Matten 'rauslegen und so und ein bißchen Erste Hilfe nebenbei –, ist vorgestern abgehauen. Kannst du schwimmen?"
„Ganz gut."
„Soll ich fragen, ob der Posten noch zu haben ist?"
„Könnte ganz lustig sein", sagte Wesley.
„In meinem Zimmer sind zwei Betten."
„Hast du kein Mädchen?"
„Im Moment nicht", sagte Billy. „Und nichts am Horizont, soweit ich sehen kann."
„Ich möchte dir nicht lästig fallen."
„Dazu sind Vettern da", sagte Billy.

Am nächsten Tag fing Wesley im Schwimmbad an. Abends, bei künstlicher Beleuchtung, brachte Billy ihm die ersten Tennisschläge bei. Wesley war schnell im Auffassen und ein Naturtalent, und bald hatte er einen härteren Schlag als sonst jemand auf den Plätzen. Er spielte mit Hingabe, das Gesicht angespannt, die Augen zusammengezogen, und schlug auf den Ball, als ob er es mit einem Feind zu tun habe. Obgleich Billy stolz auf Wesleys ständige Fortschritte unter seiner Leitung war, machte ihm die todernste Wildheit, mit der Wesley spielte, fast angst, und manchmal hätte er am liebsten gesagt: „Vergiß nicht, es ist nur ein Spiel." Er hatte den beunruhigenden Eindruck, daß im Leben seines jungen Vetters nichts ein Spiel war.
Billy war froh, daß Wesley da war, und fand, er sei ein idealer Zimmergenosse, der alles sauber und in Ordnung hielt, was nach Monikas Schlamperei eine wahre Erholung war. Der

Hoteldirektor war mit Wesleys Arbeit zufrieden und gratulierte Billy für den Fund. Nachdem Billy seinen Vetter Carmen vorgestellt hatte, änderte sich auch ihr Benehmen, und bald lud sie die beiden in eines der kleinen Hafenrestaurants ein, wenn sie nicht gerade mit ihrem Vater im Hotel war. Wesley hatte Carmen gegenüber eine höflich-ernste Art, und es fiel Billy auf, daß Carmen, die bis dahin keine besonders leidenschaftliche Schwimmerin gewesen war, nun den größten Teil der heißen Vormittage am Schwimmbecken verbrachte. Nachdem Billy ihr erzählt hatte, daß seine Mutter Regie in einem Film mit Wesley geführt hatte, begann Carmen sogar so etwas wie Achtung vor Billy und seinen Ansichten an den Tag zu legen, und als ein Film, den sie gern sehen wollte, in der Stadt lief, nahm sie die beiden in das Kino mit. Sie bevorzugte blutrünstige Filme mit traurigem Ausgang und kam gern mit Tränenstreifen auf den Wangen aus dem Kino.

Das beste aber war, daß Monika ihm nach der zweiten Unterrichtswoche eröffnete, sie würde keine Stunden mehr nehmen, da sie am kommenden Morgen abzureisen gedenke. „Aber", sagte sie eisig, als sie ihm ein reichliches Trinkgeld in die Hand drückte, sie würde wiederkommen, wenn sie auch nicht sagte, wann. „Wir freuen uns darauf, dich wiederzusehen", sagte sie, wobei sie sich nicht näher äußerte, wer unter „wir" zu verstehen sei.

„Willst du denn nicht wissen, was in der Rue du Gros-Caillou passiert ist?" fragte Billy, als sie ihre Sachen zusammenpackte.

„Ich weiß, was in der Rue du Gros-Caillou passiert ist", sagte sie. „Der falsche Mann wurde getötet. Mit verschiedenen anderen."

„Ich habe versucht, dich anzurufen", sagte er.

„Du hast keine neue Adresse hinterlassen", sagte sie. „Mach den Fehler nicht noch einmal. Hast du vor, dein ganzes Leben lang ein kleiner Tennistrainer in diesem miesen Land zu bleiben?"

„Ich weiß nicht, was ich vorhabe", sagte er.

„Woher kennst du den Jungen vom Schwimmbad?"

„Er kam eines Tages hier hereinspaziert", log Billy. Er hatte niemandem verraten, daß Wesley sein Vetter war, und er wollte verhindern, daß er es mit einer Frau wie Monika zu tun bekäme.

„Das glaube ich dir nicht", sagte Monika gelassen.

„Das kann ich nicht ändern."

„Er hat ein gutes Gesicht. Stark und leidenschaftlich. Eines Tages muß ich mich eingehend mit ihm unterhalten."

„Du läßt die Hände von ihm."

„Ich nehme keine Weisungen von dir entgegen", sagte sie. „Vergiß das nicht."

„Ich vergesse eine ganze Menge nicht, was dich betrifft", sagte er. „Darunter einiges, was herrlich war. Wie steht es dieser Tage mit *deinem* Gedächtnis?"

„Schlecht", sagte sie. „Ganz schlecht. Danke, daß du auf dem Tennisplatz soviel Geduld mit mir gehabt hast, wenn es auch nicht viel genützt hat, oder meinst du doch?"

„Nein", sagte er. „Du bist hoffnungslos."

„Ich hoffe, du hast mit deinen anderen Schülern mehr Erfolg. Das blonde spanische Biest zum Beispiel. Was zahlt sie dir als ihrem Gigolo? Brauchst du in Spanien einen Gewerkschaftsausweis für den Beruf?"

„Ich brauche mir solchen Blödsinn nicht anzuhören", sagte er wütend.

„Vielleicht wirst du dich daran gewöhnen müssen, Söhnchen", sagte sie, „wenn du es erst ein paar Jahre lang betrieben hast. *Adiós,* Johnny."

Er sah sie gehen. Ihm zitterten die Hände, als er Monikas Trinkgeld einsteckte und seinen Schläger nahm, um mit der nächsten Tennisstunde zu beginnen. Trotz allem hoffte er, ob er wollte oder nicht, sie würde sich umdrehen und zurückkommen und ihm ihre Zimmernummer geben und ihn auffordern, nach Mitternacht zu ihr hinaufzukommen.

Zwei Wochen danach saß Wesley am Schreibtisch ihres gemeinsamen Zimmers und schrieb einen Brief, während Billy sich für eine Party ankleidete. Es sollte eine Flamenco-Party mit einer gemieteten Zigeunergruppe werden, und die Gäste sollten als Spanier angezogen kommen. Billy hatte sich ein Hemd mit Spitzenbesatz gekauft und von einem Musiker der Kapelle enge schwarze Hosen, eine Bolerojacke und hochhackige Stiefel geborgt. Auch Wesley war eingeladen, aber er hatte gesagt, er würde lieber ein paar Briefe schreiben. Außerdem, sagte er, würde er sich in einer Aufmachung wie Billy idiotisch vorkommen.

Er hatte morgens einen Brief von Gretchen erhalten, in dem sie schrieb, daß „Flieg, Vogel Phönix“ tatsächlich in Cannes gezeigt werden solle. Sie bat ihn hinzukommen, um seine Verbeugung zu machen und sich mit ihnen feiern zu lassen. Rudolph würde mit ihr und Donnelly kommen. Frances Miller, als Star des Films, würde versuchen, sich wenigstens für drei Tage freizumachen. Es würden interessante vierzehn Tage werden. Sie freue sich, schrieb Gretchen, daß er endlich Billy kennengelernt hätte und daß sie Gefallen aneinander gefunden hätten, und ob er Billy dazu bringen könnte, mit nach Cannes zu kommen.

„Billy“, sagte Wesley, als Billy gerade unter großem Kraftaufwand versuchte, in die Stiefel des Musikers hineinzukommen. „Ich schreibe gerade deiner Mutter. Sie möchte gern, daß wir beide nach Cannes kommen. Was soll ich sagen?“

„Schreib ihr ...“ Billy zögerte, mit einem Stiefel an, den anderen in der Hand. „Schreib ihr doch ... o. k., warum nicht?“

„Das wird sie freuen“, sagte Wesley.

„Herrgott, ja“, sagte Billy, hatte nun auch den anderen Stiefel an und stand auf. „Alle zehn Jahre kann man ja seiner Mutter mal einen Gefallen tun. Wie sehe ich aus?“

„Lächerlich.“

„Das dachte ich mir“, sagte Billy friedfertig. „Also auf zu den Zigeunern, tra-la, tra-la.“ Er machte einen kleinen Stampsschritt, und sie lachten.

„Viel Vergnügen“, sagte Wesley.

„Wenn ich bis morgen früh nicht zurück bin, weißt du, daß man mich entführt hat. Du kennst ja diese Zigeuner. Zahl nicht mehr als dreizehn Dollar fünfzig Lösegeld.“

Er verließ, die Torero-Arie aus „Carmen“ pfeifend, das Zimmer.

Die Zigeuner waren gut, die Gitarre und die Kastagnetten ließen den Puls höher schlagen, Musik und Gesang waren voll Trauer und wehklagender Leidenschaft, die Tänze stolz und wild, und der Wein floß in Strömen. Wieder fühlte Billy, so wie er es beim Überschreiten der Grenze nach Spanien schon gefühlt hatte, daß dies das richtige Land für ihn war.

Wozu es leugnen, dachte er, während die Musik in seinen Ohren dröhnte, die Mädchen, mit Rosen im Haar, die Röcke schürzten und sich liebesdurstig ihren Partner näherten, nur um sie mit einem Getrappel hoher Hacken im letzten Augenblick wieder zu verjagen – wozu es leugnen: Die Vergnügungen der Reichen sind wirkliche Vergnügungen. Carmen saß fast den ganzen Abend neben ihm, strahlend, in einem schwarzen Kleid, das ihre schönen Schultern und ihren vollen Busen unterstrich, und er sah, wie ihre Augen vor Erregung glitzerten. Das war doch etwas anderes als die Promenadenkonzerte im College von Whitby, und Billy war glücklich, so weit vorangekommen zu sein.

Einer der Tänzer kam zu Carmen herüber und zog sie zum Tanz von ihrem Platz hoch. Sie tanzte mit wilder Freude und vorzüglich; genauso gut, dachte Billy, wie irgendeiner der Berufstänzer. Ihr langes, glänzendes Haar flog nur so, ihr Gesicht trug den traditionellen Ausdruck stolzer Verachtung. Was sie auch immer von Spanien halten mochte, die spanische Musik, das konnte Billy sehen, traf einen hochempfindlichen völkischen Kern, der tief in ihrem Inneren saß. Der Tanz ging zu Ende, und die Gäste applaudierten stürmisch. Billy mit ihnen. Statt sich wieder hinzusetzen, kam Carmen zu ihm herüber und zog ihn hoch. Zum allgemeinen Gelächter und Händeklatschen fing Billy mit ihr zu tanzen an, wobei er die Bewegungen der Spanier nachahmte. Er war ein guter Tänzer und brachte das Kunststück fertig, sich wie ein Zigeuner zu gebärden und dabei unversehens seine eigene Vorstellung zu parodieren. Carmen machte sofort mit und lachte übermütig mitten in einer ihrer wildesten Passagen. Als der Tanz zu Ende war, küßte sie ihn, obgleich ihm der Schweiß in Strömen vom Gesicht herunterfloß.

„Ich brauche Luft", sagte er. „Kommen Sie, wir gehen einen Augenblick hinaus."

Unauffällig schlüpften sie aus dem Saal und standen auf der Terrasse. Der Himmel war in dunklem Aufruhr, schwarze Wolkenfetzen rasten vor dem Mond vorbei.

„Sie waren wunderbar", sagte Carmen.

Er nahm sie in die Arme und küßte sie. „Nachher", flüsterte er, „komme ich zu dir ins Zimmer, ja?"

Einen Augenblick stand sie starr in seinen Armen, dann stieß sie ihn von sich. „Ich tanze mit Ihnen", sagte sie kalt, „und spiele mit Ihnen Tennis, und diskutiere mit Ihnen. Aber ich würde nie im Leben daran denken, mit Ihnen zu schlafen."

„Aber wie Sie mich angeschaut haben ..."

„Das war ein Teil vom Spaß", sagte sie und wischte sich verächtlich den Mund ab. „Der *ganze* Spaß. Mehr nicht. Wenn ich an diesem verderbten Ort mit irgend jemandem ins Bett ginge, dann höchstens mit dem Jungen vom Schwimmbad."

„Ich verstehe." Seine Stimme war vor Wut und Enttäuschung heiser. „Darf ich ihm das ausrichten?"

„Ja", sagte sie, ohne mit der Wimper zu zucken.

„Das werde ich auch tun", sagte er. „Stets zu Ihren Diensten, Ma'am."

„Meine Zimmernummer ist drei null eins. Können Sie das behalten?"

„Bis ins Grab", sagte er.

Sie lachte. Ein unangenehmes Lachen. „Ich muß zurück", sagte sie. „Die Leute haben uns zusammen hinausgehen sehen. Dies Land ist altmodisch, Sie wissen ja, und wir legen großen Wert darauf, den Schein zu wahren. Kommen Sie mit hinein?"

„Nein", sagte er. „Ich habe eine Bestellung auszurichten. Und dann gehe ich schlafen."

„Angenehme Träume", sagte sie, drehte sich um und ging zu den Musikklängen zurück.

Langsam suchte er sein Zimmer auf. Der Schweiß erkaltete im Nachtwind plötzlich auf seiner Haut und machte ihn erschauern. Nimm dich vor den Señoritas in acht, hatte sein Vater geschrieben. Der gute alte Pap, er wußte Bescheid.

Wesley schlief schon, als er ins Zimmer kam. Er schlief unruhig, warf sich heftig herum, brachte die Laken durcheinander und stöhnte von Zeit zu Zeit, als ob eine untilgbare Seelenqual, der er am Tage auswich oder die er verbarg, nachts von ihm Besitz ergriffe. Billy stand dicht am Bett, blickte auf seinen neuentdeckten Vetter hinunter und wußte nicht, ob er ihn bedauerte oder liebte oder haßte.

Er war schon drauf und dran, sich auszuziehen, um in das andere Bett zu gehen und Wesley seinen düsteren Träumen zu überlassen, aber dann dachte er: Teufel auch, es bleibt ja in der Familie, und schüttelte den Jungen wach.

Wesley setzte sich mit einem Ruck auf. „Was ist?" fragte er.

„Ich komme gerade von der Party und habe Neuigkeiten für dich. Wenn du auf Zimmer 301 gehst, findest du dort eine junge Dame, die auf dich wartet. Sie heißt Carmen. Sie bat mich, es dir persönlich auszurichten."

Wesley war jetzt ganz wach. „Du nimmst mich hoch", sagte er.

„Es ist mein heiliger Ernst."
„Warum, zum Kuckuck, soll sie das gesagt haben?"
„Ich an deiner Stelle würde nicht viel fragen", sagte Billy. „Du hast mir ja gesagt, wie schön du sie findest. Wenn ich du wäre, ich griffe zu, solange es etwas zuzugreifen gibt."
„Ich liebe sie ja gar nicht", sagte Wesley. Er klang störrisch und unglücklich wie ein kleiner Junge, der zum erstenmal eine Arbeit verrichten soll, die ihm zuwider ist. Billy wurde sich der sieben Jahre Altersunterschied bewußt, die sie trennten.
„Du spielst jetzt mit Erwachsenen", sagte er. „Liebe ist in solchen Fällen nicht immer das Hauptbedürfnis. Gehst du nun?"
Wesley schwang sich mit den Beinen aus dem Bett und saß vornübergebeugt auf der Bettkante. Er schlief nur in Pyjamahosen, und seine Körpermuskeln schimmerten im Licht der Lampe, die Billy beim Hereinkommen angezündet hatte. Er sieht wie ein geschlagener Boxer aus, dachte Billy, vielleicht geht er in der nächsten Runde k. o., wer weiß?
„Es klingt vielleicht idiotisch", sagte Wesley, „aber ich kann es nicht. Ich liebe jemand anders. Ein großartiges Mädel. In New York. Sie will sehen, daß sie mich in ein paar Wochen in Europa besuchen kann. Es ist mir ganz egal, was diese Dame von mir halten wird", sagte er halsstarrig. „Ich warte auf mein Mädel."
„Es könnte dir später leid tun", warnte Billy.
„Nie. Du findest sie doch auch schön. Du kennst sie viel besser als ich – warum gehst *du* nicht?"
„Die Dame hat keinen Zweifel daran gelassen, daß ihr nichts daran gelegen ist, mich auf Zimmer 301 zu sehen."
„Herrgott nochmal", sagte Wesley, „wer stellt sich vor, daß so ein Weib ausgerechnet auf mich verfällt?"
„Vielleicht ist sie scharf auf Filmstars."
„Das ist nicht komisch", sagte Wesley scharf. „Ich bin kein Filmstar, und das weiß sie."
„Ich wollte ja nur ein bißchen stänkern", sagte Billy. „Also gut, ich habe meine Pflicht und Schuldigkeit getan. Ich gehe jetzt zu Bett."
„Ich auch." Wesley besah sich das durcheinandergebrachte Bettzeug. „So ein Mist", sagte er. „Immer wenn ich morgens aufwache, sieht das Bett aus, als hätte ich nachts zwanzig Runden gedreht." Er glättete die Laken etwas und legte sich wieder

darunter, die Arme nach oben gestreckt und die Hände unter dem Kopf. „Eines schönen Tages", sagte er zu Billy, der sich auszog, „komme ich schon noch dahinter, was ich mit Sex und Liebe und ähnlichen kleinen Dingen anstellen soll."

„Verlaß dich nicht zu fest darauf", sagte Billy, zog seinen Pyjama an und stieg ins Bett. „Schlaf gut, Wesley. Du hast eine tolle Nacht hinter dir und bedarfst dringend der Ruhe."

„Jaja", sagte Wesley sauer. „Mach das verdammte Licht aus."

Billy streckte den Arm aus und knipste das Licht aus. Lange machte er keine Anstalten, die Augen zuzumachen, sondern starrte zur dunklen Decke hinauf. Nach fünf Minuten hörte er Wesley mit ruhigen Atemzügen schlafen, und gelegentlich kam ein tiefes Stöhnen, wenn ihn die Träume wieder plagten. Billy lag wach, bis das Morgengrauen durch die Ritzen drang. Aus der Entfernung konnte man noch den Takt der Musik hören. Spanische Zeit, dachte er. Spanische Fickzeit.

Am nächsten Tag, punkt vier, erschien Carmen, ausgeruht und heiter, auf dem Platz. Sie spielten an dem Nachmittag Doppel, und die anderen Spieler waren schon da, und Carmen begrüßte sie und Billy mit dem gleichen strahlenden Lächeln. Obgleich Männer, waren die anderen schwächere Spieler als Carmen, deshalb spielten Carmen und Billy auf entgegengesetzten Seiten. Sie war in einer Form, wie Billy sie noch nie gesehen hatte. Beweglich und präzise, Bälle am Netz wegfangend, zwang sie Billy und seinen Partner, um jeden Punkt zu kämpfen. Es stand vier beide, als sie nach einer langen Schlagfolge den Ball hoch über Billys Kopf schlug. Er sah noch gerade ihr spöttisches Lächeln, als er mit äußerster Geschwindigkeit rückwärts trippelte und durch einen Sprung in die Luft den Ball gerade noch erwischte. Er schlug den Smash mit aller Wucht so, daß er Carmen genau vor die Füße gehen sollte, aber sie war ans Netz gestürmt, und der Ball schwirrte auf ihren Kopf zu. Sie stolperte ein wenig, und der Smash traf sie ins Auge und sprang in einem verrückten Winkel vom Platz, während sie ihren Schläger fallen ließ und sich mit einem Schrei vornüberbeugte und die Hände aufs Auge drückte. O Gott, dachte Billy, als er über das Netz neben sie hinsprang, das hat mir gerade noch gefehlt.

Der Arzt machte ein ernstes Gesicht. Das Auge sei in Gefahr, sagte er. Carmen müsse unverzüglich nach Barcelona zu einem Spezialisten. Vielleicht müsse operiert werden.

„Es tut mir wahnsinnig leid", sagte Billy, als er sie vom Arzt ins Hotel zurückfuhr.

„Kein Grund dazu", sagte Carmen knapp, obgleich er sah, daß sie starke Schmerzen hatte. „Es war nicht Ihre Schuld. Ich hatte nichts am Netz zu suchen. Ich wollte Sie nur irritieren, damit Sie danebenschlagen. Lassen Sie sich ja nicht einreden, es sei Ihre Schuld gewesen."

Er lehnte sich zu ihr und küßte sie auf die Wange. Diesmal stieß sie ihn nicht fort.

Aber ganz gleich, was sie oder sonst jemand sagen würde, er wußte, daß er schuld war, daß er, wenn die Nacht zuvor nicht gewesen wäre, den Ball niemals so hart und auf so kurze Entfernung auf sie abgeschossen hätte.

Am Nachmittag darauf rief der Hoteldirektor ihn ins Büro. „Junger Mann", sagte er, „ich fürchte, es steht nicht gut um Sie. Der Vater hat gerade angerufen. Das Auge wird höchstwahrscheinlich wieder in Ordnung kommen, sagt er, der Spezialist meint, er braucht nicht zu operieren, aber der Vater ist außer sich. Was mich anbetrifft, so bezahle ich Sie nicht dafür, daß Sie meine Gäste malträtieren. Der Vater besteht darauf, daß ich Sie entlasse, und obgleich die Tochter mich auch angerufen und gesagt hat, sie würde mir nie verzeihen, wenn ich es täte, muß ich mich leider den Wünschen des Vaters beugen. Also packen Sie Ihre Sachen und gehen Sie. Je eher, um so besser für Sie." Der Direktor zog einen Umschlag aus der Schreibtischschublade und überreichte ihn Billy. „Hier ist Ihr Monatsgehalt. Ich habe nichts abgezogen."

„Ich danke Ihnen", sagte Billy devot.

Der Direktor gab ihm die Hand. „Es tut mir leid, Sie gehen zu lassen. Sie waren hier sehr beliebt."

Als Billy zum Schwimmbad hinüberging, um Wesley Bescheid zu sagen, dachte er daran, was sein Vater über das Glück der Jordaches gesagt hatte. Daß sein Name nicht Jordache, sondern Abbott war, machte keinen Unterschied.

Noch am selben Nachmittag fuhren sie in dem offenen Peugeot auf sonnigen Straßen Frankreich zu. Billy hatte Wesley überzeugen wollen, daß es dumm von ihm sei, seine Stellung aufzugeben, aber Wesley hatte darauf bestanden, und Billy war nicht lange auf seinem Standpunkt herumgeritten. Er hatte den Jungen liebgewonnen, und die Aussicht, mit ihm durch den Frühling Spaniens und Frankreichs zu fahren, war verlockend. Sie fuhren ein gemütliches Tempo, schauten sich die Sehenswürdigkeiten an und aßen Wurst und Bauernbrot mit einer Flasche Wein am Straßenrand im Schatten von Olivenbäumen oder am Rande eines Weinbergs. Sie hatten ihre Tennissachen mit und fanden gewöhnlich in den Städten, durch die sie kamen, einen Tennisplatz, wo sie fast täglich ein paar Sätze spielten. „Wenn du so weitermachst", sagte Billy, „schlägst du mich in zwei Jahren." Nach und nach bemerkte Billy auf der Fahrt nach Norden, wie froh er im Grunde war, daß sie El Faro den Rücken gekehrt hatten, wenn er auch immer ein Gefühl der Schuld daran behalten würde, wie es dazu gekommen war. Spanien zu verlassen, tat ihm leid. Was er aber nicht bedauerte, war, daß er nicht mehr jeden Tag darauf gefaßt sein mußte, daß Monika plötzlich auftauchen würde, um ihm mit ihrem hoffnungslosen Tennis und ihren versteckten drohenden Anspielungen auf künftige Verwicklungen das Gruseln beizubringen.

Wesley sprach jetzt offener als in El Faro über das, was er getrieben hatte, erzählte ihm von den Menschen aus seines Vaters Leben, die er gefunden hatte. Auch über seinen Besuch in Bath sprach er, erwähnte aber nur Kate, sagte nichts von Dawson und der Prügelei und beschrieb mit großer Wärme seinen kleinen Stiefbruder. „Hübscher kleiner Bengel", sagte er. „Stark wie ein junger Bulle. Ich glaube, er wird einmal so aussehen wie sein Vater – unser Vater. Er ist ein richtig glücklicher kleiner Junge."

„*Du* scheinst mir nicht glücklich", sagte Billy. „Du bist jung und stark und siehst gut aus, und meine Mutter schreibt, du hättest eine blendende Karriere vor dir, wenn du wolltest, aber du benimmst dich nicht wie ein glücklicher Junge."

„Keine Sorge, ich bin glücklich", sagte Wesley abwehrend.

„Nur nicht, wenn du schläfst. Weißt du, daß du die ganze Nacht lang stöhnst?"

„Träume. Das hat nichts zu sagen."

„Die Psychiater sind da anderer Meinung."

„Und was ist *deine* Meinung?“ Wesleys Stimme war plötzlich schneidend.

„Ich würde sagen, etwas quält dich. Etwas Schlimmes. Wenn du darüber sprechen willst – vielleicht hilft's.“

„Vielleicht. Ein andermal. Jetzt Schluß mit dem Thema.“

Gleich nach der französischen Grenze übernachteten sie in einem kleinen Hotel mit Aussicht aufs Meer bei Port Vendre. „Ich habe eine Idee“, sagte Billy. „Wir brauchen erst in zwei Wochen in Cannes zu sein. Wollen wir nicht bis nach Paris trudeln und dort noch ein bißchen Ferien machen?“

Wesley schüttelte den Kopf. „Nein“, sagte er. „Ich muß nach Cannes. Ich habe mich darum gedrückt, und jetzt muß ich hin.“

„Wieso?“

Wesley warf Billy einen sonderbaren Blick zu. „Ich muß Bunny sehen, er war mit mir auf der ‚Chlothilde‘. Er ist in Saint-Tropez. Er hat vielleicht etwas für mich. Eine Information. Es könnte sehr wichtig sein. Fahr du ruhig nach Paris. Ich mache es per Stop nach Osten.“

„Was für eine Information?“ fragte Billy.

Wieder der merkwürdige Blick. „Ich suche jemand, und Bunny weiß vielleicht, wo ich ihn finden kann. Das ist alles.“

„Kann der Betreffende nicht noch ein paar Wochen warten?“

„Er wartet schon zu lange.“

„Wer ist es denn?“

„Es ist der Mann, der daran schuld ist, wie ich schlafe. Ich träume Nacht für Nacht von ihm. Ich träume, daß ich mit einem Messer auf ihn einsteche, immer wieder und immer wieder, und daß er nicht zu Boden fällt, er steht nur da und lacht mich aus ... Wenn ich aufwache, höre ich ihn noch immer lachen.“

„Erkennst du ihn?“ fragte Billy. „Im Traum, meine ich.“

Wesley nickte bedächtig. „Es ist der Mann, der meinen Vater umbringen ließ.“

Billy fühlte, wie es ihm bei Wesleys Ton kalt den Nacken hinunterrieselte. „Was tust du, wenn du ihn findest?“

Wesley holte tief Atem. „Einmal muß ich es ja jemandem sagen“, sagte er, „und warum nicht dir? Ich bringe ihm um.“

„Lieber Gott im Himmel“, sagte Billy.

Sie saßen stumm und schauten aufs Meer.

„Wie willst du es machen?“ fragte schließlich Billy.

„Ich weiß es nicht.“ Wesley zuckte die Achseln. „Das überlege ich mir, wenn es soweit ist. Ein Messer vielleicht.“

„Hast du eine Kanone?“
„Nein.“
„Meinst du, *er* hat eine?“
„Vermutlich.“
„Du gehst ja drauf dabei.“
„Das werde ich nach Möglichkeit vermeiden“, sagte Wesley grimmig.
„Und wenn du es schaffst, ihn umzulegen“, sagte Billy, „bist du der erste, nach dem die Polizei suchen wird, ist dir das klar?“
„Wird schon so sein“, gab Wesley zu.
„Wenn du mit zwanzig Jahren wegkommst, kannst du von Glück sagen. Möchtest du das?“
„Nein.“
„Und trotzdem willst du nach Cannes, es tun?“
„Ja.“
„Hör zu, Wesley“, sagte Billy. „Ich sehe nicht zu, wie du kopfüber ins Verderben rennst. Du mußt dir helfen lassen.“
„Wie denn?“
„Zunächst mal – ich habe eine Pistole mit Schalldämpfer in Paris liegen.“
Wesley nickte ernst. „Die wäre nützlich.“
„Ich könnte dir die Sache planen helfen. Den . . . Mord.“ Billy stolperte über das Wort. „Schließlich bin ich militärisch ausgebildet. Ich spreche viel besser Französisch als du. Ich kann mit Schießeisen umgehen. Und jetzt sage ich dir etwas, was du strikt bei dir behalten mußt. Als ich Soldat war, war ich in Brüssel Mitglied einer Terroristenzelle . . .“
„Du?“ sagte Wesley ungläubig.
„Ja, ich. Ich war an einem Anschlag auf das spanische Touristenbüro in Amsterdam beteiligt. Ich weiß, wie man Bomben herstellt. Mein lieber Sohn, du hättest keinen besseren Partner für die Sache finden können. Ich werde dir sagen, was ich mache. Während du nach Saint-Tropez gehst, fahre ich nach Paris 'rauf und hole die Pistole und treffe dich dann in Saint-Tropez oder Cannes, wo's dir lieber ist. Ist das ein Angebot?“
Wesley sah Billy an. „Willst du mich verschaukeln?“
„Also wirklich, Wesley“, sagte Billy und klang gekränkt. „So etwas mache ich doch nicht. Was hast du zu verlieren? Ich bin in ein paar Tagen wieder unten. Mit der Kanone. Und genug Munition, daß du dich einschießen kannst. Wenn du das verschaukeln nennst . . .“

„Nein, wohl nicht", sagte Wesley, aber es klang nicht sehr überzeugt. „O. k. Du gibst mir deine Pariser Adresse, und ich rufe dich an und sage dir, wo du mich findest."

„Ich glaube, wir können einen kleinen Schluck gebrauchen", sagte Billy.

„Glaube ich auch."

Am folgenden Tage fuhren sie zusammen bis Nîmes, wo Billy nach Norden, Richtung Paris, abbiegen wollte. Billy saß stumm am Steuer im Schatten einer Pappel, während Wesley seinen Rucksack aus dem Wagen holte und ihn auf die Schultern nahm. Sie hatten verabredet, daß Billy ihm nach Saint-Tropez, Poste Restante, seine Hoteladresse in Paris telegraphieren würde.

„Also", sagte Wesley, „gib schön auf dich acht."

„Du auch", sagte Billy. „Und du wirst keinen Unsinn machen, solange ich fort bin?"

„Nein. Ich verspreche es." Sie schüttelten sich die Hände. „Mir wird das Tennisspielen fehlen." Wesley grinste.

„Und du denkst daran", sagte Billy, „daß in französischen Gefängnissen sehr wenig Tennis gespielt wird?"

„Ja, ich denke daran", sagte Wesley und trat zurück.

Billy startete den Motor und winkte, als der Wagen, der für Ferien und Sonne da war, aus dem Schatten der Pappel auf die Fahrbahn schoß. Im Rückspiegel sah er die hohe, sehnige Gestalt in Richtungen Cannes lostrotten.

In Paris angekommen, ließ er sich als erstes in dem Rive-Gauche-Hotel, in dem er abstieg, mit Amerika verbinden. Als Rudolph an den Apparat kam, sagte Billy: „Onkel Rudolph, hier ist Billy Abbott. Ich bin in Paris im Hôtel Alembert. Ich brauche Hilfe. Mit Wesley wird etwas Schreckliches geschehen – und mit mir auch, wenn nicht . . ." Er verstummte.

„Wenn nicht was, Billy?" sagte Rudolph.

„Wenn wir nicht gewisse Dinge aufhalten können", sagte Billy. „Ich kann es dir am Telephon nicht sagen."

„Ich bin morgen in Paris", sagte Rudolph.

„Ach", sagte Billy. „Das ist Balsam in meinen Ohren."

Er legte sich erschöpft auf dem Bett zurück, und in der nächsten Minute war er eingeschlafen.

9

„So“, sagte Rudolph zu Billy, als sie auf die Autobahn einbogen, die vom Flugplatz nach Paris hineinführte. „Nun erkläre.“

„Es geht um Wesley“, sagte er. Er fuhr vorsichtig, denn es regnete und die Autolichter im Abendverkehr spiegelten sich auf der nassen Straßenoberfläche. „Er ist jetzt in Südfrankreich und sucht den Mann, der, wie er sagt, den Mord angestiftet hat.“ Er wendete das Rad, um in die rechte Fahrbahn einzuspuren, weil der Fahrer des Wagens hinter ihnen ungeduldig seine Lichthupe betätigte. Der Wagen rauschte an ihnen vorbei und warf eine Wasserfontäne hoch, die ihre Windschutzscheibe vorübergehend erblinden ließ. „Hund!“ sagte Billy und war froh, wenigstens im Moment eine Ablenkung zu haben.

Rudolph schob den Hut zurück und fuhr sich mit der Hand über die Stirn, als schmerze sie ihn. „Woher weißt du das alles?“ fragte er matt.

„Er hat es mir gesagt“, sagte Billy. „Wir haben uns in Spanien angefreundet. Ich freute mich, daß wir so gute Freunde wurden. Er wohnte bei mir im Zimmer. Er schlief, als säße er in einem Schützenloch und die Artillerieeinschläge kämen immer näher. Ich merkte, daß er etwas auf der Seele hatte, und das beunruhigte mich, und schließlich habe ich ihn gefragt, und er hat es mir gesagt.“

„Glaubst du, daß es ihm Ernst damit ist?“ fragte Rudolph.

„Vollkommener Ernst“, sagte Billy. „Der Junge hat keine Späße in seinem Repertoir. Der spielt sogar Tennis, daß es einem Angst macht. Ich habe noch keinen Jungen gesehen, der so war. Auch keinen Erwachsenen.“

„Ist er normal im Kopf?“

„Bis auf das, ja“, sagte Billy.

„Meinst du, ein Psychiater könnte ihm helfen?“

Billy dachte kurz nach. „Schaden könnte es nicht“, sagte er.

„Wenn man ihn dazu bringen könnte, ein Jahr lang oder so stillzuhalten. Aber das kann man nicht."

Rudolph stöhnte. „Warum bist du nicht bei ihm geblieben?" Es klang wie ein Vorwurf.

„Tja ..." sagte Billy unbehaglich. „Das betrifft eine andere Seite der Geschichte. Ich sagte, ich würde ihm helfen."

„Wie?"

Billy rückte unruhig auf dem Kübelsitz hin und her und wechselte den Griff am Steuer. „Ich habe ihm gesagt, ich würde darüber nachdenken, wie wir die Sache gemeinsam machen könnten", sagte er, „irgendwie so, daß man nicht dabei erwischt wird. Mit meiner Armeeausbildung und so."

„Bist *du* normal im Kopf?" Rudolphs Stimme war scharf geworden.

„Bis jetzt hatte ich das immer angenommen."

„Und meintest du im Ernst, was du da sagtest?"

„Ich weiß nicht, was ich wirklich meinte", sagte Billy mürrisch. „Aber wenn man mir das Messer auf die Brust setzt, dann meine ich es jetzt wirklich. Deshalb brauchst du noch lange keinen Ton anzuschlagen wie ein Polyp, der einen Gefangenen verhört, Rudolph."

Rudolph gab einen verärgerten Laut von sich. „Zwei Irre", sagte er. „Zwei junge Irre aus demselben Stall."

„Das liegt so in der Familie", sagte Billy, dem Rudolphs Einstufung seiner Person gar nicht gefiel.

„Warum bist du in Paris, wenn er dort unten ist und in Gott weiß welche idiotischen Geschichten hineingerät?" Seine Stimme wurde immer lauter und immer ärgerlicher.

„Ich habe ihm gesagt, daß ich eine Pistole in Paris habe, mit Schalldämpfer, und daß ich sie ihm bringen werde", sagte Billy.

„*Hast* du eine Pistole mit Schalldämpfer?"

„Ja."

„Verdammt noch mal, Billy", sagte Rudolph, „womit, zum Teufel, hast du dir die letzten Jahre die Finger schmutzig gemacht?"

Wieder rückte Billy unbehaglich in seinem Kübelsitz herum. „Das möchte ich lieber nicht sagen. Und es ist besser für dich – und für mich –, wenn du es nicht weißt."

Rudolph holte tief Luft und stieß einen Seufzer aus. „Ist die Polizei hinter dir her?"

„Nein. Nicht daß ich wüßte", sagte Billy, froh, daß er seine

Augen auf die Straße richten mußte, so daß er den Gesichtsausdruck seines Onkels nicht sehen konnte.

Rudolph rieb sich erschöpft die Augen, was ein kratzendes Geräusch auf seinem unrasierten Gesicht verursachte. „Gib *mir* lieber die Pistole“, sagte er.

„Ich habe Wesley gesagt, daß ich sie ihm in ein, zwei Tagen bringe“, sagte Billy.

„Höre, Billy“, sagte Rudolph und bemühte sich, seine Stimme in der Gewalt zu behalten, „du hast mich gebeten herzukommen und zu helfen. Ich habe das nächste Flugzeug genommen. Entweder du tust jetzt, was ich sage, oder ...“ Er hielt inne.

„Oder was?“ sagte Billy.

„Ich weiß es nicht. Noch nicht. Wo ist Wesley jetzt genau? Heute? In dieser Minute?“

„Saint-Tropez. Wir haben verabredet, daß ich ihm drahte, wo er mich in Paris erreichen kann, und wir dann vereinbaren, wo und wann wir uns dort unten bei ihm treffen.“

„*Hast* du ihm gedrahtet?“

„Heute morgen.“

„Wozu die Eile? Wieso hast du nicht gewartet, bis ich hier bin? Vielleicht wäre es besser, wenn er gar nicht wüßte, wo er dich erreichen kann.“

„Er ist so schon mißtrauisch genug mir gegenüber“, sagte Billy zu seiner Verteidigung. „Wenn ich meinen Teil der Vereinbarung nicht einhalte, dann geht er einfach allein los, und das wäre das Ende von Wesley Jordache.“

„Ja, vielleicht hast du recht“, sagte Rudolph. „Vielleicht! Hat er dich schon angerufen?“

„Nein.“

„Gut“, sagte Rudolph. „Wenn er anruft, sage ihm nicht, daß ich in Europa bin. Und sage ihm, es dauert länger, als du geglaubt hast, an die verdammte Pistole heranzukommen.“

„Und was soll das nützen?“

„Es verschafft mir Zeit, mir etwas auszudenken – das soll es nützen“, sagte Rudolph ärgerlich. „Und du könntest gleichfalls etwas Zeit aufwenden, um ein bißchen nachzudenken. Jetzt sei mal eine Weile still. Ich bin wie gerädert von dem Flug und möchte ein paar Minuten die Augen zumachen und hoffe, daß einer von uns beiden einen Geistesblitz hat, oder wenigstens einen einzigen brauchbaren Gedanken, ehe wir im Hotel ankommen.“

Unmittelbar bevor sie sich gute Nacht sagten, sagte Rudolph: „Vergiß nicht, morgen will ich die Pistole haben. Und eines ist sicher – Wesley wird sie nicht einmal zu sehen bekommen."

„Dann wird er ein Messer nehmen oder einen Knüppel oder vielleicht die nackten Hände", sagte Billy. „Du weißt nicht, wie er ist."

„Das ist wahr", sagte Rudolph. „Und ich bedaure, es jetzt erfahren zu müssen."

„Hör zu", sagte Billy. „Wenn du mit der ganzen Sache nichts zu tun haben willst, versuche ich allein damit fertigzuwerden. Du kannst jederzeit vergessen, was ich dir erzählt habe, weißt du?"

Rudolph sah Billy nachdenklich an, als dächte er über die Vorteile des Vergessens, die Nachteile des Nichtvergessens nach, dann schüttelte er den Kopf. „Vielleicht", sagte er, „wäre es meine Sache gewesen, Herrn Danovic aufzuspüren. Schon längst. Nur bin ich nie darauf gekommen – bis heute abend. Nein, vergessen ist, glaube ich, nicht die richtige Antwort. Gute Nacht, Billy. Sollte dir im Laufe der Nacht noch etwas Vernünftiges einfallen, ruf mich an. Ich glaube, ich werde ohnehin nicht allzugut schlafen."

Er wischte sich wieder mit den Händen über das Gesicht und ging langsam und schwer zum Fahrstuhl.

Bis heute habe ich noch nie darüber nachgedacht, wie alt er ist, dachte Billy, als die Fahrstuhltür sich öffnete und hinter seinem Onkel wieder schloß.

Am nächsten Morgen frühstückten sie zusammen im Speisesaal des Hotels. Rudolph sah übernächtigt aus, hatte Säcke unter den Augen, aß wortlos und trank eine Tasse Kaffee nach der anderen. „Du gehst und holst das – das Ding heute nachmittag", sagte er schließlich, „und händigst es mir aus."

„Bist du sicher, daß du . . ." begann Billy.

„Einer Sache bin ich völlig sicher", unterbrach ihn Rudolph scharf. „Daß ich keinen Widerspruch mehr von dir zu hören bekomme."

„O. k.", sagte Billy. „Du bist der Boß." Er fühlte Erleichterung, das sagen zu können. Die Verantwortung für Entschlüsse lag nicht mehr bei ihm allein.

Der Portier kam in den Speisesaal und ging auf Billy zu.

„Ein Anruf für Sie, Mr. Abbott", sagte er auf französisch. „In der Kabine im Foyer."

„Danke", sagte Billy und stand auf. „Das muß er sein", sagte er zu Rudolph.

„Überleg dir genau, was du ihm sagst", sagte Rudolph. „Es muß alles glaubhaft klingen."

„Ich werde mir die größte Mühe geben. Garantieren kann ich nichts bei diesem Jungen", sagte Billy und ging hinaus. Der Kaffee, den er getrunken hatte, hinterließ plötzlich einen sauren Geschmack, als er ins Foyer ging, die Zelle betrat und den Hörer abnahm.

„Billy", kam Wesleys Stimme dünn durch die Leitung, „kannst du sprechen?"

„Eigentlich nicht."

„Ich bin im ‚Les Pinèdes' in Saint-Tropez. Wann kommst du?"

„Es wird leider noch ein paar Tage dauern, Wesley. Es hat Schwierigkeiten gegeben, an das Ding heranzukommen." Seine eigene Stimme kam ihm beim Sprechen unecht vor.

„Was für Schwierigkeiten", sagte Wesley unwirsch.

„Das sage ich dir, wenn ich da bin."

„Kriegst du sie oder kriegst du sie nicht?"

„Ich kriege sie schon. Es dauert nur noch ein wenig."

„Was ist ein wenig?"

„Vier, fünf Tage."

„Wenn du in den nächsten fünf Tagen nicht hier bist, gehe ich nach Cannes", sagte Wesley. „Allein. Kannst du mich hören?"

„Nur nicht die Ruhe verlieren, Wesley. Ich tue, was ich kann."

„Ich glaube, du hältst mich hin, Billy."

„Ich halte dich nicht hin", sagte Billy. „Es geht eben nur nicht so glatt."

„So sieht's auch aus", sagte Wesley und hängte ein.

Billy ging langsam zum Speisesaal zurück. „Er ist im ‚Les Pinèdes' in Saint-Tropez", sagte er und setzte sich. „Und er ist nicht sehr erfreut. Er hat mir fünf Tage Zeit gegeben."

Rudolph nickte. „Du hast ihm doch nicht gesagt, daß ich hier bin?"

„Nein."

„Ich fahre mit dem Abendzug nach Antibes", sagte Rudolph.

„Ich möchte nicht durch die Flughafenkontrolle gehen. Ich bin im ‚Colombe d'Or' in Saint-Paul-de-Vence, falls du mich erreichen willst."

„Ist dir nachts etwas eingefallen?" fragte Billy.

„Vielleicht." Rudolph lächelte grimmig.

„Sagst du es mir?"

„Nein. Genau wie du gestern abend sagtest, ich sage lieber nichts. Und es ist besser für dich und für mich, wenn du es nicht weißt."

„Wir sind eine wunderbare Familie von Geheimniskrämern, findest du nicht auch?"

„Bis zu einem gewissen Grad." Rudolph stand auf. „Ich werde heute Paris genießen. Vielleicht gehe ich sogar in den Louvre. Wir treffen uns hier um fünf wieder. Mach keine Dummheiten bis dahin."

„Ich werd's versuchen", sagte Billy. „Also dann bis fünf."

Als der Onkel gegangen war, nahm Billy eine Taxe zur Bank an der Ecke der Rue St. Dominique. Er wollte nicht, daß jemand den Peugeot Convertible sähe und womöglich die Nummer aufschriebe. Er nahm seine Tennistasche mit, und als der Beamte unten im Tresorraum die beiden Schlüssel gedreht und seinen Platz wieder eingenommen hatte, tat Billy die Pistole und die Reservemagazine und den Rest der zehntausend Francs in die Tasche und ging nach oben und sagte dem Beamten am Schalter, daß er den *coffre-fort* aufgäbe, und gab seinen Schlüssel zurück.

Dann nahm er, die Tasche in der Hand, eine Taxe zum Hotel zurück und stellte die Tasche auf das Bett. Dort saß er bis fünf Uhr und schaute unverwandt die Tasche an.

Rudolph stieg in Antibes aus dem Zug in die südliche Morgensonne. Der Wagen, den er bei Hertz bestellt hatte, wartete schon vor dem Bahnhof auf ihn. Während er den Empfangsschein abzeichnete, hielt er ein Bein gegen den verschlossenen Koffer gepreßt.

Beim ‚Colombe d'Or' angelangt, trug er den Koffer ins Hotel und folgte nach erfolgter Anmeldung dem Pagen, der den Koffer trug.

Nachdem der Mann gegangen war, rief er den alten Anwalt in Antibes an und meldete sich für elf Uhr bei ihm an. Rudolph rasierte sich, nahm ein Bad, in dem er lange döste. In New York war es jetzt zwei Uhr morgens, und sein Körper wußte das. Er zog sich gemächlich frische Wäsche an und bestellte sich eine große Tasse Kaffee aufs Zimmer. Es war dasselbe Zimmer wie damals. Jeanne hatte ihn hier besucht, und die Erinnerung an die Stunden mit ihr ließen alte Sehnsüchte wieder wachwerden. Er nahm einen Briefbogen und schrieb: „Liebe Jeanne, ich bin wieder in unserem Hotel und wüßte gern, ob Du ..." Er schrieb nicht weiter und ballte den Bogen zusammen. Es war zu lange her. Vorbei.

Um zehn Uhr fünfzehn schloß er seinen Koffer ab und ging zum Mietauto hinunter und fuhr vorsichtig nach Antibes.

Der alte Mann erwartete ihn an seinem großen spiegelblanken Schreibtisch. Hinter ihm war das besonnte, blaue Meer zu sehen, im großen Fenster eingerahmt.

„Man kann doch hier gefahrlos sprechen, nicht wahr?" fragte Rudolph beim Hinsetzen.

„Vollkommen", sagte der Anwalt.

„Ich meine, es ist kein Aufnahmegerät oder so etwas im Schreibtisch?"

„Es ist eins da", gab der Anwalt zu, „aber es ist nicht angestellt. Ich gebrauche es nur, wenn der Klient es wünscht."

„Ich hoffe, es verletzt Sie nicht, Monsieur", sagte Rudolph, „aber ich würde Sie bitten, es auf den Tisch zu stellen, damit wir beide feststellen können, daß es nicht aufnimmt."

Der alte Mann runzelte die Stirn. „Wenn Sie wünschen, Monsieur", sagte er kalt. Er zog ein Schubfach auf und stellte den kleinen Apparat auf eine Seite des Schreibtisches.

Rudolph stand auf, um ihn zu besichtigen. Er war nicht angestellt. „Danke, Monsieur", sagte er und setzte sich wieder. „Ich wäre auch dankbar, wenn Sie sich keine Aufzeichnungen während des Gesprächs oder hinterher machten."

Der alte Mann nickte. „Keinerlei Aufzeichnungen."

„Die Sache, die mich zu Ihnen führt, ist sehr delikater Natur", sagte Rudolph. „Sie betrifft die Sicherheit meines Neffen, des Sohnes meines Bruders, der getötet wurde."

Wieder nickte der alte Mann. „Eine traurige Angelegenheit", sagte er. „Ich hoffe, die Wunden sind einigermaßen geheilt."

„Einigermaßen", sagte Rudolph.

„Und", sagte der Anwalt, „daß die Hinterlassenschaft mit einem Minimum von – ah – Bitterkeit aufgeteilt worden ist."

„Einem Maximum“, sagte Rudolph grimmig.

„Tja“, sagte der alte Mann. „Familiensachen.“

„Mein Neffe ist in Südfrankreich“, sagte Rudolph. „Er weiß nicht, daß ich im Lande bin, und ich möchte, daß er es einstweilen auch nicht erfährt.“

„Sehr wohl.“

„Er ist hier, um herauszufinden, wo er Herrn Danovic erreichen kann.“

„Ah“, sagte der alte Mann gewichtig.

„Er beabsichtigt, den Mann zu töten, wenn er ihn findet.“

Der alte Mann hustete, als sei ihm etwas in die Kehle gekommen. Er holte ein großes weißes Schnupftuch hervor und wischte sich die Lippen. „Ich bitte um Vergebung“, sagte er. „Ich verstehe jetzt, was Sie meinten, als Sie sagten, es sei eine delikate Angelegenheit.“

„Ich möchte nicht, daß er Danovic je findet.“

„Ihre Position ist mir verständlich“, sagte der Anwalt. „Was ich nicht verstehe, ist, wie ich da behilflich sein kann.“

Rudolph holte tief Luft. „Wenn Danovic getötet wird – sagen wir, auf andere Weise –, ehe mein Neffe herausbekommt, wo er sich aufhält, wäre das Problem gelöst.“

„Ich verstehe“, sagte der alte Mann gedankenvoll. Wieder hustete er und holte abermals das Sacktuch heraus. „Und wie könnte ich wohl Ihrer Ansicht nach dabei behilflich sein, dieses wünschenswerte Resultat zu erzielen?“

„In Ihrer langen Praxis, Monsieur“, sagte Rudolph, „haben Sie doch gewiß mit Fällen zu tun gehabt, in die Angehörige der Unterwelt an dieser Küste verwickelt waren ...“

Der Anwalt nickte. „In meiner Praxis“, sagte er leise, „ja.“

„Wenn Sie mich mit einem Mann in Verbindung bringen könnten, der wüßte, wo Danovic zu finden ist, und den man dazu bringen könnte, die Sache in die Hand zu nehmen, wäre ich bereit, für ... seine Dienste sehr gut zu bezahlen.“

„Ich verstehe“, sagte der Anwalt.

„Selbstverständlich“, sagte Rudolph, „wäre ich auch bereit, für *Ihre* Dienste eine beträchtliche Summe auf Ihr Schweizer Konto zu überweisen.“

„Selbstverständlich“, pflichtete der Anwalt bei. Er seufzte tief auf. Rudolph konnte nicht erkennen, ob es wegen des eventuell einzugehenden Risikos war oder im Gedanken an die beträchtliche Summe auf dem Schweizer Konto.

„Es müßte sehr bald geschehen", sagte Rudolph. „Der Junge ist hitzig und töricht."

Der Anwalt nickte. „Ich habe vollstes Verständnis für Ihre Lage, Monsieur Jordache", sagte er, „aber Sie werden sich vorstellen können, daß man so etwas nicht über Nacht arrangieren kann – wenn überhaupt . . ."

„Ich bin bereit, bis zu zwanzigtausend Dollar zu gehen", sagte Rudolph unerschüttert.

Wieder hustete der Anwalt. Wieder wischte er sich den Mund mit dem Tuch. „Ich habe nie im Leben geraucht", sagte er verdrießlich, „und doch verfolgt mich dieser Husten." Er ließ seinen Sessel herumschwingen und schaute auf das ruhige Meer hinaus, als ob von dort fruchtbringende Antworten auf die Fragen, die ihn plagten, kommen könnten.

Einen langen Augenblick war Schweigen im Raum. In der Stille dachte Rudolph schmerzhaft über sein Tun nach. Er beging eine böse Tat. Sein Leben lang hatte er an das Gute und Moralische geglaubt, und jetzt beging er eine böse Tat. Aber wozu tat er es? Um eine noch schlimmere zu verhindern. Moral kann eine Falle sein, dachte er, wie so manches edle Wort. Die Frage ist – was kommt zuerst: deine Prinzipien oder dein eigenes Fleisch und Blut? Nun, er hatte die Frage beantwortet, jedenfalls für sich selbst. Er würde später dafür leiden, wenn es sein mußte.

Der Anwalt brach das Schweigen. Ohne sich zu Rudolph hinzudrehen, sagte er: „Ich werde sehen, was ich tun kann. Im allerbesten Fall kann ich nur hoffen, einen Mann ausfindig zu machen, der möglicherweise interessiert sein könnte, und ihn veranlassen, mit Ihnen in Verbindung zu treten. Sie werden hoffentlich verstehen, daß das für mich Anfang und Ende der Angelegenheit sein müßte."

„Natürlich", sagte Rudolph. Er stand auf. „Ich wohne im ‚Colombe d'Or' in Saint-Paul-de-Vence. Ich werde dort auf einen Anruf warten."

„Ich verspreche nichts, lieber Monsieur", sagte der Rechtsanwalt. Er drehte sich herum und lächelte, mit dem Rücken zur See, Rudolph unverbindlich an. „Um mit Ihnen ganz aufrichtig zu sein, es wäre mir lieber, wenn Sie Ihren Neffen überreden könnten, seinen unbesonnenen Plan aufzugeben."

„Mir auch", sagte Rudolph. „Aber ich bezweifle, daß ich es kann."

Der Anwalt nickte betrübt. „Junge Leute", sagte er. „Nun ja, ich werde tun, was ich tun kann."

„Ich danke Ihnen."

Als Rudolph hinausging, blickte der Anwalt wieder auf das Meer. Sie hatten sich beim Abschied nicht die Hand gegeben.

Die Macht des Geldes, dachte Rudolph, als er am Hafen entlangfuhr. Ob Hamlet Rosenkranz und Güldenstern bezahlt hätte, um seinen Onkel, den König, zu erledigen, hätte er die Florins dazu gehabt?

Im „Colombe d'Or" angekommen, ließ er sich sofort mit dem Hôtel Alembert in Paris verbinden. Glücklicherweise war Billy da. Daß Billy, abgesehen von der einen Fahrt zur Bank am Vortage, das Hotel nie verlassen hatte, wußte Rudolph nicht.

„Billy", sagte Rudolph, „ein Hoffnungsstrahl. Ich kann dir nichts darüber sagen, und frage mich nicht, was es ist – weder jetzt noch jemals. Aber der Hoffnungsstrahl ist da. Was wir tun müssen, ist Zeit zu kaufen. Alles, was du zu tun hast, ist Wesley zu besänftigen. Kannst du mich gut hören?"

„Nur zu gut", sagte Billy. „Wie soll ich das Besänftigen anstellen?"

„Fahre am fünften Tag nach Saint-Tropez. Denk dir eine Geschichte aus – du bist doch ein cleverer Bursche . . ."

„Ja, das sagen sie alle", sagte Billy trübsinnig.

„Häng dich dort an ihn fest", sagte Rudolph. „Ich will auf keinen Fall, daß er dir plötzlich durch die Lappen geht. Wir müssen zu jeder Stunde wissen, wo er sich befindet. Hast du begriffen?"

„Begriffen", sagte Billy dumpf.

„Wenn es nicht anders geht", sagte Rudolph, „kannst du ihm sagen, wo ich bin. Mir wäre lieber, er weiß es nicht, aber wenn er sich nicht anders stoppen läßt, dann mache ich beim Stoppen mit. Und halt mich auf dem laufenden."

„Wie lange muß der Besänftigungsprozeß anhalten?"

„Solange, wie nötig."

„Das ist eine schöne, runde Ziffer."

„Bitte, keine Witzeleien", sagte Rudolph streng. „Ich tue das Meine, tu du das Deine."

„Jawohl, Sir", sagte Billy. „Ich werde die nächsten Tage damit verbringen, mir eine Geschichte einfallen zu lassen."

„Ausgezeichnet."

„Den verrückten Kerl dazu zu bringen, daß er sie mir abnimmt, ist eine andere Sache", sagte Billy.

„Viel Glück", sagte Rudolph und hängte ein.

Die „Chlothilde" lag im Hafen von Saint-Tropez unweit des Chris-Craft vor Anker, auf dem Bunny fuhr, und Wesley und Bunny gingen hinüber, um sie anzuschauen. Bunny hatte ihn nicht gehen lassen wollen. „Du hast schon genug von dem Schiff gesehen", sagte er.

„Mach dir keine Sorgen, Bunny", sagte Wesley. „Ich werde nicht in Tränen ausbrechen oder irgend jemanden verprügeln. Es war das einzige Heim, das ich je hatte, in dem ich mich wohl gefühlt habe. Ich möchte nur einen Blick darauf werfen und mich daran erinnern, wie es war, als der Alte darauf fuhr. Ich habe seitdem eine Menge Dinge gesehen, die deprimierender waren ..." Er hatte die Tage und Nächte des Wartens auf Billy damit verbracht, an den Häfen von Saint-Tropez und Cannes herumzuhängen und die Nachtlokale beider Orte zu besuchen. Er konnte Bunny nicht fragen, ob Danovic im Lande war, weil Bunny sofort einen Disput beginnen würde. Jemand anders konnte er auch nicht nach Danovic fragen, denn er konnte Danovic, und schließlich auch der Polizei, nicht preisgeben, daß er hinter ihm her war. Aber umschauen konnte er sich. Er hatte sich umgeschaut und den Mann nicht gefunden, mit der Zeit aber würde Danovic schon auftauchen. Er hatte Zeit in Hülle und Fülle. Zu seiner Überraschung hatte ihn das Herumstreichen an den Häfen in der ruhigen Zeit vor Saisonbeginn weniger rastlos gemacht. Er schlief sogar jetzt besser, und die Träume, die ihn lange verfolgt hatten, kamen nicht mehr.

Als sie den Platz, wo die „Chlothilde" festgemacht war, erreicht hatten, standen sie davor, ohne ein Wort zu wechseln. Das Schiff sah altmodisch und behaglich aus, und Wesley freute sich, wie sauber und gepflegt es war. Wäre es schmutzig und vernachlässigt gewesen, es hätte ihm weh getan.

„Sie halten es gut, wie?" sagte er zu Bunny.

„Es sind Deutsche", sagte Bunny. „Da könntest du von den Planken essen. Willst du dich etwas darauf umsehen? Sie haben einen automatischen Piloten eingebaut."

Wesley schüttelte den Kopf. „Nein. Das genügt mir. Ich bin froh, daß ich es gesehen habe, aber es ist genug."

Sie kehrten auf das Chris-Craft zurück, wo Bunny zu Mittag eine Fischsuppe auf dem Feuer schmoren hatte. Sie würden beim Essen zu dreien sein, denn Bunny hatte sich ein Mädchen zugelegt, die in einer der Boutiquen am Hafen beschäftigt war und jeden Tag mit ihm Mittag aß. Es war eine hübsche, dunkelhaarige Kleine, die recht gut Englisch sprach, und Bunny war verrückt nach ihr, und, soviel Wesley erkennen konnte, war sie verrückt nach ihm. Nach der Arbeit kam sie auch oft auf das Boot, und manchmal blieb sie über Nacht bei Bunny. Nach und nach schien Bunny seine mädchenhaften Bewegungen zu verlieren, fand Wesley. Bunny und sie hatten im Sinn, zu heiraten und als Paar auf einem größeren Boot anzuheuern. Wesley fiel auf, daß Bunny nicht nur die eine oder andere Äußerlichkeit von Tom annahm, sondern daß er, bewußt oder unbewußt, auf die Art von Leben hinsteuerte, wie sie sein Vater mit Kate geführt hatte.

Das gefiel Wesley – er nahm es als einen Tribut an die Werte seines Vaters, einen Tribut an den Mann, der ihn besser als irgendein anderer Lebender gekannt hatte. Es machte so manches wieder gut, was Wesley von Teddy Boylon und von Schultzy im hebräischen Altersheim in der Bronx zu hören bekommen hatte.

Das Mittagessen mit einer Flasche kalten Wein dazu war ausgezeichnet. Wesley hatte Bunny gebeten, nichts davon zu sagen, daß er in einem Film mitspielte, der in Cannes gezeigt werden sollte, aber als das Mädchen, das Nadine hieß, Wesley nach seinem Beruf fragte, platzte er heraus: „Ein verdammter Filmstar ist er. Wie findest du das – mein alter Schiffskumpel?"

Ach was, dachte Wesley, wenn Bunny dadurch in Nadines Achtung stieg, was konnte es schon schaden?

„Ist das wahr?" Nadine schaute ihn ungläubig an.

„Leider", sagte Wesley. „Wenn der Film heraus ist, bin ich vielleicht Ex-Filmschauspieler."

„Nehmt ihr beiden mich auf den Arm?" fragte Nadine.

„Du kannst dich ja selber davon überzeugen", sagte Bunny. „Er ist der Star von einem Film, der bei den Festspielen laufen wird."

„Nicht der Star", wehrte Wesley ab. „Es ist nur eine kleine Nebenrolle."

Nadine beäugte ihn von nahem. „Ich finde, Sie sehen zu gut aus, um einfach nur ein Niemand zu sein."

„Zwölf aufs Dutzend", sagte Wesley. „Im Herzen bin ich einfach nur ein Seemann."

„Eine Kollegin von mir im Geschäft", sagte Nadine, „eigentlich meine beste Freundin, ist ganz verrückt nach Kino. Sie ist eine reizende Person. Soll ich sie zum Abendessen mitbringen?"

„Ich bin nur ganz vorübergehend in Saint-Tropez", sagte Wesley halb verlegen. Eingedenk Alices Absicht, wenn möglich auf eine Woche nach Europa zu kommen, wollte er sich nicht den Lockungen einer reizenden Französin aussetzen.

„Sie spricht gut Englisch", sagte Nadine.

„Leider habe ich eine Verabredung für heute abend", sagte Wesley. Es war der fünfte Tag, und er wollte im Hotel sein, falls Billy eintraf.

„Wie steht's mit morgen abend?" beharrte Nadine.

„Morgen abend bin ich in Cannes", sagte Wesley. „Vielleicht ein andermal."

„Kommen Sie nach den Festspielen wieder her?" fragte Nadine.

„Es kommt darauf an", sagte Wesley.

„Sie hat sich gerade mit ihrem Freund verkracht", sagte Nadine. „Sie wären genau das Richtige, um sie wieder etwas aufzuheitern."

„Im Aufheitern bin ich nicht besonders gut", sagte Wesley. „Sie können Bunny fragen."

„Er ist ein ernster Junge", sagte Bunny. „Er kann selbst etwas Aufheiterung vertragen."

„Wenn wir nach Cannes kommen", sagte Nadine, „könnten Sie uns dann Karten für Ihren Film verschaffen?"

„Ich glaube schon. Ich lasse Bunny meine Adresse hier." Du liebe Güte, dachte Wesley, das könnte mir noch fehlen, zwei französische Mädchen genau dann am Hals, wenn ich in den Hurensohn Danovic hineinrenne.

„Werden Sie es auch nicht vergessen?" sagte Nadine, als sie sich fertig machte, um wieder in ihre Boutique zu gehen.

„Ich vergesse es nicht", log Wesley.

Nadine küßte Bunny, und sie sahen ihr beide nach, wie sie rasch den Kai hinunterlief, ein kleines Mädchen mit guten Kurven und schwingendem Gang.

„Wie findest du sie?" fragte Bunny. Er hatte bis jetzt noch nicht gefragt.

„Sie könnte nicht hübscher sein", sagte Wesley.

„Glaubst du, sie ist zu flatterhaft, um eine gute Ehefrau zu werden?“ fragte Bunny besorgt.

„Ich glaube, sie ist in Ordnung, Bunny“, sagte Wesley. Er wollte auf keinen Fall für die Entscheidung in einer so wichtigen Frage wie Bunnys Heirat verantwortlich sein. „Ich kenne sie ja kaum.“

„Ich will dir etwas sagen“, sagte Bunny. „Mit deinem Aussehen und allem, was dein Vater dich gelehrt hat, und jetzt als Filmschauspieler und so, weißt du hundertmal mehr über Frauen als ich. Das ist nie meine Stärke gewesen, und darüber mache ich mir gar nichts vor.“ Er zögerte. „Hattest du den Eindruck, daß sie mit dir geflirtet hat oder so etwas?“

„Aber hör mal, Bunny!“ Wesley war ehrlich erschrocken.

„Ich möchte keine Frau auf dem Hals haben, die meinen Freunden Avancen macht“, sagte Bunny.

„Da kannst du ganz ruhig sein, Kumpel“, sagte Wesley. „Da war auch nicht das kleinste Blinzeln.“

„Da bin ich aber froh“, sagte Bunny. „Und nun zu dir ...“

„Was ist mit mir?“

„Ich habe so ein Gefühl, daß du nicht extra an die Côte d'Azur gekommen bist, um deinen alten Schiffskumpel zu sehen oder in irgendeinen verdammten Film zu gehen ...“

„Du bildest dir da etwas ein. Ich bin nur ...“

„Ich bilde mir da gar nichts ein“, sagte Bunny. „Ich habe ein Gespür für dich. Wenn du mit dir im reinen bist. Wenn du etwas verbirgst. Und jetzt verbirgst du etwas. Ich beobachte dich schon die ganze Zeit, ohne daß du es merkst. Ich sehe scharf hin, und was ich sehe, gefällt mir nicht, Wesley.“

„Dummes Zeug“, sagte Wesley barsch. „Hör auf mit dem Altweiberkram.“

„Eines weiß ich“, sagte Bunny. „Dein Vater wäre außer sich, wenn du ins Unglück gerietest – in böses Unglück –, besonders wenn es wegen dieses Halunken Danovic wäre. Hörst du mir zu, Wesley?“

„Ich höre.“

„Er hat dich geliebt, und er wollte nichts sehnlicher, als daß du ein gutes Leben hast. Und mir geht es ungefähr genauso. Ich möchte dich nicht im Gefängnis besuchen müssen, oder im Hospital, oder im Leichenschauhaus.“

„Und ich möchte nicht bedauern müssen, daß ich hergekommen bin, um dich zu sehen, Bunny“, sagte Wesley still.

„Es ist mir scheißegal, wenn du mich niemals wiedersiehst", sagte Bunny, „wenn ich nur etwas Vernunft in deinen Schädel hämmern kann. Du hast ein wunderbares Leben vor dir – mach es nicht kaputt. Dein Vater ist tot – und basta. Achte sein Andenken, das ist alles, was ich dich bitte."

„Ich muß zu meinem Hotel zurück", sagte Wesley. „Ich erwarte einen Anruf."

Bunny stand am Heck des Chris-Craft und starrte Wesley kalt an, als Wesley auf das Moped stieg und in Richtung seines Hotels lospuckerte.

Bei der Ankunft im Hotel sah er schon den offenen Peugeot auf dem Parkplatz stehen. Er eilte ins Hotel. „Ein Herr wartet in der Bar auf Sie", sagte der Concierge und gab Wesley seinen Schlüssel.

Billy saß allein in der leeren Bar, trank ein Bier und schaute auf die Einfahrt in die Bucht, an der das Hotel stand. In seinem Stuhl zusammengesunken, wirkte er klein und jämmerlich. Sein Anzug war zerknittert, und er hatte sich nicht die Mühe gemacht, sein Haar zu kämmen, das durch die Fahrt vom Wind zerzaust war. Die lange Reise nach Paris und wieder zurück im offenen Wagen hatte seinen von Natur schon dunklen Teint noch um ein paar Schattierungen dunkler gemacht. Er sieht aus wie ein durchtriebener kleiner Araber, dachte Wesley, als er auf ihn zutrat. Billy stand bei Wesleys Kommen auf, und sie gaben sich die Hände.

„Na, Vetter, es wird langsam Zeit", sagte Wesley.

„Gott", sagte Billy mürrisch, „fängst du gleich so an?"

„Gehen wir in mein Zimmer hinauf", sagte Wesley und schaute zu dem Barmann hin, der auf der anderen Barseite Zitronen schälte. „Dort können wir reden."

„Laß mich wenigstens mein Bier austrinken", sagte Billy. „Und du siehst aus, als könntest du selbst eines gebrauchen."

„Es gibt eine Menge Dinge, die ich besser gebrauchen könnte", sagte Wesley. „Trink aus."

Billy schaute sich um. „Ein ganz schön nobles Hotel", sagte er. „Es muß ein Vermögen kosten."

„Ich hatte geglaubt, ich würde hier nur ein paar Tage bleiben", sagte Wesley. „Ich hatte nicht damit gerechnet, die ganze Saison hier bleiben zu müssen. Bist du fertig mit dem Bier?"

„Ich denke", sagte Billy. „Aber zahlen muß ich noch."

„Schreiben Sie den Drink des Herrn auf meine Rechnung", rief Wesley dem Barmann am anderen Ende des Raumes zu.

„Danke", sagte Billy, als er hinter Wesley aus der Bar ging.

„Das ist das mindeste, was ich für meinen getreuen Vetter tun kann", sagte Wesley spöttisch.

Im Zimmer stellte Wesley sich vor Billy auf. „Hast du sie?" fragte er rauh.

„Du mußt mich erklären lassen", sagte Billy. „Der Mann, der sie für mich aufbewahrte, mußte verschwinden. Er war nicht in Paris, und seine Freundin sagte mir, sie wüßte nicht, wo er ist. Aber er will sie anrufen, sagte sie, und ..."

„Wann?" fragte Wesley. „Wann ruft er sie an?"

„Das konnte sie nicht sagen. Sie meint, bald."

„Bald? Am vierten Juli? Zu Weihnachten?"

„Herrgott", sagte Billy gekränkt, „du hast keinen Grund, so mit mir zu reden. Ich habe getan, was ich konnte. Es ist ja nicht, als ob man in einen Laden geht und eine Schachtel Konfekt kauft."

„Weißt du, was ich denke, Billy", sagte Wesley ruhig. „Ich denke, daß du mich verkohlst."

„Sei doch nicht so verdammt mißtrauisch. Ich habe es freiwillig getan, oder nicht, Teufel noch mal? Niemand hat mir einen Revolver an die Stirn gehalten. Ich habe doch nur versucht zu helfen."

„Blödsinn", sagte Wesley. „Du weißt, wo die Pistole ist – wenn es überhaupt jemals eine Pistole gegeben hat ..."

„Es ist eine Pistole da", sagte Billy. „Ich schwöre es."

„Dann wirst du mir auch sagen, wo sie ist. Und du wirst es mir jetzt sofort sagen." Mit einer schnellen, katzenartigen Bewegung sprang Wesley Billy an und fing an, ihn zu würgen. Billy wand sich, krallte nach den Händen um seinem Hals und versuchte, sein Knie in Wesleys Leistengegend zu stoßen. Aber Wesley war vierzig Pfund schwerer als er. Geräuschlos torkelten sie im Zimmer herum. Billy rutschte aus, und Wesley kniete sich auf ihn, sein Ausdruck ruhig, seine Hände mit besessenem Druck an Billys Kehle. Kurz bevor Billy die Sinne schwanden, ließen die Hände locker.

„Sagst du's mir oder nicht?" flüsterte Wesley.

„Herrgott", keuchte Billy, „du hättest mich erwürgen können."

„Sehr wahrscheinlich.“ Die Hände begannen wieder etwas zuzudrücken.

„Rudolph ...“ krächzte Billy. „Er ist in Saint-Paul-de-Vence. Hôtel ‚Colombe d'Or‘. Jetzt geh mir von der Brust.“

Langsam löste Wesley seinen Griff und stand auf. Er half Billy auf die Beine, und Billy sackte auf einen Stuhl und befühlte seine Kehle. „Du bist stärker, als für dich gut ist“, sagte er.

Wesley stand über ihm, immer noch gefahrdrohend. „Woher weiß Onkel Rudolph etwas?“ fragte er. „Und keine Märchen jetzt.“

„Ich habe ihn in New York angerufen. Ich dachte, wenn irgend jemand, dann könnte er dir helfen. Du glaubst doch nicht, ich hätte es meinetwegen getan?“

„Du hast dir in die Hosen geschissen“, sagte Wesley verächtlich, „und den Weihnachtsmann zu Hilfe gerufen. Ich hätte es mir denken können. Was kann man auch von einem Tennisspieler anderes erwarten. Geh zurück zu deinen Puppen. So ein Scheißtheater!“

„Und du geh nach Saint-Paul-de-Vence, du mörderischer Irrer“, sagte Billy, „und versuch deinem Onkel Rudolph die Luft abzudrehen.“

„Vielleicht versuche ich es“, sagte Wesley. „Und jetzt verschwinde! Aus meinem Zimmer und aus der Stadt. Wenn ich dich noch einmal in der Gegend sehe, könnte ich bereuen, daß ich losgelassen habe.“

„Das nächstemal, wenn ich dich treffe“, sagte Billy und stand auf, „habe ich ein Messer dabei. Ich warne dich.“

„Danke“, sagte Wesley. „Ich werde es mir vormerken.“

An der Tür drehte sich Billy um. „Noch eines“, sagte er. „Ganz gleich, was du denkst, ich bin dein Freund.“

Wesley nickte finster, und Billy öffnete die Tür und ging hinaus. Unten angekommen, rief er Saint-Paul-de-Vence an. Als Rudolph sich meldete, berichtete ihm Billy, was geschehen war.

„O Gott“, sagte Rudolph. „Steht es so schlimm mit ihm?“

„Schlimmer“, sagte Billy. „Er ist irre. Such dir lieber ein anderes Hotel, oder es gibt noch eine Drosselkur in der Familie.“

„Ich suche mir gar nichts“, sagte Rudolph gelassen. „Er soll nur kommen.“

„Sieh zu, daß du nicht allein bist, wenn er kommt“, sagte

Billy und bewunderte die Ruhe seines Onkels. „Bei dem Burschen brauchst du eine Menge Zeugen."

„Er kann kommen, wann und wie er will."

„Ist dir denn etwas eingefallen?"

„Kann sein", sagte Rudolph. „Wir werden sehen."

„Wenn ich dir einen Rat geben darf", sagte Billy. „Ich würde das Ding verschwinden lassen, ehe er kommt. Schmeiß es ins Meer."

„Nein", sagte Rudolph nachdenklich. „Das werde ich wohl nicht tun. Es könnte noch von Nutzen sein. Recht bald sogar."

„Viel Glück", sagte Billy.

„Wir sehen uns nächste Woche in Cannes bei den Festspielen", sagte Rudolph. „Ich habe im Hotel für uns alle Zimmer reserviert. Ich hatte dich und Wesley zusammen in ein Zimmer gelegt. In Anbetracht der Umstände ..." Er lachte komisch. „In Anbetracht der Umstände werde ich dich wohl auf eine andere Etage verlegen."

„Du denkst auch an alles, nicht wahr", sagte Billy sarkastisch.

„So gut wie alles", sagte Rudolph.

Billy hängte ein, ging zum Concierge hinüber und sagte: „Schreiben Sie das Gespräch bitte auf Mr. Jordaches Rechnung."

Wesley rief an diesem und am nächsten Tage nicht an, wohl aber der Rechtsanwalt aus Antibes.

„Ich habe vielleicht etwas für Sie", sagte der Anwalt. „Der Herr, den ich für die Bewerbung um die Stelle, von der Sie neulich sprachen, im Sinn habe, ist im Augenblick nicht verfügbar. Er sitzt gerade im Gefängnis. Er sollte aber in vierzehn Tagen herauskommen und wird unmittelbar danach in seiner Wohnung in Marseille erwartet. Ich werde mich mit ihm ins Einvernehmen setzen und ihn wissen lassen, wo er Sie erreichen kann."

„Ich werde im Hotel Majestic in Cannes sein", sagte Rudolph.

„Ich bedaure die Verzögerung", sagte der Anwalt.

„Da kann man nichts machen", sagte Rudolph. „Ich danke Ihnen für Ihre Bemühungen. Ich werde auf den Anruf warten."

Da kann man nichts machen, dachte Rudolph. Wäre ein guter Titel für die Geschichte meines Lebens. Da kann man nichts machen.

10

Der Mann, der bei den Festspielen die Publicity für Gretchens Film machte, hatte einen Artikel über die Regisseurin veröffentlicht, deren erster Film als einer der amerikanischen Beiträge für Cannes ausgewählt worden war. Deswegen waren in Nizza Photographen am Flugplatz, als Gretchens Maschine landete. Die Photographen machten Aufnahmen, wie Gretchen aus dem Flugzeug kam, und dann wieder, als sie nach den Zollformalitäten Rudolph und Billy begrüßte. Sie war den Tränen nahe, als sie Billy küßte und stürmisch umarmte. „Es ist so lange her“, flüsterte sie.

Billy genierte die Vorführung mütterlicher Gemütsbewegung unter dem Aufleuchten der Blitzlichter. Er entwand sich behutsam, aber energisch der Umarmung seiner Mutter. „Mutter“, sagte er, „können wir uns nicht die Wiedervereinigungsszene für später aufheben?“ Er war nicht scharf darauf, ein Bild von sich in den Zeitungen zu finden, das ihn eingeklemmt in den häuslichen Familienwürgegriff zeigte, ganz gleich, ob das der Publicity diente oder nicht.

Als Gretchen zurücktrat, sah er, wie ihre Lippen in jener kalten Linie erstarrten, die er nur allzugut kannte. „Billy“, sagte sie in formellem Ton, „ich möchte dich Mr. Donnelly vorstellen. Er hat die Bauten für den Film entworfen.“

Billy gab dem rotbärtigen jungen Mann die Hand. „Freut mich, Sie kennenzulernen, Sir“, sagte er. Wieder einer, dachte er. Sie gibt nie auf. Ihm war schon die besitzergreifende, beschützerische Art aufgefallen, mit der der Mensch den Arm seiner Mutter hielt, als sie durch die kleine Menschenmenge gingen, die den Zollausgang umlagerte. Er hatte sich vorgenommen, beim ersten Wiedersehen nach so langer Zeit herzlich und verständnisvoll zu sein, aber der Anblick seiner Mutter, wie sie, schön wie eh und je in ihrem schicken blauen Reisekostüm, so auffallend von einem Mann den Hof gemacht bekam, der kaum älter schien als er, hatte ihn verwirrt. Dann schämte er sich, daß er sich davon hatte verärgern lassen. Schließlich war seine Mutter erwachsen genug, und was sie in ihrer Freizeit tat, ging ihn so wenig etwas an wie ihr Geschmack, was die Partner betraf. Als er an ihrer Seite zu dem Auto ging, das samt Chauffeur auf sie wartete, drückte er herzlich ihre Hand, um seine Bemerkung über die Wiedervereinigungsszene wiedergutzumachen. Überrascht blickte sie ihn an, dann lächelte sie strahlend. „Wir haben zwei wundervolle Wochen vor uns", sagte sie.

„Das hoffe ich auch", sagte er. „Ich kann es gar nicht erwarten, den Film zu sehen."

„Die Vorzeichen sind gut", sagte sie. „Die Leute, die ihn bisher gesehen haben, scheinen ihn sehr gut zu finden."

„Viel mehr als sehr gut", sagte Rudolph. „Sie schwärmen davon. Man hat mir schon meinen Anteil mit hundert Prozent Gewinn abkaufen wollen, und ich habe es abgelehnt."

„Getreuer Bruder", scherzte Gretchen. „Er steckt sein Geld dort hinein, wo sein Herz ist." Dann zog sie die Stirn in Falten. „Rudy", sagte sie, „du siehst gar nicht gut aus. Du siehst aus, als hättest du seit Wochen nicht geschlafen. Was ist los mit dir?"

Rudolph sagte verlegen. „Gar nichts. Vielleicht bin ich nachts zu lange im Kasino gewesen."

„Hast du wenigstens gewonnen?"

„Wie immer", sagte Rudolph.

Der Gepäckträger und der Chauffeur verstauten die Koffer im Wagen, und Gretchen sagte: „Eigentlich bin ich ein bißchen enttäuscht."

„Warum?" fragte Rudolph.

„Ich hatte gehofft, Wesley würde mich auch abholen kommen."

Rudolph und Billy wechselten einen Blick.

„Ist er nicht im selben Hotel wie wir?" fragte Gretchen.

„Nein", sagte Rudolph.

„Er ist aber doch in Cannes? Er wird nach dem Film von Presse- und TV-Leuten um Interviews bestürmt werden. Er muß sich wenigstens wie ein Schauspieler benehmen, auch wenn er denkt, er ist keiner."

„Gretchen", sagte Rudolph leise, „wir wissen nicht, wo er ist. Das letzte, was wir von ihm wissen, ist, daß er in Saint-Tropez war. Aber dann ist er verschwunden."

„Ist irgend etwas nicht in Ordnung?"

„Nichts, wovon wir wüßten", log Rudolph. „Mach dir keine Gedanken. Er taucht sicher noch auf."

„Das möchte ich auch hoffen", sagte Gretchen, während sie mit Donnelly einstieg. „Sonst gebe ich eine Vermißtenanzeige auf."

Es war so viel Gepäck, daß Rudolph keinen Platz mehr im Wagen hatte. Er und Billy gingen zum Peugeot hinüber. „Irgendeine Geschichte über Wesley müssen wir uns für sie einfallen lassen", sagte Rudolph beim Einsteigen.

„Laß *du* dir diesmal etwas einfallen", sagte Billy, als sie aus dem Parkplatz herausfuhren. „Die letzte Geschichte, die ich erfand, hat mich fast das Leben gekostet."

„Vielleicht kommt er zu sich, wenn er Gretchens Bild in der Zeitung sieht", sagte Rudolph. „Er hat sie während der Drehtage sehr liebgewonnen."

„Ich weiß. Das hat er mir gesagt. Aber ich würde nicht zu optimistisch sein. Worauf er dieser Tage wirklich scharf ist, das ist, einen ganz bestimmten Jugoslawen ausfindig zu machen." Er drehte sich neugierig zu Rudolph hin. „Etwas Neues an deiner Front?"

„Das werde ich erst in ein paar Tagen wissen."

„Und du willst mir nicht verraten, was es sein könnte?"

„Nein", sagte Rudolph entschieden. „Und steck deine Nase nicht in alles."

Eine Zeitlang konzentrierte sich Billy auf das Fahren. Er hatte zu Ehren seiner Mutter den Wagen waschen lassen und sich in neue Schale geworfen, und er bedauerte, daß Wesleys Fehlen einen Schatten auf die Ankunft geworfen hatte. „Wo er auch ist und was er auch tut", sagte er, „ich hoffe nur, er wird meiner Mutter ihre große Stunde nicht verderben. Sie schien in großer Stimmung auf dem Flugplatz."

„Nicht mehr ganz, als du den unpassenden Scherz über die Wiedervereinigung gemacht hast", sagte Rudolph säuerlich.

„Macht der Gewohnheit."

„Dann gewöhne es dir ab."

„Ich werd's versuchen", sagte Billy. „Jedenfalls, damit du's weißt, ich habe es wiedergutgemacht, als wir zum Wagen gingen."

„Du denkst, sie ist hart", sagte Rudolph. „Laß dir von mir sagen, daß sie es nicht ist. Jedenfalls nicht, was dich betrifft."

„Ich habe gesagt, daß ich mir Mühe geben werde." Billy lächelte. „Sie sieht gut aus, nicht?"

„Sehr."

Wieder wandte Billy den Kopf, um zu Rudolph hinzuspähen. „Was ist zwischen ihr und diesem Donnelly?"

„Davon weiß ich nichts", sagte Rudolph kurz. „Sie haben gut zusammengearbeitet, und er ist jetzt mein Geschäftspartner. Da brauchst du deine Nase auch nicht 'reinzustecken."

„Ich habe ja nur gefragt", sagte Billy. „Die ganz normale Sorge eines Sohnes um das Wohlergehen seiner Mutter. Was für ein Mensch ist er?"

„Der Besten einer", sagte Rudolph. „Begabt, zielstrebig, anständig, und er hat ein Alkoholproblem."

„Das sollte sie gewöhnt sein", sagte Billy, „nach ihrem Leben mit meinem Vater. Die Trinkerei, meine ich."

„Sie hat deinen Vater auch eingeladen zu kommen", sagte Rudolph. „Er sagte, er habe eine neue Beschäftigung und könne nicht aus Chicago fort. Vielleicht fängt er sich jetzt endlich."

„Da würde ich nicht drauf wetten", sagte Billy. „Na, eine gute Tat hat er wenigstens für seinen Sohn getan."

„Und das wäre?"

„Er hat mich vom Trinken geheilt." Billy lachte. „Oh – ich habe eine Idee. Betrifft nicht meinen Vater oder meine Mutter, sondern – Wesley."

„Und welche Idee?"

„Ich glaube, Wesley hat niemanden in Cannes, bei dem er wohnen könnte", sagte Billy bedeutungsvoll, „also ist er höchstwahrscheinlich in einem Hotel in der Stadt. Wir könnten auf die Polizei gehen und uns erkundigen. Schließlich ist er ja in dem Film, und wir könnten sagen, er wird für Presseaufnahmen und Interviews und so gebraucht."

„Wir könnten, aber wir werden nicht. Je weniger die Polizei sich für Wesley interessiert, desto besser für uns alle."

„Es war nur so eine Idee."

„Wir müssen ihn selbst finden. Am Hafen herumhören, die Nachtlokale absuchen und sonst die Augen offenhalten", sagte Rudolph. „Inzwischen kannst du ja deiner Mutter sagen, er hätte dir gesagt, er scheue jede Publizität, bevor der Film gelaufen sei, er fürchte, daß er nicht gut herauskommt und daß die Leute über ihn lachen würden, und wenn das geschähe, wolle er lieber nicht dabeisein."

„Glaubst du, daß sie mir das abnimmt?“ sagte Billy ungläubig.

„Mag sein. Sie weiß, daß er ein seltsamer junger Mann ist. Wahrscheinlich wird sie sagen, das sehe ihm ganz ähnlich.“

„Mich wundert's“, sagte Billy, „daß er dich nie angerufen oder aufgesucht hat.“

„Ich war ziemlich sicher, daß er es nicht tun würde“, sagte Rudolph. „Er weiß, daß er das, wonach er aus ist, von mir nicht bekommt.“

„Hast du sie denn noch?“ fragte Billy. „Die Pistole?“

„Ja.“

Billy lachte lautlos. „Ich wette, du bist der einzige Mensch bei diesen Festspielen, der eine Pistole mit Schalldämpfer in seinem Hotelzimmer hat.“

„Eine Auszeichnung, auf die ich herzlich gern verzichten würde“, sagte Rudolph finster.

Als sie die Croisette in Cannes hinunterfuhren, sah Rudolph, daß unter den Filmplakaten, die anzeigten, was in den kommenden vierzehn Tagen gespielt werden würde, sich auch eines für „Flieg, Vogel Phönix“ befand, auf dem Gretchens Name in großen Lettern zu lesen war.

„Das hat ihr sicher Auftrieb gegeben, als sie das las“, sagte Rudolph. „Deine Mutter.“

„Jetzt kommt zu allen meinen sonstigen Sorgen auch noch die“, sagte Billy scherzhaft, „daß ich mir ausdenken muß, wie ich mich als Sohn einer berühmten Mutter benehme. Was soll ich sagen, wenn sie mich interviewen und fragen, wie ich mich fühle?“

„Sag: großartig.“

„Nächste Frage, Mr. Abbott“, sagte Billy. „Hat Ihre Mutter Sie zugunsten ihrer Karriere vernachlässigt? Antwort: Oh, nur zehn bis zwanzig Jahre lang.“

„Solche Scherze kannst du bei mir machen“, sagte Rudolph scharf, „aber nicht vor anderen Leuten. Hast du das verstanden?“

„Ja, Sir. Natürlich. Ich habe doch nur Spaß gemacht.“

„Jedenfalls“, sagte Rudolph, „ist sie noch nicht berühmt. An einem Ort wie hier kannst du an einem Tag berühmt und am nächsten wieder unberühmt sein. Es ist eine schwierige, aufregende Zeit für deine Mutter, und wir müssen sehr vorsichtig mit ihr umgehn.“

„Ich werde standhaft wie eine Eiche für sie eintreten", sagte Billy. „Sie wird ihren unberechenbaren Sohn nicht wiedererkennen und über mich staunen."

„Du magst kein Trinker sein wie dein Vater, Billy", sagte Rudolph, „aber sein Unvermögen, jemanden glauben zu machen, er nähme auch nur irgend etwas ernst, scheinst du geerbt zu haben."

„Eine Abwehrreaktion", sagte Billy leichthin, „die sich vom Vater auf den Sohn vererbt, um die zitternde, zarte Seele darunter zu verbergen."

„Du kannst sie ruhig einmal herzeigen", sagte Rudolph. „Das wird dich auch nicht umbringen."

Rudolph fragte im Hotelfoyer, ob jemand eine Nachricht für ihn hinterlassen habe. Aber niemand hatte etwas hinterlassen. Gretchen saß in einer Ecke, von Journalisten und Photographen umringt. Die großen Kanonen waren noch nicht in Cannes eingetroffen, und der Publicity-Mann für „Flieg, Vogel Phönix" nutzte das weidlich aus. Rudolph stellte fest, daß Gretchen fließend, lächelnd und völlig gelassen redete.

Gretchen sah sie und winkte ihnen, sie sollten kommen, aber Billy schüttelte den Kopf. „Ich gehe hinaus", sagte er zu Rudolph, „und strolche etwas am Hafen herum und sehe mich nach unserem verlorenen Engel um. Sag meiner Mutter, ich liebe sie, aber ich hätte etwas zu besorgen."

Rudolph ging zu Gretchen hinüber, und sie stellte ihn als ihren Bruder und Geldgeber des Films vor. Sie erkundigte sich nicht, wohin Billy verschwunden sei. In einem ruhigen Augenblick, als einer der Photographen Gretchen mit Rudolph zusammen aufnehmen wollte, fragte Rudolph, wo Donnelly sei.

„Dreimal darfst du raten", sagte Gretchen und schaute, für die Aufnahme lächelnd, zu Rudolph hoch.

Rudolph ging in die Bar und sah Donnelly, der finster brütend über einem Glas Whisky saß.

„Na, genießt du Lärm und Lustbarkeiten der Festspiele?" fragte Rudolph.

Donnelly warf ihm einen düsteren Blick zu. „Ich füge zwei L's hinzu. Es tut mir lausig leid, daß ich gekommen bin."

„Wieso?" fragte Rudolph überrascht.

„Der Bengel", sagte Donnelly. „Ihr Sohn Billy. Du hättest sehen sollen, wie er mich auf dem Flugplatz hat abblitzen lassen."

„Ach, das bildest du dir nur ein."

„Ich bilde mir gar nichts ein. Ich fürchte, er wird Gretchen meinetwegen das Leben zur Hölle machen. Was ist mit ihm – ist er eifersüchtig?"

„Nein", sagte Rudolph. „Vielleicht, daß er sich Gedanken macht, daß du soviel jünger bist als sie und sie einmal darunter leiden könnte."

„Hat er dir das gesagt?"

„Nein, er hat gar nichts gesagt."

„Sie hat mir von ihm erzählt." Donnelly trank sein Glas leer und winkte nach einem neuen. „Von Kindheit an hat er sie zur Verzweiflung getrieben."

„Er will ein neues Leben anfangen, hat er mir gesagt."

„Auf dem Flugplatz in Nizza hatte er es noch nicht angefangen, das kann ich dir versichern. Und wo ist der andere Bursche – Wesley? Die beiden sollten doch zusammen aus Spanien angereist kommen, sagte Gretchen."

„Er ist irgendwo in der Gegend", sagte Rudolph vage.

„Wo irgendwo?" wollte Donnelly wissen. „Als wir ankamen, war nichts von ihm zu sehen, und er hätte sich, verdammt noch mal, sehen lassen sollen, nach allem, was Gretchen für ihn getan hat." Er nahm einen großen Schluck aus dem zweiten Glas. „Ich wette einen Dollar gegen einen rostigen Nagel, daß ihr Sohn etwas damit zu tun hat."

„Verlier die Nerven nicht wegen eines einzigen schiefen Blicks auf dem Flugplatz", sagte Rudolph. „Ich garantiere dir, es geht alles klar."

„Das möchte ich dringend hoffen", sagte Donnelly. „Wenn dieser Lümmel seiner Mutter die nächsten vierzehn Tage ruiniert, dann breche ich ihm das Rückgrat entzwei. Das kannst du ihm von mir bestellen. Und du kannst ihm ferner bestellen, daß ich seine Mutter gebeten habe, meine Frau zu werden."

„Was hat sie gesagt?"

„Gelacht hat sie."

„Gratuliere."

„Ich bin so verrückt nach ihr, daß ich nicht mehr geradeaus schauen kann", sagte Donnelly trübsinnig.

„Du könntest besser geradeaus schauen" – Rudolph tippte an das Glas auf der Bar –, „wenn du dich von dem Zeug hier etwas fernhalten könntest."

„Fängst du auch schon damit an?"

„Ich kann mir vorstellen, daß Gretchen auch schon beiläufige Bemerkungen dieser Art gemacht hat."

„Allerdings. Ich habe ihr versprochen, nur noch Wein zu trinken, wenn sie mich heiratet."

„Und was hat sie dazu gesagt?"

„Gelacht hat sie."

Rudolph lachte. „Amüsier dich gut in Cannes", sagte er.

„Werde ich", sagte Donnelly. „Aber nur zusammen mit Gretchen. Übrigens hatte ich einen Tag bevor wir abflogen einen Anruf von unserem Anwalt. Er meint, daß wir aller Wahrscheinlichkeit nach noch vor Jahresende mit dem Connecticut-Projekt ins reine kommen werden."

„Dann geht ja alles, wie wir wollen, Junge", sagte Rudolph. „Hör schon auf, so finster-irisch dreinzuschauen."

„Das keltische Zwielicht an der Côte d'Azur", sagte Donnelly und grinste breit. „Ich sehe Dämonen in der gallischen Dämmerung. Mach dir nichts draus."

Rudolph gab Donnelly einen beruhigend-freundschaftlichen Klaps auf den Arm und verließ die Bar. Im Foyer war die Pressekonferenz beendet, nur der Publicity-Mann war noch da und sammelte seine Papiere ein. Er war ein Amerikaner namens Simpson, der von Paris aus für verschiedene Produktionen arbeitete.

„Wie ist es gelaufen?" fragte Rudolph.

„Famos", sagte der Mann. „Sie versteht, die Leute mit ihrem Charme zu nehmen. Wissen Sie, ich habe den Film bei einer Vorführung in Paris gesehen und glaube, wir haben da einen Trumpf in Händen."

Rudolph nickte, obwohl er noch von keinem Publicity-Mann gehört hatte, der in der ersten Woche behauptet hätte, eine Niete in Händen zu haben.

„Würden Sie sich besonders darauf konzentrieren", sagte er, „Wesley Jordans Photo weiteste Verbreitung zu geben?"

„Ohne weiteres", sagte der Mann. „Daß er etwas ganz Besonderes ist, wissen die Leute schon. Wie er aussieht, kann seinem Image gewiß nicht schaden."

„Er ist hier irgendwo verschüttgegangen", sagte Rudolph, „und ich möchte, daß die Leute ihn sofort erkennen, wenn sie ihn sehen, damit wir ihn, bevor der Film gezeigt wird, da haben. Wir brauchen ihn noch für biographisches Material und so."

„Wird gemacht", sagte der Publicity-Mann. „Ich könnte selbst ein paar biographische Notizen über ihn gebrauchen."

„Danke", sagte Rudolph und ging in sein Zimmer hinauf. Die Tasche stand noch auf dem Stuhl, so wie er sie verlassen hatte. Er drehte an dem Kombinationsschloß und öffnete sie. Die Pistole war noch da. Was für ein häßliches Möbel, dachte er und machte die Tasche wieder zu und schloß sie ab. Es trieb ihn mindestens zehnmal am Tage in sein Zimmer, die Tasche zu inspizieren.

Er ging ins Badezimmer und nahm zwei Beruhigungstabletten. Seit seiner Ankunft in Paris war er nervös und hatte zum erstenmal in seinem Leben einen Tick, ein Zucken des rechten Augenlides, das er in Anwesenheit anderer dadurch zu kaschieren versuchte, daß er sich das Auge rieb, als sei ihm etwas hineingekommen. Die Tabletten halfen jeweils ein paar Stunden.

Das Telephon läutete, als er wieder ins Schlafzimmer kam. Er nahm den Hörer auf und hörte eine weibliche Stimme sagen: „Mr. Rudolph Jordache, bitte."

„Am Apparat", sagte er.

„Sie kennen mich nicht", sagte die Frau. „Ich bin mit Wesley befreundet. Mein Name ist Alice Larkin."

„O ja", sagte Rudolph. „Wesley sprach von Ihnen. Von wo rufen Sie an?"

„New York", sagte sie. „Ist Wesley bei Ihnen?"

„Nein."

„Wissen Sie, wo ich ihn erreichen kann?"

„Im Augenblick leider nicht."

„Er sollte mich letzte Woche anrufen", sagte Alice. „Ich hatte versucht, meinen Urlaub vorverlegt zu bekommen, um ein paar Tage nach Cannes kommen zu können. Ich glaube, es wird klappen. Morgen bekomme ich endgültig Bescheid, und ich möchte wissen, ob ich kommen soll."

„Ich glaube, Sie warten lieber noch, ehe Sie sich entscheiden", sagte Rudolph. „Um ganz ehrlich mit Ihnen zu sein, Wesley ist verschwunden. Wenn er wieder auftaucht, sage ich ihm, er soll Sie anrufen."

„Ist er in Schwierigkeiten?"

„Nicht daß ich wüßte." Rudolph sprach mit Vorsicht. „Obgleich – bei ihm kann man nie wissen. Er ist sehr wetterwendisch."

„Das kann man wohl sagen.“ Das Mädchen klang jetzt ärgerlich. „Jedenfalls, sollten Sie ihn sehen, sagen Sie ihm bitte, ich wünsche ihm jeden Erfolg.“

„Das werde ich tun“, sagte Rudolph. Er legte langsam den Hörer auf die Gabel. Er wünschte, die Tabletten würden schneller wirken. Wesleys Verrücktheit zog ihn nieder wie ein Gewicht. Vielleicht, dachte er, wenn ich ihn finde, gebe ich ihm das verdammte Schießeisen und wasche meine Hände in Unschuld. Er trat ans Fenster und schaute aufs Meer hinaus, das still und blau dalag, und auf die Menschen unten auf der Croisette, die die Sonne genossen und, die festliche Beflaggung über sich, die warme Brise atmeten. Im Augenblick beneidete er jeden einzelnen Spaziergänger nur darum, daß er nicht in seiner Haut steckte.

Gegen Abend kam Billy in sein Zimmer zurück. Den ganzen Nachmittag war er am Hafen auf und ab patrouilliert, hatte auf die Boote gestarrt, war in den Bars und Restaurants gewesen. Wesley war auf keinem der Boote und in keinem der Lokale zu finden gewesen. Er ließ sich mit dem Zimmer seiner Mutter verbinden, aber die Vermittlung sagte, sie nähme keine Gespräche an. Wahrscheinlich im Bett, dachte er, mit diesem Kerl mit dem roten Bart. Am besten dachte man nicht daran.

Er zog sich aus und nahm eine Dusche. Es war ein langer, heißer Tag gewesen, und er schwelgte unter dem nadelspitzen, eisigen Sprühregen und vergaß über dem köstlichen Kribbeln seiner Haut alles um sich herum.

Als er aus der Dusche herauskam, hörte er es an der Schlafzimmertür klopfen. Er schlang sich ein Handtuch um die Hüften und ging, nasse Fußtapfen hinterlassend, durch den Raum und öffnete die Tür. Monika stand lächelnd da, in einem der hübschen Baumwollkleider, die er in Spanien an ihr gesehen hatte.

„Guter Gott“, sagte er.

„Ich sehe, du bist zum Empfang von Gästen angezogen“, sagte sie. „Darf ich hereinkommen?“

Er spähte an ihr vorbei den Flur hinunter, um festzustellen, ob sie allein war.

„Keine Angst“, sagte sie. „Dies ist ein Privatbesuch. Ich bin ganz allein.“ Sie drängte sich an ihm vorbei, und er schloß die Tür. „Hui“, sagte sie und sah sich in dem großen, schön ausgestatteten Zimmer um, „wir kommen voran in der Welt, wie? Das schlägt Brüssel ja mit Längen. Der Kapitalismus bekommt dir gut, Freundchen.“

„Wie hast du mich gefunden?“ fragte Billy und überhörte, was sie von dem Fortschritt gegenüber Brüssel sagte.

„Das war einfach“, sagte sie. „Diesmal hast du eine neue Adresse hinterlassen.“

„Ich muß mir merken, es nie wieder zu tun“, sagte er. „Was willst du?“ Er kam sich idiotisch vor, wie er da pitschenaß und knapp vom Handtuch bedeckt vor ihr stand.

„Ich wollte nur mal guten Tag sagen.“ Sie setzte sich und schlug die Beine übereinander und lächelte zu ihm hoch. „Macht es dir etwas aus, wenn ich rauche?“

„Was würdest du tun, wenn ich sagte, es *macht* mir etwas aus?“

„Ich würde rauchen.“ Sie lachte und holte eine Zigarette aus ihrer Handtasche, zündete sie aber nicht an.

„Ich ziehe mir etwas an“, sagte er. „Ich bin nicht gewohnt, fremde Damen nackt zu unterhalten.“ Er wollte an ihr vorbei ins Badezimmer, wo seine Hose und sein Hemd hingen.

Sie ließ die Zigarette fallen, langte nach ihm und erwischte ihn beim Arm. „Nicht nötig“, sagte sie. „So fremd bin ich ja nun auch nicht. Außerdem – je weniger du anhast, desto besser siehst du aus.“ Sie ließ seinen Arm los und langte nach seinen Beinen und umschloß sie. Sie bog ihren Kopf hoch und schaute zu ihm auf. „Gib mir einen Kuß.“

Er stemmte sich gegen den Druck ihres Armes, aber sie hielt ihn fest.

„Was soll das nun wieder?“ fragte er grob, obgleich er schon die altvertrauten Gefühle in der Leistengegend spürte.

Sie lachte. „Dasselbe wie immer“, sagte sie.

„In Spanien war es nicht dasselbe wie immer“, sagte er und verfluchte die plötzliche Erektion, die sich deutlich unter dem Handtuch abhob.

„In Spanien hatte ich andere Dinge im Kopf“, sagte sie. „Und da war ich auch nicht allein, wie du dich erinnern wirst. Jetzt bin ich allein und habe Ferien, und es ist dasselbe wie immer. Ich glaube, ich sagte dir schon einmal, daß Orgasmen bei der Neuen Linken zu den Seltenheiten gehören. Daran hat sich nichts geändert.“

Plötzlich griff sie unter das Handtuch und berührte seinen Penis mit der Hand. Sie lachte. „Ich sehe, da hat sich auch nichts geändert." Sie streichelte ihn zart, ihre Hand bewegte sich mit altbekannter Geschicklichkeit.

„Herrgott nochmal", sagte er und wußte, daß er seine Worte noch bereuen würde, „gehen wir ins Bett."

„Das war auch meine Idee", sagte sie. Sie stand auf, und sie küßten sich. „Ich habe mich nach dir gesehnt", flüsterte sie. „Leg dich schon hin, ich zieh' mich schnell aus."

Er ging zu dem breiten Doppelbett und legte sich hin und schaute zu, wie sie sich das hübsche Kleid über den Kopf zog. Sie trug keinen Büstenhalter, und der Anblick ihrer herrlichen kleinen Brüste erregte wonnige Schmerzen in ihm. Er schloß die Augen. Ein einziges Mal noch, dachte er, was soll schon sein? Wahrscheinlich tat seine Mutter einen Stock höher genau das gleiche. Wie die Mutter, so der Sohn. Eine prima Nacht für die Familie. Er hörte Monika barfuß ans Bett kommen und hörte den Schalter klicken, als sie das Licht auslöschte. Er warf das Handtuch ab. Mit einem tiefen Stöhnlaut ließ sie sich auf ihn fallen, und er legte seine Arme um sie.

Später lag er in der warmen Dunkelheit auf dem Rücken, seinen Arm unter ihrem Nacken. Sie kuschelte sich an ihn, den Kopf auf seiner Schulter und ein Bein quer über ihn geworfen. Er atmete tief aus. „Das beste", sagte er, „das allerallerbeste. Alle, die dafür sind, sagen ja."

„Ja", sagte Monika. „Und vergiß nie mehr, deine neue Adresse zu hinterlassen."

„Ja", sagte er, obwohl er dessen nicht so sicher war. Er hatte zuviel mit ihr durchgemacht, und der einzige Ort, wo er sich bei ihr in Sicherheit fühlte, war im Bett. „Und wie ist *deine* Adresse jetzt?"

„Wozu mußt du das wissen?"

„Vielleicht komme ich zufällig mal an deinem Hotel vorbei", sagte er, „und mich überkommt ein unwiderstehlicher Drang."

„Wir sehen uns hier", sagte sie, „wenn *mich* zufällig ein unwiderstehlicher Drang überkommt. Ich möchte nicht mit dir gesehen werden. Du wirst mich oft genug zu sehen bekommen. Aber nur in diesem Zimmer."

„Verdammt noch mal!" Er zog seinen Arm unter ihrem Nakken fort und setzte sich auf. „Warum bist du immer diejenige, die sagt, was zu geschehen hat?"

„Weil das die Art ist, wie ich vorzugehen pflege."
„Vorzugehen!" sagte er. „Das Wort gefällt mir nicht."
„Dann gewöhn dich dran, Söhnchen", sagte Monika. Sie setzte sich auch auf und suchte nach dem Zigarettenpäckchen, das sie auf den Nachttisch gelegt hatte. Sie nahm eine Zigarette heraus und zündete sie an. Das Streichholzflämmchen ließ Gesicht und Augen aufglänzen.
„Hattest du nicht gesagt, du wärest auf Urlaub?" sagte Billy.
„Urlaube haben ein Ende."
„Wenn du mir nicht sagst, wo ich dich erreichen kann, ist *dies* das Ende", sagte Billy wütend.
„Wir sehen uns hier", sagte sie und zog den Rauch in die Lunge, „morgen um die gleiche Zeit."
„Aas."
„Dein Wortschatz hat mir immer Spaß gemacht", sagte sie. Sie stand auf und begann sich anzukleiden. Die glühende Zigarettenspitze war jetzt das einzig Leuchtende im dunklen Raum. „Übrigens sah ich heute nachmittag deinen Vetter aus einem Hotel kommen. Du weißt schon, der Junge, mit dem du immer Tennis gespielt hast."
„Tatsächlich?" sagte Billy. „Wer hat dir gesagt, daß er mein Vetter ist?"
„Ich habe im ‚Who's Who?' nachgeschlagen."
„Du bist immer so witzig. Welches Hotel war es?"
Monika zögerte. „Wohnt er nicht hier bei dir?"
„Nein. Welches Hotel? Wir müssen ihn finden."
„Wer ist wir?"
„Was macht das schon aus?"
„Man kann nie wissen, was es mir ausmacht. Wer ist wir?"
„Schluß damit."
„Im übrigen", sagte Monika, „erinnere ich mich nicht mehr an den Namen des Hotels."
„Du lügst."
Sie lachte. „Kann sein. Wenn du ein braver Junge bist und morgen abend hier bist, erinnere ich mich vielleicht."
„Hast du mit ihm gesprochen?"
„Nein. Ich interessiere mich für ein anderes Mitglied der Familie."
„Mein Gott", sagte Billy, „du kannst einem den Sex wirklich komplizieren."
„Sex?" sagte sie. „Es gab eine Zeit, da sagtest du Liebe."

„Es war einmal", sagte Billy grimmig.

„Ganz nach deinem Belieben, mein Sohn", sagte Monika leichthin. „Vorläufig. Und noch ein Kompliment – im Bett bist du besser als auf dem Tennisplatz."

„Danke."

„*Pour rien,* wie der Franzose sagt." Sie warf ihre Zigarette fort und trat ans Bett und bückte sich und gab ihm ein Küßchen auf den Schwanz. „Gute Nacht, mein Sohn", sagte sie. „Ich muß jetzt gehen."

Als die Tür sich hinter ihr schloß, legte sich Billy auf die Kissen zurück und starrte an die dunkle Decke. Wieder ein Problem. Er mußte sich entscheiden, ob er Onkel Rudolph sagen sollte, daß Wesley beim Verlassen eines Hotels in Cannes gesehen worden war, er jedoch den Namen des Hotels nicht wisse, ihn aber vielleicht morgen erfahren würde. Aber dann mußte er eben erklären, wie er zu der Kenntnis gekommen sei und warum er bis morgen warten müsse. Und erklären konnte er nichts, ohne Monika zu erwähnen. Und tat er das, mußte er wenigstens etwas von Monika erzählen. Verdrießlich warf er den Kopf gegen das Kissen. Rudolph hatte genug auf sich, auch ohne sich noch mit Monika befassen zu müssen.

Das Telephon läutete. Es war Rudolph, der ihm mitteilte, sie würden sich in einer halben Stunde alle vor dem Abendessen in der Bar unten treffen. Nachdem er aufgelegt hatte, ging Billy ins Badezimmer und duschte sich noch einmal. Er wollte nicht zum Dinner gehen und duften, als hätte er an einer Orgie teilgenommen. Ob wohl seine Mutter im oberen Stock jetzt auch eine Dusche nahm?

11

„Nein", sagte Gretchen. „Ich möchte keine Party nach der Vorführung. Ich bin völlig erschöpft und möchte weiter nichts, als ins Bett fallen und achtundvierzig Stunden schlafen." Sie war mit Rudolph und Donnelly im Salon ihrer kleinen Suite. Rudolph hatte die Idee aufgebracht, nach der Abendvorführung von „Flieg, Vogel Phönix" zur Feier des Tages ein Galasouper zu geben, zu dem die Festspiel-Jury sowie Vertreter der großen Verleihfirmen und einige der Presseleute eingeladen werden sollten, mit denen sich Rudolph und Gretchen in den letzten paar Tagen mehr oder weniger angefreundet hatten. Mit dem Heranrücken des Tages machte sich bei Gretchen mehr und mehr der Streß bemerkbar. Eine Party, meinte Rudolph, würde sie wieder etwas entkrampfen.

„Wenn außer uns dreien hier noch jemand da wäre", sagte Gretchen, „hätte eine Party noch einen Sinn. Aber ich möchte nicht als einzige den Ruhm einheimsen, falls es welchen einzuheimsen gibt, oder als einzige die langen Gesichter von diesen Leuten allen sehen, wenn der Film durchfällt. Wenn Frances Miller und Wesley hier wären, würde ich ja sagen, aber für das kleine Biest war es nicht der Mühe wert, zu kommen, und Wesley könnt ihr ja nicht finden, und ich bin überhaupt zu alt für Partys . . ."

„O. k.", sagte Rudolph. „Also keine Party. Dann machen wir eben ein nettes kleines Abendessen zu viert – wir drei und Billy – und gratulieren uns gegenseitig." Er schaute auf die Uhr. „Es wird spät", sagte er. „Ich schlage vor, du gehst zu Bett und versuchst etwas zu schlafen." Er gab Gretchen einen Gutenachtkuß und ging zur Tür.

„Ich komme mit", sagte Donnelly. „Ich brauche auch Schlaf. Oder soll ich noch etwas bleiben, Gretchen . . .?"

„Nein, nein, danke", sagte Gretchen. „Wir sehen uns am Morgen."

Im Flur auf dem Weg zum Lift sagte Donnelly: „Ich muß mit dir über sie sprechen, Rudy. Ich mache mir Sorgen. Sie nimmt es zu schwer. Sie kann nicht schlafen und schluckt Tabletten und hat plötzlich Weinkrämpfe, wenn sie mit mir allein ist, und ich weiß nicht, wie ich sie beruhigen kann."

„Ich wünschte, ich wäre eine Frau", sagte Rudolph. „Ich möchte auch einen Zusammenbruch haben und heulen."

„Ich dachte, du glaubtest fest an einen Erfolg des Films." Donnelly klang völlig überrascht.

„Das tue ich auch", sagte Rudolph. „Das ist es gar nicht. Es hat nichts mit dem Film zu tun."

„Womit denn?"

„Ein andermal", sagte Rudolph.

„Kann ich irgendwie helfen?"

„Ja", sagte Rudolph. „Kümmere dich um Gretchen."

„Vielleicht", sagte Donnelly, „wäre es gar nicht dumm, wenn ich mich nach der Aufführung mit ihr in ein Auto setze und eine kleine Fahrt mache – uns die Gegend ansehen, ein paar Tage aus diesem Irrenhaus herauskommen."

„Ich bin sehr dafür", sagte Rudolph, „wenn du sie dazu herumkriegst."

„Ich versuche es morgen früh."

„Braver Junge", sagte Rudolph, als die Fahrstuhltür sich öffnete. „Gute Nacht, David. Schlaf gut."

Donnelly ging den Korridor zurück und blieb vor der Tür von Gretchens Salon stehen. Drinnen war kein Laut zu hören. Er hob die Hand, um anzuklopfen, dann ließ er sie wieder fallen. Vielleicht ist es besser, dachte er, wenn sie heute nacht allein schläft. Er ging zum Lift zurück, fuhr damit zum Erdgeschoß hinunter und ging mit langen Schritten in die Bar. Er zögerte, als der Barmann nach seinen Wünschen fragte. Dann bestellte er einen Whisky und Soda. Die Weinepoche konnte noch etwas warten.

Das Telephon läutete, als Rudolph seine Zimmertür aufschloß. Er stürzte hin und griff nach dem Hörer, um Hallo zu sagen.

„Monsieur Jordache . . .?" Es war eine männliche Stimme.

„Ja."

„L'avocat d'Antibes", sagte der Mann, *„m'a dit que vous voulez me parler . . ."*

„Sprechen Sie Englisch?" sagte Rudolph. Wenn es der Mann

war, an den er dachte, mußte er jedes Wort verstehen. Er war zur Not imstande, auf englisch einen Mord zu vereinbaren, keinesfalls aber auf schulfranzösisch.

„Ein wennig", sagte der Mann. Er hatte eine tiefe, heisere Stimme. „Der Anwaalt in Antibes, er sagt, vielleischt wir machen eine kleine Geschäfte zusamm . . ."

„Wann können wir uns sehen?"

„Jetz", sagte der Mann.

„Wo?"

„*A la gare.* Im Station. Isch steh am Bar bei der Buffet."

„Zehn Minuten", sagte Rudolph. „Wie erkenne ich Sie?"

„Isch bin folgendes bekleidet", sagte der Mann. „Blauen *pantalons,* Jackett brün, ich kleiner Mann, große Bauch."

„Gut", sagte Rudolph. „Zehn Minuten." Er legte auf. Blaue Hose, braune Jacke, großer Bauch. Nun, er wollte den Mann nicht wegen seiner Schönheit oder seines Farbensinns haben. Er öffnete das Schloß an der Tasche, blickte hinein. Die Pistole war noch immer da. Er machte die Tasche wieder zu, verschloß sie und verließ das Zimmer.

Unten ging er in den Kassiererraum hinter dem Empfang und ließ sich sein Schließfach öffnen. Er hatte sich zehntausend Dollar von seiner New Yorker Bank überweisen lassen und sie in Francs umgewechselt. Er wußte, was auch geschehen würde, ob gut oder schlecht, es würde auf jeden Fall Geld kosten. Er besah sich die sauber geschichteten Notenbündel, überlegte einen Augenblick und nahm fünftausend Francs heraus. Er legte die übrigen Bündel in die Kassette zurück und schloß sie wieder ab. Dann verließ er das Hotel und nahm ein Taxi. „*La gare*", sagte er. Auf der kurzen Fahrt zum Bahnhof versuchte er, an nichts zu denken. Er fummelte in seiner Tasche nach Zehn-Franc-Scheinen herum, und seine Hand zitterte, als er das Wechselgeld entgegennahm und dem Fahrer ein Trinkgeld gab.

Er sah den dicken, kleinen, dunklen Mann in blauer Hose und braunem Jackett mit einem Glas Pastis an der Bar stehen. „Guten Abend, *monsieur*", sagte er, als er näher kam.

Der Mann wandte sich um und schaute ihn gelassen an. Er war ein dunkler Typ mit einem fetten Gesicht und kleinen, tief sitzenden schwarzen Äuglein. Seine Lippen waren dick und feucht. Ein nicht zu ihm passender himmelblauer Baumwollgolfhut ließ seine hohe, zerfurchte Stirn sehen. Es war kein sehr einnehmendes Gesicht, keines, dem Rudolph unter anderen

Begleitumständen ohne weiteres Vertrauen entgegengebracht hätte.

„Vielleischt wir wollen etwas gehen", sagte der Mann. Er hatte einen starken provençalischen Akzent. „Das Lischt 'ier schlekt für die Auge."

Sie gingen zusammen hinaus und vom Bahnhof fort in eine enge, dunkle, verlassene Straße, sie hätte tausend Kilometer weit von dem grellen, wimmelnden Getriebe der Festspiele entfernt liegen können.

„Isch 'öre Vorschlag", sagte der Mann.

„Kennen Sie einen Mann namens Danovic?" fragte Rudolph. „Jugoslawe. Kleiner Halunke."

„'Alunke?" sagte der Mann. „Was ist 'Alunke?"

„*Voyou*", sagte Rudolph.

„Ah."

„Kennen Sie ihn?"

Der Mann ging schweigend zehn Schritte. Dann schüttelte er den Kopf. „Vielleischt mit andere Name. Wo er soll sein, globben Sie?"

„Cannes, höchstwahrscheinlich", sagte Rudolph. „Das letztemal wurde er hier in einem Nachtlokal gesehen – La Porte Rose."

Der Mann nickte. „Schleckte Ort", sagte er. „Ser schleckte."

„Ja."

„Isch ihn finden, was passiert?"

„Sie bekommen eine gewisse Summe in Francs, wenn Sie ihn beseitigen."

„Beseitigen?" sagte der Mann.

„Töten." Mein Gott, dachte Rudolph. Bin ich das, der das sagt?

„*Compris*", sagte der Mann. „Nun wir sprecken money. Wie ist gewisse Summe von Francs?"

„Sagen wir – fünfzigtausend", sagte Rudolph. „Etwa zehntausend Dollar, wenn Sie es in Dollar wollen."

„Wieviel Vorschüß, jetz *en avance*, zu finden den Manne."

„Ich habe fünftausend Francs bei mir", sagte Rudolph. „Die können Sie haben."

Der Mann blieb stehen und streckte eine feiste Hand hin. „Isch nehme money gleisch."

Rudolph holte seine Brieftasche hervor und zog die Scheine heraus. Er schaute dem Mann zu, wie er sie beim trüben Schein einer zehn Meter entfernten Straßenlaterne sorgfältig zählte. Was er wohl sagen würde, dachte Rudolph, wenn ich ihn um eine Quittung bäte. Er mußte fast laut über den Gedanken lachen. Er hatte es mit einer Welt zu tun, in der Rache die einzige Garantie war. Der Mann stopfte die Scheine in eine Innentasche seiner Jacke.

„Wenn isch finde dem Mann", sagte er, „wieviel money isch bekomme?"

„Vor oder nach . . . der Arbeit?"

„Vor'er."

„Zwanzigtausend", sagte Rudolph. „Das wäre dann die Hälfte vom ganzen Betrag."

„*D'accord*", sagte der Mann. „Und nach'er, wie isch Sicherheit 'aben, man wird bezahlen?"

„Wie Sie es wünschen."

Der Mann dachte einen Augenblick nach. „Wenn isch sage, isch ihn gefinden, du tuts finwunswansigtosend zu *avocat* seine 'ände. *Avocat* liest in ‚Nice-Matin', er ist . . . wie ist der Wort?"

„Beseitigt", sagte Rudolph.

„Beseitigt", sagte der Mann. „Und eine Freund von misch geh ssu bureau von *avocat* und 'olt andere 'älfter money. Wir 'ände geben fir Geschäft?"

Rudolph hatte schon bei den verschiedenartigsten Geschäftsabschlüssen Hände geschüttelt und hinterher gefeiert. Nach diesem Handschlag würde wohl kaum eine Feier stattfinden.

„Nisch ssu weit ab von Telephon bleiben", sagte der Mann und drehte sich um und entfernte sich rasch in Richtung Bahnhof.

Rudolph holte tief Atem und setzte sich langsam auf die Croisette und sein Hotel zu in Bewegung. Er mußte an die beiden Männer denken, die ihm im Vestibül seines Hauses in New York aufgelauert hatten und so wütend gewesen waren, daß ein Mann, der so wohlhabend aussah, nur ein paar Dollar bei sich hatte, um sie für ihre Mühe zu entschädigen. Wenn ihm heute nacht einer in den dunklen Straßen von Cannes eins über den Schädel gab, würden sie ihn wahrscheinlich tot liegenlassen, nachdem sie ihm die Taschen durchsucht hatten. Er hatte nicht viel mehr als das Taxigeld bei sich.

Billy wurde durch ein Klopfen an seiner Tür geweckt. Schläfrig stand er auf und ging barfuß im Pyjama zur Tür und öffnete. Monika stand da, eine Zigarette rauchend, ihren Regenmantel wie ein Cape um die Schultern. Sie trat rasch ein, und er schloß die Tür und machte Licht.

„Hallo", sagte Billy, „ich habe mich schon gewundert, warum du nicht kommst."

Vier Tage waren seit ihrem Besuch vergangen.

„Hast du Sehnsucht nach mir gehabt?" Sie warf den Regenmantel ab, setzte sich auf das zerwühlte Bett und lächelte.

„Das sage ich dir nachher", sagte Billy. „Wie spät ist es?"

„Halb zwölf", sagte Monika.

„Du hast komische Betriebsstunden."

„Lieber spät als nie", sagte sie. „Findest du nicht?"

„Das werde ich dir auch nachher sagen", sagte er. „Tatsache ist, daß mir Nachmittage lieber sind."

„Wie europäisch du geworden bist."

„Was machst *du* mit deinen Nachmittagen, möchte ich wissen?"

Monika lächelte ihn warnend an. „Neugier ist aller Laster Anfang", sagte sie.

Billy knurrte. „Deine Sprichwörter hinken", sagte er. „Ist dir der Name des Hotels, wo du meinen Vetter gesehen hast, schon eingefallen?"

„Ich denke angestrengt nach", sagte Monika. „Manchmal habe ich ihn schon direkt auf der Zunge."

„Ach, Scheißdreck", sagte er.

„Was für ein hübsches Wort", sagte sie. Sie warf ihre Zigarette zu Boden und zermalmte sie mit dem Hacken auf dem Teppich. Billy zuckte zusammen. Sie zog sich jetzt viel besser an, aber ihre hausfraulichen Instinkte waren noch auf dem Niveau von Brüssel. Sie stand auf und ging zu ihm hin und küßte ihn, ihre Zunge glitt weich in seinen Mund hinein. Sofort bekam er eine Erektion. Er versuchte, an etwas anderes zu denken, ob sein Wagen einen Ölwechsel brauchte, ob er morgen Tennis spielen wollte oder nicht, ob er seinen Smoking für die Abendvorstellung von „Flieg, Vogel Phönix", die in zwei Tagen stattfinden würde, aufbügeln lassen mußte. Aber es nützte nichts. „Gehen wir ins Bett", murmelte er.

„Ich war gespannt, wie lange du brauchen würdest, um das zu sagen." Sie lachte leise. Sie hatte ihn fest in der Hand.

Nach einer Stunde sagte sie: „Nachts ist es auch nicht gerade schlecht, hm?"

Er küßte ihre Kehle. Sie wand sich aus seinen Armen und schlüpfte aus dem Bett und stand auf. „Ich muß jetzt gehen", sagte sie.

„Warum, zum Teufel, kannst du nicht die Nacht über bleiben?" sagte er enttäuscht. „Einmal wenigstens."

„Ich bin schon verabredet." Sie begann sich anzukleiden. Es dauerte bei ihr nicht lange. Sie zog ihr Höschen, ein einfaches weißes Kleinmädchenhöschen, über ihre braungebrannten schönen Beine und streifte ihr Kleid über den Kopf. Er schaute ihr zu, als würde ihm etwas weggenommen. Sie zog ihre Ballerinaschuhe an und kämmte sich das Haar vor dem Spiegel. „Was ich noch sagen wollte", sagte sie. „Wir haben beschlossen, unsere Außenstände einzukassieren . . ."

Es überlief ihn kalt, und er zog sich die Bettdecke über. „Was meinst du damit?" sagte er, bemüht, seine Stimme zu kontrollieren.

„Die Außenstände von Paris", sagte sie und kämmte weiter an ihrem Haar. „Du erinnerst dich doch sicher?"

Er sagte nichts und rührte sich nicht.

„Ich werde dir sagen, was du machst", fuhr sie fort und riß mit dem Kamm an ihrem verstrickten Haar. „Übermorgen nachmittag um punkt sechs gehst du in eine Bar in der Rue d'Antibes, die Voile Vert heißt. Dort wird ein Mann auf dich warten. Er wird zwei Journale haben, ‚l'Express' und ‚Le Nouvel Observateur'. Den ‚Express' wird er lesen, und der ‚Observateur' wird vor ihm auf dem Tisch liegen. Du wirst dich an seinen Tisch setzen und ein Glas Wein bestellen. Er wird unter den Tisch langen und eine Sechzehn-Millimeter-Filmkamera heraufholen."

„Nur wird es keine Sechzehn-Millimeter-Filmkamera sein", sagte Billy bitter.

„Du machst Fortschritte", sagte Monika.

„Möchtest du nicht um Himmels willen mit der Kämmerei aufhören?" sagte Billy.

„Du wirst die Kamera nehmen, und wenn du dann abends in die Festspielhalle gehst, machst du sie auf und tust das, was du darin findest, an einen unauffälligen Ort. Es wird so eingestellt sein, daß es um einundzwanzig Uhr fünfundvierzig hochgeht." Monika legte endlich den Kamm hin, drückte ihr Haar mit der

Hand zurecht, drehte den Körper, so daß sie ihr Spiegelbild von der Seite sehen konnte.

„Du mußt den Verstand verloren haben“, sagte Billy, der immer noch die Bettdecke bis ans Kinn gezogen hatte. „Um einundzwanzigfünfundvierzig läuft der Film meiner Mutter.“

„Eben“, sagte Monika. „Niemand wird dich verdächtigen. Photographen werden zu Dutzenden da sein mit allen möglichen Kameras. Du kannst im ganzen Gebäude herumrennen, ohne daß dich jemand anhält. Deshalb bist du ja für den Job ausgewählt worden. Du brauchst keine Angst zu haben. Niemand wird verletzt.“

„Du meinst, es ist ein netter, harmloser, freundlicher Bombentyp?“

„Du solltest inzwischen genug über uns Bescheid wissen, um mir nicht mit Sarkasmus zu kommen.“ Monika wandte sich vom Spiegel zu ihm hin. „Um einundzwanzignull bekommt die Polizei einen Anruf, daß irgendwo in dem Gebäude eine Bombe versteckt ist. In fünf Minuten ist der ganze Laden geräumt. Wir wollen niemand umbringen. In diesem Fall.“

„Was bezweckt ihr dann damit?“ Billy schämte sich, daß seine Stimme bebte.

„Eine Demonstration“, sagte Monika gelassen. „Eine Demonstration mit optimaler Publizitätswirkung, mit Journalisten, Fernsehteams an allen Ecken und Enden, mit Leuten von internationalem Ruf, die alle übereinanderpurzeln, um ’rauszukommen. Wenn irgend etwas die Fäulnis des Systems besser demonstriert, als dieser fettgepolsterte Affenstall hier, dann ist es uns bisher entgangen.“

„Und wenn ich sage, nein, ich tu’s nicht?“

„Dann fahren wir mit dir ab“, sagte Monika ruhig. „Wenn es zu unserer Zufriedenheit ausfällt, würde ich mich, glaube ich, sogar daran erinnern, in welchem Hotel dein Vetter wohnt. Inzwischen hoffe ich, *du* wirst dich erinnern – die Voile Vert, die beiden Journale, sechs Uhr nachmittags. Gute Nacht, mein Sohn.“ Sie nahm ihre Handtasche, warf sich den Regenmantel um die Schultern und ging.

Als Billy mit Gretchen, Donnelly und Rudolph am Morgen die Treppen der Festspielhalle hinaufstieg, um sich die Voraufführung von „Flieg, Vogel Phönix“ anzuschauen, sagte er: „Ich glaube, ich setze mich unten mit den Bauern ins Orchester.“ Die anderen hatten Balkonplätze reserviert. Er küßte seine Mutter und flüsterte: „*Merde.*“

„Was ist das?“ fragte Gretchen überrascht.

„Das ist der französische Ausdruck für ‚Viel Glück‘ unter Showleuten.“

Gretchen strahlte und gab ihm noch einen flüchtigen Kuß: „Hoffentlich gefällt dir der Film“, sagte sie.

„Das hoffe ich auch“, sagte er ernst. Er zeigte dem Mann an der Tür seine Eintrittskarte und ging in den Zuschauerraum. Es war schon ziemlich voll, obgleich der Film erst in zehn Minuten anfangen sollte. Ein unauffälliger Ort, dachte er, ein unauffälliger Ort. Wo er auch hinschaute, alle Orte schienen ihm besonders auffällig. Er ging in die Herrentoilette. Im Augenblick war sie leer. An der Wand war ein Abfallkorb für Papierhandtücher. Wenn er dreißig Sekunden allein blieb, würde er die Hinterwand der Kamera öffnen, die Bombe herausnehmen und dort verstecken können. Wenn er dreißig Sekunden allein bleiben würde!

Die Tür zur Toilette ging auf, und ein Mann in geblümtem Hemd kam herein und ging zum Pissoir. Billy wusch sich auffällig die Hände, zog ein Papierhandtuch heraus und trocknete sich damit. Dann ging er hinaus und suchte sich einen Platz ziemlich vorn, wo noch ein paar Sitze frei waren. Er wußte nicht, ob er es in seinem Zustand fertigbringen würde, sich den Film bis zu Ende anzusehen, was ein weiterer Grund war, warum er nicht neben seiner Mutter hatte sitzen wollen. Aber als der Film begann, war er sofort in seinem Bann und lachte sogar mit den anderen bei den komischen Szenen. Und Wesleys Leistung verblüffte ihn. Es war schon Wesley, aber ein Wesley, der irgendwie das Wesen eines anderen mit dem seinen verschmolzen hatte. Es war ein Junge aus ihm geworden, der im Verborgenen war und bedrängt, der in spärlichen Gefühlsmomenten winzige Teile seiner selbst enthüllte, durch einen Blick, eine Kopfbewegung, etwas einsilbig Hingemurmeltes; und dabei sah er in einer brutalen Weise blendend aus und ließ gleichzeitig Zärtlichkeit, verwundbare Empfindsamkeit erahnen, auch da, wo die Handlung Gewalttat und Zynismus von ihm verlangte.

Nach der letzten Ausblendung gab es lauten und anhaltenden Applaus, mehr als bei irgendeinem anderen Film der Festspiele, von dem Billy wußte. Dann drehten sich die Leute um und applaudierten, und er sah, daß der Applaus seiner Mutter galt, die bebend lächelnd an der Balkonbrüstung stand. Billy, selbst den Tränen nahe, klatschte mindestens so herzhaft wie die anderen. Als er, von der Leistung seiner Mutter erschüttert, sich aus der Halle schob, konnte er nicht verstehen, daß er sich all die Jahre über so gemein ihr gegenüber benommen hatte.

Draußen auf der Croisette sah er einen Haufen junger Menschen, die Autogramme von einem Mann bekamen, der mit dem Rücken zu ihm stand. Wer er auch war, er wurde fast verdeckt von einem hochgewachsenen, kräftigen Jungen in Blue jeans. Neugierig ging Billy zu der Gruppe hin. Dann stand er wie angewurzelt. Der Mann, der Programme, Notizbücher und Papierfetzen mit seinem Autogramm versah, war Wesley. Billy lachte. Der Schurke, dachte er, ich hätte mir denken können, daß er der Lockung, sich selbst zu sehen, nicht würde widerstehen können. So höflich, wie er konnte, drängte er sich durch die kleine Ansammlung um Wesley, der sich gerade hinunterbeugte, um ein Notizbuch zu signieren, das ihm ein kleines Mädchen in einem Zigeunerrock hinhielt. „Mr. Jordan", lispelte Billy mit einer hohen weiblichen Stimme, „ach bitte schreiben Sie doch etwas in mein Programm. Sie waren einfach wundervoll."

Wesley schaute von dem Notizbuch auf. „Leck mich, Billy", sagte er. Aber auf seinem Gesicht stand ein zufriedenes Lächeln.

Billy nahm Wesley fest beim Arm. „Das ist alles für den Augenblick, Jungens und Mädels", sagte er vernehmlich. „Mr. Jordan muß jetzt hinauf zur Pressekonferenz. Kommen Sie, Sir." Er ging los, Wesleys Arm noch immer in der Hand. Wesley sträubte sich einen Augenblick, dann ging er mit. „Du bist genau, was meine Mutter heute braucht", sagte Billy. „Du darfst sie nicht enttäuschen."

„Jaja", sagte Wesley. „Himmelherrgott, sie ist ein wahres Wunder, was?"

„Ein Wunder", sagte Billy. „Und du mußt es ihr sagen. Du warst selber ganz schön wundervoll da drin, weißt du das?"

„Es ging ganz gut", sagte Wesley selbstzufrieden. Das Lächeln blieb auf seinem Gesicht kleben.

Während sie noch auf den Lift warteten, der sie zum Konferenzsaal hochbringen sollte, sagte Billy leise: „Hast du schon Glück bei deiner Suche gehabt?"

Wesley schüttelte den Kopf.

„Meinst du nicht, es ist Zeit, die Sache zu vergessen?"
Wesleys Lächeln schwand. „Nein, es ist nicht Zeit."
„Filmstars rennen nicht durch die Gegend und bringen Leute um."
„Ich bin kein Filmstar", sagte Wesley kurz.
„Jeder Mensch in Cannes kennt jetzt dein Gesicht", sagte Billy. „Du wirst von nun an nicht mehr lange genug allein gelassen werden, daß du eine Fliege klatschen könntest, geschweige denn einen Menschen umlegen." Dann mußte er still sein, denn zwei Leute kamen, die auch auf den Lift warteten.
Gretchen fing im Konferenzsaal, umringt von Journalisten und Photographen, gerade zu sprechen an, als Billy mit Wesley hereinkam. Sie sah sie sofort und brach ihren Satz ab. „Meine Damen und Herren", sagte sie mit kaum beherrschter Stimme, „ich erlebe soeben eine wundervolle Überraschung. Einer der vielversprechendsten jungen Schauspieler, die ich je gesehen habe, ist gerade hereingekommen. Wesley, würdest du bitte heraufkommen."
„Ach du lieber Gott", murmelte Wesley kaum hörbar.
„Geh 'rauf, Idiot." Billy stieß ihn in die Richtung des erhöhten Podiums, auf dem Gretchen stand. Langsam bahnte er sich einen Weg durch die Menge und stieg zum Podium hinauf. Gretchen küßte ihn, dann wandte sie sich wieder dem Saal zu: „Ich habe die Ehre, Wesley Jordan vorzustellen."
Herzhafter Applaus erscholl, überall grellten Blitzlichter auf, und das Lächeln kehrte, jetzt etwas gläsern, auf Wesleys Gesicht zurück. Billy schlüpfte aus dem Saal. Er hörte den Applaus noch immer, als er rasch zu den Fahrstühlen lief.
Draußen bog er von der Croisette ab und betrat ein Café und bestellte ein Bier, nahm einen Schluck, ließ sich einen Jeton für den Münzfernsprecher geben und ging dann die Treppe zu der Zelle hinunter. Er suchte die *Préfecture de police* im Telephonbuch, fand die Nummer und wählte. Eine männliche Stimme sagte „Allo."
„Heute abend um sechs Uhr werden Sie in einem Café namens Voile Vert in der Rue d'Antibes einen Mann antreffen", sagte Billy auf französisch mit einem groben Midi-Akzent, mit dem er bei früheren Gelegenheiten Party-Gäste zum Lachen gebracht hatte, „der mit einer Nummer von ‚L'Express' in den Händen und einer Nummer von ‚Le Nouvel Observateur', die vor ihm liegt, an einem Tisch sitzt . . ."

„Einen Moment." Die Stimme des Polizisten war erregt, er stolperte über die Worte. „Wer ist dort. Was wollen Sie?"

„Auf dem Fußboden unter dem Tisch", fuhr Billy fort, „werden Sie eine Bombe finden."

„Eine Bombe!" rief der Mann. „Was sagen Sie da? Eine Bombe, wozu?"

„Der Zeitzünder wird so eingestellt sein, daß die Bombe heute abend um neun Uhr fünfundvierzig losgeht", sagte Billy. „Heute abend. Punkt sechs. Voile Vert."

„Warten Sie einen Moment. Ich muß ..." schrie der Polizist noch lauter.

Billy hängte ein und ging zur Bar hinauf und trank sein Bier aus.

Sie waren nach der Abendvorführung des Films in Gretchens Salon und tranken Champagner, und Simpson, der Publicity-Mann, sagte: „Wir werden alles mit nach Hause nehmen: Bester Film, beste weibliche Hauptrolle, beste männliche Nebenrolle. Unter Garantie." Er war ein großer, hagerer Mann mit einem traurigen, gefurchten Gesicht, und er fuchtelte beim Sprechen mit den Händen. „Ich habe im allgemeinen die Neigung, die Dinge von der schlechtesten Seite zu sehen, aber diesmal ..." Er schüttelte verwundert den Kopf, als ob die Größe des ihm anvertrauten Schatzes sein Fassungsvermögen überstiege. „Seit fünfzehn Jahren komme ich nach Cannes, und ich sage Ihnen, ich habe hier nur selten ein so begeistertes Publikum gesehen. Was Sie anbetrifft, junger Mann", er wandte sich Wesley zu, der neben Billy auf einem kleinen Sofa saß, angetan mit einem zu engen und zu kurzen Smoking, den der Publicity-Mann für den Abend für ihn aufgetrieben hatte, „was Sie anbetrifft, so wette ich mein linkes Ei, daß Sie mit einem Preis nach Hause gehen."

Wesley saß nur da, in seiner Hand ein Glas Champagner, auf dem Gesicht das gläserne Dauerlächeln. Billy stand auf und goß sich das fünfte Glas Champagner ein. Zu Anfang der Filmvorführung hatte er dagesessen und mit leerem Blick auf die Leinwand gestarrt. Die Bilder sagten ihm nichts, und der Dialog schien aus den Mündern der Schauspieler in Stößen von unsinnigen Silben herauszukommen. Bis neun Uhr fünfundvierzig hatte er immer wieder auf seine Uhr geschaut, dann war er auf seinem Sitz zusammengesackt und hatte die Augen zugemacht.

Gretchen sah blaß und eingefallen aus, sie spielte nervös mit einem ihrer Ringe, den sie abwechselnd vom Finger zog und wieder daraufschob. Der Champagner, den Billy ihr eingegossen hatte, stand noch unberührt neben ihr auf dem Tischchen. Sie hatte den ganzen Abend kaum ein Wort gesprochen. Von Zeit zu Zeit tätschelte Rudolph, der neben ihr auf dem Sofa saß, besänftigend ihren Arm. Donnelly, der stehend am Kamin lehnte, zupfte sich den Bart und schien sich über die Ergüsse des Publicity-Mannes zu erbosen.

„Morgen", sagte Simpson, „werden Sie, Gretchen, und Wesley, einen gepfropft vollen Tag haben. Jedermann, aber auch *jeder,* wird mit Ihnen sprechen und Aufnahmen machen wollen. Ich gebe Ihnen den Zeitplan morgen früh um neun . . ."

Rudolph und Donnelly wechselten einen Blick, und Rudolph stand auf und unterbrach Simpson. „Wenn es ein so großer Tag wird, wird sie jetzt vielleicht doch lieber etwas Ruhe haben wollen. Wir sollten sie jetzt alle allein lassen."

„Ich glaube, das ist eine gute Idee", sagte Donnelly.

„Selbstverständlich", sagte Simpson. „Ich bin nur so erregt von allem, was wir hier haben . . ."

„Wir verstehen schon, alter Junge", sagte Rudolph. Er beugte sich zu Gretchen hinunter und küßte sie. „Gute Nacht, Schwester", sagte er.

Sie lächelte schwach zu ihm hoch. Als sich alle zum Gehen anschickten, stand sie auf und ging zu Donnelly und nahm seine Hand. „David", sagte sie, „könntest du noch ein Weilchen bleiben?"

„Aber gewiß", sagte Donnelly. Er warf Billy einen düsteren Blick zu.

Billy versuchte ein Lächeln, dann küßte er Gretchen auf die Wange. „Danke, Mutter", sagte er, „für einen wundervollen Tag."

Gretchen ergriff einen Augenblick seinen Arm, dann schluchzte sie auf. „Verzeih mir", sagte sie. „Es ist nur, daß es – ach, es ist alles zuviel für mich. Morgen früh bin ich wieder auf dem Damm."

Wesley öffnete die Tür und wollte gerade gehen, als Gretchen ihm zurief: „Wesley, du verschwindest doch nicht wieder?"

„Nein, Ma'am", sagte Wesley. „Ich bin zwei Etagen tiefer, wenn Sie mich brauchen." Rudolph hatte ihn mit Billy in ein Zimmer stecken wollen, aber Billy hatte gesagt, er habe Angst, mit Wesley Bett an Bett zu schlafen, man könne nie wissen, was der verdrehte Kerl selbst an einem Abend wie diesem anstellen würde. Er hatte Rudolph nicht gesagt, wovor er wirklich Angst hatte, und mit etwas Glück würde Rudolph es auch nie erfahren.

Als sich die Tür hinter den vier Männern schloß und sie den Flur hinuntergingen, sagte Rudolph: „Mir ist noch nicht nach Schlafengehen, und ich habe auch noch eine Flasche Champagner auf meinem Zimmer. Wer möchte mir dabei helfen?"

„Ich muß noch ein paar Leute wegen morgen sehen", sagte Simpson, „aber trinkt ihr Jungens doch nach Herzenslust." Er stand an der Rückwand des Fahrstuhls, hager und traurig und sein Lebtag dazu verurteilt, aller Leute Lob zu singen, nur sein eigenes nicht. Zum Abschied salutierte er mit seiner beredten Hand dem Onkel und den beiden Neffen, die mit einer Flasche Champagner die nächtliche Feier fortsetzen würden, während er die Vorbereitungen für den Morgen traf.

Als Rudolph mit dem Korken der Champagnerflasche rang, bemerkte er, wie Wesley die verschlossene Tasche auf dem Stuhl beim Fenster beäugte. „Ich wette", sagte Wesley, als der Pfropfen knallte und Rudolph einzuschenken begann, „ich wette, sie ist da drin."

„Was ist da drin?" sagte Rudolph.

„Du weißt schon, wovon ich rede", sagte Wesley.

„Trink deinen Champagner." Rudolph hob sein Glas.

Wesley stellte ostentativ sein Glas nieder und faßte in die geliehene Smokingjacke und holte eine kleine Pistole hervor. „Ich brauche sie nicht mehr", sagte er gelassen. „Du kannst sie als Andenken behalten."

„Verrückt wie immer", sagte Billy.

„Darauf trinke ich", sagte Wesley.

Sie tranken.

Wesley steckte die Pistole wieder in die Tasche.

„Du hast also in der Festspielhalle gesessen", sagte Rudolph, „und hast dich spielen sehen und feiern lassen, und den ganzen Abend lang hast du das Ding in der Tasche gehabt."

„Jawohl", sagte Wesley. „Man kann nie wissen, wann das Ziel auftaucht."

Rudolph rannte im Zimmer umher, die Stirn in Falten. „Wesley", sagte er, „wenn ich dir nun sagte, daß die Sache erledigt wird, ohne daß du etwas dabei zu tun hast?"

„Was heißt das – erledigt wird?"

„Es heißt, daß eben jetzt, wo wir in diesem Zimmer Champagner trinken, ein Berufskiller hinter deinem Mann her ist."

„Ich wünsche nicht, daß irgend jemand diese Sache für mich erledigt", sagte Wesley kalt, „und ich will weder von dir noch von irgend jemandem mehr etwas geschenkt haben."

„Ich habe vor, bis zum Ende der Festspiele hier in Cannes zu bleiben", sagte Rudolph. „Das sind nur noch zehn Tage. Wenn die Sache bis dahin nicht erledigt ist, fliege ich heim und mache einen Schlußstrich darunter. Ich will weiter nichts von dir, als daß du mir versprichst, bis dahin nichts zu unternehmen. Von da ab bist du dein eigener Herr."

„Ich verspreche überhaupt nichts", sagte Wesley.

„Wesley ..." sagte Billy.

Wesley herrschte ihn an. „Du, halte dich da heraus. Du hast dich schon genug eingemischt."

„Beruhigt euch", sagte Rudolph. „Alle beide. Etwas anderes, Wesley. Deine Freundin Alice Larkin hat vor ein paar Tagen angerufen. Du verdankst ihr auch eine Menge."

„Mehr, als dir bekannt ist", sagte Wesley. „Was wollte sie?"

„Sie will herkommen. Sie hofft, von ihrem Verlag zwei Wochen Urlaub zu bekommen. Sie wartet auf einen Anruf von dir."

Wesley trank sein Glas aus. „Laß sie warten", sagte er.

„Sie sagte, du wüßtest, daß sie vielleicht kommen könnte. Daß du wolltest, daß sie kommt."

„Ich dachte, die ganze Sache würde um diese Zeit erledigt sein. Aber sie ist nicht erledigt. Dann sehe ich sie eben ein andermal."

„Ach, zum Teufel damit", sagte Rudolph. „Ich spiele nicht, zu allem anderen, was ich tue, auch noch den Liebesboten. Jetzt trinken wir die Flasche aus. Dann muß ich etwas schlafen."

„Was machst du jetzt?" fragte Billy, als er mit Wesley allein vor dem Hotel stand.

„Nachtpatrouille", sagte Wesley. „Kommst du mit?"

„Nein."

Wesley schaute Billy spöttisch an. „Was hältst du von alledem?"

„Ich habe einen Heidenschiß", sagte Billy. „Für uns alle."

Wesley nickte ernst.

„Ich begleite dich noch bis zum Parkplatz", sagte Billy. „Ich habe vergessen, das Wagenverdeck hochzumachen, und es sieht nach Regen aus."

Wesley half ihm mit dem Verdeck, und Billy drehte die Fenster hoch. „Wesley“, sagte Billy, „ich würde immer noch gern mit dir nach Paris gondeln, und wir machen unterwegs ein paarmal halt und spielen Tennis und fressen. Du könntest deinem Mädchen sagen, sie soll sich dort mit dir treffen. Hier unten werden sie dich die nächsten zehn Tage auf die Palme treiben. Was können zehn Tage mehr oder weniger nach dieser ganzen Zeit schon schaden?“

„Tennis spiele ich schon mit dir, Billy“, sagte Wesley. „Und zwar hier. Gute Nacht, Kumpel.“

Billy sah die lange Gestalt im dunklen Anzug mit der kleinen Ausbeulung an der Tasche davonstaksen. Er schüttelte den Kopf und ging zum Hotel zurück. Er riegelte sein Zimmer doppelt ab.

Am nächsten Morgen wachte er früh auf und ließ sich die Zeitungen kommen. Außer den Sondernummern für die Festspiele brachte der Page auch die neue Ausgabe vom „Nice-Matin“. Auf der Titelseite war das Photo eines Mannes, der Billy bekannt vorkam. Der Mann trug eine dunkle Brille auf dem Bild und war von zwei Polizisten eingerahmt. Es war Monikas Gefrierprodukte-Freund aus Düsseldorf. In der Begleitstory las Billy, daß er auf einen anonymen Telephonanruf hin verhaftet worden sei und man ihn im Besitz einer Bombe gefaßt habe, die in einer Filmkameratasche versteckt gewesen sei. Der Mann, der den Tip per Telephon gegeben habe, stand weiter in dem Artikel, habe mit einem starken Midi-Akzent gesprochen.

Billy mußte beim Lesen lächeln. Wesley, dachte er, war nicht der einzige Schauspieler in der Familie.

Am nächsten Morgen spielten sie Tennis. Sie waren in dem kleinen offenen Wagen zu einem stillen Klub in Juan-les-Pins gefahren, Wesley in Blue jeans, verblichenem Baumwollhemd und einem Tweedjackett mit ausgefransten Ärmeln. Er sah nicht gerade wie ein Schauspieler aus, der eben von der Presse als ein Mann mit einer aufregenden Karriere vor sich hochgespielt worden war. Billy hatte die kleine Ausbuchtung an der Tasche mit Abscheu berührt und gesagt: „Kannst du das verdammte Ding nicht mal daheim lassen, wenn wir Tennis spielen? Mir gruselt's davor. Ich habe die Vorstellung, du ziehst es heraus und knallst mich ab, wenn ich dir zu viele Asse serviere.“

Wesley lächelte mild. „Wohin ich gehe, da geht es mit", sagte er. Und als sie auf den Platz hinausgingen, trug er das Jackett über seinen Tennissachen, und ehe sie zu spielen begannen, legte er es vorsichtig über eine Bank beim Netz, wo er es die ganze Zeit über im Auge behalten konnte.

Am ersten Tag spielte Wesley mit dem gleichen wilden Furor, schlug den Ball mit Wut, meist ins Netz oder hinten gegen den Zaun. Nach zwei Stunden sagte Billy: „Genug davon für heute. Wenn du so schauspielern würdest, würden sie dich nicht mal einen Film anschauen lassen, selbst wenn du den Eintritt bezahlst."

Wesley lachte. „Jugendliches Ungestüm", sagte er und zog das Jackett über sein verschwitztes Hemd. „Ich gelobe Besserung."

„Ab wann?"

„Ab morgen", versprach Wesley.

Als sie zum Duschen hineingingen, bestand Wesley darauf, daß Billy in der Garderobe bleiben und auf sein Jackett aufpassen solle, während er als erster seine Dusche nahm. Dabei war sonst kein Mensch in der Garderobe.

„Ich habe schon so manches blöde Ding vollbracht", beschwerte sich Billy, „aber dies ist das erstemal, daß ich mich als Jackettbewacher verdinge." Er setzte sich auf die Bank vor den Garderobenkästen, während Wesley sich auszog. Seine mächtigen Rückenmuskeln standen profiliert hervor, seine langen Beine waren schwer, aber wunderbar proportioniert. „Wenn ich gebaut wäre wie du", sagte Billy, „würde ich in Wimbledon in die Schlußrunde kommen."

„Man kann nicht alles haben", sagte Wesley. „Du hast Köpfchen."

„Und du?"

„Ich könnte mich damit nicht brüsten."

„Du wirst es noch weit bringen in deinem neu erwählten Beruf."

„Ich habe ihn noch nicht gewählt", sagte Wesley und verschwand im Duschraum.

Im nächsten Moment hörte Billy, das Brausen des Wassers übertönend, Wesleys Stimme „Raindrops keep falling on my head ..." singen. Er hatte eine starke Naturstimme und ein akkurates Rhythmusgefühl. Das auch noch, dachte Billy, zu allem anderen, was er hat. Eines war sicher, dachte Billy, wenn jemand in die Garderobe käme und ihn so sähe und hörte, als bekümmere ihn nichts in der Welt, würde er nie auf den Gedanken kommen, daß dieser Junge Tag und Nacht eine Pistole mit sich herumschleppte.

Als sie dann hinter das Klubhaus gingen, wo der Wagen im Baumschatten geparkt war, sagte Billy: „Wenn du das alles zur Sau machst, wird meine Mutter dir nie vergeben. Und ich auch nicht.“

Wesley sagte nichts. Er ließ sich in den Kübelsitz fallen und pfiff eine Melodie aus seinem Film.

Wesley hielt am folgenden Tage sein Versprechen und spielte ruhiger. Er schien plötzlich ein Gefühl für die Taktik dieses Spiels gefunden zu haben, variierte seine Schläge, baute sein Spiel auf und versuchte nicht gleich jeden Ball zu töten. Als die zwei Stunden um waren, war Billy erschöpft, wenn er auch alle vier Sätze gewonnen hatte. Wesley war nicht einmal außer Atem, obgleich er doppelt soviel hatte laufen müssen als Billy. Und wieder mußte Billy sein Jackett bewachen, während er unter der Brause war.

Am dritten Tag konnten sie nur eine Stunde spielen, weil Billy versprochen hatte, früh zurückzukommen, so daß Donnelly und Gretchen den Wagen für eine Fahrt nach Mougins haben konnten, wo sie in Ruhe zu Mittag essen wollten. Seit der Film gezeigt worden war, hatte es in Cannes für Gretchen keine Chance mehr gegeben, auch nur eine Viertelstunde in Ruhe gelassen zu werden, und die Überanstrengung machte sich bemerkbar.

Sie brauchten die ganze Stunde für einen einzigen Satz, und Billy mußte um jeden Punkt kämpfen, wenn er auch schließlich sechs-drei gewann. „Puh“, sagte er, als sie zur Garderobe gingen, „es tut mir langsam leid, daß ich dir gesagt habe, du solltest ruhiger spielen. Wenn du so weitermachst, bin ich am Ende nur noch Haut und Knochen.“

„Kinderspiel“, sagte Wesley großartig.

Sie zogen sich nach dem Duschen an, als sie die Explosion draußen hörten.

„Verdammt noch mal, was war das?“ fragte Billy.

Wesley zuckte die Achseln. „Eine Gasleitung vielleicht.“

„Das war keine Gasleitung“, sagte Billy. Er fühlte sich ganz wackelig und mußte sich einen Augenblick hinsetzen. Er saß ohne Hemd da, als der Klubmanager in die Garderobe gestürzt kam. „Monsieur Abbott", sprudelte er mit hoher, verängstigter Stimme heraus, „kommen Sie schnell. Es war ihr Wagen. Es ist schrecklich ..."

„Ich komme sofort", sagte Billy, blieb aber einen Augenblick stockstill. Aus der Ferne hörte man eine Polizeisirene näher kommen. Billy zog sein Hemd an und begann, es langsam und sorgfältig zuzuknöpfen, während Wesley gleichzeitig mit einem Ruck in seinen Jeans war.

„Wesley", sagte Billy, „geh nicht dort 'raus."

„Was heißt das – geh nicht dort 'raus?"

„Genau das. In ein paar Sekunden ist die Polizei hier." Billy sprach rasch und artikuliert. „Du kommst in alle Zeitungen. Bleib hier drin. Und versteck deine Scheißkanone. Irgendwo, wo es nicht auffällt. Und wenn dich jemand etwas fragt – du weißt nichts."

„Aber ich weiß ja auch nichts ..." sagte Wesley.

„Gut", sagte Billy. „Belaß es dabei. Ich muß jetzt 'raus und sehen, was los ist." Er machte die letzten Knöpfe zu und verließ dic Garderobe ohne Hast.

Leute aus den umliegenden Wohnhäusern kamen auf die Baumgruppe hinter dem Klubhaus zugeströmt, wo der Wagen geparkt war. Ein kleiner Polizeiwagen mit heulenden Sirenen kam durch das Tor der Klubanlage gebraust und hielt quietschend auf dem Kiesweg. Zwei Polizisten sprangen heraus und liefen auf den Wagen zu. Als Billy näher kam, sah er, daß sein Wagen in Stücke gefetzt war, die Vorderräder waren weggerissen, und die Motorhaube lag meterweit vom Chassis entfernt am Boden. Billys Blick war durch die Umstehenden behindert, aber er sah und hörte eine wild gestikulierende Frau, die den Polizisten kreischend berichtete, sie sei am Tor vorübergegangen und habe einen Mann gesehen, der sich über den Vorderteil des Wagens beugte, dessen Haube geöffnet war, und dann, einige Sekunden später, als sie das Tor bereits passiert hatte, habe sie die Explosion gehört.

Durch das laute Stimmengewirr hindurch konnte Billy wahrnehmen, wie einer der Polizisten den Manager des Tennisklubs nach dem Besitzer des Wagens fragte und der Manager antwortete, sich umwandte und auf ihn zeigte. Billy drängte sich durch die Gaffer und sah erst jetzt den Körper eines Mannes, der mit dem Gesicht nach unten, verstümmelt und blutig, neben dem einstmaligen Kühler des Peugeots lag.

„Messieurs", sagte Billy, „es ist mein Wagen." Wäre der Manager, der wußte, daß er Französisch sprach, nicht da gewesen, hätte er so getan, als könne er nur englisch sprechen.

Als die beiden Polizisten sich anschickten, den Körper des Toten umzudrehen, wandte Billy den Kopf fort. Die Umstehenden wichen zurück, und eine Frau kreischte.

„Monsieur", sagte der eine der Polizisten zu Billy, „erkennen Sie diesen Mann?"

„Ich möchte lieber nicht hinschauen", sagte Billy, den Kopf noch immer abgewandt.

„Bitte, Monsieur", sagte der Polizist. Er war jung und er war vor Angst und Schrecken blaß. „Sie müssen uns sagen, ob Sie diesen Mann kennen. Wenn Sie jetzt nicht hinschauen, werden Sie gezwungen sein, später ins Leichenschauhaus zu kommen und ihn dort anzuschauen."

Der andere Polizist kniete neben dem Toten und durchsuchte, was von seinen Taschen übriggeblieben war. Der Polizist schüttelte den Kopf und stand auf. „Keine Papiere", sagte er.

„Bitte, Monsieur", bat der Polizist.

Schließlich zwang sich Billy, während der Anblick der bestürzten Zuschauergesichter, der Baumspitzen, der Himmelsbläue in sein Bewußtsein drang, den Blick nach unten zu richten. Er sah ein klaffendes rotes Loch, wo die Brust gewesen war, und das Gesicht war zerfetzt, und eine schiefe Fratze war da, die abgebrochene Zähne zwischen verkohlten Lippen bloßlegte. Aber Billy konnte das Gesicht noch immer erkennen. Es war der Mann, den er in Brüssel als George gekannt hatte.

Billy schüttelte den Kopf. „Es tut mir leid, Messieurs, ich habe den Mann noch nie gesehen."

Viertes Buch

1

Billy saß an seinem Schreibtisch in der Lokalredaktion und starrte seine Schreibmaschine an. Es war spät abends, und er hatte seine Tagesarbeit hinter sich und konnte heimgehen. Aber ‚heim‘ war ein häßlicher kleiner Atelierraum in der Nähe der Universität, und niemand war da, ihn zu begrüßen. Das war mit Absicht so. Seit Juan-les-Pins hatte er jede Art von Gesellschaft gemieden.

Auf seinem Schreibtisch lag ein dicker Brief von seinem Onkel Rudolph. Er lag dort schon drei Tage ungeöffnet. Sein Onkel schrieb zu viele Briefe mit verlockenden Beschreibungen des bestrickenden Lebens mit hohem Gehalt, das aufgeweckte junge Leute in Washington führen könnten. Rudolph brachte dort jetzt einen guten Teil seiner Zeit mit unbezahlter, aber anscheinend wichtiger Arbeit für die Demokratische Partei zu. Jedenfalls war hier und da sein Name schon in den Zeitungsberichten aus Washington aufgetaucht, manchmal in Verbindung mit dem von Helen Morison und dem des Senators von Connecticut, mit dem er auf politische Missionen nach Europa reiste.

Billy wollte gerade nach dem Brief des Onkels greifen, als das Telephon auf seinem Schreibtisch läutete. Er nahm den Hörer ab und sagte: „Abbott.“

„Billy, hier ist Rhoda Flynn.“ Eine Frauenstimme mit Musik und Stimmen im Hintergrund. Sie war eine ganz junge Reporterin bei der Zeitung, ein hübsches Mädchen, die schon viel weiter gekommen war als er, bereits mit ihrem Namen zeichnen durfte und jedesmal, wenn sie sich in der Redaktion begegneten, versuchte, einen Flirt mit ihm anzufangen.

„Wir machen hier bei mir eine kleine Party“, sagte das Mädchen, „und wir könnten noch ein paar Männer gebrauchen. Wenn du nicht gerade irgend etwas Eiliges ...“

„Tut mir leid, Rhoda“, sagte Billy. „Ich bin noch an der Arbeit. Vielleicht ein andermal.“

„Ein andermal.“ Es klang enttäuscht. „Arbeite nicht zu hart. „Ich weiß, was sie dir bezahlen, also verwöhne sie nicht.“

„Danke für den guten Rat“, sagte er. „Allerdings gibt es noch keine sichtbaren Anzeichen dafür, daß sie zur Ansicht kommen, ich verwöhnte sie. Amüsier dich gut.“

Er legte den Hörer auf und starrte wieder auf die Schreibmaschine. Nur das Ticken eines Fernschreibers im Hintergrund unterbrach die Stille, und in seinen Ohren klangen noch die Geräusche von Fröhlichkeit und Geselligkeit nach, die er am Telephon gehört hatte. Er wäre gern auf die Party gegangen, hätte sich mit einem hübschen Mädchen frei ausgesprochen, aber was er wirklich sagen wollte, konnte er nicht sagen.

Ach, zum Teufel, wenn ich mit niemand anderem sprechen kann, kann ich ja noch immer mit mir selber sprechen.

Er spannte einen Bogen in die Schreibmaschine ein und fing an zu tippen.

> Dies für Tagebuch 1972. Aus verschiedenen Gründen habe ich seit Spanien keine Eintragungen mehr gemacht, und ich bin allein und anonym in der Stadt Chicago, fürchte mich und bin der Meinung, daß es einige Dinge gibt, die von einem Mann meiner Generation mit meiner ungewöhnlichen Laufbahn ausgesprochen werden sollten und die vielleicht eines zukünftigen Tages von anderen jungen Leuten mit Interesse gelesen werden. Wie der Oberst in Brüssel sagte: „Wir stehen an der vordersten Front der Zivilisation“, was, wenn es auf Brüssel zutraf, auch auf Chicago zutreffen muß. Nachrichten von so wichtiger Stelle sollten an einem Ort hinterlegt werden, wo Überlebende, falls es welche gibt, sie finden können.

Er machte eine Pause, las das Geschriebene noch einmal durch, erinnerte sich, daß der Oberst bei der Beförderung übergangen worden war, seinen Abschied genommen und sich nach Arizona zurückgezogen hatte, wo er das ganze Jahr über Tennis spielen konnte. Dann fing er an sehr schnell zu tippen.

Ich werde langsam neurotisch. Vielleicht auch nicht. Ich habe dauernd das Gefühl, daß mir jemand folgt. Ich bilde mir ein, daß mich Männer und Frauen, die ich noch nie gesehen habe, in Lokalen anstarren, ich habe mir angewöhnt, mich unerwartet umzudrehen, wenn ich auf der Straße gehe, ich bin in sechs Monaten viermal umgezogen. Bisher habe ich noch niemanden ertappt. Vielleicht bin ich seherisch veranlagt und meine Sinne warnen mich vor der Zukunft. Vielleicht ist die Zeit ein Kreis und keine Spirale, und jemand ist in entgegengesetzter Richtung auf dem Kreis. William Abbott juniors Neurose, bislang der Wissenschaft noch nicht bekannt.

Sollte ich umgebracht werden oder auf sonderbare Art zu Tode kommen, so ist die dafür verantwortliche Person eine Frau, die sich Monika Wolner nannte, als sie als Dolmetscherin bei der NATO angestellt war, während ich bei der Armee in Brüssel war, und Monika Hitzmann, als ich sie später im El-Faro-Club bei Malaga in Spanien wiedertraf. Sie war – und ist, glaube ich, noch immer – Mitglied einer Terroristenorganisation, die über ganz Europa verbreitet war und es höchstwahrscheinlich noch ist und vielleicht mit ähnlichen Organisationen in Amerika in Verbindung steht.

Der Mann, der tot aufgefunden wurde, nachdem er sich beim Unterbringen einer Bombe in meinem Wagen in Juan-les-Pins in Frankreich versehentlich in die Luft gesprengt hatte, war ein Mann, der mir nur unter dem Namen George bekannt und Leiter der Zelle gewesen war, der Monika Wolner-Hitzmann angehörte. Er war Fachmann für Handfeuerwaffen und wurde bis zu dem Unfall, der seinen Tod verursachte, als besonders kundig in der Herstellung von Sprengsätzen angesehen.

Ich schreibe dies in der Lokalredaktion der „Chicago Tribune", wo ich dank der Freundschaft zwischen meinem Vater und einem der Herausgeber seit einem halben Jahr beschäftigt bin. Mein Vater weiß, wo er dieses ziemlich umfangreiche Tagebuch finden kann. Nebst einigen Büchern und Papieren und alten Klamotten und einigem anderen Trödel, den ich auf meinen Reisen aufgelesen habe, bewahre ich mein Tagebuch in einem

Schränkchen im Keller seiner Wohnung auf, weil in meinem winzigen Atelierzimmer kein Platz dafür ist. Er weiß, daß ich in dem Schränkchen etwas aufhebe, was ich geschrieben habe, aber er hat noch nichts davon gelesen. Ich habe ihm vorgemacht, es sei ein Entwurf zu dem Roman, zu dessen Abfassung er mich ständig drängt.

Seit ich aus Frankreich fort bin, wo ich einer sehr scharfen Vernehmung seitens der französischen Polizei unterzogen wurde, die mit Recht einen Zusammenhang zwischen dem Mann, den ich als George kannte, und mir argwöhnte, aber nichts beweisen konnte, habe ich noch keine Mitglieder meiner Familie wiedergesehen, mehr aus Angst, daß ihnen in meiner Gesellschaft etwas zustoßen könnte, als aus Mangel an Zuneigung. Der Gedanke, daß ich nur etwa zwanzig Minuten, nachdem die Bombe losging, den Wagen meiner Mutter und ihrem Freund für einen Mittagsausflug ausleihen wollte, verfolgt mich heute noch, obgleich dies das erstemal ist, daß ich es über mich gebracht habe, über die Ereignisse an der Côte d'Azur zu schreiben.

Wieder hörte er zu tippen auf und dachte an die Stunden mit den beiden Kriminalbeamten, die ihn verhört hatten, im Anfang höflich, dann grob und unverhüllt feindselig. Sie hatten ihn mit Verhaftung bedroht, aber er wußte, daß sie blufften, und hatte durchgehalten, indem er immer nur wiederholte: „Ich kann auf Ihre Fragen nur antworten, daß ich ausschließlich in Cannes bin, um mir den Film meiner Mutter anzuschauen, und daß ich den Mann noch nie gesehen habe und daß ich meines Wissens keine Feinde habe. Ich kann nur annehmen, daß dem Mann ein tragischer Irrtum unterlaufen ist."

Schließlich hatten sie das Verhör abgebrochen und ihn mit der Warnung gehen lassen, daß der Fall noch nicht abgeschlossen sei und daß zwischen Frankreich und den Vereinigten Staaten ein Auslieferungsabkommen bestehe.

Rudolph hatte ihn sonderbar angeschaut, doch war das nach der Sache mit der Pistole und dem Schalldämpfer nicht anders zu erwarten gewesen.

„Du bist ein Glückspilz", hatte er am folgenden Tage auf

dem Flugplatz gesagt, kurz ehe er an Bord des Flugzeugs nach New York ging. „Sieh zu, daß es dabei bleibt."

„Keine Angst", hatte er gesagt.

Wesley, der mitgekommen war und der sein Lächeln verloren hatte, hatte ihm ernst die Hand gedrückt, aber kein Wort gesagt.

Gretchen hatte nicht kommen können. Als sie von dem Bombenanschlag hörte – es gab keine Möglichkeit, es vor ihr geheimzuhalten –, war sie zusammengebrochen und mußte ins Bett. Der herbeigerufene Arzt hatte hohes Fieber festgestellt, konnte aber keine Diagnose über ihre Erkrankung stellen. Er hatte ihr verordnet, mindestens fünf Tage im Bett zu bleiben.

Als Billy zu ihr ins Zimmer ging, um sich zu verabschieden, war er über ihr Aussehen zutiefst erschrocken. Ihr Gesicht hatte eine bläulichweiße Tönung, sie schien im Verlauf von Stunden Gewicht verloren zu haben, und ihre Stimme war fast unhörbar, als sie sagte: „Billy, bitte – um meinetwillen –, gib acht auf dich."

„Das werde ich", sagte er und beugte sich über sie und küßte sie auf die heiße Stirn.

Billy schüttelte den Kopf über die Flut von Erinnerungen und begann wieder auf der Maschine zu schreiben.

Hätte ich den Polypen die volle Wahrheit sagen können, so hätten sie mich womöglich zum Ritter der Ehrenlegion gemacht. Schließlich habe ich dazu beigetragen, eine Mörderbande zu zerschlagen, zumindest zu dezimieren, die ganz Europa terrorisiert hat. Natürlich tat ich es versehentlich, aber auch Versehen zählen, vielleicht mehr als alles andere. Unsere ganze Familiengeschichte ist eine Geschichte von Zufällen, guten und bösen. Vielleicht sind das alle Familiengeschichten.

Ungeachtet der Tatsache, daß ich es vermeide, meine Verwandten zu sehen, schreiben sie mir oft und halten mich über ihre Affären auf dem laufenden. Ich schreibe ihnen vergnügt und geschwätzig wieder und tue so, als sei mein Vater die meiste Zeit nüchtern und als käme ich glänzend bei der Zeitung voran. Da meine Ressorts das Polizeipräsidium und kleine Verbrechen vor Bezirksgerichten sind, kann das letztere kaum der Fall sein.

Meinem Vater gegenüber gebe ich zwar nicht vor, daß der Roman, den ich entwerfe, ein zweites „Krieg und Frieden" ist oder auch nur der große amerikanische Roman, aber ich vertraue ihm an, daß er sich nach meiner Meinung zufriedenstellend anläßt.

Mein Onkel Rudolph, der der Zement, der Erretter, das Gewissen und der Engel vom Dienst der Familie ist, auch wenn er jetzt auf seiner nimmermüden Suche nach guten Taten zwischen Long Island, Connecticut, Washington und den Hauptstädten Europas herumtigert, findet immer noch die Zeit, lange Briefe mit Ermahnungen und Ratschlägen loszulassen, die keiner von uns befolgt. Er ist der besessenste Briefeschreiber, den ich kenne, und durch ihn höre ich von den diversen Betätigungen seiner selbst, meiner Mutter, die jetzt Mrs. Donnelly ist, und meines Vetters Wesley, der in Cannes blieb, nachdem er eine Stelle als Schiffsjunge auf einer Jacht bekam. Onkel Rudolph findet sogar Zeit, Wesley in Cannes zu besuchen, in Verbindung mit einer Sache, die ...

Er hörte zu tippen auf, erhob sich und umkreiste den Schreibtisch. Dann setzte er sich wieder, schaute auf den Bogen in der Maschine und begann, langsamer als zuvor, zu schreiben.

Selbst jetzt halte ich es für klüger, auf das Thema Wesley und seine fixe Idee nicht näher einzugehen. Wir alle, meine Mutter, mein Onkel und ich, haben versucht, Wesley von der Côte d'Azur wegzukriegen. Keiner von uns hat glückliche Erinnerungen an die Gegend, um es gelinde auszudrücken. Selbst die Festspiele waren schließlich eine Enttäuschung. Ganz im Gegensatz zu den Prophezeiungen des Publicity-Mannes, wurde keiner von der Jury zu irgend etwas erklärt, und Mr. Simpson kann von Glück sagen, daß ihn niemand darauf festgelegt hat, sein linkes Ei verwettet zu haben, daß Wesley einen Preis bekommen würde. Meiner Mutter zufolge, die gerade dabei ist, ihren zweiten Film zu drehen, hat Wesley ihr Angebot einer Rolle mit einer Menge Geld dahinter abgelehnt, desgleichen verlockende Rollenangebote anderer Gesellschaften. Zur Zeit ist Wesley zweifellos der reichste Schiffsjunge auf dem Mittelmeer. Im letzten Brief, den ich von ihm erhielt, schrieb er, daß er, sobald er das erledigt hat, was ich immer noch seine Affäre an der Côte nennen muß, so lange beim Film arbeiten wird, bis er das Geld für ein Schiff zusammen hat, mit dem er sich, nach dem Vorbild seines Vaters, als Charterkapitän etablieren will. In seinen Briefen klingt er ganz vergnügt, aber vielleicht lügt er, so wie ich, wenn ich an die Familie schreibe. Aber er hat natürlich einen Grund, vergnügt zu sein, den ich nicht habe: Mit achtzehn hat er rund dreißigtausend Dollar, minus einem großen Happen für die Steuer, geerbt, und sein Mädchen hat sich mit List und Tücke eine Stellung im Pariser „Time"-Bureau verschafft und fliegt so oft wie möglich nach Cannes hinunter, ihn zu sehen. Er schreibt auch, daß er viel zum Tennisspielen kommt, außer in den Sommermonaten, und meint, er könnte mich fertigmachen, wenn er jetzt mit mir spielt. Ich habe seit Juan-les-Pins keinen Schläger mehr angerührt. Die Polizei hat nie den richtigen Namen von George herausgefunden, oder wo er herkam. Ich werde die Vorstellung nicht los, daß ich eines Tages von meinem Schreibtisch aufschaue und Monika dasteht. Ich träume fortgesetzt von ihr, und die Träume sind erotisch und glücklich, und wenn ich aufwache, bin ich verzweifelt.

Billy hörte auf zu tippen und runzelte die Stirn. „Teufel auch", sagte er laut. Er nahm den Bogen aus der Maschine und steckte ihn zusammen mit den beiden anderen in ein großes Kuvert, um es mit heim zu nehmen. Er stand auf und zog sich die Jacke über und war schon am Gehen, als er noch einen Blick nach unten warf und den dicken Briefumschlag sah, den sein Onkel aus Cannes geschickt hatte. Warum soll ich nicht, dachte er. Irgendwann muß ich ihn ja einmal lesen. Er riß den Umschlag auf. An eine mehrmals zusammengefaltete Zeitungsseite war eine Notiz angeheftet. Ein zweiter Zettel war an der Rückseite der Zeitung angebracht. „Lies die rot umrandete Zeitungsnotiz", stand da in der Handschrift des Onkels, „und dann lies den Zettel auf der anderen Seite."

Billy zuckte ärgerlich die Achseln. Spielereien, dachte er. Es sah Rudolph gar nicht ähnlich. Neugierig setzte er sich hin, um die Zeitung unter die Lampe halten zu können. In der linken oberen Ecke der Seite stand in großen Buchstaben MARSEILLE, und in einer kleineren Schrifttype *Page Deux.* Die Spalte mit der Überschrift *Faits Divers* war mit einem Rotstift umrandet.

„*Mort d'un Voyou*", las er. Sein Französisch funktionierte noch. Dann die Meldung:

„In der vergangenen Nacht wurde die Leiche eines Mannes, der später von der Polizei als Janos Danovic, jugoslawischer Staatsangehöriger, identifiziert wurde, auf einer Mole im Vieux Port gefunden. Er wies zwei Kopfdurchschüsse auf. Er war an der Côte d'Azur und in Marseille als Angehöriger des *milieu* bekannt und war schon mehrmals wegen Zuhälterei und bewaffnetem Raub verhaftet, wenn auch niemals dieser Verbrechen überführt worden. Die Polizei glaubt, daß es sich hier um einen weiteren jener Racheakte handelt, die in den letzten Wochen Marseille in Atem gehalten haben."

Langsam legte Billy die Zeitungsseite nieder. Herrgott, dachte er, Rudolph muß den Verstand verloren haben, so etwas mit der Post zu schicken. Wenn der Brief in die falschen Hände geraten oder versehentlich geöffnet worden wäre, hätte sich womöglich irgendein neugieriger Klugscheißer Gedanken darüber gemacht, wie der Berater eines amerikanischen Senators dazu käme, sich für den Mord an einem kleinen Ganoven zu interessieren, und hätte angefangen, unliebsame Nachforschungen anzustellen. Er wollte schon die Seite in kleine Stücke reißen, als ihm der andere Zettel auf der Rückseite einfiel.

Er drehte die Seite um und zog den Zettel aus der Heftklammer. „Beachte das Datum der Zeitung", hatte sein Onkel darauf geschrieben. Billy schaute sich den Kopf der Seite an. Es war die Seite eins von „Le Méridional", und das Datum lautete: Samstag, 24. Oktober 1970. Danovic war schon über ein halbes Jahr tot gewesen, bevor Wesley nach Europa gekommen war. Billy beugte sich über seinen Schreibtisch, die Ellbogen aufgestützt, und legte den Kopf in die Hände. Er fing an zu lachen. Das Gelächter wurde hysterisch. Als er sich endlich wieder gefangen hatte, nahm er den Telephonhörer von der Gabel und bat die Nachtvermittlung um Rhoda Flynns Nummer. Als sie an den Apparat kam, sagte er: „Hallo, Rhoda, ist die Party noch im Gange?"

„Wenn du kommen kannst", sagte Rhoda, „dann ja."

„Ich bin schon unterwegs", sagte er. „Wie ist die Adresse?"

Sie gab ihm die Adresse, und er sagte. „Zehn Minuten. Mach mir einen Drink, der's in sich hat. Ich brauche ihn heute abend."

Als er das „Tribune"-Gebäude verließ und, nach einem Taxi Ausschau haltend, die Michigan Avenue hinaufging, war ihm, als folge ihm jemand. Er wandte sich um und schaute, aber es gingen nur zwei Paare, einen halben Häuserblock weiter, hinter ihm.

Vielleicht, dachte er, wäre es ganz gut, wenn ich Rudolph fragen würde, ob er die Pistole noch hat. Sie könnte sich einmal als nützlich erweisen.

Dann sah er ein Taxi, rief es an und stieg ein und ging auf die Party.

ENDE